COLLE

Henry Murger

Scènes de la vie de bohème

Introduction et notes
de Loïc Chotard
avec la collaboration
de Graham Robb

Gallimard

INTRODUCTION

Les Scènes de la vie de bohème *d'Henry Murger partagent avec quelques-unes des œuvres les plus importantes de notre culture,* Don Quichotte *ou* Faust *par exemple, le triste privilège de présenter des personnages et des situations que chacun connaît, tandis que le texte original demeure largement ignoré. Les amours malheureuses de Rodolphe et de Mimi ne sont un mystère pour personne et l'étudiant et la grisette ont depuis longtemps pris place dans le panthéon des couples mythiques, quelque part entre* Manon Lescaut *et* La Dame aux camélias. *Mais le livre d'Henry Murger était introuvable depuis de nombreuses années.*

De cette situation paradoxale, l'opéra italien est grandement responsable : il s'est en effet approprié le répertoire romantique comme le cinéma de nos jours s'empare des succès de la librairie. Depuis la création de La Bohème, *à Turin, le 1er février 1896, l'opéra a éclipsé le roman et Puccini vole la vedette à Murger. Quelles que soient les éclatantes beautés du drame lyrique et malgré sa popularité, on ne peut que regretter cet état de fait. Car il ne faut pas oublier que le livret écrit par Giacosa et Illica pour l'opéra de Puccini est l'adaptation d'une adaptation : il s'inspire non du texte original de Murger, mais de la pièce qu'il en a tirée en collaboration avec le vaudevilliste Théodore Barrière*[1]*. Aux conventions du théâtre se sont donc ajoutées celles de l'opéra, si bien que ce que nous croyons reconnaître aujourd'hui pour l'œuvre de Murger n'en est qu'une caricature schématique. En ne voulant conserver du roman que l'essentiel, on lui a ôté presque toute sa spécificité.*

Rien n'apparaît donc plus nécessaire que de revenir à la source, au roman des Scènes de la vie de bohème, *afin de pouvoir retrouver l'authenticité de la bohème, par-delà les clichés et les lieux communs qui, depuis un siècle, font que l'on se représente Rodolphe sous les traits d'un ténor grassouillet et que l'on s'imagine qu'une mansarde d'étudiant peut avoir les dimensions, sinon le confort, d'une chambre de palace...*

La vérité de la bohème est beaucoup moins souriante ; elle s'avère surtout bien plus complexe. C'est une notion difficile à cerner, par nature insaisissable : elle est à la fois un mythe universel, celui de la vie d'artiste, et une multitude de réalités particulières, à travers la succession des générations de jeunes gens — partout la même, si on la réduit à quelques idéaux, beaucoup d'amour et d'eau fraîche ; toujours différente, dès que l'on explore sa géographie, ses coutumes et ses individualités.

Volontiers on imagine qu'elle a nécessairement partie liée avec le romantisme. Or, dès la fin du Moyen Age, le mot « bohème » désigne un vagabond, alors équivalent du « bohémien » d'aujourd'hui — l'idée était en effet largement répandue que la Bohême d'Europe centrale

1. On trouvera une comparaison du roman, de la pièce et du livret dans l'étude de Claude Foucart, « De la conversation romanesque à l'air d'opéra : d'Henry Murger à Giacomo Puccini » dans le recueil collectif *Opera als Text. Romantische Beiträge zur Libretto-Forschung* (Heidelberg, Carl Winter, Universitätsverlag, 1986). Et si l'on tient à retrouver dans un opéra l'atmosphère authentique de la bohème, c'est vers la trop méconnue *Louise* de Gustave Charpentier que l'on se tournera.

n'était qu'un réservoir d'où provenaient tous les nomades. Au XVIIe siècle, le mot évolue vers une signification sociale : est bohème celui qui refuse de se conformer aux règles et conventions de la vie communautaire ; c'est un marginal. Les acteurs du Roman comique *de Scarron sont des bohèmes ; pareillement la bohème est pour Alceste une permanente tentation. Ainsi, de même que la Pologne d'Ubu sera le royaume de Nulle Part, la bohème apparaît comme la patrie de l'errance et du désordre.*

Telle est l'acception à laquelle pense Charles Nodier, lorsqu'en 1830 il intitule Histoire du roi de Bohême et de ses sept châteaux *une divagation pleine de brio à travers l'espace littéraire, dont le héros est l'auteur lui-même à la quête de son sujet. Cette fantaisie linguistique, qui vient de Sterne et qui annonce Queneau, ouvre à l'idée de la bohème un vaste espace de liberté : l'errance n'est plus celle du comédien ballotté de ville en ville ni celle du marginal incapable de se fixer nulle part, elle devient mode de vie et de pensée librement assumé, riche de toutes les promesses. Au moment même de la publication du livre de Nodier, le monde réel est en pleine mutation : les villes de plus en plus grandes offrent en leur sein un terrain nouveau au vagabondage, en favorisant l'anonymat et multipliant les occasions de rencontres, tandis que le romantisme, de* Chatterton *à* Illusions perdues, *impose le thème de la lutte de l'artiste avec la société et celui du Cénacle où les jeunes gens unissent leurs volontés. Il n'en faut pas plus pour que la bohème se parisianise : tandis que* Les Mystères de Paris *sont en 1843 adaptés à la scène sous le titre des* Bohémiens de Paris, *à la même époque les très populaires* Physiologies [1] *diffusent largement une pseudo-histoire naturelle de la*

---

1. Sur les Physiologies, l'ouvrage de référence est la thèse dactylo-graphiée de Nathalie Basset, *Les Physiologies en France au XIXe siècle. Étude littéraire et stylistique,* Université de Paris-Sorbonne (Paris IV), décembre 1986.

société parisienne, où les étudiants et les rapins, les grisettes et les lorettes deviennent des objets d'études, comme le chat ou le lapin chez Buffon. La bohème parisienne est désormais une réalité — et l'on ne s'étonnera pas que ce soit sous la plume de Balzac que l'on en trouve la définition la plus précise :

La bohème, qu'il faudrait appeler la Doctrine du boulevard des Italiens, se compose de jeunes gens tous âgés de plus de vingt ans, mais qui n'en ont pas trente, tous hommes de génie dans leur genre, peu connus encore, mais qui se feront connaître, et qui seront alors des gens fort distingués [...]. La bohème n'a rien et vit de ce qu'elle a. L'Espérance est sa religion, la Foi en soi-même est son code, la Charité passe pour être son budget. Tous ces jeunes gens sont plus grands que leur malheur, au-dessous de la fortune, mais au-dessus du destin [1].

Balzac ne s'attache pas au détail : il décrit le fonctionnement d'un mécanisme social. Sa définition peut aussi bien s'adapter à la Jeune-France de 1830 qu'à Francis Carco et ses amis, près d'un siècle plus tard. Les Scènes de la vie de bohème *de Murger parient en revanche sur l'anecdote et sur les particularismes. Chaque épisode est ancré dans le souvenir : le romancier raconte et transpose ce qu'il a vécu.*

Pourtant la réalité de la bohème de Murger est difficile à saisir. La génération de ceux qui ont eu vingt ans en 1840 n'est pas aussi nettement dessinée que celles qui l'ont précédée ou suivie. On se représente volontiers l'atmosphère fervente de l'impasse du Doyenné où Nerval et Gautier donnaient au romantisme un nouveau souffle ; on imagine aussi le pittoresque plein de noirceur des

1. Balzac, *Un prince de la bohème*, édition de Patrick Berthier, Folio, 1984, p. 232-233.

Hydropathes ou l'humour grinçant des adeptes du Chat Noir — mais les soirées au café Momus, près du Louvre, où se rencontraient Murger, Champfleury, Nadar, Baudelaire ne donnent pas cette même impression d'unité. Il y a là peut-être une trop grande disparité entre les personnalités réunies et aussi, surtout, une espèce de carence d'idéal : comparant lui-même sa jeunesse à celle de Murger, Sainte-Beuve est parvenu à cette conclusion :

Le monde de Murger est plus naturel et à l'abandon. La rue des Canettes [...] vit au jour le jour, elle n'a pas l'horizon du passé, l'enthousiasme exalté pour tous les vieux maîtres gothiques et non classiques, le mépris du médiocre, l'horreur du lieu commun et du vulgaire, l'ardeur et la fièvre d'un renouvellement[1].

De fait, le caractère le plus frappant de la bohème de Murger est son manque de cohésion : ceux qu'elle rassemble ont surtout — seulement ? — en commun leur jeunesse et leur dénuement. De leurs idéaux esthétiques, il est difficile de juger, même par les résultats. On ne peut être sûr, a priori, que d'une admiration unanime pour les grandes figures du romantisme, Hugo et Delacroix en tête. Tout le reste, semble-t-il, passe après les crampes d'estomac et les peines de cœur. Le café Momus même n'est pas un point de ralliement : c'est un lieu public, où l'on ne fait que passer, le temps d'une rencontre avec ses contemporains, mais non pour échafauder l'avenir. La bohème de Murger n'a pas eu de programme, c'est pourquoi elle n'a pas connu sa bataille d'Hernani et c'est pourquoi également elle a conduit à la diffuse complexité de la querelle du réalisme, qui la dépasse de loin.

Si donc la bohème ne fut pas un mouvement, mais bien

---

1. Sainte-Beuve, *Nouveaux Lundis*, Michel Lévy, t. VI, 1866, p. 280-281. La « rue des Canettes » à laquelle Sainte-Beuve fait allusion indique l'hôtel Merciol, où habitait Murger.

plutôt un moment dans la jeunesse d'une génération, cela ne signifie pas — tant s'en faut ! — qu'elle n'a pas eu d'existence réelle. Au contraire, on comprend maintenant pourquoi l'historiographe de la bohème ne pouvait être un théoricien ni un hagiographe : seul un romancier doublé d'un moraliste était à même d'évoquer avec authenticité les travaux et les jours d'une jeunesse insaisissable. Les romans de Murger, et ceux de Champfleury, doivent ainsi être lus comme les annales de la bohème — comme des livres d'histoire.

Cela explique pourquoi tous les contemporains de Murger, tous les commentateurs des Scènes de la vie de bohème *se sont plu à rassembler le « trousseau des clefs » du roman : il ne s'agit pas tant de révéler ce que l'auteur aurait voulu dissimuler que de déchiffrer d'ironiques rébus, de remonter jusqu'à des sources anecdotiques et pittoresques.*

Rodolphe est Murger en personne : il signe de son prénom (peut-être hérité du héros des Mystères de Paris*) des vers que Murger avait auparavant insérés sous sa véritable identité dans divers journaux. Précisément, ces feuilles auxquelles collabore épisodiquement le jeune Murger, on les retrouve dans le roman :* L'Écharpe d'Iris *est un écho du* Moniteur de la mode *et* Le Castor, *« organe de la chapellerie », dont certains amis de Murger ont affirmé qu'il avait réellement existé sans qu'on ait jamais pu en retrouver la trace, est peut-être le travestissement de* La Naïade, *« moniteur des maisons de bains », imprimé sur papier imperméable — ou, plus vraisemblablement, du* Coupeur, *« journal des tailleurs », qui contient de curieux articles de métaphysique...*

Autour de Rodolphe, les autres membres de la bande ne manquent pas non plus de modèles réels. Le musicien Schaunard est sans doute celui qui porte le nom le plus transparent — et cette transparence aurait été plus manifeste encore si le premier typographe chargé de composer le premier chapitre des Scènes *avait imprimé correctement « Schannard » ainsi que le désirait Murger, qui n'a pas par la suite corrigé l'erreur. En effet, Schannard était le surnom (à la désinence en « ard » caractéristique de la bohème [1]) d'Alexandre Schanne (1823-1887), peintre et compositeur amateur, qui fut l'ami et le compagnon de Murger, avant de se ranger en prenant la succession de son père, fabricant de jouets dans le quartier du Temple. Derrière le peintre Marcel, c'est la silhouette de Léopold Tabar (1818-1869) qui se dessine avec le plus de précision ; dans ses* Souvenirs de Schaunard, *Schanne évoque un tableau que Tabar remaniait sans cesse, une* Niobé *châtiée par les dieux, et affirme que Murger en fit le modèle du* Passage de la mer Rouge *que le brocanteur transforme en* Port de Marseille. *Autre artiste mis en scène par Murger, le sculpteur Jacques, le héros malheureux du* Manchon de Francine, *a pris les traits de Joseph Desbrosses (1819-1844), surnommé « le Christ », qui fut, avec son frère Léopold, surnommé « le Gothique », l'un des plus proches camarades de Murger. Joseph Desbrosses est mort trop tôt, à l'hôpital Saint-Louis, pour que l'on puisse juger si ses œuvres, dont il ne reste pour ainsi dire rien, avaient la force que Murger attribue aux créations de son personnage ; mais il a du moins acquis une espèce d'immortalité littéraire assez enviable.*

Car Murger ne se montre pas toujours aussi tendre, aussi attentionné envers ceux qu'il prend pour modèles. Ainsi le journaliste et conteur Charles Barbara (1817-1866) ne lui pardonna jamais de l'avoir éternisé pour la postérité sous les traits quelque peu ridicules de Carolus Barbemuche. Il est vrai que l'œuvre de Barbara, ami de Baudelaire et comme lui admirateur de Poe, vaut mieux

---

1. Le plus célèbre de ces surnoms est celui de Nadar, originairement Nadard, pseudonyme de Félix Tournachon.

que le Don Lopez ou la Fatalité *dont l'affuble Murger. En particulier,* L'Assassinat du Pont-Rouge *que Barbara publia dans la* Revue de Paris *est l'un des romans les plus singuliers d'une époque où la platitude n'est pas rare. Le personnage de Colline révèle peut-être encore mieux les procédés de Murger à l'égard de ceux de ses compagnons dont il ne partageait pas les idées. Colline est présenté comme le type du philosophe fumeux et les moindres de ses propos sont qualifiés d' « hyperphysiques »... Or, derrière le personnage de la fiction, se profilent deux individualités fort intéressantes, deux philosophes chrétiens : d'une part Jean Wallon (1821-1882) — qui, par antiphrase, a donné son nom à Colline — et, d'autre part, Marc Trapadoux (1822-?), surnommé « le Géant vert ». Il ne s'agit pas de deux fantaisistes : en 1854, Wallon traduisit la* Logique subjective *de Hegel, tandis que, dès les années 1840, Trapadoux était l'un des directeurs de la « Maison des hautes études » fondée à Paris par Emmanuel Bailly de Surcy, qui dirigeait* L'Univers, *journal catholique dont Louis Veuillot fut le principal rédacteur* [1]. *Il faut donc sans doute mettre la démesure du personnage de Colline sur le compte de la caricature et ne pas chercher en lui un portrait de Wallon ou de Trapadoux : incapable peut-être de saisir la pensée métaphysique de ses camarades ou de les suivre sur le terrain de la religion, Murger a préféré les tourner en dérision. Il reste que la charge, traditionnelle chez les rapins de la bohème, est très réussie.*

Les personnages féminins du roman ont vraisemblablement aussi leurs modèles. Mais l'inconstance, qui est la loi de la bohème, rend très périlleuses les identifications : certains biographes de Murger ont voulu établir la dynastie des Mimi et des Musette ; il y aurait Mimi Ire, Mimi II,

---

1. Renseignements empruntés à la récente biographie de Baudelaire par Claude Pichois et Jean Ziegler (Julliard, 1987, p. 127 et sqq.).

Mimi III... et l'on cite des noms de grisettes inconnues et des certificats de décès navrants. Au moins, il est certain que Phémie tire son surnom de « Teinturière » de son emploi dans une fabrique de fleurs artificielles, où ses mains ont indélébilement été colorées en vert ; et Musette se confond sans doute avec la Mariette dont Champfleury a conté les aventures, elle serait également l'étrange hermaphrodite qui servit de modèle à Nadar pour d'étonnantes photographies[1]. *Mais il est inutile de pousser plus loin l'investigation : de ses conquêtes, Murger a préféré retenir des situations plutôt que des traits de caractères.*

En effet ses emprunts au monde réel ne se limitent pas à la création de ses personnages : il adapte également des souvenirs ou des anecdotes. Ainsi l'un des morceaux de fantaisie parmi les mieux venus des Scènes de la vie de bohème, *l'invitation rédigée par Rodolphe et Marcel qui ouvre le chapitre* L'Écu de Charlemagne, *n'est pas une invention de Murger, mais la paraphrase d'un faire-part bien réel par lequel Nadar conviait ses amis à une « fête champêtre ». Par bonheur, un exemplaire de ce modèle est conservé à la Bibliothèque Nationale*[2] ; *en voici le libellé que l'on ne manquera de comparer à l'adaptation qu'en fit Murger :*

Monsieur,
    Vous êtes invité à venir prendre le thé *vendredi soir 27 courant* dans les salons de M. le vicomte de la Tour Nadard, homme de lettres, auteur de *Petit Paul* et du feuilleton sur l'hôpital.

1. Voir *Les Aventures de Mlle Mariette* (Lecou, 1853) de Champfleury. On trouvera une reproduction de l'hermaphrodite de Nadar dans l'ouvrage de Bernard Marbot et Jean Rouillé, *Le Corps et son image*, Contrejour, 1986, fig. 63.
2. Département des Manuscrits, nouvelles acquisitions françaises 24288, f. 480-482.

M. de la Tour Nadard n'a réculé devant aucun sacrifice pour procurer aux personnes qui voudront bien l'honorer de leur confiance tous les plaisirs compatibles avec les mœurs et la destination de son établissement.

La réunion sera brillante en notabilités de toutes espèces : vous y rencontrerez le mime Deburau [1], Fontallard, les spirituels auteurs de *Monsieur de Coyllin* [2], Gonzalès, Molé-Gentilhomme, etc.

Il y aura des femmes *propres*.

La réunion aura lieu chez M. Félix Tournachon, nº 88, rue Montmartre.

Paris, le 25 novembre.

Fête champêtre

88, rue Montmartre   Vendredi 27 novembre 1840

À l'Élysée-Nadard

Programme

À 8 heures très précises, entrée des *spirituels auteurs de Monsieur de Coyllin*. Promenade dans les salons. Tir aux pigeons, balançoires. Les spirituels auteurs exécutent, avec M. *Alfred Francey*, homme de lettres et gérant de l'ex-*Livre d'or* [3], un pas figuré représentant : 1er tableau — *la Lanterne du mérite éclairée par la chandelle de l'opulence* ; 2e tableau — *les Muses* (spirituels auteurs) *secourues et protégées par Plutus* (Francey).

À 8 heures et demie, scène *parlée* par M. *Deburau*.

À 9 heures, M. A. *Léon-Noël, poète d'Orléans*, exécutera les poses du *Gladiateur mourant* et de l'*Apollon pythien*. N.B. Ces exercices exigeant que M. A. Léon-

1. Nadar se vante : il ne connaissait pas le célèbre mime Deburau, mais l'un de ses imitateurs, Paul Legrand.
2. Il s'agit d'Eugène Labiche, Auguste Lefranc et Marc Michel, alors en début de carrière.
3. Sur le *Livre d'or*, voir dans le « Dossier » l'appendice que nous consacrons à A. Léon-Noël.

Noël, poète d'Orléans, soit entièrement nu, pendant toute leur durée les fenêtres seront soigneusement ouvertes et les ventilateurs joueront.

A 9 heures et demie, *la Cour d'assises* par *M. Fontallard-tichaud-des-reins-sur!!!* N.B. Cette scène *improvisée* sera exécutée pour la *dernière fois.*

A 10 heures, *Cours d'anatomie pratique* sur M. A. Léon-Noël, poète d'Orléans. N.B. Même jeu pour les ventilateurs.

A 11 heures, *M. D**** lira un mémoire sur *l'Origine des Idées. Chansonnettes grivoises* par M. Alf. Francey. Aventures du même racontées par lui-même.

A 11 heures et demie, *la Varicocèle malgré lui* ou *les Hannetons sans le savoir,* scène historique exécutée par deux *Dames masquées.* Grande tombola. Feux d'artifices. Danses odieuses. Cris sauvages. Hallucinations incongrues et personnelles des spirituels auteurs.

La Fête sera terminée par une surprise !!!

La révélation d'un tel document, sa mise en parallèle avec son adaptation, de même que toutes les investigations pour retrouver les sources réelles de la fiction, n'ont pas pour objectif de diminuer le talent de Murger ou d'amoindrir sa part dans la réussite des Scènes de la vie de bohème. *Au contraire, cette confrontation de la fiction et de la réalité permet de mieux appréhender l'art littéraire du romancier. On constate de prime abord tout ce qui sépare les* Scènes *de Murger, écrites entre 1845 et 1849, des enjeux du réalisme, tels qu'on peut les saisir après 1855. Quand les Goncourt, par exemple, décident de choisir un de leurs proches pour modèle d'un personnage, ils le couchent véritablement sur une table de dissection psychologique et le roman a la précision d'un diagnostic. Rien de tel chez Murger, qui traite ses modèles avec* liberté, s'inspirant davantage des situations que des caractères. C'est un jeu auquel il se livre, et non un patient labeur d'analyses : les Scènes *fourmillent de clins d'œil, d'allusions et de* private jokes *parfois indéchiffrables*[1]. *Un tel art apparente définitivement Murger au journalisme : Théophile Gautier voyait en lui « l'originalité la plus brillante qu'ait produite le petit journal*[2] ».

Il ne faut pas oublier en effet qu'avant d'être un livre, les Scènes de la vie de bohème *ont paru, de façon très intermittente, dans le feuilleton d'un journal satirique,* Le Corsaire-Satan[3]. *Leur rapidité d'exécution et la vivacité de leur langue, qui les rapprochent des « canards » et de la caricature, doivent beaucoup à cet environnement primitif du petit journal. Murger lui-même en était le premier conscient lorsque, dans sa Préface (écrite plus tard, au moment de la réunion en volume des feuilletons), il évoque la langue de la bohème : ce qu'il décrit, c'est le style précipité et tapageur de la petite presse. Il faut y reconnaître un idiome à part entière, qui a son vocabulaire propre et sa rhétorique particulière. Les mots les plus courants sont constamment employés dans des acceptions bizarres ; la périphrase et la métonymie règnent : on ne dit pas revendre un livre, mais le laver — on n'appelle pas un ours un ours, mais un martin... Pareillement l'éloge ou le blâme ne sauraient connaître de nuances : tout est hyperbolique ou, du moins, si subtilement codé qu'il faut démêler un écheveau d'allusions mythologiques*

---

1. La plus irritante de ces énigmes est sans doute les initiales « J. G. » inscrites sur le narguilé dont se sert Rodolphe (voir p. 102).
2. Le recueil posthume des *Nuits d'hiver* (Michel Lévy, 1861) s'achève sur une série d'études sur Murger par Jules Janin, Théophile Gautier, Fiorentino et Arsène Houssaye. La phrase de Gautier se lit à la page 262.
3. Nous consacrons une section du « dossier » à l'histoire du texte des *Scènes de la vie de Bohème.*

et de références à l'actualité pour comprendre le moindre jugement. L'origine et les motivations d'un langage à ce point survolté se laissent aisément deviner : il fallait, dans les épisodes des romans-feuilletons publiés jour après jour, comme dans chaque légende de caricature, toujours surprendre le lecteur et le tenir en haleine, en même temps qu'on lui rappelle l'étendue de son savoir par tout un arsenal de citations implicites.

Chez Murger, ce langage n'a plus tout à fait cette fonction — ou, plus exactement, cette fonction se trouve élevée au carré : le langage de la bohème fait référence au langage du petit journal, lui-même fondé sur le principe de la référence... En d'autres termes, Murger montre, à travers le discours de ses personnages comme à travers le sien, combien ils ont été nourris par la langue du journalisme ; il décrit une génération qui a appris à lire dans les journaux ou dans les théâtres populaires des boulevards, si bien que chaque situation réelle est d'abord appréhendée comme une scène de mélodrame ou un épisode de Walter Scott. Cette situation de réflexivité par rapport à leur culture permet aux personnages de Murger de la dépasser.

En modifiant de la sorte les données du roman-feuilleton, Murger est parvenu à créer une psychologie nouvelle, au-delà des lieux communs et de la convention. Le comportement amoureux de ses personnages, en particulier, ne se réduit pas aux emplois du répertoire : Rodolphe et ses amis ne sont ni des « séducteurs cyniques », ni des « amoureux transis », ni des « niais au grand cœur »... mais bel et bien, tous, tout cela à la fois ! Dès lors on ne saurait s'étonner du désenchantement qui les caractérise : leur culture leur tient lieu de fatalité et ils sont toujours à quelque distance du sentiment qui les tient. Théophile Gautier est ainsi parvenu

*à analyser avec la plus grande finesse les méandres
sentimentaux que parcourt chaque personnage de Murger :*

La trahison, il l'a prévue et il en souffre et il s'en
plaint avec une amertume si douce, une ironie si
mouillée de larmes, une tristesse si résignée que son
émotion vous gagne[1].

*En court-circuitant de cette façon les règles tradition-
nelles de la psychologie amoureuse, Murger enveloppe ses
personnages dans une espèce de brouillard sentimental,
toujours côtoyant la mièvrerie et le larmoiement, grâce
auquel ils acquièrent une vérité plus profonde que celle de
la plupart des personnages de roman-feuilleton. Jamais
donc la tristesse ni la gaieté ne sont pleines et entières ;
jamais l'abandon au sentiment n'est total : le désespoir
est faussé par la résignation et l'ivresse du bonheur par la
conviction de sa vanité. Il semble d'ailleurs que cet état
d'esprit que Murger insuffle à ses personnages fût avant
tout le sien. Le critique dramatique Fiorentino disait en
effet de lui :*

Il était gai par boutades, mais d'une gaieté un
peu forcée et surexcitée, qui trahissait un secret
malaise[2]

*et on peut considérer ce « secret malaise », que rien
jamais n'explicite entièrement, comme le moteur de
l'univers du romancier et le motif premier du succès de
son livre.*

*L'accueil extrêmement favorable que la critique et le
public réservèrent aux* Scènes de la vie de bohème
s'explique en effet en partie par l'introduction de cette

1. *Les Nuits d'hiver*, p. 264.
2. *Ibid.*, p. 267.

*sentimentalité nouvelle, alliée à la drôlerie de la langue du
petit journal, dans l'espace littéraire du roman-feuilleton.
Lors de la publication du roman en volume, en 1851, les
lecteurs avaient hérité des troubles de la révolution de
Février une certaine méfiance à l'égard des romans à
thèse. Ainsi les vastes fresques historiques de Dumas ou
de Sue, comme les interminables épanchements
d'Alphonse Karr ou la stratégie sociale de Frédéric Soulié,
n'étaient plus au goût du jour. Le monde de Murger,
constitué de petits tableaux de genre exécutés avec un
sens de la précision et du pittoresque digne d'un maître
hollandais* [1], *et qui savait faire revivre le Paris de Louis-
Philippe, clinquant et misérable à la fois, et disparu en
quelques mois, avait de quoi séduire des lecteurs que le
tournant du siècle et l'évolution de l'esthétique jetaient
dans le désarroi. Le critique Jules Janin, dont les opinions reflètent en général le goût moyen de son temps,
voyait ainsi en Murger « un des rares écrivains, un des
rares artistes qui ont trouvé quelque chose ; un cher-
cheur de nouveaux mondes poussé par l'instinct des
terres lointaines, des régions inconnues, des solitudes
inexplorées* [2] *»* — *et nous ne pouvons nous empêcher de
sourire aujourd'hui en lisant ces lignes, quand nous
considérons que le lecteur des années 1850 voyait en
Murger, et non en Baudelaire ou en Flaubert, le paran-
gon de la nouveauté et de la modernité.*

1. Il y aurait beaucoup à dire de l'influence de la peinture de genre
hollandaise sur l'esthétique du réalisme : c'est pendant la monarchie
de Juillet que Vermeer est redécouvert par Thoré-Burger, peu avant
que Meissonier ne remette au goût du jour le style de Teniers (voir à
ce sujet l'ouvrage de Gabriel P. Weisberg, *The Realist Tradition.
French Painting and Drawing. 1830-1900*, the Cleveland Museum of
Art, 1980). Comme en témoigne le tableau de Tassaert reproduit sur
la couverture de ce volume, il semble bien que, dans ce domaine, les
peintres aient eu au moins une décennie d'avance sur les hommes de
lettres.
2. *Les Nuits d'hiver*, p. 249-250.

Pourtant les Scènes *de la vie de bohème valent sans doute mieux que leur succès immédiat : on ne peut les réduire à une chronique de la vie estudiantine, pleine d'une nostalgie facile et d'une sentimentalité parfois écœurante. Le livre de Murger, tel que nous l'appréhendons maintenant, dans son édition définitive, n'est pas le simple recueil des feuilletons parus dans* Le Corsaire-Satan *; ce n'est ni un groupe d'aimables nouvelles sur le même thème, ni une enfilade de saynètes piquantes, c'est un véritable roman, dont la structure et l'unité sont véritablement nouvelles.*

Paradoxalement, cette nouveauté de la construction du livre vient du peu de modifications apportées par Murger : paresse salutaire ou intuition heureuse, le romancier n'a pas voulu retravailler en profondeur le texte de ses feuilletons pour les couler dans un classique moule romanesque. Il a préféré ajouter des chapitres d'introduction et de conclusion et ordonner ensuite, dans le cadre ainsi obtenu, les Scènes *originales, qui conservent chacune leur autonomie et leur durée propre, en sorte que volent en éclats toutes les conventions de l'intrigue et de la psychologie. De cette façon, il n'y a pour ainsi dire plus de durée ni de personnages dans le roman : les épisodes se succèdent au gré de la mémoire et leurs protagonistes ont des visages changeants comme ceux des rêves, comme si la jeunesse qu'on évoque échappait à la temporalité pour devenir un espace social. Telle est en effet la trouvaille romanesque de Murger, qui lui permet de transcender l'hétérogénéité de son livre : il a substitué à la structure classique du récit une composition mobile, qui tire sa cohérence de l'entrelacement des thèmes.*

En effet, les véritables personnages du roman ne sont ni Rodolphe ni ses amis — ils se ressemblent trop pour cela —, mais les instances sociales à l'intérieur desquelles

ils se meuvent : la mansarde[1], *le café, la rue, l'hôpital...
mais aussi le journal, les coulisses, le bal. Et Murger ne se
contente pas de faire l'inventaire des lieux de la bohème,
scène après scène : il les ordonne comme en un jeu de
l'oie, avec des cases récurrentes, promesses de joies ou de
malheurs. Le chapitre d'ouverture, l'un de ceux qui furent
écrits spécialement pour le volume, est un véritable état
des lieux, qui propose didactiquement le panorama de la
géographie du roman, dont les diverses régions seront par
la suite explorées l'une après l'autre. Le pittoresque
domine ici encore, mais bientôt, à mesure que l'on
progresse dans le roman, la perspective se resserre et
l'horizon se rapproche. L'on quitte alors cette allure de
promenade qui fait de la vie de bohème, de la jeunesse, la
parodie de la vie sérieuse des gens respectables. Avec le
chapitre intitulé* La Toilette des Grâces, *ajouté à la
seconde édition seulement, une fêlure irrémédiable apparaît ; il ne s'agit plus de jouer les héros de mélodrame pour
échapper à l'avarice d'un oncle, ni de singer l'Académie,
ni de faire d'une pièce de cinq francs une nouvelle Toison
d'Or : tous les déplacements désormais se réduisent à un
sinistre va-et-vient entre le lit de plaisir et le lit d'agonie —
entre la misère qui détruit et le luxe qui aliène. Avant les
derniers chapitres, où chacun renie sa jeunesse dans une
espèce de* happy end *triste, c'est sans doute dans celui*

---

1. A la fois décor de la vie quotidienne et sanctuaire de la création,
la mansarde est évidemment le cœur de la vie de bohème. Cependant
la manière dont Murger traite ce lieu privilégié est bien éloignée de la
conception qui sera celle d'un Courbet. Lorsqu'en 1854 il décide de
peindre son *Atelier*, celui-ci donne à son immense toile un sous-titre
éloquent : *Allégorie réelle* (voir André Fermigier, *Courbet. Étude biogra-
phique et critique*, Genève, Skira, 1971). Murger en revanche insiste
constamment sur la trivialité et l'indifférenciation des mansardes : à
l'image de la bohème, elles ne sont que des lieux de passage, où les
locataires se succèdent en s'ignorant et dont le mobilier se réduit
significativement à des toiles peintes en trompe l'œil tirées des
coulisses d'un théâtre.

que Murger a intitulé Les Fantaisies de Musette *que le tableau se révèle le plus sombre : sans cesse retardée, arrêtée en chemin par des obstacles qu'elle suscite elle-même, presque comme un héros de Kafka, Musette ne peut arriver à temps pour la fête qu'elle désirait tant, et pendant laquelle, incidemment, Schaunard découvre la vénalité de Phémie... Quand Marcel s'exclame enfin :* « — Cinq jours pour traverser le Pont Neuf ! », *cela n'est pas drôle : c'est qu'il a compris que, de Montmartre au Quartier Latin, la ville est un labyrinthe hostile où l'on s'égare sans fin, la réalité est là pour qu'on s'y cogne et s'y étourdisse. Chacun est incapable de se conduire, d'aller où il le voudrait ou même de connaître la vérité de ses désirs.*

Ainsi l'errance au sein de la bohème, selon Murger, ne définit plus un espace de liberté, où tous les possibles sont susceptibles de se réaliser, où chacun serait maître de ses mouvements et de son avenir. Cette errance est au contraire subie ; elle résulte des contraintes qu'impose la réalité et qui n'offrent d'autres issues pour sortir de la jeunesse que la mort ou l'embourgeoisement. En d'autres termes, on ne peut choisir qu'entre le destin de Jacques, qui meurt à l'hôpital, impuissant et obscur, et le réalisme de Rodolphe dont la Muse, comme celle de Baudelaire, sait se plier aux exigences du marché.

Le pessimisme de Murger ne s'arrête pas à cette lugubre alternative. La place qu'occupe l'épisode de Jacques, Le Manchon de Francine, *dans l'économie du roman est à cet égard significative : il aurait été conventionnel, et par là rassurant, de terminer le livre sur ce chapitre, sans nul doute la plus pathétique de toutes les* Scènes. *Mais Murger a refusé cette concession à la facilité du mélodrame*[1] *: la vie continue après la mort de Jacques, et il*

---

1. L'adaptation théâtrale du roman par Murger et Barrière s'achève sur la mort de Mimi, inspirée de celle de Francine.

appartient à Rodolphe et à ses amis de clore la vie de
bohème par leur réussite, qui apparaît dès lors comme
une véritable apostasie de leur jeunesse. Ainsi s'exprime
la morale en action des Scènes de la vie de bohème, que
Murger a énoncée sous une forme axiomatique dans sa
Préface : plutôt renier la bohème qu'y mourir. Si donc
l'on veut à tout prix trouver du réalisme dans l'œuvre de
Murger, ce n'est pas dans son esthétique qu'il faut le
chercher, mais dans sa conception du monde.

C'est autour de ce thème d'ailleurs que se sont dévelop-
pées les seules critiques approfondies du roman. En
particulier, les anciens compagnons de bohème de Murger lui ont amèrement reproché cette lucidité, qui trahit
leurs souvenirs communs. Ils ont vu dans le livre de leur
ancien ami, et dans son succès, de la condescendance à
l'égard de leurs erreurs passées et de la complaisance à les
raconter, à s'enrichir et acquérir de la respectabilité en les
racontant. C'est sans doute Adrien Lélioux, ami de la
première heure pourtant (ou justement), qui se montre le
plus sévère lorsqu'il blâme Murger de renier sa jeunesse
après l'avoir exploitée autant que possible :

Oh ! sans doute, il faut que la bohème finisse, il faut
qu'elle ne soit pas un but [...] mais ce succès trop
complet, obtenu par de *vilains* hasards... c'est la
négation du poème tout entier[1].

Toutefois il est difficile de faire la part, dans de tels
propos, de la critique véritable et de l'envie, avouée ou
non. Les proches de Murger ne sont pas ses meilleurs
lecteurs : sans s'embarrasser de la contradiction, ils lui
reprochent à la fois de les avoir mis en scène et de ne pas
les avoir faits assez ressemblants à leur gré...

1. *Histoire de Murger pour servir à l'histoire de la vraie bohème*, par
trois *Buveurs d'eau*, Hetzel, 1862, p. 71 (section rédigée par Adrien
Lélioux).

*En revanche, Armand de Pontmartin, critique attitré de
la* Revue des Deux Mondes *et celui-là même qui était
intervenu auprès de Buloz pour que Murger soit publié
dans la plus prestigieuse revue littéraire du temps, Pontmartin donc est plus perspicace, et plus terrible, dans sa
condamnation de Murger. Dans un article paru quelques
mois après la mort de Murger et significativement intitulé*
Un jeune écrivain, étude morale [1], *il compare Murger à
ses illustres devanciers, Lamartine et Musset, qui ont
comme lui évoqué les affres et les doutes de la jeunesse, et
il conclut :*

Voilà ce qui manque chez Murger et ses amis : le
petit monde qu'il connaît si bien et qu'il décrit avec
charme n'a pas d'horizon ; c'est sur le néant et sur
l'ombre que s'ouvrent les fenêtres de ces mansardes où
gazouillent de futiles amours sous le gai rayon de la
vingtième année.

Ce jugement est ramassé en une formule spectaculaire :

Le mal dont ils souffrent, si l'on osait inventer un
mot pour le définir, s'appellerait l'inconscience.

*Pontmartin ne croit pas si bien dire... mais ce qui est à ses
yeux (et aux yeux de cette morale publique qui a envoyé
Baudelaire et Flaubert devant les tribunaux) une
condamnation sans appel de l'univers du romancier, est
précisément ce qui pour nous fait l'intérêt des* Scènes de
la vie de bohème.

*Murger a écrit l'histoire d'une aliénation. Il a montré
comment une partie de la génération d'après 1830 s'est
trouvée livrée à elle-même et a cru découvrir dans le
confort du petit journal un remède à son désarroi. Monde
sans horizon peuplé d'êtres sans croyances et même sans
convictions, la bohème de Murger n'est donc pas un*

---

1. *Revue des Deux Mondes,* 1ᵉʳ octobre 1861.

univers pittoresque : elle impose un présent dépourvu d'avenir, une espèce d'enfer dont on s'accommode au jour le jour. Et, chose impensable chez Lamartine et Musset, que cite Pontmartin, comme a fortiori chez Cladel ou Huysmans, qui prendront plus ou moins ouvertement la succession de Murger [1] *: le ciel au-dessus de la bohème est désespérément vide.*

Le tour de force de l'auteur des Scènes de la vie de bohème *— ce qui l'apparente aux plus grands — est d'être parvenu à donner une enveloppe si plaisante, si amusante, à ce désespoir même. Car le charme immédiat du livre est tenace, il résiste à la lucidité. Murger a parié sur l'instinct de conservation, sur le réflexe vital : même en enfer, un calembour fait rire.*

On se tromperait donc si l'on ne voulait voir dans les Scènes de la vie de bohème *qu'un document d'histoire littéraire et sociale. Certes il y a là une véritable chronique de la bohème, l'évocation vraie d'une époque. Mais ce serait peu de choses si ce n'était que cela. La méditation de Murger sur la jeunesse et la fin de la jeunesse est certainement moins superficielle et moins opportuniste qu'on l'a dit et répété. Même si c'est indéniablement sur un mode mineur, Murger a bel et bien écrit un authentique roman d'apprentissage : dans le petit monde de la bohème, Rodolphe apprend qu'il faut perdre ses illusions et éduquer ses sentiments. Il est le cousin de Lucien de Rubempré et de Frédéric Moreau.*

Loïc Chotard

---

1. *Les Martyrs ridicules* de Léon Cladel et, d'une certaine façon, *À rebours* de Huysmans continuent après Murger la chronique de la bohème.

*Scènes de la vie
de bohème*

PRÉFACE[1]

Les bohèmes dont il est question dans ce livre n'ont aucun rapport avec les bohèmes dont les dramaturges du boulevard ont fait les synonymes de filous et d'assassins. Ils ne se recrutent pas davantage parmi les montreurs d'ours, les avaleurs de sabres, les marchands de chaînes de sûreté, les professeurs d'*à tout coup l'on gagne*, les négociants des bas-fonds de l'agio, et mille autres industriels mystérieux et vagues dont la principale industrie est de n'en point avoir, et qui sont toujours prêts à tout faire, excepté le bien.

La Bohème dont il s'agit dans ce livre n'est point une race née d'aujourd'hui, elle a existé de tout temps et partout, et peut revendiquer d'illustres origines. Dans l'antiquité grecque, sans remonter plus haut dans cette généalogie, exista un bohème célèbre qui, en vivant au hasard du jour le jour parcourait les campagnes de l'Ionie florissante en mangeant le pain de l'aumône, et s'arrêtait le soir pour suspendre au foyer de l'hospitalité la lyre harmonieuse qui avait chanté les *Amours d'Hélène* et la *Chute de Troie*. En descendant l'échelle des âges, la Bohème moderne retrouve des aïeux dans toutes les époques artistiques et littéraires. Au moyen âge elle continue la tradition homérique avec les ménestrels et les improvisateurs, les enfants du gai savoir, tous les vagabonds mélodieux des campagnes de la Touraine ; toutes les muses errantes qui, portant sur le dos la besace du nécessiteux et la harpe du trouvère, traversaient, en chantant, les plaines du beau pays, où devait fleurir l'églantine de Clémence Isaure.

A l'époque qui sert de transition entre les temps chevaleresques et l'aurore de la renaissance, la Bohème continue à courir tous les chemins du royaume, et déjà un peu les rues de Paris. C'est maître Pierre Gringoire, l'ami des truands et l'ennemi du jeûne ; maigre et affamé comme peut l'être un homme dont l'existence n'est qu'un long carême, il bat le pavé de la ville, le nez au vent tel qu'un chien qui lève, flairant l'odeur des cuisines et des rôtisseries ; ses yeux, pleins de convoitises gloutonnes, font maigrir, rien qu'en les regardant, les jambons pendus aux crochets des charcutiers, tandis qu'il fait sonner, dans son imagination, et non dans ses poches, hélas ! les dix écus que lui ont promis messieurs les échevins en payement de la *très pieuse et dévote sotie* qu'il a composée pour le théâtre de la salle du Palais de Justice. A côté de ce profil dolent et mélancolique de l'amoureux d'Esméralda, les chroniques de la Bohème peuvent évoquer un compagnon d'humeur moins ascétique et de figure plus réjouie ; c'est maître François Villon, l'amant de *la belle qui fut haultmière*. Poète et vagabond par excellence, celui-là ! et dont la poésie, largement imaginée, sans doute à cause de ces pressentiments que les anciens attribuent à leurs *vates*, était sans cesse poursuivie par une singulière préoccupation de la potence, où ledit Villon faillit un jour être cravaté de chanvre pour avoir voulu regarder de trop près la couleur des écus du roi. Ce même Villon, qui avait plus d'une fois essoufflé la maréchaussée lancée à ses trousses, cet hôte tapageur des bouges de la rue Pierre-Lescot, ce pique-assiette de la cour du duc d'Égypte, ce Salvator

Rosa de la poésie, a rimé des élégies dont le sentiment navré et l'accent sincère émeuvent les plus impitoyables, et font qu'ils oublient le malandrin, le vagabond, et le débauché, devant cette muse toute ruisselante de ses propres larmes.

Au reste, parmi tous ceux dont l'œuvre peu connue n'a été fréquentée que des gens pour qui la littérature française ne commence pas seulement le jour où « Malherbe vint », François Villon a eu l'honneur d'être un des plus dévalisés, même par les gros bonnets du Parnasse moderne. On s'est précipité sur le champ du pauvre et on a battu monnaie de gloire avec son humble trésor. Il est telle ballade écrite au coin de la borne et sous la gouttière, un jour de froidure, par le rapsode bohème ; telles stances amoureuses improvisées dans le taudis où *la belle qui fut haultmière* détachait à tout venant sa ceinture dorée, qui aujourd'hui, métamorphosées en galanteries de beau lieu flairant le musc et l'ambre, figurent dans l'album armorié d'une Chloris aristocratique.

Mais voici le grand siècle de la renaissance qui s'ouvre. Michel-Ange gravit les échafauds de la Sixtine et regarde d'un air soucieux le jeune Raphaël qui monte l'escalier du Vatican, portant sous son bras les cartons des Loges[2]. Benvenuto médite son *Persée*, Ghiberti cisèle les portes du Baptistère en même temps que Donatello dresse ses marbres sur les ponts de l'Arno ; et pendant que la cité des Médicis lutte de chefs-d'œuvre avec la ville de Léon X et de Jules II, Titien et Véronèse illustrent la cité des Doges ; Saint-Marc lutte avec Saint-Pierre.

Cette fièvre de génie, qui vient d'éclater tout à coup dans la péninsule italienne avec une violence épidémique, répand sa glorieuse contagion dans toute l'Europe. L'art, rival de Dieu, marche l'égal des rois. Charles Quint s'incline pour ramasser le pinceau du

Titien, et François Ier fait antichambre dans l'imprimerie où Étienne Dolet corrige peut-être les épreuves de
Pantagruel.

Au milieu de cette résurrection de l'intelligence, la
Bohème continue comme par le passé à chercher,
suivant l'expression de Balzac, la pâte et la niche.
Clément Marot, devenu le familier des antichambres
du Louvre, devient, avant même qu'elle eût été favorite
d'un roi, le favori de cette belle Diane dont le sourire
illumina trois règnes. Du boudoir de Diane de Poitiers,
la Muse infidèle du poète passe dans celui de Marguerite de Valois, faveur dangereuse que Marot paya par
la prison. Presque à la même époque, un autre bohème,
dont l'enfance avait été, sur la plage de Sorrente,
caressée par les baisers d'une Muse épique, le Tasse,
entrait à la cour du duc de Ferrare comme Marot à
celle de François Ier ; mais, moins heureux que l'amant
de Diane et de Marguerite, l'auteur de la *Jérusalem*
payait de sa raison et de la perte de son génie l'audace
de son amour pour une fille de la maison d'Este.

Les guerres religieuses et les orages politiques qui
signalèrent en France l'arrivée des Médicis n'arrêtent
point l'essor de l'art. Au moment où une balle atteignait, sur les échafauds des *Innocents*, Jean Goujon,
qui venait de retrouver le ciseau païen de Phidias,
Ronsard retrouvait la lyre de Pindare, et fondait, aidé
de sa pléiade, la grande école lyrique française. A cette
école du *renouveau* succéda la réaction de Malherbe et
des siens, qui chassèrent de la langue toutes les grâces
exotiques que leurs prédécesseurs avaient essayé de
nationaliser sur le Parnasse. Ce fut un bohème, Mathu-
rin Régnier, qui défendit un des derniers les boulevards de la poésie lyrique attaquée par la phalange des
rhéteurs et des grammairiens qui déclaraient Rabelais
barbare et Montaigne obscur. Ce fut ce même Mathu-
rin Régnier le cynique qui, rajoutant des nœuds au

fouet satirique d'Horace, s'écriait indigné en voyant les mœurs de son époque :

L'honneur est un vieux saint que l'on ne chôme plus.

Au XVIIᵉ siècle le dénombrement de la Bohème contient une partie des noms de la littérature de Louis XIII et de Louis XIV ; elle compte des membres parmi les beaux esprits de l'hôtel Rambouillet, où elle collabore à la *guirlande de Julie* ; elle a ses entrées au palais Cardinal, où elle collabore à la tragédie de *Marianne* avec le poète-ministre, qui fut le Robespierre de la monarchie. Elle jonche de madrigaux la ruelle de Marion Delorme et courtise Ninon sous les arbres de la place Royale ; elle déjeune le matin à la taverne des *Goinfres* ou de l'*Épée-Royale*, et soupe le soir à la table du duc de Joyeuse ; elle se bat en duel sous les réverbères pour le sonnet d'Uranie contre le sonnet de Job. La Bohème fait l'amour, la guerre et même de la diplomatie ; et sur ses vieux jours, lasse des aventures, elle met en poème le Vieux et le Nouveau Testament, émarge sur toutes les feuilles de bénéfices, et, bien nourrie de grasses prébendes, va s'asseoir sur un siège épiscopal ou sur un fauteuil de l'Académie, fondée par l'un des siens.

Ce fut dans la transition du XVIᵉ au XVIIIᵉ siècle que parurent ces deux fiers génies que chacune des nations où ils vécurent opposent l'un à l'autre dans leurs luttes de rivalité littéraire, Molière et Shakespeare : ces illustres bohémiens dont la destinée offre tant de rapprochements.

Les noms les plus célèbres de la littérature du XVIIIᵉ siècle se retrouvent aussi dans les archives de la Bohème, qui, parmi les glorieux de cette époque, peut citer Jean-Jacques et d'Alembert, l'enfant trouvé du parvis Notre-Dame, et, parmi les obscurs, Malfilâtre et

Gilbert ; deux réputations surfaites : car l'inspiration
de l'un n'était que le pâle reflet du pâle lyrisme de
Jean-Baptiste Rousseau, et l'inspiration de l'autre, que
le mélange d'une impuissance orgueilleuse alliée avec
une haine qui n'avait même point l'excuse de l'initiative et de la sincérité, puisqu'elle n'était que l'instrument payé des rancunes et des colères d'un parti.

Nous avons clos à cette époque ce rapide résumé de
la Bohème en ses différents âges ; prolégomènes semés
de noms illustres que nous avons placés à dessein en
tête de ce livre, pour mettre en garde le lecteur contre
toute application fausse qu'il pourrait faire préventive-
ment en rencontrant ce nom de bohèmes, donné
longtemps à des classes d'avec lesquelles tiennent à
honneur de se différencier celles dont nous avons
essayé de retracer les mœurs et le langage.

Aujourd'hui comme autrefois, tout homme qui entre
dans les arts, sans autre moyen d'existence que l'art
lui-même, sera forcé de passer par les sentiers de la
Bohème. La plupart des contemporains qui étaient les
plus beaux blasons de l'art ont été des bohémiens ; et,
dans leur gloire calme et prospère, ils se rappellent
souvent, en le regrettant peut-être, le temps où, gravis-
sant la verte colline de la jeunesse, ils n'avaient d'autre
fortune, au soleil de leurs vingt ans, que le courage, qui
est la vertu des jeunes, et que l'espérance, qui est le
million des pauvres.

Pour le lecteur inquiet, pour le bourgeois timoré,
pour tous ceux qui ne trouvent jamais trop de points
sur les *i* d'une définition, nous répéterons en forme
d'axiome :

« La Bohème, c'est le stage de la vie artistique ; c'est
la préface de l'Académie, de l'Hôtel-Dieu ou de la
Morgue. »

Nous ajouterons que la Bohème n'existe et n'est
possible qu'à Paris.

Comme tout état social, la Bohème comporte des nuances différentes, des genres divers qui se subdivisent eux-mêmes et dont il ne sera pas inutile d'établir la classification.

Nous commencerons par la Bohème ignorée, la plus nombreuse. Elle se compose de la grande famille des artistes pauvres, fatalement condamnés à la loi de l'incognito, parce qu'ils ne savent pas ou ne peuvent pas trouver un coin de publicité pour attester leur existence dans l'art, et, par ce qu'ils sont déjà, prouver ce qu'ils pourraient être un jour. Ceux-là, c'est la race des obstinés rêveurs pour qui l'art est demeuré une foi et non un métier ; gens enthousiastes, convaincus, à qui la vue d'un chef-d'œuvre suffit pour donner la fièvre, et dont le cœur loyal bat hautement devant tout ce qui est beau, sans demander le nom du maître et de l'école. Cette bohème-là se recrute parmi ces jeunes gens dont on dit qu'ils donnent des espérances, et parmi ceux qui réalisent les espérances données, mais qui, par insouciance, par timidité, ou par ignorance de la vie pratique, s'imaginent que tout est dit quand l'œuvre est terminée, et attendent que l'admiration publique et la fortune entrent chez eux par escalade et avec effraction. Ils vivent pour ainsi dire en marge de la société, dans l'isolement et dans l'inertie. Pétrifiés dans l'art, ils prennent à la lettre exacte les symboles du dithyrambe académique qui placent une auréole sur le front des poètes, et, persuadés qu'ils flambloient dans leur ombre, ils attendent qu'on les vienne trouver. Nous avons autrefois connu une petite école composée de ces types si étranges, qu'on a peine à croire à leur existence ; ils s'appelaient les disciples de *l'art pour l'art*. Selon ces naïfs, l'art pour l'art consistait à se diviniser entre eux, à ne point aider le hasard qui ne savait même pas leur adresse, et à attendre que les piédestaux vinssent se placer sous leurs pas.

C'est, comme on le voit, le stoïcisme du ridicule[3]. Eh bien, nous l'affirmons encore une fois pour être cru, il existe au sein de la Bohème ignorée des êtres semblables dont la misère excite une pitié sympathique sur laquelle le bon sens vous force à revenir ; car si vous leur faites observer tranquillement que nous sommes au XIXᵉ siècle, que la pièce de cent sous est Impératrice de l'humanité, et que les bottes ne tombent pas toutes vernies du ciel, ils vous tournent le dos et vous appellent bourgeois.

Au reste, ils sont logiques dans leur héroïsme insensé ; ils ne poussent ni cris ni plaintes, et subissent passivement la destinée obscure et rigoureuse qu'ils se font eux-mêmes. Ils meurent pour la plupart, décimés par cette maladie à qui la science n'ose pas donner son véritable nom, la misère. S'ils le voulaient cependant, beaucoup pourraient échapper à ce dénouement fatal qui vient brusquement clore leur vie à un âge où d'ordinaire la vie ne fait que commencer. Il leur suffirait pour cela de quelques concessions faites aux dures lois de la nécessité, c'est-à-dire de savoir dédoubler leur nature, d'avoir en eux deux êtres : le poète, rêvant toujours sur les hautes cimes où chante le chœur des voix inspirées ; et l'homme, ouvrier de sa vie sachant se pétrir le pain quotidien. Mais cette dualité, qui existe presque toujours chez les natures bien trempées dont elle est un des caractères distinctifs, ne se rencontre pas chez la plupart de ces jeunes gens que l'orgueil, un orgueil bâtard, a rendus invulnérables à tous les conseils de la raison. Aussi meurent-ils jeunes, laissant quelquefois après eux une œuvre que le monde admire plus tard, et qu'il eût sans doute applaudie plus tôt si elle n'était pas restée invisible.

Il en est dans les luttes de l'art à peu près comme à la guerre : toute la gloire conquise rejaillit sur le nom des chefs ; l'armée se partage pour récompenser les quelques lignes d'un ordre du jour. Quant aux soldats frappés dans le combat, on les enterre là où ils sont tombés, et une seule épitaphe suffit pour vingt mille morts.

De même aussi la foule, qui a toujours les yeux fixés vers ce qui s'élève, n'abaisse jamais son regard jusqu'au monde souterrain où luttent les obscurs travailleurs ; leur existence s'achève inconnue, et, sans avoir même quelquefois la consolation de sourire à une œuvre terminée, ils s'en vont de la vie ensevelis dans un linceul d'indifférence.

Il existe dans la Bohème ignorée une autre fraction ; elle se compose des jeunes gens qu'on a trompés ou qui se sont trompés eux-mêmes. Ils prennent une fantaisie pour une vocation, et, poussés par une fatalité homicide, ils meurent les uns victimes d'un perpétuel accès d'orgueil, les autres idolâtrés d'une chimère.

Et ici, qu'on nous permette une courte digression.

Les voies de l'art, si encombrées et si périlleuses, malgré l'encombrement et malgré les obstacles, sont pourtant chaque jour de plus en plus encombrées, et par conséquent jamais la Bohème ne fut plus nombreuse.

Si on cherchait parmi toutes les raisons qui ont pu déterminer cette affluence, on pourrait peut-être trouver celle-ci.

Beaucoup de jeunes gens ont pris au sérieux les déclamations faites à propos des artistes et des poètes malheureux. Les noms de Gilbert, de Malfilâtre, de Chatterton, de Moreau, ont été trop souvent, trop imprudemment, et surtout trop inutilement jetés en l'air. On a fait de la tombe de ces infortunés une chaire du haut de laquelle on prêchait le martyre de l'art et de la poésie.

> *Adieu, trop inféconde terre,*
> *Fléaux humains, soleil glacé!*
> *Comme un fantôme solitaire,*
> *Inaperçu j'aurai passé.*

Ce chant désespéré de Victor Escousse[4], asphyxié
par l'orgueil que lui avait inoculé un triomphe factice,
est devenu un certain temps *la Marseillaise* des volon-
taires de l'art, qui allaient s'inscrire au martyrologe de
la médiocrité.

Car toutes ces funèbres apothéoses, ce *Requiem*
louangeur, ayant tout l'attrait de l'abîme pour les
esprits faibles et les vanités ambitieuses, beaucoup,
subissant cette fatale attraction, ont pensé que la
fatalité était la moitié du génie ; beaucoup ont rêvé ce
lit d'hôpital où mourut Gilbert, espérant qu'ils y
deviendraient poètes comme il le devint un quart
d'heure avant de mourir, et croyant que c'était là une
étape obligée pour arriver à la gloire.

On ne saurait trop blâmer ces mensonges immoraux,
ces paradoxes meurtriers, qui détournent d'une voie où
ils auraient pu réussir tant de gens qui viennent finir
misérablement dans une carrière où ils gênent ceux à
qui une vocation réelle donne seulement le droit d'entrer.

Ce sont ces prédications dangereuses, ces inutiles
exaltations posthumes qui ont créé la race ridicule des
incompris, des poètes pleurards dont la Muse a toujours les yeux rouges et les cheveux mal peignés, et
toutes les médiocrités impuissantes qui, enfermées
dans l'écrou de l'inédit, appellent la Muse marâtre et
l'art bourreau.

Tous les esprits vraiment puissants ont leur mot à
dire et le disent en effet tôt ou tard. Le génie ou le
talent ne sont pas des accidents imprévus dans l'humanité ; ils ont une raison d'être, et par cela même ne
sauraient rester toujours dans l'obscurité ; car si la

foule ne va pas au-devant d'eux, ils savent aller au-
devant d'elle. Le génie, c'est le soleil : tout le monde le
voit. Le talent, c'est le diamant qui peut rester longtemps perdu dans l'ombre, mais qui toujours est
aperçu par quelqu'un. On a donc tort de s'apitoyer aux
lamentations et aux rengaines de cette classe d'intrus
et d'inutiles entrés dans l'art malgré l'art lui-même, et
qui composent dans la Bohème une catégorie dans
laquelle la paresse, la débauche et le parasitisme
forment le fond des mœurs.

AXIOME

« La Bohème ignorée n'est pas un chemin, c'est un
cul-de-sac. »

En effet, cette vie-là est quelque chose qui ne mène à
rien. C'est une misère abrutie, au milieu de laquelle
l'intelligence s'éteint comme une lampe dans un lieu
sans air ; où le cœur se pétrifie dans une misanthropie
féroce, et où les meilleures natures deviennent les
pires. Si on a le malheur d'y rester trop longtemps et
de s'engager trop avant dans cette impasse, on ne peut
plus en sortir, ou on en sort par des brèches dangereuses, et pour retomber dans une bohème voisine,
dont les mœurs appartiennent à une autre juridiction
que celle de la physiologie littéraire.

Nous citerons encore une singulière variété de
bohèmes qu'on pourrait appeler amateurs. Ceux-là ne
sont pas les moins curieux. Ils trouvent la vie de
bohème une existence pleine de séductions : ne pas
dîner tous les jours, coucher à la belle étoile sous les
larmes des nuits pluvieuses et s'habiller de nankin
dans le mois de décembre leur paraît le paradis de la
félicité humaine, et pour s'y introduire ils désertent,
celui-ci le foyer de la famille, celui-là l'étude condui-
sant à un résultat certain. Ils tournent brusquement le

dos à un avenir honorable pour aller courir les aventures de l'existence de hasard. Mais comme les plus robustes ne tiendraient pas à un régime qui rendrait Hercule poitrinaire, ils ne tardent pas à quitter la partie, et, repiquant des deux vers le rôti paternel, ils s'en retournent épouser leur petite cousine, et s'établir notaires dans une ville de trente mille âmes ; et le soir, au coin de leur feu, ils ont la satisfaction de raconter leur *misère d'artiste*, avec l'emphase d'un voyageur qui raconte une chasse au tigre. D'autres s'obstinent et mettent de l'amour-propre ; mais une fois qu'ils ont épuisé les ressources du crédit que trouvent toujours les fils de famille, ils sont plus malheureux que les vrais bohèmes, qui, n'ayant jamais eu d'autres ressources, ont au moins celles que donne l'intelligence. Nous avons connu un de ces bohèmes amateurs, qui, après avoir resté trois ans dans la Bohème et s'être brouillé avec sa famille, est mort un beau matin, et a été conduit à la fosse commune dans le corbillard des pauvres : il avait dix mille francs de rente !

Inutile de dire que ces bohémiens-là n'ont d'aucune façon rien de commun avec l'art, et qu'ils sont les plus obscurs parmi les plus inconnus de la Bohème ignorée.

Nous arrivons maintenant à la vraie Bohème ; à celle qui fait en partie le sujet de ce livre. Ceux qui la composent sont vraiment les appelés de l'art, et ont chance d'être aussi ses élus. Cette Bohème-là est comme les autres hérissée de dangers ; deux gouffres la bordent de chaque côté : la misère et le doute. Mais entre ces deux gouffres il y a du moins un chemin menant à un but que les bohémiens peuvent toucher du regard, en attendant qu'ils le touchent du doigt.

C'est la Bohème officielle : ainsi nommée, parce que ceux qui en font partie ont constaté publiquement leur existence, qu'ils ont signalé leur présence dans la vie ailleurs que sur un registre d'état civil ; qu'enfin, pour employer une expression de leur langage, leurs noms sont sur l'affiche, qu'ils sont connus sur la place littéraire et artistique, et que leurs produits, qui portent leur marque, y ont cours, à des prix modérés, il est vrai.

Pour arriver à leur but, qui est parfaitement déterminé, tous les chemins sont bons, et les bohèmes savent mettre à profit jusqu'aux accidents de la route. Pluie ou poussière, ombre ou soleil, rien n'arrête ces hardis aventuriers, dont tous les vices sont doublés d'une vertu. L'esprit toujours tenu en éveil par leur ambition, qui bat la charge devant eux et les pousse à l'assaut de l'avenir : sans relâche aux prises avec la nécessité, leur invention, qui marche toujours mèche allumée, fait sauter l'obstacle qu'à peine il les gêne. Leur existence de chaque jour est une œuvre de génie, un problème quotidien qu'ils parviennent toujours à résoudre à l'aide d'audacieuses mathématiques. Ces gens-là se feraient prêter de l'argent par Harpagon, et auraient trouvé des truffes sur le radeau de la Méduse. Au besoin ils savent aussi pratiquer l'abstinence avec toute la vertu d'un anachorète ; mais qu'il leur tombe un peu de fortune entre les mains, vous les voyez aussitôt cavalcader sur les plus ruineuses fantaisies, aimant les plus belles et les plus jeunes, buvant des meilleurs et des plus vieux, et ne trouvant jamais assez de fenêtres par où jeter leur argent. Puis, quand leur dernier écu est mort et enterré, ils recommencent à dîner à la table d'hôte du hasard où leur couvert est toujours mis, et, précédés d'une meute de ruses, braconnant dans toutes les industries qui se rattachent à l'art, chassent du matin au soir cet animal féroce qu'on appelle la pièce de cinq francs.

Les bohèmes savent tout, et vont partout, selon qu'ils ont des bottes vernies ou des bottes crevées. On les rencontre un jour accoudés à la cheminée d'un salon du monde, et le lendemain attablés sous les tonnelles des guinguettes dansantes. Ils ne sauraient faire dix pas sur le boulevard sans rencontrer un ami, et trente pas n'importe où sans rencontrer un créancier.

La Bohème parle entre elle un langage particulier, emprunté aux causeries de l'atelier, au jargon des coulisses et aux discussions des bureaux de rédaction. Tous les éclectismes de style se donnent rendez-vous dans cet idiome inouï, où les tournures apocalyptiques coudoient le coq-à-l'âne, où la rusticité du dicton populaire s'allie à des périodes extravagantes sorties du même moule où Cyrano coulait ses tirades matamores ; où le paradoxe, cet enfant gâté de la littérature moderne, traite la raison comme on traite Cassandre dans les pantomimes ; où l'ironie a la violence des acides les plus prompts, et l'adresse de ces tireurs qui font mouche les yeux bandés ; argot intelligent quoique inintelligible pour tous ceux qui n'en ont pas la clef, et dont l'audace dépasse celle des langues les plus libres. Ce vocabulaire de bohème est l'enfer de la rhétorique et le paradis du néologisme.

Telle est, en résumé, cette vie de bohème, mal connue des puritains du monde, décriée par les puritains de l'art, insultée par toutes les médiocrités craintives et jalouses qui n'ont pas assez de clameurs, de mensonges et de calomnies pour étouffer les voix et les noms de ceux qui arrivent par ce vestibule de la renommée en attelant l'audace à leur talent.

Vie de patience et de courage, où l'on ne peut lutter que revêtu d'une forte cuirasse d'indifférence à l'épreuve des sots et des envieux, où l'on ne doit pas, si l'on ne veut trébucher en chemin, quitter un seul moment l'orgueil de soi-même, qui sert de bâton d'appui ; vie charmante et vie terrible, qui a ses victorieux et ses martyrs, et dans laquelle on ne doit entrer qu'en se résignant d'avance à subir l'impitoyable loi du *vœ victis*.

Mai 1850.

H. M.

SCÈNES
DE
LA VIE DE BOHÈME

I

COMMENT FUT INSTITUÉ
LE CÉNACLE DE LA BOHÈME

Voici comment le hasard, que les sceptiques appellent l'homme d'affaires du bon Dieu, mit un jour en contact les individus dont l'association fraternelle devait plus tard constituer le cénacle formé de cette fraction de la *Bohème* que l'auteur de ce livre a essayé de faire connaître au public.

Un matin, c'était le 8 avril, Alexandre Schaunard, qui cultivait les deux arts libéraux de la peinture et de la musique, fut brusquement réveillé par le carillon que lui sonnait un coq du voisinage qui lui servait d'horloge.

— Sacrebleu ! s'écria Schaunard, ma pendule à plumes avance, il n'est pas possible qu'il soit déjà aujourd'hui.

En disant ces mots, il sauta précipitamment hors d'un meuble de son industrieuse invention et qui, jouant le rôle de lit pendant la nuit, ce n'est pas pour dire, mais il le jouait bien mal, remplissait pendant le jour le rôle de tous les autres meubles, absents par suite du froid rigoureux qui avait signalé le précédent hiver : une espèce de meuble maître-Jacques [1], comme on voit.

Pour se garantir des morsures d'une bise matinale, Schaunard passa à la hâte un jupon de satin rose semé d'étoiles en pailleté, et qui lui servait de robe de chambre. Cet oripeau avait été, une nuit de bal masqué, oublié chez l'artiste par une *folie* qui avait commis celle de se laisser prendre aux fallacieuses promesses de Schaunard, lequel, déguisé en marquis de Mondor [2], faisait résonner dans ses poches les sonorités séductrices d'une douzaine d'écus, monnaie de fantaisie, découpée à l'emporte-pièce dans une plaque de métal, et empruntée aux accessoires d'un théâtre.

Lorsqu'il eut vêtu sa toilette d'intérieur, l'artiste alla ouvrir sa fenêtre et son volet. Un rayon de soleil, pareil à une flèche de lumière, pénétra brusquement dans la chambre et le força à écarquiller ses yeux encore voilés par les brumes du sommeil ; en même temps cinq heures sonnèrent à un clocher d'alentour.

— C'est l'aurore elle-même, murmura Schaunard ; c'est étonnant. Mais, ajouta-t-il en consultant un calendrier accroché à son mur, il n'y a pas moins erreur. Les indications de la science affirment qu'à cette époque de l'année, le soleil ne doit se lever qu'à cinq heures et demie ; il n'est que cinq heures, et le voilà déjà debout. Zèle coupable, cet astre est dans son tort, je porterai plainte au bureau des Longitudes. Cependant, ajouta-t-il, il faudrait commencer à m'inquiéter un peu ; c'est bien aujourd'hui le lendemain d'hier ; et comme hier était le 7, à moins que Saturne ne marche à reculons, ce doit être aujourd'hui le 8 avril ; et si j'en crois les discours de ce papier, dit Schaunard en allant relire une formule de congé par huissier affichée à la muraille, c'est aujourd'hui à midi précis que je dois avoir vidé ces lieux et compté ès mains de M. Bernard, mon propriétaire, une somme de soixante-quinze francs pour trois termes échus, et qu'il me réclame dans une fort mauvaise écriture. J'avais, comme toujours, espéré que le hasard se chargerait de liquider cette affaire, mais il paraîtrait qu'il n'a pas eu le temps. Enfin, j'ai encore six heures devant moi ; en les employant bien, peut-être que... Allons... allons, en route... ajouta Schaunard.

Il se disposait à vêtir un paletot dont l'étoffe, primitivement à longs poils, était atteinte d'une profonde calvitie, lorsque tout à coup, comme s'il eût été mordu par une tarentule, il se mit à exécuter dans sa chambre une chorégraphie de sa composition qui, dans les bals publics, lui avait souvent mérité les honneurs de la gendarmerie.

— Tiens, tiens, s'écria-t-il, c'est particulier, comme l'air du matin vous donne des idées, il me semble que je suis sur la piste de mon air ! Voyons.

Et Schaunard, à moitié nu, alla s'asseoir devant son piano. Et après avoir réveillé l'instrument endormi par un orageux placage d'accords, il commença, tout en monologuant, à poursuivre sur le clavier la phrase mélodique qu'il cherchait depuis si longtemps.

— *Do, sol, mi, do, la, si, do, ré*, boum, boum. *Fa, ré, mi, ré*. Aïe, aïe, il est faux comme Judas, ce *ré*, fit Schaunard en frappant avec violence sur la note aux sons douteux. Voyons le mineur... Il doit dépeindre adroitement le chagrin d'une jeune personne qui effeuille une marguerite blanche dans un lac bleu. Voilà une idée qui n'est pas en bas âge. Enfin, puisque c'est la mode, et qu'on ne trouverait pas un éditeur qui osât publier une romance où il n'y aurait pas de lac bleu, il faut s'y conformer... *Do, sol, mi, do, la, si, do, ré* ; je ne suis pas mécontent de ceci, ça donne assez l'idée d'une pâquerette, surtout aux gens qui sont fort en botanique. *La, si, do, ré,* gredin de *ré,* va! Maintenant, pour bien faire comprendre le lac bleu, il faudrait quelque chose d'humide, d'azuré, de clair de lune, car la lune en est aussi ; tiens, mais ça vient, n'oublions pas le cygne... *Fa, mi, la, sol,* continua Schaunard en faisant clapoter les notes cristallines de l'octave d'en bas. Reste l'adieu de la jeune fille, qui se décide à se jeter dans le lac bleu, pour rejoindre son bien-aimé enseveli sous la neige ; ce dénouement n'est pas clair, murmura Schaunard, mais il est intéressant. Il faudrait quelque chose de tendre, de mélancolique ; ça vient, ça vient, voilà une douzaine de mesures qui pleurent comme des Madeleines, ça fend le cœur ! Brr, brr, fit Schaunard en frissonnant dans son jupon semé d'étoiles, si ça pouvait fendre le bois : il y a dans mon alcôve une solive qui me gêne beaucoup quand j'ai du monde... à dîner ; je ferais un peu de feu avec... *la, la... ré, mi,* car je sens que l'inspiration m'arrive enveloppée d'un rhume de cerveau. Ah! bah! tant pis!... continuons à noyer ma jeune fille.

Et tandis que ses doigts tourmentaient le clavier palpitant, Schaunard, l'œil allumé, l'oreille tendue, poursuivait sa mélodie, qui, pareille à un sylphe insaisissable, voltigeait au milieu du brouillard sonore que les vibrations de l'instrument semblaient dégager dans la chambre.

— Voyons maintenant, reprit Schaunard, comment ma musique s'accroche avec les paroles de mon poète.

Et il fredonna d'une voix désagréable ce fragment de poésie employée spécialement pour les opéras-comiques et les légendes de mirliton :

> *La blonde jeune fille,*
> *Vers le ciel étoilé,*
> *En ôtant sa mantille,*

> *Jette un regard voilé ;*
> *Et dans l'onde* azurée
> *Du lac aux flots d'*argent . . . .
> . . . .

— Comment, comment ! fit Schaunard transporté d'une juste indignation, l'onde azurée d'un lac d'argent, je ne m'étais pas encore aperçu de celle-là, c'est trop romantique à la fin, ce poète est un idiot, il n'a jamais vu d'argent ni de lac. Sa balade est stupide, d'ailleurs ; la coupe des vers me gênait pour ma musique ; à l'avenir je composerai mes poèmes moi-même, et pas plus tard que tout de suite ; comme je me sens en train, je vais fabriquer une maquette de couplets pour y adapter ma mélodie.

Et Schaunard, prenant sa tête entre ses deux mains, prit l'attitude grave d'un mortel qui entretient des relations avec les Muses.

Au bout de quelques minutes de ce concubinage sacré, il avait mis au monde une de ces difformités que les faiseurs de libretti appellent avec raison des *monstres*, et qu'ils improvisent assez facilement pour servir de canevas provisoire à l'inspiration du compositeur.

Seulement le monstre de Schaunard avait le sens commun, et exprimait assez clairement l'inquiétude éveillée dans son esprit par l'arrivée brutale de cette date : le 8 avril.

Voici ce couplet :

> *Huit et huit font seize,*
> *J' pose six et retiens un.*
> *Je serais bien aise*
> *De trouver quelqu'un*
> *De pauvre et d'honnête*
> *Qui m' prête huit cents francs,*
> *Pour payer mes dettes*
> *Quand j'aurai le temps.*

REFRAIN

Et quand sonnerait au cadran suprême
Midi moins un quart,
Avec probité je payerais mon terme (ter.)
A monsieur Bernard.

— Diable, fit Schaunard en relisant sa composition, *terme* et *suprême*, voilà des rimes qui ne sont pas millionnaires, mais je n'ai point le temps de les enrichir. Essayons maintenant comment les notes se marieront avec les syllabes.

Et avec cet affreux organe nasal qui lui était particulier, il reprit de nouveau l'exécution de sa romance. Satisfait sans doute du résùltat qu'il venait d'obtenir, Schaunard se félicita par une grimace jubilatoire qui, semblable à un accent circonflexe, se mettait à cheval sur son nez chaque fois qu'il était content de lui-même. mais cette orgueilleuse béatitude n'eut pas une longue durée.

Onze heures sonnèrent au clocher prochain ; chaque coup du timbre entrait dans la chambre et s'y perdait en sons railleurs qui semblaient dire au malheureux Schaunard : Es-tu prêt ?

L'artiste bondit sur sa chaise.

— Le temps court comme un cerf, dit-il... il ne me reste plus que trois quarts d'heure pour trouver mes soixante-quinze francs et mon nouveau logement. Je n'en viendrai jamais à bout, ça rentre trop dans le domaine de la magie. Voyons, je m'accorde cinq minutes pour trouver, et, s'enfonçant la tête entre les deux genoux, il descendit dans les abîmes de la réflexion.

Les cinq minutes s'écoulèrent, et Schaunard redressa la tête sans avoir rien trouvé qui ressemblât à soixante-quinze francs.

— Je n'ai décidément qu'un parti à prendre pour
sortir d'ici, c'est de m'en aller tout naturellement ; il
fait beau temps, mon ami le hasard se promène peut-
être au soleil. Il faudra bien qu'il me donne l'hospitalité jusqu'à ce que j'aie trouvé le moyen de me
liquider avec M. Bernard.

Schaunard, ayant bourré de tous les objets qu'elles
pouvaient contenir les poches de son paletot, profondes comme des caves, noua ensuite dans un fou-
lard quelques effets de linge et quitta sa chambre, non
sans adresser en quelques paroles ses adieux à son
domicile.

Comme il traversait la cour, le portier de la maison,
qui semblait le guetter, l'arrêta soudain.

— Hé, monsieur Schaunard, s'écria-t-il en barrant
le passage à l'artiste, est-ce que vous n'y pensez pas ?
c'est aujourd'hui le 8.

> *Huit et huit font seize,*
> *J' pose six et retiens un,*

fredonna Schaunard ; je ne pense qu'à ça !

— C'est que vous êtes un peu en retard pour votre
déménagement, dit le portier ; il est onze heures et
demie, et le nouveau locataire à qui on a loué votre
chambre peut arriver d'un moment à l'autre. Faudrait
voir à se dépêcher !

— Alors, répondit Schaunard, laissez-moi donc passer : je vais chercher une voiture de déménagement.

— Sans doute, mais auparavant de déménager il y
a une petite formalité à remplir. J'ai ordre de ne pas
vous laisser enlever un cheveu sans que vous ayez
payé les trois termes échus. Vous êtes en mesure
probablement ?

— Parbleu ! dit Schaunard, en faisant un pas en
avant.

— Alors, reprit le portier, si vous voulez entrer dans ma loge, je vais vous donner vos quittances.

— Je les prendrai en revenant.

— Mais pourquoi pas tout de suite ? dit le portier avec insistance.

— Je vais chez le changeur... Je n'ai pas de monnaie.

— Ah ! ah ! reprit l'autre avec inquiétude, vous allez chercher de la monnaie ? Alors, pour vous obliger, je garderai ce petit paquet que vous avez sous le bras et qui pourrait vous embarrasser.

— Monsieur le concierge, dit Schaunard avec dignité, est-ce que vous vous méfieriez de moi, par hasard ? Croyez-vous donc que j'emporte mes meubles dans un mouchoir ?

— Pardonnez-moi, Monsieur, répliqua le portier en baissant un peu le ton, c'est ma consigne. M. Bernard m'a expressément recommandé de ne pas vous laisser enlever un cheveu avant que vous ne l'ayez payé.

— Mais regardez donc, dit Schaunard en ouvrant son paquet, ce ne sont pas des cheveux, ce sont des chemises que je porte à la blanchisseuse qui demeure à côté du changeur, à vingt pas d'ici.

— C'est différent, fit le portier après avoir examiné le contenu du paquet. Sans indiscrétion, M. Schaunard, pourrais-je vous demander votre nouvelle adresse ?

— Je demeure rue de Rivoli, répondit froidement l'artiste qui, ayant mis le pied dans la rue, gagna le large au plus vite.

— Rue de Rivoli, murmura le portier en se fourrant les doigts dans son nez, c'est bien drôle qu'on lui ait loué rue de Rivoli, et qu'on ne soit pas même venu prendre des renseignements ici, c'est bien drôle ça. Enfin il n'emportera pas toujours ses meubles sans payer. Pourvu que l'autre locataire n'arrive pas emménager juste au moment où M. Schaunard déménagera !

Ça me ferait un *aria* dans mes escaliers. Allons, bon, fit-il tout à coup en passant la tête au travers du vasistas, le voilà justement, mon nouveau locataire.

Suivi d'un commissionnaire qui paraissait ne point plier sous son faix, un jeune homme coiffé d'un chapeau blanc Louis XIII venait en effet d'entrer sous le vestibule.

— Monsieur, demanda-t-il au portier qui était allé au-devant de lui, mon appartement est-il libre ?

— Pas encore, Monsieur, mais il va l'être. La personne qui l'occupe est allée chercher la voiture qui doit la déménager. Au reste, en attendant, Monsieur pourrait faire déposer ces meubles dans la cour.

— Je crains qu'il ne pleuve, répondit le jeune homme en mâchant tranquillement un bouquet de violettes qu'il tenait entre les dents ; mon mobilier pourrait s'abîmer. Commissionnaire, ajouta-t-il, en s'adressant à l'homme qui était resté derrière lui, porteur d'un crochet chargé d'objets dont le portier ne s'expliquait pas bien la nature, déposez cela sous le vestibule, et retournez à mon ancien logement prendre ce qu'il y reste encore de meubles précieux et d'objets d'art.

Le commissionnaire rangea au long d'un mur plusieurs châssis d'une hauteur de six ou sept pieds et dont les feuilles, reployées en ce moment les unes sur les autres, paraissaient pouvoir se développer à volonté.

— Tenez ! dit le jeune homme au commissionnaire en ouvrant à demi l'un des volets et en lui désignant un accroc qui se trouvait dans la toile, voilà un malheur, vous m'avez étoilé ma grande glace de Venise ; tâchez de faire attention dans votre second voyage, prenez garde surtout à ma bibliothèque.

— Qu'est-ce qu'il veut dire avec sa glace de Venise ? marmotta le portier en tournant d'un air inquiet

autour des châssis posés contre le mur, je ne vois pas
de glace ; mais c'est une plaisanterie sans doute, je ne
vois qu'un paravent ; enfin, nous allons bien voir ce
qu'on va apporter au second voyage.

— Est-ce que votre locataire ne va pas bientôt me
laisser la place libre ? Il est midi et demi et je voudrais
emménager, dit le jeune homme.

— Je ne pense pas qu'il tarde maintenant, répondit
le portier ; au reste, il n'y a pas encore de mal, puisque
vos meubles ne sont pas arrivés, ajouta-t-il en
appuyant sur ces mots.

Le jeune homme allait répondre, lorsqu'un dragon
en fonction de planton entra dans la cour.

— M. Bernard ? demanda-t-il en tirant une lettre
d'un grand portefeuille de cuir qui lui battait les
flancs.

— C'est ici, répondit le portier.

— Voici une lettre pour lui, dit le dragon, donnez-
m'en le reçu, et il tendit au concierge un bulletin de
dépêches, que celui-ci alla signer dans sa loge.

— Pardon si je vous laisse seul, dit le portier au
jeune homme qui se promenait dans la cour avec
impatience ; mais voici une lettre du ministère pour
M. Bernard, mon propriétaire, et je vais la lui montrer.

Au moment où son portier entrait chez lui, M. Bernard était en train de se faire la barbe.

— Que me voulez-vous, Durand ?

— Monsieur, répondit celui-ci en soulevant sa casquette, c'est un planton qui vient d'apporter cela pour
vous, ça vient du ministère.

Et il tendit à M. Bernard la lettre dont l'enveloppe
était timbrée au sceau du département de la guerre.

— Ô mon Dieu ! fit M. Bernard, tellement ému qu'il
faillit se faire une entaille avec son rasoir, du ministère
de la guerre ! Je suis sûr que c'est ma nomination au
grade de chevalier de la Légion d'honneur, que je

sollicite depuis si longtemps ; enfin, on rend justice à
ma bonne tenue. Tenez, Durand, dit-il en fouillant
dans la poche de son gilet, voilà cent sous pour boire à
ma santé. Tiens, je n'ai pas ma bourse sur moi, je vais
vous les donner tout à l'heure, attendez.

Le portier fut tellement ému par cet accès de
générosité foudroyante, auquel son propriétaire ne
l'avait pas habitué, qu'il remit sa casquette sur sa tête.

Mais M. Bernard, qui en d'autres moments aurait
sévèrement blâmé cette infraction aux lois de la
hiérarchie sociale, ne parut pas s'en apercevoir. Il mit
ses lunettes, rompit l'enveloppe avec l'émotion respec-
tueuse d'un vizir qui reçoit un firman du sultan, et
commença la lecture de la dépêche. Aux premières
lignes, une grimace épouvantable creusa des plis cra-
moisis dans la graisse de ses joues monacales, et ses
petits yeux lancèrent des étincelles qui faillirent mettre le feu aux mèches de sa perruque en broussailles.

Enfin tous ses traits étaient tellement bouleversés
qu'on eût dit que sa figure venait d'éprouver un
tremblement de terre.

Voici quel était le contenu de la missive écrite sur
papier à tête du ministère de la guerre, apportée à
franc étrier par un dragon, et de laquelle M. Durand
avait donné un reçu au gouvernement.

« Monsieur et propriétaire,

La politesse qui, si l'on en croit la mythologie, est
l'aïeule des belles manières, m'oblige à vous faire
savoir que je me trouve dans la cruelle nécessité de ne
pouvoir point satisfaire à l'usage qu'on a de payer son
terme, quand on doit surtout. Jusqu'à ce matin, j'avais
caressé l'espérance de pouvoir célébrer ce beau jour, en
acquittant les trois quittances de mon loyer. Chimère,
illusion, idéal ! Tandis que je sommeillais sur l'oreiller
de la sécurité, le guignon, *anankè* en grec [3], le guignon

dispersait mes espérances. Les rentrées sur lesquelles
je comptais, Dieu que le commerce va mal !!! ne se sont
pas opérées ; et sur les sommes considérables que je
devais toucher, je n'ai encore reçu que trois francs,
qu'on m'a prêtés, je ne vous les offre pas. Des jours
meilleurs viendront pour notre belle France et pour
moi, n'en doutez pas, Monsieur. Dès qu'ils auront lui,
je prendrai des ailes pour aller vous en avertir et
retirer de votre immeuble les choses précieuses que j'y
ai laissées, et que je mets sous votre protection et celle
de la loi qui, avant un an, vous en interdit le négoce, au
cas où vous voudriez le tenter afin de rentrer dans les
sommes pour lesquelles vous êtes crédité sur le registre
de ma probité. Je vous recommande spécialement mon
piano, et le grand cadre dans lequel se trouvent
soixante boucles de cheveux dont les couleurs différentes parcourent toute la gamme des nuances capil-
laires, et qui ont été enlevées sur le front des grâces par
le scalpel de l'Amour.

Vous pouvez donc, Monsieur et propriétaire, disposer des lambris sous lesquels j'ai habité. Je vous en
octroie ma permission ici-bas revêtue de mon seing.

> Alexandre Schaunard. »

Lorsqu'il eut achevé cette épître que l'artiste avait
écrite dans le bureau d'un de ses amis, employé au
ministère de la guerre, M. Bernard la froissa avec
indignation ; et comme son regard tomba sur le père
Durand, qui attendait la gratification promise, il lui
demanda brutalement ce qu'il faisait là.

— J'attends, Monsieur !

— Quoi ?

— Mais la générosité que Monsieur... à cause de la
bonne nouvelle ! balbutia le portier.

— Sortez. Comment, drôle ! vous restez devant moi
la tête couverte !

— Mais, Monsieur...

— Allons, pas de réplique, sortez, ou plutôt, non, attendez-moi. Nous allons monter dans la chambre de ce gredin d'artiste, qui déménage sans me payer.

— Comment, fit le portier, M. Schaunard ?...

— Oui, continue le propriétaire, dont la fureur allait comme chez Nicollet[4]. Et s'il a emporté le moindre objet, je vous chasse, entendez-vous ? je vous châââsse.

— Mais c'est impossible, ça, murmura le pauvre portier. M. Schaunard n'est pas déménagé ; il est allé chercher de la monnaie pour payer Monsieur, et commander la voiture qui doit emporter ses meubles.

— Emporter ses meubles ! exclama M. Bernard ; courons, je suis sûr qu'il est en train ; il vous a tendu un piège pour vous éloigner de votre loge et faire son coup, imbécile que vous êtes.

— Ah ! mon Dieu ! imbécile que je suis ! s'écria le père Durand tout tremblant devant la colère olympienne de son supérieur qui l'entraînait dans l'escalier.

Comme ils arrivaient dans la cour, le portier fut apostrophé par le jeune homme au chapeau blanc.

— Ah çà ! concierge, s'écria-t-il, est-ce que je ne vais pas bientôt être mis en possession de mon domicile ? est-ce aujourd'hui le 8 avril ? n'est-ce pas ici que j'ai loué, et ne vous ai-je pas donné le denier à Dieu, oui ou non ?

— Pardon, Monsieur, pardon, dit le propriétaire, je suis à vous. Durand, ajouta-t-il en se tournant vers son portier, je vais répondre moi-même à Monsieur. Courez là-haut, ce gredin de Schaunard est sans doute rentré pour faire ses paquets ; vous l'enfermerez si vous le surprenez, et vous redescendrez pour aller chercher la garde.

Le père Durand disparut dans l'escalier.

— Pardon, Monsieur, dit en s'inclinant le propriétaire au jeune homme avec qui il était resté seul, à qui
ai-je l'avantage de parler ?

— Monsieur, je suis votre nouveau locataire ; j'ai
loué une chambre dans cette maison au sixième, et je
commence à m'impatienter que ce logement ne soit
pas vacant.

— Vous me voyez désolé, Monsieur, répliqua
M. Bernard, une difficulté s'élève entre moi et un de
mes locataires, celui que vous devez remplacer.

— Monsieur, Monsieur ! s'écria d'une fenêtre située
au dernier étage de la maison, le père Durand ;
M. Schaunard n'y est pas... mais sa chambre y est...
Imbécile que je suis, je veux dire qu'il n'a rien emporté,
pas un cheveu, Monsieur.

— C'est bien, descendez, répondit M. Bernard. Mon
Dieu, reprit-il en s'adressant au jeune homme, un peu
de patience, je vous prie. Mon portier va descendre à la
cave les objets qui garnissent la chambre de mon
locataire insolvable, et dans une demi-heure vous
pourrez en prendre possession ; d'ailleurs vos meubles
ne sont pas encore arrivés.

— Pardon, Monsieur, répondit tranquillement le
jeune homme.

M. Bernard regarda autour de lui et n'aperçut que
les grands paravents qui avaient déjà inquiété son
portier.

— Comment ! pardon... comment... murmura-t-il,
mais je ne vois rien.

— Voilà, répondit le jeune homme en déployant les
feuilles du châssis et en offrant à la vue du propriétaire
ébahi un magnifique intérieur de palais avec colonnes
de jaspe, bas-reliefs, et tableaux de grands maîtres.

— Mais vos meubles ? demanda M. Bernard.

— Les voici, répondit le jeune homme en indiquant
le mobilier somptueux qui se trouvait peint dans le

palais qu'il venait d'acheter à l'hôtel Bullion[5], où il faisait partie d'une vente de décorations d'un théâtre de société...

— Monsieur, reprit le propriétaire, j'aime à croire que vous avez des meubles plus sérieux que ceux-ci...

— Comment, du Boule[6] tout pur !

— Vous comprenez qu'il me faut des garanties pour mes loyers.

— Fichtre ! un palais ne vous suffit pas pour répondre du loyer d'une mansarde ?

— Non, Monsieur, je veux des meubles, des vrais meubles en acajou !

— Hélas ! Monsieur, ni l'or ni l'acajou ne nous rendent heureux, a dit un ancien. Et puis, moi, je ne peux pas le souffrir, c'est un bois trop bête, tout le monde en a.

— Mais enfin, Monsieur, vous avez bien un mobilier, quel qu'il soit ?

— Non, ça prend trop de place dans les appartements, dès qu'on a des chaises on ne sait plus où s'asseoir.

— Mais cependant vous avez un lit ! Sur quoi reposez-vous ?

— Je me repose sur la Providence, Monsieur !

— Pardon, encore une question, dit M. Bernard, votre profession, s'il vous plaît ?

En ce moment même, le commissionnaire du jeune homme, arrivant de son second voyage, entrait dans la cour. Parmi les objets dont étaient chargés ses crochets, on remarquait un chevalet.

— Ah ! Monsieur, s'écria le père Durand avec terreur ; et il montrait le chevalet au propriétaire. C'est un peintre !

— Un artiste, j'en étais sûr ! exclama à son tour M. Bernard, et les cheveux de sa perruque se dressèrent d'effroi ; un peintre !!! Mais vous n'avez donc pas pris d'information sur Monsieur ? reprit-il en s'adressant au portier. Vous ne saviez donc pas ce qu'il faisait ?

— Dame, répondit le pauvre homme, il m'avait donné *cinque* francs de *dernier* à Dieu[7] ; est-ce que je pouvais me douter...

— Quand vous aurez fini, demanda à son tour le jeune homme.

— Monsieur, reprit M. Bernard en chaussant ses lunettes d'aplomb sur son nez, puisque vous n'avez pas de meubles, vous ne pouvez pas emménager. La loi autorise à refuser un locataire qui n'apporte pas de garantie.

— Et ma parole, donc ? fit l'artiste avec dignité.

— Ça ne vaut pas des meubles... vous pouvez chercher un logement ailleurs. Durand va vous rendre votre denier à Dieu.

— Hein ? fit le portier avec stupeur, je l'ai mis à la caisse d'épargne.

— Mais, Monsieur, reprit le jeune homme, je ne puis pas trouver un autre logement à la minute. Donnez-moi au moins l'hospitalité pour un jour.

— Allez loger à l'hôtel, répondit M. Bernard. A propos, ajouta-t-il vivement en faisant une réflexion subite, si vous le voulez, je vous louerai en garni la chambre que vous deviez occuper, et où se trouvent les meubles de mon locataire insolvable. Seulement vous savez que dans ce genre de location le loyer se paye d'avance.

— Il s'agirait de savoir ce que vous allez me demander pour ce bouge ? dit l'artiste forcé d'en passer par là.

— Mais le logement est très convenable, le loyer sera de vingt-cinq francs par mois, en faveur des circonstances. On paye d'avance.

— Vous l'avez déjà dit ; cette phrase-là ne mérite pas les honneurs du bis, fit le jeune homme en fouillant dans sa poche. Avez-vous la monnaie de cinq cents francs ?

— Hein ? demanda le propriétaire stupéfait, vous dites ?...

— Eh bien, la moitié de mille, quoi ! Est-ce que vous n'en avez jamais vu ? ajouta l'artiste en faisant passer le billet devant les yeux du propriétaire et du portier, qui, à cette vue, parurent perdre l'équilibre.

— Je vais vous faire rendre, reprit M. Bernard respectueusement : ce ne sera que vingt francs à prendre, puisque Durand vous rendra le denier à Dieu.

— Je le lui laisse, dit l'artiste, à la condition qu'il viendra tous les matins me dire le jour et la date du mois, le quartier de la lune, le temps qu'il fera et la forme du gouvernement sous laquelle nous vivrons.

— Ah ! Monsieur, s'écria le père Durand en décrivant une courbe de quatre-vingt-dix degrés.

— C'est bon, brave homme, vous me servirez d'almanach. En attendant vous allez aider mon commissionnaire à m'emménager.

— Monsieur, dit le propriétaire, je vais vous envoyer votre quittance.

Le soir même, le nouveau locataire de M. Bernard, le peintre Marcel, était installé dans le logement du fugitif Schaunard transformé en palais.

Pendant ce temps-là, ledit Schaunard battait dans Paris ce qu'on appelle le rappel de la monnaie.

Schaunard avait élevé l'emprunt à la hauteur d'un art. Prévoyant le cas où il aurait à *opprimer* des étrangers, il avait appris la manière d'emprunter cinq francs dans toutes les langues du globe. Il avait étudié à fond le répertoire des ruses que le métal emploie pour échapper à ceux qui le pourchassent ; et, mieux qu'un pilote ne connaît les heures de marée, il savait les époques où les *eaux* étaient basses ou hautes, c'est-à-dire les jours où ses amis et connaissances avaient l'habitude de recevoir de l'argent. Aussi, il y avait une telle maison où en le voyant entrer le matin on ne disait pas : Voilà M. Schaunard ; mais bien : Voilà le premier ou le quinze du mois. Pour faciliter et égaliser en même temps cette espèce de dîme qu'il allait prélever, lorsque la nécessité l'y forçait, sur les gens qui avaient le moyen de la lui payer, Schaunard avait dressé par ordre de quartiers et d'arrondissements un tableau alphabétique où se trouvaient les noms de tous ses amis et connaissances. En regard de chaque nom étaient inscrits le maximum de la somme qu'il pouvait leur emprunter relativement à leur état de fortune, les époques où ils étaient en fonds, et l'heure des repas avec le menu ordinaire de la maison. Outre ce tableau, Schaunard avait encore une petite tenue de livres parfaitement en ordre et sur laquelle il tenait état des sommes qui lui étaient prêtées jusqu'aux plus minimes fractions, car il ne voulait pas se grever au-delà d'un certain chiffre qui était encore au bout de la plume d'un oncle normand dont il devait hériter. Dès qu'il devait vingt francs à un individu, Schaunard arrêtait son compte, et le soldait intégralement d'un seul coup, dût-il, pour s'acquitter, emprunter à ceux auxquels il devait moins. De cette manière il entretenait toujours sur la place un certain crédit qu'il appelait sa dette flottante ; et comme on savait qu'il avait l'habitude de rendre dès que ses ressources personnelles le lui permettaient, on l'obligeait volontiers quand on le pouvait.

Or, depuis onze heures du matin qu'il était parti de chez lui pour tâcher de grouper les soixante-quinze francs nécessaires, il n'avait encore réuni qu'un petit écu, dû à la collaboration des lettres M. V. et R. de sa fameuse liste : tout le reste de l'alphabet, ayant comme lui un terme à payer, l'avait renvoyé des fins de sa demande.

A six heures, un appétit violent sonna la cloche du dîner dans son estomac ; il était alors à la barrière du

Maine[8], où demeurait la lettre U. Schaunard monta
chez la lettre U, où il avait son rond de serviette, quand
il y avait des serviettes.

— Où allez-vous, Monsieur ? lui dit le portier en
l'arrêtant au passage.

— Chez M. U... répondit l'artiste.

— Il n'y est pas.

— Et Madame ?

— Elle n'y est pas non plus : ils m'ont chargé de dire
à un de leurs amis qui devait venir chez eux ce soir
qu'ils étaient allés dîner en ville : au fait, dit le portier,
si c'est vous qu'ils attendaient, voici l'adresse qu'ils
ont laissée, et il tendit à Schaunard un bout de papier
sur lequel son ami U... avait écrit :

« Nous sommes allés dîner chez Schaunard, rue...
n°...; viens nous retrouver. »

— Très bien, dit celui-ci en s'en allant, quand le
hasard s'en mêle, il fait de singuliers vaudevilles.

Schaunard se ressouvint alors qu'il se trouvait à
deux pas d'un petit bouchon où deux ou trois fois il
s'était nourri pour pas bien cher, et se dirigea vers cet
établissement, situé chaussée du Maine, et connu dans
la basse Bohème sous le nom de *la Mère Cadet*. C'est un
cabaret mangeant dont la clientèle ordinaire se compose des rouliers de la route d'Orléans, des cantatrices
de Montparnasse et des jeunes premiers de Bobino.
Dans la belle saison, les rapins des nombreux ateliers
qui avoisinent le Luxembourg, les hommes de lettres
inédits, les folliculaires des gazettes mystérieuses,
viennent en chœur dîner chez *la Mère Cadet*, célèbre
par ses gibelottes, sa choucroute authentique, et un
petit vin blanc qui sent la pierre à fusil.

Schaunard alla se placer sous les bosquets : on
appelle ainsi chez *la Mère Cadet* le feuillage clairsemé
de deux ou trois arbres rachitiques dont on a fait
plafonner la verdure maladive.

— Ma foi, tant pis, dit Schaunard en lui-même, je vais me donner une bosse et faire un Balthasar[9] intime.

Et, sans faire ni une ni deux, il commanda une soupe, une demi-choucroute et deux demi-gibelottes : il avait remarqué qu'en fractionnant la portion on gagnait au moins un quart sur l'entier.

La commande de cette carte attira sur lui les regards d'une jeune personne, vêtue de blanc, coiffée de fleurs d'oranger et chaussée de souliers de bal, un voile en imitation d'imitation flottait sur des épaules qui auraient bien dû garder l'incognito. C'était une cantatrice du théâtre Montparnasse, dont les coulisses donnent pour ainsi dire dans la cuisine de *la Mère Cadet*. Elle était venue prendre son repas pendant un entracte de la *Lucie*[10], et achevait en ce moment, par une demi-tasse[11], un dîner composé exclusivement d'un artichaut à l'huile et au vinaigre.

— Deux gibelottes, mâtin ! dit-elle tout bas à la fille qui servait le garçon, voilà un jeune homme qui se nourrit bien. Combien dois-je, Adèle ?

— Quatre d'artichaut, quatre de demi-tasse et un sou de pain. Ça nous fait neuf sous.

— Voilà, dit la cantatrice, et elle sortit en fredonnant :

>   *Cet amour que Dieu me donne !*

— Tiens, elle donne le *la*, dit alors un personnage mystérieux assis à la même table que Schaunard, et à demi caché derrière un rempart de bouquins.

— Elle le donne ? dit Schaunard ; je crois plutôt qu'elle le garde, moi. Aussi on n'a pas idée de ça, ajouta-t-il en indiquant du doigt l'assiette où *Lucia de Lamermoor* avait consommé ses artichauts, faire mariner son fausset dans du vinaigre !

— C'est un acide violent, en effet, ajouta le personnage qui avait déjà parlé. La ville d'Orléans en produit qui jouit à juste titre d'une grande réputation.

Schaunard examina attentivement ce particulier, qui lui jetait ainsi des hameçons à la causerie. Le regard fixe de ses grands yeux bleus, qui semblaient toujours chercher quelque chose, donnait à sa physionomie le caractère de placidité béate qu'on remarque chez les séminaristes. Son visage avait le ton du vieil ivoire, sauf les joues, qui étaient tamponnées d'une couche de couleur brique pilée. Sa bouche paraissait avoir été dessinée par un élève de *premiers principes*, à qui on aurait poussé le coude. Les lèvres, retroussées un peu, à la façon de la race nègre, laissaient voir des dents de chien de chasse, et son menton asseyait ses deux plis sur une cravate blanche, dont l'une des pointes menaçait les astres, tandis que l'autre s'en allait piquer en terre. D'un feutre chauve, aux bords prodigieusement larges, ses cheveux s'échappaient en cascades blondes. Il était vêtu d'un paletot noisette à pèlerine, dont l'étoffe, réduite à la trame, avait les rugosités d'une râpe. Des poches béantes de ce paletot s'échappaient des liasses de papiers et de brochures. Sans se préoccuper de l'examen dont il était l'objet, il savourait une choucroute garnie en laissant échapper tout haut des signes fréquents de satisfaction. Tout en mangeant, il lisait un bouquin ouvert devant lui, et sur lequel il faisait de temps en temps des annotations avec un crayon qu'il portait à l'oreille.

— Eh bien ! s'écria tout à coup Schaunard en frappant sur son verre avec son couteau, et ma gibelotte ?

— Monsieur, répondit la fille, qui arriva avec une assiette à la main, il n'y en a plus ; voici la dernière, et c'est Monsieur qui l'a demandée, ajouta-t-elle en déposant le plat en face de l'homme aux bouquins.

— Sacrebleu ! s'écria Schaunard.

Et il y avait tant de désappointement mélancolique dans ce : Sacrebleu ! que l'homme aux bouquins en fut touché intérieurement. Il détourna le rempart de livres qui s'élevait entre lui et Schaunard ; et, mettant l'assiette entre eux deux, il lui dit avec les plus douces cordes de sa voix :

— Monsieur, oserais-je vous prier de partager ce mets avec moi ?

— Monsieur, répondit Schaunard, je ne veux pas vous priver.

— Vous me priverez donc du plaisir de vous être agréable ?

— S'il en est ainsi, Monsieur... Et Schaunard avança son assiette.

— Permettez-moi de ne pas vous offrir la tête, dit l'étranger.

— Ah ! Monsieur, s'écria Schaunard, je ne souffrirai pas.

Mais en ramenant son assiette vers lui il s'aperçut que l'étranger lui avait justement servi la portion qu'il disait vouloir garder pour lui.

— Eh bien ! qu'est-ce qu'il me chante, alors, avec sa politesse ? grogna Schaunard en lui-même.

— Si la tête est la plus noble partie de l'homme, dit l'étranger, c'est la partie la plus désagréable du lapin. Aussi avons-nous beaucoup de personnes qui ne peuvent pas la souffrir. Moi, c'est différent, je l'adore.

— Alors, dit Schaunard, je regrette vivement que vous vous soyez privé pour moi.

— Comment ?... pardon, fit l'homme aux bouquins, c'est moi qui ai gardé la tête. J'ai même eu l'honneur de vous faire observer que...

— Permettez, dit Schaunard en lui mettant son assiette sous le nez. Qu'est-ce que c'est que ce morceau-là ?

— Juste ciel ! Que vois-je ! ô dieux ! Encore une tête !
C'est un lapin bicéphale ! s'écria l'étranger.

— Bicé... dit Schaunard.

— ... phale. Ça vient du grec. Au fait, M. de Buffon,
qui mettait des manchettes, cite des exemples de cette
singularité[12]. Eh bien, ma foi ! je ne suis pas fâché
d'avoir mangé du phénomène.

Grâce à cet incident, la conversation était définitivement engagée. Schaunard, qui ne voulait pas rester en
reste de politesse, demanda un litre de supplément.
L'homme aux bouquins en fit venir un autre. Schaunard offrit de la salade, l'homme aux bouquins offrit
du dessert. A huit heures du soir, il y avait six litres
vides sur la table. En causant, la franchise, arrosée par
les libations du petit bleu, les avait poussés l'un l'autre
à se faire leur biographie, et ils se connaissaient déjà
comme s'ils ne s'étaient jamais quittés. L'homme aux
bouquins, après avoir écouté les confidences de Schaunard, lui avait appris qu'il s'appelait Gustave Colline ;
il exerçait la profession de philosophe, et vivait en
donnant des leçons de mathématique, de scolastique,
de botanique, et de plusieurs sciences en *ique*.

Le peu d'argent qu'il gagnait à courir ainsi le cachet,
Colline le dépensait en achats de bouquins. Son paletot
noisette était connu de tous les étalagistes du quai,
depuis le pont de la Concorde jusqu'au pont Saint-
Michel. Ce qu'il faisait de tous ces livres, si nombreux
que la vie d'un homme n'aurait pas suffi pour les lire,
personne ne le savait, et il le savait moins que personne. Mais ce tic avait pris chez lui les proportions
d'une passion ; et lorsqu'il rentrait chez lui le soir sans
y rapporter un nouveau bouquin, il refaisait pour son
usage le mot de Titus, et disait : « J'ai perdu ma
journée[13]. » Ses manières câlines et son langage, qui
offraient une mosaïque de tous les styles, les calembours terribles dont il émaillait sa conversation,

avaient séduit Schaunard, qui demanda sur-le-champ à Colline la permission d'ajouter son nom à ceux qui composaient la fameuse liste dont nous avons parlé.

Ils sortirent de chez *la Mère Cadet* à neuf heures du soir, passablement gris tous les deux, et ayant la démarche de gens qui viennent de dialoguer avec les bouteilles.

Colline offrit le café à Schaunard, et celui-ci accepta à la condition qu'il se chargerait des alcools. Ils montèrent dans un café situé rue Saint-Germain-l'Auxerrois, et portant l'enseigne de *Momus* [14], dieu des Jeux et des Ris*.

Au moment où ils entraient dans l'estaminet, une discussion très vive venait de s'engager entre deux habitués de l'endroit. L'un d'eux était un jeune homme, dont la figure se perdait au fond d'un énorme buisson de barbe multicolore. Comme une antithèse à cette abondance de *poil mentonnier*, une calvitie précoce avait dégarni son front, qui ressemblait à un genou, et dont un groupe de cheveux, si rares qu'on aurait pu les compter, essayait vainement de cacher la nudité. Il était vêtu d'un habit noir tonsuré aux coudes, et laissant voir, quand il levait le bras trop haut, des ventilateurs pratiqués à l'embouchure des manches. Son pantalon avait pu être noir, mais ses bottes, qui n'avaient jamais été neuves, paraissaient avoir déjà fait plusieurs fois le tour du monde aux pieds du Juif errant [15].

Schaunard avait remarqué que son nouvel ami Colline et le jeune homme à grande barbe s'étaient salués.

— Vous connaissez ce Monsieur ? demanda-t-il au philosophe.

— Pas absolument, répondit celui-ci ; seulement je

---

* Voir les *Confessions de Sylvius*, par Champfleury.

le rencontre quelquefois à la Bibliothèque. Je crois que c'est un homme de lettres.

— Il en a l'habit, du moins, répliqua Schaunard.

Le personnage avec lequel discutait ce jeune homme était un individu d'une quarantaine d'années, voué au coup de foudre apoplectique, comme l'indiquait une grosse tête enfoncée immédiatement entre les deux épaules, sans la transition du cou. L'idiotisme se lisait en lettres majuscules sur son front déprimé, couvert d'une petite calotte noire. Il s'appelait M. Mouton, et était employé à la mairie du IVe arrondissement[16], où il tenait le registre des décès.

— Monsieur Rodolphe! s'écriait-il avec un organe d'eunuque, en secouant le jeune homme qu'il avait empoigné par un bouton de son habit, voulez-vous que je vous dise mon opinion? Eh bien, tous les journaux, ça ne sert à rien. Tenez, une supposition : je suis un père de famille, moi, n'est-ce pas?... bon... Je viens faire ma partie de dominos au café. Suivez bien mon raisonnement.

— Allez, allez, dit Rodolphe.

— Eh bien, continua le père Mouton, en scandant chacune de ses phrases par un coup de poing qui faisait frémir les chopes et les verres placés sur la table. Eh bien, je tombe sur les journaux, bon... Qu'est-ce que je vois? L'un qui dit blanc, l'autre qui dit noir, et pata ti et pata ta. Qu'est-ce que ça me fait à moi? Je suis un bon père de famille qui vient pour faire...

— Sa partie de dominos, dit Rodolphe.

— Tous les soirs, continua M. Mouton. Eh bien, une supposition : Vous comprenez...

— Très bien! dit Rodolphe.

— Je lis un article qui n'est pas de mon opinion. Ça me met en colère, et je me mange les sangs, parce que, voyez-vous, monsieur Rodolphe, tous les journaux, c'est des menteries. Oui, des menteries! hurla-t-il dans son fausset le plus aigu, et les journalistes sont des brigands, des folliculaires.

— Cependant, monsieur Mouton...

— Oui, des brigands, continua l'employé. C'est eux qui sont cause des malheurs de tout le monde ; ils ont fait la révolution et les assignats ; à preuve Murat.

— Pardon, dit Rodolphe, vous voulez dire Marat.

— Mais non, mais non, reprit M. Mouton ; Murat, puisque j'ai vu son enterrement quand j'étais petit...

— Je vous assure...

— Même qu'on a fait une pièce au Cirque, là.

— Eh bien, précisément, dit Rodolphe ; c'est Murat [17].

— Mais qu'est-ce que je vous dis depuis une heure ? s'écria l'obstiné Mouton. Murat, qui travaillait dans une cave, quoi ! Eh bien, une supposition. Est-ce que les Bourbon n'ont pas bien fait de le guillotiner, puisqu'il avait trahi ?

— Qui ? guillotiné ! trahi ! quoi ? s'écria Rodolphe en empoignant à son tour M. Mouton par le bouton de sa redingote.

— Eh bien Marat...

— Mais non, mais non, monsieur Mouton, Murat. Entendons-nous, sacrebleu !

— Certainement. Marat, une canaille. Il a trahi l'empereur en 1815. C'est pourquoi je dis que tous les journaux sont les mêmes, continua M. Mouton en rentrant dans la thèse de ce qu'il appelait une explication. Savez-vous ce que je voudrais, moi, monsieur Rodolphe ? Eh bien, une supposition... Je voudrais un bon journal... Ah ! Pas grand... Bon ! et qui ne ferait pas de phrases... La !

— Vous êtes exigeant, interrompit Rodolphe. Un journal sans phrases !

— Eh bien, oui ; suivez mon idée.

— Je tâche.

— Un journal qui dirait tout simplement la santé du roi et les biens de la terre. Car, enfin, à quoi cela sert-il, toutes vos gazettes, qu'on n'y comprend rien ? Une supposition : Moi je suis à la mairie, n'est-ce pas ? Je tiens mon registre, bon ! Eh bien, c'est comme si on venait me dire : « Monsieur Mouton, vous inscrivez les décès, eh bien, faites ci, faites ça. » Eh bien, quoi, ça ? quoi, ça ? quoi ! ça ? Eh bien, les journaux, c'est la même chose, acheva-t-il pour conclure.

— Évidemment, dit un voisin qui avait compris.

Et M. Mouton, ayant reçu les félicitations de quelques habitués qui partageaient son avis, alla reprendre sa partie de dominos.

— Je l'ai remis à sa place, dit-il en indiquant Rodolphe, qui était retourné s'asseoir à la même table où se trouvaient Schaunard et Colline.

— Quelle buse ! dit celui-ci aux deux jeunes gens en leur désignant l'employé.

— Il a une bonne tête, avec ses paupières en capote de cabriolet et ses yeux en boule de loto, fit Schaunard en tirant un brûle-gueule merveilleusement culotté.

— Parbleu ! Monsieur, dit Rodolphe, vous avez là une bien jolie pipe.

— Oh ! j'en ai une plus belle pour aller dans le monde, reprit négligemment Schaunard. Passez-moi donc du tabac, Colline.

— Tiens ! s'écria le philosophe, je n'en ai plus.

— Permettez-moi de vous en offrir, dit Rodolphe, en tirant de sa poche un paquet de tabac qu'il déposa sur la table.

A cette gracieuseté, Colline crut devoir répondre par l'offre d'une tournée de quelque chose.

Rodolphe accepta. La conversation tomba sur la littérature. Rodolphe, interrogé sur sa profession déjà trahie par son habit, confessa ses rapports avec les Muses, et fit venir une seconde tournée. Comme le garçon allait remporter la bouteille, Schaunard le pria de vouloir bien l'oublier. Il avait entendu résonner dans l'une des poches de Colline le duo argentin de deux pièces de cinq francs. Rodolphe eut bientôt atteint le niveau d'expansion où se trouvaient les deux amis, et leur fit à son tour ses confidences.

Ils auraient sans doute passé la nuit au café, si on n'était venu les prier de se retirer. Ils n'avaient point fait dix pas dans la rue, et ils avaient mis un quart d'heure pour les faire, qu'ils furent surpris par une pluie torrentielle. Colline et Rodolphe demeuraient aux deux extrémités opposées de Paris, l'un dans l'Ile-Saint-Louis, et l'autre à Montmartre.

Schaunard, qui avait complètement oublié qu'il était sans domicile, leur offrit l'hospitalité.

— Venez chez moi, dit-il, je loge ici près ; nous passerons la nuit à causer littérature et beaux-arts.

— Tu feras de la musique, et Rodolphe nous dira de ses vers, dit Colline.

— Ma foi, oui, ajouta Schaunard, il faut rire, nous n'avons qu'un temps à vivre.

Arrivé devant sa maison que Schaunard eut quelque difficulté à reconnaître, il s'assit un instant sur une borne en attendant Rodolphe et Colline qui étaient entrés chez un marchand de vin encore ouvert, pour y prendre les premiers éléments d'un souper. Quand ils furent de retour, Schaunard frappa plusieurs fois à la porte, car il se souvenait vaguement que le portier avait l'habitude de le faire attendre. La porte s'ouvrit enfin, et le père Durand, plongé dans les douceurs du premier sommeil, et ne se rappelant pas que Schaunard n'était plus son locataire, ne se dérangea aucunement quand celui-ci lui eut crié son nom par le vasistas.

Quand ils furent arrivés tous trois en haut de l'escalier, dont l'ascension avait été aussi longue que

difficile, Schaunard, qui marchait en avant, jeta un cri
d'étonnement en trouvant la clef sur la porte de sa
chambre.

— Qu'est-ce qu'il y a ? demanda Rodolphe.

— Je n'y comprends rien, murmura-t-il, je trouve
sur ma porte la clef que j'avais emportée ce matin. Ah !
nous allons bien voir. Je l'avais mise dans ma poche.
Eh ! parbleu ! la voilà encore ! s'écria-t-il en montrant
une clef.

— C'est de la magie !

— De la fantasmagorie, dit Colline.

— De la fantaisie, ajouta Rodolphe.

— Mais, reprit Schaunard, dont la voix accusait un
commencement de terreur, entendez-vous ?

— Quoi ?

— Quoi ?

— Mon piano, qui joue tout seul, *ut, la mi ré do, la si
sol ré.* Gredin de *ré*, va ! il sera toujours faux.

— Mais ce n'est pas chez vous, sans doute, lui dit
Rodolphe, qui ajouta bas à l'oreille de Colline sur qui il
appuya lourdement, il est gris.

— Je le crois. D'abord, ce n'est pas un piano, c'est
une flûte.

— Mais, vous aussi, vous êtes gris, mon cher, répondit le poète au philosophe, qui s'était assis sur le carré.
C'est un violon.

— Un vio... Peuh ! Dis donc, Schaunard, bredouilla
Colline en tirant son ami par les jambes, elle est bonne,
celle-là ! voilà Monsieur qui prétend que c'est un vio...

— Sacrebleu ! s'écria Schaunard au comble de
l'épouvante mon piano joue toujours ; c'est de la
magie !

— De la fantasma... gorie, hurla Colline en laissant
tomber une des bouteilles qu'il tenait à la main.

— De la fantaisie, glapit à son tour Rodolphe.

Au milieu de ce charivari, la porte de la chambre

s'ouvrit subitement, et l'on vit paraître sur le seuil un personnage qui tenait à la main un flambeau à trois branches où brûlait de la bougie rose.

— Que désirez-vous, Messieurs ? demanda-t-il en saluant courtoisement les trois amis.

— Ah ! ciel, qu'ai-je fait ! je me suis trompé ; ce n'est pas ici chez moi, fit Schaunard.

— Monsieur, ajoutèrent ensemble Colline et Rodolphe, en s'adressant au personnage qui était venu ouvrir, veuillez excuser notre ami ; il est gris jusqu'à la troisième capucine [18].

Tout à coup un éclair de lucidité traversa l'ivresse de Schaunard ; il venait de lire sur sa porte cette ligne écrite avec du blanc d'espagne :

« *Je suis venue trois fois pour chercher mes étrennes.*
                                                    PHÉMIE. »

— Mais si, mais si, au fait, je suis chez moi ! s'écria-t-il, voilà bien la carte de visite que Phémie est venue me mettre au jour de l'an : c'est bien ma porte.

— Mon Dieu ! Monsieur, dit Rodolphe, je suis vraiment confus.

·— Croyez, Monsieur, ajouta Colline, que de mon côté je collabore activement à la confusion de mon ami.

Le jeune homme ne pouvait s'empêcher de rire.

— Si vous voulez entrer chez moi un instant, répondit-il, sans doute que votre ami, dès qu'il aura vu les lieux, reconnaîtra son erreur.

— Volontiers.

Et le poète et le philosophe, prenant Schaunard chacun par un bras, l'introduisirent dans la chambre, ou plutôt dans le palais de Marcel, qu'on aura sans doute reconnu.

Schaunard promena vaguement sa vue autour de lui, en murmurant :

— C'est étonnant comme mon séjour est embelli.

— Eh bien ! es-tu convaincu, maintenant ? lui demanda Colline.

Mais Schaunard ayant aperçu le piano, s'en était approché et faisait des gammes.

— Hein, vous autres, écoutez-moi ça, dit-il en faisant résonner les accords... A la bonne heure ! L'animal a reconnu son maître : *si la sol, fa mi ré.* Ah ! gredin de *ré !* tu seras toujours le même, va ! Je disais bien que c'était mon instrument.

— Il insiste, dit Colline à Rodolphe.

— Il insiste, répéta Rodolphe à Marcel.

— Et ça donc, ajouta Schaunard en montrant le jupon semé d'étoiles, qui était jeté sur une chaise, ce n'est pas mon ornement, peut-être ! ah !

Et il regardait Marcel sous le nez.

— Et ça, continua-t-il, en détachant du mur le congé par huissier dont il a été parlé plus haut.

Et il se mit à lire :

— « En conséquence, M. Schaunard sera tenu de vider les lieux et de les rendre en bon état de réparations locatives, le huit avril avant midi. Et je lui ai signifié le présent acte, dont le coût est de cinq francs. » Ah ! ah ! ce n'est donc pas moi qui suis M. Schaunard, à qui on donne congé par huissier, les honneurs du timbre, dont le coût est de cinq francs ? Et ça encore, continua-t-il en reconnaissant ses pantoufles dans les pieds de Marcel, ce ne sont donc pas mes babouches, présent d'une main chère ? A votre tour, Monsieur, dit-il à Marcel, expliquez votre présence dans mes lares.

— Messieurs, répondit Marcel en s'adressant particulièrement à Colline et à Rodolphe, Monsieur, et il désignait Schaunard, Monsieur est chez lui, je le confesse.

— Ah! exclama Schaunard, c'est heureux.

— Mais, continua Marcel, moi aussi, je suis chez moi.

— Cependant, Monsieur, interrompit Rodolphe, si notre ami reconnaît...

— Oui, continua Colline, si notre ami...

— Et si de votre côté vous vous souvenez que... ajouta Rodolphe, comment se fait-il...

— Oui, reprit Colline, écho, comment il se fait!...

— Veuillez vous asseoir, Messieurs, répliqua Marcel, je vais vous expliquer le mystère.

— Si nous arrosions l'explication? hasarda Colline.

— En cassant une croûte, ajouta Rodolphe.

Les quatre jeunes gens se mirent à table et donnèrent l'assaut à un morceau de veau froid que leur avait cédé le marchand de vin.

Marcel expliqua alors ce qui s'était passé le matin entre lui et le propriétaire, quand il était venu pour emménager.

— Alors, dit Rodolphe, Monsieur a parfaitement raison, nous sommes chez lui.

— Vous êtes chez vous, dit poliment Marcel.

Mais il fallut un travail énorme pour faire comprendre à Schaunard ce qui s'était passé. Un incident comique vint encore compliquer la situation. Schaunard, en cherchant quelque chose dans un buffet, y découvrit la monnaie du billet de cinq cents francs que Marcel avait changé le matin à M. Bernard.

— Ah! j'en étais bien sûr! s'écria-t-il, que le hasard ne m'abandonnerait pas. Je me rappelle maintenant... que j'étais sorti ce matin pour courir après lui. A cause du terme, c'est vrai, il sera venu pendant mon absence. Nous nous sommes croisés, voilà tout. Comme j'ai bien fait de laisser la clef sur mon tiroir!

— Douce folie! murmura Rodolphe en voyant Schaunard qui dressait les espèces en piles égales.

— Songe, mensonge, telle est la vie, ajouta le philosophe.

Marcel riait.

Une heure après ils étaient endormis tous les quatre.

Le lendemain, à midi, ils se réveillèrent et parurent d'abord très étonnés de se trouver ensemble : Schaunard, Colline et Rodolphe n'avaient pas l'air de se reconnaître et s'appelaient Monsieur. Il fallut que Marcel leur rappelât qu'ils étaient venus ensemble la veille.

En ce moment le père Durand entra dans la chambre.

— Monsieur, dit-il à Marcel, c'est aujourd'hui le neuf avril mil huit cent quarante... il y a de la boue dans les rues, et S. M. Louis-Philippe est toujours roi de France et de Navarre. Tiens! s'écria le père Durand en apercevant son ancien locataire. Monsieur Schaunard, par où donc êtes-vous venu ?

— Par le télégraphe, répondit Schaunard.

— Mais dites donc, reprit le portier, vous êtes encore un farceur, vous !...

— Durand, dit Marcel, je n'aime pas que la livrée se mêle à ma conversation ; vous irez chez le restaurant voisin, et vous ferez monter à déjeuner pour quatre personnes. Voici la carte, ajouta-t-il en donnant un bout de papier sur lequel il avait indiqué son menu. Sortez.

— Messieurs, reprit Marcel aux trois jeunes gens, vous m'avez offert à souper hier soir, permettez-moi de vous offrir à déjeuner ce matin, non pas chez moi, mais chez nous, ajouta-t-il en tendant la main à Schaunard.

A la fin du déjeuner, Rodolphe demanda la parole.

— Messieurs, dit-il, permettez-moi de vous quitter...

— Oh! non, dit sentimentalement Schaunard, ne nous quittons jamais.

— C'est vrai, on est très bien ici, ajouta Colline.

— De vous quitter un moment, continua Rodolphe ; c'est demain que paraît *l'Écharpe d'Iris*, un journal de modes dont je suis le rédacteur en chef ; et il faut que j'aille corriger mes épreuves, je reviens dans une heure.

— Diable ! dit Colline, ça me fait penser que j'ai une leçon à donner à un prince indien qui est venu à Paris pour apprendre l'arabe.

— Vous irez demain, dit Marcel.

— Oh ! non, répondit le philosophe, le prince doit me payer aujourd'hui. Et puis je vous avouerai que cette belle journée serait gâtée pour moi, si je n'allais pas faire un petit tour à la halle aux bouquins.

— Mais tu reviendras ? demanda Schaunard.

— Avec la rapidité d'une flèche lancée d'une main sûre, répondit le philosophe, qui aimait les images excentriques.

Et il sortit avec Rodolphe.

— Au fait, dit Schaunard resté seul avec Marcel, au lieu de me dorloter sur l'oreiller du *farniente*, si j'allais chercher quelque or pour apaiser la cupidité de M. Bernard ?

— Mais, dit Marcel avec inquiétude, vous comptez donc toujours déménager ?

— Dame ! reprit Schaunard, il le faut bien, puisque j'ai congé par huissier, coût cinq francs.

— Mais, continua Marcel, si vous déménagez, est-ce que vous emporterez vos meubles ?

— J'en ai la prétention ; je ne laisserai pas un cheveu, comme dit M. Bernard.

— Diable ! ça va me gêner, fit Marcel, moi qui ai loué votre chambre en garni.

— Tiens, c'est vrai, au fait, reprit Schaunard. Ah Bah ! ajouta-t-il avec mélancolie, rien ne prouve que je trouverai mes soixante-quinze francs aujourd'hui, ni demain, ni après.

— Mais attendez donc, s'écria Marcel, j'ai une idée.

— Exhibez, dit Schaunard.

— Voici la situation : légalement, ce logement est à moi, puisque j'ai payé un mois d'avance.

— Le logement, oui ; mais les meubles, si je paye, je les enlève légalement ; et, si cela était possible, je les enlèverais même extralégalement, dit Schaunard.

— De façon, continua Marcel, que vous avez des meubles et pas de logement, et que moi j'ai un logement et pas de meubles.

— Voilà, fit Schaunard.

— Moi, ce logement me plaît, reprit Marcel.

— Et moi, donc, ajouta Schaunard, il ne m'a jamais plus plu.

— Vous dites ?

— Plus plu pour davantage. Oh! je connais ma langue.

— Eh bien, nous pouvons arranger ces affaires-là, reprit Marcel ; restez avec moi, je fournirai le logement, vous fournirez les meubles.

— Et les termes ? dit Schaunard.

— Puisque j'ai de l'argent aujourd'hui, je les payerai ; la prochaine fois ce sera votre tour. Réfléchissez.

— Je ne réfléchis jamais, surtout pour accepter une proposition qui m'est agréable ; j'accepte d'emblée : au fait, la peinture et la musique sont sœurs.

— Belles-sœurs, dit Marcel.

En ce moment rentrèrent Colline et Rodolphe, qui s'étaient rencontrés.

Marcel et Schaunard leur firent part de leur association.

— Messieurs, s'écria Rodolphe en faisant sonner son gousset, j'offre à dîner à la compagnie.

— C'est précisément ce que j'allais avoir l'honneur de proposer, fit Colline en tirant de sa poche une pièce d'or qu'il se fourra dans l'œil. Mon prince m'a donné ça pour acheter une grammaire indoustan-arabe, que je viens de payer six sous comptant.

— Et moi, dit Rodolphe, je me suis fait avancer trente francs par le caissier de *l'Écharpe d'Iris*, sous le prétexte que j'en avais besoin pour me faire vacciner.

— C'est donc le jour des recettes ? dit Schaunard ; il n'y a que moi qui n'ai pas étrenné, c'est humiliant.

— En attendant, reprit Rodolphe, je maintiens mon offre du dîner.

— Et moi aussi, dit Colline.

— Eh bien, dit Rodolphe, nous allons tirer à pile ou face quel sera celui qui payera la carte.

— Non, s'écria Schaunard, j'ai mieux que ça, mais infiniment mieux à vous offrir pour vous tirer d'embarras.

— Voyons !

— Rodolphe payera le dîner, et Colline offrira un souper.

— Voilà ce que j'appellerai de la jurisprudence Salomon, s'écria le philosophe.

— C'est pis que les noces de Gamache [19], ajouta Marcel.

Le dîner eut lieu dans un restaurant provençal de la rue Dauphine, célèbre par ses garçons littéraires et son *aïoli*. Comme il fallait faire de la place pour le souper, on but et on mangea modérément. La connaissance ébauchée la veille entre Colline et Schaunard, et plus tard avec Marcel, devint plus intime ; chacun des quatre jeunes gens arbora le drapeau de son opinion dans l'art ; tous quatre reconnurent qu'ils avaient courage égal et même espérance. En causant et en discutant, ils s'aperçurent que leurs sympathies étaient communes, qu'ils avaient tous dans l'esprit la même habileté d'escrime comique, qui égaye sans blesser, et que toutes les belles vertus de la jeunesse n'avaient point laissé de place vide dans leur cœur, facile à mettre en émoi par la vue ou le récit d'une belle chose. Tous quatre, partis du même point pour aller au même but, ils pensèrent qu'il y avait dans leur réunion autre chose que le quiproquo banal du hasard, et que ce pouvait bien être aussi la Providence, tutrice naturelle des abonnés, qui leur mettait ainsi la main dans la main, et leur soufflait tout bas à l'oreille l'évangélique parabole, qui devrait être l'unique charte de l'humanité : « Soutenez-vous, et aimez-vous les uns les autres. »

A la fin du repas, qui se termina dans une espèce de gravité, Rodolphe se leva pour porter un toast à l'avenir, et Colline lui répondit par un petit discours qui n'était tiré d'aucun bouquin, n'appartenait par aucun point au beau style, et parlait tout simplement le bon patois de la naïveté qui fait si bien comprendre ce qu'il dit si mal.

— Est-il bête ce philosophe ! murmura Schaunard, qui avait le nez dans son verre, voilà qu'il me force à mettre de l'eau dans mon vin.

Après le dîner on alla prendre le café à *Momus,* où on avait déjà passé la soirée la veille. Ce fut à compter de ce jour-là que l'établissement devint inhabitable pour les autres habitués.

Après le café et les liqueurs, le clan bohème, définitivement fondé, retourna au logement de Marcel, qui prit le nom d'*Élysée* Schaunard [20]. Pendant que Colline allait commander le souper qu'il avait promis, les autres se procuraient des pétards, des fusées et d'autres pièces pyrotechniques ; et, avant de se mettre à table, on tira par les fenêtres un superbe feu d'artifice qui mit toute la maison sens dessus dessous, et pendant lequel les quatre amis chantaient à tue-tête :

Célébrons, célébrons, célébrons ce beau jour !

Le lendemain matin, ils se retrouvèrent ensemble de nouveau, mais sans en paraître étonnés, cette fois. Avant de retourner chacun à leur affaire, ils allèrent de compagnie déjeuner frugalement au café *Momus,* où ils se donnèrent rendez-vous pour le soir, et où on les vit pendant longtemps revenir assidûment tous les jours.

Tels sont les principaux personnages qu'on verra reparaître dans les petites histoires dont se compose ce volume, qui n'est pas un roman, et n'a d'autre prétention que celle indiquée par son titre ; car les Scènes de la vie de bohème ne sont en effet que des études de mœurs dont les héros appartiennent à une classe mal jugée jusqu'ici, et dont le plus grand défaut est le désordre ; et encore peuvent-ils donner pour excuse que ce désordre même est une nécessité que leur fait la vie.

II

UN ENVOYÉ DE LA PROVIDENCE

Schaunard et Marcel, qui s'étaient vaillamment mis à la besogne dès le matin, suspendirent tout à coup leur travail.

— Sacrebleu ! qu'il fait faim ! dit Schaunard ; et il ajouta négligemment : Est-ce qu'on ne déjeune pas aujourd'hui ?

Marcel parut très étonné de cette question, plus que jamais inopportune.

— Depuis quand déjeune-t-on deux jours de suite ? dit-il. C'était hier jeudi.

Et il compléta sa réponse en désignant de son appui-main ce commandement de l'Église :

> « *Vendredi chair ne mangeras,*
> *Ni autre chose pareillement.* »

Schaunard ne trouva rien à répondre et se mit à son tableau, lequel représentait une plaine habitée par un arbre rouge et un arbre bleu qui se donnent une poignée de branches. Allusion transparente aux douceurs de l'amitié, et qui ne laissait pas en effet que d'être très philosophique.

En ce moment, le portier frappa à la porte. Il apportait une lettre pour Marcel.

— C'est trois sous, dit-il.

— Vous êtes sûr ? répliqua l'artiste. C'est bon, vous nous les devrez.

Et il lui ferma la porte au nez.

Marcel avait pris la lettre et rompu le cachet. Aux premiers mots, il se mit à faire dans l'atelier des sauts d'acrobate et entonna à tue-tête la célèbre romance suivante, qui indiquait chez lui l'apogée de la jubilation :

> *Y' avait quat' jeunes gens du quartier,*
> *Ils étaient tous les quat' malades ;*
> *On les a m'nés à l'Hôtel-Dieu*
> *Eu ! eu ! eu ! eu !*

— Eh bien, oui, dit Schaunard en continuant :

> *On les a mis dans un grand lit,*
> *Deux à la tête et deux aux pieds.*

— Nous savons ça !

Marcel reprit :

> *Ils virent arriver un' petit' sœur,*
> *Eur ! eur ! eur ! eur !*

— Si tu ne te tais pas, dit Schaunard, qui ressentait déjà des symptômes d'aliénation mentale, je vais t'exécuter l'allégro de ma symphonie sur *l'influence du bleu dans les arts*.

Et il s'approcha de son piano.

Cette menace produisit l'effet d'une goutte d'eau froide tombée dans un liquide en ébullition.

Marcel se calma comme par enchantement.

— Tiens ! dit-il en passant la lettre à son ami. Vois.

C'était une invitation à dîner d'un député, protecteur éclairé des arts et en particulier de Marcel, qui avait fait le portrait de sa maison de campagne.

— C'est pour aujourd'hui, dit Schaunard ; il est malheureux que le billet ne soit pas bon pour deux personnes. Mais au fait, j'y songe, ton député est ministériel ; tu ne peux pas, tu ne dois pas accepter : tes principes te défendent d'aller manger un pain trempé dans les sueurs du peuple.

— Bah ! dit Marcel, mon député est centre gauche ; il a voté l'autre jour contre le gouvernement. D'ailleurs, il doit me faire avoir une commande, et il m'a promis de me présenter dans le monde ; et puis, vois-tu, ça a beau être vendredi, je me sens pris d'une voracité Ugoline [1], et je veux dîner aujourd'hui, voilà.

— Il y a encore d'autres obstacles, reprit Schaunard, qui ne laissait pas que d'être un peu jaloux de la bonne fortune qui tombait à son ami. Tu ne peux pas aller dîner en ville en vareuse rouge et avec un bonnet de débardeur.

— J'irai emprunter les habits de Rodolphe ou de Colline.

— Jeune insensé ! oublies-tu que nous sommes passé le vingt du mois, et qu'à cette époque les habits de ces Messieurs sont *cloués* et *surcloués* ?

— Je trouverai au moins un habit noir d'ici cinq heures, dit Marcel.

— J'ai mis trois semaines pour en trouver un quand j'ai été à la noce de mon cousin ; et c'était au commencement de janvier.

— Eh bien, j'irai comme ça, reprit Marcel en marchant à grands pas. Il ne sera pas dit qu'une misérable question d'étiquette m'empêchera de faire mon premier pas dans le monde.

— A propos de ça, interrompit Schaunard, prenant beaucoup de plaisir à faire du chagrin à son ami, et des bottes ?

Marcel sortit dans un état d'agitation impossible à décrire. Au bout de deux heures il rentrait chargé d'un faux col.

— Voilà tout ce que j'ai pu trouver, dit-il piteusement.

— Ce n'était pas la peine de courir pour si peu, répondit Schaunard, il y a ici du papier de quoi en faire une douzaine.

— Mais, dit Marcel en s'arrachant les cheveux, nous devons avoir des effets, que diable !

Et il commença une longue perquisition dans tous les coins des deux chambres.

Après une heure de recherche, il réalisa un costume ainsi composé :

Un pantalon écossais,
Un chapeau gris,
Une cravate rouge,
Un gant jadis blanc,
Un gant noir.

— Ça te fera deux gants noirs au besoin, dit Schaunard. Mais quand tu seras habillé, tu auras l'air du spectre solaire. Après ça, quand on est coloriste !

Pendant ce temps Marcel essayait les bottes.

Fatalité ! elles étaient toutes deux du même pied !

L'artiste, désespéré, avisa alors dans un coin une
vieille botte dans laquelle on mettait les vessies usées.
Il s'en empara.

— De *Garrick* en *Syllabe*[2], dit son ironique compagnon : celle-ci est pointue et l'autre est carrée.

— Ça ne se verra pas, je les vernirai.

— C'est une idée ! il ne te manque plus que l'habit
noir de rigueur.

— Oh ! dit Marcel en se mordant les poings, pour en
avoir un, je donnerais dix ans de ma vie et ma main
droite, vois-tu !

Ils entendirent de nouveau frapper à la porte. Marcel
ouvrit.

— Monsieur Schaunard ? dit un étranger en restant
sur le seuil.

— C'est moi, répondit le peintre en le priant
d'entrer.

— Monsieur, dit l'inconnu, porteur d'une de ces
honnêtes figures qui sont le type du provincial, mon
cousin m'a beaucoup parlé de votre talent pour le
portrait ; et, étant sur le point de faire un voyage aux
colonies, où je suis délégué par les raffineurs de la ville
de Nantes, je désirerais laisser un souvenir de moi à
ma famille. C'est pourquoi je suis venu vous trouver.

— Ô sainte Providence !... murmura Schaunard.
Marcel, donne un siège à Monsieur...

— M. Blancheron, reprit l'étranger ; Blancheron de
Nantes, délégué de l'industrie sucrière, ancien maire
de V..., capitaine de la garde nationale, et auteur d'une
brochure sur la question des sucres[3].

— Je suis fort honoré d'avoir été choisi par vous, dit
l'artiste en s'inclinant devant le délégué des raffineurs.
Comment désirez-vous avoir votre portrait ?

— À la miniature, comme ça, reprit M. Blancheron
en indiquant un portrait à l'huile ; car, pour le délégué
comme pour beaucoup d'autres, ce qui n'est pas

peinture en bâtiments est miniature, il n'y a pas de milieu.

Cette naïveté donna à Schaunard la mesure du bonhomme auquel il avait affaire, surtout quand celui-ci eut ajouté qu'il désirait que son portrait fût peint avec des couleurs fines.

— Je n'en emploie jamais d'autres, dit Schaunard. De quelle grandeur Monsieur désire-t-il son portrait ?

— Grand comme ça, répondit M. Blancheron en montrant une toile de vingt. Mais dans quel prix ça va-t-il ?

— De cinquante à soixante francs ; cinquante sans les mains, soixante avec.

— Diable ! mon cousin m'avait parlé de trente francs.

— C'est selon la saison, dit le peintre ; les couleurs sont beaucoup plus chères à différentes époques.

— Tiens ! c'est donc comme le sucre ?

— Absolument.

— Va donc pour cinquante francs, dit M. Blancheron.

— Vous avez tort, pour dix francs de plus vous auriez les mains, dans lesquellles je placerais votre brochure sur la question sucrière, ce qui serait flatteur.

— Ma foi, vous avez raison.

— Sacrebleu ! dit en lui-même Schaunard, s'il continue, il va me faire éclater, et je le blesserai avec un de mes morceaux.

— As-tu remarqué ? lui glissa Marcel à l'oreille.

— Quoi ?

— Il a un habit noir.

— Je comprends et je coupe dans tes idées. Laisse-moi faire.

— Eh bien ! Monsieur, dit le délégué, quand commencerons-nous ? Il ne faudrait pas tarder, car je pars prochainement.

— J'ai moi-même un petit voyage à faire ; après-demain je quitte Paris. Donc, si vous le voulez, nous allons commencer tout de suite. Une bonne séance avancera la besogne.

— Mais il va bientôt faire nuit, et on ne peut pas peindre aux lumières, dit M. Blancheron.

— Mon atelier est disposé pour qu'on y puisse travailler à toute heure... reprit le peintre. Si vous voulez ôter votre habit et prendre la pose, nous allons commencer.

— Ôter mon habit ! Pourquoi faire ?

— Ne m'avez-vous pas dit que vous destiniez votre portrait à votre famille ?

— Sans doute.

— Eh bien, alors, vous devez être représenté dans votre costume d'intérieur, en robe de chambre. C'est l'usage d'ailleurs.

— Mais je n'ai pas de robe de chambre ici.

— Mais j'en ai, moi. Le cas est prévu, dit Schaunard en présentant à son modèle un haillon historié de taches de peintures et qui fit tout d'abord hésiter l'honnête provincial.

— Ce vêtement est bien singulier, dit-il.

— Et bien précieux, répondit le peintre. C'est un vizir turc qui en a fait présent à M. Horace Vernet [4], qui me l'a donné à moi. Je suis son élève.

— Vous êtes élève de Vernet ? dit Blancheron.

— Oui, Monsieur, je m'en vante. Horreur, murmura-t-il en lui-même, je renie mes dieux.

— Il y a de quoi, jeune homme, reprit le délégué en endossant la robe de chambre qui avait une si noble origine.

— Accroche l'habit de Monsieur au porte-manteau, dit Schaunard à son ami avec un clignement d'yeux significatif.

— Dis donc, murmura Marcel en se jetant sur sa

proie et en désignant le Blancheron, il est bien bon ! si tu pouvais en garder un morceau ?

— Je tâcherai ! mais ce n'est pas ça, habille-toi vite et file ! Sois de retour à dix heures, je le garderai jusque-là. Surtout rapporte-moi quelque chose dans tes poches.

— Je t'apporterai un ananas, dit Marcel en se sauvant.

Il s'habilla à la hâte. L'habit lui allait comme un gant, puis il sortit par la seconde porte de l'atelier.

Schaunard s'était mis à la besogne. Comme la nuit était tout à fait venue, M. Blancheron entendit sonner six heures et se souvint qu'il n'avait pas dîné. Il en fit la remarque au peintre.

— Je suis dans le même cas ; mais, pour vous obliger, je m'en passerai ce soir. Pourtant j'étais invité dans une maison du faubourg Saint-Germain, dit Schaunard. Mais nous ne pouvons pas nous déranger, ça compromettrait la ressemblance.

Il se mit à l'œuvre.

— Après ça, dit-il tout à coup, nous pouvons dîner sans nous déranger. Il y a en bas un excellent restaurant qui nous montera ce que nous voudrons.

Et Schaunard attendit l'effet de son trio de pluriels.

— Je partage votre idée, dit M. Blancheron, et en revanche j'aime à croire que vous me ferez l'honneur de me tenir compagnie à table.

Schaunard s'inclina.

— Allons, se dit-il à lui-même, c'est un brave homme, un véritable envoyé de la Providence. Voulez-vous faire la carte ? demanda-t-il à son amphitryon.

— Vous m'obligerez de vous charger de ce soin répondit poliment celui-ci.

— Tu t'en repentiras, Nicolas [5], chanta le peintre en descendant les escaliers quatre à quatre.

Il entra chez le restaurateur, se mit au comptoir et

rédigea un menu dont la lecture fit pâlir le Vatel en boutique[6].

— Du bordeaux à l'ordinaire.

— Qu'est-ce qui payera ?

— Pas moi probablement, dit Schaunard, mais un mien oncle que vous verrez là-haut, un fin gourmet. Ainsi, tâchez de vous distinguer, et que nous soyons servis dans une demi-heure, et dans de la porcelaine surtout.

. . . .

A huit heures, M. Blancheron sentait déjà le besoin d'épancher dans le sein d'un ami ses idées sur l'industrie sucrière, et il récita à Schaunard la brochure qu'il avait écrite.

Celui-ci l'accompagna sur le piano.

A dix heures, M. Blancheron et son ami dansaient le galop et se tutoyaient. A onze heures, ils jurèrent de ne jamais se quitter et firent chacun un testament où ils se léguaient réciproquement leur fortune.

A minuit, Marcel rentra et les trouva dans les bras l'un de l'autre ; ils fondaient en pleurs. Et il y avait déjà un demi-pouce d'eau dans l'atelier. Marcel se heurta à la table et vit les splendides débris du superbe festin. Il regarda les bouteilles, elles étaient parfaitement vides.

Il voulut réveiller Schaunard, mais celui-ci le menaça de le tuer s'il voulait lui ravir M. Blancheron, dont il se faisait un oreiller.

— Ingrat ! dit Marcel en tirant de la poche de son habit une poignée de noisettes. Moi qui lui appportais à dîner !

III

LES AMOURS DE CARÊME

Un soir de carême, Rodolphe rentra chez lui de bonne heure avec l'intention de travailler. Mais à peine se fut-il mis à table et eut-il trempé sa plume dans l'encrier, qu'il fut distrait par un bruit singulier ; et, appliquant l'oreille à l'indiscrète cloison qui le séparait de la chambre voisine, il écouta et distingua parfaitement un dialogue alterné de baisers et autres amoureuses onomatopées.

— Diable ! pensa Rodolphe en regardant sa pendule, il n'est pas tard... et ma voisine est une Juliette qui garde ordinairement son Roméo bien après le chant de l'alouette. Je ne pourrai pas travailler cette nuit. Et, prenant son chapeau, il sortit.

En remettant la clef dans la loge, il trouva la femme du portier emprisonnée à demi dans les bras d'un galant. La pauvre femme fut tellement effarouchée qu'elle resta plus de cinq minutes sans pouvoir tirer le cordon.

— Au fait, pensa Rodolphe, il y a des moments où les portières redeviennent des femmes.

En ouvrant la porte il trouva dans l'angle un sapeur-pompier et une cuisinière en sortie qui se donnaient la main et échangeaient les arrhes de l'amour.

— Eh parbleu ! dit Rodolphe en faisant allusion au guerrier et à sa robuste compagne, voilà des hérétiques qui ne songent guère que nous sommes dans le carême.

Et il prit chemin pour se rendre chez un de ses amis qui habitait le voisinage.

— Si Marcel est chez lui, se disait-il, nous passerons

la soirée à dire du mal de Colline. Il faut bien faire quelque chose...

Comme il frappait un vigoureux appel, la porte s'entrebâilla à demi, et un jeune homme simplement vêtu d'un lorgnon et d'une chemise se présenta.

— Je ne peux pas te recevoir, dit-il à Rodolphe.

— Pourquoi ? demanda celui-ci.

— Tiens ! dit Marcel en désignant une tête féminine qui venait d'apparaître derrière un rideau : voici ma réponse.

— Elle n'est pas belle, répondit Rodolphe auquel on venait de refermer la porte sur le nez. Ah ça, se dit-il quand il fut dans la rue, que faire ? Si j'allais chez Colline ? Nous passerions le temps à dire du mal de Marcel.

En traversant la rue de l'Ouest [1], ordinairement obscure et peu fréquentée, Rodolphe distingua une ombre qui se promenait mélancoliquement en mâchant des rimes entre ses dents.

— Hé ! hé ! dit Rodolphe, quel est ce sonnet qui fait le pied de grue ? Tiens, Colline !

— Tiens, Rodolphe ! Où vas-tu ?

— Chez toi.

— Tu ne m'y trouveras pas.

— Qu'est-ce que tu fais là ?

— J'attends.

— Et qu'est-ce que tu attends ?

— Ah ! dit Colline avec une emphase railleuse, que peut-on attendre quand on a vingt ans, qu'il y a des étoiles au ciel et des chansons dans l'air ?

— Parle en prose.

— J'attends une femme.

— Bonsoir, fit Rodolphe qui continua son chemin tout en monologuant. Ouais ! disait-il, est-ce donc aujourd'hui la Saint-Cupidon, et ne pourrais-je faire un pas sans me heurter à des amoureux ? Cela est immoral et scandaleux. Que fait donc la police ?

Comme le Luxembourg était encore ouvert, Rodolphe y entra pour abréger son chemin. Au milieu des allées désertes, il voyait souvent fuir devant lui, comme effrayés par le bruit de ses pas, des couples mystérieusement enlacés et cherchant, comme dit un poète : la double volupté du silence et de l'ombre[2].

— Voilà, dit Rodolphe, une soirée qui a été copiée dans un roman. Et cependant, pénétré malgré lui d'un charme langoureux, il s'assit sur un banc et regarda sentimentalement la lune.

Au bout de quelque temps, il était entièrement sous le joug d'une fièvre hallucinée. Il lui sembla que les dieux et les héros de marbre qui peuplent le jardin quittaient leurs piédestaux pour s'en aller faire la cour aux déesses et héroïnes leurs voisines ; et il entendit distinctement le gros Hercule faire un madrigal à la Velléda, dont la tunique lui parut singulièrement raccourcie.

Du banc où il était assis, il aperçut le cygne du bassin qui se dirigeait vers une nymphe d'alentour.

— Bon ! pensa Rodolphe, qui acceptait toute cette mythologie, voilà Jupiter qui va au rendez-vous de Léda. Pourvu que le gardien ne les surprenne pas !

Puis il se prit le front dans les mains et s'enfonça plus avant les aubépines du sentiment. Mais, à ce beau moment de son rêve, Rodolphe fut subitement réveillé par un gardien qui s'approcha de lui et lui frappa sur l'épaule.

— Il faut sortir, Monsieur, dit-il.

— C'est heureux, pensa Rodolphe. Si je restais encore ici cinq minutes, j'aurais dans le cœur plus de *vergiss-mein-nicht* qu'il n'y en a sur les bords du Rhin ou dans les romans d'Alphonse Karr[3].

Et, prenant sa course, il sortit en toute hâte du

Luxembourg, fredonnant à voix basse une romance sentimentale, qui était pour lui la Marseillaise de l'amour.

Une demi-heure après, ne sais comment, il était au *Prado*[4], attablé devant du punch et causant avec un grand garçon célèbre par son nez, qui, par un singulier privilège, est aquilin de profil et camard de face ; un maître nez qui ne manque pas d'esprit, et a eu assez d'aventures galantes pour pouvoir en pareil cas donner un bon avis et être utile à son ami.

— Donc, disait Alexandre Schaunard, l'homme au nez... vous êtes amoureux ?

— Oui, mon cher... ça m'a pris tout à l'heure, subitement, comme un grand mal de dents qu'on aurait au cœur.

— Passez-moi le tabac, dit Alexandre.

— Figurez-vous, continua Rodolphe, que depuis deux heures je ne rencontre que des amoureux, des hommes et des femmes deux par deux. J'ai eu l'idée d'entrer dans le Luxembourg, où j'ai vu toutes sortes de fantasmagories ; ça m'a remué le cœur extraordinairement ; il m'y pousse des élégies ; je bêle et je roucoule ; je me métamorphose moitié agneau, moitié pigeon. Regardez donc un peu, je dois avoir de la laine et des plumes.

— Qu'est-ce que vous avez donc bu ? dit Alexandre impatienté, vous me faites poser, vous.

— Je vous assure que je suis de sang-froid, dit Rodolphe. C'est-à-dire non. Mais je vous annoncerai que j'ai besoin d'embrasser quelque chose. Voyez-vous, Alexandre, l'homme ne doit pas vivre seul : en un mot, il faut que vous m'aidiez à trouver une femme... Nous allons faire le tour du bal, et la première que je vous montrerai, vous irez lui dire que je l'aime.

— Pourquoi n'allez-vous pas le lui dire vous-même ? répondit Alexandre avec sa superbe basse nasale.

— Eh! mon cher, dit Rodolphe, je vous assure que j'ai tout à fait oublié comment on s'y prend pour dire ces choses-là. De tous mes romans d'amour, ce sont mes amis qui ont écrit la préface, et quelques-uns même le dénouement. Je n'ai jamais su commencer.

— Il suffit de savoir finir, dit Alexandre ; mais je vous comprends. J'ai vu une jeune fille qui aime le hautbois, vous pourrez peut-être lui convenir.

— Ah! reprit Rodolphe, je voudrais bien qu'elle eût des gants blancs et des yeux bleus.

— Diable! des yeux bleus, je ne dis pas... mais les gants... vous savez qu'on ne peut pas avoir tout à la fois... Cependant, allons dans le quartier de l'aristocratie.

— Tenez, dit Rodolphe en entrant dans le salon où se tiennent les élégantes du lieu, en voici une qui paraît bien douce... et il indiquait une jeune fille assez élégamment mise qui se tenait dans un coin.

— C'est bon! répondit Alexandre, restez un peu en arrière ; je vais lui lancer pour vous le brûlot de la passion. Quand il faudra venir... je vous appellerai.

Pendant dix minutes, Alexandre entretint la jeune fille qui, de temps en temps, partait en joyeux éclats de rire et finit par lancer à Rodolphe un sourire qui voulait assez dire : Venez, votre avocat a gagné la cause.

— Allez donc, dit Alexandre, la victoire est à nous, la petite n'est sans doute pas cruelle ; mais ayez l'air naïf pour commencer.

— Vous n'avez pas besoin de me recommander cela.

— Alors, passez-moi un peu de tabac, dit Alexandre, et allez vous asseoir près d'elle.

— Mon Dieu! dit la jeune fille, quand Rodolphe eut pris place à ses côtés, comme votre ami est drôle, il parle comme un cor de chasse.

— C'est qu'il est musicien, répondit Rodolphe.

Deux heures après, Rodolphe et sa compagne étaient arrêtés devant une maison de la rue Saint-Denis.

— C'est ici que je demeure, dit la jeune fille.

— Eh bien, chère Louise, quand vous reverrai-je, et où ?

— Chez vous, demain soir, à huit heures.

— Bien vrai ?

— Voilà ma promesse, répondit Louise en tendant ses joues fraîches à Rodolphe qui mordit à même dans ces beaux fruits mûrs de jeunesse et de santé.

Rodolphe rentra chez lui *ivre fou*.

— Ah ! dit-il en parcourant sa chambre à grands pas, ça ne peut pas se passer comme ça ; il faut que je fasse des vers.

Le lendemain matin, son portier trouva dans la chambre une trentaine de feuilles de papier en tête desquelles s'étalait avec majesté cet alexandrin solitaire :

Ô l'Amour ! ô l'Amour ! prince de la jeunesse !

Ce jour-là, le lendemain, contre ses habitudes, Rodolphe s'était réveillé de fort bonne heure, et, bien qu'ayant peu dormi, il se leva sur-le-champ.

— Ah ! s'écria-t-il, c'est donc aujourd'hui le grand jour... Mais douze heures d'attente... Avec quoi combler ces douze éternités ?...

Et comme son regard était tombé sur son bureau, il lui sembla voir frétiller sa plume qui avait l'air de lui dire : Travaille ?

— Ah ! bien oui, travaille, foin de la prose !... Je ne veux pas rester ici, ça pue l'encre.

Il fut s'installer dans un café où il était sûr de ne point rencontrer d'amis.

— Ils verraient que je suis amoureux, pensa-t-il, et me plumeraient d'avance mon idéal.

Après un repas très succinct, il courut au chemin de fer et monta dans un wagon[5].

Au bout d'une demi-heure, il était dans les bois de Ville-d'Avray.

Rodolphe se promena toute la journée, lâché à travers la nature rajeunie, et ne revint à Paris qu'au tomber de la nuit.

Après avoir fait mettre en ordre le temple qui allait recevoir son idole, Rodolphe fit une toilette de circonstance, et regretta beaucoup de ne pouvoir s'habiller en blanc.

De sept à huit heures, il fut en proie à la fièvre aiguë de l'attente. Supplice lent qui lui rappela ses jours anciens, et les anciennes amours qui les avaient charmés. Puis, suivant son habitude, il rêva déjà d'une grande passion, un amour en dix volumes, un véritable poème lyrique avec clairs de lune, soleils couchants, rendez-vous sous les saules, jalousies, soupirs, et le reste. Et il en était ainsi chaque fois que le hasard amenait une femme à sa porte, et pas une ne l'avait quitté sans emporter au front une auréole et au cou un collier de larmes.

— Elles aimeraient mieux un chapeau ou des bottines, lui disaient ses amis.

Mais Rodolphe s'obstinait, et jusqu'ici les nombreuses écoles qu'il avait commises n'avaient pu le guérir. Il attendait toujours une femme qui voulût bien poser en idole, un ange en robe de velours à qui il pourrait tout à son aise adresser des sonnets écrits sur feuilles de saule.

Enfin, Rodolphe entendit sonner « l'heure sainte » ; et comme le dernier coup résonnait sur le timbre de métal, il crut voir l'*Amour* et la *Psyché* qui surmontaient sa pendule enlacer leurs corps d'albâtre. Au même moment on frappa deux coups timides à la porte.

4

Rodolphe alla ouvrir ; c'était Louise.

— Je suis de parole, dit-elle, vous voyez !

Rodolphe ferma les rideaux et alluma une bougie neuve.

Pendant ce temps, la petite s'était débarrassée de son châle et de son chapeau, qu'elle alla poser sur le lit. L'éblouissante blancheur des draps la fit sourire, et presque rougir.

Louise était plutôt gracieuse que jolie ; sa fraîche figure offrait un piquant mélange de naïveté et de malice. C'était quelque chose comme un motif de Greuze arrangé par Gavarni[6]. Toute la jeunesse attrayante de la jeune fille était adroitement mise en relief par une toilette qui, bien que très simple, attestait chez elle cette science innée de coquetterie que toutes les femmes possèdent, depuis leur premier lange jusqu'à leur robe de noce. Louise paraissait en outre avoir particulièrement étudié la théorie des attitudes, et prenait devant Rodolphe, qui l'examinait en artiste, une foule de poses séduisantes dont le maniérisme avait souvent plus de grâce que de naturel : ses pieds, finement chaussés, étaient d'une exiguïté satisfaisante... même pour un romantique épris des miniatures andalouses ou chinoises. Quant à ses mains, leur délicatesse attestait l'oisiveté. En effet, depuis six mois, elles n'avaient plus à redouter les morsures de l'aiguille. Pour tout dire, Louise était un de ces oiseaux volages et passagers qui, par fantaisie et souvent par besoin, font pour un jour, ou plutôt une nuit, leur nid dans les mansardes du quartier latin et y demeurent volontiers quelques jours, si on sait les retenir par un caprice, ou par des rubans.

Après avoir causé une heure avec Louise, Rodolphe lui montra comme exemple le groupe de l'Amour et Psyché.

— Est-ce pas Paul et Virginie ? dit-elle.

— Oui, répondit Rodolphe, qui ne voulut pas d'abord la contrarier par une contradiction.

— Ils sont bien imités, répondit Louise.

— Hélas! pensa Rodolphe en la regardant, la pauvre enfant n'a guère de littérature. Je suis sûr qu'elle se borne à l'orthographe du cœur, celle qui ne met point d'*s* au pluriel. Il faudra que je lui achète un Lhomond[7].

Cependant, comme Louise se plaignait d'être gênée dans sa chaussure, il l'aida obligeamment à délacer ses bottines.

Tout à coup la lumière s'éteignit.

— Tiens, s'écria Rodolphe, qui donc a soufflé la bougie?

Un joyeux éclat de rire lui répondit.

Quelques jours après, Rodolphe rencontra dans la rue un de ses amis.

— Que fais-tu donc? lui demanda celui-ci. On ne te voit plus.

— Je fais de la poésie intime, répondit Rodolphe.

Le malheureux disait vrai. Il avait voulu demander à Louise plus que la pauvre enfant ne pouvait lui donner. Musette, elle n'avait point les sons d'une lyre. Elle parlait, pour ainsi dire, le patois de l'amour, et Rodolphe voulait absolument en parler le beau langage. Aussi ne se comprenaient-ils guère.

Huit jours après, au même bal où elle avait trouvé Rodolphe... Louise rencontra un jeune homme blond, qui la fit danser plusieurs fois, et à la fin de la soirée il la reconduisit chez lui.

C'était un étudiant de seconde année, il parlait très bien la prose du plaisir, avait de jolis yeux et le gousset sonore.

Louise lui demanda du papier et de l'encre, et écrivit à Rodolphe une lettre ainsi conçue :

« Ne conte plus sur moi du tou, je t'embrâse pour la dernière foi. Adieu.

                                        Louise. »

Comme Rodolphe lisait ce billet le soir en rentrant chez lui, sa lumière mourut tout à coup.

— Tiens, dit Rodolphe en manière de réflexion, c'est la bougie que j'ai allumée le soir où Louise est venue : elle devait finir avec notre liaison. Si j'avais su, je l'aurais choisie plus longue, ajouta-t-il avec un accent moitié dépit, moitié regret, et il déposa le billet de sa maîtresse dans un tiroir qu'il appelait quelquefois les catacombes de ses amours.

Un jour, étant chez Marcel, Rodolphe ramassa à terre, pour allumer sa pipe, un morceau de papier sur lequel il reconnut l'écriture et l'orthographe de Louise.

— J'ai, dit-il à son ami, un autographe de la même personne ; seulement, il y a deux fautes de moins que dans le tien. Est-ce que cela ne prouve pas qu'elle m'aimait mieux que toi ?

— Ça prouve que tu es un niais, lui répondit Marcel : les blanches épaules et les bras blancs n'ont pas besoin de savoir la grammaire.

IV

ALI-RODOLPHE,
OU LE TURC PAR NÉCESSITÉ[1]

Frappé d'ostracisme par un propriétaire inhospitalier, Rodolphe vivait depuis quelque temps plus errant que les nuages, et perfectionnait de son mieux l'art de se coucher sans souper, ou de souper sans se coucher ;

son cuisinier l'appelait le Hasard, et il logeait fréquem-
ment à l'auberge de la Belle-Étoile.

Il y avait pourtant deux choses qui n'abandonnaient
point Rodolphe au milieu de ces pénibles traverses,
c'était sa bonne humeur, et le manuscrit du *Vengeur*,
drame qui avait fait des stations dans tous les lieux
dramatiques de Paris.

Un jour, Rodolphe, conduit au *violon* pour cause de
chorégraphie trop macabre, se trouva nez à nez avec
un oncle à lui, le sieur Monetti, poêlier-fumiste, sergent
de la garde nationale, et que Rodolphe n'avait pas vu
depuis une éternité.

Touché des malheurs de son neveu, l'oncle Monetti
promit d'améliorer sa position, et nous allons voir
comme, si le lecteur ne s'effraye pas d'une ascension de
six étages.

Donc prenons la rampe et montons. Ouf ! cent vingt-
cinq marches. Nous voici arrivés. Un pas de plus nous
sommes dans la chambre, un autre nous n'y serions
plus, c'est petit, mais c'est haut ; au reste, bon air et
belle vue.

Le mobilier se compose de plusieurs cheminées à la
prussienne[2], de deux poêles, de fourneaux économiques, quand on n'y fait pas de feu surtout, d'une
douzaine de tuyaux en terre rouge ou en tôle, et d'une
foule d'appareils de chauffage ; citons encore, pour
clore l'inventaire, un hamac suspendu à deux clous
fichés dans la muraille, une chaise de jardin amputée
d'une jambe, un chandelier orné de sa bobêche, et
divers autres objets d'art et de fantaisie.

Quant à la seconde pièce, le balcon, deux cyprès
nains, mis en pots, la transforment en parc pour la
belle saison.

Au moment où nous entrons, l'hôte du lieu, jeune
homme habillé en Turc d'opéra-comique, achève un
repas dans lequel il viole effrontément la loi du

prophète, ainsi que l'indique la présence d'un ex-jambonneau et d'une bouteille ci-devant pleine de vin. Son repas terminé, le jeune Turc s'étendit à l'orientale sur le carreau, et se mit à fumer nonchalamment un narguillé marqué J. G. Tout en s'abandonnant à la béatitude asiatique, il passait de temps en temps sa main sur le dos d'un magnifique chien de Terre-Neuve, qui aurait sans doute répondu à ses caresses s'il n'eût aussi été en terre cuite.

Tout à coup un bruit de pas se fit entendre dans le corridor, et la porte de la chambre s'ouvrit, donnant entrée à un personnage qui, sans mot dire, alla droit à l'un des poêles servant de secrétaire, ouvrit la porte du four et en tira un rouleau de papiers qu'il considéra avec attention.

— Comment, s'écria le nouveau venu avec un fort accent piémontais, tu n'as pas achevé encore le chapitre des Ventouses ?

— Permettez, mon oncle, répondit le Turc, le chapitre des Ventouses est un des plus intéressants de votre ouvrage, et demande à être étudié avec soin. Je l'étudie.

— Mais, malheureux, tu me dis toujours la même chose. Et mon chapitre des Calorifères, où en est-il ?

— Le calorifère va bien. Mais, à propos, mon oncle, si vous pouviez me donner un peu de bois, cela ne me ferait pas de peine. C'est une petite Sibérie ici. J'ai tellement froid, que je ferais tomber le thermomètre au-dessous de zéro, rien qu'en le regardant.

— Comment, tu as déjà consumé un fagot ?

— Permettez, mon oncle, il y a fagots et fagots, et le vôtre était bien petit.

— Je t'enverrai une bûche économique. Ça garde la chaleur.

— C'est précisément pourquoi ça n'en donne pas.

— Eh bien ! dit le Piémontais en se retirant, je te

ferai monter un petit cotret. Mais je veux mon chapitre des Calorifères pour demain.

— Quand j'aurai du feu, ça m'inspirera, dit le Turc, qu'on venait de renfermer à double tour.

Si nous faisions une tragédie, ce serait ici le moment de faire apparaître le confident. Il s'appellerait Noureddin ou Osman [3], et d'un air à la fois discret et protecteur il s'avancerait auprès de notre héros, et lui tirerait adroitement les vers du nez à l'aide de ceux-ci :

Quel funeste chagrin vous occupe, seigneur,
A votre auguste front, pourquoi cette pâleur ?
Allah se montre-t-il à vos desseins contraire ?
Ou le farouche Ali, par un ordre sévère,
A-t-il sur d'autres bords, en apprenant vos feux,
Éloigné la beauté qui sut charmer vos yeux ?

Mais nous ne faisons pas de tragédie, et, malgré le besoin que nous avons d'un confident, il faut nous en passer.

Notre héros n'est point ce qu'il paraît être, le turban ne fait pas le Turc. Ce jeune homme est notre ami Rodolphe recueilli par son oncle, pour lequel il rédige actuellement un manuel du *Parfait fumiste* [4]. En effet, M. Monetti, passionné par son art, avait consacré ses jours à la fumisterie. Ce digne Piémontais avait arrangé pour son usage une maxime faisant à peu près pendant à celle de Cicéron, et dans ses beaux moments d'enthousiasme, il s'écriait : *Nascuntur poë... liers.* Un jour, pour l'utilité des races futures, il avait songé à formuler un code théorique des principes d'un art dans la pratique duquel il excellait, et il avait, comme nous l'avons vu, choisi son neveu pour encadrer le fond de ses idées dans la forme qui pût les faire comprendre. Rodolphe était nourri, couché, logé, etc., et devait, à l'achèvement du *Manuel*, recevoir une gratification de cent écus.

Dans les premiers jours, pour encourager son neveu au travail, Monetti lui avait généreusement fait une avance de cinquante francs. Mais Rodolphe, qui n'avait point *vu* une pareille somme depuis près d'un an, était sorti à moitié fou, accompagné de ses écus, et il resta trois jours dehors : le quatrième il rentrait, seul !

Monetti, qui avait hâte de voir achever son *Manuel*, car il comptait obtenir un brevet, craignait de nouvelles escapades de son neveu ; et pour le forcer à travailler, en l'empêchant de sortir, il lui enleva ses vêtements et lui laissa en place le déguisement sous lequel nous l'avons vu tout à l'heure.

Cependant, le fameux *Manuel* n'en allait pas moins *piano*, *piano*, Rodolphe manquant absolument des cordes nécessaires à ce genre de littérature. L'oncle se vengeait de cette indifférence paresseuse en matière de cheminées, en faisant subir à son neveu une foule de misères. Tantôt il lui abrégeait ses repas, et souvent il le privait de tabac à fumer.

Un dimanche, après avoir péniblement sué sang et encre sur le fameux chapitre des Ventouses, Rodolphe brisa sa plume qui lui brûlait les doigts, et s'en alla se promener dans son parc.

Comme pour le narguer et exciter encore son envie, il ne pouvait hasarder un seul regard autour de lui sans apercevoir à toutes les fenêtres une figure de fumeur.

Au balcon doré d'une maison neuve, un lion en robe de chambre mâchait entre ses dents le panatellas aristocratique. Un étage au-dessus, un artiste chassait devant lui le brouillard odorant d'un tabac levantin qui brûlait dans une pipe à bouquin d'ambre. A la fenêtre d'un estaminet, un gros Allemand faisait mousser la bière et repoussait avec une précision mécanique

les nuages opaques s'échappant d'une pipe de Cudmer[5]. D'un autre côté, des groupes d'ouvriers se
rendant aux barrières passaient en chantant, le *brûle-
gueule* aux dents. Enfin, tous les autres piétons qui
emplissaient la rue fumaient.

— Hélas ! disait Rodolphe avec envie, excepté moi et
les cheminées de mon oncle, tout le monde fume à cette
heure dans la création.

Et Rodolphe, le front appuyé sur la barre du balcon,
songea combien la vie était amère.

Tout à coup un éclat de rire sonore et prolongé se fit
entendre au-dessous de lui. Rodolphe se pencha un peu
en avant pour voir d'où sortait cette fusée de folle joie,
et il *s'aperçut* qu'il avait été aperçu par la locataire
occupant l'étage inférieur : mademoiselle Sidonie,
jeune première au théâtre du Luxembourg.

Mademoiselle Sidonie s'avança sur sa terrasse en
roulant entre ses doigts, avec une habileté castillane,
un petit papier gonflé d'un tabac blond qu'elle tirait
d'un sac en velours brodé.

— Oh ! la belle tabatière, murmura Rodolphe avec
une admiration contemplative.

— Quel est cet *Ali-Baba ?* pensait de son côté mademoiselle Sidonie.

Et elle rumina tout bas un prétexte pour engager la
conversation avec Rodolphe, qui, de son côté, cherchait à en faire autant.

— Ah ! mon Dieu ! s'écria mademoiselle Sidonie,
comme si elle se parlait à elle-même ; Dieu ! que c'est
ennuyeux ! je n'ai pas d'allumettes.

— Mademoiselle, voulez-vous me permettre de vous
en offrir ? dit Rodolphe en laissant tomber sur le
balcon deux ou trois allumettes chimiques roulées
dans du papier.

— Mille remerciements, répondit Sidonie en allumant sa cigarette.

— Mon Dieu, Mademoiselle... continua Rodolphe,
en échange du léger service que *mon bon ange* m'a
permis de vous rendre, oserais-je vous demander ?...

— Comment ! il demande déjà ! pensa Sidonie en
regardant Rodolphe avec plus d'attention. Ah ! dit-elle,
ces Turcs ! on les dit volages, mais bien agréables.
Parlez, Monsieur, fit-elle ensuite en relevant la tête
vers Rodolphe : que désirez-vous ?

— Mon Dieu, Mademoiselle, je vous demanderai la
charité d'un peu de tabac ; il y a deux jours que je n'ai
fumé. Une pipe seulement...

— Avec plaisir, Monsieur... Mais comment faire ?
Veuillez prendre la peine de descendre un étage.

— Hélas ! cela ne m'est point possible... Je suis
enfermé ; mais il me reste la liberté d'employer un
moyen très simple, dit Rodolphe.

Et il attacha sa pipe à une ficelle, et la laissa glisser
jusqu'à la terrasse, où mademoiselle Sidonie la bourra
elle-même avec abondance. Rodolphe procéda ensuite,
avec lenteur et circonspection, à l'ascension de sa pipe,
qui lui arriva sans encombre.

— Ah ! Mademoiselle, dit-il à Sidonie, combien cette
pipe m'eût semblé meilleure si j'avais pu l'allumer au
feu de vos yeux !

Cette agréable plaisanterie en était au moins à la
centième édition, mais mademoiselle Sidonie ne la
trouva pas moins superbe.

— Vous me flattez ! crut-elle devoir répondre.

— Ah ! Mademoiselle, je vous assure que vous me
paraissez belle comme les trois Grâces.

— Décidément, *Ali-Baba* est bien galant, pensa
Sidonie... Est-ce que vous êtes vraiment Turc ?
demanda-t-elle à Rodolphe.

— Point par vocation, répondit-il, mais par nécessité ; je suis auteur dramatique, Madame.

— Et moi artiste, reprit Sidonie.

Puis elle ajouta :

— Monsieur mon voisin, voulez-vous me faire l'honneur de venir dîner et passer la soirée chez moi ?

— Ah ! Mademoiselle, dit Rodolphe, bien que cette proposition m'ouvre le ciel, il m'est impossible de l'accepter. Comme j'ai eu l'honneur de vous le dire, je suis enfermé par mon oncle, le sieur Monetti, poêlier-fumiste, dont je suis actuellement le secrétaire.

— Vous n'en dînerez pas moins avec moi, répliqua Sidonie ; écoutez bien ceci : je vais rentrer dans ma chambre et frapper à mon plafond. A l'endroit où je frapperai, vous regarderez et vous trouverez les traces d'un *judas* qui existait et à été condamné depuis : trouvez le moyen d'enlever la pièce de bois qui bouche le trou, et, quoique chacun chez nous, nous serons presque ensemble...

Rodolphe se mit à l'œuvre sur-le-champ. Après cinq minutes de travail, une communication était établie entre les deux chambres.

— Ah ! fit Rodolphe, le trou est petit, mais il y aura toujours assez de place pour que je puisse vous passer mon cœur.

— Maintenant, dit Sidonie, nous allons dîner... Mettez le couvert chez vous, je vais vous passer les plats.

Rodolphe laissa glisser dans la chambre son turban attaché à une ficelle et le remonta chargé de comestibles, puis le poète et l'artiste se mirent à dîner ensemble, chacun de son côté. Des dents, Rodolphe dévorait le pâté, et des yeux, mademoiselle Sidonie.

— Hélas ! Mademoiselle, dit Rodolphe, quand ils eurent achevé leur repas, grâce à vous, mon estomac est satisfait. Ne satisferiez-vous pas de même la fringale de mon cœur, qui est à jeun depuis si longtemps ?

— Pauvre garçon ! dit Sidonie.

Et, montant sur un meuble, elle apporta jusqu'aux

lèvres de Rodolphe sa main, que celui-ci *ganta* de baisers.

— Ah ! s'écria le jeune homme, quel malheur que vous ne puissiez faire comme saint Denis, qui avait le droit de porter sa tête dans ses mains.

Après le dîner commença une conversation amoroso-littéraire. Rodolphe parla du *Vengeur*, et mademoiselle Sidonie en demanda la lecture. Penché au bord du trou, Rodolphe commença à déclamer son drame à l'actrice, qui, pour être plus à portée, s'était assise dans un fauteuil échafaudé sur sa commode. Mademoiselle Sidonie déclara *le Vengeur* un chef-d'œuvre ; et, comme elle était un peu *maîtresse* au théâtre, elle promit à Rodolphe de lui faire recevoir sa pièce.

Au moment le plus tendre de l'entretien, l'oncle Monetti fit entendre dans le corridor son pas léger comme celui du *commandeur*. Rodolphe n'eut que le temps de fermer le judas.

— Tiens, dit Monetti à son neveu, voici une lettre qui court après toi depuis un mois.

— Voyons, dit Rodolphe. Ah ! mon oncle, s'écria-t-il, mon oncle, je suis riche ! Cette lettre m'annonce que j'ai remporté un prix de trois cents francs à une académie de Jeux floraux[6]. Vite ma redingote et mes *affaires*, que j'aille cueillir mes lauriers ! on m'attend au Capitole.

— Et mon chapitre des Ventouses ? dit Monetti froidement.

— Eh ! mon oncle, il s'agit bien de cela ! Rendez-moi mes *affaires*. Je ne peux pas sortir dans cet équipage...

— Tu ne sortiras que lorsque mon *Manuel* sera terminé, dit l'oncle, en enfermant Rodolphe à double tour.

Resté seul, Rodolphe ne balança point longtemps sur le parti qu'il avait à prendre... Il attacha solidement à son balcon une couverture transformée en corde à nœuds ; et, malgré le péril de la tentative, il descendit, à l'aide de cette échelle improvisée, sur la terrasse de mademoiselle Sidonie.

— Qui est là ? s'écria celle-ci en entendant Rodolphe frapper à ses carreaux.

— Silence, répondit-il, ouvrez...

— Que voulez-vous ? qui êtes-vous ?

— Pouvez-vous le demander ? Je suis l'auteur du *Vengeur*, et je viens chercher mon cœur que j'ai laissé tomber dans votre chambre par le judas.

— Malheureux jeune homme, dit l'actrice, vous auriez pu vous tuer !

— Écoutez, Sidonie... continua Rodolphe en montrant la lettre qu'il venait de recevoir. Vous le voyez, la fortune et la gloire me sourient. Que l'amour fasse comme elles !................................

....

Le lendemain matin, à l'aide d'un déguisement masculin que lui avait fourni Sidonie, Rodolphe pouvait s'échapper de la maison de son oncle... Il courut chez le correspondant de l'académie des Jeux floraux recevoir une églantine d'or de la force de cent écus, qui vécurent à peu près ce que vivent les roses.

Un mois après, M. Monetti était convié, de la part de son neveu, d'assister à la première représentation du *Vengeur*. Grâce au talent de mademoiselle Sidonie, la pièce eut dix-sept représentations et rapporta quarante francs à son auteur.

Quelque temps après, c'était dans la belle saison, Rodolphe demeurait avenue de Saint-Cloud, dans le troisième arbre à gauche en sortant du bois de Boulogne, sur la cinquième branche.

V

L'ÉCU DE CHARLEMAGNE

Vers la fin du mois de décembre, les facteurs de l'administration Bidault [1] furent chargés de distribuer environ cent exemplaires d'un billet de faire-part, dont voici une copie que nous certifions sincère et véritable :

« M.

MM. Rodolphe et Marcel vous prient de leur faire l'honneur de venir passer la soirée chez eux, samedi prochain, veille de Noël. On rira !

P.-S. Nous n'avons qu'un temps à vivre !!

PROGRAMME DE LA FÊTE.

A 7 heures, ouverture des salons ; conversation vive et animée.

A 8 heures, entrée et promenade dans les salons des spirituels auteurs de la *Montagne en couches*, comédie refusée au théâtre de l'Odéon.

A 8 heures 1/2, M. Alexandre Schaunard, virtuose distingué, exécutera sur le piano l'*Influence du bleu dans les arts*, symphonie imitative.

A 9 heures, première lecture du mémoire sur l'abolition de la peine de la tragédie.

A 8 heures 1/2, M. Gustave Colline, philosophe hyperphysique, et M. Schaunard entameront une discussion de philosophie et de métapolitique comparées. Afin d'éviter toute collision entre les deux antagonistes, ils seront attachés l'un et l'autre.

A 10 heures, M. Tristan, homme de lettres, racontera

ses premières amours. M. Alexandre Schaunard l'accompagnera sur le piano.

A 10 heures 1/2, deuxième lecture du mémoire sur l'abolition de la peine de la tragédie.

A 11 heures, récit d'une chasse au casoar, par un prince étranger.

DEUXIÈME PARTIE.

A minuit, M. Marcel, peintre d'histoire, se fera bander les yeux, et improvisera au crayon blanc l'entrevue de Napoléon et de Voltaire dans les champs Élysées. M. Rodolphe improvisera également un parallèle entre l'auteur de *Zaïre* et l'auteur de la *Bataille d'Austerlitz*.

A minuit et demi, M. Gustave Colline, modestement déshabillé, imitera les jeux athlétiques de la 4e olympiade.

A 1 heure du matin, troisième lecture du mémoire sur l'abolition de la peine de la tragédie, et quête au profit des auteurs tragiques qui se trouveront un jour sans emploi.

A 2 heures, ouverture des jeux et organisation des quadrilles, qui se prolongeront jusqu'au matin.

A 6 heures, lever du soleil, et chœur final.

Pendant toute la durée de la fête, des ventilateurs joueront.

N. B. Toute personne qui voudrait lire ou réciter des vers sera immédiatement mise hors des salons et livrée entre les mains de la police ; on est également prié de ne pas emporter les bouts de bougie. »

Deux jours après, des exemplaires de cette lettre étaient en circulation dans les troisièmes dessous de la littérature et des arts, et y déterminaient une profonde rumeur.

Cependant, parmi les invités, il s'en trouvait quel-

ques-uns qui mettait en doute les splendeurs annon-
cées par les deux amis.

— Je me méfie beaucoup, disait un de ces sceptiques : j'ai été quelquefois aux mercredis de Rodolphe,
rue de la Tour-d'Auvergne, on ne pouvait s'asseoir que
moralement, et on buvait de l'eau peu filtrée dans des
poteries éclectiques.

— Cette fois, dit un autre, ce sera très sérieux.
Marcel m'a montré le plan de la fête, et ça promet un
effet magique.

— Est-ce que vous aurez des femmes ?

— Oui, Phémie Teinturière a demandé à être reine
de la fête, et Schaunard doit amener des dames du
monde.

Voici, en quelques mots, l'origine de cette fête qui
causait une si grande stupéfaction dans le monde
bohémien qui vit au-delà des ponts. Depuis environ un
an, Marcel et Rodolphe avaient annoncé ce somptueux
gala, qui devait toujours avoir lieu *samedi prochain* ;
mais des circonstances pénibles avaient forcé leur
promesse à faire le tour de cinquante-deux semaines, si
bien qu'ils en étaient arrivés à ne pouvoir faire un pas
sans se heurter à quelque ironie de leurs amis, parmi
lesquels ils s'en trouvaient même d'assez indiscrets
pour formuler d'énergiques réclamations. La chose
commençant à prendre le caractère d'une *scie*, les deux
amis résolurent d'y mettre fin en se liquidant des
engagements qu'ils avaient pris. C'est ainsi qu'ils
avaient envoyé l'invitation plus haut.

— Maintenant, avait dit Rodolphe, il n'y a plus à
reculer, nous avons brûlé nos vaisseaux, il nous reste
devant nous huit jours pour trouver les cent francs qui
nous sont indispensables pour faire bien les choses.

— Puisqu'il les faut, nous les aurons, avait répondu
Marcel. Et avec l'insolente confiance qu'ils avaient
dans le hasard, les deux amis s'endormirent convain-

cus que leurs cent francs étaient déjà en route ; la route
de l'impossible.

Cependant la surveille du jour désigné pour la fête,
et comme rien n'était encore arrivé, Rodolphe pensa
qu'il serait peut-être plus sûr d'aider le hasard, s'il ne
voulait pas rester en affront quand l'heure serait venue
d'allumer les lustres. Pour plus de facilité, les deux
amis modifièrent progressivement les somptuosités du
programme qu'ils s'étaient imposé.

Et de modification en modification, après avoir fait
subir force deleatur à l'article Gâteaux, après avoir
soigneusement revu et diminué l'article Rafraîchissements, le total des frais se trouva réduit à quinze
francs.

La question était simplifiée, mais non encore résolue.

— Voyons, voyons, dit Rodolphe, il faut maintenant
employer les grands moyens, d'abord nous ne pouvons
pas faire relâche cette fois.

— Impossible ! reprit Marcel.

— Combien y a-t-il de temps que j'ai entendu le récit
de la bataille de Studzianka ?

— Deux mois à peu près.

— Deux mois, bon, c'est un délai honnête, mon
oncle n'aura pas à se plaindre. J'irai demain me faire
raconter la bataille de Studzianka, ce sera cinq francs,
ça, c'est sûr.

— Et moi, dit Marcel, j'irai vendre un *manoir
abandonné*, au vieux Médicis. Ça fera cinq francs aussi.
Si j'ai assez de temps pour mettre trois tourelles et un
moulin, ça ira peut-être à dix francs, et nous aurons
notre budget.

Et les deux amis s'endormirent, rêvant que la princesse de Belgiojoso [2] les priait de changer leurs jours de
réception, pour ne point lui enlever ses habitués.

Éveillé dès le grand matin, Marcel prit une toile et

procéda vivement à la construction d'un *manoir aban-donné*, article qui lui était particulièrement demandé par un brocanteur de la place du Carrousel[3]. De son côté Rodolphe alla rendre visite à son oncle Monetti, qui excellait dans le récit de la retraite de Russie, et auquel Rodolphe procurait, cinq ou six fois par an, dans les circonstances graves, la satisfaction de narrer ses campagnes, moyennant un prêt de quelque argent que le vétéran-poêlier-fumiste ne disputait pas trop quand on savait montrer beaucoup d'enthousiasme à l'audition de ses récits.

Sur les deux heures, Marcel, le front bas et portant sous ses bras une toile, rencontra, place du Carrousel, Rodolphe qui venait de chez son oncle ; son attitude annonçait une mauvaise nouvelle.

— Eh bien, dit Marcel, as-tu réussi ?

— Non, mon oncle est allé voir le musée de Ver-sailles[4]. Et toi ?

— Cet animal de Médicis ne veut plus de *châteaux en ruine* ; il m'a demandé un *Bombardement de Tanger*[5].

— Nous sommes perdus de réputation si nous ne donnons pas notre fête, murmura Rodolphe. Qu'est-ce que pensera mon ami le critique influent, si je luis fais mettre une cravate blanche et des gants jaunes pour rien ?

Et tous deux rentrèrent à l'atelier, en proie à de vives inquiétudes.

En ce moment quatre heures sonnaient à la pendule d'un voisin.

— Nous n'avons plus que trois heures devant nous, dit Rodolphe.

— Mais, s'écria Marcel en s'approchant de son ami, es-tu bien sûr, très sûr, qu'il ne nous reste pas d'argent ici ?... Hein ?

— Ni ici ni ailleurs. D'où proviendrait ce reliquat ?

— Si nous cherchions sous les meubles... dans les

fauteuils ? On prétend que les émigrés cachaient leurs
trésors, du temps de Robespierre. Qui sait !... Notre
fauteuil a peut-être appartenu à un émigré ; et puis il
est si dur, que j'ai souvent eu l'idée qu'il renfermait
des métaux... Veux-tu en faire l'autopsie ?

— Ceci est du vaudeville, reprit Rodolphe d'un ton
où la sévérité se mêlait à l'indulgence.

Tout à coup Marcel qui avait continué ses fouilles
dans tous les coins de l'atelier, poussa un grand cri de
triomphe.

— Nous sommes sauvés, s'écria-t-il, j'étais bien sûr
qu'il y avait des valeurs ici... Tiens, vois ! et il montrait à Rodolphe une pièce de monnaie grande comme
un écu et à moitié rongée par la rouille et le vert-de-
gris.

C'était une monnaie carlovingienne[6] de quelque
valeur artistique. Sur la légende heureusement
conservée, on pouvait lire la date du règne de Charlemagne.

— Ça, ça vaut trente sous, dit Rodolphe en jetant
un coup d'œil dédaigneux sur la trouvaille de son ami.

— Trente sous bien employés font beaucoup d'effet,
répondit Marcel. Avec douze cents hommes, Bona-
parte a fait rendre les armes à dix mille Autrichiens.
L'adresse égale le nombre. Je m'en vais changer l'écu
de Charlemagne chez le père Médicis. N'y a-t-il pas
encore quelque chose à vendre ici ? Tiens, au fait, si
j'emportais le moulage du tibia de Jaconowski, le
tambour-major russe, ça ferait masse.

— Emporte le tibia. Mais c'est désagréable, il ne va
pas rester un seul objet d'art ici.

Pendant l'absence de Marcel, Rodolphe, bien décidé
à donner la soirée quand même, alla trouver son ami
Colline, le philosophe hyperphysique qui demeurait à
deux pas de chez lui.

— Je viens te prier, lui dit-il, de me rendre un

service. En ma qualité de maître de maison, il faut absolument que j'aie un habit noir, et... je n'en ai pas... prête-moi le tien.

— Mais, fit Colline en hésitant, en ma qualité d'invité, j'ai besoin de mon habit noir aussi, moi.

— Je te permets de venir en redingote.

— Je n'ai jamais eu de redingote, tu le sais bien.

— Eh bien, écoute, ça peut s'arranger autrement. Au besoin, tu pourrais ne pas venir à ma soirée, et me prêter ton habit noir.

— Tout ça, c'est désagréable ; puisque je suis sur le programme, je ne peux pas manquer.

— Il y a bien d'autres choses qui manqueront, dit Rodolphe. Prête-moi ton habit noir, et, si tu veux venir, viens comme tu voudras... en bras de chemise... tu passeras pour un fidèle domestique.

— Oh ! non, dit Colline en rougissant. Je mettrai mon pantalon noisette. Mais enfin, c'est bien désagréable tout ça. Et comme il aperçut Rodolphe qui s'était déjà emparé du fameux habit noir, il lui cria :

— Mais attends donc... Il y a quelques petites choses dedans.

L'habit de Colline mérite une mention. D'abord cet habit était complètement bleu, et c'était par habitude que Colline disait mon habit noir. Et comme il était alors le seul de la bande possédant un habit, ses amis avaient également la coutume de dire en parlant du vêtement officiel du philosophe : l'habit noir de Colline. En outre, ce vêtement célèbre avait une forme particulière, la plus bizarre qu'on pût voir : les basques très longues, attachées à une taille très courte, possédaient deux poches, véritables gouffres, dans lesquelles Colline avait l'habitude de loger une trentaine de volumes qu'il portait éternellement sur lui, ce qui faisait dire à ses amis que, pendant les vacances des bibliothèques, les savants et les hommes de lettres

pouvaient aller chercher des renseignements dans les
basques de l'habit de Colline, bibliothèque toujours
ouverte aux lecteurs.

Ce jour-là, par extraordinaire, l'habit de Colline ne
contenait qu'un volume in-quarto de Bayle, un traité
des facultés hyperphysiques en trois volumes, un tome
de Condillac, deux volumes de Swedenborg et l'*Essai
sur l'homme* de Pope. Quand ils en eut débarrassé son
habit-bibliothèque, il permit à Rodolphe de s'en vêtir.

— Tiens, dit celui-ci, la poche gauche est encore
bien lourde ; tu as laissé quelque chose.

— Ah ! dit Colline, c'est vrai ; j'ai oublié de vider la
poche aux langues étrangères. Et il en retira deux
grammaires arabes, un dictionnaire malais et un
Parfait bouvier[7] en chinois, sa lecture favorite.

Quand Rodolphe rentra chez lui, il trouva Marcel
qui jouait au palet avec des pièces de cinq francs, au
nombre de trois. Au premier moment, Rodolphe
repoussa la main que lui tendait son ami, il croyait à
un crime.

— Dépêchons-nous, dépêchons-nous, dit Marcel...
Nous avons les quinze francs demandés... Voici comment : J'ai rencontré un antiquaire chez Médicis.
Quand il a vu ma pièce, il a failli se trouver mal :
c'était la seule qui manquât à son médailler. Il a
envoyé dans tous les pays pour combler cette lacune, et
il avait perdu tout espoir. Aussi, quand il a eu bien
examiné mon écu de Charlemagne, il n'a pas hésité un
seul moment à m'offrir cinq francs. Médicis m'a poussé
du coude, son regard a complété le reste. Il voulait
dire : Partageons le bénéfice de la vente et je suren-
chéris ; nous avons monté jusqu'à trente francs. J'en ai
donné quinze au juif, et voilà le reste. Maintenant nos
invités peuvent venir, nous sommes en mesure de leur
donner des éblouissements. Tiens tu as un habit noir,
toi ?

— Oui, dit Rodolphe l'habit de Colline. Et comme il fouillait dans la poche pour prendre son mouchoir, Rodolphe fit tomber un petit volume de *mandchou*, oublié dans la poche aux littératures étrangères.

Sur-le-champ les deux amis procédèrent aux préparatifs. On rangea l'atelier ; on fit du feu dans le poêle ; un châssis de toile, garni de bougies, fut suspendu au plafond en guise de lustre, un bureau fut placé au milieu de l'atelier pour servir de tribune aux orateurs ; l'on plaça devant l'unique fauteuil, qui devait être occupé par le critique influent, et l'on disposa sur une table tous les volumes : romans, poèmes, feuilletons dont les auteurs devaient honorer la soirée de leur présence. Afin d'éviter toute collision entre les différents corps de gens de lettres, l'atelier avait été, en outre, disposé en quatre compartiments, à l'entrée de chacun desquels, sur quatre écriteaux fabriqués en toute hâte, on lisait :

CÔTÉ DES POÈTES.   ROMANTIQUES.
  CÔTÉ DES PROSATEURS.   CLASSIQUES.

Les dames devaient occuper un espace pratiqué au centre.

— Ah çà ! mais, ça manque de chaises, dit Rodolphe.

— Oh ! fit Marcel, il y en a plusieurs sur le carré qui sont accrochées le long du mur. Si nous les cueillions !

— Certainement qu'il faut les cueillir, dit Rodolphe en allant s'emparer des sièges qui appartenaient à quelque voisin.

Six heures sonnèrent ; les deux amis allèrent dîner en toute hâte et remontèrent procéder à l'éclairage des salons. Ils en demeurèrent éblouis eux-mêmes. A sept heures, Schaunard arriva accompagné de trois dames qui avaient oublié de prendre leurs diamants et leurs chapeaux. L'une d'elles avait un châle rouge, tâché de noir. Schaunard la désigna particulièrement à Rodolphe.

— C'est une femme très comme il faut, dit-il, une Anglaise que la chute des Stuart a forcée à l'exil ; elle vit modestement en donnant des leçons d'anglais. Son père a été chancelier sous Cromwell, à ce qu'elle m'a dit ; faut être poli avec elle ; ne la tutoie pas trop.

Des pas nombreux se firent entendre dans l'escalier, c'étaient les invités qui arrivaient ; ils parurent étonnés de voir du feu dans le poêle.

L'habit noir de Rodolphe allait au-devant des dames et leur baisait la main avec une grâce toute régence ; quand il y eut une vingtaine de personnes, Schaunard demanda s'il n'y aurait pas une tournée de quelque chose.

— Tout à l'heure, dit Marcel ; nous attendons l'arrivée du critique influent pour allumer le punch.

A huit heures, tous les invités étaient au complet, et l'on commença à exécuter le programme. Chaque divertissement était alterné d'une tournée de quelque chose ; on a jamais su quoi.

Vers les dix heures on vit apparaître le gilet blanc du critique influent ; il ne resta qu'une heure et fut très sobre dans sa consommation.

Sur le minuit, comme il n'y avait plus de bois et qu'il faisait très froid, les invités qui étaient assis tiraient au sort à qui jetterait sa chaise au feu.

A une heure tout le monde était debout.

Une aimable gaieté ne cessa point de régner parmi les invités. On n'eut aucun accident à regretter, sinon un accroc fait à la poche aux langues étrangères de l'habit de Colline, et un soufflet que Schaunard appliqua à la fille du chancelier de Cromwell.

Cette mémorable soirée fut pendant huit jours l'objet de la chronique du quartier ; et Phémie Tein-

turière, qui avait été reine de la fête, avait l'habitude
de dire en en parlant à ses amies :

— C'était fièrement beau ; il y avait de la bougie, ma
chère.

VI

MADEMOISELLE MUSETTE

Mademoiselle Musette était une jolie fille de vingt
ans, qui, peu de temps après son arrivée à Paris, était
devenue ce que deviennent les jolies filles quand elles
ont la taille fine, beaucoup de coquetterie, un peu
d'ambition et guère d'orthographe. Après avoir fait
longtemps la joie des soupers du quartier Latin, où elle
chantait d'une voix toujours très fraîche, sinon très
juste, une foule de rondes campagnardes qui lui valu-
rent le nom sous lequel l'ont depuis célébrée les plus
fins lapidaires de la rime, mademoiselle Musette
quitta brusquement la rue de la Harpe pour aller
habiter les hauteurs cythéréennes du quartier Bréda [1].
Elle ne tarda pas à devenir une des lionnes de
l'aristocratie du plaisir, et s'achemina peu à peu vers
cette célébrité qui consiste à être citée dans les cour-
riers de Paris, ou lithographiée chez les marchands
d'estampes.
Cependant mademoiselle Musette était une exception parmi les femmes au milieu desquelles elle vivait.
Nature instinctivement élégante et poétique, comme
toutes les femmes vraiment femmes, elle aimait le luxe
et toutes les jouissances qu'il procure ; sa coquetterie
avait d'ardentes convoitises pour tout ce qui était beau
et distingué ; fille du peuple, elle n'eut été aucunement

dépaysée au milieu des somptuosités les plus royales. Mais mademoiselle Musette, qui était jeune et belle, n'aurait jamais voulu consentir à être la maîtresse d'un homme qui ne fût pas comme elle jeune et beau. On lui avait vu une fois refuser bravement les offres magnifiques d'un vieillard si riche, qu'on l'appelait le Pérou de la Chaussée d'Antin, et qui avait mis un escalier d'or aux pieds des fantaisies de Musette. Intelligente et spirituelle, elle avait aussi en répugnance les sots et les niais, quels que fussent leur âge, leur titre et leur nom.

C'était donc une brave et belle fille que Musette, qui, en amour, adoptait la moitié du célèbre aphorisme de Chamfort : « L'amour est l'échange de deux fantaisies[2]. » Aussi, jamais ses liaisons n'avaient été précédées d'un de ces honteux marchés qui déshonorent la galanterie moderne. Comme elle le disait elle-même, Musette jouait franc jeu, et exigeait qu'on lui rendît la monnaie de sa sincérité.

Mais si ses fantaisies étaient vives et spontanées, elles n'étaient jamais assez durables pour arriver à la hauteur d'une passion. Et la mobilité excessive de ses caprices, le peu de soin qu'elle apportait à regarder la bourse et les bottes de ceux qui lui en voulaient conter, apportaient une grande mobilité dans son existence, qui était une perpétuelle alternative de coupés bleus et d'omnibus, d'entresol et de cinquième étage, de robes de soie et de robes d'indienne. O fille charmante ! poème vivant de jeunesse, au rire sonore et au chant joyeux ! cœur pitoyable, battant pour tout le monde sous la guimpe entrebâillée, ô mademoiselle Musette ! vous qui êtes la sœur de Bernerette et de Mimi Pinson ! il faudrait la plume d'Alfred de Musset[3] pour raconter dignement votre insouciante et vagabonde course dans les sentiers fleuris de la jeunesse ; et certainement il aurait voulu vous célébrer aussi, si, comme moi, il vous avait entendu chanter de votre jolie voix fausse ce rustique couplet d'une de vos rondes favorites :

> *C'était un beau jour de printemps*
> *Que je me déclarai l'amant,*
> *L'amant d'une brunette*
> *Au cœur de Cupidon,*
> *Portant fine cornette,*
> *Posée en papillon.*

L'histoire que nous allons raconter est un des épisodes les plus charmants de la vie de cette charmante aventurière, qui a jeté tant de bonnets par-dessus tant de moulins.

A une époque où elle était la maîtresse d'un jeune conseiller d'État qui lui avait galamment mis entre les mains la clef de son patrimoine, mademoiselle Musette avait l'habitude de donner une fois par semaine des soirées dans son joli salon de la rue de la Bruyère. Ces soirées ressemblaient à la plupart des soirées parisiennes, avec cette différence qu'on s'y amusait ; quand il n'y avait pas assez de place, on s'asseyait les uns sur les autres, et il arrivait souvent aussi que le même verre servait pour un couple. Rodolphe, qui était l'ami de Musette, et qui ne fut jamais que son ami (ils n'ont jamais su pourquoi ni l'un ni l'autre), Rodolphe demanda à Musette la permission de lui amener son ami, le peintre Marcel ; un garçon de talent, ajouta-t-il, à qui l'avenir est en train de broder un habit d'académicien.

— Amenez ! dit Musette.

Le soir où ils devaient aller ensemble chez Musette, Rodolphe monta chez Marcel pour le prendre. L'artiste faisait sa toilette.

— Comment, dit Rodolphe, tu vas dans le monde avec une chemise de couleur ?

— Est-ce que ça blesse l'usage ? dit tranquillement Marcel.

— Si ça le blesse ? mais jusqu'au sang, malheureux.

— Diable, fit Marcel en regardant sa chemise qui était à fond bleu, avec vignettes représentant des sangliers poursuivis par une meute, c'est que je n'en ai pas d'autre ici... Ah bah ! tant pis ! je prendrai un faux col ; et, comme *Mathusalem* boutonne jusqu'au cou, on ne verra pas la couleur de mon linge.

— Comment, dit Rodolphe avec inquiétude, tu vas encore mettre *Mathusalem* ?

— Hélas ! répondit Marcel, il le faut bien ; Dieu le veut, et mon tailleur aussi ; d'ailleurs, il a une garniture de boutons neuve, et je l'ai reprisé tantôt avec du noir de pêche.

Mathusalem était simplement l'habit de Marcel ; il le nommait ainsi parce que c'était le doyen de sa garde-robe. *Mathusalem* était fait à la dernière mode d'il y a quatre ans, et était en outre d'un vert atroce ; mais, aux lumières, Marcel affirmait qu'il jouait le noir.

Au bout de cinq minutes, Marcel était habillé ; il était mis avec le mauvais goût le plus parfait : tenue de rapin allant dans le monde.

M. Casimir Bonjour [4] ne sera jamais si étonné le jour où on lui apprendra son élection à l'Institut, que ne furent étonnés Marcel et Rodolphe en arrivant à la maison de mademoiselle Musette. Voici la cause de leur étonnement : mademoiselle Musette, qui depuis quelque temps s'était brouillée avec son amant le conseiller d'État, avait été délaissée par lui dans un moment fort grave. Poursuivie par ses créanciers et par son propriétaire, ses meubles avaient été saisis et descendus dans la cour de la maison pour être enlevés et vendus le lendemain. Malgré cet incident, mademoiselle Musette n'eut pas un moment l'idée de fausser compagnie à ses invités, et ne décommanda point la soirée. Elle fit gravement disposer la cour en salon, mit un tapis sur le pavé, prépara tout comme à l'ordinaire, s'habilla pour recevoir, et invita tous les locataires à sa petite fête, à la splendeur de laquelle le bon Dieu voulut bien contribuer pour les illuminations.

Cette bouffonnerie eut un succès énorme ; jamais les soirées de Musette n'avaient eu tant d'entrain et de gaieté ; on dansait et on chantait encore, que les commissionnaires vinrent enlever meubles, tapis et divans, et force fut alors à la compagnie de se retirer.

Musette reconduisait tout son monde en chantant :

> *On en parlera longtemps, la ri ra,*
> *De ma soirée de jeudi ;*
> *On en parlera longtemps, la ri ri.*

Marcel et Rodolphe restèrent seuls avec Musette, qui était remontée dans son appartement, où il ne restait plus que le lit.

— Ah ça ! mais, dit Musette, ce n'est pas déjà si gai mon aventure ; il va falloir que j'aille loger à l'hôtel de la belle étoile. Je le connais, cet hôtel ; il y a furieusement des courants d'air.

— Ah ! Madame, dit Marcel, si j'avais les dons de Plutus, je voudrais vous offrir un temple plus beau que celui de Salomon, mais...

— Vous n'êtes pas Plutus, mon ami. C'est égal, je vous sais gré de l'intention... Ah bah ! ajouta-t-elle en parcourant son appartement du regard, je m'ennuyais ici, moi ; et puis le mobilier était vieux. Voilà près de six mois que je l'avais ! Mais ce n'est pas tout, ça ; après le bal on soupe, que je soupçonne.

— Soupe-çonnons donc, dit Marcel, qui avait la maladie du calembour, le matin surtout, où il était terrible.

Comme Rodolphe avait gagné quelque argent au

lansquenet qui s'était fait pendant la nuit, il emmena Musette et Marcel dans un restaurant qui venait d'ouvrir.

Après le déjeuner, les trois convives, qui n'avaient aucune envie d'aller dormir, parlèrent d'aller achever la journée à la campagne ; et comme ils se trouvaient près du chemin de fer, ils montèrent dans le premier convoi près de partir, qui les descendit à Saint-Germain.

Toute la journée, ils coururent les bois, et ne revinrent à Paris qu'à sept heures du soir, et cela malgré Marcel, qui soutenait qu'il ne devait être que midi et demi, et que s'il faisait nuit, c'est parce que le temps était couvert.

Pendant toute la nuit de la fête et tout le reste de la journée, Marcel, dont le cœur était un salpêtre qu'un seul regard allumait, s'était épris de mademoiselle Musette, et lui avait fait une cour *colorée*, comme il disait à Rodolphe. Il avait été jusqu'à proposer à la belle fille de lui racheter un mobilier plus beau que l'ancien, avec le produit de la vente de son fameux tableau du *Passage de la mer Rouge*. Aussi l'artiste voyait-il avec peine arriver le moment où il faudrait se séparer de Musette, qui, tout en se laissant baiser les mains, le cou et divers autres accessoires, se bornait à le repousser doucement toutes les fois qu'il voulait pénétrer dans son cœur avec effraction.

En arrivant à Paris, Rodolphe avait laissé son ami avec la jeune fille, qui pria l'artiste de l'accompagner jusqu'à sa porte.

— Me permettrez-vous de venir vous voir ? demanda Marcel ; je vous ferai votre portrait.

— Mon cher, dit la jolie fille, je ne peux pas vous donner mon adresse, puisque je n'en aurai peut-être plus demain ; mais j'irai vous voir, et je vous raccommoderai votre habit qui a un trou si grand qu'on pourrait déménager au travers sans payer.

— Je vous attendrai comme le Messie, dit Marcel.

— Pas si longtemps, dit Musette en riant.

— Quelle charmante fille ! disait Marcel en s'en allant lentement ; c'est la déesse de la gaieté. Je ferai deux trous à mon habit.

Il n'avait pas fait trente pas qu'il se sentit frapper sur l'épaule : c'était mademoiselle Musette.

— Mon cher monsieur Marcel, lui dit-elle, êtes-vous chevalier français ?

— Je le suis : Rubens et ma dame, voilà ma devise.

— Eh bien, alors, oyez ma peine et y compatissez, noble sire, reprit Musette, qui était un peu teintée de littérature, bien qu'elle se livrât sur la grammaire à d'horribles Saint-Barthélemy ; mon propriétaire a emporté la clef de mon appartement, et il est onze heures du soir : comprenez-vous ?

— Je comprends, dit Marcel en offrant son bras à Musette. Il la conduisit à son atelier, situé quai aux Fleurs.

Musette tombait de sommeil ; mais elle eut encore assez de force pour dire à Marcel en lui serrant la main :

— Vous vous rappellerez ce que vous m'avez promis.

— O Musette ! charmante fille, dit l'artiste d'une voix un peu émue, vous êtes ici sous un toit hospitalier ; dormez en paix, bonne nuit ; moi, je m'en vais.

— Pourquoi ? dit Musette, les yeux presque fermés ; je n'ai point peur, je vous assure ; d'abord il y a deux chambres, je me mettrai sur votre canapé.

— Mon canapé est trop dur pour y dormir, ce sont des cailloux cardés. Je vous donne l'hospitalité chez moi, et je vais aller la demander pour moi à un ami qui demeure là sur mon carré ; c'est plus prudent, dit-il. Je tiens ordinairement ma parole ; mais j'ai vingt-deux ans, et vous dix-huit, ô Musette... et je m'en vais. Bonsoir.

Le lendemain matin, à huit heures, Marcel rentra chez lui avec un pot de fleurs qu'il avait été acheter au marché. Il trouva Musette qui s'était jetée tout habillée sur le lit et dormait encore. Au bruit qu'il fit elle se réveilla et tendit la main à Marcel.

— Brave garçon ! lui dit-elle.

— Brave garçon, répéta Marcel, n'est-il point là un synonyme à ridicule ?

— Oh ! fit Musette, pourquoi me dites-vous cela ? ce n'est pas aimable ; au lieu de me dire des méchancetés, offrez-moi donc ce joli pot de fleurs.

— C'est en effet à votre intention que je l'ai monté, dit Marcel. Prenez-le donc, et, en retour de mon hospitalité, chantez-moi une de vos jolies chansons ; l'écho de ma mansarde gardera peut-être quelque chose de votre voix, et je vous entendrai encore quand vous serez partie.

— Ah ça ! mais, vous voulez donc me mettre à la porte ? dit Musette. Et si je ne veux pas m'en aller, moi ? Écoutez, Marcel, je ne monte pas à trente-six échelles pour dire ma façon de penser. Vous me plaisez et je vous plais. Ça n'est pas de l'amour, mais c'en est peut-être de la graine. Eh bien ! je ne m'en vais pas ; je reste, et je resterai ici tant que les fleurs que vous venez de me donner ne se faneront pas.

— Ah ! s'écria Marcel, mais elles seront flétries dans deux jours ! Si j'avais su, j'aurais pris des immortelles.

. . . .

Depuis quinze jours Musette et Marcel demeuraient ensemble et menaient, bien qu'ils fussent souvent sans argent, la plus charmante vie du monde. Musette sentait pour l'artiste une tendresse qui n'avait rien de commun avec ses passions antérieures, et Marcel

commençait à craindre qu'il ne fût amoureux sérieusement de sa maîtresse. Ignorant qu'elle-même redoutait
fort d'être éprise de lui, il regardait chaque matin l'état
dans lequel se trouvaient les fleurs dont la mort devait
amener la rupture de leur liaison, et il avait grand-
peine à s'expliquer leur fraîcheur chaque jour nouvelle. Mais il eut bientôt la clef du mystère : une nuit,
en se réveillant, il ne trouva plus Musette à côté de lui.
Il se leva, courut dans la chambre, et aperçut sa
maîtresse qui profitait chaque nuit de son sommeil
pour arroser les fleurs et les empêcher de mourir.

VII

LES FLOTS DU PACTOLE

C'était le 19 mars... Et dût-il atteindre l'âge avancé
de M. Raoul-Rochette, qui a vu bâtir Ninive [1],
Rodolphe n'oubliera jamais cette date, car ce fut ce
jour-là même, jour de Saint-Joseph, à trois heures de
relevée, que notre ami sortait de chez un banquier, où
il venait de toucher une somme de cinq cents francs en
espèces sonnantes et ayant cours.

Le premier usage que Rodolphe fit de cette tranche
du Pérou, qui venait de tomber dans sa poche, fut de ne
point payer ses dettes ; attendu qu'il s'était juré à lui-
même d'aller à l'économie et de ne faire aucun extra. Il
avait d'ailleurs à ce sujet des idées extrêmement
arrêtées, et disait qu'avant de songer au superflu, il
fallait s'occuper du nécessaire ; c'est pourquoi il ne
paya point ses créanciers, et acheta une pipe turque,
qu'il convoitait depuis longtemps.

Muni de cette emplette, il se dirigea vers la demeure

de son ami Marcel, qui le logeait depuis quelque temps. En entrant dans l'atelier de l'artiste, les poches de Rodolphe carillonnaient comme un clocher de village le jour d'une grande fête. En entendant ce bruit inaccoutumé, Marcel pensa que c'était un de ses voisins, grand joueur à la baisse, qui passait en revue ses bénéfices d'agio, et il murmura :

— Voilà encore cet intrigant d'à côté qui recommence ses épigrammes. Si cela doit durer, je donnerai congé. Il n'y a pas moyen de travailler avec un pareil vacarme. Cela donne des idées de quitter l'état d'artiste pauvre pour se faire quarante voleurs. Et sans se douter le moins du monde que son ami Rodolphe était métamorphosé en Crésus, Marcel se remit à son tableau du *Passage de la mer Rouge*, qui était sur le chevalet depuis tantôt trois ans.

Rodolphe, qui n'avait pas encore dit un mot, ruminant tout bas une expérience qu'il allait faire sur son ami, se disait en lui-même :

— Nous allons bien rire tout à l'heure ; ah ! que ça va donc être gai, mon Dieu ! et il laissa tomber une pièce de cinq francs à terre.

Marcel leva les yeux et regarda Rodolphe, qui était sérieux comme un article de la *Revue des Deux Mondes* [2].

L'artiste ramassa la pièce avec un air très satisfait et lui fit un très gracieux accueil, car, bien que rapin, il savait vivre et était fort civil avec les étrangers. Sachant, du reste, que Rodolphe était sorti pour aller chercher de l'argent, Marcel, voyant que son ami avait réussi dans ses démarches, se borna à en admirer le résultat, sans lui demander à l'aide de quels moyens il avait été obtenu.

Il se remit donc sans mot dire à son travail, et acheva de noyer un Égyptien dans les flots de la mer Rouge. Comme il accomplissait cet homicide, Rodolphe laissa

tomber une seconde pièce de cinq francs. Et observant
la figure que le peintre allait faire, il se mit à rire dans
sa barbe, qui est tricolore, comme chacun sait.

Au bruit sonore du métal, Marcel, comme frappé
d'une commotion électrique, se leva subitement et
s'écria :

— Comment ! il y a un second couplet ?

Une troisième pièce roula sur le carreau puis une
autre, puis une autre encore ; enfin tout un quadrille
d'écus se mit à danser dans la chambre.

Marcel commençait à donner des signes visibles
d'aliénation mentale, et Rodolphe riait comme le
parterre du Théâtre-Français à la première représentation de *Jeanne de Flandre*[3]. Tout à coup, et sans aucun
ménagement, Rodolphe fouilla à pleines mains dans
ses poches, et les écus commencèrent un *steeple-chase*[4]
fabuleux. C'était le débordement du Pactole, le baccha-
nal de Jupiter entrant chez Danaé.

Marcel était immobile, muet, l'œil fixe ; l'étonnement amenait à peu près chez lui une métamorphose
pareille à celle dont la curiosité rendit jadis la femme
de Lot victime ; et comme Rodolphe jetait sur le
carreau sa dernière pile de cent francs, l'artiste avait
déjà tout un côté du corps salé.

Rodolphe, lui, riait toujours. Et auprès de cette
orageuse hilarité, les tonnerres d'un orchestre de
M. Sax[5] eussent semblé des soupirs d'enfant à la
mamelle.

Ébloui, strangulé, stupéfié par l'émotion, Marcel
pensa qu'il rêvait ; et pour chasser le cauchemar qui
l'obsédait, il se mordit le doigt jusqu'au sang, ce qui lui
procura une douleur atroce au point de le faire crier.

Il s'aperçut alors qu'il était parfaitement éveillé ; et
voyant qu'il foulait l'or à ses pieds, il s'écria, comme
dans les tragédies :

— En croirais-je mes yeux !

Puis il ajouta, en prenant la main de Rodolphe dans la sienne :

— Donne-moi l'explication de ce mystère.

— Si je te l'expliquais, ce n'en serait plus un.

— Mais encore ?

— Cet or est le fruit de mes sueurs, dit Rodolphe en ramassant l'argent, qu'il rangea sur une table ; puis se reculant de quelques pas, il considéra avec respect les cinq cents francs rangés en piles, et il pensait en lui-même :

— C'est donc maintenant que je vais réaliser mes rêves ?

— Il ne doit pas y avoir loin de six mille francs, disait Marcel en contemplant les écus qui tremblaient sur la table. J'ai une idée. Je vais charger Rodolphe d'acheter mon *Passage de la mer Rouge*.

Tout à coup Rodolphe prit une pose théâtrale, et, avec une grande solennité dans le geste et dans la voix, il dit à l'artiste :

— Écoute-moi, Marcel, la fortune que j'ai fait briller à tes regards n'est point le résultat de viles manœuvres, je n'ai point trafiqué de ma plume, je suis riche mais honnête ; cet or m'a été donné par une main généreuse, et j'ai fait serment de l'utiliser à acquérir par le travail une position sérieuse pour l'homme vertueux. Le travail est le plus saint des devoirs.

— Et le cheval le plus noble des animaux, dit Marcel en interrompant Rodolphe. Ah ça ! ajouta-t-il, que signifie ce discours, et d'où tires-tu cette prose ? des carrières de l'école du bon sens [6], sans doute ?

— Ne m'interromps point et fais trêve à tes railleries, dit Rodolphe, elles s'émousseraient d'ailleurs sur la cuirasse d'une invulnérable volonté dont je suis revêtu désormais.

— Voyons, assez de prologue comme cela. Où veux-tu en venir ?

— Voici quels sont mes projets. A l'abri des embarras matériels de la vie, je vais travailler sérieusement ; j'achèverai ma *grande machine*, et je me poserai carrément dans l'opinion. D'abord, je renonce à la Bohème, je m'habille comme tout le monde, j'aurai un habit noir et j'irai dans les salons. Si tu veux marcher dans ma voie, nous continuerons à demeurer ensemble, mais il faudra adopter mon programme. La plus stricte économie présidera à notre existence. En sachant nous arranger, nous avons devant nous trois mois de travail assuré sans aucune préoccupation. Mais il faut de l'économie.

— Mon ami, dit Marcel, l'économie est une science qui est seulement à la portée des riches, ce qui fait que toi et moi nous en ignorons les premiers éléments. Cependant, en faisant une avance de fonds de six francs, nous achèterons les œuvres de M. Jean-Baptiste Say[7], qui est un économiste très distingué, et il nous enseignera peut-être la manière de pratiquer cet art... Tiens, tu as une pipe turque, toi ?

— Oui, dit Rodolphe, je l'ai achetée vingt-cinq francs.

— Comment ! tu mets vingt-cinq francs à une pipe... et tu parles d'économie ?...

— Et ceci en est certainement une, répondit Rodolphe : je cassais tous les jours une pipe de deux sons ; à la fin de l'année, cela constituait une dépense bien plus forte que celle que je viens de faire... C'est donc en réalité une économie.

— Au fait, dit Marcel, tu as raison, je n'aurais pas trouvé celle-là.

En ce moment, une horloge voisine sonna six heures.

— Dînons vite, dit Rodolphe, je veux dès ce soir me mettre en route. Mais, à propos de dîner, je fais une réflexion : nous perdons tous les jours un temps précieux à faire notre cuisine ; or, le temps est la richesse du travailleur, il faut donc en être économe. A compter d'aujourd'hui nous prendrons nos repas en ville.

— Oui, dit Marcel, il y a à vingt pas d'ici un excellent restaurant ; il est un peu cher, mais comme il est notre voisin, la course sera moins longue, et nous nous rattraperons sur le gain de temps.

— Nous irons aujourd'hui, dit Rodolphe ; mais demain ou après, nous aviserons à adopter une mesure encore plus économique... Au lieu d'aller au restaurant, nous prendrons une cuisinière.

— Non, non, interrompit Marcel, nous prendrons plutôt un domestique qui sera en même temps notre cuisinier. Vois un peu les immenses avantages qui en résulteront. D'abord, notre ménage sera toujours fait : il cirera nos bottes, il lavera mes pinceaux, il fera nos commissions ; je tâcherai même de lui inculquer le goût des beaux-arts, et j'en ferai mon rapin. De cette façon, à nous deux nous économiserons au moins six heures par jour en soins et en occupations qui seraient d'autant nuisibles à notre travail.

— Ah ! fit Rodolphe, j'ai une autre idée, moi... allons dîner.

Cinq minutes après, les deux amis étaient installés dans un des cabinets du restaurant voisin, et continuaient à deviser d'économie.

— Voici quelle est mon idée : si, au lieu de prendre un domestique, nous prenions une maîtresse ? hasarda Rodolphe.

— Une maîtresse pour deux ! fit Marcel avec effroi, ce serait l'avarice portée jusqu'à la prodigalité, et nous dépenserions nos économies à acheter des couteaux pour nous égorger l'un l'autre. Je préfère le domestique ; d'abord, cela donne de la considération.

— En effet, dit Rodolphe, nous nous procurerons un garçon intelligent ; et s'il a quelque teinture d'orthographe, je lui apprendrai à rédiger.

— Ça lui sera une ressource pour ses vieux jours, dit Marcel en additionnant la carte qui se montait à quinze francs. Tiens, c'est assez cher. Habituellement, nous dînions pour trente sous à nous deux.

— Oui, reprit Rodolphe, mais nous dînions mal, et nous étions obligés de souper le soir. A tout prendre, c'est donc une économie.

— Tu es comme le plus fort, murmura l'artiste vaincu par ce raisonnement, tu as toujours raison. Est-ce que nous travaillons ce soir ?

— Ma foi, non. Moi, je vais aller voir mon oncle, dit Rodolphe ; c'est un brave homme, je lui apprendrai ma nouvelle position, et il me donnera de bons conseils. Et toi, où vas-tu, Marcel ?

— Moi, je vais aller chez le vieux Médicis pour lui demander s'il n'a pas de restaurations de tableaux à me confier. A propos, donne-moi donc cinq francs.

— Pourquoi faire ?

— Pour passer le pont des Arts [8].

— Ah ! ceci est une dépense inutile, et, quoique peu considérable, elle s'éloigne de notre principe.

— J'ai tort, en effet, dit Marcel, je passerai par le pont Neuf... Mais je prendrai un cabriolet.

Et les deux amis se quittèrent en prenant chacun un chemin différent, qui, par un singulier hasard, les conduisit tous deux au même endroit, où ils se retrouvèrent.

— Tiens, tu n'as donc pas trouvé ton oncle ? demanda Marcel.

— Tu n'as donc point vu Médicis ? demanda Rodolphe.

Et ils éclatèrent de rire.

Cependant ils rentrèrent chez eux de très bonne heure... le lendemain.

Deux jours après, Rodolphe et Marcel étaient complètement métamorphosés. Habillés tous deux comme des mariés de première classe, ils étaient si beaux, si reluisants, si élégants, que, lorsqu'ils se rencontraient dans la rue, ils hésitaient à se reconnaître l'un l'autre.

Leur système d'économie était, du reste, en pleine vigueur, mais l'organisation du travail avait bien de la peine à se réaliser. Ils avaient pris un domestique. C'était un grand garçon de trente-quatre ans, d'origine suisse, et d'une intelligence qui rappelait celle de Jocrisse. Du reste, il n'était pas né pour être domestique ; et si un de ses maîtres lui confiait quelque paquet un peu apparent à porter, Baptiste rougissait avec indignation, et faisait faire la course par un commissionnaire. Cependant Baptiste avait des qualités ; ainsi, quand on lui donnait un lièvre, il en faisait un civet au besoin. En outre, comme il avait été distillateur avant d'être valet, il avait conservé un grand amour pour son art, et dérobait une grande partie du temps qu'il devait à ses maîtres à chercher la composition d'un nouveau vulnéraire supérieur, auquel il voulait donner son nom ; il réussissait aussi dans le brou de noix. Mais où Baptiste n'avait pas de rival, c'était dans l'art de fumer les cigares de Marcel et de les allumer avec les manuscrits de Rodolphe.

Un jour Marcel voulut faire poser Baptiste en costume de Pharaon, pour son tableau du *Passage de la mer Rouge*. A cette proposition, Baptiste répondit par un refus absolu et demanda son compte.

— C'est bien, dit Marcel, je vous le réglerai ce soir, votre compte.

Quand Rodolphe rentra, son ami lui déclara qu'il fallait renvoyer Baptiste. Il ne nous sert absolument à rien, dit-il.

— Il est vrai, répondit Marcel ; c'est un objet d'art vivant.

— Il est bête à faire cuire.

— Il est paresseux.

— Il faut le renvoyer.

— Renvoyons-le.

— Cependant il a bien quelques qualités. Il fait très bien le civet.

— Et le brou de noix, donc. Il est le Raphaël du brou de noix.

— Oui ; mais il n'est bon qu'à cela, et cela ne peut nous suffire. Nous perdons tout notre temps en discussions avec lui.

— Il nous empêche de travailler.

— Il est cause que je ne pourrai pas avoir achevé mon *Passage de la mer Rouge* pour le salon. Il a refusé de poser pour Pharaon.

— Grâce à lui, je n'ai point pu achever le travail qu'on m'avait demandé. Il n'a pas voulu aller à la Bibliothèque chercher les notes dont j'avais besoin.

— Il nous ruine.

— Décidément, nous ne pouvons pas le garder.

— Renvoyons-le... Mais alors il faudra le payer.

— Nous le payerons, mais qu'il parte ! donne-moi de l'argent, que je fasse son compte.

— Comment, de l'argent ! mais ce n'est pas moi qui tiens la caisse, c'est toi.

— Du tout, c'est toi. Tu t'es chargé de l'intendance générale, dit Rodolphe.

— Mais je t'assure que je n'ai pas d'argent ! exclama Marcel.

— Est-ce qu'il n'y en aurait déjà plus ? C'est impossible ! on ne peut pas dépenser 500 fr. en huit jours, surtout quand on vit, comme nous l'avons fait, avec l'économie la plus absolue, et qu'on se borne au strict nécessaire. (C'est au strict superflu qu'il aurait dû dire.) Il faut vérifier les comptes, reprit Rodolphe ; nous retrouverons l'erreur.

— Oui, dit Marcel ; mais nous ne retrouverons pas l'argent. C'est égal, consultons les livres de dépense.

Voici le spécimen de cette comptabilité, qui avait été commencée sous les auspices de la sainte Économie :

— De 19 mars. En recette, 500 fr. En dépense : une pipe turque, 25 fr. ; dîner, 15 fr. ; dépenses diverses, 40 fr.

— Qu'est-ce que c'est que ces dépenses-là ? dit Rodolphe à Marcel qui lisait.

— Tu sais bien, répondit celui-ci, c'est le soir où nous ne sommes rentrés chez nous que le matin. Du reste, cela nous a économisé du bois et de la bougie.

— Après ? Continue.

— Du 20 mars. Déjeuner, 1 fr. 50 c. ; tabac, 20 c. ; dîner, 2 fr. ; un lorgnon, 2 fr. 50 c. Oh ! dit Marcel, c'est pour ton compte le lorgnon ! Qu'avais-tu besoin d'un lorgnon ? tu y vois parfaitement...

— Tu sais bien que j'avais à faire un compte rendu du salon dans *l'Écharpe d'Iris* ; il est impossible de faire de la critique de peinture sans lorgnon ; c'était une dépense légitime. Après ?...

— Une canne en jonc...

— Ah ! ça, c'est pour ton compte, fit Rodolphe, tu n'avais pas besoin de canne.

— C'est tout ce qu'on a dépensé le 20, dit Marcel sans répondre. Le 21, nous avons déjeuné en ville, et dîné aussi, et soupé aussi.

— Nous n'avons pas dû dépenser beaucoup ce jour-là ?

— En effet, fort peu... A peine 30 fr.

— Mais à quoi donc, alors ?

— Je ne sais plus, dit Marcel ; mais c'est marqué sous la rubrique dépenses diverses.

— Un titre vague et perfide ! interrompit Rodolphe.

— Le 22. C'est le jour d'entrée de Baptiste ; nous lui avons donné un acompte de 5 fr. sur ses appointements ; pour l'orgue de barbarie, 50 c. ; pour le rachat de quatre petits enfants chinois condamnés à être jetés dans le fleuve Jaune, par des parents d'une barbarie incroyable[9], 2 fr. 40 c.

— Ah çà ! dit Rodolphe, explique-moi un peu la contradiction qu'on remarque dans cet article. Si tu donnes aux orgues de barbarie, pourquoi insultes-tu les parents barbares ? Et d'ailleurs quelle nécessité de racheter des petits Chinois ? S'ils avaient été à l'eau-de-vie, seulement.

— Je suis né généreux, répliqua Marcel, va, continue ; jusqu'à présent on ne s'est que très peu éloigné du principe de l'économie.

— Du 23, il n'y a rien de marqué. Du 24, idem. Voilà deux bons jours. Du 25, donné à Baptiste, acompte sur ses appointements, 3 fr.

— Il me semble qu'on lui donne bien souvent de l'argent, fit Marcel en manière de réflexion.

— On lui devra moins, répondit Rodolphe. Continue.

— Du 26 mars, dépenses diverses et utiles au point de vue de l'art, 36 fr. 40 c.

— Qu'est-ce qu'on peut donc avoir acheté de si utile ? dit Rodolphe ; je ne me souviens pas, moi. 36 fr. 40 c., qu'est-ce que ça peut donc être ?

— Comment ! tu ne te souviens pas ?... C'est le jour où nous sommes montés sur les tours Notre-Dame pour voir Paris à vol d'oiseau...

— Mais ça coûte huit sous pour monter aux tours, dit Rodolphe.

— Oui, mais en descendant nous avons été dîner à Saint-Germain.

— Cette rédaction pèche par la limpidité.

— Du 27, il n'y a rien de marqué.

— Bon ! voilà de l'économie.

— Du 28, donné à Baptiste, acompte sur ses gages, 6 fr.

— Ah ! cette fois, je suis sûr que nous ne devons plus

rien à Baptiste. Il se pourrait même qu'il nous dût... Il
faudra voir.

— Du 29. Tiens, on n'a pas marqué le 29 ; la dépense
est remplacée par un commencement d'article de
mœurs.

— Le 30. Ah ! nous avions du monde à dîner ; forte
dépense, 30 fr. 55 c. Le 31, c'est aujourd'hui, nous
n'avons encore rien dépensé. Tu vois, dit Marcel en
achevant, que les comptes ont été tenus très exactement. Le total ne fait pas 500 fr.

— Alors, il doit rester de l'argent en caisse.

— On peut voir, dit Marcel en ouvrant un tiroir.
Non, dit-il, il n'y a plus rien. Il n'y a qu'une araignée.

— Araignée du matin, chagrin, fit Rodolphe.

— Où diable a pu passer tant d'argent ? reprit
Marcel atterré en voyant la caisse vide.

— Parbleu ! c'est bien simple, dit Rodolphe, on a
tout donné à Baptiste.

— Attends donc ! s'écria Marcel en fouillant dans le
tiroir où il aperçut un papier. La quittance du dernier
terme ! s'écria-t-il.

— Bah ! fit Rodolphe, comment est-elle arrivée là ?

— Et acquittée, encore, ajouta Marcel ; c'est donc
toi qui as payé le propriétaire ?

— Moi, allons donc ! dit Rodolphe.

— Cependant, que signifie...

— Mais je t'assure...

— « Quel est donc ce mystère ? » chantèrent-ils tous
deux en chœur sur l'air du final de *la Dame Blanche* [10].

Baptiste, qui aimait la musique, accourut aussitôt.

Marcel lui montra la quittance.

— Ah ! oui, fit Baptiste négligemment, j'avais oublié
de vous le dire, c'est le propriétaire qui est venu ce
matin pendant que vous étiez sortis. Je l'ai payé, pour
lui éviter la peine de revenir.

— Où avez-vous trouvé de l'argent ?

— Ah ! Monsieur, fit Baptiste, je l'ai *prise* dans le tiroir qui était ouvert ; j'ai même pensé que ces Messieurs l'avaient laissé ouvert dans cette intention, et je me suis dit : Mes maîtres ont oublié de me dire en sortant : « Baptiste, le propriétaire viendra toucher son terme de loyer, il faudra le payer » ; et j'ai fait comme si l'on m'avait commandé... sans qu'on m'ait commandé.

— Baptiste, dit Marcel avec une colère blanche, vous avez outrepassé nos ordres ; à compter d'aujourd'hui vous ne faites plus partie de notre maison. Baptiste, rendez votre livrée !

Baptiste ôta la casquette de toile cirée qui composait sa livrée et la rendit à Marcel.

— C'est bien, dit celui-ci : maintenant vous pouvez partir...

— Et mes gages ?

— Comment dites-vous, drôle ? Vous avez reçu plus qu'on ne vous devait. Je vous ai donné 14 fr. en quinze jours à peine. Qu'est-ce que vous faites de tant d'argent ? vous entretenez donc une danseuse ?

— De corde, ajouta Rodolphe.

— Je vais donc rester abandonné, dit le malheureux domestique, sans abri pour garantir ma tête !

— Reprenez votre livrée, répondit Marcel ému malgré lui.

Et il rendit la casquette à Baptiste.

— C'est pourtant ce malheureux qui a dilapidé notre fortune, dit Rodolphe en voyant sortir le pauvre Baptiste. Où dînerons-nous aujourd'hui ?

— Nous le saurons demain, répondit Marcel.

VIII

CE QUE COÛTE UNE PIÈCE
DE CINQ FRANCS

Un samedi soir, dans le temps où il n'était pas encore en ménage avec mademoiselle Mimi, qu'on verra paraître bientôt, Rodolphe fit connaissance, à sa table d'hôte, d'une marchande à la toilette en chambre, appelée mademoiselle Laure. Ayant appris que Rodolphe était rédacteur en chef de *l'Écharpe d'Iris* et du *Castor*, journaux de fashion, la modiste, dans l'espérance d'obtenir des réclames pour ses produits, lui fit une foule d'agaceries significatives. A ces provocations, Rodolphe avait répondu par un feu d'artifice de madrigaux à rendre jaloux Benserade, Voiture et tous les Ruggieri du style galant ; et à la fin du dîner, mademoiselle Laure, ayant appris que Rodolphe était poète, lui donna clairement à entendre qu'elle n'était pas éloignée de l'accepter pour son Pétrarque. Elle lui accorda même, sans circonlocution, un rendez-vous pour le lendemain.

— Parbleu ! se disait Rodolphe en reconduisant mademoiselle Laure, voilà certainement une aimable personne. Elle me paraît avoir de la grammaire et une garde-robe assez cossue. Je suis tout disposé à la rendre heureuse.

Arrivée à la porte de sa maison, mademoiselle Laure quitta le bras de Rodolphe en le remerciant de la peine qu'il avait bien voulu prendre en l'accompagnant dans un quartier aussi éloigné.

— Oh ! Madame, répondit Rodolphe en s'inclinant jusqu'à terre, j'aurais désiré que vous demeurassiez à

Moscou ou aux îles de la Sonde, afin d'avoir plus longtemps le plaisir d'être votre cavalier.

— C'est un peu loin, répondit Laure en minaudant.

— Nous aurions pris par les boulevards, Madame, dit Rodolphe. Permettez-moi de vous baiser la main sur la personne de votre joue, continua-t-il en embrassant sa compagne sur les lèvres, avant que Laure eût pu faire résistance.

— Oh! Monsieur, exclama-t-elle, vous allez trop vite.

— C'est pour arriver plus tôt, dit Rodolphe. En amour, les premiers relais doivent être franchis au galop.

— Drôle de corps! pensa la modiste en rentrant chez elle.

— Jolie personne! disait Rodolphe en s'en allant.

Rentré chez lui, il se coucha à la hâte, et fit les rêves les plus doux. Il se vit ayant à son bras, dans les bals, dans les théâtres et aux promenades, mademoiselle Laure vêtue de robes plus splendides que celles ambitionnées par la coquetterie de Peaud'Âne.

Le lendemain à 11 heures, selon son habitude, Rodolphe se leva. Sa première pensée fut pour mademoiselle Laure.

— C'est une femme très bien, murmura-t-il; je suis sûr qu'elle a été élevée à Saint-Denis[1]. Je vais donc enfin connaître le bonheur d'avoir une maîtresse qui ne soit pas grêlée. Décidément, je ferai des sacrifices pour elle, je m'en vais toucher mon argent à l'*Écharpe d'Iris*, j'achèterai des gants et je mènerai Laure dîner dans un restaurant où on donne des serviettes. Mon habit n'est pas très beau, dit-il en se vêtissant; mais, bah! le noir, ça habille si bien!

Et il sortit pour se rendre au bureau de *l'Écharpe d'Iris*. En traversant la rue, il rencontra un omnibus sur les panneaux duquel était collée une affiche où on lisait :

AUJOURD'HUI DIMANCHE,
GRANDES EAUX DE VERSAILLES

Le tonnerre tombant aux pieds de Rodolphe ne lui aurait pas causé une impression plus profonde que la vue de cette affiche.

— Aujourd'hui dimanche ! je l'avais oublié, s'écriat-il, je ne pourrai pas trouver d'argent. Aujourd'hui dimanche !!! Mais tout ce qu'il y a d'écus à Paris est en route pour Versailles.

Cependant, poussé par un de ces espoirs fabuleux auquel l'homme s'accroche toujours, Rodolphe courut à son journal, comptant qu'un bienheureux hasard y aurait amené le caissier.

M. Boniface était venu, en effet, un instant, mais il était reparti immédiatement.

— Pour aller à Versailles, dit à Rodolphe le garçon de bureau.

— Allons, dit Rodolphe, c'est fini... Mais, voyons, pensa-t-il, mon rendez-vous n'est que pour ce soir. Il est midi, j'ai donc cinq heures pour trouver 5 francs, 20 sous l'heure, comme les chevaux du bois de Boulogne. En route !

Comme il se trouvait dans le quartier où demeurait un journaliste qu'il appelait le critique influent, Rodolphe songea à faire près de lui une tentative.

— Je suis sûr de le trouver, celui-là, dit-il en montant l'escalier ; c'est son jour de feuilleton, il n'y a pas de danger qu'il sorte. Je lui emprunterai 5 francs.

— Tiens ! c'est vous, dit l'homme de lettres en

voyant Rodolphe, vous arrivez bien ; j'ai un petit
service à vous demander.

— Comme ça se trouve ! pensa le rédacteur de
l'*Écharpe d'Iris*.

— Étiez-vous à l'Odéon, hier ?

— Je suis toujours à l'Odéon.

— Vous avez vu la pièce nouvelle, alors ?

— Qui l'aurait vue ? Le public de l'Odéon, c'est moi.

— C'est vrai, dit le critique : vous êtes une des
cariatides de ce théâtre. Le bruit court même que c'est
vous qui en fournissez la subvention. Eh bien ! voilà ce
que j'ai à vous demander : le compte rendu de la
nouvelle pièce.

— C'est facile ; j'ai une mémoire de créancier.

— De qui est-ce, cette pièce ? demanda le critique à
Rodolphe pensant que celui-ci écrivait.

— C'est d'un monsieur.

— Ça ne doit pas être fort.

— Moins fort qu'un Turc, assurément.

— Alors, ça n'est pas robuste. Les Turcs, voyez-vous,
ont une réputation usurpée de force, ils ne pourraient
pas être Savoyards.

— Qu'est-ce qui les en empêcherait ?

— Parce que tous les Savoyards sont Auvergnats, et
que les Auvergnats sont commissionnaires. Et puis, il
n'y a plus de Turcs, sinon aux bals masqués des
barrières et aux Champs-Élysées, où ils vendent des
dattes. Le Turc est un préjugé. J'ai un de mes amis qui
connaît l'Orient, il m'a assuré que tous les nationaux
étaient venus au monde dans la rue Coquenard [2].

— C'est joli, ce que vous dites-là, dit Rodolphe.

— Vous trouvez ? fit le critique. Je vais mettre ça
dans mon feuilleton.

— Voilà mon analyse ; c'est carrément fait, reprit
Rodolphe.

— Oui, mais c'est court.

— En mettant des tirets, et en développant votre opinion critique, ça prendra de la place.

— Je n'ai guère le temps, mon cher, et puis mon opinion critique ne prend pas assez de place.

— Vous mettrez un adjectif tous les trois mots.

— Est-ce que vous ne pourriez pas me faufiler à votre analyse une petite ou plutôt une longue appréciation de la pièce, hein ? demanda le critique.

— Dame, dit Rodolphe, j'ai bien mes idées sur la tragédie, mais je vous préviens que je les ai imprimées trois fois dans *le Castor*, et *l'Écharpe d'Iris*.

— C'est égal, combien ça fait-il de lignes, vos idées ?

— Quarante lignes.

— Fichtre ! vous avez de grandes idées, vous ! Eh bien, prêtez-moi donc vos quarante lignes.

— Bon ! pensa Rodolphe, si je lui fais pour vingt francs de *copie*, il ne pourra pas me refuser cinq francs. Je dois vous prévenir, dit-il au critique, que mes idées ne sont pas absolument neuves. Elles sont un peu râpées, au coude. Avant de les imprimer, je les ai hurlées dans tous les cafés de Paris, il n'y a pas un garçon qui ne les sache par cœur.

— Oh ! *quéque* ça me fait !... Vous ne me connaissez donc pas ! Est-ce qu'il y a quelque chose de neuf au monde ? excepté la vertu.

— Voilà, dit Rodolphe quand il eut achevé.

— Foudre et tempête ! il manque encore deux colonnes... Avec quoi combler cet abîme ? s'écria le critique. Tandis que vous y êtes, fournissez-moi donc quelques paradoxes !

— Je n'en ai pas sur moi, dit Rodolphe : mais je puis vous en prêter quelques-uns ; seulement, ils ne sont pas de moi ; je les ai achetés 50 centimes à un de mes amis qui était dans la misère. Ils n'ont encore que peu servi.

— Très bien ! dit le critique.

— Ah ! fit Rodolphe en se mettant de nouveau à

écrire, je vais certainement lui demander dix francs ; en ce temps-ci, les paradoxes sont aussi chers que les perdreaux. Et il écrivit une trentaine de lignes où on remarquait des balivernes sur les pianos, les poissons rouges, l'école du bon sens et le vin du Rhin, qui était appelé un vin de toilette.

— C'est très joli, dit le critique ; faites-moi donc l'amitié d'ajouter que le bagne est l'endroit du monde où on trouve le plus d'honnêtes gens.

— Tiens, pourquoi ça ?

— Pour faire deux lignes. Bon, voilà qui est fait, dit le critique influent, en appelant son domestique pour qu'il portât son feuilleton à l'imprimerie.

— Et maintenant, dit Rodolphe, poussons-lui la botte ! Et il articula gravement sa demande.

— Ah ! mon cher, dit le critique, je n'ai pas un sou ici. Lolotte me ruine en pommade, et tout à l'heure elle m'a dévalisé jusqu'à mon dernier as pour aller à Versailles, voir les Néréides et les monstres d'airain vomir des jets liquides.

— A Versailles ! Ah çà ! mais, dit Rodolphe, c'est donc une épidémie ?

— Mais pourquoi avez-vous besoin d'argent ?

— Voilà le poème, reprit Rodolphe. J'ai ce soir, à cinq heures, rendez-vous avec une femme du monde, une personne distinguée, qui ne sort qu'en omnibus. Je voudrais unir ma destinée à la sienne pour quelques jours, et il me paraît décent de lui faire goûter les douceurs de la vie. Dîner, bal, promenades, etc. : il me faut absolument cinq francs ; si je ne les trouve pas, la littérature française est déshonorée dans ma personne.

— Pourquoi n'emprunteriez-vous pas cette somme à cette dame même ? s'écria le critique.

— La première fois, ce n'est guère possible. Il n'y a que vous qui puissiez me tirer de là.

— Par toutes les momies d'Égypte, je vous jure ma

grande parole d'honneur qu'il n'y a pas de quoi acheter une pipe d'un sou ou une virginité. Cependant, j'ai là quelques bouquins que vous pourriez aller *laver*[3].

— Aujourd'hui, dimanche, impossible; la mère Mansut, Lebigre, et toutes les piscines des quais et de la rue Saint-Jacques sont fermées. Qu'est-ce que vos bouquins? Des volumes de poésie, avec le portrait de l'auteur en lunettes? Mais ça ne s'achète pas, ces choses-là.

— A moins qu'on n'y soit condamné par la cour d'assises, dit le critique. Attendez donc, voilà encore des romances et des billets de concert. En vous y prenant adroitement, vous pourriez peut-être en faire de la monnaie.

— J'aimerais mieux autre chose, un pantalon, par exemple.

— Allons! dit le critique, prenez encore ce Bossuet et le plâtre de M. Odilon Barrot[4]; ma parole d'honneur, c'est le denier de la veuve.

— Je vois que vous y mettez de la bonne volonté, dit Rodolphe. J'emporte les trésors; mais si j'en tire trente sous, je considérerai cela comme le treizième travail d'hercule.

Après avoir fait environ quatre lieues, Rodolphe, à l'aide d'une éloquence dont il avait le secret dans les grandes occasions, parvint à se faire prêter deux francs par sa blanchisseuse, sur la consignation des volumes de poésies, des romances et du portrait de M. Barrot.

— Allons, dit-il en repassant les ponts, voilà la sauce, maintenant il faut trouver le fricot. Si j'allais chez mon oncle.

Une demi-heure après, il était chez son oncle Monetti, lequel lut sur la physionomie de son neveu de quoi il allait être question. Aussi se mit-il en garde, et prévint toute demande par une série de récriminations telles que celles-ci :

— Les temps sont durs, le pain est cher, les créanciers ne payent pas, les loyers qu'il faut payer, le commerce dans le marasme, etc., toutes les hypocrites litanies des boutiquiers.

— Croirais-tu, dit l'oncle, que j'ai été forcé d'emprunter de l'argent à mon garçon de boutique pour payer un billet ?

— Il fallait envoyer chez moi, dit Rodolphe. Je vous aurais prêté de l'argent ; j'ai reçu deux cents francs il y a trois jours.

— Merci, mon garçon, dit l'oncle, mais tu as besoin de ton avoir... Ah ! pendant que tu es ici, tu devrais bien, toi qui as une si belle main, me copier des factures que je veux envoyer toucher.

— Voilà cinq francs qui me coûteront cher, dit Rodolphe en se mettant à la besogne qu'il abrégea.

— Mon cher oncle, dit-il à Monetti, je sais combien vous aimez la musique, et je vous apporte des billets de concert.

— Tu es bien aimable, mon garçon. Veux-tu dîner avec moi ?...

— Merci, mon oncle, je suis attendu à dîner faubourg Saint-Germain ; je suis même contrarié, parce que je n'ai pas le temps d'aller chez moi prendre de l'argent pour acheter des gants.

— Tu n'as pas de gants ? veux-tu que je te prête les miens ? dit l'oncle.

— Merci, nous n'avons pas la même main ; seulement vous m'obligeriez de me prêter...

— Vingt-neuf sous pour en acheter ? Certainement, mon garçon, les voilà. Quand on va dans le monde, il faut y aller bien mis. Mieux vaut faire envie que pitié, disait ta tante. Allons, je vois que tu te lances, tant mieux... Je t'aurais bien donné plus, reprit-il, mais c'est tout ce que j'ai dans mon comptoir ; il faudrait que je monte en haut, et je ne peux pas laisser la

boutique seule : à chaque instant il vient des ache-
teurs.

— Vous disiez que le commerce n'allait pas ?

L'oncle Monetti fit semblant de ne pas entendre, et
dit à son neveu, qui empochait les vingt-neuf sous :

— Ne te presse pas pour me les rendre.

— Quel cancre[5] ! fit Rodolphe en se sauvant. Ah
ça ! fjt-il, il manque encore trente et un sous. Où les
trouver ? Mais j'y songe, allons au carrefour de la
Providence.

Rodolphe appelait ainsi le point le plus central de
Paris, c'est-à-dire le Palais-Royal. Un endroit où il est
presque impossible de rester dix minutes sans rencontrer dix personnes de connaissance, des créanciers
surtout. Rodolphe alla donc se mettre en faction au
perron du Palais-Royal. Cette fois, la Providence fut
longue à venir. Enfin, Rodolphe put l'apercevoir. Elle
avait un chapeau blanc, un paletot vert et une canne
à pomme d'or... une Providence très bien mise.

C'était un garçon obligeant et riche, quoique phalanstérien[6].

— Je suis ravi de vous voir, dit-il à Rodolphe ;
venez donc me conduire un peu, nous causerons.

— Allons, je vais subir le supplice du phalanstère,
murmura Rodolphe en se laissant entraîner par le
chapeau blanc, qui en effet, le *phalanstérina* à
outrance.

Comme ils approchaient du pont des Arts,
Rodolphe dit à son compagnon :

— Je vous quitte, n'ayant pas de quoi acquitter cet
impôt.

— Allons donc, dit l'autre en retenant Rodolphe, et
en jetant deux sous à l'invalide.

— Voilà le moment venu, pensait le rédacteur de
l'*Écharpe d'Iris* en traversant le pont ; et arrivé au
bout, devant l'horloge de l'Institut, Rodolphe s'arrêta

court, montra le cadran avec un geste désespéré et s'écria :

— Sacrebleu ! cinq heures moins le quart ! je suis perdu ?

— Qu'y a-t-il ? dit l'autre étonné.

— Il y a, dit Rodolphe, que, grâce à vous, qui m'avez entraîné malgré moi jusqu'ici, j'ai manqué un rendez-vous.

— Important ?

— Je le crois bien, de l'argent que je devais aller chercher à cinq heures... aux Batignolles... Jamais je n'y serai... Sacrebleu ! comment faire ?...

— Parbleu ! dit le phalanstérien, c'est bien simple, venez chez moi, je vous en prêterai.

— Impossible ! vous demeurez à Montrouge, et j'ai une affaire à six heures Chaussée-d'Antin... Sacrebleu !...

— J'ai quelques sous sur moi, dit timidement la Providence... mais très peu.

— Si j'avais de quoi prendre un cabriolet, peut-être arriverais-je à temps aux Batignoles.

— Voilà le fond de ma bourse, mon cher, trente et un sous.

— Donnez vite, donnez que je me sauve ! dit Rodolphe qui venait d'entendre sonner cinq heures, et il se hâta de courir au lieu de son rendez-vous.

— Ç'a été dur à tirer, fit-il en comptant sa monnaie. Cent sous, juste comme de l'or. Enfin, je suis paré, et Laure verra qu'elle a affaire à un homme qui sait vivre. Je ne veux pas rapporter un centime chez moi ce soir. Il faut réhabiliter les lettres, et prouver qu'il ne leur manque que de l'argent pour être riches.

Rodolphe trouva mademoiselle Laure au rendez-vous.

— A la bonne heure ! dit-il. Pour l'exactitude, c'est une femme Bréguet [7].

Il passa la soirée avec elle, et fondit bravement ses cinq francs au creuset de la prodigalité. Mademoiselle Laure était enchantée de ses manières, et voulut bien s'apercevoir que Rodolphe ne la reconduisait pas chez elle qu'au moment où il la faisait entrer dans sa chambre à lui.

— C'est une faute que je fais, dit-elle. N'allez point m'en faire repentir par une ingratitude qui est l'apanage de votre sexe.

— Madame, dit Rodolphe, je suis connu pour ma constance. C'est au point que tous mes amis s'étonnent de ma fidélité, et m'ont surnommé le général Bertrand [8] de l'amour.

IX

LES VIOLETTES DU PÔLE

En ce temps-là, Rodolphe était très amoureux de sa cousine Angèle, qui ne pouvait pas le souffrir, et le thermomètre de l'ingénieur Chevalier [1] marquait douze degrés au-dessous de zéro.

Mademoiselle Angèle était la fille de M. Monetti, le poêlier-fumiste dont nous avons eu occasion de parler déjà. Mademoiselle Angèle avait dix-huit ans, et arrivait de la Bourgogne, où elle avait passé cinq années près d'une parente qui devait lui laisser son bien après sa mort. Cette parente était une vieille femme qui n'avait jamais été ni jeune ni belle, mais qui avait toujours été méchante, quoique dévote, ou parce que, Angèle qui, à son départ, était une charmante enfant, dont l'adolescence portait déjà le germe d'une charmante jeunesse, revint au bout de cinq années changée

en une belle, mais froide, mais sèche et indifférente
personne. La vie retirée de province, les pratiques
d'une dévotion outrée et l'éducation à principes
mesquins qu'elle avait reçue, avaient rempli son
esprit de préjugés vulgaires et absurdes, rétréci son
imagination, et fait de son cœur une espèce d'organe
qui se bornait à accomplir sa fonction de balancier.
Angèle avait, pour ainsi dire, de l'eau bénite au lieu
de sang dans les veines. A son retour, elle accueillit
son cousin avec une réserve glaciale, et il perdit son
temps toutes les fois qu'il essaya de faire vibrer en
elle la tendre corde des ressouvenirs, souvenirs du
temps où ils avaient ébauché tous deux cette amou-
rette à la Paul et Virginie, qui est traditionnelle
entre cousin et cousine. Cependant, Rodolphe était
très amoureux de sa cousine Angèle, qui ne pouvait
pas le souffrir ; et ayant appris un jour que la jeune
fille devait aller prochainement à un bal de noces
d'une de ses amies, il s'était enhardi jusqu'au point
de promettre à Angèle un bouquet de violettes pour
aller à ce bal. Et après avoir demandé la permission
à son père, Angèle accepta la galanterie de son cousin, en insistant toutefois pour avoir des violettes
blanches.

Rodolphe, tout heureux de l'amabilité de sa cousine, gambadait et chantonnait en regagnant son
mont Saint-Bernard. C'est ainsi qu'il appelait son
domicile. On verra pourquoi tout à l'heure. Comme
il traversait le Palais-Royal, en passant devant la
boutique de madame Prévost, la célèbre fleuriste[2],
Rodolphe vit des violettes blanches à l'étalage, et
par curiosité il entra pour en demander le prix. Un
bouquet présentable ne coûtait pas moins de dix
francs, mais il y en avait qui coûtaient davantage.

— Diable ! dit Rodolphe, dix francs, et rien que
huit jours devant moi pour trouver ce million. Il y

aura du tirage ; mais c'est égal, ma cousine aura son bouquet. J'ai mon idée.

Cette aventure se passait au temps de la genèse littéraire de Rodolphe. Il n'avait alors d'autre revenu qu'une pension de quinze francs par mois qui lui était faite par un de ses amis, un grand poète qui, après un long séjour à Paris, était devenu, à l'aide de protections, maître d'école en province. Rodolphe, qui avait eu la prodigalité pour marraine, dépensait toujours sa pension en quatre jours ; et, comme il ne voulait pas abandonner la sainte et peu productive profession de poète élégiaque, il vivait le reste du temps de cette manne hasardeuse qui tombe lentement des corbeilles de la Providence. Ce carême ne l'effrayait pas ; il le traversait gaiement, grâce à une sobriété stoïque, et aux trésors d'imagination qu'il dépensait chaque jour pour atteindre le 1er du mois, ce jour de Pâques qui terminait son jeûne. A cette époque, Rodolphe habitait rue Contrescarpe-Saint-Marcel, dans un grand bâtiment qui s'appelait autrefois l'hôtel de *l'Éminence grise*, parce que le père Joseph, l'âme damnée de Richelieu [3], y avait habité, disait-on. Rodolphe logeait tout en haut de cette maison, une des plus élevées qui soient à Paris. Sa chambre, disposée en forme de belvédère, était une délicieuse habitation pendant l'été ; mais d'octobre à avril, c'était un petit Kamtchatka [4]. Les quatre vents cardinaux, qui pénétraient par les quatre croisées dont chaque face était percée, y venaient exécuter de farouches quatuors durant toute la mauvaise saison. Comme une ironie, on remarquait encore une cheminée dont l'immense ouverture semblait être une entrée d'honneur réservée à Borée et à toute sa suite. Aux premières atteintes du froid, Rodolphe avait recouru à un système particulier de chauffage : il avait mis en coupe réglée le peu de meubles qu'il avait, et au bout de huit jours son

mobilier se trouva considérablement abrégé, il ne lui
restait plus que le lit et deux chaises ; il est vrai de dire
que ces meubles étaient en fer et, par ainsi, naturellement assurés contre l'incendie. Rodolphe appelait
cette manière de se chauffer, déménager par la cheminée.

On était donc au moins de janvier, et le thermomètre, qui marquait douze degrés au quai des Lunettes,
en aurait marqué deux ou trois de plus s'il avait été
transporté dans le belvédère que Rodolphe avait surnommé le *mont Saint Bernard*, le *Spitzberg*, la *Sibérie*.

Le soir où il avait promis des violettes blanches à sa
cousine, Rodolphe fut pris d'une grande colère en
rentrant chez lui : les quatre vents cardinaux avaient
encore cassé un carreau en jouant aux quatre coins
dans la chambre. C'était le troisième dégât de ce genre
depuis quinze jours. Aussi Rodolphe s'emporta en
imprécations furibondes contre Éole et toute sa famille
de Brise-Tout. Après avoir bouché cette brèche nouvelle avec un portrait d'un de ses amis, Rodolphe se
coucha tout habillé entre les deux planches cardées
qu'il appelait ses matelas, et toute la nuit il rêva
violettes blanches.

Au bout de cinq jours, Rodolphe n'avait encore
trouvé aucun moyen qui pût l'aider à réaliser son rêve,
et c'était le surlendemain qu'il devait donner le bouquet à sa cousine. Pendant ce temps-là, le thermomètre
était encore descendu, et le malheureux poète se
désespérait en songeant que les violettes étaient peut-
être renchéries. Enfin la Providence eut pitié de lui, et
voici comme elle vint à son secours.

Un matin, Rodophe alla à tout hasard demander à
déjeuner à son ami, le peintre Marcel, et il le trouva en
conversation avec une femme en deuil. C'était une
veuve du quartier ; elle avait perdu son mari récem-
ment, et elle venait demander combien on lui pren-

drait pour peindre sur le tombeau qu'elle avait fait élever au défunt une *main d'homme*, au-dessous de laquelle on écrirait :

JE T'ATTENDS, MON ÉPOUSE CHÉRIE.

Pour obtenir le travail à meilleur compte, elle fit même observer à l'artiste qu'à l'époque où Dieu l'enverrait rejoindre son époux il aurait à peindre une seconde main, sa main à elle, ornée d'un bracelet, avec une nouvelle légende qui serait ainsi conçue :

NOUS VOILÀ DONC ENFIN RÉUNIS...

— Je mettrai cette clause dans mon testament, disait la veuve, et j'exigerai que ce soit à vous que la besogne soit confiée.

— Puisque c'est ainsi, Madame, répondit l'artiste, j'accepte le prix que vous me proposez... mais c'est dans l'espérance de la *poignée de main*. N'allez pas m'oublier dans votre testament.

— Je désirerais que vous me donniez cela le plus tôt possible, dit la veuve ; néanmoins, prenez votre temps et n'oubliez pas la cicatrice au pouce. Je veux une main vivante.

— Elle sera parlante, Madame, soyez tranquille, fit Marcel en reconduisant la veuve. Mais, au moment de sortir, celle-ci revint sur ses pas.

— J'ai encore un renseignement à vous demander, monsieur le peintre ; je voudrais faire écrire sur la tombe de mon mari une *machine* en vers, où on raconterait sa bonne conduite et les dernières paroles qu'il a prononcées à son lit de mort. Est-ce distingué ?

— C'est très distingué, on appelle ça une épitaphe, c'est très distingué !

— Vous ne connaîtriez pas quelqu'un qui pourrait

me faire cela à bon marché ? Il y a bien mon voisin,
M. Guérin, l'écrivain public, mais il me demande les
yeux de la tête.

Ici Rodolphe lança un coup d'œil à Marcel, qui
comprit sur-le-champ.

— Madame, dit l'artiste en désignant Rodolphe, un
hasard heureux a amené ici la personne qui peut vous
être utile en cette douloureuse circonstance. Monsieur
est un poète distingué, et vous ne pourriez mieux
trouver.

— Je tiendrais à ce que ce soit très triste, dit la
veuve, et que l'orthographe fût bien mise.

— Madame, répondit Marcel, mon ami sait l'orthographe sur le bout du doigt : au collège, il avait tous les
prix.

— Tiens, dit la veuve, mon neveu a eu aussi un prix ;
il n'a pourtant que sept ans.

— C'est un enfant bien précoce, répliqua Marcel.

— Mais, dit la veuve en insistant, Monsieur sait-il
faire des vers tristes ?

— Mieux que personne, Madame, car il a eu beaucoup de chagrins dans sa vie. Mon ami excelle dans les
vers tristes, c'est ce que les journaux lui reprochent
toujours.

— Comment ! s'écria la veuve, on parle de lui dans
les journaux ! alors, il est bien aussi savant que
M. Guérin, l'écrivain public.

— Oh ! bien plus ! Adressez-vous à lui, Madame,
vous ne vous en repentirez pas.

Après avoir expliqué au poète le sens de l'inscription
en vers qu'elle voulait faire mettre sur la tombe de son
mari, la veuve convint de donner dix francs à
Rodolphe, si elle était contente ; seulement, elle voulait
avoir les vers très vite. Le poète promit de les lui
envoyer le lendemain même par son ami.

— O bonne fée Artémise, s'écria Rodolphe quand

la veuve fut partie, je te promets que tu seras contente ; je te ferai bonne mesure de lyrisme funèbre, et l'orthographe sera mieux mise qu'une duchesse. O bonne vieille, puisse, pour te récompenser, le ciel te faire vivre cent sept ans, comme la bonne eau-de-vie !

— Je m'y oppose, s'écria Marcel.

— C'est vrai, dit Rodolphe, j'oubliais que tu as encore sa main à peindre après sa mort, et qu'une pareille longévité te ferait perdre de l'argent. Et il leva les mains en disant : Ciel n'exaucez pas ma prière ! Ah j'ai une fière chance d'être venu ici, ajouta-t-il.

— Au fait, qu'est-ce que tu me voulais ? dit Marcel.

— J'y resonge, et maintenant surtout que je suis forcé de passer la nuit pour faire cette poésie, je ne puis me dispenser de ce que je venais de demander : 1° à dîner ; 2° du tabac, de la chandelle ; et 3° ton costume d'ours blanc.

— Est-ce que tu vas au bal masqué ? C'est ce soir le premier, en effet.

— Non ; mais tel que tu me vois, je suis aussi gelé que la grande armée pendant la retraite de Russie. Certainement mon paletot de lasting vert et mon pantalon en mérinos écossais sont très jolis ; mais c'est trop printanier, et bon pour habiter sous l'équateur ; lorsqu'on demeure sous le pôle, comme moi, un costume d'ours blanc est plus convenable, je dirai même plus, il est exigible.

— Prends le *martin* [5], dit Marcel ; c'est une idée ; il est chaud comme braise, et tu seras là dedans comme un pain dans un four.

Rodolphe habitait déjà la peau de l'animal fourré.

— Maintenant, dit-il le thermomètre va être furieusement vexé.

— Est-ce que tu vas sortir comme ça ? dit Marcel à son ami, après qu'ils eurent achevé un dîner vague, servi dans de la vaisselle, timbrée à cinq centimes.

— Parbleu, dit Rodolphe, je me moque pas mal de l'opinion ; d'ailleurs, c'est aujourd'hui le commence-ment du carnaval. Et il traversa tout Paris avec l'attitude grave du quadrupède dont il habitait le poil. En passant devant le thermomètre de l'ingénieur Chevalier, Rodolphe alla lui faire un pied de nez.

Rentré chez lui, non sans avoir causé une grande frayeur à son portier, le poète alluma sa chandelle, et eut grand soin de l'entourer d'un papier transparent pour prévenir les malices des aquilons ; et sur-le-champ il se mit à la besogne. Mais il ne tarda pas à s'apercevoir que si son corps était préservé à peu près du froid, ses mains ne l'étaient pas ; et il n'avait point écrit deux vers de son épitaphe, qu'une onglée féroce vint lui mordre les doigts, qui lâchèrent la plume.

— L'homme le plus courageux ne peut pas lutter contre les éléments, dit Rodolphe en tombant anéanti sur sa chaise. César a passé le Rubicon, mais il n'aurait point passé la Bérésina.

Tout à coup le poète poussa un cri de joie du fond de sa poitrine d'ours, et il se leva si brusquement, qu'il renversa une partie de son encre sur la blancheur de sa fourrure : il avait eu une idée, renouvelée de Chatter-ton.

Rodolphe tira de dessous son lit un amas considéra-ble de papiers, parmi lesquels se trouvaient une dizaine de manuscrits énormes de son fameux drame du *Vengeur*. Ce drame, auquel il avait travaillé deux ans, avait été fait, défait, refait tant de fois, que les copies réunies formaient un poids de sept kilo-grammes. Rodolphe mit de côté le manuscrit le plus récent et traîna les autres devant la cheminée[6].

— J'étais bien sûr que j'en trouverais le placement, s'écria-t-il... avec de la patience ! Voilà certainement un joli cotret[7] de prose. Ah ! si j'avais pu prévoir ce qui arrive, j'aurais fait un prologue, et aujourd'hui j'aurais plus de combustible... Mais bah ! on ne peut pas tout prévoir. Et il alluma dans sa cheminée quelques feuilles du manuscrit, à la flamme desquelles il se dégourdit les mains. Au bout de cinq minutes, le premier acte du *Vengeur* était *joué* et Rodolphe avait écrit trois vers de son épitaphe.

Rien au monde ne saurait peindre l'étonnement des quatre vents cardinaux en apercevant du feu dans la cheminée.

— C'est une illusion, souffla le vent du nord qui s'amusa à rebrousser le poil de Rodolphe.

— Si nous allions souffler dans le tuyau, reprit un autre vent, ça ferait fumer la cheminée. Mais comme ils allaient commencer à tarabuster le pauvre Rodolphe, le vent du sud aperçut M. Arago à une fenêtre de l'Observatoire, où le savant faisait du doigt une menace au quatuor d'aquilons[8].

Aussi le vent du sud cria à ses frères : Sauvons-nous bien vite, l'almanach marque un temps calme pour cette nuit ; nous nous trouvons en contravention avec l'Observatoire, et, si nous ne sommes pas rentrés à minuit, M. Arago nous fera mettre en retenue.

Pendant ce temps-là, le deuxième acte du *Vengeur* brûlait avec le plus grand succès. Et Rodolphe avait écrit dix vers. Mais il ne put en écrire que deux pendant la durée du troisième acte.

— J'avais toujours pensé que cet acte-là était trop court, murmura Rodolphe, mais il n'y a qu'à la représentation qu'on s'aperçoive d'un défaut. Heureusement que celui-ci va durer plus longtemps : il y a vingt-trois scènes, dont la scène du trône, qui devait être celui de ma gloire... La dernière tirade de la scène du trône s'envolait en flammèches comme Rodolphe avait encore un sixain à écrire.

— Passons au quatrième acte, dit-il, en prenant un air de feu. Il durera bien cinq minutes, c'est tout

monologue. Il passa au dénouement, qui ne fit que
flamber et s'éteindre. Au même moment, Rodolphe
encadrait dans un magnifique élan de lyrisme les
dernières paroles du défunt en l'honneur de qui il
venait de travailler. Il en restera pour une seconde
représentation, dit-il en poussant sous son lit quelques
autres manuscrits.

. . . .

Le lendemain, à huit heures du soir, mademoiselle
Angèle faisait son entrée au bal, ayant à la main un
superbe bouquet de violettes blanches, au milieu
desquelles s'épanouissaient deux roses, blanches aussi.
Toute la nuit, ce bouquet valut à la jeune fille des
compliments des femmes, et des madrigaux des
hommes. Aussi Angèle sut-elle un peu gré à son cousin
qui lui avait procuré toutes ces petites satisfactions
d'amour-propre, et elle aurait peut-être pensé à lui
davantage sans les galantes persécutions d'un parent
de la mariée qui avait dansé plusieurs fois avec elle.
C'était un jeune homme blond, et porteur d'une de ces
superbes paires de moustaches relevées en crocs, qui
sont les hameçons où s'accrochent les cœurs novices.
Le jeune homme avait déjà demandé à Angèle qu'elle
lui donnât les deux roses blanches qui restaient de son
bouquet, effeuillé par tout le monde... Mais Angèle
avait refusé, pour oublier à la fin du bal les deux fleurs
sur une banquette, où le jeune homme blond courut les
prendre.

A ce moment-là il y avait quatorze degrés de froid
dans le belvédère de Rodolphe, qui, appuyé à sa
fenêtre, regardait du côté de la barrière du Maine les
lumières de la salle de bal, où dansait sa cousine
Angèle, qui ne pouvait pas le souffrir.

X

LE CAP DES TEMPÊTES

Il y a dans les mois qui commencent chaque nouvelle saison des époques terribles : le 1er et le 15
ordinairement. Rodolphe, qui ne pouvait voir sans
effroi approcher l'une ou l'autre de ces deux dates,
les appelait *le cap des Tempêtes*. Ce jour-là, ce n'est
point l'Aurore qui ouvre les portes de l'Orient, ce
sont des créanciers, des propriétaires, des huissiers
et autres gens de sac...oches. Ce jour-là commence
par une pluie de mémoires, de quittances, de billets,
et se termine par une grêle de protêts, *Dies iræ!*

Or, le matin d'un 15 avril, Rodolphe dormait fort
paisiblement... et rêvait qu'un de ses oncles lui
léguait par testament toute une province du Pérou,
les Péruviennes avec.

Comme il nageait en plein dans un Pactole imagi-
naire, un bruit de clef tournant dans la serrure vint
interrompre l'héritier présomptueux au moment le
plus reluisant de son rêve doré.

Rodolphe se dressa sur son lit, les yeux et l'esprit
encore ensommeillés, et il regarda autour de lui.

Il aperçut alors vaguement, debout au milieu de
sa chambre, un homme qui venait d'entrer, et quel
homme ?

Cet étranger matinal avait un chapeau à trois
cornes, sur le dos une sacoche, et à la main un
grand portefeuille ; il était vêtu d'un habit à la française, couleur gris de lin, et paraissant fort essoufflé
d'avoir gravi les cinq étages. Ses manières étaient
très affables, et sa démarche sonore comme pourrait
être celle d'un comptoir de changeur qui entrerait en
locomotion.

6

Rodolphe fut un instant effrayé, et, vu le chapeau à trois cornes et l'habit, il pensa voir un sergent de ville.

Mais la vue de la sacoche passablement garnie le fit revenir de son erreur.

— Ah ! j'y suis, pensa-t-il, c'est un acompte sur mon héritage, cet homme vient des Îles... Mais alors pourquoi n'est-il pas nègre ? Et faisant un signe à l'homme, il lui dit en désignant la sacoche :

— Je sais ce que c'est. Mettez ça là. Merci.

L'homme était un garçon de la Banque de France. A l'invitation de Rodolphe, il répondit en mettant sous les yeux de celui-ci un petit papier hiéroglyphé de signes et de chiffres multicolores.

— Vous voulez un reçu ? dit Rodolphe. C'est juste. Passez-moi la plume et l'encre. Là, sur la table.

— Non, je viens recevoir, répondit le garçon de recette, un effet de cent cinquante francs. C'est aujourd'hui le 15 avril.

— Ah ! reprit Rodolphe en examinant le billet... Ordre Birmann. C'est mon tailleur... Hélas ! ajouta-t-il avec mélancolie en portant alternativement les yeux sur une redingote jetée sur son lit et sur le billet, les causes s'en vont, mais les effets reviennent. Comment ! c'est aujourd'hui le 15 avril ? C'est extraordinaire ! Je n'ai pas encore mangé de fraises !

Le garçon de recette, ennuyé de ses lenteurs, sortit en disant à Rodolphe :

— Vous avez jusqu'à quatre heures pour payer.

— Il n'y a pas d'heure pour les honnêtes gens, répondit Rodolphe. L'intrigant, ajouta-t-il avec regret en suivant des yeux le financier en tricorne, il remporte son sac.

Rodolphe ferma les rideaux de son lit et essaya de reprendre le chemin de son héritage ; mais il se trompa de route, et entra tout enorgueilli dans un songe, où le directeur du Théâtre-Français [1] venait, chapeau bas, lui demander un drame pour son théâtre, et Rodolphe, qui connaissait les usages, demandait des primes. Mais au moment même où le directeur paraissait vouloir s'exécuter, le dormeur fut de nouveau éveillé à demi par l'entrée d'un nouveau personnage, autre créature du 15 avril.

C'était M. Benoît, le mal nommé, maître de l'hôtel garni où logeait Rodolphe : M. Benoît était à la fois le propriétaire, le bottier et l'usurier de ses locataires ; ce matin-là, M. Benoît exhalait une affreuse odeur de mauvaise eau-de-vie et de quittance échue. Il avait à la main un sac vide.

— Diable ! pensa Rodolphe... ce n'est plus le directeur des *Français*... il aurait une cravate blanche... et le sac serait plein !

— Bonjour, monsieur Rodolphe, fit M. Benoît en s'approchant du lit.

— Monsieur Benoît... bonjour. Quel événement me procure l'avantage de votre visite ?

— Mais je venais vous dire que c'est aujourd'hui le 15 avril.

— Déjà ? Comme le temps passe vite ! c'est extraordinaire ; il faudra que j'achète un pantalon de nankin. Le 15 avril ! ah ! mon Dieu ! je n'y aurais jamais songé sans vous, monsieur Benoît. Combien je vous dois de reconnaissance !

— Vous me devez aussi cent soixante-deux francs, reprit M. Benoît, et il se fait temps de régler ce petit compte.

— Je ne suis pas absolument pressé... il ne faut pas vous gêner, monsieur Benoît. Je vous donnerai du temps... Petit compte deviendra grand...

— Mais, dit le propriétaire, vous m'avez déjà remis plusieurs fois.

— En ce cas, réglons, réglons, monsieur Benoît, cela m'est absolument indifférent ; aujourd'hui ou

demain... Et puis, nous sommes tous mortels...
Réglons.

Un aimable sourire illumina les rides du propriétaire ; et il n'y eut pas jusqu'à son sac vide qui ne se
gonflât d'espérance.

— Qu'est-ce que je vous dois ? demanda Rodolphe.

— D'abord, nous avons trois mois de loyer à vingt-
cinq francs ; ci, soixante-quinze francs.

— Sauf erreur, dit Rodolphe. Après ?

— Plus, trois paires de bottes à vingt francs.

— Un instant, un instant, monsieur Benoît, ne
confondons pas ; je n'ai plus affaire au propriétaire,
mais au bottier... je veux un compte à part. Les chiffres
sont chose grave, il ne faut pas s'embrouiller.

— Soit, dit M. Benoît, adouci par l'espoir qu'il avait
de mettre enfin un acquit au bas de ses mémoires.
Voici une note particulière pour la chaussure. Trois
paires de bottes à vingt francs ; ci, soixante francs.

Rodolphe jeta un regard de pitié sur une paire de
bottes fourbues.

— Hélas ! pensa-t-il, elles auraient servi au *Juif
errant* qu'elles ne seraient point pires. C'est pourtant en
courant après Marie qu'elles se sont usées ainsi...
Continuez, monsieur Benoît...

— Nous disons soixante francs, reprit celui-ci. Plus,
argent prêté, vingt-sept francs.

— Halte-là, monsieur Benoît. Nous sommes conve-
nus que chaque saint aurait sa niche. C'est à titre d'ami
que vous m'avez prêté de l'argent. Or donc, s'il vous
plaît, quittons le domaine de la chaussure, et entrons
dans les domaines de la confiance et de l'amitié, qui
exigent un compte à part. A combien se monte votre
amitié pour moi ?

— Vingt-sept francs.

— Vingt-sept francs. Vous avez un ami à bon

marché, monsieur Benoît. Enfin, nous disons donc :
soixante-quinze, soixante et vingt-sept... Tout cela
fait ?

— Cent soixante-deux francs, dit M. Benoît en présentant les trois notes.

— Cent soixante-deux francs, fit Rodolphe... c'est
extraordinaire. Quelle belle chose que l'addition ! Eh
bien ! monsieur Benoît, maintenant que le compte est
réglé, nous pouvons être tranquilles tous les deux, nous
savons à quoi nous en tenir. Le mois prochain, je vous
demanderai votre acquit, et comme pendant ce temps
la confiance et l'amitié que vous avez en moi ne
pourront pas s'augmenter, au cas ou cela serait nécessaire, vous pourrez m'accorder un nouveau délai.
Cependant, si le propriétaire et le bottier étaient par
trop pressés, je prierai l'ami de leur faire entendre
raison. C'est extraordinaire, monsieur Benoît ; mais
toutes les fois que je songe à votre triple caractère de
propriétaire, de bottier et d'ami, je suis tenté de croire
à la Sainte Trinité.

En écoutant Rodolphe, le maître d'hôtel était devenu
à la fois rouge, vert, jaune et blanc ; et, à chaque
nouvelle raillerie de son locataire, cet arc-en-ciel de la
colère allait se fonçant de plus en plus sur son visage.

— Monsieur, dit-il, je n'aime pas qu'on se moque de
moi. J'ai attendu assez longtemps. Je vous donne
congé, et si ce soir vous ne m'avez pas donné d'argent...
je verrai ce que j'aurai à faire.

— De l'argent ! de l'argent ! est-ce que je vous en
demande, moi ? dit Rodolphe ; et puis d'ailleurs, j'en
aurais que je ne vous en donnerais pas... Un vendredi,
ça porte malheur.

La colère de M. Benoît tournait à l'ouragan ; et si le
mobilier ne lui eût pas appartenu, il aurait sans doute
fracturé les membres de quelque fauteuil.

Cependant il sortit en proférant des menaces.

— Vous oubliez votre sac, lui cria Rodolphe en le rappelant.

— Quel métier ! murmura le malheureux jeune homme quand il fut seul. J'aimerais mieux dompter des lions.

— Mais, reprit Rodolphe en sautant hors du lit et en s'habillant à la hâte, je ne peux pas rester ici. L'invasion des alliés va se continuer. Il faut fuir, il faut même déjeuner. Tiens, si j'allais voir Schaunard. Je lui demanderai un couvert et je lui emprunterai quelques sous. Cent francs peuvent me suffire... Allons chez Schaunard.

En descendant l'escalier, Rodolphe rencontra M. Benoît qui venait de subir de nouveaux échecs chez ses autres locataires, ainsi que l'attestait son sac vide, un objet d'art.

— Si l'on vient me demander, vous direz que je suis à la campagne... dans les Alpes... dit Rodolphe. Ou bien, non, dites que je ne demeure plus ici.

— Je dirai la vérité, murmura M. Benoît, en donnant à ses paroles une accentuation très significative.

Schaunard demeurait à Montmartre. C'était tout Paris à traverser. Cette pérégrination était des plus dangereuses pour Rodolphe.

— Aujourd'hui, se disait-il, les rues sont pavées de créanciers.

Pourtant il ne prit point les boulevards extérieurs comme il en avait envie. Une espérance fantastique l'encouragea, au contraire, à suivre l'itinéraire dangereux du centre parisien. Rodolphe pensait que, dans un jour où les millions se promenaient en public sur le dos des garçons de recette, il se pourrait bien faire qu'un billet de mille francs, abandonné sur le chemin, attendît son Vincent de Paul. Aussi Rodolphe marchait-il doucement, les yeux à terre. Mais il ne trouva que deux épingles.

Au bout de deux heures il arriva chez Schaunard.

— Ah ! c'est toi, dit celui-ci.

— Oui, je viens te demander à déjeuner.

— Ah ! mon cher, tu arrives mal ; ma maîtresse vient de venir, et il y a quinze jours que je ne l'ai vue ; si tu étais arrivé seulement dix minutes plus tôt...

— Mais tu n'as pas une centaine de francs à me prêter ? reprit Rodolphe.

— Comment ! toi aussi, répondit Schaunard qui était au comble de l'étonnement... tu viens me demander de l'argent ! Tu te mêles à mes ennemis !

— Je te le rendrai lundi.

— Ou à la Trinité. Mon cher, tu oublies donc quel jour nous sommes ? Je ne puis rien pour toi. Mais il n'y a rien de désespéré, la journée n'est pas achevée. Tu peux encore rencontrer la Providence, elle ne se lève jamais avant midi.

— Ah ! reprit Rodolphe, la Providence a trop de besogne auprès des petits oiseaux. Je m'en vais aller voir Marcel.

Marcel demeurait alors rue de Bréda. Rodolphe le trouva très triste en contemplation devant son grand tableau qui devait représenter le passage de la mer Rouge.

— Qu'as-tu ? demanda Rodolphe en entrant, tu parais tout mortifié.

— Hélas ! fit le peintre en procédant par allégorie, voilà quinze jours que je suis dans la semaine sainte.

Pour Rodolphe, cette réponse était transparente comme de l'eau de roche.

— Harengs salés et radis noirs ! Très bien. Je me souviens.

En effet, Rodolphe avait la mémoire encore salée des souvenirs d'un temps où il avait été réduit à la consommation exclusive de ce poisson.

— Diable ! diable, fit-il, ceci est grave ! Je venais t'emprunter cent francs.

— Cent francs ! fit Marcel... Tu feras donc toujours de la fantaisie. Me venir demander cette somme mythologique à une époque où l'on est toujours sous l'équateur de la nécessité ! Tu as pris du haschich...

— Hélas ! dit Rodolphe, je n'ai rien pris du tout.

Et il laissa son ami au bord de la mer Rouge.

De midi à quatre heures, Rodolphe mit tour à tour le cap sur toutes les maisons de connaissance ; il parcourut les quarante-huit quartiers et fit environ huit lieues, mais sans aucun succès. L'influence du 15 avril se faisait partout sentir avec une égale rigueur ; cependant on approchait de l'heure du dîner. Mais il ne paraissait guère que le dîner approchât avec l'heure, et il sembla à Rodolphe qu'il était sur le radeau de *la Méduse*.

Comme il traversait le pont Neuf, il eut tout à coup une idée :

— Oh, oh ! se dit-il en retournant sur ses pas, le 15 avril... le 15 avril... mais j'ai une invitation à dîner pour aujourd'hui.

Et, fouillant dans sa poche, il en tira un billet imprimé ainsi conçu :

BARRIÈRE DE LA VILLETTE.

AU GRAND VAINQUEUR.
Salon de 300 couverts.
—

BANQUET ANNIVERSAIRE
EN L'HONNEUR DE LA NAISSANCE
DU
MESSIE HUMANITAIRE,
le 15 avril 184....
Bon pour une personne.

N. B. — On n'a droit qu'à une demi-bouteille de vin.

— Je ne partage pas les opinions des disciples du Messie[2], se dit Rodolphe... mais je partagerai volontiers leur nourriture. Et avec une vélocité d'oiseau il dévora la distance qui le séparait de la barrière.

Quand il arriva dans les salons du *Grand-Vainqueur*, la foule était immense... Le salon de trois cents couverts contenait cinq cents personnes. Un vaste horizon de veau aux carottes se déroulait à la vue de Rodolphe.

On commença enfin à servir le potage.

Comme les convives portaient leur cuiller à leur bouche, cinq ou six personnes en bourgeois et plusieurs sergents de ville firent irruption dans la salle, un commissaire à leur tête.

— Messieurs, dit le commissaire, par ordre de l'autorité supérieure, le banquet ne peut avoir lieu[3]. Je vous somme de vous retirer.

— Oh! dit Rodolphe en sortant avec tout le monde, oh la fatalité qui vient de renverser mon potage!

Il reprit tristement le chemin de son domicile, et y arriva sur les onze heures du soir.

M. Benoît l'attendait.

— Ah! c'est vous, dit le propriétaire. Avez-vous songé à ce que je vous ai dit ce matin? M'apportez-vous de l'argent?

— Je dois en recevoir cette nuit; je vous en donnerai demain matin, répondit Rodolphe en cherchant sa clef et son flambeau dans la case. Il ne trouva rien.

— Monsieur Rodolphe, dit M. Benoît, j'en suis bien fâché, mais j'ai loué votre chambre, et je n'en ai plus d'autre qui soit disponible; il faut voir ailleurs.

Rodolphe avait l'âme grande, et une nuit à la belle étoile ne l'effrayait pas. D'ailleurs, en cas de mauvais temps, il pouvait coucher dans une loge d'avant-scène à l'Odéon, ainsi que cela lui était arrivé déjà. Seulement, il réclama *ses affaires* à M. Benoît, lesquelles affaires consistaient en une liasse de papiers.

— C'est juste, dit le propriétaire : je n'ai pas le droit de vous retenir ces choses-là, elles sont restées dans le secrétaire. Montez avec moi ; si la personne qui a pris votre chambre n'est pas couchée, nous pourrons entrer.

La chambre avait été louée dans la journée à une jeune fille qui s'appelait Mimi, et avec qui Rodolphe avait jadis commencé un duo de tendresse.

Ils se reconnurent sur-le-champ. Rodolphe parla tout bas à l'oreille de Mimi, et lui serra doucement la main.

— Voyez comme il pleut ! dit-il en indiquant le bruit de l'orage qui venait d'éclater.

Mademoiselle Mimi alla droit à M. Benoît, qui attendait dans un coin de la chambre.

— Monsieur, lui dit-elle en désignant Rodolphe... Monsieur est la personne que j'attendais ce soir... Ma porte est défendue.

— Ah ! fit M. Benoît avec une grimace. C'est bien !

Pendant que mademoiselle Mimi préparait à la hâte un souper improvisé, minuit sonna.

— Ah ! dit Rodolphe en lui-même, le 15 avril est passé, j'ai enfin doublé mon cap des Tempêtes. Chère Mimi, fit le jeune homme en attirant la belle fille dans ses bras et l'embrassant sur le cou à l'endroit de la nuque, il ne vous aurait pas été possible de me laisser mettre à la porte. Vous avez la bosse de l'hospitalité.

XI

UN CAFÉ DE LA BOHÈME

Voici par quelle suite de circonstances Carolus Barbemuche, homme de lettres et philosophe platonicien,
devint membre de la Bohème en la vingt-quatrième
année de son âge.

En ce temps-là, Gustave Colline, le grand philosophe, Marcel, le grand peintre, Schaunard, le grand
musicien, et Rodolphe, le grand poète, comme ils
s'appelaient entre eux, fréquentaient régulièrement le
café *Momus*, où on les avait surnommés les *quatre
mousquetaires*, à cause qu'on les voyait toujours
ensemble. En effet, ils venaient, s'en allaient ensemble,
jouaient ensemble, et quelquefois aussi ne payaient
pas leur consommation, toujours avec un ensemble
digne de l'orchestre du Conservatoire.

Ils avaient choisi pour se réunir une salle où quarante personnes eussent été à l'aise ; mais on les
trouvait toujours seuls, car ils avaient fini par rendre le
lieu inabordable aux habitués ordinaires.

Le consommateur de passage qui s'aventurait dans
cet antre y devenait, dès son entrée, la victime du
farouche quatuor, et, la plupart du temps, se sauvait
sans achever sa gazette et sa demi-tasse, dont des
aphorismes inouïs sur l'art, le sentiment et l'économie
politique faisaient tourner la crème. Les conversations
des quatre compagnons étaient de telle nature que le
garçon qui les servait était devenu idiot à la fleur de
l'âge.

Cependant les choses arrivèrent à un tel point
d'arbitraire que le maître du café perdit enfin patience,

et il monta un soir faire gravement l'exposé de ses griefs :

1° M. Rodolphe venait dès le matin déjeuner, et emportait dans *sa* salle tous les journaux de l'établissement ; il poussait même l'exigence jusqu'à se fâcher quand il trouvait les bandes rompues, ce qui faisait que les autres habitués, privés des organes de l'opinion, demeuraient jusqu'au dîner ignorants comme des carpes en matière politique. La société Bosquet savait à peine les noms des membres du dernier cabinet.

M. Rodolphe avait même obligé le café à s'abonner au *Castor*, dont il était rédacteur en chef. Le maître de l'établissement s'y était d'abord refusé ; mais comme M. Rodolphe et sa compagnie appelaient tous les quarts d'heure le garçon, et criaient à haute voix : *Le Castor !* apportez-nous *le Castor !* Quelques autres abonnés, dont la curiosité était excitée par ces demandes acharnées, demandèrent aussi *le Castor*. On prit donc un abonnement au *Castor*, journal de la chapellerie, qui paraissait tous les mois, orné d'une vignette et d'un article de philosophie en *Variétés*, par Gustave Colline.

2° Ledit M. Colline et son ami M. Rodolphe se délassaient des travaux de l'intelligence en jouant au trictrac depuis dix heures du matin jusqu'à minuit ; et comme l'établissement ne possédait qu'une seule table de trictrac, les autres personnes se trouvaient lésées dans leur passion pour ce jeu par l'accaparement de ces messieurs, qui, chaque fois qu'on venait le leur demander, se bornaient à répondre :

— Le trictrac est en lecture ; qu'on repasse demain.

La société Bosquet se trouvait donc réduite à se raconter ses premières amours ou à jouer au piquet.

3° M. Marcel, oubliant qu'un café est un lieu public, s'est permis d'y transporter son chevalet, sa boîte à peindre et tous les instruments de son art. Il pousse même l'inconvenance jusqu'à appeler des modèles de sexes divers.

Ce qui peut affliger les mœurs de la société Bosquet.

4° Suivant l'exemple de son ami, M. Schaunard parle de transporter son piano dans le café, et n'a pas craint d'y faire chanter en chœur un motif tiré de sa symphonie : *l'Influence du bleu dans les arts*. M. Schaunard a été plus loin, il a glissé dans la lanterne qui sert d'enseigne au café un transparent sur lequel on lit :

COURS GRATUIT DE MUSIQUE VOCALE
ET INSTRUMENTALE,
A L'USAGE DES DEUX SEXES

S'adresser au comptoir.

Ce qui fait que ledit comptoir est tous les soirs encombré de personnes d'une mise négligée, qui viennent s'informer *par où qu'on passe*.

En outre, M. Schaunard y donne des rendez-vous à une dame qui s'appelle Phémie, teinturière [1], et qui a toujours oublié son bonnet.

Aussi M. Bosquet le jeune a-t-il déclaré qu'il ne mettrait plus les pieds dans un établissement où l'on outrageait ainsi la nature.

5° Non contents de ne faire qu'une consommation très modérée, ces messieurs ont essayé de la modérer davantage. Sous prétexte qu'ils ont surpris le moka de l'établissement en adultère avec de la chicorée, ils ont apporté un filtre à esprit-de-vin, et rédigent eux-mêmes leur café, qu'ils édulcorent avec du sucre acquis au-dehors à bas prix, ce qui est une insulte faite au laboratoire.

6° Corrompu par les discours de ces messieurs, le garçon *Bergami* (ainsi nommé à cause de ses favoris [2]),

174*Scènes de la vie de bohème*

oubliant son humble naissance et bravant toute retenue, s'est permis d'adresser à la dame de comptoir une
pièce de vers dans laquelle il l'excite à l'oubli de ses
devoirs de mère et d'épouse ; au désordre de son style
on a reconnu que cette lettre avait été écrite sous
l'influence pernicieuse de M. Rodolphe et de sa littérature.

En conséquence, et malgré le regret qu'il éprouve, le
directeur de l'établissement se voit dans la nécessité de
prier la société Colline de choisir un autre endroit pour
y établir ses conférences révolutionnaires.

Gustave Colline, qui était le Cicéron de la bande, prit
la parole, et, *a priori*, prouva au maître du café que ses
doléances étaient ridicules et mal fondées ; qu'on lui
faisait grand honneur en choisissant son établissement
pour en faire un foyer d'intelligence ; que son départ et
celui de ses amis causeraient la ruine de sa maison,
élevée par leur présence à la hauteur de café artistique
et littéraire.

— Mais, dit le maître du café, vous et ceux qui
viennent vous voir, vous consommez si peu.

— Cette sobriété dont vous vous plaignez est un
argument en faveur de nos mœurs, répliqua Colline. Au
reste, il ne tient qu'à vous que nous fassions une
dépense plus considérable ; il suffira de nous ouvrir un
compte.

— Nous fournirons le registre, dit Marcel.

Le cafetier n'eut pas l'air d'entendre, et demanda
quelques éclaircissements à propos de la lettre incen-
diaire que Bergami avait adressée à sa femme.
Rodolphe, accusé d'avoir servi de secrétaire à cette
passion illicite, s'innocenta avec vivacité.

— D'ailleurs, ajouta-t-il, la vertu de Madame était
une sûre barrière qui...

— Oh ! dit le cafetier avec un sourire d'orgueil, ma
femme a été élevée à Saint-Denis.

Bref, Colline acheva de l'enferrer complétement dans les replis de son éloquence insidieuse, et tout s'arrangea sur la promesse que les quatre amis ne feraient plus leur café eux-mêmes, que l'établissement recevrait désormais *le Castor* gratis, que Phémie, teinturière, mettrait un bonnet ; que le trictrac serait abandonné à la société Bosquet, tous les dimanches de midi à deux heures, et surtout qu'on ne demanderait pas de nouveaux crédits.

Tout alla bien pendant quelques jours.

La veille de Noël, les quatre amis arrivèrent au café accompagnés de leurs épouses.

Il y a mademoiselle Musette, mademoiselle Mimi, la nouvelle maîtresse de Rodolphe, une adorable créature dont la voix bruyante avait l'éclat des cymbales, et Phémie, teinturière, l'idole de Schaunard. Ce soir-là, Phémie, teinturière, avait un bonnet. Quant à madame Colline, qu'on ne voyait jamais, elle était comme toujours restée chez elle, occupée à mettre des virgules aux manuscrits de son époux. Après le café qui fut, par extraordinaire, escorté d'un bataillon de petits verres, on demande du punch. Peu habitué à ces grandes manières, le garçon se fit répéter deux fois l'ordre. Phémie, qui n'avait jamais été au café, paraissait extasiée et ravie de boire dans des verres à patte. Marcel disputait Musette à propos d'un chapeau neuf dont il suspectait l'origine. Mimi et Rodolphe, encore dans la lune de miel de leur ménage, avaient ensemble une causerie muette alternée d'étranges sonorités. Quant à Colline, il allait de femme en femme égrener avec une bouche en cœur toutes les galantes verroteries de style ramassées dans la collection de l'*Almanach des Muses*[3].

Pendant que cette joyeuse compagnie se livrait ainsi aux jeux et aux ris, un personnage étranger, assis au fond de la salle à une table isolée, observait le spectacle animé qui se passait devant lui avec des yeux dont le regard était étrange.

Depuis quinze jours environ, il venait ainsi tous les soirs : c'était de tous les consommateurs le seul qui avait pu résister au vacarme effroyable que faisaient les bohémiens. Les scies les plus farouches l'avaient trouvé inébranlable, il restait là toute la soirée, fumant sa pipe avec une régularité mathématique, les yeux fixes comme s'il gardait un trésor, et l'oreille ouverte à tout ce qui se disait autour de lui. Au demeurant, il paraissait doux et fortuné, car il possédait une montre retenue en esclavage dans sa poche par une chaîne d'or. Et un jour que Marcel s'était rencontré avec lui au comptoir, il l'avait surpris changeant un louis pour payer sa consommation. Dès ce moment, les quatre amis le désignèrent sous le nom du *capitaliste*.

Tout à coup Schaunard, qui avait la vue excellente, fit remarquer que les verres étaient vides.

— Parbleu ! dit Rodolphe, c'est aujourd'hui le réveillon ; nous sommes tous bons chrétiens, il faut faire un extra.

— Ma foi oui, fit Marcel ; demandons des choses surnaturelles.

— Colline, ajouta Rodolphe, sonne un peu le garçon.

Colline agita la sonnette avec frénésie.

— Qu'allons-nous prendre ? dit Marcel.

Colline se courba en deux comme un arc et dit en montrant les femmes :

— C'est à ces dames qu'il appartient de régler l'ordre et la marche des rafraîchissements.

— Moi, dit Musette en faisant claquer sa bouche, je ne craindrais pas du champagne.

— Es-tu folle ? exclama Marcel, du champagne, ce n'est pas du vin, d'abord.

— Tant pis, j'aime ça, ça fait du bruit.

— Moi, dit Mimi en câlinant Rodolphe d'un regard, j'aime mieux du *beaune*, dans un petit panier.

— Perds-tu la tête ? fit Rodolphe.

— Non, je veux la perdre, répondit Mimi, sur qui le beaune exerçait une influence particulière. Son amant fut foudroyé par ce mot.

— Moi, dit Phémie, teinturière, en se faisant rebondir sur l'élastique divan, je voudrais bien du *parfait amour*. C'est bon pour l'estomac.

Schaunard articula d'une voix nasale quelques mots qui firent tressaillir Phémie sur sa base.

— Ah ! bah ! dit le premier Marcel, faisons pour cent mille francs de dépense, une fois par hasard.

— Et puis, ajouta Rodolphe, le comptoir se plaint qu'on ne consomme pas assez. Il faut le plonger dans l'étonnement.

— Oui, dit Colline, livrons-nous à un festin splendide : d'ailleurs nous devons à ces dames l'obéissance la plus passive, l'amour vit de dévouement, le vin est le jus du plaisir, le plaisir est le devoir de la jeunesse, les femmes sont des fleurs, on doit les arroser. Arrosons ! Garçon ! garçon ! Et Colline se pendit au cordon de sonnette avec une agitation fiévreuse.

Le garçon arriva rapide comme les aquilons.

Quand il entendit parler de champagne, et de beaune, et de liqueurs diverses, sa physionomie exécuta toutes les gammes de la surprise.

— J'ai des trous dans l'estomac, dit Mimi, je prendrais bien du jambon.

— Et moi des sardines et du beurre, ajouta Musette.

— Et moi des radis, fit Phémie, avec un peu de viande autour...

— Dites donc tout de suite que vous voulez souper, alors, reprit Marcel.

— Ça nous irait assez, reprirent les femmes.

— Garçon ! montez-nous ce qu'il faut pour souper, dit Colline gravement.

Le garçon était devenu tricolore à force de surprise.

Il descendit lentement au comptoir, et fit part au maître du café des choses extraordinaires qu'on venait de lui demander.

Le cafetier crut que c'était une plaisanterie, mais à un nouvel appel de la sonnette, il monta lui-même et s'adressa à Colline, pour qui il avait une certaine estime. Colline lui expliqua qu'on désirait célébrer chez lui la solennité du réveillon, et qu'il voulût bien faire servir ce qu'on lui avait demandé.

Le cafetier ne répondit rien, il s'en alla à reculons en faisant des nœuds à sa serviette. Pendant un quart d'heure il se consulta avec sa femme, et, grâce à l'éducation libérale qu'elle avait reçue à Saint-Denis, cette dame, qui avait un faible pour les beaux-arts et les belles-lettres, engagea son époux à faire servir le souper.

— Au fait, dit le cafetier, ils peuvent bien avoir de l'argent, une fois par hasard. Et il donna ordre au garçon de monter en haut tout ce qu'on lui demandait. Puis il s'abîma dans une partie de piquet avec un vieil abonné. Fatale imprudence !

Depuis dix heures jusqu'à minuit le garçon ne fit que monter et descendre les escaliers. A chaque instant on lui demandait des suppléments. Musette se faisait servir à l'anglaise et changeait de couvert à chaque bouchée ; Mimi buvait de tous les vins dans tous les verres ; Schaunard avait dans le gosier un Sahara inaltérable ; Colline exécutait des feux croisés avec ses yeux, et, tout en coupant sa serviette avec ses dents, pinçait le pied de la table, qu'il prenait pour le genoux de Phémie. Quant à Marcel et à Rodolphe, ils ne quittaient point les étriers du sang-froid, et voyaient, non sans inquiétude, arriver l'heure du dénouement.

Le personnage étranger considérait cette scène avec une curiosité grave ; de temps en temps on voyait sa bouche s'ouvrir comme pour un sourire ; puis on entendait un bruit pareil à celui d'une fenêtre qui grince en se fermant. C'était l'étranger qui riait en dedans.

A minuit moins le quart, la dame du comptoir envoya l'addition. Elle atteignait les hauteurs exagérées, 25 fr. 75 c.

— Voyons, dit Marcel, nous allons tirer au sort quel sera celui qui ira parlementer avec le cafetier. Ça va être grave.

On prit un jeu de dominos et on tira au plus gros dé.

Le sort désigna malheureusement Schaunard comme plénipotentiaire. Schaunard était excellent virtuose, mais mauvais diplomate. Il arriva justement au comptoir comme le cafetier venait de perdre avec son vieil habitué. Fléchissant sous la honte de trois capotes, Momus était d'une humeur massacrante, et, aux premières ouvertures de Schaunard, il entra dans une violente colère. Schaunard était bon musicien, mais il avait un caractère déplorable. Il répondit par des insolences à double détente. La querelle s'envenima, et le cafetier monta en haut signifier qu'on eût à le payer, sans quoi l'on ne sortirait pas. Colline essaya d'intervenir avec son éloquence modérée, mais en apercevant une serviette avec laquelle Colline avait fait de la charpie, la colère du cafetier redoubla, et, pour se garantir, il osa même porter une main profane sur le paletot noisette du philosophe et sur les pelisses des dames.

Un feu de peloton d'injures s'engagea entre les bohémiens et le maître de l'établissement.

Les trois femmes parlaient amourettes et chiffons.

Le personnage étranger se dérangeait de son impassibilité ; peu à peu il s'était levé, avait fait un pas, puis

deux, et marchait comme une personne naturelle ; il
s'avança près du cafetier, le prit à part et lui parla tout
bas. Rodolphe et Marcel le suivaient du regard. Le
cafetier sortit enfin en disant à l'étranger :

— Certainement que je consens, monsieur Barbemuche, certainement ; arrangez-vous avec eux.

M. Barbemuche retourna à sa table pour prendre son
chapeau, le mit sur sa tête, fit une conversion à droite,
et, en trois pas, arriva près de Rodolphe et de Marcel,
ôta son chapeau, s'inclina devant les hommes, envoya
un salut aux dames, tira son mouchoir, se moucha et
prit la parole d'une voix timide :

— Pardon, Messieurs, de l'indiscrétion que je vais
commettre, dit-il. Il y a longtemps que je brûle du désir
de faire votre connaissance, mais je n'avais pas trouvé
jusqu'ici d'occasion favorable pour me mettre en
rapport avec vous. Me permettez-vous de saisir celle
qui se présente aujourd'hui ?

— Certainement, certainement, fit Colline qui
voyait venir l'étranger.

Rodolphe et Marcel saluèrent sans rien dire.

La délicatesse trop exquise de Schaunard faillit tout
perdre.

— Permettez, Monsieur, dit-il avec vivacité, vous
n'avez pas l'honneur de nous connaître, et les convenances s'opposent à ce que... Auriez-vous la bonté de
me donner une pipe de tabac ?... Du reste, je serai de
l'avis de mes amis...

— Messieurs, reprit Barbemuche, je suis comme
vous un disciple des beaux-arts. Autant que j'ai pu
m'en apercevoir en vous entendant causer, nos goûts
sont les mêmes, j'ai le plus vif désir d'être de vos amis,
et de pouvoir vous retrouver ici chaque soir... Le
propriétaire de cet établissement est un brutal, mais je
lui ai dit deux mots, et vous êtes libres de vous retirer...
J'ose espérer que vous ne me refuserez pas les moyens

de vous retrouver en ces lieux, en acceptant le léger service que...

La rougeur de l'indignation monta au visage de Schaunard.

— Il spécule sur notre situation, dit-il, nous ne pouvons pas accepter. Il a payé notre addition : je vais lui jouer les vingt-cinq francs au billard, et je lui rendrai des points.

Barbemuche accepta la proposition et eut le bon esprit de perdre ; mais ce beau trait lui gagna l'estime de la Bohème.

On se quitta en se donnant rendez-vous pour le lendemain.

— Comme ça, disait Schaunard à Marcel, nous ne lui devons rien ; notre dignité est sauvegardée.

— Et nous pouvons presque exiger un nouveau souper, ajouta Colline.

XII

UNE RÉCEPTION DANS LA BOHÈME[1]

Le soir où il avait, dans un café, soldé sur sa cassette particulière la note d'un souper consommé par les bohèmes, Carolus s'était arrangé de façon à se faire accompagner par Gustave Colline. Depuis qu'il assistait aux réunions des quatre amis dans l'estaminet où il les avait tirés d'embarras, Carolus avait spécialement remarqué Colline, et éprouvait déjà une sympathie attractive pour ce Socrate, dont il devait plus tard devenir le Platon. C'est pourquoi il l'avait choisi tout d'abord pour être son introducteur dans le cénacle. Chemin faisant, Barbemuche offrit à Colline d'entrer prendre quelque chose dans un café qui se trouvait encore ouvert. Non seulement Colline refusa, mais encore il doubla le pas en passant devant ledit café, et renfonça soigneusement sur ses yeux son feutre hyper-physique.

— Pourquoi ne voulez-vous pas entrer là ? dit Barbe-muche, en insistant avec une politesse de bon goût.

— J'ai des raisons, répliqua Colline : il y a dans cet établissement une dame de comptoir qui s'occupe beaucoup de sciences exactes, et je ne pourrais m'empêcher d'avoir avec elle une discussion fort pro-longée, ce que j'essaye d'éviter en ne passant jamais dans cette rue à midi, ni aux autres heures du soleil. Oh ! c'est bien simple, répondit naïvement Colline, j'ai habité ce quartier avec Marcel.

— J'aurais pourtant bien voulu vous offrir un verre de punch et causer un instant avec vous. Ne connaî-triez-vous pas dans les alentours un endroit où vous pourriez entrer sans être arrêté par des difficultés... mathématiques ? ajouta Barbemuche, qui jugea à pro-pos d'être énormément spirituel.

Colline rêva un instant.

— Voici un petit local où ma situation est plus nette, dit-il.

Et il indiquait un marchand de vin.

Barbemuche fit la grimace et parut hésiter.

— Est-ce un lieu convenable ? fit-il.

Vu son attitude glaciale et réservée, sa parole rare, son sourire discret, et vu surtout sa chaîne à breloques et sa montre, Colline s'était imaginé que Barbemuche était employé dans une ambassade, et il pensa qu'il craignait de se compromettre en entrant dans un cabaret.

— Il n'y a pas de danger que nous soyons vus, dit-il ; à cette heure, tout le corps diplomatique est couché.

Barbemuche se décida à entrer ; mais, au fond de

l'âme, il aurait bien voulu avoir un faux nez. Pour plus de sûreté, il demanda un cabinet et eut soin d'attacher une serviette aux carreaux de la porte vitrée. Ces précautions prises, il parut moins inquiet et fit venir un bol de punch. Excité un peu par la chaleur du breuvage, Barbemuche devint plus communicatif ; et, après avoir donné quelques détails sur lui-même, il osa articuler l'espérance qu'il avait conçue de faire officiellement partie de la Société des bohèmes, et il sollicitait l'appui de Colline pour l'aider dans la réussite de ce dessein ambitieux.

Colline répondit que pour son compte il se tenait tout à la disposition de Barbemuche, mais qu'il ne pouvait cependant rien assurer d'une manière absolue.

— Je vous promets ma voix, dit-il, mais je ne puis prendre sur moi de disposer de celle de mes camarades.

— Mais, fit Barbemuche, pour quelles raisons refuseraient-ils de m'admettre parmi eux ?

Colline déposa sur la table le verre qu'il se disposait à porter à sa bouche, et d'un air très sérieux parla à peu près ainsi à l'audacieux Carolus :

— Vous cultivez les beaux-arts ? demanda Colline.

— Je laboure modestement ces nobles champs de l'intelligence, répondit Carolus, qui tenait à arborer les couleurs de son style.

Colline trouva la phrase bien mise, et s'inclina :

— Vous connaissez la musique ? fit-il.

— J'ai joué de la contre-basse.

— C'est un instrument philosophique, il rend des sons graves. Alors, si vous connaissez la musique, vous comprenez qu'on ne peut pas, sans blesser les lois de l'harmonie, introduire un cinquième exécutant dans un quatuor ; autrement ça cesse d'être quatuor.

— Ça devient un quintette, répondit Carolus.

— Vous dites ? fit Colline.

— Quintette.

— Parfaitement, de même que, si à la Trinité, ce divin triangle, vous ajoutez une autre personne, ça ne sera plus la Trinité, ce sera un carré, et voilà une religion fêlée dans son principe !

— Permettez, dit Carolus, dont l'intelligence commençait à trébucher parmi toutes les ronces du raisonnement de Colline, je ne vois pas bien...

— Regardez et suivez-moi... continua Colline, connaissez-vous l'astronomie ?

— Un peu ; je suis bachelier.

— Il y a une chanson là-dessus, fit Colline. « Bachelier dit Lisette[2]... » Je ne me souviens plus de l'air... Allons, vous devez savoir qu'il y a quatre points cardinaux. Eh bien, s'il surgissait un cinquième point cardinal, toute l'harmonie de la nature serait bouleversée. C'est ce qu'on appelle un cataclysme. Vous comprenez ?

— J'attends la conclusion.

— En effet, la conclusion est le terme du discours, de même que la mort est le terme de la vie, et que le mariage est le terme de l'amour. Eh bien ! mon cher monsieur, moi et mes amis nous sommes habitués à vivre ensemble, et nous craignons de voir rompre, par l'introduction d'un autre, l'harmonie qui règne dans notre concert de mœurs, d'opinions, de goûts et de caractères. Nous devons être un jour les quatre points cardinaux de l'art contemporain ; je vous le dis sans mitaines ; et, habitués à cette idée, cela nous gênerait de voir un cinquième point cardinal...

— Cependant, quand on est quatre, on peut bien être cinq, hasarda Carolus.

— Oui, mais on n'est plus quatre.

— Le prétexte est futile.

— Il n'y a rien de futile en ce monde, tout est dans tout, les petits ruisseaux font les grandes rivières, les petites syllabes font des alexandrins, et les montagnes sont faites de grains de sable ; c'est dans la *Sagesse des nations ;* il y en a un exemplaire sur le quai.

— Vous croyez alors que ces messieurs feront des difficultés pour m'admettre à l'honneur de leur compagnie intime ?

— Je le *crains*, de cheval, fit Colline, qui ne ratait jamais cette plaisanterie.

— Vous avez dit ?... demanda Carolus étonné.

— Pardon... c'est une paillette ! Et Colline reprit : Dites-moi, mon cher monsieur, quel est, dans les nobles champs de l'intelligence, le sillon que vous creusez de préférence ?

— Les grands philosophes et les bons auteurs classiques sont mes modèles ; je me nourris de leur étude. *Télémaque*[3] m'a le premier inspiré la passion qui me dévore.

— *Télémaque*, il est beaucoup sur le quai, fit Colline. On l'y trouve à toute heure, je l'ai acheté cinq sous, parce que c'était une occasion ; cependant je consentirais à m'en défaire pour vous obliger. Au reste, bon ouvrage, et bien rédigé, pour le temps.

— Oui, Monsieur, continua Carolus, la haute philosophie et la saine littérature, voilà où j'aspire. A mon sens, l'art est un sacerdoce.

— Oui, oui, oui... dit Colline, il y a aussi une chanson là dessus.

Et il se mit à chanter :

> *Oui, l'art est sacerdoce*
> *Et sachons nous en servir*[4].

Je crois que c'est dans *Robert le Diable*, ajouta-t-il.

— Je disais donc que, l'art étant une fonction solennelle, les écrivains doivent incessamment...

— Pardon, Monsieur, interrompit Colline qui entendait sonner une heure avancée, il va être demain matin, et je crains de rendre inquiète une personne qui m'est chère ; d'ailleurs, murmura-t-il à lui-même, je lui avais promis de rentrer... c'est son jour !

— En effet, il est tard, dit Carolus ; retirons-nous.

— Vous logez loin ? demanda Colline.

— Rue Royale-Saint-Honoré, nº 10...

Colline avait eu autrefois occasion d'aller dans cette maison, et se ressouvint que c'était un magnifique hôtel.

— Je parlerai de vous à ces messieurs, dit-il à Carolus en le quittant, et soyez sûr que j'userai de toute mon influence pour qu'ils vous soient favorables... Ah ! permettez-moi de vous donner un conseil.

— Parlez, dit Carolus.

— Soyez aimable et galant avec mesdemoiselles Mimi, Musette et Phémie ; ces dames exercent une autorité sur mes amis, et, en sachant les mettre sous la pression de leurs maîtresses, vous arriveriez plus facilement à obtenir ce que vous voulez de Marcel, Schaunard et Rodolphe.

— Je tâcherai, dit Carolus.

Le lendemain, Colline tomba au milieu du phalanstère bohème : c'était l'heure du déjeuner, et le déjeuner était arrivé avec l'heure. Les trois ménages étaient à table et se livraient à une orgie d'artichauts à la poivrade.

— Fichtre ! dit Colline, on fait bonne chère ici, ça ne pourra pas durer. Je viens, dit-il ensuite, comme ambassadeur du mortel généreux que nous avons rencontré hier soir au café.

— Enverrait-il déjà redemander l'argent qu'il a avancé pour nous ? demanda Marcel.

— Oh ! fit mademoiselle Mimi, je n'aurais pas cru ça de lui, il a l'air si comme il faut !

— Il ne s'agit pas de ça, répondit Colline ; ce jeune

homme désire être des nôtres, il veut prendre des actions dans notre société, et avoir une part dans les bénéfices, bien entendu.

Les trois bohèmes levèrent la tête et s'entre-regardèrent.

— Voilà, termina Colline ; maintenant la discussion est ouverte.

— Quelle est la position sociale de ton protégé ? demanda Rodolphe.

— Ce n'est pas mon protégé, répliqua Colline : hier soir, en vous quittant, vous m'aviez prié de le suivre ; de son côté, il m'a invité à l'accompagner, ça se trouvait parfaitement bien. Je l'ai donc suivi ; il m'a abreuvé une partie de la nuit d'attentions et de liqueurs fines, mais j'ai néanmoins gardé mon indépendance.

— Très bien, dit Schaunard.

— Esquisse-nous quelques-uns des traits principaux de son caractère, fit Marcel.

— Grandeur d'âme, mœurs austères, a peur d'entrer chez les marchands de vin, bachelier ès lettres, hostie de candeur, joue de la contre-basse, nature qui change quelquefois cinq francs.

— Très bien, dit Schaunard.

— Quelles sont ses espérances ?

— Je vous l'ai déjà dit, son ambition n'a pas de bornes ; il aspire à nous tutoyer.

— C'est-à-dire qu'il veut nous exploiter, répliqua Marcel. Il veut être vu montant dans nos carrosses.

— Quel est son art ? demanda Rodolphe.

— Oui, continua Marcel, de quoi joue-t-il ?

— Son art ? dit Colline, de quoi il joue ? Littérature et philosophie mêlées [5].

— Quelles sont ses connaissances philosophiques ?

— Il pratique une philosophie départementale. Il appelle l'art un sacerdoce.

— Il dit sacerdoce ! fit Rodolphe avec épouvante.

— Il le dit.

— Et en littérature quelle est sa voie ?

— Il fréquente TÉLÉMAQUE.

— Très bien, dit Schaunard en mâchant le foin des artichauts.

— Comment ! très bien, imbécile ? interrompit Marcel ; ne t'avise pas de répéter cela dans la rue.

Schaunard, contrarié de cette réprimande, donna par-dessous la table un coup de pied à Phémie, qu'il venait de surprendre faisant une invasion dans sa sauce.

— Encore une fois, dit Rodolphe, quelle est sa condition dans le monde ? de quoi vit-il ? son nom ? sa demeure ?

— Sa condition est honorable, il est professeur de toutes sortes de choses au sein d'une riche famille. Il s'appelle Carolus Barbemuche, mange ses revenus dans des habitudes de luxe et loge rue Royale, dans un hôtel.

— Un hôtel garni ?

— Non, il y a des meubles.

— Je demande la parole, dit Marcel. Il est évident pour moi que Colline est corrompu ; il a vendu d'avance son vote pour une somme quelconque de petits verres. N'interromps pas, fit Marcel, en voyant le philosophe se lever pour protester, tu répondras tout à l'heure. Colline, âme vénale, vous a présenté cet étranger sous un aspect trop favorable pour qu'il soit l'image de la vérité. Je vous l'ai dit, j'entrevois les desseins de cet étranger. Il veut spéculer sur nous. Il s'est dit : Voilà des gaillards qui font leur chemin ; faut me fourrer dans leur poche, j'arriverai avec eux au débarcadère de la renommée.

— Très bien, dit Schaunard ; est-ce qu'il n'y a plus de sauce ?

— Non, répondit Rodolphe, l'édition est épuisée.

— D'un autre côté, continua Marcel, ce mortel insidieux que patronne Colline n'aspire peut-être à l'honneur de notre intimité qu'avec de coupables pensées. Nous ne sommes pas seuls ici, Messieurs, continua l'orateur en jetant sur les femmes un regard éloquent ; et le protégé de Colline, en s'introduisant à notre foyer sous le manteau de la littérature, pourrait bien n'être qu'un séducteur félon. Réfléchissez ! Pour moi, je vote contre l'admission.

— Je demande la parole pour une rectification seulement, dit Rodolphe. Dans son improvisation remarquable, Marcel a dit que le nommé Carolus voulait, dans le but de nous déshonorer, s'introduire chez nous sous le MANTEAU DE LA LITTÉRATURE.

— C'était une figure parlementaire[6], fit Marcel.

— Je blâmais cette figure ; elle est mauvaise. La littérature n'a pas de manteau.

— Puisque je fais ici les fonctions de rapporteur, dit Colline en se levant, je soutiendrai les conclusions de mon rapport. La jalousie qui le dévore égare les sens de notre ami Marcel, le grand artiste est insensé...

— A l'ordre ! hurla Marcel.

— ... Insensé, au point que lui, si bon dessinateur, vient d'introduire dans son discours une figure dont le spirituel orateur qui m'a succédé à cette tribune a relevé les incorrections.

— Colline est un idiot, s'écria Marcel en donnant sur la table un violent coup de poing qui détermina une profonde sensation parmi les assiettes, Colline n'entend rien en matière de sentiment, il est incompétent dans la question, il a un vieux bouquin à la place du cœur. (Rires prolongés chez Schaunard.)

Pendant tout ce tumulte, Colline secouait gravement les torrents d'éloquence contenus aux plis de sa

cravate blanche. Quand le silence fut rétabli, il continua ainsi son discours.

— Messieurs, je vais d'un seul mot faire évanouir
dans vos esprits les craintes chimériques que les
soupçons de Marcel auraient pu y faire naître à
l'endroit de Carolus.

— Essaye un peu de faire évanouir, dit Marcel en
raillant.

— Ce ne sera pas plus difficile que ça, répondit
Colline, en éteignant d'un souffle l'allumette avec
laquelle il venait d'allumer sa pipe.

— Parlez ! Parlez ! crièrent en masse Rodolphe,
Schaunard et les femmes, pour qui le débat offrait un
grand intérêt.

— Messieurs, dit Colline, bien que j'aie été personnellement et violemment attaqué dans cette enceinte,
bien qu'on m'ait accusé d'avoir vendu l'influence que
je puis exercer parmi vous pour des spiritueux, fort de
ma conscience, je ne répondrai pas aux attaques qu'on
fait à ma probité, à ma loyauté, à ma moralité.
(Émotion.) Mais, il est une chose que je veux faire
respecter, moi. (L'orateur se donne deux coups de
poing sur le ventre.) C'est ma prudence bien connue de
vous qu'on a voulu mettre en doute. On m'accuse de
vouloir faire pénétrer parmi vous un mortel ayant le
dessein d'être hostile à votre bonheur... sentimental.
Cette supposition est une insulte à la vertu de ces
dames, et, de plus, une insulte à leur bon goût. Carolus
Barbemuche est fort laid. (Dénégation visible sur le
visage de Phémie, teinturière, rumeur sous la table.
C'est Schaunard qui corrige à coups de pied la franchise compromettante de sa jeune amie.)

— Mais, continua Colline, ce qui va réduire en
poudre le misérable argument dont mon adversaire se
fait une arme contre Carolus en exploitant vos terreurs, c'est que ledit Carolus est philosophe PLATONI-

CIEN. (Sensation au banc des hommes, tumulte au banc des femmes.)

— Platonicien, qu'est-ce que ça veut dire? demanda Phémie.

— C'est la maladie des hommes qui n'osent pas embrasser les femmes, dit Mimi, j'ai eu un amant comme ça, je l'ai gardé deux heures.

— Des bêtises, quoi! fit mademoiselle Musette.

— Tu as raison, ma chère, lui dit Marcel, le platonisme en amour, c'est de l'eau dans le vin, vois-tu? Buvons notre vin pur.

— Et vive la jeunesse! ajouta Musette.

La déclaration de Colline avait déterminé une réaction favorable envers Carolus. Le philosophe voulut profiter du bon mouvement opéré par son éloquente et adroite inculpation.

— Maintenant, continua-t-il, je ne vois pas quelles seraient justement les préventions qu'on pourrait élever contre ce jeune mortel, qui, après tout, nous a rendu service. Quant à moi qu'on accuse d'avoir agi à l'étourdie en voulant l'introduire parmi nous, je considère cette opinion comme attentatoire à ma dignité. J'ai agi dans cette affaire avec la prudence du serpent; et si un vote motivé ne me conserve pas cette prudence, j'offre ma démission.

— Voudrais-tu poser la question de cabinet? dit Marcel.

— Je la pose, répondit Colline.

Les trois bohèmes se consultèrent, et d'un commun accord on s'entendit pour restituer au philosophe le caractère de haute prudence qu'il réclamait. Colline laissa ensuite la parole à Marcel, lequel, revenu un peu de ses préventions, déclara qu'il voterait peut-être pour les conclusions du rapporteur. Mais avant de passer au vote définitif

qui ouvrirait à Carolus l'intimité de la Bohème, Marcel
fit mettre aux voix cet amendement :

« Comme l'introduction d'un nouveau membre dans
le cénacle était chose grave, qu'un étranger pouvait y
apporter des éléments de discorde, en ignorant les
mœurs, les caractères et les opinions de ses camarades,
chacun des membres passerait une journée avec ledit
Carolus, et se livrerait à une enquête sur sa vie, ses
goûts, sa capacité littéraire et sa garde-robe. Les
bohémiens se communiqueraient ensuite leurs impres-
sions particulières, et l'on statuerait après sur le refus
ou l'admission : en outre, avant cette admission, Carolus devrait subir un noviciat d'un mois, c'est à dire
qu'il n'aurait pas avant cette époque le droit de les
tutoyer et de leur donner le bras dans la rue. Le jour de
la réception arrivé, une fête splendide serait donnée
aux frais du récipiendaire. Le budget de ces réjouissances ne pourrait pas s'élever à moins de douze
francs. »

Cet amendement fut adopté à la majorité de trois
voix contre une, celle de Colline, qui trouvait qu'on ne
s'en rapportait pas assez à lui, et que cet amendement
attentait de nouveau à sa prudence.

Le soir même, Colline alla exprès de très bonne
heure au café, afin d'être le premier à voir Carolus.

Il ne l'attendit pas longtemps. Carolus arriva bientôt, portant à la main trois énormes bouquets de roses.

— Tiens ! dit Colline avec étonnement, que comptez-
vous faire de ce jardin ?

— Je me suis souvenu de ce que vous m'avez dit
hier, vos amis viendront sans doute avec leurs dames,
et c'est à leur intention que j'apporte ces fleurs ; elles
sont fort belles.

— En effet, il y en a au moins pour quinze sous.

— Y pensez-vous ? reprit Carolus : au mois de
décembre, si vous disiez quinze francs.

— Ah ! ciel ! s'écria Colline, un trio d'écus pour ces simples dons de Flore, quelle folie ! Vous êtes donc parent des Cordillères ? Eh bien, mon cher Monsieur, voilà quinze francs que nous allons être forcés d'effeuiller par la fenêtre.

— Comment ! que voulez-vous dire ?

Colline raconta alors les soupçons jaloux que Marcel avait fait concevoir à ses amis, et instruisit Carolus de la violente discussion qui avait eu lieu entre les bohèmes à propos de son introduction dans le cénacle. J'ai protesté que vos intentions étaient immaculées, ajouta Caroline, mais l'opposition n'a pas été moins vive. Gardez-vous donc de renouveler les soupçons jaloux qu'on a pu concevoir sur vous en étant trop galant avec ces dames, et, pour commencer, faisons disparaître ces bouquets.

Et Colline prit les roses et les cacha dans une armoire qui servait de débarras.

— Mais ce n'est pas tout, reprit-il : ces messieurs désirent avant de se lier intimement avec vous, se livrer, chacun en particulier à une enquête sur votre caractère, vos goûts, etc. Puis, pour que Barbemuche ne heurtât pas trop ses amis, Colline lui traça rapidement un portrait moral de chacun des bohèmes. Tâchez de vous trouver d'accord avec eux séparément, ajouta le philosophe, et à la fin ils seront tous pour vous.

Carolus consentit à tout.

Les trois amis arrivèrent bientôt, accompagnés de leurs épouses.

Rodolphe se montra poli avec Carolus, Schaunard fut familier, Marcel resta froid. Pour Carolus, il s'efforça d'être gai et affectueux avec les hommes, en étant très indifférent avec les femmes.

En se quittant le soir, Barbemuche invita Rodolphe à dîner pour le lendemain. Seulement, il le pria de venir chez lui à midi.

Le poète accepta.

— Bon, se dit-il à lui-même, c'est moi qui commen-cerai l'enquête.

Le lendemain, à l'heure convenue, Rodolphe se rendit chez Carolus. Barbemuche logeait en effet dans un fort bel hôtel de la rue Royale, et y occupait une chambre où régnait un certain confortable. Seulement, Rodolphe parut étonné de voir, bien qu'on fût en plein jour, les volets fermés, les rideaux tirés et deux bougies allumées sur une table. Il en demanda des explications à Barbemuche.

— L'étude est fille du mystère et du silence, répon-dit celui-ci. On s'assit et on causa. Au bout d'une heure de conversation, Carolus, avec une patience et une adresse oratoire infinies, sut amener une phrase qui, malgré sa forme humble, n'était rien moins qu'une sommation faite à Rodolphe d'avoir à écouter un petit opuscule qui était le fruit des veilles dudit Carolus.

Rodolphe comprit qu'il était pris. Curieux, en outre, de voir la couleur du style de Barbemuche, il s'inclina poliment, en assurant qu'il était enchanté de ce que...

Carolus n'attendit pas le reste de la phrase. Il courut mettre le verrou à la porte de la chambre, la ferma à clef en dedans, et revint près de Rodolphe. Il prit ensuite un petit cahier dont le format étroit et le peu d'épaisseur amenèrent un sourire de satisfaction sur la figure du poète.

— C'est là le manuscrit de votre ouvrage ? demanda-t-il.

— Non, répondit Carolus, c'est le catalogue de mes manuscrits, et je cherche le numéro de celui que vous me permettez de vous lire... Voilà : *Don Lopez, ou la Fatalité*, n° 14. C'est sur le troisième rayon, dit Carolus, et il alla ouvrir une petite armoire dans laquelle Rodolphe aperçut avec épouvante une grande quantité de manuscrits. Carolus en prit un, ferma l'armoire et vint s'asseoir à côté du poète.

Rodolphe jeta un coup d'œil sur l'un des quatre cahiers dont se composait l'ouvrage, écrit sur un papier format du Champ-de-Mars.

— Allons, se dit-il, ce n'est pas en vers... mais ça s'appelle DON LOPEZ !

Carolus prit le premier cahier et commença ainsi sa lecture :

« Par une froide nuit d'hiver, deux cavaliers, enveloppés dans les plis de leurs manteaux et montés sur des mules indolentes, cheminaient côte à côte sur l'une des routes qui traversent la solitude affreuse des déserts de la Sierra Morena[7]... »

— Où suis-je ? pensa Rodolphe atterré par ce début. Carolus continua ainsi la lecture du premier chapitre, écrit tout dans ce style.

Rodolphe écoutait vaguement et songeait à trouver un moyen de s'évader.

— Il y a bien la fenêtre, se disait-il en lui-même ; mais, outre qu'elle est fermée, nous sommes au quatrième. Ah ! je comprends maintenant toutes ces précautions.

— Que dites-vous de mon premier chapitre ? demanda Carolus ; je vous en supplie, ne me ménagez pas les critiques.

Rodolphe crut se rappeler qu'il avait entendu des lambeaux de philosophie déclamatoire sur le suicide, proférés par le nommé Lopez, héros du roman, et il répondit à tout hasard :

— La grande figure de don Lopez est étudiée avec conscience ; ça rappelle la *Profession de foi du vicaire savoyard* ; la description de la mule de don Alvar me plaît infiniment ; on dirait une ébauche de Géricault. Le paysage offre de belles lignes ; quant aux idées, c'est de la graine de J.-J. Rousseau semée dans le terrain de Lesage. Seulement, permettez-moi une observation. Vous mettez trop de virgules, et vous abusez du mot *dorénavant* ; c'est un joli mot qui fait bien de temps en temps, ça donne de la couleur, mais il ne faut pas en abuser.

Carolus prit son second cahier et relut encore une fois le titre de D. LOPEZ OU LA FATALITÉ.

— J'ai connu un don Lopez jadis, dit Rodolphe ; il vendait des cigarettes et du chocolat de Bayonne, c'était peut-être un parent du vôtre... Continuez...

A la fin du second chapitre, le poète interrompit Carolus.

— Est-ce que vous ne vous sentez pas un peu de mal à la gorge ? lui demanda-t-il.

— Aucunement, répondit Carolus ; vous allez savoir l'histoire d'Inésille.

— J'en suis très curieux... Cependant, si vous étiez fatigué, dit le poète, il ne faudrait pas...

— CHAPITRE III ! dit Carolus d'une voix claire.

Rodolphe examina attentivement Carolus, et s'aperçut qu'il avait le cou très court et le teint sanguin. J'ai encore un espoir, pensa le poète après qu'il eut fait cette découverte. C'est l'apoplexie.

— Nous allons passer au Chapitre IV. Vous aurez l'obligeance de me dire ce que vous pensez de la scène d'amour.

Et Carolus reprit sa lecture.

Dans un moment où il regardait Rodolphe pour lire sur sa figure l'effet que produisait son dialogue, Carolus aperçut le poète qui, incliné sur sa chaise, tendait la tête dans l'attitude d'un homme qui écoute des sons lointains.

— Qu'avez-vous ? lui demanda-t-il.

— Chut ! dit Rodolphe : n'entendez-vous pas ? Il me semble qu'on crie au feu ! Si nous allions voir ?

Carolus écouta un instant, mais n'entendit rien.

— L'oreille m'aura tinté, fit Rodolphe, continuez ; don Alvar m'intéresse prodigieusement ; c'est un noble jeune homme.

Carolus continua à lire et mit toute la musique de son organe sur cette phrase du jeune don Alvar.

« O Inésille, qui que vous soyez, ange ou démon, et quelle que soit votre patrie, ma vie est à vous, et je vous suivrai fût-ce au ciel, fût-ce en enfer. »

En ce moment on frappa à la porte, et une voix appela Carolus du dehors.

C'est mon portier, dit-il en allant entrebâiller sa porte.

C'était en effet le portier ; il apportait une lettre ; Carolus l'ouvrit avec précipitation. Fâcheux contre-temps, dit-il ; nous sommes obligés de remettre la lecture à une autre fois ; je reçois une nouvelle qui me force à sortir sans retard.

— Oh ! pensa Rodolphe, voilà une lettre qui tombe du ciel ; je reconnais le cachet de la Providence.

— Si vous voulez, reprit Carolus, nous ferons ensemble la course à laquelle m'oblige ce message, après quoi nous irons dîner.

— Je suis à vos ordres, dit Rodolphe.

Le soir, quand il revint dans le cénacle, le poète fut interrogé par ses amis à propos de Barbemuche.

— Es-tu content de lui ? T'a-t-il bien traité ? demandèrent Marcel et Schaunard.

— Oui, mais ça m'a coûté cher, dit Rodolphe.

— Comment ? Est-ce que Carolus t'aurait fait payer ? demanda Schaunard avec une indignation croissante.

— Il m'a lu un roman dans l'intérieur duquel on se nomme don Lopez et don Alvar, et où les jeunes premiers appellent leur maîtresse *Ange ou Démon*.

— Quelle horreur ! dirent tous les bohèmes en chœur.

— Mais autrement, fit Colline, littérature à part, quel est ton avis sur Carolus ?

— C'est un bon jeune homme. Au reste, vous pourrez

faire personnellement vos observations : Carolus compte nous traiter tous les uns après les autres. Schaunard est invité à déjeuner pour demain. Seulement, ajouta Rodolphe, quand vous irez chez Barbemuche, méfiez-vous de l'armoire aux manuscrits, c'est un meuble dangereux.

Schaunard fut exact au rendez-vous, et se livra à une enquête de commissaire-priseur et d'huissier opérant une saisie. Aussi revint-il le soir l'esprit rempli de notes ; il avait étudié Carolus sous le point de vue des choses mobilières.

— Eh bien, lui demanda-t-on, quel est ton avis ?

— Mais, reprit Schaunard, ce Barbemuche est pétri de bonnes qualités ; il sait les noms de tous les vins, et m'a fait manger des choses délicates, comme on n'en fait pas chez ma tante le jour de sa fête. Il me paraît lié assez intimement avec des tailleurs de la rue Vivienne et des bottiers des Panoramas. J'ai remarqué, en outre, qu'il était à peu près de notre taille à tous, ce qui fait qu'au besoin nous pourrions lui prêter nos habits. Ses mœurs sont moins sévères que Colline voulait bien le dire ; il s'est laissé mener partout où j'ai voulu le conduire, et m'a payé un déjeuner en deux actes, dont le second s'est passé dans un cabaret de la halle, où je suis connu pour y avoir fait des orgies diverses dans le carnaval. Carolus est entré là-dedans comme un homme naturel. Voilà ! Marcel est invité pour demain.

Carolus savait que Marcel était, parmi les bohèmes, celui qui faisait le plus obstacle à sa réception dans le cénacle : aussi il le traita avec une recherche particulière ; mais où il se rendit surtout l'artiste favorable, ce fut en lui donnant l'espérance qu'il lui procurerait des portraits dans la famille de son élève.

Quand ce fut au tour de Marcel de faire son rapport, ses amis n'y trouvèrent plus cette hostilité de parti pris qu'il avait montrée d'abord contre Carolus.

Le quatrième jour, Colline informa Barbemuche qu'il était admis.

— Quoi ! je suis reçu, dit Carolus au comble de la joie.

— Oui, répondit Colline, mais à corrections [8].

— Qu'entendez-vous par là ?

— Je veux dire que vous avez encore un tas de petites habitudes vulgaires dont il faudra vous corriger.

— Je ferai en sorte de vous imiter, répondit Carolus.

Pendant tout le temps que dura son noviciat, le philosophe platonicien fréquenta assidûment les bohèmes ; et, mis à même d'étudier plus profondément les mœurs, il n'était pas sans éprouver quelquefois de grands étonnements.

Un matin, Colline entra chez Barbemuche le visage radieux.

— Eh bien, mon cher, lui dit-il, vous êtes définitivement des nôtres, c'est fini. Reste maintenant à fixer le jour de la grande fête et l'endroit où elle aura lieu ; je viens m'entendre avec vous.

— Mais ça se trouve parfaitement, répondit Carolus : les parents de mon élève sont en ce moment à la campagne ; le jeune vicomte, dont je suis le mentor, me prêtera pour une soirée les appartements : comme ça, nous serons plus à notre aise ; seulement, il faudra inviter le jeune vicomte.

— Ce serait assez délicat, répondit Colline ; nous lui ouvrirons les horizons littéraires ; mais croyez-vous qu'il consente ?

— J'en suis sûr d'avance.

— Alors il ne reste plus qu'à fixer le jour.

— Nous arrangerons cela ce soir au café, dit Barbemuche.

Carolus alla ensuite retrouver son élève et lui annonça qu'il venait d'être reçu membre d'une haute société littéraire et artistique, et que, pour célébrer sa réception, il comptait donner un dîner suivi d'une petite fête ; il lui proposait donc de faire partie des convives :

— Et comme vous ne pouvez pas rentrer tard, et que la fête se prolongera dans la nuit, pour notre commodité, ajouta Carolus, nous donnerons ce petit gala ici, dans les appartements. François, votre domestique, est discret, vos parents ne sauront rien, et vous aurez fait connaissance avec les gens les plus spirituels de Paris, des artistes, des auteurs.

— Imprimés ? dit le jeune homme.

— Imprimés, certainement ; l'un d'eux est rédacteur en chef de *l'Écharpe d'Iris* que reçoit madame votre mère ; ce sont des gens très distingués, presque célèbres ; je suis leur ami intime ; ils ont de charmantes femmes.

— Il y aura des femmes ? dit le vicomte Paul.

— Ravissantes, reprit Carolus.

— Ô mon cher maître, je vous remercie ; certainement, nous donnerons la fête ici ; on allumera tous les lustres et je ferai ôter les housses des meubles.

Le soir, au café, Barbemuche annonça que la fête aurait lieu le samedi suivant.

Les bohèmes invitèrent leurs maîtresses à songer à leur toilette.

— N'oubliez pas, leur dirent-ils, que nous allons dans des vrais salons. Ainsi donc, préparez-vous ; toilette simple, mais riche.

A compter de ce jour, toute la rue fut instruite que mesdemoiselles Mimi, Phémie et Musette allaient dans le monde.

Le matin de la solennité, voici ce qui arriva. Colline, Schaunard, Marcel et Rodolphe se rendirent en chœur chez Barbemuche, qui parut étonné de les voir si matinalement.

— Serait-il arrivé quelque accident qui oblige la fête à être remise ? demanda-t-il avec une certaine inquiétude.

— Oui et non, répondit Colline. Seulement, voici ce qui arrive. Entre nous, nous ne faisons jamais de cérémonie ; mais quand nous devons nous trouver avec des étrangers, nous voulons garder un certain décorum.

— Eh bien ? fit Barbemuche.

— Eh bien, continua Colline, comme nous devons nous rencontrer ce soir avec le jeune gentilhomme qui nous ouvre ses salons, par respect pour lui et par respect pour nous, que notre tenue quasi négligée pourrait compromettre, nous venons simplement vous demander si vous ne pourriez pas, pour ce soir, nous prêter quelques hardes d'une coupe avantageuse. Il nous est presque impossible, vous devez le comprendre, d'entrer en vareuse et en paletot sous les lambris somptueux de cette résidence.

— Mais, dit Carolus, je n'ai pas quatre habits noirs.

— Ah ! dit Colline, nous nous arrangerons de ce que vous aurez.

— Voyez donc, fit Carolus en leur ouvrant une garde-robe assez bien fournie.

— Mais vous avez là un arsenal complet d'élégances.

— Trois chapeaux ! dit Schaunard avec extase ; peut-on avoir trois chapeaux quand on n'a qu'une tête ?

— Et les bottes, dit Rodolphe, voyez donc !

— Il y en a des bottes ! hurla Colline.

En un clin d'œil ils avaient choisi chacun un équipement complet.

— A ce soir, dirent-ils en quittant Barbemuche ; ces dames se proposent d'être éblouissantes.

— Mais, dit Barbemuche en jetant un coup d'œil sur

les porte-manteaux complètement dégarnis, vous ne me laissez rien, à moi. Comment vous recevrai-je ?

— Ah ! vous, c'est différent, dit Rodolphe, vous êtes le maître de la maison ; vous pouvez laisser l'étiquette de côté.

— Cependant, dit Carolus, il ne reste plus qu'une robe de chambre, un pantalon à pied, un gilet de flanelle et des pantoufles ; vous avez tout pris.

— Qu'importe ? nous vous excusons d'avance, répondirent les bohémiens.

A six heures, un fort beau dîner était servi dans la salle à manger. Les bohémiens arrivèrent. Marcel boitait un peu et était de mauvaise humeur. Le jeune vicomte Paul se précipita au-devant des dames et les conduisit aux meilleures places. Mimi avait une toilette de haute fantaisie. Musette était mise avec un goût plein de provocation. Phémie ressemblait à une fenêtre garnie de verres de couleur, elle n'osait pas se mettre à table. Le dîner dura deux heures et demie et fut d'une gaieté ravissante.

Le jeune vicomte Paul marchait avec fureur sur le pied de Mimi qui était sa voisine, et Phémie redemandait quelque chose à chaque service. Schaunard était dans les pampres. Rodolphe improvisait des sonnets et cassait des verres en marquant le rythme. Colline causait avec Marcel, qui était toujours maussade.

— Qu'as-tu ? lui disait-il.

— Je souffre horriblement des pieds et ça me gêne. Ce Carolus a un pied de petite-maîtresse.

— Mais, dit Colline, il suffira de lui faire comprendre que ça ne peut pas durer comme ça, et qu'à l'avenir il ait à faire faire sa chaussure quelques points plus large ; sois tranquille, j'arrangerai cela. Mais passons au salon, où les liqueurs des îles nous appellent.

La fête recommença avec plus d'éclat. Schaunard se

mit au piano et exécuta, avec une verve prodigieuse, sa nouvelle symphonie : LA MORT DE LA JEUNE FILLE. Le beau morceau de la marche du CRÉANCIER obtint les honneurs du *ter*[9]. Il y eut deux cordes brisées au piano.

Marcel était toujours morose, et comme Carolus venait s'en plaindre à lui, l'artiste lui répondit :

— Mon cher Monsieur, nous ne serons jamais amis intimes, et voici pourquoi. Les dissemblances physiques sont presque toujours l'indice certain d'une dissemblance morale, la philosophie et la médecine sont d'accord là-dessus.

— Eh bien ? fit Carolus.

— Eh bien, dit Marcel en montrant ses pieds, votre chaussure, infiniment trop étroite pour moi, m'indique que nous n'avons pas le même caractère ; du reste, votre petite fête était charmante.

A une heure du matin, les bohémiens se retirèrent et rentrèrent chez eux en faisant de longs détours. Barbemuche fut malade et tint des discours insensés à son élève qui, de son côté, rêvait aux yeux bleus de mademoiselle Mimi.

XIII

LA CRÉMAILLÈRE

Ceci se passait quelque temps après la mise en ménage du poète Rodolphe avec la jeune mademoiselle Mimi ; et depuis environ huit jours tout le cénacle bohémien était fort en peine à cause de la disparition de Rodolphe, qui était subitement devenu impondérable. On l'avait cherché dans tous les endroits où il avait habitude d'aller, et partout on avait reçu la même réponse :

— Nous ne l'avons pas vu depuis huit jours.

Gustave Colline, surtout, était dans une grande inquiétude, et voici à quel propos. Quelques jours auparavant, il avait confié à Rodolphe un article de haute philosophie que celui-ci devait insérer dans les colonnes *Variétés* du journal *le Castor*, revue de la chapellerie élégante dont il était rédacteur en chef. L'article philosophique était-il paru aux yeux de l'Europe étonnée ? Telle était la question que se posait le malheureux Colline ; et on comprendra cette anxiété quand on saura que le philosophe n'avait pas encore eu les honneurs de la typographie, et qu'il brûlait du désir de voir quel effet produirait sa prose imprimée en caractère *cicéro*. Pour se procurer cette satisfaction d'amour-propre, il avait déjà dépensé six francs en séance de lecture dans tous les salons littéraires de Paris, sans y rencontrer *le Castor*. N'y pouvant plus tenir, Colline se jura à lui-même qu'il ne prendrait pas une minute de repos avant d'avoir mis la main sur l'introuvable rédacteur de cette feuille.

Aidé par des hasards qu'il serait trop long de faire connaître, le philosophe s'était tenu parole. Deux jours après, il connaissait bien le domicile de Rodolphe, et se présentait chez lui à six heures du matin.

Rodolphe habitait alors un hôtel garni d'une rue déserte située dans le faubourg Saint-Germain[1], et il logeait au cinquième parce qu'il n'y avait point de sixième. Lorsque Colline arriva à la porte, il ne trouva point la clef dessus. Il frappa pendant dix minutes sans qu'on lui répondît de l'intérieur ; le vacarme matinal attira même le portier qui vint prier Colline de se taire.

— Vous voyez bien que ce monsieur dort, dit-il.

— C'est pour cela que je veux le réveiller, répondit Colline en frappant de nouveau.

— Il ne veut pas vous répondre, alors, reprit le concierge en déposant à la porte de Rodolphe une paire de bottes vernies et une paire de bottines de femme qu'il venait de cirer.

— Attendez donc un peu, fit Colline en examinant la chaussure mâle et femelle, des bottes vernies toutes neuves ! Je me serai trompé de porte, ce n'est pas ici que j'ai affaire.

— Au fait, dit le portier, après qui demandez-vous ?

— Des bottines de femme ! continua Colline en se parlant à lui-même et en songeant aux mœurs austères de son ami ; oui, décidément je me suis trompé. Ce n'est pas ici la chambre de Rodolphe.

— Faites excuse, Monsieur, c'est ici.

— Eh bien, alors, c'est donc vous qui vous trompez, mon brave homme ?

— Que voulez-vous dire ?

— Certainement que vous faites erreur, ajouta Colline en indiquant les bottes vernies. Qu'est-ce que c'est que ça ?

— Ce sont les bottes de M. Rodolphe ; qu'est-ce qu'il y a d'étonnant ?

— Et ceci, reprit Colline en montrant les bottines, est-ce aussi à M. Rodolphe ?

— C'est à sa dame, dit le portier.

— A sa dame ! exclama Colline stupéfait ! Ah ! le voluptueux ! voilà pourquoi il ne veut pas ouvrir.

— Dame ! dit le portier, il est libre, ce jeune homme ; si Monsieur veut me dire son nom, j'en ferai part à M. Rodolphe.

— Non, dit Colline, maintenant que je sais où le trouver, je reviendrai ; et il alla sur-le-champ annoncer les grandes nouvelles aux amis.

Les bottes vernies de Rodolphe furent généralement traitées de fables dues à la richesse d'imagina-

tion de Colline, et on déclara à l'unanimité que sa
maîtresse était un paradoxe.

Ce paradoxe était pourtant une vérité ; car, le soir
même, Marcel reçut une lettre collective pour tous les
amis. Cette lettre était ainsi conçue :

« Monsieur et madame Rodolphe, hommes de lettres, vous prient de leur faire l'honneur de venir dîner
chez eux demain soir, à cinq heures précises.

N.B. Il y aura des assiettes. »

— Messieurs, dit Marcel en allant communiquer la
lettre à ses camarades, la nouvelle se confirme ;
Rodolphe a vraiment une maîtresse ; de plus il nous
invite à dîner, et, continua Marcel, le post-scriptum
promet de la vaisselle. Je ne vous cache pas que ce
paragraphe me paraît une exagération lyrique ; cependant il faudra voir.

Le lendemain, à l'heure indiquée, Marcel, Gustave
Colline et Alexandre Schaunard, affamés comme le
dernier jour du carême, se rendirent chez Rodolphe,
qu'ils trouvèrent en train de jouer avec un chat
écarlate, tandis qu'une jeune femme disposait le couvert.

— Messieurs, dit Rodolphe en serrant la main à ses
amis et en leur désignant la jeune femme, permettez-
moi de vous présenter la maîtresse de céans.

— C'est toi qui es céans, n'est-ce pas ? dit Colline,
qui avait la lèpre de ce genre de bons mots.

— Mimi, répondit Rodolphe, je te présente mes
meilleurs amis, et maintenant va tremper la soupe.

— Oh ! Madame, fit Alexandre Schaunard en se
précipitant vers Mimi, vous êtes fraîche comme une
fleur sauvage.

Après s'être convaincu qu'il y avait en réalité des
assiettes sur la table, Schaunard s'informa de ce qu'on

allait manger. Il poussa même la curiosité jusqu'à soulever le couvercle des casseroles où cuisait le dîner. La présence d'un homard lui causa une vive impression.

Quant à Colline, il avait tiré Rodolphe à part pour lui demander des nouvelles de son article philosophique.

— Mon cher, il est à l'imprimerie. *Le Castor* paraît jeudi prochain.

Nous renonçons à peindre la joie du philosophe.

— Messieurs, dit Rodolphe à ses amis, je vous demande pardon si je suis resté si longtemps sans vous donner de mes nouvelles, mais j'étais dans ma lune de miel. Et il raconta l'histoire de son mariage avec cette charmante créature qui lui avait apporté en dot ses dix-huit ans et six mois, deux tasses en porcelaine et un chat rouge qui s'appelait Mimi comme elle.

— Allons, Messieurs, dit Rodolphe, nous allons pendre la crémaillère de mon ménage. Je vous préviens, au reste, que nous allons faire un repas de bourgeois : les truffes seront remplacées par la plus franche cordialité.

En effet, cette aimable déesse ne cessa point de régner parmi les convives, qui trouvaient cependant que ce repas, soi-disant frugal, ne manquait pas d'une certaine tournure. Rodolphe, en effet, s'était mis en frais. Colline faisait remarquer qu'on changeait d'assiettes, et déclara à haute voix que mademoiselle Mimi était digne de l'écharpe azurée dont on décore les impératrices du fourneau, phrase qui était complètement *sanscrite* pour la jeune fille, et que Rodolphe traduisait en lui disant : « Qu'elle ferait un excellent cordon bleu. »

L'entrée en scène du homard causa une admiration générale. Sous le prétexte qu'il avait étudié l'histoire naturelle, Schaunard demanda à le partager lui-même ; il profita même de la circonstance pour casser un couteau et pour s'adjuger la plus grosse part, ce qui excita l'indignation générale. Mais Schaunard n'avait point d'amour-propre, en matière de homard surtout; et comme il en restait encore une portion, il eut l'audace de la mettre de côté, disant qu'elle lui servirait de modèle pour un tableau de nature morte qu'il avait en train.

L'indulgente amitié eut l'air de croire à ce mensonge, fils d'une gourmandise immodérée.

Quant à Colline, il réservait ses sympathies pour le dessert, et s'obstina même cruellement à ne point échanger sa part de gâteau au rhum contre une entrée à l'orangerie de Versailles que lui proposait Schaunard.

En ce moment, la conversation commença à s'animer. Aux trois bouteilles de cachet rouge succédèrent trois bouteilles de cachet vert, au milieu desquelles on vit bientôt apparaître un flacon qu'à son goulot surmonté d'un casque argenté on reconnut pour faire partie du régiment de Royal-Champenois, un champagne de fantaisie récolté dans les vignobles de Saint-Ouen, et vendu à Paris deux francs la bouteille, pour cause de liquidation, à ce que prétendait le marchand.

Mais ce n'est pas le pays qui fait le vin, et nos bohèmes acceptèrent comme de l'aï authentique[2] la liqueur qu'on leur servit dans des verres *ad hoc*; et malgré le peu de vivacité que le bouchon mit à s'évader de sa prison, ils s'extasièrent sur l'excellence du crû en voyant la quantité de mousse. Schaunard employa ce qui lui restait de sang-froid à se tromper de verre et à prendre celui de Colline, lequel trempait gravement son biscuit dans le moutardier, en expliquant à mademoiselle Mimi l'article philosophique qui devait paraître dans le *Castor*; puis tout-à-coup il devint pâle et demanda la permission d'aller à la fenêtre pour voir le soleil couchant, bien qu'il fût dix heures du soir et que le soleil fût couché et endormi depuis longtemps.

— C'est bien malheureux que le champagne ne soit pas frappé, dit Schaunard en essayant encore de substituer son verre vide au verre plein de son voisin, tentative qui n'eut point de succès.

— Madame, disait à Mimi Colline, qui avait cessé de prendre l'air, on frappe le champagne avec la glace, la glace est formée par la condensation de l'eau, *aqua* en latin. L'eau gèle à deux degrés, et il y a quatre saisons, l'été, l'automne et l'hiver ; c'est ce qui a causé la retraite de Russie ; Rodolphe, donne-moi un hémistiche de champagne.

— Qu'est-ce qu'il dit donc, ton ami ? demanda Mimi, qui ne comprenait pas, à Rodolphe.

— C'est un mot, répondit celui-ci ; Colline veut dire un *demi-verre*.

Tout à coup Colline frappa brusquement sur l'épaule de Rodolphe, et lui dit d'une voix embarrassée qui semblait mettre des syllabes en pâte :

— C'est demain jeudi, n'est-ce pas ?

— Non, répondit Rodolphe, c'est demain dimanche.

— Non, jeudi.

— Non, encore une fois, c'est demain dimanche.

— Ah ! dimanche, fit Colline en dodelinant de la tête, plus souvent, c'est demain jeu...di...

Et il s'endormi en allant mouler sa figure dans le fromage à la crème qui était sur son assiette.

— Qu'est-ce qu'il chante donc avec son jeudi ? fit Marcel.

— Ah ! j'y suis maintenant, dit Rodolphe qui commençait à comprendre l'insistance du philosophe, tourmenté par son idée fixe ; c'est à cause de son article du *Castor*... Tenez, il en rêve tout haut.

— Bon ! dit Schaunard, il n'aura pas de café, n'est-ce pas, Madame ?

— A propos, dit Rodolphe, sers-nous donc le café, Mimi.

Celle-ci allait se lever, quand Colline, qui avait retrouvé un peu de sang-froid, la retint par la taille et lui dit confidentiellement à l'oreille :

— Madame, le café est originaire de l'Arabie, où il fut découvert par une chèvre. L'usage en passa en Europe. Voltaire en prenait soixante-douze tasses par jour. Moi, je l'aime sans sucre, mais je le prends très chaud.

— Dieu ! comme ce monsieur est savant ! pensait Mimi en apportant le café et les pipes.

Cependant l'heure s'avançait ; minuit avait sonné depuis longtemps, et Rodolphe essaya de faire comprendre à ses convives qu'il était temps de se retirer. Marcel, qui avait conservé toute sa raison, se leva pour partir.

Mais Schaunard s'aperçut qu'il y avait encore de l'eau-de-vie dans une bouteille, et déclara qu'il ne serait pas minuit tant qu'il resterait quelque chose dans le flacon. Pour Colline, il était à cheval sur sa chaise et murmurait à voix basse :

— Lundi, mardi, mercredi, jeudi.

— Ah çà ! disait Rodolphe très embarrassé, je ne peux pourtant pas les garder ici cette nuit ; autrefois, c'était bien ; mais maintenant c'est autre chose, ajouta-t-il en regardant Mimi, dont le regard, doucement allumé, semblait appeler la solitude à deux.

— Comment donc faire ? Conseille-moi donc un peu, toi, Marcel. Invente une ficelle pour les éloigner.

— Non, je n'inventerai pas, dit Marcel, mais j'imiterai.

— Je me rappelle une comédie où un valet intelligent trouve le moyen de mettre à la porte de chez son maître trois coquins ivres comme Silène.

— Je me souviens de ça, fit Rodolphe, c'est dans *Kean*[3]. En effet, la situation est la même.

— Eh bien, dit Marcel, nous allons voir si le théâtre est la nature. Attends un peu, nous commencerons par Schaunard. Eh ! Schaunard ! s'écria le peintre.

— Hein ? qu'est-ce qu'il y a ? répondait celui-ci, qui semblait nager dans le bleu d'une douce ivresse.

— Il y a qu'il n'y a plus rien à boire ici, et que nous avons tous soif.

— Ah ! oui, dit Schaunard, ces bouteilles, c'est si petit.

— Eh bien, reprit Marcel, Rodolphe a décidé qu'on passerait la nuit ici ; mais il faut aller chercher quelque chose avant que les boutiques soient fermées...

— Mon épicier demeure au coin de la rue, dit Rodolphe. Schaunard, tu devrais y aller. Tu prendras deux bouteilles de rhum de ma part.

— Oh ! oui, oh ! oui, oh ! oui, dit Schaunard en se trompant de paletot et prenant celui de Colline, qui faisait des losanges sur la nappe avec son couteau.

— Et d'un ! dit Marcel quand Schaunard fut parti. Passons maintenant à Colline, celui-là sera dur. Ah ! une idée. Eh ! eh ! Colline, fit-il en heurtant violemment le philosophe.

— Quoi ?... quoi ?... quoi ?...

— Schaunard vient de partir et a pris par erreur ton paletot noisette.

Colline regarda autour de lui et aperçut en effet, à la place où était son vêtement, le petit habit à carreaux de Schaunard. Une idée soudaine lui traversa l'esprit et l'emplit d'inquiétude. Colline, selon son habitude, avait bouquiné dans la journée, et il avait acheté, pour quinze sous, une grammaire finlandaise et un petit roman de M. Nisard, intitulé : *Le Convoi de la laitière*[4]. A ces deux acquisitions étaient joints sept ou huit volumes de haute philosophie, qu'il avait toujours sur lui, afin d'avoir un arsenal où puiser des arguments en

cas de discussion philosophique. L'idée de savoir cette
bibliothèque entre les mains de Schaunard lui donna
une sueur froide.

— Le malheureux! s'écria Colline, pourquoi a-t-il
pris mon patelot?

— C'est par erreur.

— Mais mes livres... Il peut en faire un mauvais
usage.

— N'aie point peur, il ne les lira pas, dit Rodolphe.

— Oui, mais je le connais, moi; il est capable
d'allumer sa pipe avec.

— Si tu es inquiet, tu peux le rattraper, dit
Rodolphe, il vient de sortir à l'instant; si tu trouveras à
la porte.

— Certainement que je le rattraperai, répondit Colline en se couvrant de son chapeau, dont les bords sont
si larges, qu'on pourrait facilement servir dessus un
thé pour dix personnes.

— Et de deux, dit Marcel à Rodolphe; te voilà libre,
je m'en vais, et je recommanderai au portier de ne
point ouvrir si on frappe.

— Bonne nuit, fit Rodolphe, et merci.

Comme il venait de reconduire son ami, Rodolphe
entendit dans l'escalier un miaulement prolongé,
auquel son chat écarlate répondit par un autre miaulement, en essayant avec subtilité une évasion par la
porte entrebâillée.

— Pauvre Roméo! dit Rodolphe, voilà sa Juliette
qui l'appelle; allons, va, fit-il en ouvrant sa porte à la
bête enamourée qui ne fit qu'un bond de l'escalier
jusque entre les pattes de son amante.

Resté seul avec sa maîtresse qui, debout devant un
miroir, bouclait ses cheveux dans une charmante
attitude provocatrice, Rodolphe s'approcha de Mimi et
l'enlaça dans ses bras. Puis, comme un musicien qui,
avant de commencer son morceau, frappe un placage

d'accords pour s'assurer de la capacité de son instrument, Rodolphe assit la jeune Mimi sur ses genoux et
lui appuya sur l'épaule un long et sonore baiser qui
imprima une vibration soudaine au corps de la printanière créature.

L'instrument était d'accord.

XIV

MADEMOISELLE MIMI

O mon ami Rodolphe, qu'est-il donc advenu pour
que vous soyez changé ainsi ? Dois-je croire les bruits
que l'on rapporte, et ce malheur a-t-il pu abattre à ce
point votre robuste philosophie ? Comment pourrai-je,
moi, l'historien ordinaire de votre épopée bohème, si
pleine d'éclats de rire, comment pourrai-je raconter
sur un ton assez mélancolique la pénible aventure qui
met un crêpe à votre constante gaieté, et arrête ainsi
tout à coup la sonnerie de vos paradoxes ?

O Rodolphe, mon ami ! je veux bien que le mal soit
grand mais là, en vérité, ce n'est point de quoi s'aller
jeter à l'eau. Donc je vous convie au plus vite à faire
une croix sur le passé. Fuyez surtout la solitude
peuplée de fantômes qui éterniseraient vos regrets.
Fuyez le silence, où les échos des souvenirs seraient
encore pleins de vos joies et de vos douleurs passées.
Jetez courageusement à tous les vents de l'oubli le nom
que vous avez tant aimé, et jetez avec lui tout ce qui
vous reste encore de celle-là qui le portait. Boucles de
cheveux mordues par les lèvres folles du désir ; flacon
de Venise, où dort encore un reste de parfum, qui, en ce
moment, serait plus dangereux à respirer pour vous

que tous les poisons du monde ; au feu les fleurs, les fleurs de gaze, de soie et de velours ; les jasmins blancs ; les anémones empourprées par le sang d'Adonis, les myosotis bleus, et tous ces charmants bouquets qu'elle composait aux jours lointains de votre court bonheur. Alors, je l'aimais aussi, moi, votre Mimi, et je ne voyais pas de danger à ce que vous l'aimassiez. Mais suivez mon conseil : au feu les rubans, les jolis rubans roses, bleus et jaunes dont elle se faisait des colliers pour agacer le regard ; au feu les dentelles et les bonnets, et les voiles et tous ces chiffons coquets dont elle se parait pour aller faire de l'amour mathématique avec M. César, M. Jérôme, M. Charles, ou tel autre galant du calendrier, alors que vous l'attendiez à votre fenêtre, frissonnant sous les bises et les givres de l'hiver ; au feu, Rodolphe, et sans pitié, tout ce qui lui a appartenu et pourrait encore vous parler d'elle ; au feu les lettres d'*amour*. Tenez, en voici précisément une, et vous avez pleuré dessus comme une fontaine, ô mon ami infortuné !

« *Comme tu ne rentres pas, je sors pour aller chez ma tante ; j'emporte l'argent qu'il y a ici, pour prendre une voiture. — Lucile.* » Et ce soir-là, ô Rodolphe, vous n'avez pas dîné, vous en souvenez-vous ? et vous êtes venu chez moi me tirer un feu d'artifice de plaisanteries qui attestaient de la tranquillité de votre esprit. Car vous croyiez Mimi chez sa tante, et si je vous avais dit qu'elle était chez M. César, ou avec un comédien de Montparnasse, vous auriez certainement voulu me couper la gorge. Au feu encore cet autre billet qui a toute la tendresse laconique du premier :

« *Je vais me commander des bottines, il faut absolument que tu trouves de l'argent pour que je les aille chercher après-demain.* » Ah ! mon ami, ces bottines-là ont dansé bien des contredanses où vous ne faisiez pas vis-à-vis. A la flamme tous ces souvenirs, et au vent leurs cendres.

Mais d'abord, ô Rodolphe, par amour pour l'humanité et pour la gloire de *l'Écharpe d'Iris* et du *Castor*, reprenez les rênes du bon goût que vous aviez abandonnées durant votre souffrance égoïste, sans quoi il peut arriver des choses horribles et dont vous seriez responsable. Nous en reviendrions aux manches à gigot, aux pantalons à petit pont, et on verrait un jour venir à la mode des chapeaux qui fâcheraient l'univers et appelleraient la colère du ciel.

Et maintenant, voici le moment venu de raconter les amours de notre ami Rodolphe avec mademoiselle Lucile, surnommée mademoiselle Mimi. Ce fut au détour de sa vingt-quatrième année, que Rodolphe fut pris subitement au cœur par cette passion, qui eut une grande influence sur sa vie. A l'époque où il rencontra Mimi, Rodolphe menait cette existence accidentée et fantastique que nous avons essayé de décrire dans les précédentes scènes de cette série. C'était certainement un des plus gais porte-misère qui fussent au pays de Bohême. Et lorsque dans sa journée il avait fait un mauvais dîner et un bon mot, il marchait plus fier sur le pavé qui souvent faillit lui servir de gîte, plus fier sous son habit noir criant merci par toutes les coutures, qu'un empereur sous la robe de pourpre. Dans le cénacle où vivait Rodolphe, par une pose assez commune à quelques jeunes gens, on affectait de traiter l'amour comme une chose de luxe, un prétexte à bouffonnerie. Gustave Colline, qui était depuis fort longtemps en relation avec une giletière qu'il rendit contrefaite de corps et d'esprit à force de lui faire copier jour et nuit les manuscrits de ses ouvrages philosophiques, prétendait que l'amour était une espèce de purgation, bonne à prendre à chaque saison nouvelle, pour se débarrasser des humeurs. Au milieu de tous ces faux sceptiques, Rodolphe était le seul qui osât parler avec quelque révérence de l'amour; et

quand on avait le malheur de lui laisser prendre cette
corde, il en avait pour une heure à roucouler des
élégies sur le bonheur d'être aimé, l'azur du lac
paisible, chanson de la brise, concert d'étoiles, etc., etc.
Cette manie l'avait fait surnommer l'*harmonica*, par
Schaunard. Marcel avait aussi fait à ce propos un mot
très joli, où, faisant allusion aux tirades sentimentales
et germaniques de Rodolphe, ainsi qu'à sa calvitie
précoce, il l'appelait : *myosotis chauve*. La vérité vraie
était ceci : Rodolphe croyait alors sérieusement en
avoir fini avec toutes les choses de jeunesse et
d'amour ; il chantait insolemment le *De profundis* sur
son cœur qu'il croyait mort, alors qu'il n'était qu'immobile, mais prêt au réveil, mais facile à la joie et plus
tendre que jamais à toutes les chères douleurs qu'il
n'espérait plus et qui le désespéraient aujourd'hui.
Vous l'avez voulu, ô Rodolphe ! et nous ne vous
plaindrons pas, car ce mal dont vous souffrez est un de
ceux qu'on envie le plus, surtout si l'on sait qu'on en
est à jamais guéri.

Rodolphe rencontra donc la jeune Mimi qu'il avait
jadis connue, alors qu'elle était la maîtresse d'un de ses
amis. Et il en fit la sienne. Ce fut d'abord un grand haro
parmi les amis de Rodolphe lorsqu'ils apprirent son
mariage ; mais comme mademoiselle Mimi était fort
avenante, point du tout bégueule, et supportait sans
maux de tête la fumée de la pipe et les conversations
littéraires, on s'accoutuma à elle et on la traita comme
une camarade. Mimi était une charmante femme et
d'une nature qui convenait particulièrement aux sympathies plastiques et poétiques de Rodolphe. Elle avait
vingt-deux ans ; elle était petite, délicate, mièvre. Son
visage semblait l'ébauche d'une figure aristocratique ;
mais ses traits, d'une certaine finesse et comme doucement éclairés par les lueurs de ses yeux bleus et
limpides, prenaient en de certains moments d'ennui ou

d'humeur un caractère de brutalité presque fauve, où un physiologiste aurait peut-être reconnu l'indice d'un profond égoïsme ou d'une grande insensibilité. Mais c'était le plus souvent une charmante tête au sourire jeune et frais, aux regards tendres ou pleins d'impérieuse coquetterie. Le sang de la jeunesse courait chaud et rapide dans ses veines, et colorait de teintes rosées sa peau transparente aux blancheurs de camélia. Cette beauté maladive séduisait Rodolphe, et il passait souvent, la nuit, bien des heures à couronner de baisers le front pâle de sa maîtresse endormie, dont les yeux humides et lassés brillaient à demi clos sous le rideau de ses magnifiques cheveux bruns. Mais ce qui contribua surtout à rendre Rodolphe amoureux fou de mademoiselle Mimi, ce furent ses mains que, malgré les soins du ménage, elle savait conserver plus blanches que les mains de la déesse de l'Oisiveté. Cependant, ces mains si frêles, si mignonnes, si douces aux caresses de la lèvre, ces mains d'enfant entre lesquelles Rodolphe avait déposé son cœur de nouveau en floraison, ces mains blanches de mademoiselle Mimi devaient bientôt mutiler le cœur du poète avec leurs ongles roses.

Au bout d'un mois, Rodolphe commença à s'apercevoir qu'il avait épousé une tempête, et que sa maîtresse avait un grand défaut. Elle *voisinait*, comme on dit, et passait une grande partie de son temps chez des femmes entretenues du quartier, dont elle avait fait la connaissance. Il en résulta bientôt ce que Rodolphe avait craint lorsqu'il s'était aperçu des relations contractées par sa maîtresse. L'opulence variable de quelques-unes de ses *amies* nouvelles avait fait naître une forêt d'ambition dans l'esprit de mademoiselle Mimi, qui jusque-là n'avait eu que des goûts modestes et se contentait du nécessaire, que Rodolphe lui procurait de son mieux. Mimi commença à rêver la soie, le

velours et la dentelle. Et malgré les défenses de
Rodolphe, elle continua à fréquenter les femmes, qui
toutes étaient d'accord pour lui persuader de rompre
avec le bohémien qui ne pouvait pas seulement lui
donner cent cinquante francs pour s'acheter une robe
de drap.

— Jolie comme vous êtes, lui disaient ses conseil-
lères, vous trouverez facilement une position meilleure. Il ne faut que chercher.

Et mademoiselle Mimi se mit à chercher. Témoin de
ses fréquentes sorties, maladroitement motivées,
Rodolphe entra dans la voie douloureuse des soupçons.
Mais dès qu'il se sentait sur la trace de quelque preuve
d'infidélité, il s'enfonçait avec acharnement un ban-
deau sur les yeux, afin de ne rien voir. Cependant, quoi
qu'il en fût, il adorait Mimi. Il avait pour elle cet
amour jaloux, fantasque, querelleur et bizarre que la
jeune femme ne comprenait pas, parce qu'elle n'éprouvait alors pour Rodolphe que cet attachement tiède qui
résulte de l'habitude. Et d'ailleurs, la moitié de son
cœur avait déjà été dépensée au temps de son premier
amour, et l'autre moitié était encore pleine de souvenirs de son premier amant.

Huit mois se passèrent ainsi, alternés de jours bons
et mauvais. Pendant ce temps, Rodolphe fut vingt fois
sur le point de se séparer de mademoiselle Mimi, qui
avait pour lui toutes les cruautés maladroites de la
femme qui n'aime pas. A proprement parler, cette
existence était devenue pour tous deux un enfer. Mais
Rodolphe s'était habitué à ces luttes quodidiennes, et
ne craignait rien tant que de voir cesser cet état de
choses, parce qu'il sentait qu'avec lui cesseraient à
jamais et ces fièvres de jeunesse et ces agitations qu'il
n'avait point ressenties depuis si longtemps. Et puis,
s'il faut tout dire aussi, il y avait des heures où
mademoiselle Mimi savait faire oublier à Rodolphe

tous les soupçons auxquels il se déchirait le cœur. Il y
avait des moments où elle courbait à ses genoux
comme un enfant, sous le charme de son regard bleu,
ce poète à qui elle avait fait retrouver la poésie perdue,
ce jeune à qui elle avait rendu la jeunesse, et qui, grâce
à elle, était rentré sous l'équateur de l'amour. Deux ou
trois fois par mois, au milieu de leurs orageuses
querelles, Rodolphe et Mimi s'arrêtaient d'un commun
accord dans l'oasis fraîche d'une nuit d'amour et de
douces causeries. Alors, Rodolphe prenait entre ses
bras la tête souriante et animée de son amie, et
pendant des heures entières il se laissait aller à lui
parler cet admirable et absurde langage que la passion
improvise à ses heures de délire. Mimi écoutait calme
d'abord, plutôt étonnée qu'émue, mais à la fin, l'éloquence enthousiaste de Rodolphe, tour à tour tendre,
gai, mélancolique, la gagnait peu à peu. Elle sentait
fondre, au contact de cet amour, les glaces d'indifférence qui engourdissaient son cœur, des fièvres conta-
gieuses commençaient à l'agiter, elle se jetait au cou de
Rodolphe et lui disait en baisers tout ce qu'elle
n'aurait pu lui dire en paroles. Et l'aube les surprenait
ainsi, enlacés l'un à l'autre, les yeux sur les yeux, les
mains dans les mains, tandis que leurs bouches
humides et brûlantes murmuraient encore le mot
immortel

> *Qui, depuis cinq mille ans,*
> *Se suspend chaque nuit aux lèvres des amants.*

Mais le lendemain, le plus futile prétexte amenait
une querelle, et l'amour épouvanté s'enfuyait encore
pour longtemps.

A la fin, cependant, Rodolphe s'aperçut que, s'il n'y
prenait garde, les mains blanches de mademoiselle
Mimi l'achemineraient à un abîme où il laisserait son

avenir et sa jeunesse. Un instant la raison austère parla
en lui plus fort que l'amour, et il se convainquit par de
beaux raisonnements appuyés de preuves que sa maîtresse ne l'aimait pas. Il alla jusqu'à se dire que
les heures de tendresse qu'elle lui accordait n'étaient
qu'un caprice de sens pareil à ceux que les femmes
mariées éprouvent pour leurs maris lorsqu'elles ont la
fièvre d'un cachemire, d'une robe nouvelle, ou que leur
amant se trouve éloigné d'elles, ce qui fait pendant au
proverbe : « Quand on n'a point de pain blanc on se
contente de pain bis. » Bref, Rodolphe pouvait tout
pardonner à sa maîtresse, excepté de n'être point aimé.
Il prit donc un parti suprême et annonça à mademoiselle Mimi qu'elle eût à chercher un autre amant. Mimi
se mit à rire et fit des bravades. A la fin, voyant que
Rodolphe tenait bon dans sa résolution, et l'accueillait
avec beaucoup de tranquillité lorsqu'elle rentrait à la
maison après une nuit et un jour passés au dehors, elle
commença à s'inquiéter un peu devant cette fermeté à
laquelle elle n'était point habituée. Elle fut alors
charmante pendant deux ou trois jours. Mais son
amant ne revenait point sur ce qu'il avait dit, et se
contentait de lui demander si elle avait trouvé quelqu'un.

— Je n'ai seulement pas cherché, répondait-elle.

Cependant elle avait cherché, et même avant que
Rodolphe lui en eût donné le conseil. En quinze jours
elle avait fait deux tentatives. Une de ses amies l'avait
aidée et lui avait d'abord ménagé la connaissance d'un
jeune jouvenceau qui avait fait briller aux yeux de
Mimi un horizon de cachemires de l'Inde et de mobiliers en palissandre. Mais, de l'avis de Mimi elle-même,
ce jeune lycéen, qui pouvait être très fort en algèbre,
n'était pas un très grand clerc en amour ; et comme
Mimi n'aimait point à faire les éducations, elle planta
là son amoureux novice avec ses cachemires, qui

broutaient encore les prairies du Tibet, et ses mobiliers de palissandre, encore en feuilles dans la forêts du Nouveau Monde.

Le lycéen ne tarda pas à être remplacé par un gentilhomme breton, dont Mimi s'était rapidement affolée, et elle n'eut point besoin de prier longtemps pour devenir comtesse.

Malgré les protestations de sa maîtresse, Rodolphe eut vent de quelque intrigue ; il voulut savoir au juste où il en était, et un matin, après une nuit où mademoiselle Mimi n'était point rentrée, il courut à l'endroit où il la soupçonnait être, et là il put à loisir s'enfoncer en plein cœur une de ces preuves auxquelles il faut croire quand même. Les yeux bordés d'une auréole de volupté, il vit mademoiselle Mimi sortir du manoir où elle s'était fait anoblir, pendue au bras de son nouveau maître et seigneur, lequel, il faut le dire, paraissait beaucoup moins fier de sa nouvelle conquête que ne le fut Pâris, le beau berger grec, après l'enlèvement de la belle Hélène.

En voyant arriver son amant, mademoiselle Mimi parut un peu surprise. Elle s'approcha de lui, et pendant cinq minutes ils s'entretinrent fort tranquillement. Ils se séparèrent ensuite pour aller chacun de son côté. Leur rupture était résolue.

Rodolphe rentra chez lui et passa la journée à disposer en paquets tous les objets qui appartenaient à sa maîtresse.

Durant la journée qui suivit le divorce avec sa maîtresse, Rodolphe reçut la visite de plusieurs de ses amis, et leur annonça tout ce qui s'était passé. Tout le monde le complimenta de cet événement comme d'un grand bonheur.

— Nous vous aiderons, ô mon poète, lui disait un de ceux-là qui avaient été le plus souvent témoins des misères que mademoiselle Mimi faisait endurer à

Rodolphe, nous vous aiderons à retirer votre cœur des mains d'une méchante créature. Et avant peu, vous serez guéri et tout prêt à courir avec une autre Mimi les verts chemins d'Aulnay et de Fontenay-aux-Roses.

Rodolphe jura que c'en était à jamais fini avec les regrets et le désespoir. Il se laissa même entraîner au bal Mabille [1], où sa tenue délabrée représentait fort mal *l'Écharpe d'Iris* qui lui procurait ses entrées dans ce beau jardin de l'élégance et du plaisir. Là, Rodolphe rencontra de nouveaux amis avec qui il se mit à boire. Il leur raconta son malheur avec un luxe inouï de style bizarre, et, pendant une heure, il fut étourdissant de verve et d'entrain.

— Hélas! Hélas! disait le peintre Marcel en écoutant la pluie d'ironie qui tombait des lèvres de son ami, Rodolphe est trop gai, beaucoup trop!

— Il est charmant! répondit une jeune femme à qui Rodolphe venait d'offrir un bouquet; et, quoiqu'il soit bien mal mis, je me compromettrais volontiers à danser avec lui s'il voulait m'inviter.

Deux secondes après, Rodolphe, qui avait entendu, était à ses pieds, enveloppant son invitation dans un discours aromatisé de tout le musc et de tout le benjoin d'une galanterie à 80 degrés Richelieu [2]. La dame demeura confondue devant ce langage pailleté d'adjectifs éblouissants et de phrases contournées et régence au point de faire rougir le talon des souliers de Rodolphe, qui n'avait jamais été si gentilhomme vieux Sèvres. L'invitation fut acceptée.

Rodolphe ignorait les premiers éléments de la danse à l'égal de la règle de trois. Mais il était mû par une audace extraordinaire, il n'hésita point à partir, et improvisa une danse inconnue à toutes les chorégraphies passées. C'était un pas qu'on appelle le *pas des regrets et soupirs*, et dont l'originalité obtint un incroyable succès. Les trois mille becs de gaz avaient beau lui tirer la langue, comme pour se moquer de lui, Rodolphe allait toujours, et jetait sans relâche, à la figure de sa danseuse, des poignées de madrigaux entièrement inédits.

— Hélas ! disait le peintre Marcel, cela est incroyable, Rodolphe me fait l'effet d'un homme ivre qui se roule sur des verres cassés.

— En attendant, il *a fait* une femme superbe, dit un autre en voyant Rodolphe s'enfuir avec sa danseuse.

— Tu ne nous dis pas adieu, lui cria Marcel.

Rodolphe revint près de l'artiste et lui tendit la main. Cette main était froide et humide comme une pierre mouillée.

La compagne de Rodolphe était une robuste fille de Normandie, riche et abondante nature dont la rusticité native s'était promptement aristocratisée au milieu des élégances du luxe parisien et d'une vie oisive. Elle s'appelait quelque chose comme madame Séraphine, et était pour le présent la maîtresse d'un Rhumatisme, pair de France, qui lui donnait 50 louis par mois, qu'elle partageait avec un gentilhomme de comptoir qui ne lui donnait que des coups. Rodolphe lui avait plu, elle espéra qu'il ne lui donnerait rien, elle l'emmena chez elle.

— Lucile, dit-elle à sa femme de chambre, je n'y suis pour personne. Et, après avoir passé dans sa chambre, elle revint au bout de cinq minutes, revêtue d'un costume spécial. Elle trouva Rodolphe immobile et muet, car depuis son entrée il s'était malgré lui enfoncé dans des ténèbres plein de sanglots silencieux.

— Vous ne me regardez plus, tu ne me parles pas, dit Séraphine étonnée.

— Allons, se dit Rodolphe en relevant la tête, regardons-la, mais pour l'art seulement !

« Et quel spectacle, alors, vint s'offrir à ses yeux ! » comme dit Raoul dans *les Huguenots*[3].

Séraphine était admirablement belle. Ces formes splendides, habilement mises en valeur par la coupe de son vêtement, s'accusaient pleines de provocations sous la demi-transparence du tissu. Toutes les impérieuses fièvres du désir se réveillèrent dans les veines de Rodolphe. Un chaud brouillard lui monta au cerveau. Il regarda Séraphine autrement que pour l'amour de l'esthétique, et il prit dans ses mains celles de la belle fille. C'étaient des mains sublimes et qu'on eût dites sculptées par les plus purs ciseaux de la statuaire grecque. Rodolphe sentit ces admirables mains trembler dans les siennes ; et, de moins en moins critique d'art, il attira près de lui Séraphine, dont le visage se colorait déjà de cette rougeur qui est l'aurore de la volupté.

— Cette créature est un véritable instrument de plaisir, un vrai *stradivarius* d'amour, et dont je jouerais volontiers un air, pensa Rodolphe, en entendant d'une manière très distincte le cœur de la belle battre une charge précipitée.

En ce moment un coup de sonnette violent retentit à la porte de l'appartement.

— Lucile, Lucile, cria Séraphine à la femme de chambre, n'ouvrez pas ; dites que je ne suis pas rentrée.

A ce nom de Lucile, deux fois prononcé, Rodolphe se leva.

— Je ne veux vous gêner en aucune façon, Madame, dit-il. D'ailleurs, il faut que je me retire, il est tard et je demeure très loin. Bonsoir.

— Comment ! vous partez ? s'écria Séraphine en redoublant les éclairs de son regard. Pourquoi, pourquoi partez-vous ? Je suis libre, vous pouvez rester.

— Impossible, répondit Rodolphe. J'attends ce soir un de mes parents qui arrive de la terre de Feu, et il me déshériterait s'il ne me trouvait pas chez moi pour lui faire accueil. Bonsoir, Madame !

Et il sortit avec précipitation. La servante alla l'éclairer, Rodolphe leva par mégarde les yeux sur elle. C'était une jeune femme frêle, à la démarche lente ; son visage très pâle faisait une charmante antithèse avec sa chevelure noire ondée naturellement et ses yeux bleus semblaient deux étoiles malades.

— Ô fantôme ! s'écria Rodolphe en se reculant devant celle qui portait le nom et le visage de sa maîtresse. Arrière ! que me veux-tu ? Et il descendit l'escalier à la hâte.

— Mais, Madame, dit la cameriste en rentrant chez sa maîtresse, il est fou, ce jeune homme !

— Dis donc qu'il est bête, répondit Séraphine exaspérée. Oh ! ajouta-t-elle, ça m'apprendra à être bonne. Si cet imbécile de Léon avait au moins l'esprit de venir à présent !

Léon était le gentilhomme dont la tendresse portait une cravache.

Rodolphe courut chez lui tout d'une haleine. En montant l'escalier, il trouva son chat écarlate qui poussait des gémissements plaintifs. Il y avait deux nuits déjà qu'il appelait ainsi vainement son amante infidèle, une Manon Lescaut angora, partie en campagne galante sur les toits d'alentour. Pauvre bête, dit Rodolphe, toi aussi on t'a trompé ; ta Mimi t'a fait des traits comme la mienne. Bast ! consolons-nous. Vois-tu, ma pauvre bête, le cœur des femmes et des chattes est un abîme que les hommes et les chats ne pourront jamais sonder.

Lorsqu'il entra dans sa chambre, bien qu'il fît une chaleur épouvantable, Rodolphe crut sentir un manteau glacé descendre sur ses épaules. C'était le froid de la solitude, de la terrible solitude de la nuit que rien ne vient troubler. Il alluma sa bougie et aperçut alors la chambre dévastée. Les meubles ouvraient leurs tiroirs vides, et, du plafond au sol, une immense tristesse

emplissait cette petite chambre, qui parut à Rodolphe
plus grande qu'un désert. En marchant, il heurta du
pied les paquets renfermant les objets appartenant à
mademoiselle Mimi, et il ressentit un mouvement de
joie en voyant qu'elle n'était pas encore venue pour les
prendre, comme elle lui avait dit qu'elle le ferait le
matin. Rodolphe sentait, malgré tous ses combats,
approcher l'heure de la réaction, et il devinait bien
qu'une nuit atroce allait expier toute la joie amère
qu'il avait dépensée dans la soirée. Cependant, il
espérait que son corps, brisé par la fatigue, s'endormi-
rait avant le réveil des angoisses, si longtemps compri-
mées dans son cœur.

Comme il s'approchait du lit et en écartait les
rideaux, en voyant ce lit qui n'avait pas été dérangé
depuis deux jours, devant les deux oreillers placés l'un
à côté de l'autre, et sous l'un desquels se cachait encore
à demi la garniture d'un bonnet de femme, Rodolphe
sentit son cœur étreint dans l'invincible étau de cette
douleur morne qui ne peut éclater. Il tomba au pied du
lit, prit son front dans ses mains ; et, après avoir jeté un
regard dans cette chambre désolée, il s'écria :

— O petite Mimi, joie de ma maison, est-il bien vrai
que vous soyez partie, que je vous ai renvoyée, et que je
ne vous reverrai plus, mon Dieu ! O jolie tête brune qui
avez si longtemps dormi à cette place, ne reviendrez-
vous plus y dormir encore ? O voix capricieuse dont les
caresses me donnaient le délire, et dont les colères me
charmaient, est-ce que je ne vous entendrai plus ? O
petites mains blanches aux veines bleues, vous à qui
j'avais fiancé mes lèvres, ô petites mains blanches,
avez-vous donc reçu mon dernier baiser ? Et Rodolphe
plongeait, avec une ivresse délirante, sa tête dans les
oreillers, encore imprégnés des parfums de la chevelure de son amie. Du fond de cette alcôve il lui semblait
voir sortir le fantôme des belles nuits qu'il avait

passées avec sa jeune maîtresse. Il entendait retentir claire et sonore, au milieu du silence nocturne, le rire épanoui de mademoiselle Mimi, et il se ressouvint de cette charmante et contagieuse gaieté avec laquelle elle avait su tant de fois lui faire oublier tous les embarras et toutes les misères de leur existence hasardeuse.

Pendant toute cette nuit il passa en revue les huit mois qu'il venait d'écouler auprès de cette jeune femme qui ne l'avait jamais aimé peut-être, mais dont les tendres mensonges avaient su rendre au cœur de Rodolphe sa jeunesse et sa virilité premières.

L'aube blanchissante le surprit au moment où, vaincu par la fatigue, il venait de fermer les yeux rougis par les larmes versées durant cette nuit. Veille douloureuse et terrible, et comme les plus railleurs et les plus sceptiques d'entre nous pourraient en retrouver plus d'une au fond de leur passé.

Le matin, lorsque ses amis entrèrent chez lui, ils furent effrayés en voyant Rodolphe, dont le visage était ravagé par toutes les angoisses qui l'avaient assailli durant sa veille au mont d'Oliviers de l'amour.

— Bon, dit Marcel, j'en étais sûr : c'est sa gaieté d'hier qui lui a tourné sur le cœur. Ça ne peut pas durer comme ça.

Et, de concert avec deux ou trois camarades, il commença sur mademoiselle Mimi une foule de révélations indiscrètes, dont chaque mot s'enfonçait comme une épine au cœur de Rodolphe. Ses amis lui *prouvèrent* que de tout temps sa maîtresse l'avait trompé comme un niais, chez lui et au-dehors, et que cette créature pâle comme l'ange de la phtisie était un écrin de sentiments mauvais et d'instincts féroces.

Et l'un et l'autre, ils alternèrent ainsi dans la tâche qu'ils avaient entreprise, et dont le but était d'amener Rodolphe à ce point où l'amour aigri se change en mépris; mais ce but ne fut atteint qu'à moitié. Le désespoir du poète se changea en colère. Il se jeta avec rage sur les paquets qu'il avait préparés la veille; et après avoir mis de côté tous les objets que sa maîtresse avait en sa possession en entrant chez lui, il garda tout ce qu'il lui avait donné pendant leur liaison, c'est-à-dire la plus grande partie, et surtout les choses de toilette auxquelles mademoiselle Mimi tenait par toutes les fibres de sa coquetterie, devenue insatiable dans les derniers temps.

Mademoiselle Mimi vint le lendemain dans la journée pour prendre ses effets. Rodolphe était chez lui et seul. Il fallut que toutes les puissances de l'amour-propre le retinssent, pour qu'il ne se jetât point au cou de sa maîtresse. Il lui fit un accueil plein d'injures muettes, et mademoiselle Mimi lui répondit par ces insultes froides et aiguës qui font pousser des griffes aux plus faibles et aux plus timides. Devant le dédain avec lequel sa maîtresse le flagellait avec une opiniâtreté insolente, la colère de Rodolphe éclata brutale et effrayante; un instant, Mimi, blanche de terreur, se demanda si elle allait sortir vivante d'entre ses mains. Aux cris qu'elle poussa, quelques voisins accoururent et l'arrachèrent de la chambre de Rodolphe.

Deux jours après, une amie de Mimi vint demander à Rodolphe s'il voulait rendre les affaires qu'il avait gardées chez lui. — Non, répondit-il.

Et il fit causer la messagère de sa maîtresse. Cette femme lui apprit que la jeune Mimi était dans une situation fort malheureuse, et qu'elle allait manquer de logement.

— Et son amant, dont elle est si folle?

— Mais, répondit Amélie, l'amie en question, ce jeune homme n'a point l'intention de la prendre pour maîtresse. Il en a une depuis fort longtemps, et il paraît peu s'occuper de Mimi, qui est à ma charge et m'embarrasse beaucoup.

— Qu'elle s'arrange, dit Rodolphe, elle l'a voulu ; ça ne me regarde pas... Et il fit des madrigaux à mademoiselle Amélie, et lui persuada qu'elle était la plus belle femme du monde.

Amélie fit part à Mimi de son entrevue avec Rodolphe.

— Que dit-il ? que fait-il ? demanda Mimi. Vous a-t-il parlé de moi ?

— Aucunement ; vous êtes déjà oubliée, ma chère. Rodolphe a une nouvelle maîtresse, et il lui a acheté une toilette superbe, car il a reçu beaucoup d'argent, et lui-même est vêtu comme un prince. Il est très aimable, ce jeune homme, et il m'a dit des choses charmantes.

— Je saurai ce que cela veut dire, pensa Mimi.

Tous les jours, mademoiselle Amélie venait voir Rodolphe sous un prétexte quelconque ; et, quoi qu'il fît, celui-ci ne pouvait s'empêcher de lui parler de Mimi.

— Elle est fort gaie, répondait l'amie, et n'a point l'air de se préoccuper de sa position. Au reste, elle assure qu'elle reviendra avec vous quand elle voudra, sans faire aucune avance et uniquement pour faire enrager vos amis.

— C'est bien, dit Rodolphe ; qu'elle vienne et nous verrons.

Et il recommença à faire la cour à Amélie, qui s'en allait tout rapporter à Mimi, et assurait que Rodolphe était fort épris d'elle ;

— Il m'a encore baisé la main et le cou, lui disait-elle ; voyez, c'est tout rouge. Il veut m'emmener au bal demain.

— Ma chère amie, dit Mimi piquée, je vois où vous en voulez venir, à me faire croire que Rodolphe est amoureux de vous, et qu'il ne pense plus à moi. Mais vous perdez votre temps, et avec lui, et avec moi.

Le fait était que Rodolphe n'était aimable avec Amélie que pour l'attirer chez lui souvent, et avoir l'occasion de lui parler de sa maîtresse, mais avec un machiavélisme qui avait peut-être son but ; et, s'apercevant bien que Rodolphe aimait toujours Mimi, et que celle-ci n'était pas éloignée de rentrer avec lui, Amélie s'efforçait, par des rapports adroitement inventés, à éviter tout ce qui pourrait rapprocher les deux amants.

Le jour où elle devait aller au bal, Amélie vint dans la matinée demander à Rodolphe si la partie tenait toujours.

— Oui, lui répondit-il, je ne veux pas manquer l'occasion d'être le chevalier de la plus belle personne des temps modernes.

Amélie prit l'air coquet qu'elle avait le soir de son unique début dans un théâtre de la banlieue, dans les quatrièmes rôles de soubrette, et elle promit qu'elle serait prête pour le soir.

— A propos, fit Rodolphe, dites à mademoiselle Mimi que, si elle veut faire une infidélité à son amant en ma faveur et venir passer une nuit chez moi, je lui rendrai toutes ses affaires.

Amélie fit la commission de Rodolphe et prêta à ses paroles un sens tout autre que celui qu'elle avait su deviner.

— Votre Rodolphe est un homme ignoble, dit-elle à Mimi, sa proposition est une infamie. Il veut vous faire descendre par cette démarche au rang des plus viles créatures ; et si vous allez chez lui, non seulement il ne vous rendra pas vos affaires, mais il vous servira en risée à tous ses amis : c'est une conspiration arrangée entre eux.

— Je n'irai pas, dit Mimi ; et comme elle vit Amélie

en train de préparer sa toilette, elle lui demanda si elle allait au bal.

— Oui, répondit l'autre.

— Avec Rodolphe ?

— Oui, il doit venir m'attendre ce soir à vingt pas de la maison.

— Bien du plaisir, dit Mimi ; et voyant l'heure du rendez-vous avancer, elle courut en toute hâte chez l'amant de mademoiselle Amélie et le prévint que celle-ci était en train de lui machiner une petite trahison avec son ancien amant à elle.

Le monsieur, jaloux comme un tigre et brutal comme un bâton, arriva chez mademoiselle Amélie, et lui annonça qu'il trouvait excellent qu'elle passât la soirée avec lui.

A huit heures, Mimi courut à l'endroit où Rodolphe devait trouver Amélie. Elle aperçut son amant qui se promenait dans l'attitude d'un homme qui attend ; elle passa deux fois à côté de lui, sans oser l'aborder. Rodolphe était mis très élégamment ce soir-là, et les crises violentes auxquelles il était en proie depuis huit jours avaient donné à son visage un grand caractère. Mimi fut singulièrement émue. Enfin, elle se décida à lui parler. Rodolphe l'accueillit sans colère, et lui demanda des nouvelles de sa santé, après quoi il s'informa du motif qui l'amenait près de lui ; tout cela d'une voix douce, et où un accent de tendresse cherchait à se contraindre.

— C'est une mauvaise nouvelle que je viens vous annoncer : mademoiselle Amélie ne peut venir au bal avec vous, son amant la retient.

— J'irai donc au bal tout seul.

Ici, mademoiselle Mimi feignit de trébucher et s'appuya sur l'épaule de Rodolphe. Il lui prit le bras et lui proposa de la reconduire chez elle.

— Non, dit Mimi, j'habite avec Amélie ; et, comme

elle est avec son amant, je ne pourrai rentrer que lorsqu'il sera parti.

— Écoutez, lui dit alors le poète, je vous ai fait faire tantôt une proposition par mademoiselle Amélie ; vous l'a-t-elle transmise ?

— Oui, dit Mimi, mais en des termes auxquels, même après ce qui est arrivé, je n'ai pu ajouter foi. Non, Rodolphe, je n'ai pas cru que, malgré tout ce que vous pouvez avoir à me reprocher, vous me croyiez assez peu de cœur pour accepter un semblable marché.

— Vous ne m'avez pas compris, ou on vous a mal rapporté les choses. Ce qui est dit est toujours dit, fit Rodolphe, il est neuf heures, vous avez encore trois heures de réflexion. Ma clef sera sur ma porte jusqu'à minuit. Bonsoir. Adieu, ou au revoir.

— Adieu donc, dit Mimi d'une voix tremblante.

Et ils se quittèrent... Rodolphe rentra chez lui et se jeta tout habillé sur son lit. A onze heures et demie mademoiselle Mimi entrait dans sa chambre.

— Je viens vous demander l'hospitalité, dit-elle : l'amant d'Amélie est resté chez elle, et je n'ai pu rentrer.

Jusqu'à trois heures du matin ils causèrent. Une conversation explicative, où de temps en temps le *tu* familier succédait au *vous* de la discussion officielle.

A quatre heures leur bougie s'éteignit. Rodolphe voulut en allumer une neuve.

— Non, dit Mimi, ce n'est point la peine ; il est bien temps de dormir.

Et cinq minutes après, sa jolie tête brune avait repris sa place sur l'oreiller ; et, d'une voix pleine de tendresse, elle appelait les lèvres de Rodolphe sur ses petites mains blanches aux veines bleues, dont la pâleur nacrée luttait avec les blancheurs du drap. Rodolphe n'alluma pas la bougie.

Le lendemain matin, Rodolphe se leva le premier ;

et, montrant à Mimi plusieurs paquets, il lui dit très
doucement :

— Voici ce qui vous appartient, vous pouvez
l'emporter ; je tiens ma parole.

— Oh ! dit Mimi, je suis bien fatiguée, voyez-vous, et
je ne pourrai pas emporter tous ces gros paquets d'une
seule fois. J'aime mieux revenir.

Et comme elle s'était habillée, elle prit seulement
une collerette et une paire de manchettes.

— J'emporterai ce qui reste... petit à petit, ajouta-
t-elle en souriant.

— Allons, dit Rodolphe, emporte tout ou n'emporte
rien ; mais que cela finisse.

— Que cela recommence, au contraire, et que cela
dure surtout, dit la jeune Mimi en embrassant
Rodolphe.

Après avoir déjeuner ensemble, ils partirent pour
aller à la campagne. En traversant le Luxembourg,
Rodolphe rencontra un grand poète qui l'avait toujours accueilli avec une charmante bonté. Par conve-
nance, Rodolphe allait feindre de ne pas le voir. Mais le
poète ne lui en donna pas le temps ; et, en passant près
de lui, il lui fit un geste amical, et salua sa jeune
compagne avec un gracieux sourire.

— Quel est ce monsieur ? demanda Mimi.

Rodolphe lui répondit un nom[4] qui la fit rougir de
plaisir et d'orgueil.

— Oh ! dit Rodolphe, cette rencontre du poète qui a
si bien chanté l'amour est d'un bon augure, et portera
bonheur à notre réconciliation.

— Je t'aime, va, dit Mimi en serrant la main de son
ami, bien qu'ils fussent au milieu de la foule.

— Hélas ! pensa Rodolphe, lequel vaut le mieux, ou
de se laisser tromper toujours pour avoir cru, ou ne
croire jamais dans la crainte d'être trompé toujours ?

XV

DONEC GRATUS...[1]

Nous avons raconté comment le peintre Marcel avait connu mademoiselle Musette. Unis un matin par le ministère du caprice, qui est le maire du 13ᵉ arrondissement[2], ils avaient cru, ainsi que la chose arrive souvent, s'épouser sous le régime de la séparation de cœur. Mais un soir, après une violente querelle où ils avaient résolu de se quitter sur-le-champ, ils s'aperçurent que leurs mains, qui s'étaient serrées en signe d'adieu, ne voulaient plus se séparer. Presque à leur insu leur caprice · était devenu de l'amour. Ils se l'avouèrent tous deux en riant à moitié.

— C'est très grave ce qui nous arrive là, dit Marcel. Comment diable avons-nous donc fait ?

— Oh ! reprit Musette, nous sommes des maladroits, nous n'avons pas pris assez de précautions.

— Qu'est-ce qu'il y a ? dit en entrant Rodolphe, devenu le voisin de Marcel.

— Il y a, répondit celui-ci en désignant Musette, que Mademoiselle et moi, nous venons de faire une jolie découverte. Nous sommes amoureux. Ça nous sera venu en dormant.

— Oh ! oh ! en dormant, je ne crois pas, fit Rodolphe. Mais qu'est-ce qui prouve que vous aimez ? Vous exagérez peut-être le danger.

— Parbleu ! reprit Marcel, nous ne pouvons pas nous souffrir.

— Et nous ne pouvons plus nous quitter, ajouta Musette.

— Alors, mes enfants, votre affaire est claire. Vous

avez voulu jouer au plus fin, et vous avez perdu tous les deux. C'est mon histoire avec Mimi. Voilà bientôt deux calendriers que nous usons à nous disputer jour et nuit. C'est avec ce système-là qu'on éternise les mariages. Unissez un oui avec un non, vous obtiendrez un ménage Philémon et Baucis. Votre intérieur va faire pendant au mien ; et si Schaunard et Phémie viennent demeurer dans la maison, comme ils nous en ont menacés, notre trio de ménages en fera une habitation bien agréable.

En ce moment Gustave Colline entra. On lui apprit l'accident qui venait d'arriver à Musette et à Marcel.

— Eh bien, philosophe, dit celui-ci, que penses-tu de ça ?

Colline gratta le poil du chapeau qui lui servait de toit, et murmura :

— J'en étais sûr d'avance. L'amour est un jeu du hasard[3]. Qui s'y frotte s'y pique. Il n'est pas bon que l'homme soit seul.

Le soir, en rentrant, Rodolphe dit à Mimi :

— Il y a du nouveau. Musette est folle de Marcel, et ne veut plus le quitter.

— Pauvre fille ! répondit Mimi. Elle qui a si bon appétit !

— Et de son côté, Marcel est empoigné par Musette. Il l'adore à trente-six carats, comme dirait cet intrigant de Colline.

— Pauvre garçon ! dit Mimi, lui qui est si jaloux !

— C'est vrai, dit Rodolphe, lui et moi nous sommes élèves d'Othello.

Quelque temps après, aux ménages de Rodolphe et de Marcel vint se joindre le ménage de Schaunard ; le musicien emménageait dans la maison, avec Phémie, teinturière.

A compter de ce jour, tous les autres voisins dor-

mirent sur un volcan, et, à l'époque du terme, ils
envoyaient un congé unanime au propriétaire.

En effet, peu de jours se passaient sans qu'un orage
éclatât dans l'un des ménages. Tantôt c'était Mimi et
Rodolphe qui, n'ayant plus la force de parler, s'expliquaient à l'aide des projectiles qui leur tombaient sous
la main. Le plus souvent c'était Schaunard qui faisait,
au bout d'une canne, quelques observations à la
mélancolique Phémie. Quant à Marcel et Musette,
leurs discussions étaient renfermées dans le silence du
huis clos ; ils prenaient au moins la précaution de
fermer leurs portes et leurs fenêtres.

Si d'aventure la paix régnait dans les ménages, les
autres locataires n'étaient pas moins victimes de cette
concorde passagère. L'indiscrétion des cloisons
mitoyennes laissait pénétrer chez eux tous les secrets
des ménages bohèmes, et les initiait malgré eux à tous
leurs mystères. Aussi, plus d'un voisin préférait-il le
casus belli aux ratifications des traités de paix.

Ce fut, à vrai dire, une singulière existence que celle
qu'on mena pendant six mois. La plus loyale fraternité
se pratiquait sans emphase dans ce cénacle, où tout
était à tous et se partageait en entrant, bonne ou
mauvaise fortune.

Il y avait dans le mois certains jours de splendeur, où
l'on ne serait pas descendu dans la rue sans gants,
jours de liesse, où l'on dînait toute la journée. Il y en
avait d'autres où l'on serait presque allé à la cour sans
bottes, jours de carême où, après n'avoir pas déjeuner
en commun, on ne dînait pas ensemble, ou bien l'on
arrivait, à force de combinaisons économiques, à
réaliser un de ces repas dans lesquels les assiettes et les
couverts *faisaient relâche*, comme disait mademoiselle
Mimi.

Mais, chose prodigieuse, c'est que, dans cette association où se trouvaient pourtant trois femmes jeunes

et jolies, aucune ébauche de discorde ne s'éleva entre les hommes : ils s'agenouillaient souvent devant les plus futiles caprices de leurs maîtresses, mais pas un d'eux n'eût hésité un instant entre la femme et l'ami.

L'amour naît surtout de la spontanéité : c'est une improvisation. L'amitié, au contraire, s'édifie pour ainsi dire : c'est un sentiment qui marche avec circonspection ; c'est l'égoïsme de l'esprit, tandis que l'amour c'est l'égoïsme du cœur.

Il y avait six ans que les bohèmes se connaissaient. Ce long espace de temps passé dans une intimité quotidienne avait, sans altérer l'individualité bien tranchée de chacun, amené entre eux un accord d'idées, un ensemble qu'ils n'auraient pas trouvé ailleurs. Ils avaient des mœurs qui leur étaient propres, un langage intime dont les étrangers n'auraient pas su trouver la clef. Ceux qui ne les connaissaient pas particulièrement appelaient leur liberté d'allure du cynisme. Ce n'était pourtant que de la franchise. Esprits rétifs à toute chose imposée, ils avaient tous le faux en haine et le commun en mépris. Accusés de vanités exagérées, ils répondaient en étalant fièrement le programme de leur ambition ; et, ayant la conscience de leur valeur, ils ne s'abusaient pas sur eux-mêmes.

Depuis tant d'années qu'ils marchaient ensemble dans la même vie, mis souvent en rivalité par nécessité d'état, ils ne s'étaient pas quitté la main et avaient passé, sans y prendre garde, sur les questions personnelles d'amour-propre, toutes les fois qu'on avait essayé d'en élever entre eux pour les désunir. Ils s'estimaient d'ailleurs les uns les autres juste ce qu'ils valaient ; et l'orgueil, qui est le contre-poison de l'envie, les préservait de toutes les petites jalousies de métier.

Cependant, après six mois de vie en commun, une

épidémie de divorce s'abattit tout à coup sur les ménages.

Schaunard ouvrit la marche. Un jour, il s'aperçut que Phémie, teinturière, avait un genou mieux fait que l'autre ; et comme, en fait de plastique, il était d'un purisme austère, il renvoya Phémie, lui donnant pour souvenir la canne avec laquelle il lui faisait de si fréquentes observations. Puis il retourna demeurer chez un parent qui lui offrait un logement gratis.

Quinze jours après, Mimi quittait Rodolphe pour monter dans les carrosses du jeune vicomte Paul, l'ancien élève de Carolus Barbemuche, qui lui avait promis des robes couleur du soleil.

Après Mimi, ce fut Musette qui prit la clef des champs et rentra à grand bruit dans l'aristocratie du monde galant, qu'elle avait quitté pour suivre Marcel.

Cette séparation eut lieu sans querelle, sans secousse, sans préméditation. Née d'un caprice qui était devenu de l'amour, cette liaison fut rompue par un autre caprice.

Un soir du carnaval, au bal masqué de l'Opéra, où elle était allée avec Marcel, Musette eut pour vis-à-vis dans une contredanse un jeune homme qui autrefois lui avait fait la cour. Ils se reconnurent et, tout en dansant, échangèrent quelques paroles. Sans le vouloir peut-être, en instruisant ce jeune homme de sa vie présente, laissa-t-elle échapper un regret sur sa vie passée. Tant fut-il qu'à la fin du quadrille, Musette se trompa ; et, au lieu de donner la main à Marcel qui était son cavalier, elle prit la main de son *vis-à-vis*, qui l'entraîna et disparut avec elle dans la foule.

Marcel la chercha, assez inquiet. Au bout d'une heure, il la trouva au bras du jeune homme ; elle sortait du café de l'Opéra, la bouche pleine de refrains. En apercevant Marcel, qui s'était mis dans un angle les bras croisés, elle lui fit un signe d'adieu, en lui disant : Je vais revenir.

— C'est-à-dire ne m'attendez pas, traduisit Marcel. Il était jaloux, mais il était logique et connaissait Musette ; aussi ne l'attendit-il pas ; il rentra chez lui le cœur gros néanmoins, mais l'estomac léger. Il chercha dans une armoire s'il n'y avait pas quelques reliefs à manger ; il aperçut un morceau de pain granitique et un squelette de hareng saur.

— Je ne pouvais pas lutter contre des truffes, pensa-t-il. Au moins Musette aura soupé. Et après avoir passé un coin de son mouchoir sur ses yeux, sous le prétexte de se moucher, il se coucha.

Deux jours après, Musette se réveillait dans un boudoir tendu de rose. Un coupé bleu l'attendait à sa porte, et toutes les fées de la mode, mises en réquisition, apportaient leurs merveilles à ses pieds. Musette était ravissante, et sa jeunesse semblait encore rajeunir au milieu de ce cadre d'élégances. Alors elle recommença l'ancienne existence, fut de toutes les fêtes et reconquit sa célébrité. On parla d'elle partout, dans les coulisses de la Bourse et jusque dans les buvettes parlementaires. Quant à son nouvel amant, M. Alexis, c'était un charmant jeune homme. Souvent il se plaignait à Musette de la trouver un peu légère et un peu insoucieuse lorsqu'il lui parlait de son amour ; alors Musette le regardait en riant, lui tapait dans la main, et lui disait :

— Que voulez-vous, mon cher ? je suis restée pendant six mois avec un homme qui me nourrissait de salade et de soupe sans beurre, qui m'habillait avec une robe d'indienne et me menait beaucoup à l'Odéon, parce qu'il n'était pas riche. Comme l'amour ne coûte rien, et que j'étais folle de ce monstre, nous avons considérablement dépensé d'amour. Il ne m'en reste

guère que des miettes. Ramassez-les, je ne vous en
empêche pas. Au reste, je ne vous ai pas triché ; et si les
rubans ne coûtaient pas si cher, je serais encore avec
mon peintre. Quant à mon cœur, depuis que j'ai un
corset de quatre-vingts francs, je ne l'entends pas faire
grand bruit, et j'ai bien peur de l'avoir oublié dans un
des tiroirs de Marcel.

La disparition des trois ménages bohèmes occa-
sionna une fête dans la maison qu'ils avaient habitée.
En signe de réjouissance, le propriétaire donna un
grand dîner, et les locataires illuminèrent leurs fenêtres.

Rodolphe et Marcel avaient été se loger ensemble ;
ils avaient pris chacun une idole dont ils ne savaient
pas bien le nom au juste. Quelquefois il leur arrivait,
l'un de parler de Musette, l'autre de Mimi ; alors ils en
avaient pour la soirée. Ils se rappelaient leur ancienne
vie et les chansons de Musette, et les chansons de
Mimi, et les nuits blanches, et les paresseuses mati-
nées, et les dîners faits en rêve. Une à une, ils faisaient
raisonner dans ces duos de souvenirs toutes ces heures
envolées ; et ils finissaient ordinairement par se dire :
qu'après tout, ils étaient encore heureux de se trouver
ensemble, les pieds sur les chenets, tisonnant la bûche
de décembre, fumant leur pipe, et de savoir l'un
l'autre, comme un prétexte à causerie, pour se raconter
tout haut à eux-mêmes ce qu'ils se disaient tout bas
lorsqu'ils étaient seuls : qu'ils avaient beaucoup aimé
ces créatures disparues en emportant un lambeau de
leur jeunesse, et que peut-être ils les aimaient encore.

Un soir, en traversant le boulevard, Marcel aperçut à
quelques pas de lui une jeune dame qui, en descendant
de voiture, laissait voir un bout de bas blanc d'une
correction toute particulière ; le cocher lui-même dévorait des yeux ce charmant *pourboire*.

— Parbleu, fit Marcel, voilà une jolie jambe ; j'ai

bien envie de lui offrir mon bras ; voyons un peu...
de quelle façon l'aborderai-je ? Voilà mon affaire...
c'est assez neuf.

— Pardon, Madame, dit-il en s'approchant de
l'inconnue dont il ne put tout d'abord voir le
visage, vous n'auriez pas par hasard trouvé mon
mouchoir ?

— Si, Monsieur, répondit la jeune femme ; le
voici. Et elle mit dans la main de Marcel un mouchoir qu'elle tenait à la main.

L'artiste roula dans un précipice d'étonnement.

Mais tout à coup un éclat de rire qu'il reçut en
plein visage le fit revenir à lui ; à cette joyeuse
fanfare, il reconnut ses anciennes amours.

C'était mademoiselle Musette.

— Ah ! s'écria-t-elle, monsieur Marcel qui fait la
chasse aux aventures. Comment la trouves-tu celle-
là, hein ? Elle ne manque pas de gaieté.

— Je la trouve supportable, répondit Marcel.

— Où vas-tu si tard dans ce quartier ? demanda
Musette.

— Je vais dans ce monument, fit l'artiste en
indiquant un petit théâtre où il avait ses entrées.

— Pour l'amour de l'art ?

— Non, pour l'amour de Laure. Tiens, pensa
Marcel, voilà un calembour, je le vendrai à Colline : il en fait collection.

— Qu'est-ce que Laure ? continua Musette dont
les regards jetaient des points d'interrogation.

Marcel continua sa mauvaise plaisanterie.

— C'est une chimère que je poursuis et qui joue
les ingénues dans ce petit endroit. Et il chiffonnait
de la main un jabot idéal.

— Vous êtes bien spirituel ce soir, dit Musette.

— Et vous bien curieuse, fit Marcel.

— Parlez donc moins haut, tout le monde nous

entend, on va nous prendre pour des amoureux qui se disputent.

— Ça ne serait pas la première fois que cela nous arriverait, dit Marcel.

Musette vit une provocation dans cette phrase et répliqua prestement :

— Et ça ne sera peut-être pas la dernière, hein ?

Le mot était clair ; il siffla comme une balle à l'oreille de Marcel.

— Splendeurs des cieux, dit-il en regardant les étoiles, vous êtes témoins que ce n'est pas moi qui ai tiré le premier. Vite ma cuirasse !

A compter de ce moment le feu était engagé.

Il ne s'agissait plus que de trouver un trait d'union convenable pour aboucher ces deux fantaisies qui venaient de se réveiller si vivaces.

Tout en marchant, Musette regardait Marcel, et Marcel regardait Musette. Ils ne se parlaient pas ; mais leurs yeux, ces plénipotentiaires du cœur, se rencontraient souvent. Au bout d'un quart d'heure de diplomatie, ce congrès de regards avait tacitement arrangé l'affaire. Il n'y avait plus qu'à ratifier.

La conversation interrompue se renoua.

— Franchement, dit Musette à Marcel, où allais-tu tout à l'heure ?

— Je te l'ai dit, j'allais voir Laure.

— Est-elle jolie ?

— Sa bouche est un nid de sourires.

— Connu, dit Musette.

— Mais toi-même, fit Marcel, d'où venais-tu sur les ailes de cette citadine ?

— Je venais de conduire au chemin de fer Alexis, qui va faire un tour dans sa famille.

— Quel homme est-ce que cet Alexis ?

A son tour, Musette fit de son amant actuel un ravissant portrait. Tout en se promenant, Marcel et

Musette continuèrent ainsi, en plein boulevard, cette comédie du *revenez-y* de l'amour. Avec la même naïveté, tour à tour tendre et railleuse, ils refaisaient strophe à strophe cette ode immortelle où Horace et Lydie vantent avec tant de grâce les charmes de leurs amours nouvelles, et finissent par ajouter un post-scriptum à leurs anciennes amours. Comme ils arrivaient au détour d'une rue, une assez forte patrouille déboucha tout à coup.

Musette *organisa* une petite attitude effrayée, et se cramponnant au bras de Marcel elle lui dit :

— Ah ! mon Dieu, vois donc, voilà de la troupe qui arrive, il va encore y avoir une révolution. Sauvons-nous, j'ai une peur affreuse ; viens me reconduire !

— Mais où allons-nous ? demanda Marcel.

— Chez moi, dit Musette ; tu verras comme c'est joli. Je t'offre à souper, nous parlerons politique.

— Non, dit Marcel qui pensait à M. Alexis ; je n'irai pas chez toi malgré l'offre du souper. Je n'aime pas boire mon vin dans le verre des autres.

Musette resta muette devant ce refus. Puis, à travers le brouillard de ses souvenirs, elle aperçut le pauvre intérieur du pauvre artiste ; car Marcel n'était pas devenu millionnaire : alors Musette eut une idée : et, profitant de la rencontre d'une autre patrouille, elle manifesta une nouvelle terreur.

— On va se battre, s'écria-t-elle ; je n'oserai jamais rentrer chez moi. Marcel, mon ami, mène-moi chez une de mes amies qui *doit* demeurer dans ton quartier.

En traversant le pont Neuf, Musette poussa un éclat de rire.

— Qu'y a-t-il ? demanda Marcel.

— Rien ! dit Musette ; je me rappelle que mon amie est déménagée ; elle demeure aux Batignolles.

En voyant arriver Marcel et Musette, bras dessus, bras dessous, Rodolphe ne fut pas étonné.

— Ces amours mal enterrées, dit-il, c'est toujours comme ça !

XVI

LE PASSAGE DE LA MER ROUGE

Depuis cinq ou six ans, Marcel travaillait à ce fameux tableau qu'il affirmait devoir représenter le passage de la mer Rouge et, depuis cinq ou six ans, ce chef-d'œuvre de couleur [1] était refusé avec obstination par le jury. Aussi, à force d'aller et de revenir de l'atelier de l'artiste au Musée, et du Musée à l'atelier, le tableau connaissait si bien le chemin, que, si on l'eut placé sur des roulettes, il eût été en état de se rendre tout seul au Louvre. Marcel, qui avait refait dix fois, et du haut en bas remanié cette toile, attribuait à une hostilité personnelle des membres du jury l'ostracisme qui le repoussait annuellement du salon Carré ; et, dans ses moments perdus, il avait composé en l'honneur des cerbères de l'Institut un petit dictionnaire d'injures, avec des illustrations d'une férocité aiguë. Ce recueil, devenu célèbre, avait obtenu dans les ateliers et à l'école des Beaux-Arts le succès populaire qui s'est attaché à l'immortelle complainte de Jean Bélin, peintre ordinaire du grand sultan des Turcs [2] ; tous les rapins de Paris en avaient un exemplaire dans leur mémoire.

Pendant longtemps, Marcel ne s'était pas découragé des refus acharnés qui l'accueillaient à chaque exposition. Il s'était confortablement assis dans cette opinion que son tableau était, dans des proportions moindres, le pendant attendu par les *Noces de Cana* [3], ce gigantesque chef-d'œuvre dont la poussière de trois siècles n'a pu ternir l'éclatante splendeur. Aussi, chaque année, à l'époque du Salon, Marcel envoyait son tableau à l'examen du jury. Seulement, pour dérouter les examinateurs et tâcher de les faire faillir dans le parti pris d'exclusion qu'ils paraissaient avoir envers le *Passage de la mer Rouge*, Marcel, sans rien déranger à la composition générale, modifiait quelque détail et changeait le titre de son tableau.

Ainsi, une fois, il arriva devant le jury sous le nom de *Passage du Rubicon*, mais Pharaon, mal déguisé sous le manteau de César, fut reconnu et repoussé avec tous les honneurs qui lui étaient dus.

L'année suivante, Marcel jeta sur un des plans de sa toile une couche de blanc simulant la neige, planta un sapin dans un coin, et, habillant un Égyptien en grenadier de la garde impériale, baptisa son tableau : *Passage de la Bérésina*.

Le jury, qui avait ce jour-là récuré ses lunettes sur le parement de son habit à palmes vertes, ne fut point dupe de cette nouvelle ruse. Il reconnut parfaitement la toile obstinée, surtout à un grand diable de cheval multicolore qui se cabrait au bout d'une vague de la mer Rouge. La robe de ce cheval servait à Marcel pour toutes ses expériences de coloris, et dans son langage familier, il l'appelait tableau synoptique des *tons fins*, parce qu'il reproduisait, avec leurs jeux d'ombre et de lumière, toutes les combinaisons les plus variées de la couleur. Mais une fois encore, insensible à ce détail, le jury n'eut pas assez de boules noires pour refuser le *Passage de la Bérésina*.

— Très bien, dit Marcel, je m'y attendais. L'année prochaine je le renverrai sous le titre de : *Passage des Panoramas*[4].

— Ils seront très bien attrapés... trapés... attrape... trape... chantonna le musicien Schaunard sur un air nouveau de sa composition, un air terrible, bruyant comme une gamme de coups de tonnerre, et dont l'accompagnement était redouté de tous les pianos circonvoisins.

— Comment peuvent-ils refuser cela sans que tout le vermillon de ma mer Rouge leur monte au visage et les couvre de honte ? murmurait Marcel en contemplant son tableau... Quand on pense qu'il y a là-dedans pour cent écus de couleur et pour un million de génie, sans compter ma belle jeunesse, devenu chauve comme mon feutre. Une œuvre sérieuse qui ouvre de nouveaux horizons à la science des *glacis*. Mais ils n'auront pas le dernier ; jusqu'à mon dernier soupir, je leur enverrai mon tableau. Je veux qu'il se grave dans leur mémoire.

— C'est la plus sûre manière de le faire jamais graver, dit Gustave Colline d'une voix plaintive ; et en lui-même il ajouta : il est très joli, celui-là, très joli... je le répéterai dans les sociétés.

Marcel continuait ses imprécations, que Schaunard continuait à mettre en musique.

— Ah ! ils ne veulent pas me recevoir, dit Marcel. Ah ! le gouvernement les paye, les loge et leur donne la croix, uniquement dans le seul but de me refuser une fois par an, le premier mars, une toile de cent sur châssis à clef... Je vois distinctement leur idée, je la vois très distinctement ; ils veulent me faire briser mes pinceaux. Ils espèrent peut-être, en me refusant ma *mer Rouge*, que je vais me jeter dedans par la fenêtre du désespoir. Mais, ils connaissent bien mal mon cœur humain, s'ils comptent me prendre à cette ruse grossière. Je n'attendrai même plus l'époque du salon. A compter d'aujourd'hui, mon œuvre devient le tableau de Damoclès éternellement suspendu sur leur existence. Maintenant, je vais une fois par semaine l'envoyer chez chacun d'eux, à domicile, au sein de leur

famille, au plein cœur de leur vie privée. Il troublera
leurs joies domestiques, il leur fera trouver le vin sur,
le rôti brûlé, et leurs épouses amères. Ils deviendront
fous très rapidement, et on leur mettra la camisole de
force pour aller à l'Institut les jours de séance. Cette
idée me sourit.

Quelques jours après, et comme Marcel avait déjà
oublié ses terribles plans de vengeance contre ses
persécuteurs, il reçut la visite du père *Médicis*. On
appelait ainsi dans le cénacle un juif nommé Salomon
et qui, à cette époque, était très connu de toute la
bohème artistique et littéraire, avec qui il était en
perpétuels rapports. Le père Médicis négociait dans
tous les genres de bric-à-brac. Il vendait des mobiliers
complets depuis *douze* francs jusqu'à mille écus. Il
achetait tout et savait le revendre avec bénéfice. La
banque d'échange de M. Proudhon[5] est bien peu de
chose comparée au système appliqué par Médicis, qui
possédait le génie du trafic à un degré auquel les plus
habiles de sa religion n'étaient point arrivés jusque-là.
Sa boutique, située place du Carrousel, était un lieu
féerique où l'on trouvait toute chose à souhait. Tous les
produits de la nature, toutes les créations de l'art, tout
ce qui sort des entrailles de la terre et du génie humain,
Médicis en faisait un objet de négoce. Son commerce
touchait à tout, absolument à tout ce qui existe, il
travaillait même dans *l'idéal*. Médicis achetait des
IDÉES pour les exploiter lui-même ou les revendre.
Connu de tous les littérateurs et de tous les artistes,
intime de la palette et familier de l'écritoire, c'était
l'Asmodée des arts. Il vous vendait des cigares contre
un plan de feuilleton, des pantoufles contre un sonnet,
de la marée fraîche contre des paradoxes ; il causait *à
l'heure* avec les écrivains chargés de raconter dans les
gazettes les cancans du monde ; il vous procurait des
places dans les tribunes des parlements, et des invita-

tions pour les soirées particulières; il logeait à la nuit, à la semaine ou au mois les rapins errants, qui le payaient en copies faites au Louvre d'après les maîtres. Les coulisses n'avaient point de mystères pour lui. Il vous faisait recevoir des pièces dans les théâtres; il vous obtenait des tours de faveur. Il avait dans la tête un exemplaire de l'Almanach des vingt-cinq mille adresses[6], et connaissait la demeure, les noms et les secrets de toutes les célébrités, même obscures.

Quelques pages copiées dans le *brouillard* de sa tenue de livres pourront, mieux que toutes les explications les plus détaillées, donner une idée de l'universalité de son commerce.

20 mars 184...

— Vendu à M. L..., antiquaire, le compas dont Archimède s'est servi pendant le siège de Syracuse, 75 fr.

— Acheté à M. V..., journaliste, les œuvres complètes, non coupées, de M.***, membre de l'Académie, 10 fr.

— Vendu au même un article de critique sur les œuvres complètes de M.***, membre de l'Académie, 30 fr.

— Vendu à M.***, membre de l'Académie, un feuilleton de douze colonnes sur ses œuvres complètes, 250 fr.

— Acheté à M. R..., homme de lettres, une appréciation critique sur les œuvres complètes de M.***, de l'Académie française, 10 fr.; plus 50 livres de charbon de terre et 2 kilog. de café.

— Vendu à M.*** un vase en porcelaine ayant appartenu à madame Dubarry, 18 fr.

— Acheté à la petite D... ses cheveux, 15 fr.

— Acheté à M. B... un lot d'articles de mœurs et les trois dernières fautes d'orthographe faites par M.

le préfet de la Seine, 6 fr., plus une paire de souliers napolitains.

— Vendu à mademoiselle O... une chevelure blonde, 120 fr.

— Acheté à M. M..., peintre d'histoire, une série de dessins gais, 25 fr.

— Indiqué à M. Ferdinand l'heure à laquelle madame la baronne R... de P... va à la messe. — Au même, loué pour une journée le petit entresol du faubourg Montmartre, le tout 30 fr.

— Vendu à M. Isidore son portrait en Apollon, 30 fr.

— Vendu à mademoiselle R... une paire de homards et six paires de gants, 36 fr. (Reçu 2 fr. 75 c.)

— A la même, procuré un crédit de six mois chez madame***, modiste. (Prix à débattre.)

— Procuré à madame***, modiste, la clientèle de mademoiselle R... (Reçu pour ce, trois mètres de velours et six aunes de dentelle.)

— Acheté à M. R..., homme de lettres, une créance de 120 fr. sur le journal***, actuellement en liquidation, 5 fr.; plus deux livres de tabac de Moravie.

— Vendu à M. Ferdinand deux lettres d'amour, 12 fr.

— Acheté à M. J..., peintre, le portrait de M. Isidore en Apollon, 6 fr.

— Acheté à M.*** 75 kilog. de son ouvrage, intitulé : *Des Révolutions sous-marines*, 15 fr.

— Loué à madame la comtesse de G... un service de Saxe, 20 fr.

— Acheté à M.*** journaliste, 52 lignes dans son *Courrier de Paris*, 100 fr.; plus une garniture de cheminée.

— Vendu à MM. O... et Cie 52 lignes dans *le Courrier de Paris* de M.***, 300 fr.; plus deux garnitures de cheminée.

— A mademoiselle S... G..., loué un lit et un coupé

pour un jour (néant). (Voir le compte de mademoiselle
S... G..., grand-livre, folios 26 et 27.)

— Acheté à M. Gustave C... un mémoire sur l'industrie linière, 50 fr. ; plus une édition rare des œuvres de
Flavius Josèphe.

— A mademoiselle S... G... vendu un mobilier
moderne 5 000 fr.

— Pour la même, payé une note chez le pharma-
cien, 75 fr.

— *Id.* Payé une note chez la crémière, 3 fr. 85.

Etc., etc., etc.

On voit, par ces citations, sur quelle immense
échelle s'étendaient les opérations du juif Médicis,
qui, malgré les notes un peu illicites de son commerce
infiniment éclectique, n'avait jamais été inquiété par
personne.

En entrant chez les bohèmes avec cet air intelligent
qui le distinguait, le juif avait deviné qu'il arrivait à
un moment propice. En effet, les quatre amis se
trouvaient en ce moment réunis en conseil, et, sous la
présidence d'un appétit féroce, dissertaient la grave
question *du pain et de la viande.* C'était un dimanche !
de la fin du mois. Jour fatal et quantième sinistre.

L'entrée de Médicis fut donc acclamée par un
joyeux chorus ; car on savait que le juif était trop
avare de son temps pour le dépenser en visites de
politesse ; aussi sa présence annonçait-elle toujours
une affaire à traiter.

— Bonsoir, Messieurs, dit le juif, comment vous
va ?

— Colline, dit Rodolphe couché sur son lit et
engourdi dans les douceurs de la ligne horizontale,
exerce les devoirs de l'hospitalité, offre une chaise à
notre hôte : un hôte est sacré. Je vous salue en
Abraham, ajouta le poète.

Colline alla prendre un fauteuil qui avait l'élasticité

du bronze, et l'avança près du juif en lui disant avec une voix hospitalière :

— Supposez un instant que vous êtes Cinna, et prenez ce siège [7].

Médicis se laissa tomber dans le fauteuil, et allait se plaindre de sa dureté, lorsqu'il se ressouvint que lui-même l'avait jadis changé avec Colline contre une profession de foi vendue à un député qui n'avait pas la corde de l'improvisation. En s'asseyant, les poches du juif résonnèrent d'un bruit argentin, et cette mélodieuse symphonie jeta les quatre bohèmes dans une rêverie pleine de douceurs.

— Voyons la chanson maintenant, dit Rodolphe tout bas à Marcel, l'accompagnement paraît joli.

— Monsieur Marcel, fit Médicis, je viens simplement faire votre fortune. C'est-à-dire que je viens vous offrir une occasion superbe d'entrer dans le monde artistique. L'art, voyez-vous bien, monsieur Marcel, est un chemin aride dont la gloire est l'oasis.

— Père Médicis, dit Marcel sur les charbons de l'impatience, au nom de 50 pour cent, votre patron vénéré, soyez bref.

— Oui, dit Colline, bref ainsi que le roi Pépin, qui était un sire concis comme vous : car vous devez l'être, circoncis, fils de Jacob !

— Ouh ! ouh ! ouh ! firent les bohèmes en regardant si le plancher ne s'entrouvrait pas pour engloutir le philosophe.

Mais Colline ne fut pas encore englouti cette fois.

— Voici l'affaire, reprit Médicis. Un riche amateur qui monte une galerie destinée à faire le tour de l'Europe m'a chargé de lui procurer une série d'œuvres remarquables. Je viens vous offrir vos entrées dans ce musée. En un mot, je viens pour vous acheter votre *Passage de la mer Rouge*.

— Comptant ? fit Marcel.

— Comptant, répondit le juif en faisant jouer l'orchestre de ses goussets.

— L'es-tu content ? dit Colline.

— Décidément, fit Rodolphe furieux, il faudra se procurer une poire d'angoisse pour fermer le soupirail à sottises de ce gueux-là. Brigand, ne vois-tu pas qu'il cause d'*écus* ? Il n'y a donc rien de sacré pour toi, athée ?

Colline monta sur un meuble, et prit la pose d'Harpocrate, dieu du silence.

— Continuez, Médicis, dit Marcel en montrant son tableau. Je veux vous laisser l'honneur de fixer vous-même le prix de cette œuvre qui n'en a pas.

Le juif posa sur la table 50 écus en bel argent neuf.

— Après ? dit Marcel, c'est l'avant-garde.

— Monsieur Marcel, dit Médicis, vous savez bien que mon premier mot est toujours mon dernier. Je n'ajouterai rien ; réfléchissez : 50 écus, cela fait 150 francs. C'est une somme, ça !

— Une faible somme, reprit l'artiste ; rien que dans la robe de mon Pharaon, il y a pour 50 écus de cobalt. Payez-moi au moins la façon, égalisez les piles, arrondissez le chiffre, et je vous appellerai Léon X, Léon X *bis* [8].

— Voici mon dernier mot, reprit Médicis : je n'ajoute pas un sou de plus ; mais j'offre à dîner à tout le monde, vins variés à discrétion, et au dessert je paye en OR.

— Personne ne dit mot ? hurla Colline en frappant trois coups de poing sur la table. Adjugé.

— Allons, dit Marcel, convenu.

— Je ferai prendre le tableau demain, fit le juif. Partons, Messieurs, le couvert est mis.

Les quatre amis descendirent l'escalier en chantant le chœur des *Huguenots* : A table, à table !

Médicis traita les bohèmes d'une façon tout à fait

magnifique. Il leur offrit une foule de choses qui jusque-là étaient restées pour eux complètement inédites. Ce fut à compter de ce dîner que le homard cessa d'être un mythe pour Schaunard, et il contracta dès lors pour cet amphibie une passion qui devait aller jusqu'au délire.

Les quatre amis sortirent de ce splendide festin ivres comme un jour de vendange. Cette ivresse faillit même avoir des suites déplorables pour Marcel qui, en passant devant la boutique de son tailleur, à deux heures du matin, voulait absolument éveiller son créancier pour lui donner en acompte les 150 francs qu'il venait de recevoir. Une lueur de raison qui veillait encore dans l'esprit de Colline retint l'artiste au bord de ce précipice.

Huit jours après ce festival, Marcel apprit dans quelle galerie son tableau avait pris place. En passant dans le faubourg Saint-Honoré, il s'arrêta au milieu d'un groupe qui paraissait regarder curieusement la pose d'une enseigne au-dessus d'une boutique. Cette enseigne n'était autre chose que le tableau de Marcel, vendu par Médicis à un marchand de comestibles. Seulement, le *Passage de la mer Rouge* avait encore subi une modification et portait un nouveau titre. On y avait ajouté un bateau à vapeur, et il s'appelait : *Au port de Marseille.* Une ovation flatteuse s'était élevée parmi les curieux quand on avait découvert le tableau. Aussi Marcel se retourna-t-il ravi de ce triomphe, et murmura : *La voix du peuple, c'est la voix de Dieu.*

XVII

LA TOILETTE DES GRACES

Mademoiselle Mimi, qui avait coutume de dormir la grasse matinée, se réveilla un matin sur le coup de dix heures, et parut très étonnée de ne point voir Rodolphe auprès d'elle ni même dans la chambre. La veille au soir, avant de s'endormir, elle l'avait pourtant vu à son bureau, se disposant à passer la nuit sur un travail extra-littéraire qui venait de lui être commandé, et à l'achèvement duquel la jeune Mimi était particulièrement intéressée. En effet, sur le produit de son labeur, le poète avait fait espérer à son amie qu'il lui achèterait une certaine robe printanière dont elle avait un jour aperçu le coupon aux *Deux Magots* [1], un magasin de nouveautés fameux, à l'étalage duquel la coquetterie de Mimi allait faire de fréquentes dévotions. Aussi, depuis que le travail en question était commencé, Mimi se préoccupait-elle avec une grande inquiétude de ses progrès. Souvent elle s'approchait de Rodolphe, pendant qu'il écrivait, et, penchant la tête par-dessus son épaule, elle lui disait gravement :

— Eh bien, ma robe avance-t-elle ?

— Il y a déjà une manche, sois calme, répondait Rodolphe.

Une nuit, ayant entendu Rodolphe qui faisait claquer ses doigts, ce qui indiquait ordinairement qu'il était content de son labeur, Mimi se dressa brusquement sur son lit, et cria en passant sa tête brune à travers les rideaux :

— Est-ce que ma robe est finie ?

— Tiens, répondit Rodolphe en allant lui montrer

quatre grandes pages couvertes de lignes serrées, je
viens d'achever le corsage.

— Quel bonheur ! fit Mimi, il ne reste plus que la
jupe. Combien faut-il de pages comme ça pour faire
une jupe ?

— C'est selon ; mais comme tu n'es pas grande,
avec une dizaine de pages de cinquante lignes de
trente-trois lettres nous pourrions avoir une jupe
convenable.

— Je ne suis pas grande, c'est vrai, dit Mimi sérieusement ; mais il ne faudrait cependant pas avoir l'air
de pleurer après l'étoffe : on porte les robes très
amples, et je voudrais de beaux plis pour que ça fasse
frou-frou.

— C'est bien, répondit gravement Rodolphe, je
mettrai dix lettres de plus à la ligne, et nous obtien-
drons le *frou-frou.*

Et Mimi se rendormait heureuse.

Comme elle avait commis l'imprudence de parler à
ses amies, mesdemoiselles Musette et Phémie, de la
belle robe que Rodolphe était en train de lui faire, les
deux jeunes personnes n'avaient pas manqué d'entre-
tenir messieurs Marcel et Schaunard de la générosité
de leur ami envers sa maîtresse ; et ces confidences
avaient été suivies de provocations non équivoques à
imiter l'exemple donné par le poète.

— C'est-à-dire, ajoutait mademoiselle Musette en
tirant Marcel par les moustaches, c'est-à-dire que si
cela continue encore huit jours comme ça, je serai
forcée de t'emprunter un pantalon pour sortir.

— Il m'est dû onze francs dans une bonne maison,
répondit Marcel ; si je récupère cette valeur, je la
consacrerai à t'acheter une feuille de vigne à la mode.

— Et moi ? demandait Phémie à Schaunard. Mon
peigne noir, elle ne pouvait pas dire peignoir, tombe
en ruine.

Schaunard tirait alors trois sous de sa poche, et les donnant à sa maîtresse en lui disant :

— Voici de quoi acheter une aiguille et du fil. Raccommode ton peignoir bleu, cela t'instruira en t'amusant, *utile dulci* [2].

Néanmoins, dans un conciliabule tenu très secret, Marcel et Schaunard convinrent avec Rodolphe que chacun de son côté s'efforcerait de satisfaire la juste coquetterie de leurs maîtresses.

— Ces pauvres filles, avait dit Rodolphe, un rien les pare, mais encore faut-il qu'elles aient ce rien. Depuis quelque temps les beaux-arts et la littérature vont très bien, nous gagnons presque autant que des commissionnaires.

'   — Il est vrai que je ne puis pas me plaindre, interrompit Marcel : les beaux-arts se portent comme un charme, on se croirait sous le règne de Léon X.

— Au fait, fit Rodolphe, Musette m'a dit que tu partais le matin et que tu ne rentrais que le soir depuis huit jours. Est-ce que tu as vraiment de la besogne ?

— Mon cher, une affaire superbe, que m'a procurée Médicis. Je fais des portraits à la caserne de *l'Ave Maria* dix-huit grenadiers qui m'ont demandé leur image à six francs l'une dans l'autre, la ressemblance garantie un an, comme les montres. J'espère avoir le régiment tout entier. C'était bien aussi mon idée de requinquer Musette quand Médicis m'aura payé, car c'est avec lui que j'ai traité et pas avec mes modèles.

— Quant à moi, fit Schaunard négligemment, sans qu'il y paraisse, j'ai deux cents francs qui dorment.

— Sacrebleu ! réveillons-les, dit Rodolphe.

— Dans deux ou trois jours je compte émarger, reprit Schaunard. En sortant de la caisse, je ne vous cacherai pas que je me propose de donner un libre cours à quelques-unes de mes passions. Il y a surtout, chez le fripier d'à côté, un habit de nankin et un cor de chasse qui m'agacent l'œil depuis longtemps ; je m'en ferai certainement hommage.

— Mais, demandèrent à la fois Rodolphe et Marcel, d'où espères-tu tirer ce nombreux capital ?

— Écoutez, Messieurs, dit Schaunard en prenant un air grave et en s'asseyant entre ses deux amis, il ne faut pas nous dissimuler aux uns et aux autres qu'avant d'être membres de l'Institut et contribuables, nous avons encore pas mal de pain de seigle à manger, et la miche quotidienne est dure à pétrir. D'un autre côté, nous ne sommes pas seuls ; comme le ciel nous a créés sensibles, chacun de nous s'est choisi une chacune, à qui il a offert de partager son sort.

— Précédé d'un hareng, interrompit Marcel.

— Or, continua Schaunard, tout en vivant avec la plus stricte économie, quand on ne possède rien, il est difficile de mettre de côté, surtout si l'on a toujours un appétit plus grand que son assiette.

— Où veux-tu en venir ?... demanda Rodolphe.

— A ceci, reprit Schaunard, que, dans la situation actuelle, nous aurions tort les uns et les autres de faire les dédaigneux, lorsqu'il se présente, même en dehors de notre art, une occasion de mettre un chiffre devant le zéro qui constitue notre apport social !

— Eh bien ! dit Marcel, auquel de nous peux-tu reprocher de faire le dédaigneux ? Tout grand peintre que je serai un jour, n'ai-je pas consenti à consacrer mes pinceaux à la reproduction picturale de guerriers français qui me payent avec leur sou de poche ? Il me semble que je ne crains pas de descendre de l'échelle de ma grandeur future.

— Et moi, reprit Rodolphe, ne sais-tu pas que depuis quinze jours je compose un poème didactique médico-chirurgical-osanore[3] pour un dentiste célèbre qui subventionne mon inspiration à raison de quinze sous la douzaine d'alexandrins, un peu plus cher que

les huîtres ?... Cependant, je n'en rougis pas ; plutôt
que de voir ma Muse rester les bras croisés, je lui ferais
volontiers mettre le *Conducteur parisien* en romances.
Quand on a une lyre... que diable ! c'est pour s'en
servir... Et puis Mimi est altérée de bottines.

— Alors, reprit Schaunard, vous ne m'en voudrez
pas quand vous saurez de quelle source est sorti le
Pactole dont j'attends le débordement.

Voici quelle était l'histoire des deux cents francs de
Schaunard.

Il y avait environ une quinzaine de jours, il était
entré chez un éditeur de musique qui lui avait promis
de lui trouver, parmi ses clients, soit des leçons de
piano, soit des accords.

— Parbleu ! dit l'éditeur en le voyant entrer, vous
arrivez à propos, on est venu justement aujourd'hui me
demander un pianiste. C'est un Anglais ; je crois qu'on
vous payera bien... Êtes-vous réellement fort ?

Schaunard pensa qu'une contenance modeste pourrait lui nuire dans l'esprit de son éditeur. Un musicien,
et surtout un pianiste, modeste, c'est en effet chose
rare. Aussi Schaunard répondit-il avec beaucoup
d'aplomb :

— Je suis de première force ; si j'avais seulement un
poumon attaqué, de grands cheveux et un habit noir, je
serais actuellement célèbre comme le soleil, et, au lieu
de me demander huit cents francs pour faire graver ma
partition de *la Mort de la jeune fille*, vous viendriez m'en
offrir trois mille, à genoux, et dans un plat d'argent.

— Il est de fait, poursuivit l'artiste, que mes dix
doigts ayant dix ans de travaux forcés sur les cinq
octaves, je manipule assez agréablement l'ivoire et les
dièses.

Le personnage auquel on adressait Schaunard était
un Anglais nommé M. Birn'n. Le musicien fut d'abord
reçu par un laquais bleu, qui le présenta à un laquais

vert, qui le repassa à un laquais noir, lequel l'avait
introduit dans un salon où il s'était trouvé en face d'un
insulaire accroupi dans une attitude spleenatique qui
le faisait ressembler à *Hamlet*, méditant sur le peu que
nous sommes. Schaunard se disposait à expliquer le
motif de sa présence, lorsque des cris perçants se firent
entendre et lui coupèrent la parole. Ce bruit affreux qui
déchirait les oreilles était poussé par un perroquet
exposé sur un perchoir au balcon de l'étage inférieur.

— Ô le bête, le bête ! le bête ! murmura l'Anglais en
faisant un bond dans son fauteuil, il fera mourir moa.

Et au même instant le volatile se mit à débiter son
répertoire, beaucoup plus étendu que celui des jac-
quots ordinaires ; et Schaunard resta confondu lorsqu'il entendit l'animal, excité par une voix féminine,
commencer à déclamer les premiers vers du récit de
Théramène avec les intonations du Conservatoire.

Ce perroquet était le favori d'une actrice en vogue
dans son boudoir. C'était une de ces femmes qui, on ne
sait ni pourquoi ni comment, sont cotées des prix fous
sur le turf de la galanterie, et dont le nom est inscrit
sur les menus des soupers de gentilshommes, où elles
servent de dessert vivant. De nos jours, cela pose un
chrétien d'être vu avec une de ces païennes, qui
souvent n'ont d'antique que leur acte de naissance.
Quand elles sont jolies, le mal n'est pas grand, après
tout : le plus qu'on risque, c'est d'être mis sur la paille
pour les avoir mises dans le palissandre. Mais quand
leur beauté s'achète à l'once chez les parfumeurs et ne
résiste pas à trois gouttes d'eau versées sur un chiffon,
quand leur esprit tient dans un couplet de vaudeville,
et leur talent dans le creux de la main d'un claqueur,
on a peine à s'expliquer comment des gens distingués,
ayant quelquefois un nom, de la raison et un habit à la
mode, se laissent emporter, par amour du lieu commun, à élever jusqu'au terre-à-terre du caprice le plus

banal, des créatures dont leur Frontin ne voudrait pas faire sa Lisette.

L'actrice en question était du nombre de ces beautés du jour. Elle s'appelait Dolorès et se disait Espagnole [4], bien qu'elle fût née dans cette Andalousie parisienne qui s'appelle la rue Coquenard. Quoiqu'il n'y ait pas dix minutes de la rue Coquenard à la rue de Provence, elle avait mis sept ou huit ans pour faire le chemin. Sa prospérité avait commencé au fur et à mesure de sa décadence personnelle. Ainsi, le jour où elle fit poser sa première fausse dent, elle eut un cheval, et deux chevaux le jour où elle fit poser la seconde. Actuellement elle menait grand train, logeait dans un Louvre, tenait le milieu de la chaussée les jours de Longchamp, et donnait des bals où tout Paris assistait. Le Tout-Paris de ces dames ? c'est-à-dire cette collection d'oisifs courtisans de tous les ridicules et de tous les scandales ; le Tout-Paris joueur de lansquenet et de paradoxes, les fainéants de la tête et du bras, tueurs de leur temps et de celui des autres ; les écrivains qui se font hommes de lettres pour utiliser les plumes que la nature leur a mises sur le dos ; les bravi de la débauche, les gentilshommes biseautés, les chevaliers d'ordre mystérieux, toute la bohème hantée, venue on ne sait d'où et y retournant ; toutes les créatures notées et annotées ; toutes les filles d'Ève qui vendaient jadis le fruit maternel sur un éventaire, et qui le débitent maintenant dans des boudoirs ; toute la race corrompue, du lange au linceul, qu'on retrouve aux premières représentations [5] avec Golconde sur le front et le Tibet sur les épaules et pour qui cependant fleurissent les premières violettes du printemps et les premières amours des adolescents. Tout ce monde-là, que les *chroniques* appellent Tout-Paris, était reçu chez mademoiselle Dolorès, la maîtresse du perroquet en question.

Cet oiseau, que ses talents oratoires avaient rendu célèbre dans tout le quartier, était devenu peu à peu la terreur des plus proches voisins. Exposé sur le balcon, il faisait de son perchoir une tribune où il tenait, du matin jusqu'au soir, des discours interminables. Quelques journalistes liés avec sa maîtresse lui ayant appris certaines spécialités parlementaires, le volatile était devenu d'une force surprenante sur *la question des sucres*[6]. Il savait par cœur le répertoire de l'actrice et le déclamait de façon à pouvoir la doubler elle-même en cas d'indisposition. En outre, comme celle-ci était polyglotte dans ses sentiments et recevait des visites de tous les coins du monde, le perroquet parlait toutes les langues et se livrait quelquefois dans chaque idiome à des blasphèmes qui eussent fait rougir les mariniers à qui *Vert-Vert*[7] dut son éducation avancée. La société de cet oiseau, qui pouvait être instructive et agréable pendant dix minutes, devenait un supplice véritable quand elle se prolongeait. Les voisins s'étaient plaints plusieurs fois ; mais l'actrice les avait insolemment renvoyés des fins de leur plainte. Deux ou trois locataires, honnêtes pères de famille, indignés des mœurs relâchées auxquelles les indiscrétions du perroquet les initiaient, avaient même donné congé au propriétaire, que l'actrice avait su prendre par son faible.

L'Anglais chez lequel nous avons vu entrer Schaunard avait pris patience pendant trois mois.

Un jour, il déguisa sa fureur qui venait d'éclater sous un grand costume d'apparat ; et tel qu'il se fût présenté chez la reine Victoria un jour de baisemain, à Windsor, il se fit annoncer chez mademoiselle Dolorès.

En le voyant entrer, celle-ci pensa d'abord que c'était *Hoffmann* dans son costume de *lord Spleen* ; et, voulant faire bon accueil à un camarade, elle lui offrit à déjeuner. L'Anglais lui répondit gravement dans un français en vingt-cinq leçons que lui avait appris un réfugié espagnol.

— Je acceptai votre invitation, à la condition que nous mangerons cet oiseau... désagréable, et il désignait la cage du perroquet, qui, ayant déjà flairé un insulaire, l'avait salué en fredonnant le *God save the king*.

Dolorès pensa que l'Anglais, son voisin, était venu pour se moquer d'elle, et se disposait à se fâcher, quand celui-ci ajouta :

— Comme je étais fort riche, je mettrais le prix à la bête.

Dolorès répondit qu'elle tenait à son oiseau, et qu'elle ne voulait pas le voir passer entre les mains d'un autre.

— Oh ! ce n'était pas dans mes mains que je voulais le mettre, répondit l'Anglais ; c'est dessous mes pieds, et il montrait le talon de ses bottes.

Dolorès frémit d'indignation, et allait s'emporter peut-être, lorsqu'elle aperçut, au doigt de l'Anglais, une bague dont le diamant représentait peut-être 2 500 francs de rentes. Cette découverte fut comme une douche tombée sur sa colère. Elle réfléchit qu'il était peut-être imprudent de se fâcher avec un homme qui avait cinquante mille francs à son petit doigt.

— Eh bien, Monsieur, lui dit-elle, puisque ce pauvre Coco vous ennuie, je le mettrai sur le derrière ; de cette façon, vous ne pourrez plus l'entendre.

L'Anglais se borna à faire un geste de satisfaction.

— Cependant, ajouta-t-il en montrant ses bottes, je aurais beaucoup préféré...

— Soyez sans crainte, fit Dolorès ; à l'endroit où je le mettrai, il lui sera impossible de troubler milord.

— Oh ! je étais pas milord... je étais seulement esquire.

Mais au moment même où M. Birn'n se disposait à se retirer après l'avoir saluée avec une inclinaison très modeste, Dolorès, qui ne négligeait en aucune occasion ses intérêts, prit un petit paquet déposé sur un guéridon, et dit à l'Anglais :

— Monsieur, on donne ce soir, au théâtre de... une représentation à mon bénéfice, et je dois jouer dans trois pièces. Voudriez-vous me permettre de vous offrir quelques coupons de loges ? le prix des places n'a été que peu augmenté.

Et elle mit une dizaine de loges entre les mains de l'insulaire.

— Après m'être montrée aussi prompte à lui être agréable, pensait-elle intérieurement, s'il est un homme bien élevé, il est impossible qu'il me refuse ; et, s'il me voit jouer, avec mon costume rose, qui sait ? entre voisins ! le diamant qu'il porte au doigt est l'avant-garde d'un million. Ma foi, il est bien laid, il est bien triste, mais ça me fournira une occasion d'aller à Londres sans avoir le mal de mer.

L'Anglais, après avoir pris les billets, se fit expliquer une seconde fois l'usage auquel ils étaient destinés, puis il demanda le prix...

— Les loges sont à soixante francs, et il y en a dix... Mais cela n'est pas pressé, ajouta Dolorès en voyant l'Anglais qui se disposait à prendre son portefeuille ; j'espère qu'en qualité de voisin vous voudrez bien de temps en temps me faire l'honneur d'une petite visite.

M. Birn'n répondit :

— Je n'aimai point à faire les affaires à terme ; et, ayant tiré un billet de mille francs, il le mit sur la table, et glissa les coupons de loges dans sa poche.

— Je vais vous rendre, fit Dolorès en ouvrant un petit meuble où elle serrait son argent.

— Oh ! non, dit l'Anglais, ce était pour boire ; et il sortit en laissant Dolorès foudroyée par ce mot.

— Pour boire ! s'écria-t-elle en se trouvant seule. Quel butor ! Je vais lui renvoyer son argent.

Mais cette grossièreté de son voisin avait seulement irrité l'épiderme de son amour-propre ; la réflexion le calma ; elle pensa que vingt louis de *boni* faisaient après tout un joli *banco*, et qu'elle avait jadis supporté des impertinences à meilleur marché.

— Ah bah ! se dit-elle, faut pas être si fière. Personne ne m'a vue, et c'est aujourd'hui le mois de ma blanchisseuse. Après ça, cet Anglais manie si mal la langue, qu'il a cru peut-être me faire un compliment.

Et Dolorès empocha gaiement ses vingt louis.

Mais le soir, après le spectacle, elle rentra chez elle furieuse. M. Birn'n n'avait point fait usage des billets, et les dix loges étaient restées vides.

Aussi, en entrant en scène à minuit et demi, l'infortunée bénéficiaire lisait-elle, sur le visage de ses *amies* de coulisse, la joie que celles-ci éprouvaient en voyant la salle si pauvrement garnie.

Elle entendit même une actrice de ses amies dire à une autre, en montrant les belles loges du théâtre inoccupées :

— Cette pauvre Dolorès n'a *fait* qu'une avant-scène.

— Les loges sont à peine garnies.

— L'orchestre est vide.

— Parbleu ! quand on voit son nom sur l'affiche, cela produit, dans la salle, l'effet d'une machine pneumatique.

— Aussi, quelle idée d'augmenter le prix des places !

— Un beau bénéfice. Je parierais que la recette tient dans une tirelire ou dans le fond d'un bas.

— Ah ! voilà son fameux costume à coques de velours rouge...

— Elle a l'air d'un buisson d'écrevisses.

— Combien as-tu fait à ton dernier bénéfice ? demanda l'une des actrices à sa compagne.

— Comble, ma chère, et c'était jour de *première* ; les tabourets valaient un louis. Mais je n'ai touché que six francs : ma marchande de modes a pris le reste. Si je n'avais pas si peur des engelures, j'irais à Saint-Pétersbourg.

— Comment ! tu n'as pas encore trente ans, et tu songes déjà à *faire* ta Russie [8] ?

— Que veux-tu ! fit l'autre ; et elle ajouta : Et toi, est-ce bientôt ton *bénéf* ?

— Dans quinze jours. J'ai déjà mille écus de coupons de pris, sans compter mes Saint-Cyriens.

— Tiens ! tout l'orchestre s'en va.

— C'est Dolorès qui chante.

En effet, Dolorès, pourprée comme son costume, cadençait son couplet au verjus. Comme elle l'achevait à grand-peine, deux bouquets tombaient à ses pieds, lancés par la main des deux actrices ses bonnes amies, qui s'avancèrent sur le bord de leur baignoire, en criant :

— Bravo, Dolorès !

On s'imaginera facilement la fureur de celle-ci. Aussi, en entrant chez elle, bien qu'on fût au milieu de la nuit, elle ouvrit la fenêtre et réveilla Coco, qui réveilla l'honnête M. Birn'n, endormi sous la foi de la parole donnée.

A compter de ce jour, la guerre avait été déclarée entre l'actrice et l'Anglais : guerre à outrance, sans repos ni trêve, dans laquelle les adversaires engagés ne reculeraient devant aucuns frais. Le perroquet, éduqué en conséquence, avait approfondi l'étude de la langue d'Albion, et proférait toute la journée des injures contre son voisin, dans son fausset le plus aigu. C'était, en vérité, quelque chose d'intolérable. Dolorès en souffrait elle-même, mais elle espérait que, d'un jour à l'autre, M. Birn'n donnerait congé : c'était là où elle plaçait son amour-propre. L'insulaire, de son côté, avait inventé toutes sortes de magies pour se venger. Il avait d'abord fondé une école de tambours dans son salon ; mais le commissaire de police était intervenu. M. Birn'n, de plus en plus ingénieux, avait alors établi un tir au pistolet ; ses domestiques criblaient cinquante cartons par jour. Le commissaire intervint encore, et lui fit exhiber un article du code municipal qui interdit l'usage des armes à feu dans les maisons. M. Birn'n cessa le feu. Mais huit jours après, mademoiselle Dolorès s'aperçut qu'il pleuvait dans ses appartements. Le propriétaire vint rendre visite à M. Birn'n, qu'il trouva en train de prendre les bains de mer dans son salon. En effet, cette pièce, fort grande, avait été revêtue sur tous les murs de feuilles de métal ; toutes les portes avaient été condamnées ; et, dans ce bassin improvisé, on avait mêlé dans une centaine de voies d'eau une cinquantaine de quintaux de sel. C'était une véritable réduction de l'Océan. Rien n'y manquait, pas même les poissons. On y descendait par une ouverture pratiquée dans le panneau supérieur de la porte du milieu, et M. Birn'n s'y baignait quotidiennement. Au bout de quelque temps, on sentait la marée dans le quartier, et mademoiselle Dolorès avait un demi-pouce d'eau dans sa chambre à coucher.

Le propriétaire devint furieux, et menaça M. Birn'n de lui faire un procès en dédommagement des dégâts causés dans son immeuble.

— Est-ce que je avais pas le droit, demanda l'Anglais, de me baigner chez moi ?

— Non, Monsieur.

— Si je avais pas le droit, c'est bien, dit l'Anglais plein de respect pour la loi du pays où il vivait. C'est dommage, je amusais beaucoup moi.

Et le soir même il donna des ordres pour qu'on fît écouler son Océan. Il n'était que temps : il y avait déjà un banc d'huîtres sur le parquet.

Cependant M. Birn'n n'avait pas renoncé à la lutte, et cherchait un moyen légal de continuer cette guerre singulière, qui faisait les délices de tout Paris oisif ; car l'aventure avait été répandue dans les foyers de théâtre et autres lieux de publicité. Aussi Dolorès tenait-elle à honneur de sortir triomphante de cette lutte, à propos de laquelle des paris étaient engagés.

Ce fut alors que M. Birn'n avait imaginé le piano. Et ce n'était point si mal imaginé : le plus désagréable des instruments était de force à lutter contre le plus désagréable des volatiles[9]. Aussi, dès que cette bonne idée lui était venue, s'était-il dépêché de la mettre à exécution. Il avait loué un piano, et il avait demandé un pianiste. Le pianiste, on se le rappelle, était notre ami Schaunard. L'Anglais lui raconta familièrement ses doléances à cause du perroquet de la voisine, et tout ce qu'il avait fait déjà pour tâcher d'amener l'actrice à composition.

— Mais, milord, dit Schaunard, il y a un moyen de vous débarrasser de cette bête : c'est le persil. Tous les chimistes n'ont qu'un cri pour déclarer que cette plante potagère est l'acide prussique de ces animaux ; faites hacher du persil sur vos tapis, et faites-les secouer par la fenêtre sur la cage de *Coco* : il expirera absolument comme s'il avait été invité à dîner par le pape Alexandre VI[10].

— J'y ai pensé, mais le bête est gardé, répondit l'Anglais ; le piano est plus sûr.

Schaunard regarda l'Anglais, et ne comprit pas tout d'abord.

— Voici ce que je avais combiné, reprit l'Anglais. La comédienne et son bête dormaient jusqu'à midi. Suivez bien mon raisonnement...

— Allez, fit Schaunard, je lui marche sur les talons.

— Je avais entrepris de lui troubler le sommeil. La loi de ce pays me autorise à faire de la musique depuis

le matin jusqu'au soir. Comprenez-vous ce que je
attends de vous ?...

— Mais, dit Schaunard, ce ne serait pas déjà si
désagréable pour la comédienne, si elle m'entend jouer
du piano toute la journée, et gratis encore. Je suis de
première force, et, si j'avais seulement un poumon
attaqué...

— Oh ! oh ! reprit l'Anglais. Aussi je ne dirai pas à
vous de faire de l'excellente musique. Il faudrait
seulement taper là-dessus votre instrument. Comme
ça, ajouta l'Anglais en essayant une gamme ; et toujours, toujours le même chose. Sans pitié, monsieur le
musicien, toujours la gamme. Je savais un peu le
médecine, cela rend fou. Ils deviendront fou là-dessous,
c'est là-dessus que je compte. Allons, Monsieur, met-
tez-vous tout de suite ; je payerai bien vous.

— Et voilà, dit Schaunard qui avait raconté tous les
détails que l'on vient de lire, voilà le métier que je fais
depuis quinze jours. Une gamme, rien que la même,
depuis sept heures du matin jusqu'au soir. Ce n'est
point là précisément de l'art sérieux ; mais que voulez-
vous, mes enfants, l'Anglais me paye mon tintamarre
deux cents francs par mois ; faudrait être le bourreau
de son corps pour refuser une pareille aubaine. J'ai
accepté, et dans deux ou trois jours je passe à la caisse
pour toucher mon premier mois.

Ce fut à la suite de ces mutuelles confidences que les
trois amis convinrent entre eux de profiter de la
commune rentrée de fonds, pour donner à leurs maîtresses l'équipement printanier que la coquetterie de
chacune convoitait depuis si longtemps. On était
convenu, en outre, que celui qui toucherait son argent
le premier attendrait les autres, afin que les acquisitions se fissent en même temps, et que mesdemoiselles
Mimi, Musette et Phémie pussent jouir ensemble du
plaisir de faire *peau neuve*, comme disait Schaunard.

Or, deux ou trois jours après ce conciliabule, Rodolphe tenait la corde, son poème osanore avait été payé, il pesait quatre-vingts francs. Le surlendemain, Marcel avait émargé chez Médicis le prix de dix-huit portraits de caporaux, à six francs.

Marcel et Rodolphe avaient toutes les peines du monde à dissimuler leur fortune.

— Il me semble que je sue de l'or, disait le poète.

— C'est comme moi, fit Marcel. Si Schaunard tarde longtemps, il me sera impossible de continuer mon rôle de Crésus anonyme.

Mais le lendemain même les bohèmes virent arriver Schaunard, splendidement vêtu d'une jaquette en nankin jaune d'or.

— Ah ! mon Dieu, s'écria Phémie, éblouie en voyant son amant si élégamment relié, où as-tu trouvé cet habit-là ?

— Je l'ai trouvé dans mes papiers, répondit le musicien en faisant un signe à ses deux amis pour qu'ils eussent à le suivre. J'ai touché leur dit-il, quand ils furent seuls. Voici les piles, et il étala une poignée d'or.

— Eh bien, s'écria Marcel, en route ! allons mettre les magasins au pillage ! Comme Musette va être heureuse !

— Comme Mimi sera contente ! ajouta Rodolphe. Allons, viens-tu Schaunard ?

— Permettez-moi de réfléchir, répondit le musicien. En couvrant ces dames des mille caprices de la mode, nous allons peut-être faire une folie. Songez-y. Quand elles ressembleront aux gravures de *l'Écharpe d'Iris*, ne craignez-vous pas que ces splendeurs n'exercent une déplorable influence sur leur caractère ? et convient-il à des jeunes hommes comme nous d'agir avec les femmes comme si nous étions des Mondors caducs et ridés ? Ce n'est pas que j'hésite à sacrifier quatorze ou dix-huit francs pour habiller Phémie ; mais je tremble ; quand elle aura un chapeau neuf elle ne voudra plus me saluer peut-être ! Une fleur dans ses cheveux, elle est si bien ! Qu'en penses-tu, philosophe ? interrompit Schaunard en s'adressant à Colline qui était entré depuis quelques instants.

— L'ingratitude est fille du bienfait, dit le philosophe.

— D'un autre côté, continua Schaunard, quand vos maîtresses seront bien mises, quelle figure ferez-vous à leur bras dans vos costumes délabrés ? Vous aurez l'air de leurs femmes de chambre. Ce n'est pas pour moi que je dis cela, interrompit Schaunard en se carrant dans son habit de nankin ; car, Dieu merci, je puis me présenter partout maintenant.

Cependant, malgré l'esprit d'opposition de Schaunard, il fut convenu de nouveau que l'on dépouillerait le lendemain tous les bazars du voisinage au bénéfice de ces dames.

Et le lendemain matin, en effet, à l'heure même où nous avons vu, au commencement de ce chapitre, mademoiselle Mimi se réveiller très étonnée de l'absence de Rodolphe, le poète et ses deux amis montaient les escaliers de l'hôtel, accompagnés par un garçon des *Deux Magots* et par une modiste, qui portaient des échantillons. Schaunard, qui avait acheté la fameuse trompe, marchait devant en jouant l'ouverture de *la Caravane*[11].

Musette et Phémie, appelées par Mimi qui habitait l'entresol, sur la nouvelle qu'on leur apportait des chapeaux et des robes, descendirent les escaliers avec la rapidité d'une avalanche. En voyant toutes ces pauvres richesses étalées devant elles, les trois femmes faillirent devenir folles de joie. Mimi était prise d'une quinte d'hilarité et sautait comme une chèvre, en faisant voltiger une petite écharpe de barège. Musette s'était jetée au cou de Marcel, ayant dans chaque main une petite bottine verte, qu'elle frappait l'une contre l'autre comme des cymbales. Phémie regardait Schaunard en sanglotant, elle ne savait que dire :

— Ah ! mon Alexandre, mon Alexandre !

— Il n'y a point de danger qu'elle refuse les présents d'Artaxerxès, murmurait le philosophe Colline.

Après le premier élan de joie passé, quand les choix furent faits et les factures acquittées, Rodolphe annonça aux trois femmes qu'elles eussent à s'arranger pour essayer leur toilette nouvelle le lendemain matin.

— On ira à la campagne, dit-il.

— La belle affaire ! s'écria Musette, ce n'est point la première fois que j'aurais acheté, taillé, cousu et porté une robe le même jour. Et d'ailleurs nous avons la nuit. Nous serons prêtes, n'est-ce pas, Mesdames ?

— Nous serons prêtes ! s'écrièrent à la fois Mimi et Phémie.

Sur-le-champ elles se mirent à l'œuvre, et pendant seize heures, elles ne quittèrent ni les ciseaux ni l'aiguille.

Le lendemain matin était le premier jour du mois de mai. Les cloches de Pâques avaient sonné depuis quelques jours la résurrection du printemps, et de tous côtés il arrivait empressé et joyeux ; il arrivait, comme dit la ballade allemande, léger ainsi que le jeune fiancé qui va planter le mai sous la fenêtre de sa bien-aimée. Il peignait le ciel en bleu, les arbres en vert, et toutes choses en belles couleurs. Il réveillait le soleil engourdi qui dormait couché dans son lit de brouillards, la tête appuyée sur les nuages gros de neige qui lui servaient d'oreiller, et il lui criait : Ha ! hé ! l'ami ! c'est l'heure, et me voici ! vite à la besogne ! mettez sans plus de retard votre bel habit fait de beaux rayons neufs, et montrez-vous tout de suite à votre balcon pour annoncer mon arrivée.

Sur quoi, le soleil s'était en effet mis en campagne, et se promenait fier et superbe comme un seigneur de la cour. Les hirondelles, revenues de leur pèlerinage d'Orient, emplissaient l'air de leur vol ; l'aubépine blanchissait les buissons ; la violette embaumait l'herbe des bois, où l'on voyait déjà tous les oiseaux sortir de leurs nids avec un cahier de romances sous leurs ailes. C'était le printemps en effet, le vrai printemps des poètes et des amoureux, et non pas le printemps de Matthieu Lænsberg [12], un vilain printemps qui a le nez rouge, l'onglée aux doigts, et qui fait encore frissonner le pauvre au coin de son âtre, où les dernières cendres de sa dernière bûche sont depuis longtemps éteintes. Les brises attiédies couraient dans l'air transparent, et semaient dans la ville les premières odeurs des campagnes environnantes. Les rayons du soleil, clairs et chaleureux, allaient frapper aux vitres des fenêtres. Au malade ils disaient : Ouvrez, nous sommes la santé ! et dans la mansarde de la fillette penchée à son miroir, cet innocent et premier amour des plus innocentes, ils disaient : Ouvre, la belle, que nous éclairions ta beauté ! nous sommes les messagers du beau temps ; tu peux maintenant mettre ta robe de toile, ton chapeau de paille et chausser ton brodequin coquet : voici que les bosquets où l'on danse sont panachés de belles fleurs nouvelles, et les violons vont se réveiller pour le bal du dimanche. Bonjour, la belle !

Comme l'Angelus sonnait à l'église prochaine, les trois coquettes laborieuses, qui avaient eu à peine le temps de dormir quelques heures, étaient déjà devant leur miroir, donnant leur dernier coup d'œil à leur toilette nouvelle.

Elles étaient charmantes toutes trois, pareillement vêtues, et ayant sur le visage le même reflet de satisfaction que donne la réalisation d'un désir long-temps caressé.

Musette était surtout resplendissante de beauté.

— Je n'ai jamais été si contente, disait-elle à Marcel ; il me semble que le bon Dieu a mis dans cette heure-ci tout le bonheur de ma vie, et j'ai peur qu'il ne m'en reste plus ! Ah ! bah ! quand il n'y en aura plus, il y en aura encore. Nous avons la recette pour en faire, ajouta-t-elle gaiement en embrassant Marcel.

Quant à Phémie, une chose la chagrinait.

— J'aime bien la verdure et les petits oiseaux, disait-elle, mais à la campagne on ne rencontre personne, et on ne pourra pas voir mon joli chapeau et ma belle robe. Si nous allions à la campagne sur le boulevard ?

A huit heures du matin, toute la rue était mise en émoi par les fanfares de la trompe de Schaunard qui donnait le signal du départ. Tous les voisins se mirent aux fenêtres pour regarder passer les bohèmes. Colline, qui était de la fête, fermait la marche, portant les ombrelles des dames. Une heure après, toute la bande joyeuse était dispersée dans les champs de Fontenay-aux-Roses.

Lorsqu'ils rentrèrent à la maison le soir, bien tard, Colline, qui, pendant la journée, avait rempli les fonctions de trésoriers, déclara qu'on avait oublié de dépenser six francs, et déposa le reliquat sur une table.

— Qu'est-ce que nous allons en faire ? demanda Marcel.

— Si nous achetions de la rente ? dit Schaunard.

XVIII

LE MANCHON DE FRANCINE

I

Parmi les vrais bohémiens de la vraie bohème, j'ai connu autrefois un garçon nommé Jacques D...; il était sculpteur et promettait d'avoir un jour un grand talent. Mais la misère ne lui a pas donné le temps d'accomplir ses promesses. Il est mort d'épuisement au mois de mars 1844, à l'hôpital Saint-Louis, salle Sainte-Victoire, lit 14.

J'ai connu Jacques à l'hôpital, où j'étais moi-même détenu par une longue maladie. Jacques avait, comme je l'ai dit, l'étoffe d'un grand talent, et pourtant il ne s'en faisait point accroire. Pendant les deux mois que je l'ai fréquenté, et durant lesquels il se sentait bercé dans les bras de la mort, je ne l'ai point entendu se plaindre une seule fois, ni se livrer à ces lamentations qui ont rendu si ridicule l'artiste incompris. Il est mort sans *pose*, en faisant l'horrible grimace des agonisants. Cette mort me rappelle même une des scènes les plus atroces que j'aie jamais vues dans ce caravansérail des douleurs humaines. Son père, instruit de l'événement, était venu pour réclamer le corps et avait longtemps marchandé pour donner les trente-six francs réclamés par l'administration. Il avait marchandé aussi pour le service de l'église, et avec tant d'instance, qu'on avait fini par lui rabattre six francs. Au moment de mettre le cadavre dans la bière, l'infirmier enleva la serpillière de l'hôpital et demanda à un des amis du défunt qui se trouvait là de quoi payer le linceul. Le pauvre diable, qui n'avait pas le sou, alla trouver le

père de Jacques, qui entra dans une colère atroce, et
demanda si on n'avait pas fini de l'ennuyer.

La sœur novice qui assistait à ce monstrueux débat
jeta un regard sur le cadavre et laissa échapper cette
tendre et naïve parole :

— Oh! Monsieur, on ne peut pas l'enterrer comme
cela, ce pauvre garçon : il fait si froid ; donnez-lui au
moins une chemise, qu'il n'arrive pas tout nu devant le
bon Dieu.

Le père donna cinq francs à l'ami pour avoir une
chemise mais il lui recommanda d'aller chez un fripier
de la rue Grange-aux-Belles qui vendait du linge
d'occasion.

— Cela coûtera moins cher, ajouta-t-il.

Cette cruauté du père de Jacques me fut expliquée
plus tard ; il était furieux que son fils eût embrassé la
carrière des arts, et sa colère ne s'était pas apaisée,
même devant un cercueil.

Mais je suis bien loin de mademoiselle Francine et de
son manchon. J'y reviens : mademoiselle Francine
avait été la première et unique maîtresse de Jacques,
qui n'était pourtant pas mort vieux, car il avait à peine
vingt-trois ans à l'époque où son père voulait le laisser
mettre tout nu dans la terre. Cet amour m'a été conté
par Jacques lui-même, alors qu'il était le numéro 14 et
moi le numéro 16 de la salle Sainte-Victoire, un vilain
endroit pour mourir.

Ah! tenez, lecteur, avant de commencer ce récit, qui
serait une belle chose si je pouvais le raconter tel qu'il
m'a été fait par mon ami Jacques, laissez-moi fumer
une pipe dans la vieille pipe de terre qu'il m'a donnée
le jour où le médecin lui en avait défendu l'usage.
Pourtant, la nuit, quand l'infirmier dormait, mon ami
Jacques m'empruntait sa pipe et me demandait un peu
de tabac : on s'ennuie tant la nuit dans ces grandes
salles, quand on ne peut pas dormir et qu'on souffre !

— Rien qu'une ou deux bouffées, me disait-il, et je le laissais faire, et la sœur Sainte-Geneviève n'avait point l'air de sentir la fumée lorsqu'elle passait faire sa ronde. Ah! bonne sœur! que vous étiez bonne, et comme vous étiez belle aussi quand vous veniez nous jeter l'eau bénite! On vous voyait arriver de loin, marchant doucement sous les voûtes sombres, drapée dans vos voiles blancs, qui faisaient de si beaux plis, et que mon ami Jacques admirait tant. Ah! bonne sœur! vous étiez la Béatrice de cet enfer. Si douces étaient vos consolations, qu'on se plaignait toujours pour se faire consoler par vous. Si mon ami Jacques n'était pas mort, un jour qu'il tombait de la neige, il vous aurait sculpté une petite bonne Vierge pour mettre dans votre cellule, bonne sœur Sainte-Geneviève!

Un lecteur. — Eh bien, et le manchon? je ne vois pas de manchon, moi.

Autre lecteur. — Et mademoiselle Francine? Où est-elle donc?

Premier lecteur. — Ce n'est point très gai, cette histoire!

Deuxième lecteur. — Nous allons voir la fin.

— Je vous demande bien pardon, Messieurs, c'est la pipe de mon ami Jacques qui m'a entraîné dans ces digressions. Mais d'ailleurs, je n'ai point juré de vous faire rire absolument. Ce n'est point gai tous les jours la bohème.

Jacques et Francine s'étaient rencontrés dans une maison de la rue de la Tour-d'Auvergne, où ils étaient emménagés en même temps au terme d'avril.

L'artiste et la jeune fille restèrent huit jours avant d'entamer ces relations de voisinage qui sont presque toujours forcées lorsqu'on habite sur le même carré; cependant, sans avoir échangé une seule parole, ils se connaissaient déjà l'un l'autre. Francine savait que son voisin était un pauvre diable d'artiste, et Jacques avait

appris que sa voisine était une petite couturière sortie
de sa famille pour échapper aux mauvais traitements
d'une belle-mère. Elle faisait des miracles d'économie
pour mettre, comme on dit, les deux bouts ensemble ;
et comme elle n'avait jamais connu le plaisir, elle ne
l'enviait point. Voici comment ils en vinrent tous deux
à passer par la commune loi de la cloison mitoyenne.
Un soir du mois d'avril, Jacques rentra chez lui harassé
de fatigue, à jeun depuis le matin et profondément
triste, d'une de ces tristesses vagues qui n'ont point de
cause précise, et qui vous prennent partout, à toute
heure, espèce d'apoplexie du cœur à laquelle sont
particulièrement sujets les malheureux qui vivent
solitaires. Jacques, qui se sentait étouffer dans son
étroite cellule, ouvrit la fenêtre pour respirer un peu.
La soirée était belle, et le soleil couchant déployait ses
mélancoliques féeries sur les collines de Montmartre.
Jacques resta pensif à sa croisée, écoutant le chœur ailé
des harmonies printanières qui chantaient dans le
calme du soir, et cela augmenta sa tristesse. En voyant
passer devant lui un corbeau qui jeta un croassement,
il songea au temps où les corbeaux apportaient du pain
à Élie, le pieux solitaire, et il fit cette réflexion que les
corbeaux n'étaient plus si charitables. Puis, n'y pouvant plus tenir, il ferma sa fenêtre, tira le rideau ; et
comme il n'avait pas de quoi acheter de l'huile pour sa
lampe, il alluma une chandelle de résine qu'il avait
rapportée d'un voyage à la Grande-Chartreuse. Toujours de plus en plus triste, il bourra sa pipe.

— Heureusement que j'ai encore assez de tabac
pour cacher le pistolet, murmura-t-il, et il se mit à
fumer.

Il fallait qu'il fût bien triste ce soir-là, mon ami
Jacques, pour qu'il songeât à cacher le pistolet. C'était
sa ressource suprême dans les grandes crises, et elle lui
réussissait assez ordinairement. Voici en quoi consis-

tait ce moyen : Jacques fumait du tabac sur lequel il
répandait quelques gouttes de laudanum, et il fumait
jusqu'à ce que le nuage de fumée qui sortait de sa pipe
fût devenu assez épais pour lui dérober tous les objets
qui étaient dans sa petite chambre, et surtout un
pistolet accroché au mur. C'était l'affaire d'une dizaine
de pipes. Quand le pistolet était entièrement devenu
invisible, il arrivait presque toujours que la fumée et le
laudanum combinés endormaient Jacques, et il arrivait aussi souvent que sa tristesse l'abandonnait au
seuil de ses rêves. Mais, ce soir-là, il avait usé tout son
tabac, le pistolet était parfaitement caché, et Jacques
était toujours amèrement triste. Ce soir-là, au
contraire, mademoiselle Francine était extrêmement
gaie en rentrant chez elle, et sa gaieté était sans cause,
comme la tristesse de Jacques : c'était une de ces joies
qui tombent du ciel et que le bon Dieu jette dans les
bons cœurs. Donc, mademoiselle Francine était en
belle humeur, et chantonnait en montant l'escalier.
Mais, comme elle allait ouvrir sa porte, un coup de
vent entré par la fenêtre ouverte du carré éteignit
brusquement sa chandelle.

— Mon Dieu, que c'est ennuyeux ! exclama la jeune
fille, voilà qu'il faut encore descendre et monter six
étages.

Mais ayant aperçu de la lumière à travers la porte de
Jacques, un instinct de paresse, enté sur un sentiment
de curiosité, lui conseilla d'aller demander de la
lumière à l'artiste. C'est un service qu'on se rend
journellement entre voisins, pensait-elle, et cela n'a
rien de compromettant. Elle frappa donc deux petits
coups à la porte de Jacques, qui ouvrit, un peu surpris
de cette visite tardive. Mais à peine eût-elle fait un pas
dans la chambre, la fumée qui l'emplissait la suffoqua
tout d'abord, et, avant d'avoir pu prononcer une
parole, elle glissa évanouie sur une chaise et laissa

tomber à terre son flambeau et sa clef. Il était minuit,
tout le monde dormait dans la maison. Jacques ne
jugea point à propos d'appeler du secours, il craignait
d'abord de compromettre sa voisine. Il se borna donc à
ouvrir la fenêtre pour laisser pénétrer un peu d'air ; et,
après avoir jeté quelques gouttes d'eau au visage de la
jeune fille, il la vit ouvrir les yeux et revenir à elle peu à
peu. Lorsqu'au bout de cinq minutes elle eut entièrement repris connaissance, Francine expliqua le motif
qui l'avait amenée chez l'artiste, et elle s'excusa
beaucoup de ce qui était arrivé.

— Maintenant que je suis remise, ajouta-t-elle, je
puis rentrer chez moi.

Et il avait déjà ouvert la porte du cabinet, lorsqu'elle
s'aperçut que non seulement elle oubliait d'allumer sa
chandelle, mais encore qu'elle n'avait pas la clef de sa
chambre.

— Étourdie que je suis, dit-elle, en approchant son
flambeau du cierge de résine, je suis entrée ici pour
avoir de la lumière, et j'allais m'en aller sans.

Mais, au même instant, le courant d'air établi dans
la chambre par la porte et la fenêtre, qui étaient restées
entr'ouvertes, éteignit subitement le cierge, et les deux
jeunes gens restèrent dans l'obscurité.

— On croirait que c'est un fait exprès, dit Francine.
Pardonnez-moi, Monsieur, tout l'embarras que je vous
cause, et soyez assez bon pour faire de la lumière, pour
que je puisse retrouver ma clef.

— Certainement, Mademoiselle, répondit Jacques
en cherchant des allumettes à tâtons.

Il les eut bien vite trouvées. Mais une idée singulière
lui traversa l'esprit ; il mit les allumettes dans sa
poche, en s'écriant :

— Mon Dieu ! Mademoiselle, voici bien un autre
embarras. Je n'ai pas une seule allumette ici, j'ai
employé la dernière quand je suis rentré.

J'espère que voilà une ruse crânement bien machi-
née, pensa-t-il en lui-même.

— Mon Dieu! mon Dieu! disait Francine, je puis
bien encore rentrer chez moi sans chandelle : la chambre n'est pas si grande pour qu'on puisse s'y perdre.
Mais il me faut ma clef; je vous en prie, Monsieur,
aidez-moi à chercher, elle doit être à terre.

— Cherchons, Mademoiselle, dit Jacques.

Et les voilà tous deux dans l'obscurité en quête de
l'objet perdu; mais, comme s'ils eussent été guidés par
le même instinct, il arriva que pendant ces recherches
leurs mains, qui tâtonnaient dans le même endroit, se
rencontraient dix fois par minute. Et, comme ils
étaient aussi maladroits l'un que l'autre, ils ne trouvèrent point la clef.

— La lune, qui est masquée par les nuages, donne en
plein dans ma chambre, dit Jacques. Attendons un peu.
Tout à l'heure, elle pourra éclairer nos recherches.

Et, en attendant le lever de la lune, ils se mirent à
causer. Une causerie au milieu des ténèbres, dans une
chambre étroite, par une nuit de printemps; une
causerie qui, d'abord frivole et insignifiante, aborde le
chapitre des confidences, vous savez où cela mène...
Les paroles deviennent peu à peu confuses, pleines de
réticences; la voix baisse, les mots s'alternent de
soupirs... Les mains qui se rencontrent achèvent la
pensée qui, du cœur, monte aux lèvres, et... Cherchez la
conclusion dans vos souvenirs, ô jeunes couples. Rappelez-vous, jeune homme, rappelez-vous, jeune femme,
vous qui marchez aujourd'hui la main dans la main, et
qui ne vous étiez jamais vus il y a deux jours.

Enfin, la lune se démasqua et sa lueur claire inonda
la chambrette; mademoiselle Francine sortit de sa
rêverie en jetant un petit cri.

— Qu'avez-vous? lui demanda Jacques, en lui
entourant la taille de ses bras.

— Rien, murmura Francine ; j'avais cru entendre frapper. Et, sans que Jacques s'en aperçût, elle poussa du pied, sous un meuble, la clef qu'elle venait d'apercevoir.

Elle ne voulait pas la retrouver.

. . . .

PREMIER LECTEUR. — Je ne laisserai certainement pas cette histoire entre les mains de ma fille.

DEUXIÈME LECTEUR. — Jusqu'à présent je n'ai point encore vu un seul poil du manchon de mademoiselle Francine ; et, pour cette jeune fille, je ne sais pas non plus comment elle est faite, si elle est brune ou blonde.

Patience, ô lecteurs, patience. Je vous ai promis un manchon, et je vous le donnerai à la fin, comme mon ami Jacques fit à sa pauvre amie Francine, qui était devenue sa maîtresse, ainsi que je l'ai expliqué dans la ligne en blanc qui se trouve au-dessus. Elle était blonde, Francine, blonde et gaie ; ce qui n'est pas commun. Elle avait ignoré l'amour jusqu'à vingt ans ; mais un vague pressentiment de sa fin prochaine lui conseilla de ne plus tarder, si elle voulait le connaître.

Elle rencontra Jacques et elle l'aima. Leur liaison dura six mois. Ils s'étaient pris au printemps, ils se quittèrent à l'automne. Francine était poitrinaire, elle le savait, et son ami Jacques le savait aussi : quinze jours après s'être mis avec la jeune fille, il l'avait appris d'un de ses amis qui était médecin. Elle s'en ira aux feuilles jaunes, avait dit celui-ci.

Francine avait entendu cette confidence, et s'aperçut du désespoir qu'elle causait à son ami.

— Qu'importent les feuilles jaunes ? lui disait-elle, en mettant tout son amour dans un sourire ; qu'importe l'automne, nous sommes en été et les feuilles sont vertes : profitons-en, mon ami... Quand tu me verras prête à m'en aller de la vie, tu me prendras dans tes bras en m'embrassant et tu me défendras de m'en aller. Je suis obéissante, tu sais, et je resterai.

Et cette charmante créature traversa ainsi pendant cinq mois les misères de la vie de bohème, la chanson et le sourire aux lèvres. Pour Jacques, il se laissait abuser. Son ami lui disait souvent : Francine va plus mal, il lui faut des soins. Alors Jacques battait tout Paris pour trouver de quoi faire faire l'ordonnance du médecin ; mais Francine n'en voulait point entendre parler, et elle jetait les drogues par les fenêtres. La nuit, lorsqu'elle était prise par la toux, elle sortait de la chambre et allait sur le carré pour que Jacques ne l'entendît point.

Un jour qu'ils étaient allés tous les deux à la campagne, Jacques aperçut un arbre dont le feuillage était jaunissant. Il regarda tristement Francine qui marchait lentement et un peu rêveuse.

Francine vit Jacques pâlir, et elle devina la cause de sa pâleur.

— Tu es bête, va, lui dit-elle en l'embrassant, nous ne sommes qu'en juillet ; jusqu'à octobre, il y a trois mois ; en nous aimant nuit et jour, comme nous faisons, nous doublerons le temps que nous avons à passer ensemble. Et puis, d'ailleurs, si je me sens plus mal aux feuilles jaunes, nous irons demeurer dans un bois de sapins : les feuilles sont toujours vertes.

. . . .

Au mois d'octobre, Francine fut forcée de rester au lit. L'ami de Jacques la soignait... La petite chambrette où ils logeaient était située tout au haut de la maison et donnait sur une cour où s'élevait un arbre, qui chaque jour se dépouillait davantage. Jacques avait mis un rideau à la fenêtre pour cacher cet arbre à la malade : mais Francine exigea qu'on retirât le rideau.

— O mon ami, disait-elle à Jacques, je te donnerai cent fois plus de baisers qu'il n'a de feuilles... Et elle

ajoutait : Je vais beaucoup mieux, d'ailleurs... Je vais
sortir bientôt ; mais comme il fera froid, et que je ne
veux pas avoir les mains rouges, tu m'achèteras un
manchon. Pendant toute la maladie, ce manchon fut
son rêve unique.

La veille de la Toussaint, voyant Jacques plus désolé
que jamais, elle voulut lui donner du courage ; et, pour
lui prouver qu'elle allait mieux, elle se leva.

Le médecin arriva au même instant, il la fit recou-
cher de force.

— Jacques, dit-il à l'oreille de l'artiste, du courage !
Tout est fini, Francine va mourir.

Jacques fondit en larmes.

— Tu peux lui donner tout ce qu'elle demandera
maintenant, continua le médecin : il n'y a plus
d'espoir.

Francine *entendit des yeux* ce que le médecin avait dit
à son amant.

— Ne l'écoute pas, s'écria-t-elle en étendant les bras
vers Jacques, ne l'écoute pas, il ment. Nous sortirons
ensemble demain... c'est la Toussaint ; il fera froid, va
m'acheter un manchon... Je t'en prie, j'ai peur des
engelures pour cet hiver.

Jacques allait sortir avec son ami, mais Francine
retint le médecin auprès d'elle.

— Va chercher mon manchon, dit-elle à Jacques ;
prends-le beau, qu'il dure longtemps.

Et quand elle fut seule elle dit au médecin :

— Oh ! Monsieur, je vais mourir, et je le sais... Mais
avant de m'en aller, trouvez-moi quelque chose qui me
donne des forces pour une nuit, je vous en prie ; rendez-
moi belle pour une nuit encore, et que je meure après,
puisque le bon Dieu ne veut pas que je vive plus
longtemps...

Comme le médecin la consolait de son mieux, un
vent de bise secoua dans la chambre et jeta sur le lit de

la malade une feuille jaune, arrachée à l'arbre de la petite cour.

Francine ouvrit le rideau et vit l'arbre dépouillé complètement.

— C'est la dernière, dit-elle en mettant la feuille sous son oreiller.

— Vous ne mourrez que demain, lui dit le médecin, vous avez une nuit à vous.

— Ah! quel bonheur! fit la jeune fille... une nuit d'hiver... elle sera longue.

Jacques rentra : il apportait un manchon.

— Il est bien joli, dit Francine ; je le mettrai pour sortir.

Elle passa la nuit avec Jacques.

Le lendemain, jour de la Toussaint, à l'Angelus de midi, elle fut prise par l'agonie et tout son corps se mit à trembler.

— J'ai froid aux mains, murmura-t-elle ; donne-moi mon manchon.

Et elle plongea ses pauvres mains dans la fourrure...

— C'est fini, dit le médecin à Jacques ; va l'embrasser.

Jacques colla ses lèvres à celles de son amie. Au dernier moment, on voulait lui retirer le manchon, mais elle y cramponna ses mains.

— Non, non, dit-elle ; laissez-le-moi : nous sommes dans l'hiver ; il fait froid! Ah! mon pauvre Jacques... Ah! mon pauvre Jacques... qu'est-ce que tu vas devenir ? Ah! mon Dieu!

Et le lendemain Jacques était seul.

PREMIER LECTEUR. — Je le disais bien que ce n'était point gai cette histoire.

Que voulez-vous, lecteur ? on ne peut pas toujours rire.

II

C'était le matin du jour de la Toussaint, Francine venait de mourir.

Deux hommes veillaient au chevet : l'un, qui se tenait debout, était le médecin ; l'autre, agenouillé près du lit, collait ses lèvres aux mains de la morte, et semblait vouloir les y sceller dans un baiser désespéré, c'était Jacques, l'amant de Francine. Depuis plus de six heures, il était plongé dans une douloureuse insensibilité. Un orgue de Barbarie qui passa sous les fenêtres vint l'en tirer.

Cet orgue jouait un air que Francine avait l'habitude de chanter le matin en s'éveillant.

Une de ces espérances insensées qui ne peuvent naître que dans les grands désespoirs traversa l'esprit de Jacques. Il recula d'un mois dans le passé, à l'époque où Francine n'était encore que mourante ; il oublia l'heure présente, et s'imagina un moment que la trépassée n'était qu'endormie, et qu'elle allait s'éveiller tout à l'heure la bouche ouverte à son refrain matinal.

Mais les sons de l'orgue n'étaient pas encore éteints que Jacques était déjà revenu à la réalité. La bouche de Francine était éternellement close pour les chansons, et le sourire qu'y avait amené sa dernière pensée s'effaçait de ses lèvres où la mort commençait à naître.

— Du courage ! Jacques, dit le médecin, qui était l'ami du sculpteur.

Jacques se releva et dit en regardant le médecin :

— C'est fini, n'est-ce pas, il n'y a plus d'espérance ?

Sans répondre à cette triste folie, l'ami alla fermer les rideaux du lit ; et, revenant ensuite vers le sculpteur, il lui tendit la main.

— Francine est morte... dit-il, il fallait nous y attendre. Dieu sait que nous avons fait tout ce que nous avons pu pour la sauver. C'était une honnête fille, Jacques, qui t'a beaucoup aimé, plus et autrement que tu ne l'aimais toi-même ; car son amour n'était fait que d'amour, tandis que le tien renfermait un alliage. Francine est morte... mais tout n'est pas fini, il faut maintenant songer à faire les démarches nécessaires pour l'enterrement. Nous nous en occuperons ensemble, et pendant notre absence nous prierons la voisine de veiller ici.

Jacques se laissa entraîner par son ami. Toute la journée ils coururent à la mairie, aux pompes funèbres, au cimetière. Comme Jacques n'avait point d'argent, le médecin engagea sa montre, une bague et quelques effets d'habillement pour subvenir aux frais du convoi, qui fut fixé au lendemain.

Ils rentrèrent tous deux fort tard le soir ; la voisine força Jacques à manger un peu.

— Oui, dit-il, je le veux bien ; j'ai froid, et j'ai besoin de prendre un peu de force, car j'aurai à travailler cette nuit.

La voisine et le médecin ne comprirent pas.

Jacques se mit à table et mangea si précipitamment quelques bouchées qu'il faillit s'étouffer. Alors il demanda à boire. Mais en portant son verre à sa bouche, Jacques le laissa tomber à terre. Le verre qui s'était brisé avait réveillé dans l'esprit de l'artiste un souvenir qui réveillait lui-même sa douleur un instant engourdie. Le jour où Francine était venue pour la première fois chez lui, la jeune fille, qui était déjà souffrante, s'était trouvée indisposée, et Jacques lui avait donné à boire un peu d'eau sucrée dans ce verre. Plus tard, lorsqu'ils demeurèrent ensemble, ils en avaient fait une relique d'amour.

Dans les rares instants de richesse, l'artiste achetait pour son amie une ou deux bouteilles d'un vin fortifiant dont l'usage lui était prescrit, et c'était dans ce

verre que Francine buvait la liqueur où sa tendresse
puisait une gaieté charmante.

Jacques resta plus d'une demi-heure à regarder, sans
rien dire, les morceaux épars de ce fragile et cher
souvenir, et il lui semblait que son cœur aussi venait de
se briser et qu'il en sentait les éclats déchirer sa
poitrine. Lorsqu'il fut revenu à lui, il ramassa les
débris du verre et les jeta dans un tiroir. Puis il pria la
voisine d'aller lui chercher deux bougies et de faire
monter un seau d'eau par le portier.

— Ne t'en va pas, dit-il au médecin qui n'y songeait
aucunement, j'aurai besoin de toi tout à l'heure.

On apporta l'eau et les bougies ; les deux amis
restèrent seuls.

— Que veux-tu faire ? dit le médecin en voyant
Jacques qui, après avoir versé de l'eau dans une sébile
en bois, y jetait du plâtre fin à poignées égales.

— Ce que je veux faire, dit l'artiste, ne le devines-tu
pas ? je vais mouler la tête de Francine ; et comme je
manquerais de courage si je restais seul, tu ne t'en iras
pas.

Jacques alla ensuite tirer les rideaux du lit et abaissa
le drap qu'on avait jeté sur la figure de la morte. La
main de Jacques commença à trembler et un sanglot
étouffé monta jusqu'à ses lèvres.

— Apporte les bougies, cria-t-il à son ami, et viens
me tenir la sébile. L'un des flambeaux fut posé à la tête
du lit, de façon à répandre toute sa clarté sur le visage
de la poitrinaire ; l'autre bougie fut placée au pied. A
l'aide d'un pinceau trempé dans l'huile d'olive,
l'artiste oignit les sourcils, les cils et les cheveux, qu'il
arrangea ainsi que Francine faisait le plus habituellement.

— Comme cela elle ne souffrira pas quand nous lui
enlèverons le masque, murmura Jacques à lui-même.

Ces précautions prises, et après avoir disposé la tête

de la morte dans une attitude favorable, Jacques commença à couler le plâtre par couches successives jusqu'à ce que le moule eût atteint l'épaisseur nécessaire. Au bout d'un quart d'heure l'opération était terminée et avait complètement réussi.

Par une étrange particularité, un changement s'était opéré sur le visage de Francine. Le sang, qui n'avait pas eu le temps de se glacer entièrement, réchauffé sans doute par la chaleur du plâtre, avait afflué vers les régions supérieures, et un nuage aux transparences rosées se mêlait graduellement aux blancheurs mates du front et des joues. Les paupières, qui s'étaient soulevées lorsqu'on avait enlevé le moule, laissaient voir l'azur tranquille des yeux, dont le regard paraissait recéler une vague intelligence ; et des lèvres, entrouvertes par un sourire commencé, semblait sortir, oubliée dans le dernier adieu, cette dernière parole qu'on entend seulement avec le cœur.

Qui pourrait affirmer que l'intelligence finit absolument là où commence l'insensibilité de l'être ? Qui peut dire que les passions s'éteignent et meurent juste avec la dernière pulsation du cœur qu'elles ont agité ? L'âme ne pourrait-elle pas rester quelquefois volontairement captive dans le corps vêtu déjà pour le cercueil, et, du fond de sa prison charnelle, épier un moment les regrets et les larmes ? Ceux qui s'en vont ont tant de raisons pour se défier de ceux qui restent !

Au moment où Jacques songeait à conserver ses traits par les moyens de l'art, qui sait ? une pensée d'outre-vie était peut-être revenue réveiller Francine dans son premier sommeil du repos sans fin. Peut-être s'était-elle rappelé que celui qu'elle venait de quitter était un artiste en même temps qu'un amant ; qu'il était l'un et l'autre, parce qu'il ne pouvait être l'un sans l'autre ; que pour lui l'amour était l'âme de l'art, et que, s'il l'avait tant aimée, c'est qu'elle avait su être pour lui une femme et une maîtresse, un sentiment dans une forme. Et alors, peut-être, Francine, voulant laisser à Jacques l'image humaine qui était devenue pour lui un idéal incarné, avait su, morte, déjà glacée, revêtir encore une fois son visage de tous les rayonnements de l'amour et de toutes les grâces de la jeunesse ; elle ressuscitait objet d'art.

Et peut-être aussi la pauvre fille avait pensé vrai ; car il existe, parmi les vrais artistes, de ces Pygmalions singuliers qui, au contraire de l'autre, voudraient pouvoir changer en marbre leurs Galatées vivantes.

Devant la sérénité de cette figure, où l'agonie n'offrait plus de traces, nul n'aurait pu croire aux longues souffrances qui avaient servi de préface à la mort. Francine paraissait continuer un rêve d'amour ; et en la voyant ainsi, on eût dit qu'elle était morte de beauté.

Le médecin, brisé par la fatigue, dormait dans un coin.

Quant à Jacques, il était de nouveau retombé dans ses doutes. Son esprit halluciné s'obstinait à croire que celle qu'il avait tant aimée allait se réveiller ; et comme de légères contractions nerveuses, déterminées par l'action récente du moulage, rompaient par intervalles l'immobilité du corps, ce simulacre de vie entretenait Jacques dans son heureuse illusion, qui dura jusqu'au matin, à l'heure où un commissaire vint constater le décès et autoriser l'inhumation.

Au reste, s'il avait fallu toute la folie du désespoir pour douter de sa mort en voyant cette belle créature, il fallait aussi pour y croire toute l'infaillibilité de la science.

Pendant que la voisine ensevelissait Francine, on avait entraîné Jacques dans une autre pièce, où il trouva quelques-uns de ses amis venus pour suivre le convoi. Les bohèmes s'abstinrent vis-à-vis de Jacques, qu'ils aimaient pourtant fraternellement, de toutes ces consolations qui ne font qu'irriter la douleur. Sans prononcer une de ces paroles si difficiles à trouver et si pénibles à entendre, ils allaient tour à tour serrer silencieusement la main de leur ami.

— Cette mort est un grand malheur pour Jacques, fit l'un d'eux.

— Oui, répondit le peintre Lazare, esprit bizarre qui avait su vaincre de bonne heure toutes les rébellions de la jeunesse en leur imposant l'inflexibilité d'un parti pris, et chez qui l'artiste avait fini par étouffer l'homme, oui ; mais un malheur qu'il a volontairement introduit dans sa vie. Depuis qu'il connaît Francine, Jacques est bien changé.

— Elle l'a rendu heureux, dit un autre.

— Heureux ! reprit Lazare, qu'appelez-vous heureux, comment nommez-vous bonheur une passion qui met un homme dans l'état où Jacques est en ce moment ? Qu'on aille lui montrer un chef-d'œuvre : il ne détournerait pas les yeux ; et pour revoir encore une fois sa maîtresse, je suis sûr qu'il marcherait sur un Titien ou sur un Raphaël. Ma maîtresse à moi est immortelle et ne me trompera pas. Elle habite le Louvre et s'appelle *Joconde*.

Au moment où Lazare allait continuer ses théories sur l'art et le sentiment, on vint avertir qu'on allait partir pour l'église.

Après quelques basses prières, le convoi se dirigea vers le cimetière... Comme c'était précisément le jour de la fête des Morts, une foule immense encombrait l'asile funèbre. Beaucoup de gens se retournaient pour regarder Jacques qui marchait tête nue derrière le corbillard.

— Pauvre garçon ! disait l'un, c'est sa mère sans doute.

— C'est son père, disait un autre.

— C'est sa sœur, disait-on autre part.

Venu là pour étudier l'attitude des regrets à cette
fête des souvenirs qui se célèbre une fois l'an sous le
brouillard de novembre, seul, un poète, en voyant
passer Jacques, devina qu'il suivait les funérailles de
sa maîtresse.

Quand on fut arrivé près de la fosse réservée, les
bohémiens, la tête nue, se rangèrent autour. Jacques se
mit sur le bord, son ami le médecin le tenait par le
bras.

Les hommes du cimetière étaient pressés et voulu-
rent faire vitement les choses.

— Il n'y a pas de discours, dit l'un d'eux. Allons !
tant mieux. Houp ! camarade ! allons, là !

Et la bière, tirée hors de la voiture, fut liée avec des
cordes et descendue dans la fosse. L'homme alla retirer
les cordes et sortit du trou, puis, aidé d'un de ses
camarades, il prit une pelle et commença à jeter de la
terre. La fosse fut bientôt comblée. On y planta une
petite croix de bois.

Au milieu de ses sanglots, le médecin entendit
Jacques qui laissait échapper ce cri d'égoïsme :

— O ma jeunesse ! c'est vous qu'on enterre [1] !

Jacques faisait partie d'une société appelée *les
Buveurs d'eau*, et qui paraissait avoir été fondée en vue
d'imiter le fameux cénacle de la rue des Quatre-Vents,
dont il est question dans le beau roman du *Grand
Homme de province* [2]. Seulement, il existait une grande
différence entre les héros du cénacle et les buveurs
d'eau, qui, comme tous les imitateurs, avaient exagéré
le système qu'ils voulaient mettre en application. Cette
différence se comprendra par ce fait seul que, dans le
livre de M. de Balzac, les membres du cénacle finissent
par atteindre le but qu'ils se proposaient, et prouvent
que tout système est bon qui réussit ; tandis qu'après
plusieurs années d'existence la société des *Buveurs
d'eau* s'est dissoute naturellement par la mort de tous

ses membres, sans que le nom d'aucun soit resté
attaché à une œuvre qui pût attester de leur existence.

Pendant sa liaison avec Francine, les rapports de
Jacques avec la société des *Buveurs* devinrent moins
fréquents. Les nécessités d'existence avaient forcé
l'artiste à violer certaines conditions, signées et jurées
solennellement par les Buveurs d'eau, le jour où la
société avait été fondée.

Perpétuellement juchés sur les échasses d'un orgueil
absurde, ces jeunes gens avaient érigé en principe
souverain, dans leur association, qu'ils ne devraient
jamais quitter les hautes cimes de l'art, c'est-à-dire
que, malgré leur misère mortelle, aucun d'eux ne
voulait faire de concession à la nécessité. Ainsi, le poète
Melchior n'aurait jamais consenti à abandonner ce
qu'il appelait sa lyre, pour écrire un prospectus commercial ou une profession de foi. C'était bon pour le
poète Rodolphe, un propre à rien qui était bon à tout,
et qui ne laissait jamais passer une pièce de cent sous
devant lui sans tirer dessus n'importe avec quoi. Le
peintre Lazare, orgueilleux porte-haillons, n'eût
jamais voulu salir ses pinceaux à faire le portrait d'un
tailleur tenant un perroquet sur ses doigts, comme
notre ami le peintre Marcel avait fait une fois en
échange de ce fameux habit surnommé *Mathusalem*, et
que la main de chacune de ses amantes avait étoilé de
reprises. Tout le temps qu'il avait vécu en communion
d'idées avec les Buveurs d'eau, le sculpteur Jacques
avait subi la tyrannie de l'acte de société ; mais dès
qu'il connut Francine, il ne voulut pas associer la
pauvre enfant, déjà malade, au régime qu'il avait
accepté tout le temps de sa solitude. Jacques était par-
dessus tout une nature probe et loyale. Il alla trouver le
président de la société, l'exclusif Lazare, et lui annonça
que désormais il accepterait tout travail qui pourrait
lui être productif.

— Mon cher, lui répondit Lazare, ta déclaration
d'amour était ta démission d'artiste. Nous resterons
tes amis si tu veux, mais nous ne serons plus tes
associés. Fais du métier tout à ton aise ; pour moi, tu
n'es plus un sculpteur, tu es un gâcheur de plâtre. Il
est vrai que tu pourras boire du vin, mais nous, qui
continuerons à boire notre eau et à manger notre
pain de munition, nous resterons des artistes.

Quoi qu'en eût dit Lazare, Jacques resta un artiste.
Mais pour conserver Francine auprès de lui, il se
livrait, quand les occasions se présentaient, à des
travaux productifs. C'est ainsi qu'il travailla longtemps dans l'atelier de l'ornemaniste Romagnesi[3].
Habile dans l'exécution, ingénieux dans l'invention,
Jacques aurait pu, sans abandonner l'art sérieux,
acquérir une grande réputation dans ces composi-
tions de genre qui sont devenues un des principaux
éléments du commerce de luxe. Mais Jacques était
paresseux comme tous les vrais artistes, et amoureux
à la façon des poètes. La jeunesse, en lui, s'était
éveillée tardive, mais ardente ; et avec un pressentiment de sa fin prochaine, il voulait tout entière
l'épuiser entre les bras de Francine. Aussi il arriva
souvent que les bonnes occasions de travail venaient
frapper à sa porte, sans que Jacques voulût y répondre, parce qu'il aurait fallu se déranger, et qu'il se
trouvait trop bien à rêver aux lueurs des yeux de son
amie.

Lorsque Francine fut morte, le sculpteur alla revoir
ses anciens amis les Buveurs. Mais l'esprit de Lazare
dominait dans ce cercle, où chacun des membres
vivait pétrifié dans l'égoïsme de l'art. Jacques n'y
trouva pas ce qu'il venait y chercher. On ne comprenait guère son désespoir, qu'on voulait calmer par
des raisonnements ; et voyant ce peu de sympathie,
Jacques préféra isoler sa douleur plutôt que de la

voir exposée à la discussion. Il rompit donc complètement avec les buveurs d'eau et s'en alla vivre seul.

Cinq ou six jours après l'enterrement de Francine,
Jacques alla trouver un marbrier du cimetière Montparnasse, et lui offrit de conclure avec lui le marché
suivant : le marbrier fournirait au tombeau de Francine un entourage que Jacques se réservait de dessiner
et donnerait en outre à l'artiste un morceau de marbre
blanc, moyennant quoi Jacques se mettrait pendant
trois mois à la disposition du marbrier, soit comme
ouvrier tailleur de pierres, soit comme sculpteur. Le
marchand de tombeaux avait alors plusieurs commandes extraordinaires ; il alla visiter l'atelier de
Jacques, et, devant plusieurs travaux commencés, il
acquit la preuve que le hasard qui lui livrait Jacques
était une bonne fortune pour lui. Huit jours après, la
tombe de Francine avait un entourage, au milieu
duquel la croix de bois avait été remplacée par une
croix de pierre, avec le nom gravé en creux.

Jacques avait heureusement affaire à un honnête
homme, qui comprit que cent kilos de fer fondu et trois
pieds carrés de marbre des Pyrénées ne pouvaient
point payer trois mois de travaux de Jacques, dont le
talent lui avait rapporté plusieurs milliers d'écus. Il
offrit à l'artiste de l'attacher à son entreprise, moyennant un intérêt, mais Jacques ne consentit point. Le
peu de variété des sujets à traiter répugnait à sa nature
inventive ; d'ailleurs, il avait ce qu'il voulait, un gros
morceau de marbre, des entrailles duquel il voulait
faire sortir un chef-d'œuvre qu'il destinait à la tombe
de Francine.

Au commencement du printemps, la situation de
Jacques devint meilleure : son ami le médecin le mit
en relation avec un grand seigneur étranger qui venait
se fixer à Paris, et y faisait construire un magnifique
hôtel dans un des plus beaux quartiers. Plusieurs

artistes célèbres avaient été appelés à concourir au luxe de ce petit palais. On commanda à Jacques une cheminée de salon. Il me semble encore voir les cartons de Jacques ; c'était une chose charmante : tout le poème de l'hiver était raconté dans ce marbre qui devait servir de cadre à la flamme. L'atelier de Jacques étant trop petit, il demanda et obtint, pour exécuter son œuvre, une pièce dans l'hôtel encore inhabité. On lui avança même une assez forte somme sur le prix convenu de son travail. Jacques commença par rembourser à son ami, le médecin, l'argent que celui-ci lui avait prêté lorsque Francine était morte ; puis il courut au cimetière, pour y faire cacher sous un champ de fleurs la terre où reposait sa maîtresse.

Mais le printemps était venu avant Jacques, et sur la tombe de la jeune fille mille fleurs croissaient au hasard parmi l'herbe verdoyante. L'artiste n'eut pas le courage de les arracher, car il pensa que ces fleurs renfermaient quelque chose de son amie. Comme le jardinier lui demandait ce qu'il devait faire des roses et des pensées qu'il avait apportées, Jacques lui ordonna de les planter sur une fosse voisine nouvellement creusée, pauvre tombe d'un pauvre, sans clôture, et n'ayant pour signe de reconnaissance qu'un morceau de bois piqué en terre, et surmonté d'une couronne de fleurs en papier noirci, pauvre offrande de la douleur d'un pauvre. Jacques sortit du cimetière tout autre qu'il était entré. Il regardait avec une curiosité pleine de joie ce beau soleil printanier, le même qui avait tant de fois doré les cheveux de Francine lorsqu'elle courait dans la campagne, fauchant les prés avec ses blanches mains. Tout un essaim de bonnes pensées chantait dans le cœur de Jacques. En passant devant un petit cabaret du boulevard extérieur, il se rappela qu'un jour, ayant été surpris par l'orage, il était entré dans ce bouchon avec Francine, et qu'ils y avaient dîné. Jac-

ques entra et se fit servir à dîner sur la même table. On
lui donna du dessert dans une soucoupe à vignettes ; il
reconnut la soucoupe et se souvint que Francine était
restée une demi-heure à deviner le rébus qui y était
peint ; et il se ressouvint aussi d'une chanson qu'avait
chantée Francine, mise en belle humeur par un petit
vin violet, qui ne coûte pas bien cher, et qui contient
plus de gaieté que de raisin. Mais cette crue de doux
souvenirs réveillait son amour sans réveiller sa douleur. Accessible à la superstition, comme tous les
esprits poétiques et rêveurs, Jacques s'imagina que
c'était Francine qui, en l'entendant marcher tout à
l'heure auprès d'elle, lui avait envoyé cette bouffée de
bons souvenirs à travers sa tombe, et il ne voulut pas
les mouiller d'une larme. Et il sortit du cabaret, pied
leste, front haut, œil vif, cœur battant, presque un
sourire aux lèvres, et murmurant en chemin ce refrain
de la chanson de Francine :

> *L'amour rôde dans mon quartier,*
> *Il faut tenir ma porte ouverte.*

Ce refrain dans la bouche de Jacques, c'était encore
un souvenir, mais aussi c'était déjà une chanson ; et
peut-être, sans s'en douter, Jacques fit-il ce soir-là le
premier pas dans ce chemin de transition qui de la
tristesse mène à la mélancolie, et de là à l'oubli. Hélas !
quoi qu'on veuille et quoi qu'on fasse, l'éternelle et
juste loi de la mobilité le veut ainsi.

De même que les fleurs qui, nées peut-être du corps
de Francine, avaient poussé sur sa tombe, des sèves de
jeunesse fleurissaient dans le cœur de Jacques, où les
souvenirs de l'amour ancien éveillaient de vagues
aspirations vers de nouvelles amours. D'ailleurs, Jacques était de cette race d'artistes et de poètes qui font
de la passion un instrument de l'art et de la poésie, et

dont l'esprit n'a d'activité qu'autant qu'il est mis en mouvement par les forces motrices du cœur. Chez Jacques, l'invention était vraiment fille du sentiment, et il mettait une parcelle de lui-même dans les plus petites choses qu'il faisait. Il s'aperçut que les souvenirs ne lui suffisaient plus, et que, pareil à la meule qui s'use elle-même quand le grain lui manque, son cœur s'usait faute d'émotion. Le travail n'avait plus de charmes pour lui ; l'invention, jadis fiévreuse et spontanée, n'arrivait plus que sous l'effort de la patience ; Jacques était mécontent, et enviait presque la vie de ses anciens amis les Buveurs d'eau.

Il chercha à se distraire, tendit la main aux plaisirs, et se créa de nouvelles liaisons. Il fréquenta le poète Rodolphe, qu'il avait rencontré dans un café, et tous deux se prirent d'une grande sympathie l'un pour l'autre. Jacques lui avait expliqué ses ennuis ; Rodolphe ne fut pas bien longtemps à en comprendre le motif.

— Mon ami, lui dit-il, je connais ça... et lui frappant la poitrine à l'endroit du cœur, il ajouta : Vite et vite, il faut rallumer le feu là-dedans ; ébauchez sans retard une petite passion, et les idées vous reviendront.

— Ah ! dit Jacques, j'ai trop aimé Francine.

— Ça ne vous empêchera pas de l'aimer toujours. Vous l'embrasserez sur les lèvres d'une autre.

— Oh ! dit Jacques ; seulement, si je pouvais rencontrer une femme qui lui ressemblât !... Et il quitta Rodolphe tout rêveur.

. . . .

Six semaines après, Jacques avait retrouvé toute sa verve, rallumée aux doux regards d'une jolie fille qui s'appelait Marie, et dont la beauté maladive rappelait un peu celle de la pauvre Francine. Rien de plus joli en effet que cette jolie Marie, qui avait dix-huit ans moins six semaines, comme elle ne manquait jamais de le

dire. Ses amours avec Jacques étaient nées au clair de
la lune, dans le jardin d'un bal champêtre, au son d'un
violon aigre, d'une contrebasse phtisique et d'une
clarinette qui sifflait comme un merle. Jacques l'avait
rencontrée un soir, où il se promenait gravement
autour de l'hémicycle réservé à la danse. En le voyant
passer roide, dans son éternel habit noir boutonné
jusqu'au cou, les bruyantes et jolies habituées de
l'endroit, qui connaissaient l'artiste de vue, se disaient
entre elles :

— Que vient faire ici ce croquemort ? Y a-t-il donc
quelqu'un à enterrer ?

Et Jacques marchait toujours isolé, se faisant intérieurement saigner le cœur aux épines d'un souvenir
dont l'orchestre augmentait la vivacité, en exécutant
une contredanse joyeuse qui sonnait aux oreilles de
l'artiste, triste comme un *De Profundis*. Ce fut au
milieu de cette rêverie qu'il aperçut Marie qui le
regardait dans un coin, et riait comme une folle en
voyant sa mine sombre. Jacques leva les yeux, et
entendit à trois pas de lui cet éclat de rire en chapeau
rose. Il s'approcha de la jeune fille, et lui adressa
quelques paroles auxquelles elle répondit ; il lui offrit
son bras pour faire un tour de jardin, elle accepta. Il lui
dit qu'il la trouvait jolie comme un ange, elle se le fit
répéter deux fois ; il lui vola des pommes vertes qui
pendaient aux arbres du jardin, elle les croqua avec
délices en faisant entendre ce rire sonore qui semblait
être la ritournelle de sa constante gaieté. Jacques
pensa à la Bible et songea qu'on ne devait jamais
désespérer avec aucune femme, et encore moins avec
celles qui aimaient les pommes. Il fit avec le chapeau
rose un nouveau tour de jardin, et c'est ainsi qu'étant
arrivé seul au bal il n'en était point revenu de même.

Cependant Jacques n'avait pas oublié Francine :
suivant les paroles de Rodolphe, il l'embrassait tous

les jours sur les lèvres de Marie, et travaillait en secret à la figure qu'il voulait placer sur la tombe de la morte.

Un jour qu'il avait reçu de l'argent, Jacques acheta une robe à Marie, une robe noire. La jeune fille fut bien contente ; seulement elle trouva que le noir n'était pas gai pour l'été. Mais Jacques lui dit qu'il aimait beaucoup le noir, et qu'elle lui ferait plaisir en mettant cette robe tous les jours. Marie lui obéit.

Un samedi, Jacques dit à la jeune fille :

— Viens demain de bonne heure, nous irons à la campagne.

— Quel bonheur ! fit Marie. Je te ménage une surprise, tu verras ; demain il fera du soleil.

Marie passa la nuit chez elle à achever une robe neuve qu'elle avait achetée sur ses économies, une jolie robe rose. Et le dimanche elle arriva, vêtue de sa pimpante emplette, à l'atelier de Jacques.

L'artiste la reçut froidement, brutalement presque.

— Moi qui croyais te faire plaisir en me faisant cadeau de cette toilette réjouie ! dit Marie, qui ne s'expliquait pas la froideur de Jacques.

— Nous n'irons pas à la campagne, répondit celui-ci, tu peux t'en aller, j'ai à travailler.

Marie s'en retourna chez elle le cœur gros. En route, elle rencontra un jeune homme qui savait l'histoire de Jacques, et qui lui avait fait la cour, à elle.

— Tiens, mademoiselle Marie, vous n'êtes donc plus en deuil ? lui dit-il.

— En deuil, dit Marie, et de qui ?

— Quoi ! vous ne savez pas ? C'est pourtant bien connu ; cette robe noire que Jacques vous a donnée...

— Eh bien ? dit Marie.

— Eh bien, c'était le deuil : Jacques vous fait porter le deuil de Francine.

A compter de ce jour, Jacques ne revit plus Marie.

Cette rupture lui porta malheur. Les mauvais jours

revinrent : il n'eut plus de travaux et tomba dans une
si affreuse misère, que, ne sachant plus ce qu'il allait
devenir, il pria son ami le médecin de le faire entrer
dans un hôpital. Le médecin vit du premier coup d'œil
que cette admission n'était pas difficile à obtenir.
Jacques, qui ne se doutait pas de son état, était en
route pour aller rejoindre Francine.

On le fit entrer à l'hôpital Saint-Louis.

Comme il pouvait encore agir et marcher, Jacques
pria le directeur de l'hôpital de lui donner une petite
chambre dont on ne se servait point, pour qu'il pût y
aller travailler. On lui donna la chambre, et il y fit
apporter une selle, des ébauchoirs et de la terre glaise.
Pendant les quinze premiers jours il travailla à la
figure qu'il destinait au tombeau de Francine. C'était
un grand ange aux ailes ouvertes. Cette figure, qui était
le portrait de Francine, ne fut pas entièrement achevée,
car Jacques ne pouvait plus monter l'escalier, et
bientôt il ne put plus quitter son lit.

Un jour, le cahier de l'externe lui tomba entre les
mains, et Jacques, en voyant les remèdes qu'on lui
ordonnait, comprit qu'il était perdu ; il écrivit à sa
famille, et fit appeler la sœur Sainte-Geneviève, qui
l'entourait de tous ses soins charitables.

— Ma sœur, lui dit Jacques, il y a là-haut, dans la
chambre que vous m'avez fait prêter, une petite figure
en plâtre ; cette statuette, qui représente un ange, était
destinée à un tombeau, mais je n'ai pas le temps de
l'exécuter en marbre. Pourtant, j'en ai un beau morceau chez moi, du marbre blanc veiné de rose. Enfin...
ma sœur, je vous donne ma petite statuette pour
mettre dans la chapelle de la communauté.

Jacques mourut peu de jours après. Comme le convoi
eut lieu le jour même de l'ouverture du *salon*, les
Buveurs d'eau n'y assistèrent pas. L'art avant tout,
avait dit Lazare.

La famille de Jacques n'était pas riche, et l'artiste n'eut pas de terrain particulier.

Il fut enterré en quelque part.

XIX

LES FANTAISIES DE MUSETTE

On se rappelle peut-être comment le peintre Marcel vendit au juif Médicis son fameux tableau du *Passage de la mer Rouge*, qui devait aller servir d'enseigne à la boutique d'un marchand de comestibles. Le lendemain de cette vente, qui avait été suivie d'un fastueux souper offert par le juif aux bohèmes, comme appoint au marché, Marcel, Schaunard, Colline et Rodolphe se réveillèrent fort tard le matin. Encore étourdis les uns et les autres par les fumées de l'ivresse de la veille, ils ne se ressouvinrent plus d'abord de ce qui s'était passé ; et comme l'*Angelus* de midi sonnait à une église prochaine, ils s'entre-regardèrent tous trois avec un sourire mélancolique.

— Voici la cloche aux sons pieux qui appelle l'humanité au réfectoire, dit Marcel.

— En effet, reprit Rodolphe, c'est l'heure solennelle où les honnêtes gens passent dans la salle à manger.

— Il faudrait pourtant voir à devenir d'honnêtes gens, murmura Colline, pour qui c'était tous les jours la Saint-Appétit.

— Ah ! les boîtes au lait de ma nourrice, ah ! les quatre repas de mon enfance, qu'êtes-vous devenus ? ajouta Schaunard ; qu'êtes-vous devenus ? répéta-t-il sur un motif plein d'une mélancolie rêveuse et douce.

— Dire qu'il y a à cette heure, à Paris, plus de cent mille côtelettes sur le gril ! fit Marcel.

— Et autant de biftecks ! ajouta Rodolphe.

Comme une ironique antithèse, pendant que les quatre amis se posaient les uns aux autres le terrible problème quotidien du déjeuner, les garçons d'un restaurant qui était dans la maison criaient à tue-tête les commandes des consommateurs.

— Ils ne se tairont pas, ces brigands-là ! disait Marcel ; chaque mot me fait l'effet d'un coup de pioche qui me creuserait l'estomac.

— Le vent est au nord, dit gravement Colline, en indiquant une girouette en évolution sur un toit voisin, nous ne déjeunerons pas aujourd'hui, les éléments s'y opposent.

— Pourquoi ça ? demanda Marcel.

— C'est une remarque atmosphérique que j'ai faite, continua le philosophe : le vent au nord signifie presque toujours abstinence, de même que le vent au midi indique ordinairement plaisir et bonne chère. C'est ce que la philosophie appelle les avertissements d'en haut.

A jeun, Gustave Colline avait la plaisanterie féroce.

En ce moment Schaunard, qui venait de plonger l'un de ses bras dans l'abîme qui lui servait de poche, l'en retira en poussant un cri d'angoisse.

— Au secours ! Il y a quelqu'un dans mon paletot, hurla Schaunard en essayant de dégager sa main serrée dans les pinces d'un homard vivant.

Au cri qu'il venait de pousser répondit tout à coup un autre cri. C'était Marcel qui, en enfouissant machinalement sa main dans sa poche, venait d'y découvrir une Amérique à laquelle il ne songeait plus : c'est-à-dire les cent cinquante francs que le juif Médicis lui avait donnés la veille en payement du *Passage de la mer Rouge*.

La mémoire revint alors en même temps aux bohèmes.

— Saluez, Messieurs ! dit Marcel en étalant sur la table un tas d'écus, parmi lesquels frétillaient cinq ou six louis neufs.

— On les croirait vivants, fit Colline.

— La jolie voix ! dit Schaunard en faisant chanter les pièces d'or.

— Comme c'est joli, ces médailles ! ajouta Rodolphe ; on dirait des morceaux de soleil. Si j'étais roi, je ne voudrais pas d'autre monnaie, et je la ferais frapper à l'effigie de ma maîtresse.

— Quand on pense qu'il y a un pays où c'est des cailloux, dit Schaunard. Autrefois, les Américains en donnaient quatre pour deux sous. J'ai un de mes anciens parents qui a visité l'Amérique : il a été enterré dans le ventre des Sauvages. Ça a fait bien du tort à la famille.

— Ah ça ! mais, demanda Marcel en regardant le homard qui s'était mis à marcher dans la chambre, d'où vient cette bête ?

— Je me rappelle, dit Schaunard, qu'hier j'ai été faire un tour dans la cuisine de Médicis ; il faut croire que ce reptile sera tombé dans ma poche sans le faire exprès, ça a la vue basse, ces bêtes-là. Puisque je l'ai, ajouta-t-il, j'ai envie de le garder, je l'apprivoiserai et je le peindrai en rouge, ce sera plus gai [1]. Je suis triste depuis le départ de Phémie, ça me fera une compagnie.

— Messieurs, s'écria Colline, remarquez, je vous prie, la girouette a tourné au sud ; nous déjeunerons.

— Je le crois bien, dit Marcel en prenant une pièce d'or, en voici une que nous allons faire cuire, et avec beaucoup de sauce.

On procéda longuement et gravement à la discussion de la carte. Chaque plat fut l'occasion d'une discussion et voté à la majorité. L'omelette soufflée, proposée par Schaunard, fut repoussée avec sollicitude, ainsi que les vins blancs, contre lesquels Marcel s'éleva dans une improvisation qui mit en relief ses connaissances œnophiles.

— Le premier devoir du vin est d'être rouge, s'écria l'artiste ; ne me parlez pas de vos vins blancs.

— Cependant, fit Schaunard, le champagne ?

— Ah ! bah. Un cidre élégant ! Un coco épileptique ! Je donnerais toutes les caves d'Épernay et d'Aï pour une futaille bourguignonne. D'ailleurs, nous n'avons pas de grisettes à séduire, ni de vaudeville à faire. Je vote contre le champagne.

Le programme une fois adopté, Schaunard et Colline descendirent chez le restaurant du voisinage, pour commander le repas.

— Si nous faisions du feu ! dit Marcel.

— Au fait, dit Rodolphe, nous ne serions pas en contravention : le thermomètre nous y invite depuis longtemps ; faisons du feu. La cheminée sera bien étonnée.

Et il courut dans l'escalier et recommanda à Colline de faire monter du bois.

Quelques instants après, Schaunard et Colline remontèrent, suivis d'un charbonnier chargé d'une grosse falourde[2].

Comme Marcel fouillait dans un tiroir, cherchant quelques papiers inutiles pour allumer son feu, il tomba par hasard sur une lettre dont l'écriture le fit tressaillir et qu'il se mit à lire en se cachant de ses amis.

C'était un billet au crayon, écrit jadis par Musette, au temps où elle demeurait avec Marcel ; cette lettre avait jour pour jour un an de date. Elle ne contenait que ces quelques mots.

     « Mon cher ami,
Ne sois pas inquiet après moi, je vais rentrer bientôt.

Je suis allée me promener un peu pour me réchauffer en marchant, il gèle dans la chambre et le charbonnier a clos la paupière. J'ai cassé les deux derniers bâtons de la chaise, mais ça n'a pas brûlé le temps de faire cuire un œuf. Avec ça le vent entre comme chez lui par le carreau, et me souffle un tas de mauvais conseils qui te feraient du chagrin si je les écoutais. J'aime mieux m'en aller un instant, j'irai voir les magasins du quartier. On dit qu'il y a du velours à dix francs le mètre. C'est incroyable, il faut voir cela. Je serai rentrée pour dîner.

MUSETTE. »

— Pauvre fille ! murmura Marcel en serrant la lettre dans sa poche... Et il resta un instant pensif, la tête entre ses mains.

A cette époque, il y avait déjà longtemps que les bohèmes étaient en état de veuvage, à l'exception de Colline, pourtant, dont l'amante était toujours restée invisible et anonyme.

Phémie elle-même, cette aimable compagne de Schaunard, avait rencontré une âme naïve qui lui avait offert son cœur, un mobilier en acajou, et une bague de ses cheveux, des cheveux rouges. Cependant, quinze jours après les lui avoir donnés, l'amant de Phémie avait voulu lui reprendre son cœur et son mobilier, parce qu'il s'était aperçu en regardant les mains de sa maîtresse, qu'elle avait une bague en cheveux, mais noire ; et il osa la soupçonner de trahison.

Pourtant Phémie n'avait pas cessé d'être vertueuse ; seulement, comme plusieurs fois ses amies l'avaient raillée à cause de sa bague en cheveux rouges, elle l'avait fait *teindre* en noir. Le monsieur fut si content, qu'il acheta une robe de soie à Phémie, c'était la première. Le jour où elle l'étrenna, la pauvre enfant s'écria :

— Maintenant je puis mourir.

Quant à Musette, elle était redevenue un personnage presque officiel, et il y avait trois ou quatre mois que Marcel ne l'avait rencontrée. Pour Mimi, Rodolphe n'en avait plus entendu parler, excepté par lui-même quand il était seul.

— Ah ça, s'écria tout à coup Rodolphe en voyant Marcel accroupi et rêveur au coin de la cheminée, et ce feu, est-ce qu'il ne veut pas prendre ?

— Voilà, voilà ! dit le peintre en allumant le bois qui se mit à flamber en pétillant.

Pendant que ses amis s'agaçaient l'appétit en faisant les préparatifs du repas, Marcel s'était de nouveau isolé dans un coin, et rangeait, avec quelques souvenirs que lui avait laissés Musette, la lettre qu'il venait de retrouver par hasard. Tout à coup il se rappela l'adresse d'une femme qui était l'amie intime de son ancienne passion.

— Ah ! s'écria-t-il assez haut pour être entendu, je sais où la trouver.

— Trouver quoi ? fit Rodolphe. Qu'est-ce que tu fais là ? ajouta-t-il en voyant l'artiste se disposer à écrire.

— Rien, une lettre très pressée que j'oubliais. Je suis à vous dans l'instant, répondit Marcel, et il écrivit :

« Ma chère enfant,

J'ai des *sommes* dans mon secrétaire, c'est une apoplexie de fortune foudroyante. Il y a à la maison un gros déjeuner qui se mitonne, des vins généreux, et nous avons fait du feu, ma chère, comme des bourgeois. Il faut voir ça, ainsi que tu disais autrefois. Viens passer un moment avec nous, tu trouveras là Rodolphe, Colline et Schaunard ; tu nous chanteras des chansons au dessert : il y a du dessert. Tandis que nous y sommes, nous allons probablement rester à table une huitaine de jours. N'aie donc pas peur d'arriver trop

tard. Il y a si longtemps que je ne t'ai entendue rire !
Rodolphe te fera des madrigaux, et nous boirons
toutes sortes de choses à nos amours défuntes, quitte
à les ressusciter. Entre gens comme nous... le dernier
baiser n'est jamais le dernier. Ah ! s'il n'avait pas fait
si froid l'an passé, tu ne m'aurais peut-être pas
quitté. Tu m'as trompé pour un fagot, et parce que
tu craignais d'avoir les mains rouges : tu as bien fait,
je ne t'en veux pas plus pour cette fois-là que pour
les autres ; mais viens te chauffer pendant qu'il y a
du feu.

Je t'embrasse autant que tu voudras.

MARCEL. »

Cette lettre achevée, Marcel en écrivit une autre à
Madame Sidonie, l'amie de Musette, et il la priait de
faire parvenir à celle-ci le billet qu'il lui adressait.
Puis il descendit chez le portier pour le charger de
porter les lettres. Comme il lui payait sa commission
d'avance, le portier aperçut une pièce d'or reluire
dans les mains du peintre ; et, avant de partir pour
faire sa course, il monta prévenir le propriétaire,
avec qui Marcel était en retard pour ses loyers.

— *Mossieu*, dit-il tout essoufflé, l'*artiste* du sixième
a de l'argent ! Vous savez, ce grand qui me rit au nez
quand je lui porte la quittance.

— Oui, dit le propriétaire, celui qui a eu l'audace
de m'emprunter de l'argent pour donner un acompte.
Il a congé.

— Oui, Monsieur. Mais il est cousu d'or aujour-
d'hui, ça m'a brûlé les yeux tout à l'heure. Il donne
des fêtes... C'est le bon moment...

— En effet, dit le propriétaire, j'irai moi-même
tantôt.

Madame Sidonie, qui se trouvait chez elle quand
on lui apporta la lettre de Marcel, envoya sur-le-

champ sa femme de chambre remettre la lettre
adressée à mademoiselle Musette.

Celle-ci habitait alors un charmant appartement
dans la Chaussée d'Antin. Au moment où on lui
remit la lettre de Marcel, elle était en compagnie,
et avait précisément, pour le même soir, un grand
dîner de cérémonie.

— En voilà un miracle ! s'écria Musette en riant
comme une folle.

— Qu'est-ce qu'il y a donc ? lui demanda un
beau jeune homme roide comme une statuette.

— C'est une invitation à dîner, fit la jeune
femme. Hein ! comme ça se trouve ?

— Ça se trouve mal, dit le jeune homme.

— Pourquoi ça ? fit Musette.

— Comment !... penseriez-vous à aller à ce dîner ?

— Je le crois bien que j'y pense... Arrangez-vous
comme vous voudrez.

— Mais, ma chère, cependant, il n'est pas convenable... Vous irez une autre fois.

— Ah ! c'est joli, ça ! une autre fois ! C'est une
ancienne connaissance, Marcel, qui m'invite à
dîner, et c'est assez extraordinaire pour que j'aille
voir ça en face ! Une autre fois ! mais c'est rare
comme les éclipses, les dîners sérieux dans cette
maison-là !

— Comment ! vous nous manquez de parole pour
aller voir *cette* personne, dit le jeune homme, et
c'est à moi que vous le dites !...

— A qui voulez-vous que je le dise donc ? Au
Grand Turc ? Ça ne le regarde pas, cet homme.

— Mais c'est une franchise singulière.

— Vous savez bien que je ne fais rien comme les
autres, répliqua Musette.

— Mais que penserez-vous de moi si je vous
laisse aller, sachant où vous allez ? Songez-y,

Musette, pour moi, pour vous, cela est bien inconvenant : il faut vous excuser près de ce jeune homme...

— Mon cher monsieur Maurice, dit mademoiselle Musette d'une voix très ferme, vous me connaissiez avant que de me prendre ; vous saviez que j'étais pleine de caprices, et que jamais âme qui vive n'a pu se vanter de m'en avoir fait rentrer un.

— Demandez-moi ce que vous voudrez... dit Maurice, mais cela !... Il y a caprice... et caprice...

— Maurice, j'irai chez Marcel : j'y vais, ajouta-t-elle en mettant son chapeau. Vous me quitterez si vous voulez : mais c'est plus fort que moi ; c'est le meilleur garçon du monde, et le seul que j'aie jamais aimé. Si son cœur avait été en or, il l'aurait fait fondre pour me donner des bagues. Pauvre garçon ! dit-elle en montrant sa lettre... voyez, dès qu'il a un peu de feu, il m'invite à venir me chauffer. Ah ! s'il n'était pas si paresseux et s'il n'y avait pas eu de velours et de soieries dans les magasins !!! J'étais bien heureuse avec lui ; il avait le talent de me faire souffrir, et c'est lui qui m'a donné le nom de Musette, à cause de mes chansons. Au moins, en allant chez lui, vous êtes sûr que je reviendrai auprès de vous... si vous ne me fermez pas la porte au nez.

— Vous ne pourriez pas avouer plus franchement que vous ne m'aimez pas, dit le jeune homme.

— Allons donc, mon cher Maurice, vous êtes trop homme d'esprit pour que nous engagions là-dessus une discussion sérieuse. Vous m'avez comme on a un beau cheval dans une écurie ; moi, je vous aime... parce que j'aime le luxe, le bruit des fêtes, tout ce qui résonne et tout ce qui rayonne ; ne faisons point de sentiment, ce serait ridicule et inutile.

— Au moins, laissez-moi aller avec vous.

— Mais vous ne vous amuserez pas du tout, dit Musette, et vous nous empêcherez de nous amuser.

Songez donc qu'il va m'embrasser, ce garçon, nécessairement.

— Musette, dit Maurice, avez-vous souvent trouvé des gens aussi accommodants que moi ?

— Monsieur le vicomte, répliqua Musette, un jour que je me promenais en voiture aux Champs-Élysées avec lord ***, j'ai rencontré Marcel et son ami Rodolphe qui étaient à pied, très mal mis tous deux, crottés comme des chiens de berger, et fumant leur pipe. Il y avait trois mois que je n'avais vu Marcel, et il m'a semblé que mon cœur allait sauter par la portière. J'ai fait arrêter la voiture, et pendant une demi-heure j'ai causé avec Marcel devant tout Paris qui passait là en équipage. Marcel m'a offert des gâteaux de Nanterre et un bouquet de violette d'un sou, que j'ai mis à ma ceinture. Quand il m'a eu quitté, lord *** voulait le rappeler pour l'inviter à dîner avec nous. Je l'ai embrassé pour la peine. Et voilà mon caractère, mon cher monsieur Maurice ; si ça ne vous plaît pas, il faut le dire tout de suite, je vais prendre mes pantoufles et mon bonnet de nuit.

— C'est donc quelquefois une bonne chose que d'être pauvre ! dit le vicomte Maurice avec un air plein de tristesse envieuse.

— Eh ! non, fit Musette : si Marcel était riche, je ne l'aurais jamais quitté.

— Allez donc, fit le jeune homme en lui serrant la main. Vous avez mis votre nouvelle robe, ajouta-t-il, elle vous sied à merveille.

— Au fait, c'est vrai, dit Musette ; c'est comme un pressentiment que j'ai eu ce matin. Marcel en aura l'étrenne. Adieu ! fit-elle, je m'en vais manger un peu de pain béni de la gaieté.

Musette avait ce jour-là une ravissante toilette ; jamais reliure plus séductrice n'avait enveloppé le poète de sa jeunesse et de sa beauté. Au reste, Musette possédait instinctivement le génie de l'élégance. En arrivant au monde, la première chose qu'elle avait cherchée du regard avait dû être un miroir pour s'arranger dans ses langes ; et avant d'aller au baptême, elle avait déjà commis le péché de coquetterie. Au temps où sa position avait été des plus humbles, quand elle en était encore réduite aux robes d'indienne imprimée, aux petits bonnets à pompons et aux souliers de peau de chèvre, elle portait à ravir ce pauvre et simple uniforme des grisettes. Ces jolies filles moitié abeilles, moitié cigales, qui travaillaient en chantant toute la semaine, ne demandaient à Dieu qu'un peu de soleil le dimanche, faisaient vulgairement l'amour avec le cœur, et se jetaient quelquefois par la fenêtre. Race disparue maintenant, grâce à la génération actuelle des jeunes gens : génération corrompue et corruptrice, mais par-dessus tout vaniteuse, sotte et brutale. Pour le plaisir de faire de méchants paradoxes, ils ont raillé ces pauvres filles à propos de leurs mains mutilées par les saintes cicatrices du travail, et elles n'ont bientôt plus gagné assez pour s'acheter de la pâte d'amandes. Peu à peu ils sont parvenus à leur inoculer leur vanité et leur sottise, et c'est alors que la grisette a disparu. C'est alors que naquit la lorette. Race hybride, créatures impertinentes, beautés médiocres, demi-chair, demi-onguents, dont le boudoir est un comptoir où elles débitent des morceaux de leur cœur, comme on ferait des tranches de rosbif. La plupart de ces filles, qui déshonorent le plaisir et sont la honte de la galanterie moderne, n'ont point toujours l'intelligence des bêtes dont elles portent les plumes sur leurs chapeaux. S'il leur arrive par hasard d'avoir, non point un amour, pas même un caprice, mais un désir vulgaire, c'est au bénéfice de quelque bourgeois saltimbanque que la foule absurde entoure et acclame dans les bals publics, et que les journaux, courtisans de tous

les ridicules, célèbrent par leurs réclames. Bien qu'elle
fût forcée de vivre dans ce monde, Musette n'en avait
point les mœurs ni les allures ; elle n'avait point la
servilité cupide, ordinaire chez ces créatures qui ne
savent lire que Barême[3] et n'écrivent qu'en chiffres.
C'était une fille intelligente et spirituelle, ayant dans
les veines quelques gouttes du sang de Manon ; et,
rebelle à toute chose imposée, elle n'avait jamais pu ni
su résister à un caprice, quelles que pussent en êtres les
conséquences.

Marcel avait été vraiment le seul homme qu'elle eût
aimé. C'était du moins le seul pour qui elle avait
réellement souffert, et il avait fallu toute l'opiniâtreté
des instincts qui l'attiraient vers « tout ce qui rayonne
et tout ce qui résonne » pour qu'elle le quittât. Elle
avait vingt ans, et pour elle le luxe était presque une
question de santé. Elle pouvait bien s'en passer quelque temps, mais elle ne pouvait y renoncer complètement. Connaissant son inconstance, elle n'avait jamais
voulu consentir à mettre à son cœur le cadenas d'un
serment de fidélité. Elle avait été ardemment aimée
par beaucoup de jeunes gens pour qui elle avait eu elle-
même des goûts très vifs ; et toujours elle procédait
envers eux avec une probité pleine de prévoyance ; les
engagements qu'elle contractait étaient simples,
francs et rustiques comme les déclarations d'amour
des paysans de Molière. Vous me voulez bien et je vous
veux aussi ; tope, et faisons la noce. Dix fois, si elle eût
voulu, Musette aurait trouvé une position stable, ce
qu'on appelle un avenir ; mais elle ne croyait guère à
l'avenir, et professait à son égard le scepticisme de
Figaro.

— Demain, disait-elle parfois, c'est une fatuité du
calendrier ; c'est un prétexte quotidien que les hommes
ont inventé pour ne point faire leurs affaires aujour-
d'hui. Demain, c'est peut-être un tremblement de

terre. A la bonne heure, aujourd'hui, c'est la terre ferme.

Un jour, un galant homme, avec qui elle était restée près de six mois, et qui était devenu éperdument amoureux d'elle, lui proposa sérieusement de l'épouser. Musette lui avait jeté un grand éclat de rire au nez à cette proposition.

— Moi, mettre ma liberté en prison dans un contrat de mariage ? jamais ! dit-elle.

— Mais je passe ma vie à trembler de la crainte de vous perdre.

— Vous me perdriez bien plus si j'étais votre femme, répondit Musette. Ne parlons plus de cela. Je ne suis pas libre d'ailleurs, ajouta-t-elle, en songeant sans doute à Marcel.

Ainsi elle traversait sa jeunesse, l'esprit flottant à tous les vents de l'imprévu, faisant beaucoup d'heureux et se faisant presque heureuse elle-même. Le vicomte Maurice, avec qui elle était en ce moment, avait beaucoup de peine à se faire à ce caractère indomptable, ivre de liberté ; et ce fut dans une impatience oxydée de jalousie qu'il attendit le retour de Musette après l'avoir vue partir pour aller chez Marcel.

— Y restera-t-elle ? se demanda toute la soirée le jeune homme en s'enfonçant ce point d'interrogation dans le cœur.

— Ce pauvre Maurice ! disait Musette de son côté, il trouve ça un peu violent. Ah ! bah ! il faut former la jeunesse. Puis, son esprit passant subitement à *d'autres exercices*, elle pensa à Marcel, chez qui elle allait ; et, tout en passant en revue les souvenirs que réveillait le nom de son ancien adorateur, elle se demandait par quel miracle on avait mis la nappe chez lui. Elle relut, en marchant, la lettre que l'artiste lui avait écrite, et ne put s'empêcher d'être un peu attristée. Mais cela ne

dura qu'un instant. Musette pensa avec raison que
c'était moins que jamais l'occasion de se désoler, et
comme en ce moment un grand vent venait de s'élever,
elle s'écria :

— C'est bien drôle, je ne voudrais pas aller chez
Marcel, que le vent m'y pousserait.

Et elle continua sa route en pressant le pas, joyeuse
comme un oiseau qui revole à son premier nid.

Tout à coup la neige tomba avec abondance. Musette
chercha des yeux si elle ne trouverait pas une voiture.
Elle n'en rencontra point. Comme elle se trouvait
précisément dans la rue où demeurait son amie
madame Sidonie, celle-là qui lui avait fait parvenir la
lettre de Marcel, Musette eut l'idée d'entrer un instant
chez cette femme pour attendre que le temps lui
permît de continuer sa route.

Quand Musette entra chez madame Sidonie, elle y
trouva une nombreuse compagnie. On y continuait un
lansquenet commencé depuis trois jours.

— Ne vous dérangez pas, dit Musette, je ne fais
qu'entrer et sortir.

— Tu as reçu la lettre de Marcel ? lui dit bas à
l'oreille madame Sidonie.

— Oui, répondit Musette, merci ; je vais chez lui ; il
m'invite à dîner. Veux-tu venir avec moi ? tu t'amuse-
ras bien.

— Eh ! non, je ne peux pas, fit Sidonie en montrant
la table de jeu, et mon terme ?

— Il y a six louis, dit tout haut le banquier qui tenait
les cartes.

— J'en fais deux ! s'écria madame Sidonie.

— Je ne suis pas fier, je pars pour deux, répondit le
banquier, qui avait déjà passé plusieurs fois. Roi et as.
Je suis flambé ! continua-t-il en faisant tomber les
cartes, tous les rois sont morts...

— On ne parle pas politique, fit un journaliste.

— Et l'as est l'ennemi de ma famille, acheva le banquier, qui retourna encore un roi. Vive le roi! s'écria-t-il. Ma mie Sidonia, envoyez-moi deux louis.

— Mets-les dans ta mémoire, fit Sidonie, furieuse d'avoir perdu.

— Ça fait cinq cents francs que vous me devez, petite, dit le banquier. Vous irez à mille. Je passe la main.

Sidonie et Musette causaient tout bas. La partie continua.

A peu près à la même heure, on se mettait à table chez les bohèmes. Pendant tout le repas Marcel parut inquiet. Chaque fois qu'on entendait un bruit de pas dans l'escalier, on le voyait tressaillir.

— Qu'est-ce que tu as? demandait Rodolphe; on dirait que tu attends quelqu'un. Ne sommes-nous pas au complet?

Mais a un certain regard que l'artiste lui lança, le poète comprit quelle était la préoccupation de son ami.

— C'est vrai, pensa-t-il en lui-même, nous ne sommes pas au complet.

Le coup d'œil de Marcel signifiait Musette; le regard de Rodolphe voulait dire Mimi.

— Ça manque de femmes, dit tout à coup Schaunard.

— Sacrebleu! hurla Colline, vas-tu te taire avec tes réflexions libertines! il a été convenu qu'on ne parlerait pas d'amour, ça fait tourner les sauces.

Et les amis recommencèrent à boire à plus amples rasades, pendant qu'en dehors la neige tombait toujours, et que dans l'âtre le bois flambait clair en tirant des feux d'artifice d'étincelles.

Au moment où Rodolphe fredonnait tout haut le couplet d'une chanson qu'il venait de trouver au fond de son verre, on frappa plusieurs coups à la porte.

A ce bruit, comme un plongeur qui, frappant du pied

le fond de l'eau, remonte à la surface, Marcel, engourdi
dans un commencement d'ivresse, se leva précipitamment de sa chaise et courut ouvrir.

Ce n'était point Musette.

Un monsieur parut sur le seuil. Il tenait à la main un
petit papier. Son extérieur paraissait agréable, mais sa
robe de chambre était bien mal faite.

— Je vous trouve en bonne disposition, dit-il en
voyant la table, au milieu de laquelle apparaissait le
cadavre d'un gigot colossal.

— Le propriétaire ! fit Rodolphe, qu'on lui rende les
honneurs qui lui sont dus.

Et il se mit à battre aux champs sur son assiette avec
son couteau et sa fourchette.

Colline lui offrit sa chaise, et Marcel s'écria :

— Allons, Schaunard, un verre blanc à Monsieur.
Vous arrivez parfaitement à propos, dit l'artiste au
propriétaire. Nous étions en train de porter un toast à
la propriété. Mon ami que voilà, monsieur Colline,
disait des choses bien touchantes. Puisque vous voici, il
va recommencer pour vous faire honneur. Recommence un peu, Colline.

— Pardon, Messieurs, dit le propriétaire, je ne voudrais pas vous déranger.

Et il déploya le petit papier qu'il tenait à la main.

— Quel est cet imprimé ? demanda Marcel.

Le propriétaire, qui avait promené dans la chambre
un regard inquisitorial, aperçut l'or et l'argent qui
étaient restés sur la cheminée.

— C'est la quittance, dit-il rapidement, j'ai déjà eu
l'honneur de vous la faire présenter.

— En effet, dit Marcel, ma mémoire fidèle me
rappelle parfaitement ce détail ; c'était même un vendredi, le 8 octobre, à midi un quart ; très bien.

— Elle est revêtue de ma signature, fit le propriétaire ; et si ça ne vous dérange pas...

— Monsieur, dit Marcel, je me proposais de vous voir. J'ai longuement à causer avec vous.

— Tout à vos ordres.

— Faites-moi donc le plaisir de vous rafraîchir, continua Marcel en l'obligeant à boire un verre de vin. Monsieur, reprit l'artiste, vous m'aviez envoyé dernièrement un petit papier... avec une image représentant une dame qui tient des balances. Le message était signé Godard.

— C'est mon huissier, dit le propriétaire.

— Il a une bien vilaine écriture, fit Marcel. Mon ami, qui sait toutes les langues, continua-t-il en désignant Colline, mon ami a bien voulu me traduire cette dépêche, dont le port coûte cinq francs...

— C'était un congé, fit le propriétaire, mesure de précaution... c'est l'usage.

— Un congé, c'est cela même, fit Marcel. Je voulais vous voir pour que nous eussions une conférence à propos de cet acte, que je désirerais convertir en un bail. Cette maison me plaît, l'escalier est propre, la rue est fort gaie, et puis des raisons de famille, mille choses m'attachent à ces murs.

— Mais, dit le propriétaire en déployant de nouveau sa quittance, il y a le dernier terme à liquider.

— Nous le liquiderons, Monsieur, telle est bien ma pensée intime.

Cependant le propriétaire ne quittait point des yeux la cheminée où se trouvait l'argent ; et la fixité attractive de ses regards pleins de convoitise était telle, que les espèces semblaient remuer et s'avancer vers lui.

— Je suis heureux d'arriver dans un moment où, sans que cela vous gêne, nous pourrons terminer ce petit compte, dit-il en tendant la quittance à Marcel, qui, ne pouvant parer l'attaque, rompit encore une fois et recommença avec son créancier la scène de don Juan avec M. Dimanche.

— Vous avez, je crois, des propriétés dans les départements ? demanda-t-il.

— Oh ! répondit le propriétaire, fort peu ; une petite maison en Bourgogne, une ferme, peu de chose, mauvais rapport... les fermiers ne payent pas... Aussi, ajouta-t-il en allongeant toujours sa quittance, cette petite rentrée arrive à merveille... C'est soixante francs, comme vous savez.

— Soixante, oui, fit Marcel en se dirigeant vers la cheminée, où il prit trois pièces d'or. Nous disons soixante, et il posa les trois louis sur la table, à quelque distance du propriétaire.

— Enfin ! murmura celui-ci, dont le visage s'éclaircit soudain, et il posa également sa quittance sur la table.

Schaunard, Colline et Rodolphe examinaient la scène avec inquiétude.

— Parbleu ! Monsieur, fit Marcel, puisque vous êtes Bourguignon, vous ne refuserez pas de dire deux mots à un compatriote.

Et faisant sauter le bouchon d'une bouteille de vieux mâcon, il en versa un plein verre au propriétaire.

— Ah ! parfait, dit celui-ci... Je n'en ai jamais bu de meilleur.

— C'est un de mes oncles que j'ai par là-bas, et qui m'en envoie quelques paniers de temps en temps.

Le propriétaire s'était levé et allongeait la main vers l'argent placé devant lui, quand Marcel l'arrêta de nouveau.

— Vous ne refuserez pas de me faire raison encore une fois, dit-il en versant encore à boire et en forçant le créancier à trinquer avec lui et avec les trois autres bohèmes.

Le propriétaire n'osa pas refuser. Il but de nouveau, posa son verre, et se disposait encore à prendre l'argent, quand Marcel s'écria :

— Au fait, Monsieur, il me vient une idée. Je me trouve un peu riche en ce moment. Mon oncle de Bourgogne m'a envoyé un supplément à ma pension. Je craindrais de dissiper cet argent. Vous savez, la jeunesse est folle... Si cela ne vous contrarie pas, je vous payerai un terme d'avance.

Et, prenant soixante autres francs en écus, il les ajouta aux louis qui étaient sur la table.

— Je vais alors vous donner une quittance du terme à échoir, dit le propriétaire. J'en ai en blanc dans ma poche, ajouta-t-il en tirant son portefeuille. Je vais la remplir et l'antidater. Mais il est charmant, ce locataire, pensa-t-il tout bas en couvant les cent vingt francs des yeux.

A cette proposition, les trois bohèmes, qui ne comprenaient plus rien à la diplomatie de Marcel, restèrent stupéfaits.

— Mais cette cheminée fume, cela est fort incommode.

— Que ne m'en avez-vous prévenu ? J'aurais fait appeler le fumiste, dit le propriétaire qui ne voulait pas être en reste de procédés. Demain, je ferai venir les ouvriers. Et ayant terminé de remplir la seconde quittance, il la joignit à la première, les poussa toutes les deux devant Marcel, et approcha de nouveau sa main de la pile d'argent. Vous ne sauriez croire combien cette somme arrive à point, dit-il. J'ai des mémoires à payer pour réparations à mon immeuble... et j'étais fort embarrassé.

— Je regrette de vous avoir fait un peu attendre, fit Marcel.

— Oh ! je n'étais pas en peine... Messieurs... J'ai l'honneur... Et sa main s'allongeait encore...

— Oh ! oh ! permettez, fit Marcel, nous n'avons pas encore fini. Vous savez le proverbe : Quand le vin est tiré...

Et il emplit de nouveau le verre du propriétaire.

— Il faut boire...

— C'est juste, dit celui-ci en se rasseyant par politesse.

Cette fois, à un coup d'œil que leur lança Marcel, les bohèmes comprirent quel était son but.

Cependant le propriétaire commençait à jouer de la prunelle d'une façon extraordinaire. Il se balançait sur sa chaise, tenait des propos grivois, et promettait à Marcel, qui lui demandait des réparations locatives, des embellissements fabuleux.

— En avant la grosse artillerie! dit l'artiste bas à Rodolphe, en lui indiquant une bouteille de rhum.

Après le premier petit verre, le propriétaire chanta une gaudriole qui fit rougir Schaunard.

Après le second petit verre, il raconta ses infortunes conjugales; et, comme son épouse s'appelait Hélène, il se compara à Ménélas.

Après le troisième petit verre, il eut un accès de philosophie, et émit des aphorismes comme ceux-ci :

« La vie est un fleuve.

La fortune ne fait pas le bonheur.

L'homme est éphémère.

Ah! que l'amour est agréable! »

Et prenant Schaunard pour confident, il lui raconta sa liaison clandestine avec une jeune fille qu'il avait mise dans l'acajou, et qui s'appelait Euphémie. Et il fit un portrait si détaillé de cette jeune personne, aux tendresses naïves, que Schaunard commença à être travaillé par un étrange soupçon, qui devint une certitude lorsque le propriétaire lui montra une lettre qu'il .tira de son portefeuille.

— Oh! ciel! s'écria Schaunard en apercevant la signature. Cruelle fille! tu m'enfonces un poignard dans le cœur.

— Qu'a-t-il donc ? s'écrièrent les bohèmes, étonnés de ce langage.

— Voyez, dit Schaunard, cette lettre est de Phémie ; voyez ce pâté qui sert de signature. Et il fit circuler la lettre de son ancienne maîtresse ; elle commençait par ces mots :

« Mon gros louf-louf ! »

— C'est moi qui suis son gros louf-louf, dit le propriétaire en essayant de se lever, sans pouvoir y parvenir.

— Très bien ! fit Marcel qui l'observait, il a jeté l'ancre.

— Phémie ! cruelle Phémie ! murmurait Schaunard, tu me fais bien de la peine.

— Je lui ai meublé un petit entre-sol, rue Coquenard, nº 12, dit le propriétaire. C'est joli, joli... ça m'a coûté bien cher... Mais l'amour sincère n'a pas de prix, et puis j'ai vingt mille francs de rente... Elle me demande de l'argent, continua-t-il en reprenant la lettre. Pauvre chérie !... Je lui donnerai celui-là, ça lui fera plaisir... et il allongea la main vers l'argent préparé par Marcel. Tiens, tiens ! fit-il avec étonnement en tâtonnant sur la table, où donc est-il ?...

L'argent avait disparu.

— Il est impossible qu'un galant homme se prête à d'aussi coupables manœuvres, avait dit Marcel. Ma conscience, la morale, m'interdisent de verser le prix de mes loyers ès mains de ce vieillard débauché. Je ne payerai point mon terme. Mais mon âme restera du moins sans remords. Quelles mœurs ! un homme aussi chauve !

Cependant le propriétaire achevait de se couler à fond et tenait tout haut des discours insensés aux bouteilles.

Comme il était absent depuis deux heures, sa femme, inquiète de lui, l'envoya chercher par la servante, qui poussa de grands cris en le voyant.

— Qu'est-ce que vous avez fait à mon maître ? demanda-t-elle aux bohèmes.

— Rien, dit Marcel ; il est monté tout à l'heure pour réclamer ses loyers ; comme nous n'avions pas d'argent à lui donner, nous lui avons demandé du temps.

— Mais il s'est *ivrogné*, dit la domestique.

— Le plus fort de cette besogne était fait, répondit Rodolphe : quand il est venu ici, il nous a dit qu'il était allé ranger sa cave.

— Et il avait si peu de sang-froid, continua Colline, qu'il voulait nous laisser nos quittances sans argent.

— Vous les donnerez à sa femme, ajouta le peintre en rendant les quittances ; nous sommes d'honnêtes gens, et nous ne voulons pas profiter de son état.

— Ô mon Dieu ! qu'est-ce que va dire Madame ? fit la servante en entraînant le propriétaire, qui ne pouvait plus se tenir sur ses jambes.

— Enfin ! s'écria Marcel.

— Il reviendra demain, dit Rodolphe ; il a vu de l'argent.

— Quand il reviendra, fit l'artiste, je le menacerai d'instruire son épouse de ses relations avec la jeune Phémie, et il nous donnera du temps.

Quand le propriétaire fut dehors, les quatre amis se remirent à boire et à fumer. Seul, Marcel avait conservé un sentiment de lucidité dans son ivresse. D'instant en instant, au moindre bruit des pas qu'il entendait dans l'escalier, il courait ouvrir la porte. Mais ceux qui montaient s'arrêtaient toujours aux étages inférieurs ; alors l'artiste venait lentement se rasseoir au coin de son feu. Minuit sonna, et Musette n'était point venue.

— Au fait, pensa Marcel, peut-être n'était-elle point chez elle quand on lui a porté ma lettre. Elle la trouvera ce soir en rentrant, et elle viendra demain, il y aura encore du feu. Il est impossible qu'elle ne vienne pas. Allons, à demain. Et il s'endormit au coin de l'âtre.

Au moment même où Marcel s'endormait, rêvant d'elle, mademoiselle Musette sortait de chez son amie, madame Sidonie, chez qui elle était restée jusque-là. Musette n'était point seule, un jeune homme l'accompagnait, une voiture attendait à la porte, ils y montèrent tous deux ; la voiture partit au galop.

La partie de lansquenet continuait chez madame Sidonie.

— Où donc est Musette ? s'écria tout à coup quelqu'un.

— Où donc est le petit Séraphin ? dit une autre personne.

Madame Sidonie se mit à rire.

— Ils viennent de se sauver ensemble, dit-elle. Ah ! c'est une curieuse histoire. Quelle singulière créature que cette Musette ! Figurez-vous...

Et elle raconta à la société comment Musette, après s'être fâchée presque avec le vicomte Maurice, après s'être mise en chemin pour aller chez Marcel, était montée un instant par hasard chez elle, et comment elle y avait rencontré le jeune Séraphin.

— Ah ! je me doutais bien de quelque chose, dit Sidonie en interrompant son récit : je les ai observés toute la soirée : il n'est pas maladroit, ce petit bonhomme. Bref, continua-t-elle, ils sont partis sans dire gare, et bien fin qui les attraperait. C'est égal, c'est bien drôle, quand on pense que Musette est folle de son Marcel.

— Si elle en est folle, à quoi bon le Séraphin, un enfant presque ? il n'a jamais eu de maîtresse, dit un jeune homme.

— Elle veut lui apprendre à lire, fit le journaliste, qui était fort bête quand il avait perdu.

— C'est égal, reprit Sidonie, puisqu'elle aime Marcel, pourquoi Séraphin ? voilà qui me passe.

— Hélas ! oui, pourquoi ?

. . . .

Pendant cinq jours, et sans sortir de chez eux, les bohèmes menaient la plus joyeuse vie du monde. Ils restaient à table depuis le matin jusqu'au soir. Un admirable désordre régnait dans la chambre, que remplissait une atmosphère pantagruélique. Sur un banc presque entier de coquilles d'huîtres était couchée une armée de bouteilles de divers formats. La table était chargée de débris de toute nature, et une forêt brûlait dans la cheminée.

Le sixième jour, Colline, qui était l'ordonnateur des cérémonies, rédigea, comme il le faisait tous les matins, le menu du déjeuner, du dîner, du goûter et du souper, et le soumit à l'appréciation de ses amis, qui le revêtirent chacun de leur paraphe, en signe d'acquiescement.

Mais lorsque Colline ouvrit le tiroir qui servait de caisse, afin de prendre l'argent nécessaire à la consommation du jour, il recula de deux pas, et devint blême comme le spectre de Banquo.

— Qu'y a-t-il ? demandèrent nonchalamment les autres.

— Il y a, qu'il n'y a plus que trente sous, dit le philosophe.

— Diable ! diable ! firent les autres, ça va causer des remaniements dans notre menu. Enfin, trente sous bien employés !... C'est égal, nous aurons difficilement des truffes.

Quelques instants après, la table était servie. On y voyait trois plats dressés avec beaucoup de symétrie :

Un plat de harengs ;

Un plat de pommes de terre ;

Un plat de fromage.

Dans la cheminée fumaient deux petits tisons gros comme le poing.

Au-dehors la neige tombait toujours.

Les quatre bohèmes se mirent à table et déployèrent gravement leurs serviettes.

— C'est singulier, disait Marcel, ce hareng a un goût de faisan.

— Ça tient à la manière dont je l'ai arrangé, répliqua Colline ; le hareng a été méconnu.

En ce moment, une joyeuse chanson montait l'escalier, et s'en vint frapper à la porte. Marcel, qui n'avait pu s'empêcher de tressaillir, courut ouvrir.

Musette lui sauta au cou, et le tint embrassé pendant cinq minutes. Marcel la sentit trembler dans ses bras.

— Qu'as-tu ? lui demanda-t-il.

— J'ai froid, dit machinalement Musette en s'approchant de la cheminée.

— Ah ! dit Marcel, nous avions fait si bon feu !

— Oui, dit Musette en regardant sur la table les débris du festin qui servait depuis cinq jours ; je viens trop tard.

— Pourquoi ? fit Marcel.

— Pourquoi ? dit Musette... en rougissant un peu. Et elle s'assit sur les genoux de Marcel ; elle tremblait toujours et ses mains étaient violettes.

— Tu n'étais donc pas libre ? lui demanda Marcel bas à l'oreille.

— Moi ! pas libre ! s'écria la belle fille. Ah ! Marcel ! je serais assise au milieu des étoiles, dans le paradis du bon Dieu, et tu me ferais un signe, que je descendrais auprès de toi. Moi ! pas libre !... Elle se remit à trembler.

— Il y a cinq chaises ici, dit Rodolphe, c'est un nombre impair, sans compter que la cinquième est d'une forme ridicule. Et brisant la chaise contre le mur, il en jeta les morceaux dans la cheminée. Le feu ressuscita soudain en flamme claire et joyeuse ; puis, faisant un signe à Colline et à Schaunard, le poète les emmena avec lui.

— Où allez-vous ? demanda Marcel.

— Nous allons acheter du tabac, répondirent-ils.

— A la Havane, ajouta Schaunard en faisant un signe d'intelligence à Marcel, qui le remercia du regard.

— Pourquoi n'es-tu pas venue plus tôt ? demanda-t-il de nouveau à Musette lorsqu'ils furent seuls.

— C'est vrai, je suis un peu en retard...

— Cinq jours pour traverser le pont Neuf ! Tu as donc pris par les Pyrénées ? dit Marcel.

Musette baissa la tête et demeura silencieuse.

— Ah ! méchante fille ! reprit mélancoliquement l'artiste en frappant légèrement avec la main sur le corsage de sa maîtresse. Qu'est-ce que tu as donc là-dessous ?

— Tu le sais bien, repartit vivement celle-ci.

— Mais qu'as-tu fait depuis que je t'ai écrit ?

— Ne m'interroge pas ! reprit vivement Musette en l'embrassant à plusieurs reprises ; ne me demande rien ! laisse-moi me chauffer à côté de toi pendant qu'il fait froid. Tu vois, j'avais mis ma plus belle robe pour venir... Ce pauvre Maurice, il ne comprenait rien quand je suis partie pour venir ici ; mais c'était plus fort que moi... Je me suis mise en route. C'est bon, le feu, ajouta-t-elle en approchant ses petites mains de la flamme. Je resterai avec toi jusqu'à demain. Veux-tu ?

— Il fera bien froid ici, dit Marcel, et nous n'avons pas de quoi dîner. Tu es venue trop tard, répéta-t-il.

— Ah ! bah ! dit Musette, ça ressemblera mieux à autrefois.

. . . .

Rodolphe, Colline et Schaunard restèrent vingt-

quatre heures à aller chercher leur tabac. Quand ils
revinrent à la maison, Marcel était seul.

Après six jours d'absence, le vicomte Maurice vit
arriver Musette.

Il ne lui fit aucun reproche, et lui demanda seulement pourquoi elle paraissait triste.

— Je me suis querellée avec Marcel, dit-elle, nous
nous sommes mal quittés.

— Et pourtant, dit Maurice, qui sait ? vous retourne-
rez encore auprès de lui.

— Que voulez-vous ? fit Musette, j'ai besoin de
temps en temps d'aller respirer l'air de cette vie-là.
Mon existence folle est comme une chanson ; chacun de
mes amours est un couplet ; mais Marcel en est le
refrain.

I

MIMI A DES PLUMES

I

« Eh ! non, non, non, vous n'êtes plus Lisette. Eh !
non, non, non, vous n'êtes plus Mimi.

Vous êtes aujourd'hui madame la vicomtesse ; après-
demain peut-être serez-vous madame la duchesse, car
vous avez posé le pied sur l'escalier des grandeurs ; la
porte de vos rêves s'est enfin ouverte à deux battants
devant vos pas, et voici que vous venez d'y entrer
victorieuse et triomphante. J'étais bien sûr que vous
finiriez ainsi une nuit ou l'autre. Il fallait que ce fût,
d'ailleurs ; vos mains blanches étaient faites pour la
paresse, et appelaient depuis longtemps l'anneau
d'une alliance aristocratique. Enfin vous avez un

blason ! Mais nous préférons encore celui que la jeunesse donnait à votre beauté, qui, par vos yeux bleus et votre visage pâle, semblait écarteler d'azur sur champ de lis. Noble ou vilaine, allez, vous êtes toujours charmante ; et je vous ai bien reconnue quand vous passiez l'autre soir dans la rue, pied rapide et finement chaussé, aidant d'une main gantée le vent à soulever les volants de votre robe nouvelle, un peu pour ne point la salir, beaucoup pour laisser voir vos jupons brodés et vos bas transparents. Vous aviez un chapeau d'un style merveilleux, et vous paraissiez même plongée dans une profonde perplexité à propos du voile en riche dentelle qui flottait sur ce riche chapeau. Embarras bien grave, en effet ! car il s'agissait de savoir lequel valait le mieux et était le plus profitable à votre coquetterie, de porter ce voile baissé ou relevé. En le portant baissé, vous risquiez de n'être pas reconnue par ceux de vos amis que vous auriez pu rencontrer, et qui, certes, auraient passé dix fois près de vous sans se douter que cette opulente enveloppe cachait mademoiselle Mimi. D'un autre côté, en portant ce voile relevé, c'était lui qui risquait de ne pas être vu, et alors, à quoi bon l'avoir ? Vous avez spirituellement tranché la difficulté, en baissant et en relevant tour à tour de dix pas en dix pas, ce merveilleux tissu, tramé sans doute dans ces contrées d'arachnides qu'on appelle les Flandres, et qui, à lui tout seul, a coûté plus cher que toute votre ancienne garde-robe... Ah ! Mimi !... Pardon... Ah ! madame la vicomtesse ! j'avais bien raison, vous le voyez, quand je vous disais : Patience, ne désespérez pas ; l'avenir est gros de cachemires, d'écrins brillants, de petits soupers, etc. Vous ne vouliez pas me croire, incrédule ! Eh bien, mes prédictions se sont pourtant réalisées, et je vaux bien, je l'espère, votre *Oracle des Dames*, un petit sorcier in-dix-huit que vous aviez acheté cinq sous à un bouquiniste du pont Neuf, et que

vous fatiguiez par d'éternelles interrogations. Encore
une fois, n'avais-je pas raison dans mes prophéties, et
me croiriez-vous maintenant si je vous disais que vous
n'en resterez pas là ? si je vous disais qu'en prêtant
l'oreille j'entends déjà sourdre, dans les profondeurs
de votre avenir, le piétinement et les hennissements
des chevaux attelés à un coupé bleu, conduit par un
cocher poudré qui abaisse le marchepied devant vous
en disant : « Où va Madame ? » Me croiriez-vous
encore si je vous disais aussi que plus tard... ah ! le
plus tard possible, mon Dieu ! atteignant le but d'une
ambition que vous avez longtemps caressée, vous
tiendrez une table d'hôte à Belleville ou aux Batignolles, et vous serez courtisée par de vieux militaires
et des Céladons à la réforme, qui viendront faire chez
vous des lansquenets et des baccarats clandestins ?
Mais avant d'arriver à chaque époque où le soleil de
votre jeunesse aura déjà décliné, croyez-moi, chère
enfant, vous userez encore bien des aunes de soie et de
velours ; bien des patrimoines sans doute se fondront
aux creusets de vos fantaisies ; vous fanerez bien des
fleurs sur votre front, bien des fleurs sous vos pieds ;
bien des fois vous changerez de blason. On verra tour
à tour briller sur votre tête le tortil des baronnes, la
couronne des comtesses et le diadème emperlé des
marquises ; vous prendrez pour devise : *Inconstance*,
et vous saurez, selon le caprice ou la nécessité, satisfaire, chacun à son tour ou même à la fois, tous ces
nombreux adorateurs qui s'en viendront faire la
queue dans l'antichambre de votre cœur comme on
fait la queue à la porte d'un théâtre où l'on joue une
pièce en vogue. Allez donc, allez devant vous, l'esprit
allégé de souvenirs, remplacés par des ambitions ;
allez, la route est belle, et nous la souhaitons longtemps douce à vos pieds : mais nous souhaitons surtout que toutes ces somptuosités, ces belles toilettes

ne deviennent pas trop tôt le linceul où s'ensevelira votre gaieté. »

Ainsi parlait le peintre Marcel à la jeune mademoiselle Mimi, qu'il venait de rencontrer trois ou quatre jours après son second divorce avec le poète Rodolphe. Bien qu'il se fût efforcé de mettre une sourdine aux railleries qui parsemaient son horoscope, mademoiselle Mimi ne fut point dupe des belles paroles de Marcel, et comprit parfaitement que, peu respectueux pour son titre nouveau, il s'était moqué d'elle à outrance.

— Vous êtes méchant avec moi, Marcel, dit mademoiselle Mimi, c'est mal : j'ai toujours été très bonne fille avec vous quand j'étais la maîtresse de Rodolphe ; mais si je l'ai quitté, après tout, c'est sa faute. C'est lui qui m'a renvoyée presque sans délai ; et encore, comment m'a-t-il traitée pendant les derniers jours que j'ai passés avec lui ? J'ai été bien malheureuse, allez ! Vous ne savez pas, vous, quel homme c'était que Rodolphe : un caractère pétri de colère et de jalousie, qui me tuait par petits morceaux. Il m'aimait, je le sais bien, mais son amour était dangereux comme une arme à feu ; et quelle existence que celle que j'ai menée pendant quinze mois ! Ah ! voyez-vous, Marcel, je ne veux pas me faire meilleure que je ne suis, mais j'ai bien souffert avec Rodolphe, vous le savez d'ailleurs aussi. Ce n'est point la misère qui me l'a fait quitter, non, je vous l'assure, j'y étais habituée d'abord ; et puis, je vous le répète, c'est lui qui m'a renvoyée. Il a marché à deux pieds sur mon amour-propre ; il m'a dit que je n'avais pas de cœur si je restais avec lui ; il m'a dit qu'il ne m'aimait plus, qu'il fallait que je fisse un autre amant ; il a même été jusqu'à me désigner un jeune homme qui me faisait la cour, et il a, par ses défis, servi de trait d'union entre moi et ce jeune homme. J'ai été avec lui autant par dépit que par nécessité, car je ne l'aimais

pas ; vous savez bien cela, vous, je n'aime pas les *si*
jeunes gens, ils sont ennuyeux et sentimentals[1] comme
des harmonicas. Enfin, ce qui est fait est fait, et je ne le
regrette pas, et je ferais encore de même si c'était à
refaire. Maintenant qu'il ne m'a plus avec lui et qu'il
me sait heureuse avec un autre, Rodolphe est furieux et
très malheureux ; je sais quelqu'un qui l'a rencontré
ces jours-ci ; il avait les yeux rouges. Cela ne m'étonne
pas, j'étais bien sûre qu'il en arriverait ainsi et qu'il
courrait après moi ; mais vous pouvez lui dire qu'il
perdra son temps, et que cette fois-ci c'est tout à fait
sérieux et pour de bon. Y a-t-il longtemps que vous
l'avez vu, Marcel, et est-ce vrai qu'il est bien changé ?
demanda Mimi avec un autre accent.

— Bien changé, en effet, répondit Marcel. Assez
changé.

— Il se désole, cela est certain ; mais que voulez-
vous que j'y fasse ? Tant pis pour lui ! il l'a voulu ; il
fallait que cela eût une fin, à la fin. Consolez-le... vous.

— Oh ! oh ! dit tranquillement Marcel, le plus gros
de la besogne est fait. Ne vous inquiétez pas, Mimi.

— Vous ne dites pas la vérité, mon cher, reprit Mimi
avec une petite mouc ironique : Rodolphe ne se consolera pas si vite que cela ; si vous saviez dans quel état je
l'ai vu, la veille de mon départ ! C'était le vendredi ; je
n'avais pas voulu rester la nuit chez mon nouvel
amant, parce que je suis superstitieuse et que le
vendredi est un mauvais jour.

— Vous aviez tort, Mimi : en amour, le vendredi est
un bon jour ; les anciens disaient : *Dies Veneris.*

— Je ne sais pas le latin, dit mademoiselle Mimi en
continuant. Je m'en revenais donc de chez Paul ; j'ai
trouvé Rodolphe qui m'attendait en faisant sentinelle
dans la rue. Il était tard, plus de minuit, et j'avais faim,
car j'avais mal dîné. Je priai Rodolphe d'aller chercher
quelque chose pour souper. Il revint une demi-heure

après ; il avait beaucoup couru pour rapporter pas grand-chose de bon : du pain, du vin, des sardines, du fromage et un gâteau aux pommes. Je m'étais couchée pendant son absence ; il dressa le couvert près du lit ; je n'avais pas l'air de le regarder, mais je le voyais bien : il était pâle comme la mort, il avait le frisson, et tournait dans la chambre comme un homme qui ne sait pas ce qu'il veut faire. Dans un coin, il aperçut plusieurs paquets de mes hardes qui étaient à terre. Cette vue parut lui faire du mal et il mit le paravent devant ces paquets pour ne plus les voir. Quand tout fut préparé, nous commençâmes à manger ; il essaya de me faire boire ; mais je n'avais plus ni faim ni soif, et j'avais le cœur tout serré. Il faisait froid, car nous n'avions pas de quoi faire du feu ; on entendait le vent qui soufflait dans la cheminée. C'était bien triste. Rodolphe me regardait, il avait les yeux fixes ; il mit sa main dans la mienne, et je sentis sa main trembler, elle était à la fois brûlante et glacée.

— C'est le souper des funérailles de nos amours, me dit-il tout bas. Je ne répondis rien, mais je n'eus pas le courage de retirer ma main de la sienne.

— J'ai sommeil, lui dis-je à la fin ; il est tard, dormons.

Rodolphe me regarda : j'avais mis une de ses cravates sur ma tête pour me garantir du froid ; il ôta cette cravate sans parler.

— Pourquoi ôtes-tu cela ? lui demandai-je, j'ai froid.

— Oh ! Mimi, me dit-il alors, je t'en prie, cela ne te coûtera guère, remets, pour cette nuit, ton petit bonnet rayé.

C'était un bonnet de nuit en indienne rayée, blanc et brun. Rodolphe aimait beaucoup à me voir ce bonnet, cela lui rappelait quelques belles nuits, car c'était ainsi que nous comptions nos beaux jours. En pensant que c'était la dernière fois que j'allais dormir auprès de lui, je n'osai pas refuser de satisfaire son caprice ; je me relevai, et j'allai prendre mon bonnet rayé qui était au fond d'un de mes paquets : par mégarde, j'oubliai de replacer le paravent ; Rodolphe s'en aperçut, et cacha les paquets, comme il avait déjà fait.

— Bonsoir, me dit-il. — Bonsoir, lui répondis-je.

Je croyais qu'il allait m'embrasser, et je ne l'aurais pas empêché, mais il prit seulement ma main, qu'il porta à ses lèvres. Vous savez, Marcel, combien il était fort pour m'embrasser les mains. J'entendis claquer ses dents, et je sentis son corps froid comme un marbre. Il serrait toujours ma main, et il avait placé sa tête sur mon épaule, qui ne tarda pas à être toute mouillée. Rodolphe était dans un état affreux. Il mordait les draps du lit, pour ne pas crier ; mais j'entendais bien des sanglots sourds, et je sentais toujours ses larmes couler sur mes épaules, qu'elles brûlaient d'abord, et qu'elles glaçaient ensuite. En ce moment-là, j'eus besoin de tout mon courage ; et il m'en a fallu, allez. Je n'avais qu'un mot à dire, je n'avais qu'à retourner la tête : ma bouche aurait rencontré celle de Rodolphe, et nous nous serions raccommodés encore une fois. Ah ! un instant, j'ai vraiment cru qu'il allait mourir entre mes bras, ou que tout au moins il allait devenir fou, comme il faillit le devenir une fois, vous rappelez-vous ? J'allais céder, je le sentais ; j'allais revenir la première, j'allais l'enlacer dans mes bras, car il faudrait vraiment n'avoir point d'âme pour rester insensible devant de pareilles douleurs. Mais je me souviens des paroles qu'il m'avait dites la veille : « Tu n'as point de cœur si tu restes avec moi, car je ne t'aime plus. » Ah ! en me rappelant ces duretés, j'aurais vu Rodolphe près d'expirer et il n'aurait fallu qu'un baiser de moi, que j'aurais détourné ma lèvre, et que je l'aurais laissé mourir. A la fin, vaincue par la fatigue, je m'endormis à moitié.

J'entendais toujours Rodolphe sangloter, et, je vous le jure, Marcel, ce sanglot dura toute la nuit ; et quand le jour revint et que je regardai dans ce lit, où j'avais dormi pour la dernière fois, cet amant que j'allais quitter pour aller dans les bras d'un autre, j'ai été épouvantablement effrayée en voyant les ravages que cette douleur faisait sur la figure de Rodolphe.

Il se leva, comme moi, sans rien dire, et faillit tomber dans la chambre aux premiers pas qu'il fit, tant il était faible et abattu. Cependant il s'habilla très vite, et me demanda seulement où en étaient mes affaires et quand je partais. Je lui répondis que je n'en savais rien. Il s'en alla sans me dire au revoir, sans me serrer la main. Voilà comment nous nous sommes quittés. Quel coup il a dû recevoir dans le cœur lorsqu'il ne m'a plus trouvée en rentrant, hein ?

— J'étais là lorsque Rodolphe est rentré, dit Marcel à Mimi essoufflée d'avoir parlé aussi longtemps. Comme il prenait sa clef chez la maîtresse d'hôtel, celle-ci lui a dit :

— La petite est partie.

— Ah ! répondit Rodolphe, cela ne m'étonne pas ; je m'y attendais. Et il monta dans sa chambre, où je le suivis, craignant aussi quelque crise ; mais il n'en fut rien.

— Comme il est trop tard pour aller louer une autre chambre ce soir, ce sera pour demain matin, me dit-il, nous nous en irons ensemble. Allons dîner.

Je croyais qu'il voulait se griser, mais je me trompais. Nous avons fait un dîner très sobre dans un restaurant où vous alliez quelquefois manger avec lui. J'avais demandé du vin de Beaune pour étourdir un peu Rodolphe.

— C'était le vin favori de Mimi, me dit-il ; nous en avons bu souvent ensemble, à cette table où nous sommes. Je me souviens qu'un jour elle me disait, en tendant son verre déjà plusieurs fois vidé : « Verse encore, cela me met du *baume* dans le cœur. » C'était un mot assez médiocre, trouves-tu pas ? digne tout au plus de la maîtresse d'un vaudevilliste. Ah ! elle buvait bien, Mimi. Le voyant disposé à s'enfoncer dans les sentiers du ressouvenir, je lui parlai d'autre chose, et il ne fut plus question de vous. Il passa la soirée entière avec moi, et parut aussi calme que la Méditerranée. Ce qui m'étonnait le plus, c'est que ce calme n'avait rien d'affecté. C'était de l'indifférence sincère. A minuit nous rentrâmes.

— Tu parais surpris de ma tranquillité dans la situation où je me trouve, me dit-il ; laisse-moi te faire une comparaison, mon cher, et, si elle est vulgaire, elle a du moins le mérite d'être juste. Mon cœur est comme une fontaine dont on a laissé le robinet ouvert toute la nuit ; le matin, il ne reste pas une seule goutte d'eau. En vérité, de même est mon cœur : j'ai pleuré cette nuit tout ce qui me restait de larmes. Cela est singulier ; mais je me croyais plus riche de douleurs, et, pour une nuit de souffrances, me voilà ruiné, complètement à sec, ma parole d'honneur ! C'est comme je le dis ; et dans ce même lit où j'ai failli rendre l'âme la nuit dernière, près d'une femme qui n'a pas plus remué qu'une pierre, alors que cette femme appuie mainte-nant sa tête sur l'oreiller d'un autre, je vais dormir comme un portefaix qui a fait une excellente journée.

— Comédie, pensai-je en moi-même ; je ne serai pas plus tôt parti, qu'il battra les murailles avec sa tête. Cependant je laissai Rodolphe seul, et je remontai chez moi, mais je ne me couchai pas. A trois heures du matin, je crus entendre du bruit dans la chambre de Rodolphe ; j'y descendis en toute hâte, croyant le trouver au milieu de quelque fièvre désespérée...

— Eh bien ? dit Mimi.

— Eh bien, ma chère, Rodolphe dormait, le lit

n'était pas défait, et tout prouvait que son sommeil avait été calme, et qu'il n'avait pas tardé à s'y abandonner.

— C'est possible, dit Mimi : il était si fatigué de la nuit précédente... mais le lendemain ?...

— Le lendemain, Rodolphe est venu m'éveiller de bonne heure, et nous avons été louer des chambres dans un autre hôtel, où nous sommes emménagés le soir même.

— Et, demanda Mimi, qu'a-t-il fait en quittant la chambre que nous occupions ? qu'a-t-il dit en abandonnant cette chambre où il m'a tant aimée ?

— Il a fait ses paquets tranquillement, répondit Marcel ; et comme il avait trouvé dans un tiroir une paire de gants en filet que vous avez oubliée, ainsi que deux ou trois lettres également à vous...

— Je sais bien, fit Mimi avec un accent qui semblait vouloir dire : Je les ai oubliés exprès pour qu'il lui restât quelque souvenir de moi. Qu'en a-t-il fait ? ajouta-t-elle.

— Je crois me rappeler, dit Marcel, qu'il a jeté les lettres dans la cheminée et les gants par la fenêtre ; mais sans geste de théâtre, sans pose, fort naturellement, comme on peut le faire lorsqu'on se débarrasse d'une chose inutile.

— Mon cher monsieur Marcel, je vous assure qu'au fond de mon cœur je souhaite que cette indifférence dure. Mais encore une fois, là, bien sincèrement, je ne crois pas à une guérison si rapide, et, malgré tout ce que vous me dites, je suis convaincue que mon pauvre poète a le cœur brisé.

— Cela se peut, répondit Marcel en quittant Mimi ; mais cependant, ou je me trompe fort, les morceaux sont encore bons.

Pendant ce colloque sur la voie publique, M. le vicomte Paul attendait sa nouvelle maîtresse, qui se trouva fort en retard, et qui fut parfaitement désagréable avec M. le vicomte. Il se coucha à ses genoux et lui roucoula sa romance favorite, à savoir : quelle était charmante, pâle comme la lune, douce comme un mouton ; mais qu'il l'aimait surtout à cause des beautés de son âme.

— Ah ! pensait Mimi en déroulant les ondes de ses cheveux bruns sur la neige de ses épaules, mon amant Rodolphe n'était pas si exclusif.

II

Ainsi que Marcel l'avait annoncé, Rodolphe paraissait être radicalement guéri de son amour pour mademoiselle Mimi, et trois ou quatre jours après sa séparation d'avec elle, on vit reparaître le poète complètement métamorphosé. Il était mis avec une élégance qui devait le rendre méconnaissable pour son miroir même. Rien en lui, du reste, ne semblait faire craindre qu'il fût dans l'intention de se précipiter dans les abîmes du néant, comme mademoiselle Mimi en faisait courir le bruit avec toutes sortes d'hypocrisies condoléantes. Rodolphe était en effet parfaitement calme ; il écoutait, sans que les plis de son visage se dérangeassent, les récits qui lui étaient faits sur la nouvelle et somptueuse existence de sa maîtresse, qui se plaisait à le faire renseigner sur son compte par une jeune femme qui était restée sa confidente, et qui avait occasion de voir Rodolphe presque tous les soirs.

— Mimi est très heureuse avec le vicomte Paul, disait-on au poète, elle en paraît follement *amourachée* ; une seule chose l'inquiète, elle craint que vous ne veniez troubler sa tranquillité par des poursuites qui, du reste, seraient dangereuses pour vous, car le

vicomte adore sa maîtresse et il a deux ans de salle
d'armes.

— Oh ! oh ! répondait Rodolphe, qu'elle dorme donc
bien tranquille, je n'ai aucunement envie d'aller répandre du vinaigre dans les douceurs de sa lune de miel.
Quant à son jeune amant, il peut parfaitement laisser
sa dague au clou, comme *Gastibelza*, l'homme à la
carabine[2]. Je n'en veux aucunement aux jours d'un
gentilhomme qui a encore le bonheur d'être en nourrice chez les illusions.

Et comme on ne manquait pas de rapporter à Mimi
l'attitude avec laquelle son ancien amant recevait tous
ces détails de son côté, elle n'oubliait pas de répondre
en haussant les épaules :

— C'est bon, c'est bon, on verra dans quelques jours
ce que tout cela deviendra.

Cependant, et plus que toute autre personne,
Rodolphe était lui-même fort étonné de cette soudaine
indifférence, qui, sans passer par les transitions ordinaires de la tristesse et de la mélancolie, succédait aux
orageuses tempêtes qui l'agitaient encore quelques
jours auparavant. L'oubli, si lent à venir, surtout pour
les désolés d'amour, l'oubli qu'ils appellent à grands
cris, et qu'à grands cris ils repoussent quand ils le
sentent approcher d'eux ; cet impitoyable consolateur
avait subitement, tout à coup, et sans qu'il eût pu s'en
défendre, envahi le cœur de Rodolphe, et le nom de la
femme tant aimée pouvait désormais y tomber sans
réveiller aucun écho. Chose étrange, Rodolphe, dont la
mémoire avait assez de puissance pour rappeler à son
esprit les choses qui s'étaient accomplies aux jours les
plus reculés de son passé, et les êtres qui avaient figuré
ou exercé une influence dans son existence la plus
lointaine ; Rodolphe, quelques efforts qu'il fît, ne
pouvait pas se rappeler distinctement, après quatre
jours de séparation, les traits de cette maîtresse qui

avait failli briser son existence entre ses mains si frêles.
Les yeux aux lueurs desquels il s'était si souvent
endormi, il n'en retrouvait plus la douceur. Cette voix
même, dont les colères et dont les tendres caresses lui
donnaient le délire, il ne s'en rappelait point les sons.
Un poète de ses amis, qui ne l'avait pas vu depuis son
divorce, le rencontra un soir ; Rodolphe paraissait
affairé et soucieux, il marchait à grands pas dans la
rue, en faisant tournoyer sa canne.

— Tiens, dit le poète en lui tendant la main, vous
voilà ! et il examina curieusement Rodolphe.

Voyant qu'il avait la mine allongée, il crut devoir
prendre un ton condoléant.

— Allons, du courage, mon cher, je sais que cela est
rude, mais enfin il aurait toujours fallu en venir là ;
vaut mieux que ce soit maintenant que plus tard ; dans
trois mois vous serez complètement guéri.

— Qu'est-ce que vous me chantez ? dit Rodolphe, je
ne suis pas malade, mon cher.

— Eh ! mon Dieu, dit l'autre, ne faites point le
vaillant, parbleu ! je sais l'histoire, et je ne la saurais
pas que je la lirais sur votre figure.

— Prenez garde, vous me faites un quiproquo, dit
Rodolphe. Je suis très ennuyé ce soir, c'est vrai ; mais
quant au motif de cet ennui, vous n'avez pas absolument mis le doigt dessus.

— Bon, pourquoi vous défendre ? cela est tout naturel ; on ne rompt pas comme cela tranquillement une
liaison qui dure depuis près de deux ans.

— Ils me disent tous la même chose, fit Rodolphe
impatienté. Eh bien, sur l'honneur, vous vous trompez,
vous et les autres. Je suis profondément triste, et j'en ai
l'air, c'est possible ; mais voici pourquoi : c'est que
j'attendais aujourd'hui mon tailleur qui devait m'apporter un habit neuf, et il n'est point venu ; voilà, voilà
pourquoi je suis ennuyé.

— Mauvais, mauvais, dit l'autre en riant.

— Point mauvais ; bon, au contraire, très bon, excellent même. Suivez mon raisonnement, et vous allez voir.

— Voyons, dit le poète, je vous écoute ; prouvez-moi un peu comment on peut raisonnablement avoir l'air si attristé, parce qu'un tailleur vous manque de parole. Allez, allez, je vous attends.

— Eh ! dit Rodolphe, vous savez bien que les petites causes produisent les plus grands effets. Je devais, ce soir, faire une visite très importante, et je ne la puis faire à cause que je n'ai pas mon habit. Y êtes-vous ?

— Point. Il n'y a pas jusqu'ici motif suffisant à désolation. Vous êtes désolé... parce que... enfin. Vous êtes très bête de faire des poses avec moi. Voilà mon opinion.

— Mon ami, dit Rodolphe, vous êtes bien obstiné ; il y a toujours de quoi être désolé lorsqu'on manque un bonheur ou tout au moins un plaisir, parce que c'est presque toujours autant de perdu, et qu'on a souvent bien tort de dire, à propos de l'un ou de l'autre, je te rattraperai une autre fois. Je me résume ; j'avais, ce soir, un rendez-vous avec une femme jeune ; je devais la rencontrer dans une maison d'où je l'aurais peut-être ramenée chez moi, si ç'avait été plus court que d'aller chez elle, et même si ç'avait été le plus long. Dans cette maison il y avait une soirée, dans une soirée on ne va qu'en habit ; je n'ai pas d'habit, mon tailleur devait m'en apporter un ; il ne me l'apporte pas, je ne vais pas à la soirée, je ne rencontre pas la jeune femme, qui est peut-être rencontrée par un autre ; je ne la ramène ni chez moi ni chez elle, où elle est peut-être ramenée par un autre. Donc, comme je vous disais, je manque un bonheur ou un plaisir ; donc je suis désolé, donc j'en ai l'air, et c'est tout naturel.

— Soit, dit l'ami ; donc un pied dehors d'un enfer,

vous remettez l'autre pied dans un autre, vous ; mais, mon bon ami, quand je vous ai trouvé là, dans la rue, vous m'aviez tout l'air de faire le pied de grue.

— Je le faisais aussi parfaitement.

— Mais, continua l'autre, nous sommes là dans le quartier où habite votre ancienne maîtresse ; qu'est-ce qui me prouve que vous ne l'attendiez pas ?

— Quoique séparé d'elle, des raisons particulières m'ont obligé à rester dans ce quartier ; mais, bien que voisins, nous sommes aussi éloignés que si nous restions elle à un pôle et moi à l'autre. D'ailleurs, à l'heure qu'il est, mon ancienne maîtresse est au coin de son feu et prend des leçons de grammaire française avec M. le vicomte Paul, qui veut la ramener à la vertu par le chemin de l'orthographe. Dieu ! comme il va la gâter ! Enfin, ça le regarde, maintenant qu'il est le rédacteur en chef de son bonheur. Vous voyez donc bien que vos réflexions sont absurdes, et qu'au lieu d'être sur la trace effacée de mon ancienne passion, je suis au contraire sur les traces de ma nouvelle, qui est déjà ma voisine un peu, et qui le deviendra davantage ; car je consens à faire tout le chemin nécessaire, et, si elle veut faire le reste, nous ne serons pas longtemps à nous entendre.

— Vraiment ! dit le poète, vous êtes amoureux déjà ?

— Voilà comme je suis, répondit Rodolphe : mon cœur ressemble à ces logements qu'on met en location, sitôt qu'un locataire les quitte. Quand un amour s'en va de mon cœur, je mets écriteau pour appeler un autre amour. L'endroit d'ailleurs est habitable et parfaitement réparé.

— Et quelle est cette nouvelle idole ? où l'avez-vous connue, et quand ?

— Voilà, dit Rodolphe, procédons par ordre. Quand Mimi a été partie, je me suis figuré que je ne serais plus jamais amoureux de ma vie, et je m'imaginai que mon

cœur était mort de fatigue, d'épuisement, de tout ce
que vous voudrez. Il avait tant battu, si longtemps, si
vite, et trop vite, que la chose était croyable. Bref, je le
crus mort, bien mort, très mort, et je songeais à
l'enterrer, comme M. Marlborough. A cette occasion, je
donnai un petit dîner de funérailles où j'invitai quelques-uns de mes amis. Les convives devaient prendre
une mine lamentable, et les bouteilles avaient un crêpe
à leur goulot.

— Vous ne m'avez pas invité !

— Pardon, mais j'ignorais l'adresse du nuage où
vous demeurez !

— Un des convives avait amené une femme, une
jeune femme, délaissée aussi depuis peu par un amant.
On lui conta mon histoire, ce fut un de mes amis, un
garçon qui joue fort bien sur le violoncelle du sentiment. Il parla à cette jeune veuve des qualités de mon
cœur, ce pauvre défunt que nous allions enterrer, et
l'invita à boire à son repos éternel. Allons donc, dit-elle
en élevant son verre, je bois à sa santé, au contraire ; et
elle me lança un coup d'œil, un coup d'œil à réveiller
un mort, comme on dit, et c'était ou jamais l'occasion
de dire ainsi, car elle n'avait pas achevé son toast que
je sentis mon cœur chanter aussitôt l'*O Filii* de la
Résurrection. Qu'est-ce que vous auriez fait à ma
place ?

— Belle question !... Comment se nomme-t-elle ?

— Je l'ignore encore, je ne lui demanderai son nom
qu'au moment où nous signerons notre contrat. Je sais
bien que je ne suis pas dans les délais légaux au point
de vue de certaines gens ; mais voilà, je sollicite près de
moi-même, et je m'accorde les dispenses. Ce que je
sais, c'est que ma future m'apportera en dot la gaieté,
qui est la santé de l'esprit, et la santé, qui est la gaieté
du corps.

— Elle est jolie ?

— Très jolie, de couleur surtout ; on dirait qu'elle se débarbouille le matin avec la palette de Watteau.

Elle est blonde, mon cher, et ses regards vainqueurs
Allument l'incendie aux quatre coins des cœurs.

Témoin le mien.

— Une blonde ? vous m'étonnez.

— Oui, j'ai assez de l'ivoire et de l'ébène, je passe au blond ; et Rodolphe se mit à chanter en gambadant :

> *Et nous chanterons à la ronde,*
> *Si vous voulez,*
> *Que je l'adore, et qu'elle est blonde*
> *Comme les blés[3].*

— Pauvre Mimi, dit l'ami, sitôt oubliée !

Ce nom, jeté dans la gaieté de Rodolphe, donna subitement un autre tour à la conversation. Rodolphe prit son ami par le bras, et lui raconta longuement les causes de sa rupture avec mademoiselle Mimi ; les terreurs qui l'avaient assailli lorsqu'elle était partie ; comment il s'était désolé parce qu'il avait pensé qu'avec elle elle emportait tout ce qui lui restait de jeunesse, de passion ; et comment, deux jours après, il avait reconnu qu'il s'était trompé, en sentant les poudres de son cœur, inondées par tant de sanglots et de larmes, se réchauffer, s'allumer et faire explosion sous le premier regard de jeunesse et de passion que lui avait lancé la première femme qu'il avait rencontrée. Il lui raconta cet envahissement subit et impérieux que l'oubli avait fait en lui, sans même qu'il eût appelé au secours de sa douleur, et comment cette douleur était morte, ensevelie dans cet oubli.

— Est-ce point un miracle que tout cela ? disait-il

au poète, qui, sachant par cœur et par expérience tous
les douloureux chapitres des amours brisés, lui répondit :

— Eh ! non, mon ami, il n'y a point de miracle plus
pour vous que pour les autres. Ce qui vous arrive m'est
arrivé. Les femmes que nous aimons, lorsqu'elles
deviennent nos maîtresses, cessent pour nous d'être ce
qu'elles sont réellement. Nous ne les voyons pas
seulement avec les yeux de l'amant, nous les voyons
aussi avec les yeux du poète. Comme un peintre jette
sur un mannequin la pourpre impériale ou le voile
étoilé d'une vierge sacrée, nous avons toujours des
magasins de manteaux rayonnants et de robes de lin
pur, que nous jetons sur les épaules de créatures
intelligentes, maussades ou méchantes ; et quand elles
ont ainsi revêtu le costume sous lequel nos amantes
idéales passaient dans l'azur de nos rêveries, nous nous
laissons prendre à ce déguisement ; nous incarnons
notre rêve dans la première femme venue, à qui nous
parlons notre langue et qui ne nous comprend pas.

Cependant que cette créature, aux pieds de laquelle
nous vivons prosternés, s'arrache elle-même la divine
enveloppe, sous laquelle nous l'avions cachée, pour
mieux nous faire voir sa mauvaise nature et ses
mauvais instincts ; cependant qu'elle nous met la main
à la place de son cœur, où rien ne bat plus, où rien n'a
jamais battu peut-être ; cependant qu'elle écarte son
voile et nous montre ses yeux éteints, et sa bouche pâle,
et ses traits flétris, nous lui remettons son voile et nous
nous écrions : « Tu mens ! tu mens ! Je t'aime et tu
m'aimes aussi. Cette poitrine blanche est l'enveloppe
d'un cœur qui a toute sa juvénilité ; je t'aime et tu
m'aimes ! Tu es belle, tu es jeune ! Au fond de tous tes
vices, il y a de l'amour. Je t'aime et tu m'aimes ! »

Puis à la fin, oh ! bien à la fin toujours, lorsque, après
avoir eu beau nous mettre de triples bandeaux sur les

yeux, nous nous apercevons que nous sommes nous-
mêmes la dupe de nos erreurs, nous chassons la
misérable qui la veille a été notre idole; nous lui
reprenons les voiles d'or de notre poésie, que nous
allons le lendemain jeter de nouveau sur les épaules
d'une inconnue, qui passe sur-le-champ à l'état
d'idole auréolée : et voilà comme nous sommes tous,
de monstrueux égoïstes, d'ailleurs, qui aimons
l'amour pour l'amour; vous me comprenez, n'est-ce
pas? et nous buvons cette divine liqueur dans le
premier vase venu.

Qu'importe le flacon, pourvu qu'on ait l'ivresse?[4]

— C'est aussi vrai que deux et deux font quatre, ce
que vous dites là, dit Rodolphe au poète.

— Oui, répondit celui-ci, c'est vrai et triste comme
la moitié et demie des vérités. Bonsoir.

Deux jours après, mademoiselle Mimi apprit que
Rodolphe avait une nouvelle maîtresse. Elle ne
s'informa que d'une chose, savoir : s'il lui embrassait
aussi souvent les mains qu'à elle.

— Aussi souvent, répondit Marcel. De plus, il lui
embrasse les cheveux les uns après les autres, et ils
doivent rester ensemble jusqu'à ce qu'il ait fini.

— Ah! répondit Mimi en passant ses mains dans sa
chevelure, c'est bien heureux qu'il n'ait pas imaginé
de m'en faire autant, nous serions restés ensemble
toute la vie. Est-ce que vous croyez que c'est bien vrai
qu'il ne m'aime plus du tout, vous?

— Peuh!... Et vous, l'aimez-vous encore?

— Moi, je ne l'ai jamais aimé de ma vie.

— Si, Mimi, si, vous l'avez aimé, à ces heures où le
cœur des femmes change de place. Vous l'avez aimé,
et ne vous en défendez pas, car c'est votre justifica-
tion.

— Ah ! bah ! dit Mimi, voilà qu'il en aime une autre, maintenant.

— C'est vrai, fit Marcel, mais *n'empêche*. Plus tard, votre souvenir sera pour lui pareil à ces fleurs qu'on place encore toutes fraîches et toutes parfumées entre les feuillets d'un livre et que, bien longtemps après, on retrouve mortes, décolorées et flétries, mais ayant conservé toujours comme un vague parfum de leur fraîcheur première.

Un soir qu'elle fredonnait à voix basse autour de lui, M. le vicomte Paul dit à Mimi :

— Que chantez-vous là, ma chère ?

— L'oraison funèbre de nos amours que mon amant Rodolphe a composée dernièrement. Et elle se mit à chanter :

> *Je n'ai plus le sou, ma chère, et le Code,*
> *Dans un cas pareil, ordonne l'oubli ;*
> *Et sans pleurs, ainsi qu'une ancienne mode,*
> *Tu vas m'oublier, n'est-ce pas, Mimi ?*
>
> *C'est égal, vois-tu, nous aurons, ma chère,*
> *Sans compter les nuits, passé d'heureux jours.*
> *Ils n'ont pas duré longtemps ; mais qu'y faire ?*
> *Ce sont les plus beaux qui sont les plus courts* [5].

XXI

ROMÉO ET JULIETTE

Mis comme une gravure de son journal *l'Écharpe d'Iris*, ganté, verni, rasé, frisé, la moustache en crocs, le stick en main, le monocle à l'œil, épanoui, rajeuni, tout à fait joli : tel on eût pu voir, un soir du mois de novembre, notre ami le poète Rodolphe, qui, arrêté sur le boulevard, attendait une voiture pour se faire reconduire chez lui.

Rodolphe attendant une voiture ? Quel cataclysme était donc tout à coup survenu dans sa vie privée ?

A cette même heure où le poète, transformé, tortillait sa moustache, mâchait entre ses dents un énorme régalia, et charmait le regard des belles, un sien ami passait aussi sur le même boulevard. C'était le philosophe Gustave Colline. Rodolphe l'aperçut venir et le reconnut bien vite ; et de ceux qui l'auraient vu une seule fois, qui donc aurait pu ne pas le reconnaître ? Colline était chargé, comme toujours, d'une douzaine de bouquins. Vêtu de cet immortel paletot noisette dont la solidité fait croire qu'il a été construit par les Romains, et coiffé de ce fameux chapeau à grands rebords, dôme en castor sous lequel s'agitait l'essaim des rêves hyperphysiques, et qui a été surnommé l'armet de Mambrin[1] de la philosophie moderne, Gustave Colline marchait à pas lents, et ruminait tout bas la préface d'un ouvrage qui était depuis trois mois sous presse... dans son imagination. Comme il s'avançait vers l'endroit où Rodolphe était arrêté, Colline crut un instant le reconnaître ; mais la suprême élégance étalée par le poète jeta le philosophe dans le doute et l'incertitude.

— Rodolphe ganté, avec une canne, chimère ! utopie ! quelle aberration ! Rodolphe frisé ! lui qui a moins de cheveux que *l'Occasion*[2]. Où donc avais-je la tête ? D'ailleurs, à l'heure qu'il est, mon malheureux ami est en train de se lamenter, et compose des vers mélancoliques sur le départ de la jeune mademoiselle Mimi, qui l'a planté là, ai-je ouï-dire. Ma foi, je la regrette, moi, cette jeunesse ; elle apportait une grande distinction dans la manière de préparer le café, qui est le breuvage des esprits sérieux. Mais j'aime à croire que Rodolphe se consolera, et qu'il prendra bientôt une nouvelle *cafetière*.

Et Colline était si enchanté de son déplorable jeu de mots, qu'il se serait volontiers crié *bis*... si la voix grave de la philosophie ne s'était intérieurement réveillée en lui, et n'avait mis un énergique holà à cette débauche d'esprit.

Cependant, comme il était arrêté près de Rodolphe, Colline fut bien forcé de se rendre à l'évidence ; c'était bien Rodolphe, frisé, ganté, avec une canne ; c'était impossible, mais c'était vrai.

— Eh ! eh ! parbleu, dit Colline, je ne me trompe pas, c'est bien toi, j'en suis sûr.

— Et moi aussi, répondit Rodolphe.

Et Colline se mit à considérer son ami, en donnant à son visage l'expression employée par M. Lebrun, peintre du roi, pour exprimer la surprise[3]. Mais tout à coup il aperçut deux objets bizarres dont Rodolphe était chargé : 1° une échelle de corde ; 2° une cage dans laquelle voltigeait un oiseau quelconque. A cette vue, la physionomie de Gustave Colline exprima un sentiment que M. Lebrun, peintre du roi, a oublié dans son tableau des passions.

— Allons, dit Rodolphe à son ami, je vois distincte-

ment la curiosité de ton esprit qui se met à la fenêtre de
tes yeux ; je vais te satisfaire ; seulement, quittons la
voie publique, il fait un froid qui gèlerait tes interrogations et mes réponses.

Et tous deux entrèrent dans un café.

Les yeux de Colline ne quittaient point l'échelle de
corde, non plus que la cage où le petit oiseau, réchauffé
par l'atmosphère du café, se mit à chanter dans une
langue inconnue à Colline, qui était cependant polyglotte.

— Enfin, dit le philosophe en montrant l'échelle,
qu'est-ce que c'est que ça ?

— C'est un trait d'union entre ma bonne amie et
moi, répondit Rodolphe avec un accent de mandoline.

— Et ça ? dit Colline en indiquant l'oiseau.

— Ça, fit le poète, dont la voix devenait douce
comme le chant de la brise, c'est une horloge.

— Parle-moi donc sans paraboles, en vile prose,
mais correctement.

— Soit. As-tu lu Shakespeare ?

— Si je l'ai lu ! *To be or not be*. C'était un grand
philosophe... Oui, je l'ai lu.

— Te souviens-tu de *Roméo et Juliette* ?

— Si je m'en souviens ! dit Colline.

Et il se mit à réciter :

Non, ce n'est pas le jour, ce n'est pas l'alouette,
Dont les chants ont frappé ton oreille inquiète,
Non, c'est le rossignol... [4]

Parbleu ! oui, je m'en souviens. Mais après ?

— Comment ! dit Rodolphe en montrant l'échelle et
l'oiseau, tu ne comprends pas ? Voilà le poème : Je suis
amoureux, mon cher, amoureux d'une femme qui
s'appelle Juliette.

— Eh bien, après ? continua Colline impatienté.

— Voilà : ma nouvelle idole s'appelant Juliette, j'ai conçu un plan, c'est de refaire avec elle le drame de Shakespeare. D'abord, je ne m'appelle plus Rodolphe, je me nomme *Roméo Montaigu*, et tu m'obligeras de ne pas m'appeler autrement. Au surplus, pour que tout le monde le sache, j'ai fait graver des nouvelles cartes de visite. Mais ce n'est pas tout, je vais profiter de ce que nous ne sommes pas dans le carnaval pour m'habiller en pourpoint de velours et porter une épée.

— Pour tuer Tybald ? dit Colline.

— Absolument, continua Rodolphe. Enfin, cette échelle que tu vois doit me servir pour entrer chez ma maîtresse, qui se trouve précisément posséder un balcon.

— Mais l'oiseau, l'oiseau ? dit l'obstiné Colline.

— Eh ! parbleu, cet oiseau, qui est un pigeon, doit jouer le rôle du rossignol, et indiquer, chaque matin, le moment précis où, prêt à quitter ses bras adorés, ma maîtresse m'embrassera par le cou et me dira de sa voix douce, absolument comme dans la scène du balcon : Non, ce n'est pas le jour, ce n'est pas l'alouette... c'est-à-dire non, il n'est pas encore onze heures, il y a de la boue dans la rue, ne t'en va pas, nous sommes si bien ici. Afin de compléter l'imitation, je tâcherai de me procurer une nourrice, pour la mettre aux ordres de ma bien-aimée ; et j'espère que l'almanach sera assez bon pour m'octroyer de temps en temps un petit clair de lune, alors que j'escaladerai le balcon de ma Juliette. Que dis-tu de mon projet, philosophe ?

— C'est joli comme tout, fit Colline ; mais pourrais-tu m'expliquer aussi le mystère de cette superbe enveloppe qui te rend méconnaissable... Tu es donc devenu riche ?

Rodolphe ne répondit pas, mais il fit signe à un garçon de café et lui jeta négligemment un louis en disant :

— Payez-vous !

Puis il frappa sur son gousset, qui se mit à chanter.

— Tu as donc un clocher dans tes poches, que ça sonne tant que ça ?

— Quelques louis seulement.

— Des louis en or ? dit Colline d'une voix étranglée par l'étonnement ; montre un peu comment c'est fait.

Sur quoi les deux amis se séparent, Colline pour aller raconter les mœurs opulentes et les nouvelles amours de Rodolphe ; celui-ci pour rentrer chez lui.

Ceci se passait dans la semaine qui avait suivi la seconde rupture des amours de Rodolphe avec mademoiselle Mimi. Accompagné de son ami Marcel, le poète, quand il eut rompu avec sa maîtresse, éprouva le besoin de changer d'air et de milieu, et quitta le noir hôtel garni, dont le propriétaire le vit partir sans trop de regrets ainsi que Marcel. Tous deux, comme nous l'avons déjà dit, allèrent chercher gîte ailleurs, et arrêtèrent deux chambres dans la même maison et sur le même carré. La chambre choisie par Rodolphe était incomparablement plus confortable qu'aucune de celles qu'il eût habitées jusque-là. On y remarquait des meubles presque sérieux ; surtout un canapé en étoffe rouge devant imiter le velours, laquelle étoffe n'observait aucunement le proverbe : « Fais ce que dois. »

Il y avait aussi, sur la cheminée, deux vases en porcelaine avec des fleurs, au milieu une pendule en albâtre avec des agréments affreux. Rodolphe mit les vases dans une armoire ; et comme le propriétaire était venu pour monter la pendule arrêtée, le poète le pria de n'en rien faire.

— Je consens à laisser la pendule sur la cheminée, dit-il, mais seulement comme objet d'art ; elle marque minuit, c'est une belle heure, qu'elle s'y tienne ! Le jour où elle marquera minuit cinq minutes, je déménage... Une pendule ! disait Rodolphe, qui n'avait jamais pu se soumettre à l'impérieuse tyrannie du cadran, mais c'est un ennemi intime qui vous compte implacablement votre existence heure par heure, minute par minute, et vous dit à chaque instant : voici une partie de ta vie qui s'en va. Ah ! je ne pourrais pas dormir tranquille dans une chambre où se trouverait un de ces instruments de torture, dans le voisinage desquels la nonchalance et la rêverie sont impossibles... Une pendule dont les aiguilles s'allongent jusqu'à votre lit et viennent vous piquer le matin quand vous êtes encore plongé dans les molles douceurs du premier réveil... Une pendule dont la voix vous crie : *ding, ding, ding!* C'est l'heure des affaires, quitte ton rêve charmant, échappe aux caresses de tes visions (et quelquefois à celles des réalités). Mets ton chapeau, tes bottes, il fait froid, il pleut, va-t'en à tes affaires, c'est l'heure, *ding, ding...* C'est déjà bien assez d'avoir l'almanach... Que ma pendule reste donc paralysée, sinon...

Et tout en monologuant ainsi, il examinait sa nouvelle demeure et se sentait agité par cette secrète inquiétude qu'on éprouve presque toujours en entrant dans un nouveau logement.

— Je l'ai remarqué, pensait-il, les lieux que nous habitons exercent une influence mystérieuse sur nos pensées, et par conséquent sur nos actions. Cette chambre est froide et silencieuse comme un tombeau. Si jamais la gaieté chante ici, c'est qu'on l'amènera du dehors ; et encore elle n'y restera pas longtemps, car les éclats de rire mourraient sans échos sous ce plafond bas, froid et blanc comme un ciel de neige. Hélas ! quelle sera ma vie entre ces quatre murs ?

. . . .

Cependant, peu de jours après, cette chambre si triste était pleine de clartés et résonnait de joyeuses clameurs ; on y pendait la crémaillère, et de nombreux flacons expliquaient l'humeur gaie des convives.

Rodolphe lui-même s'était laissé gagner par la bonne humeur contagieuse de ses convives. Isolé dans un coin avec une jeune femme venue là par hasard et dont il s'était emparé, le poète madrigalisait avec elle de la parole et des mains. Vers la fin de la *fête*, il avait obtenu un rendez-vous pour le lendemain.

— Allons, se dit-il lorsqu'il fut seul, la soirée n'a pas été trop mauvaise, et ce n'est pas mal inaugurer mon séjour ici.

Le lendemain, à l'heure convenue, arriva mademoiselle Juliette. La soirée se passa seulement en explications. Juliette avait appris la récente rupture de Rodolphe avec cette fille aux yeux bleus qu'il avait tant aimée ; elle savait qu'après l'avoir quittée déjà une fois, Rodolphe l'avait reprise, et elle craignait d'être la victime d'un nouveau *revenez-y* de l'amour.

— C'est que, voyez-vous, ajouta-t-elle avec un joli geste de mutinerie, je n'ai point du tout envie de jouer un rôle ridicule. Je vous préviens que je suis très méchante ; une fois *maîtresse* ici, et elle souligna par un regard l'intention qu'elle donnait au mot, j'y reste et ne cède point ma place.

Rodolphe appela toute son éloquence à la rescousse pour la convaincre que ses craintes n'étaient point fondées, et la jeune femme ayant de son côté bon désir d'être convaincue, ils finirent par s'entendre. Seulement, ils ne s'entendirent plus quand sonna minuit ; car Rodolphe voulait que Juliette restât, et celle-ci prétendit s'en aller.

— Non, lui dit-elle comme il insistait. Pourquoi tant se presser ? nous arriverons bien toujours où nous devons arriver, à moins que vous ne vous arrêtiez en route ; je reviendrai demain.

Et elle revint ainsi tous les soirs pendant une semaine, pour s'en retourner de même quand sonnait minuit.

Ces lenteurs n'ennuyaient point trop Rodolphe. En amour ou même en caprice, il était de cette école de voyageurs qui n'ont jamais grand-hâte d'arriver, et qui, à la route droite menant au but directement, préfèrent les sentiers perdus qui allongent le voyage et le rendent pittoresque. Cette petite préface sentimentale eut pour résultat d'entraîner d'abord Rodolphe plus loin qu'il ne voulait aller. Et c'était sans doute pour l'amener à ce point où le caprice, mûri par la résistance qu'on lui oppose, commence à ressembler à de l'amour, que mademoiselle Juliette avait employé ce stratagème.

A chaque nouvelle visite qu'elle faisait à Rodolphe, Juliette remarquait un ton de sincérité plus prononcé dans ce qu'il lui disait. Il éprouvait, lorsqu'elle était un peu en retard, de ces impatiences symptomatiques qui enchantaient la jeune fille ; et il lui écrivait même des lettres dont le langage avait de quoi lui faire espérer qu'elle deviendrait prochainement sa *maîtresse légitime.*

Comme Marcel, qui était son confident, avait une fois surpris une des épîtres de Rodolphe, il lui dit en riant :

— Est-ce du style, ou bien penses-tu réellement ce que tu dis là ?

— Vraiment oui, je le pense, répondit Rodolphe, et j'en suis bien un peu étonné ; mais cela est ainsi. J'étais, il y a huit jours, dans une situation d'esprit très triste. Cette solitude et ce silence, qui avaient succédé si brutalement aux tempêtes de mon ancien ménage, m'épouvantaient horriblement ; mais Juliette est arrivée presque subitement. J'ai entendu résonner à mon oreille les fanfares d'une gaieté de vingt ans. J'ai eu devant moi un frais visage, des yeux pleins de sourire, une bouche pleine de baisers, et je me suis tout doucement laissé entraîner à suivre cette pente du

caprice qui m'aura peut-être amené à l'amour. J'aime
à aimer.

Cependant Rodolphe ne tarda pas à s'apercevoir
qu'il ne tenait plus guère qu'à lui d'amener une
conclusion à ce petit roman ; et c'est alors qu'il avait
imaginé de copier dans Shakespeare la mise en scène
des amours de *Roméo et Juliette*. Sa future maîtresse
avait trouvé l'idée amusante et consentit à se mettre
de moitié dans la plaisanterie.

C'était le soir même où ce rendez-vous était fixé que
Rodolphe rencontra le philosophe Colline, comme il
venait d'acheter cette échelle de soie en corde qui
devait lui servir à escalader le balcon de Juliette. Le
marchand d'oiseaux auquel il s'était adressé n'ayant
point de rossignol, Rodolphe y substitua un pigeon,
qui, lui assura-t-on, chantait tous les matins, au lever
de l'aube.

Rentré chez lui, le poète fit cette réflexion qu'une
ascension sur une échelle de corde n'était point chose
facile, et qu'il était bon de faire une petite répétition
de la scène du balcon, s'il ne voulait pas, outre les
chances d'une chute, courir le risque de se montrer
ridicule et maladroit aux yeux de celle qui allait
l'attendre. Ayant attaché son échelle à deux clous
solidement enfoncés dans le plafond, Rodolphe
employa les deux heures qui lui restaient à faire de la
gymnastique ; et, après un nombre infini de tentatives, il parvint tant bien que mal à pouvoir franchir
une dizaine d'échelons.

— Allons, c'est bien, se dit-il, je suis maintenant sûr
de mon affaire, et d'ailleurs, si je restais en chemin
l'amour me donnerait des ailes.

Et, chargé de son échelle et de sa cage à pigeon, il se
rendit chez Juliette qui habitait dans son voisinage.
Sa chambre était située au fond d'un petit jardin et
possédait bien, en effet, une espèce de balcon. Mais

cette chambre était au rez-de-chaussée, et ce balcon pouvait s'enjamber le plus facilement du monde.

Aussi Rodolphe fut-il tout atterré lorsqu'il s'aperçut de cette disposition locale qui mettait à néant son poétique projet d'escalade.

— C'est égal, dit-il à Juliette, nous pourrons toujours exécuter l'épisode du balcon. Voilà un oiseau qui nous éveillera demain par sa voix mélodieuse, et nous avertira du moment précis où nous devrons nous séparer l'un de l'autre avec désespoir. Et Rodolphe accrocha la cage dans un angle de la chambre.

Le lendemain, à cinq heures du matin, le pigeon fut parfaitement exact, et remplit la chambre d'un roucoulement prolongé qui aurait réveillé les deux amants s'ils avaient dormi.

— Eh bien, dit Juliette, voilà le moment d'aller sur le balcon et de nous faire des adieux désespérés ; qu'en penses-tu ?

— Le pigeon *avance*, dit Rodolphe ; nous sommes en novembre, le soleil ne se lève qu'à midi.

— C'est égal, dit Juliette, je me lève, moi.

— Tiens ! pourquoi faire ?

— J'ai l'estomac creux, et je ne te cacherai pas que je mangerais bien un peu.

— C'est extraordinaire l'accord qui règne dans nos sympathies, j'ai également une faim atroce, dit Rodolphe en se levant aussi et en s'habillant en toute hâte.

Juliette avait déjà allumé du feu, et cherchait dans son buffet si elle ne trouverait rien ; Rodolphe l'aidait dans ses recherches.

— Tiens, dit-il, des oignons !

— Et du lard, dit Juliette.

— Et du beurre.

— Et du pain.

Hélas ! c'était tout !

Pendant ces recherches, le pigeon optimiste et insoucieux chantait sur son perchoir.

Roméo regarda Juliette, Juliette regarda Roméo ; tous deux regardèrent le pigeon.

Ils ne s'en dirent pas davantage. Le sort du pigeon-pendule était fixé ; il en aurait appelé en cassation que c'eût été peines perdues, la faim est une si cruelle conseillère.

Rodolphe avait allumé du charbon, et faisait revenir du lard dans le beurre frémissant ; il avait l'air grave et solennel.

Juliette épluchait des oignons dans une attitude mélancolique.

Le pigeon chantait toujours, c'était sa *Romance du saule*[5].

A ces lamentations se joignit la chanson du beurre dans la casserole.

Cinq minutes après, le beurre chantait encore ; mais, pareil aux *templiers*, le pigeon ne chantait plus.

Roméo et Juliette avaient accommodé leur pendule à la crapaudine.

— Il avait une jolie voix, disait Juliette et se mettant à table.

— Il était bien tendre, fit Roméo en découpant son *réveille-matin* parfaitement rissolé.

Et les deux amants se regardèrent et se surprirent ayant chacun une larme dans les yeux.

— Hypocrites, c'étaient les oignons qui les faisaient pleurer !

XXII

ÉPILOGUE DES AMOURS DE RODOLPHE ET DE MADEMOISELLE MIMI

I

Pendant les premiers jours de sa rupture définitive avec mademoiselle Mimi, qui l'avait quitté, comme on se rappelle, pour monter dans les carrosses du vicomte Paul, le poète Rodolphe avait cherché à s'étourdir en prenant une autre maîtresse.

Celle-là même qui était blonde, et pour laquelle nous l'avons vu s'habiller en Roméo dans un jour de folie et de paradoxe. Mais cette liaison, qui n'était chez lui qu'une affaire de dépit, et chez l'autre qu'une affaire de caprice, ne pouvait pas avoir une longue durée. Cette jeune fille n'était, après tout, qu'une folle personne, vocalisant dans la perfection le solfège de la rouerie ; spirituelle assez pour remarquer l'esprit des autres et s'en servir à l'occasion, et n'ayant de cœur que pour y avoir mal, quand elle avait trop mangé. Avec tout cela, un amour-propre effréné et une coquetterie féroce qui l'eût poussée à préférer une jambe cassée à son amant plutôt qu'un volant de moins à sa robe ou un ruban fané à son chapeau. Beauté contestable, créature ordinaire, dotée nativement de tous les mauvais instincts, et cependant séductrice par certains côtés et à certaines heures. Elle ne tarda pas à s'apercevoir que Rodolphe l'avait prise uniquement pour l'aider à lui faire oublier l'absente, qu'elle lui faisait regretter au contraire, car jamais son ancienne amie n'avait été si bruyante et si vivante dans son cœur.

Un jour, Juliette, la nouvelle maîtresse de Rodolphe,

causait de son amant le poète avec un élève en
médecine qui lui faisait la cour ; l'étudiant lui répondit :

— Ma chère enfant, ce garçon-là se sert de vous
comme on se sert du nitrate pour cautériser les plaies,
il veut se cautériser le cœur ; aussi vous avez bien tort
de vous faire du mauvais sang et de lui être fidèle.

— Ah ! ah ! s'écria la jeune fille en éclatant de rire,
est-ce que vous croyez bonnement que je me gêne ? Et
le soir même elle donna à l'étudiant la preuve du
contraire.

Grâce à l'indiscrétion d'un de ces amis officieux qui
ne sauraient garder inédite la nouvelle susceptible de
vous causer un chagrin, Rodolphe eut vent de l'affaire
et s'en fit un prétexte pour rompre avec sa maîtresse
par intérim.

Il s'enferma alors dans une solitude absolue, où
toutes les chauves-souris de l'ennui ne tardèrent pas à
venir faire leur nid, et il appela le travail à son secours,
mais ce fut en vain[1]. Chaque soir, après avoir sué
autant de gouttes d'eau qu'il avait usé de gouttes
d'encre, il écrivait une vingtaine de lignes dans lesquelles une vieille idée plus fatiguée que le Juif errant,
et mal vêtue de haillons empruntés aux friperies
littéraires, dansait lourdement sur la corde roide du
paradoxe. En relisant ces lignes, Rodolphe demeurait
consterné comme un homme qui voit pousser des
orties dans la plate-bande où il a cru semer des roses. Il
déchirait alors la page où il venait d'égrener ces
chapelets de niaiseries, et la foulait aux pieds avec
rage.

— Allons, disait-il en se frappant la poitrine à
l'endroit du cœur, la corde est cassée, résignons-nous.
Et comme depuis longtemps une semblable déception
succédait à toutes ses tentatives de travail, il fut pris
d'une de ces langueurs découragées qui font trébucher

les orgueils les plus robustes et abrutissent les intelligences les plus lucides. Rien n'est plus terrible, en
effet, que ces luttes solitaires qui s'engagent quelquefois entre l'artiste obstiné et l'art rebelle, rien n'est
plus émouvant que ces emportements alternés d'invo-
cations tour à tour suppliantes et impératives adressées à la Muse dédaigneuse ou fugitive.

Les plus violentes angoisses humaines, les plus
profondes blessures faites au vif du cœur ne causent
pas une souffrance qui approche de celle qu'on éprouve
dans ces heures d'impatience et de doute si fréquentes
pour tous ceux qui se livrent au périlleux métier de
l'imagination.

A ces violentes crises succédaient de pénibles abatte-
ments ; Rodolphe restait alors pendant des heures
entières comme pétrifié dans une immobilité hébétée.
Les coudes appuyés sur sa table, les yeux fixement
arrêtés sur l'espace lumineux que le rayon de sa lampe
décrivait au milieu de cette feuille de papier, « champ
de bataille » où son esprit était vaincu quotidiennement et où sa plume s'était fourbue à poursuivre
l'insaisissable idée, il voyait défiler lentement, pareils
aux figures des chambres magiques dont on amuse les
enfants, de fantastiques tableaux qui déroulaient
devant lui le panorama de son passé. C'étaient d'abord
les jours laborieux où chaque heure du cadran sonnait
l'accomplissement d'un devoir, les nuits studieuses
passées en tête à tête avec la Muse qui venait parer de
ses féeries sa pauvreté solitaire et patiente. Et il se
rappelait alors avec envie l'orgueilleuse béatitude qui
l'enivrait jadis lorsqu'il avait achevé la tâche imposée
par sa volonté. « Oh ! rien ne vous vaut, s'écriait-il, rien
ne vous égale, voluptueuses fatigues du labeur, qui
faites trouver si doux les matelas du *far niente*. Ni les
satisfactions de l'amour-propre, ni celles que procure
la fortune, ni les fiévreuses pamoisons étouffées sous

les rideaux lourds des alcôves mystérieuses, rien ne vaut et n'égale cette joie honnête et calme, ce légitime contentement de soi-même que le travail donne aux laborieux comme un premier salaire. » Et les yeux toujours fixés sur ces visions qui continuaient à lui retracer les scènes des époques disparues, il remontait les six étages de toutes les mansardes où son existence aventureuse avait campé, et où la Muse, son seul amour d'alors, fidèle et persévérante amie, l'avait suivi toujours, faisant bon ménage avec la misère, et n'interrompant jamais sa chanson d'espérance. Mais voici qu'au milieu de cette existence régulière et tranquille apparaissait brusquement la figure d'une femme ; et en la voyant entrer dans cette demeure où elle avait été jusque-là reine unique et maîtresse, la Muse du poète se levait tristement et livrait la place à la nouvelle venue en qui elle avait deviné une rivale, Rodolphe hésitait un instant entre la Muse à qui son regard semblait dire reste, tandis qu'un geste attractif adressé à l'étrangère lui disait viens. Et comment la repousser, cette créature charmante qui venait à lui, armée de toutes les séductions d'une beauté dans son aube ? Bouche mignonne et lèvre rose[2], parlant un langage naïf et hardi, plein de promesses câlines ; comment refuser sa main à cette petite main blanche aux veines bleues, qui s'étendait vers lui toute pleine de caresses ? Comment dire va-t'en à ces dix-huit ans fleuris dont la présence embaumait déjà la maison d'un parfum de jeunesse et de gaieté ? Et puis, de sa douce voix, tendrement émue, elle chantait si bien la cavatine de la tentation ! Par ses yeux vifs et brillants, elle disait si bien : Je suis l'amour ; par ses lèvres où fleurissait le baiser : Je suis le plaisir ; par toute sa personne enfin : Je suis le bonheur, que Rodolphe s'y laissait prendre. Et d'ailleurs cette jeune femme, après tout, n'était-ce pas la poésie vivante et réelle ? ne lui avait-il pas dû ses

plus fraîches inspirations ? ne l'avait-elle pas souvent
initié à des enthousiasmes qui l'emportaient si haut
dans l'éther de la rêverie, qu'il perdait de vue les
choses de la terre ? S'il avait beaucoup souffert à cause
d'elle, cette souffrance n'était-elle point l'expiation des
joies immenses qu'elle lui avait données ? n'était-ce
point la vengeance ordinaire de la destinée humaine,
qui interdit le bonheur absolu comme une impiété ? Si
la loi chrétienne pardonne à ceux qui ont beaucoup
aimé, c'est aussi parce qu'ils auront beaucoup souffert,
et l'amour terrestre ne devient une passion divine qu'à
la condition de se purifier dans les larmes. De même
qu'on s'enivre à respirer l'odeur des roses fanées, de
même Rodolphe s'enivrait encore en revivant par le
souvenir de cette vie d'autrefois, où chaque jour
amenait une élégie nouvelle, un drame terrible, une
comédie grotesque. Il repassait par toutes les phases de
son étrange amour pour la chère absente, depuis leur
lune de miel jusqu'aux orages domestiques qui avaient
déterminé leur dernière rupture ; il se rappelait le
répertoire de toutes les ruses de son ancienne maîtresse, il redisait tous ses *mots*. Il la voyait tourner
autour de lui dans leur petit ménage, fredonnant sa
chanson de *Ma mie Annette*, et accueillant avec la
même gaieté insoucieuse les bons et les mauvais jours.
Et en fin de compte il arrivait à se dire que la raison
avait toujours eu tort en amour. En effet, qu'avait-il
gagné à cette rupture ? Au temps où il vivait avec
Mimi, celle-ci le trompait, il était vrai ; mais s'il le
savait, c'était sa faute, après tout, et parce qu'il se
donnait un mal infini pour l'apprendre, parce qu'il
passait son temps à l'affût des preuves, et que lui-
même aiguisait les poignards qu'il s'enfonçait dans le
cœur. D'ailleurs, Mimi n'était-elle pas assez adroite
pour lui démontrer au besoin que c'était lui qui se
trompait ? Et puis, avec qui lui était-elle infidèle ?

C'était le plus souvent avec un châle, avec un chapeau, avec des choses et non avec des hommes. Cette tranquillité, ce calme qu'il avait espérés en se séparant de sa maîtresse, les avait-il retrouvés après son départ ? Hélas ! non. Il n'y avait de moins qu'elle dans la maison. Autrefois sa douleur pouvait s'épancher, il pouvait s'emporter en injures, en représentations, il pouvait montrer tout ce qu'il souffrait, et exciter la pitié de celle qui causait ses souffrances. Et maintenant sa douleur était solitaire, sa jalousie était devenue de la rage ; car autrefois il pouvait du moins, quand il avait des soupçons, empêcher Mimi de sortir, la garder près de lui, dans sa possession ; et maintenant, il la rencontrait dans la rue, au bras de son amant nouveau, et il fallait qu'il se détournât pour la laisser passer, heureuse sans doute, et allant au plaisir.

Cette misérable vie dura trois ou quatre mois. Peu à peu le calme lui revint. Marcel, qui avait fait un long voyage pour se distraire de Musette, revint à Paris et se logea encore avec Rodolphe. Ils se consolaient l'un par l'autre.

Un jour, un dimanche, en traversant le Luxembourg, Rodolphe rencontra Mimi, en grande toilette. Elle allait au bal. Elle lui fit un signe de tête, auquel il répondit par un salut. Cette rencontre lui donna un grand coup dans le cœur, mais cette émotion fut moins douloureuse que de coutume. Il se promena encore quelque temps dans le jardin du Luxembourg, et revint chez lui. Quand Marcel rentra le soir, il le trouva au travail.

— Ah ! bah ! fit Marcel en se penchant sur son épaule, tu travailles... des vers ?

— Oui, répondit Rodolphe avec joie. Je crois que la petite bête n'est pas tout à fait morte. Depuis quatre heures que je suis là, j'ai retrouvé la verve des anciens jours. J'ai rencontré Mimi.

— Bah ! fit Marcel avec inquiétude. Et où en êtes-vous ?

— A pas peur, dit Rodolphe, nous n'avons fait que nous saluer. Ça n'a pas été plus loin que ça.

— Bien vrai ? dit Marcel.

— Bien vrai. C'est fini entre nous, je le sens ; mais si je me remets à travailler, je lui pardonne.

— Si c'est tant fini que ça, ajouta Marcel qui venait de lire les vers de Rodolphe, pourquoi lui fais-tu des vers ?

— Hélas ! reprit le poète, je prends ma poésie où je la trouve.

Pendant huit jours il travailla à ce petit poème. Quand il eut fini, il vint le lire à Marcel, qui s'en déclara satisfait, et qui encouragea Rodolphe à utiliser autrement la veine qui lui était revenue.

— Car, lui observa-t-il, ce n'était pas la peine de quitter Mimi, si tu dois toujours vivre avec son ombre. Après ça, dit-il en souriant, au lieu de prêcher les autres, je ferais mieux de me prêcher moi-même, car j'ai encore de la Musette plein le cœur. Enfin ! nous ne serons peut-être pas toujours des jeunes gens affolés de créatures du diable.

— Hélas ! répliqua Rodolphe, il n'est pas besoin de dire à la jeunesse : Va-t'en.

— C'est vrai, dit Marcel, mais il y a des jours où je voudrais être un honnête vieillard, membre de l'Institut, décoré de plusieurs ordres, et revenu des Musettes de ce monde. Le diable m'emporte si j'y retournerais ! Et toi, ajouta l'artiste en riant, aimerais-tu avoir soixante ans ?

— Aujourd'hui, répondit Rodolphe, j'aimerais mieux avoir soixante francs.

Peu de jours après, mademoiselle Mimi, étant entrée dans un café avec le jeune vicomte Paul, ouvrit une *Revue*[3] où se trouvaient imprimés les vers que Rodolphe avait faits pour elle.

— Bon ! s'écria-t-elle en riant d'abord, voilà encore mon amant Rodolphe qui dit du mal de moi dans les journaux.

Mais quand elle eut achevé la pièce de vers, elle resta silencieuse et toute rêveuse. Le vicomte Paul, devinant qu'elle songeait à Rodolphe, essaya de l'en distraire.

— Je t'achèterai des pendants d'oreilles, lui dit-il.

— Ah ! dit Mimi, vous avez de l'argent, vous !

— Et un chapeau de paille d'Italie, continua le vicomte Paul.

— Non, dit Mimi, si vous voulez me faire plaisir, achetez-moi ça.

Et elle lui montrait la livraison où elle venait de lire la poésie de Rodolphe.

— Ah ! pour cela, non, fit le vicomte piqué.

— C'est bien, répondit Mimi froidement. Je l'achèterai moi-même, avec de l'argent que je gagnerai moi-même. Au fait, j'aime mieux que ce ne soit pas avec le vôtre.

Et pendant deux jours Mimi retourna dans son ancien atelier de fleuriste, où elle gagna de quoi acheter la livraison. Elle apprit par cœur la poésie de Rodolphe ; et, pour faire enrager le vicomte Paul, elle la répétait toute la journée à ses amis. Voici quels étaient ces vers :

Alors que je voulais choisir une maîtresse
Et qu'un jour le hasard fit rencontrer nos pas,
J'ai mis entre tes mains mon cœur et ma jeunesse
Et je t'ai dit : Fais-en tout ce que tu voudras.

Hélas ! ta volonté fut cruelle, ma chère :
Dans tes mains ma jeunesse est restée en lambeaux,
Mon cœur s'est en éclats brisé comme du verre,
*   Et ma chambre est le cimetière*

Où sont enterrés les morceaux
De ce qui t'aima tant naguère.

Entre nous maintenant, n—i, ni, — c'est fini,
Je ne suis plus qu'un spectre et tu n'es qu'un fantôme,
Et sur notre amour mort et bien enseveli,
Nous allons, si tu veux, chanter le dernier psaume.

Pourtant ne prenons point un air écrit trop haut,
Nous pourrions tous les deux n'avoir pas la voix sûre;
Choisissons un mineur grave et sans fioriture;
Moi je ferai la basse et toi le soprano.

Mi, ré, mi, do, ré, la. — Pas cet air, ma petite!
S'il entendait cet air que tu chantais jadis,
Mon cœur, tout mort qu'il est, tressaillirait bien vite
Et ressusciterait à ce De profundis.

Do, mi, fa, sol, mi, do. — Celui-ci me rappelle
Une valse à deux temps qui me fit bien du mal
Le fifre au rire aigu raillait le violoncelle
Qui pleurait sous l'archet ses notes de cristal.

Sol, do, do, si, si, la. — Point cet air, je t'en prie,
Nous l'avons, l'an dernier, ensemble répété
Avec des Allemands qui chantaient leur patrie
Dans les bois de Meudon, par une nuit d'été.

Eh bien! ne chantons pas, restons-en là, ma chère;
Et pour n'y plus penser, pour n'y plus revenir,
Sur nos amours défunts, sans haine et sans colère
Jetons en souriant un dernier souvenir.

Nous étions bien heureux dans ta petite chambre
Quand ruisselait la pluie et que soufflait le vent;
Assis dans le fauteuil, près de l'âtre, en décembre
Aux lueurs de tes yeux j'ai rêvé bien souvent.

La houille pétillait ; en chauffant sur les cendres,
La bouilloire chantait son refrain régulier,
Et faisait un orchestre au bal des salamandres
      Qui voltigeaient dans le foyer.

Feuilletant un roman, paresseuse et frileuse,
Tandis que tu fermais tes yeux ensommeillés,
Moi je rajeunissais ma jeunesse amoureuse,
Mes lèvres sur tes mains et mon cœur à tes pieds.

Aussi, quand on entrait, la porte ouverte à peine,
On sentait le parfum d'amour et de gaîté
Dont notre chambre était du matin au soir pleine,
Car le bonheur aimait notre hospitalité.

Puis l'hiver s'en alla ; par la fenêtre ouverte,
Le printemps un matin vint nous donner l'éveil,
Et ce jour-là tous deux dans la campagne verte
Nous allâmes courir au-devant du soleil.

C'était le vendredi de la sainte semaine,
Et, contre l'ordinaire, il faisait un beau temps,
Du val à la colline, et du bois à la plaine,
D'un pied leste et joyeux, nous courûmes longtemps.

Fatigués cependant par ce pèlerinage,
Dans un lieu qui formait un divan naturel
Et d'où l'on pouvait voir au loin le paysage,
Nous nous sommes assis en regardant le ciel.

Les mains pressant les mains, épaule contre épaule,
Et sans savoir pourquoi, l'un et l'autre oppressés,
Notre bouche s'ouvrit sans dire une parole,
      Et nous nous sommes embrassés.

Près de nous l'hyacinthe avec la violette
Mariaient leur parfum qui montait dans l'air pur ;
Et nous vîmes tous deux, en relevant la tête,
Dieu qui nous souriait à son balcon d'azur.

Aimez-vous, disait-il ; c'est pour rendre plus douce
La route où vous marchez que j'ai fait sous vos pas
Dérouler en tapis le velours de la mousse.
Embrassez-vous encor, — je ne regarde pas.

Aimez-vous, aimez-vous : dans le vent qui murmure,
Dans les limpides eaux, dans les bois reverdis,
Dans l'astre, dans la fleur, dans la chanson des nids,
C'est pour vous que j'ai fait renaître ma nature.

Aimez-vous, aimez-vous ; et de mon soleil d'or,
De mon printemps nouveau qui réjouit la terre,
Si vous êtes contents, au lieu d'une prière
Pour me remercier — embrassez-vous encor.

Un mois après ce jour, quand fleurirent les roses
Dans le petit jardin que nous avions planté,
Quand je t'aimais le mieux, sans m'en dire les causes
Brusquement ton amour de moi s'est écarté.

Où s'en est-il allé ? partout un peu, je pense ;
Car, faisant triompher l'une et l'autre couleur,
Ton amour inconstant flotte sans préférence
Du brun valet de pique au blond valet de cœur.

Te voilà maintenant heureuse : ton caprice
Règne sur une cour de galants jouvenceaux,
Et tu ne peux marcher sans qu'à tes pieds fleurisse
Un parterre émaillé d'odorants madrigaux.

Dans les jardins de bal, quand tu fais ton entrée,
Autour de toi se forme un cercle langoureux ;
Et le frémissement de ta robe moirée,
Pâme en chœur laudatif ta meute d'amoureux.

Élégamment chaussé d'une souple bottine
Qui serait trop étroite au pied de Cendrillon,
Ton pied est si petit qu'à peine on le devine
Quand la valse t'emporte en son gai tourbillon.

Dans les bains onctueux d'une huile de paresse,
Tes mains, brunes jadis, ont retrouvé depuis
La pâleur de l'ivoire ou du lis que caresse
Le rayon argenté dont s'éclairent les nuits.

Autour de ton bras blanc une perle choisie
Constelle un bracelet ciselé par Froment[4],
Et sur tes reins cambrés un grand châle d'Asie
En cascade de plis ondule artistement.

La dentelle de Flandre et le point d'Angleterre,
La guipure gothique à la mate blancheur,
Chef-d'œuvre arachnéen d'un âge séculaire,
De ta riche toilette achève la splendeur.

Pour moi, je t'aimais mieux dans tes robes de toile
Printanière, indienne ou modeste organdi,
Atours frais et coquets, simple chapeau sans voile,
Brodequins gris ou noirs, et col blanc tout uni.

Car ce luxe nouveau qui te rend si jolie
Ne me rappelle pas mes amours disparus,
Et tu n'es que plus morte et mieux ensevelie
Dans ce linceul de soie où ton cœur ne bat plus.

Lorsque je composai ce morceau funéraire
Qui n'est qu'un long regret de mon bonheur passé,
J'étais vêtu de noir comme un parfait notaire,
Moins les besicles d'or et le jabot plissé.

Un crêpe enveloppait le manche de ma plume,
Et des filets de deuil encadraient le papier
Sur lequel j'écrivais ces strophes, où j'exhume
Le dernier souvenir de mon amour dernier.

Arrivé cependant à la fin d'un poème
Où je jette mon cœur dans le fond d'un grand trou,
— Gaîté de croque-mort qui s'enterre lui-même,
Voilà que je me mets à rire comme un fou.

Mais cette gaîté-là n'est qu'une raillerie :
Ma plume en écrivant a tremblé dans ma main,
Et quand je souriais, comme une chaude pluie,
Mes larmes effaçaient les mots sur le vélin.

II

C'était le 24 décembre, et ce soir-là le quartier Latin avait une physionomie particulière. Dès quatre heures du soir, les bureaux du Mont-de-Piété, les boutiques des fripiers et celles des bouquinistes avaient été encombrées par une foule bruyante qui s'en vint dans la soirée prendre d'assaut les boutiques des charcutiers, des rôtisseurs et des épiciers. Les garçons de comptoir, eussent-ils eu cent bras comme Briarée[5], n'auraient pu suffire à servir les chalands qui s'arrachaient les provisions. On faisait la queue chez les boulangers comme aux jours de disette. Les marchands de vins écoulaient les produits de trois vendanges, et un statisticien habile aurait eu peine à nombrer le chiffre des jambonneaux et des saucissons qui se débitèrent chez le célèbre Borel de la rue Dauphine[6]. Dans cette seule soirée, le père Cretaine, dit *Petit-Pain*, épuisa dix-huit éditions de ses gâteaux au beurre. Pendant toute la nuit, des clameurs bruyantes s'échappaient des maisons garnies dont les fenêtres flamboyaient, et une atmosphère de kermesse emplissait le quartier.

On célébrait l'antique solennité du réveillon.

Ce soir-là, sur les dix heures, Marcel et Rodolphe rentraient chez eux assez tristement. En remontant la rue Dauphine, ils aperçurent une grande affluence dans la boutique d'un charcutier marchand de comestibles, et ils s'arrêtèrent un instant aux carreaux, tantalisés par le spectacle des odorantes productions gastronomiques ; les deux bohèmes ressemblaient, dans leur contemplation, à ce personnage d'un roman espagnol, qui faisait maigrir les jambons rien qu'en les regardant[7].

— Ceci s'appelle une dinde truffée, disait Marcel en indiquant une magnifique volaille laissant voir, à travers son épiderme rosé et transparent, les turbercules périgourdins dont elle était farcie. J'ai vu des gens impies manger de cela sans se mettre à genoux devant, ajouta le peintre en jetant sur la dinde des regards capables de la faire rôtir.

— Et que penses-tu de ce modeste gigot de pré-salé ? ajouta Rodolphe. Comme c'est beau de couleur, on le dirait fraîchement décroché de cette boutique de charcutier qu'on voit dans un tableau de Jordaëns. Ce gigot est le mets favori des dieux, et de madame Chandelier, ma marraine.

— Vois un peu ces poissons, reprit Marcel en montrant des truites, ce sont les plus habiles nageurs de la race aquatique. Ces petites bêtes, qui ont l'air de n'avoir aucune prétention, pourraient pourtant s'amasser des rentes en faisant des tours de force ;

figure-toi que ça remonte le courant d'un torrent à pic aussi facilement que nous accepterions une invitation à souper ou deux. J'ai failli en manger.

— Et là-bas, ces gros fruits dorés à cône, dont le feuillage ressemble à une panoplie de sabres sauvages, on appelle ça des ananas, c'est la pomme de reinette des tropiques.

— Ça m'est égal, répondit Marcel, en fait de fruits je préfère ce morceau de bœuf, ce jambon ou ce simple jambonneau cuirassé d'une gelée transparente comme de l'ambre.

— Tu as raison, reprit Rodolphe ; le jambon est l'ami de l'homme, quand il en a. Cependant je ne repousserais pas ce faisan.

— Je le crois bien, c'est le plat des têtes couronnées.

Et comme en continuant leur chemin ils rencontrèrent de joyeuses processions qui rentraient pour fêter Momus, Bacchus, Comus et toutes les gourmandes divinités en *us*, ils se demandèrent l'un l'autre quel était le seigneur Gamache dont on célébrait les noces avec une si grande profusion de victuailles.

Marcel fut le premier qui se rappela la date et la fête du jour.

— C'est aujourd'hui réveillon, dit-il.

— Te souviens-tu de celui que nous avons fait l'an dernier ? fit Rodolphe.

— Oui, répondit Marcel, chez Momus. C'est Barbemuche qui l'a payé. Je n'aurais jamais supposé qu'une femme aussi délicate que Phémie pût contenir autant de saucisson.

— Quel malheur que Momus nous ait retiré nos entrées, dit Rodolphe.

— Hélas ! dit Marcel, les calendriers se suivent et ne se ressemblent pas.

— Est-ce que tu ne ferais pas bien réveillon ? demanda Rodolphe.

— Avec qui et avec quoi ? répliqua le peintre.

— Avec moi, donc.

— Et de l'or ?

— Attends un peu, dit Rodolphe, je vais entrer dans ce café où je connais des gens qui jouent gros jeu. J'emprunterai quelques sesterces à un favorisé de la chance, et je rapporterai de quoi arroser une sardine ou un pied de cochon.

— Va donc, fit Marcel, j'ai une faim *caniche* ! je t'attends là.

Rodolphe monta au café, où il connaissait du monde. Un monsieur, qui venait de gagner trois cents francs en dix tours de bouillotte, se fit un véritable plaisir de prêter au poète une pièce de quarante sous, qu'il lui offrit enveloppée dans cette mauvaise humeur que donne la fièvre du jeu. Dans un autre instant et ailleurs qu'autour d'un tapis vert, il aurait peut-être prêté quarante francs.

— Eh bien ? demanda Marcel en voyant redescendre Rodolphe.

— Voici la recette, dit le poète en montrant l'argent.

— Une croûte et une goutte, fit Marcel.

Avec cette somme modique, ils trouvèrent cependant le moyen d'avoir du pain, du vin, de la charcuterie, du tabac, de la lumière et du feu.

Ils rentrèrent dans l'hôtel garni où ils habitaient chacun une chambre séparée. Le logement de Marcel, qui lui servait d'atelier, étant le plus grand, fut choisi pour la salle du festin, et les amis y firent en commun les apprêts de leur Balthasar intime.

Mais à cette petite table où ils s'étaient assis, auprès de ce feu où les bûches humides d'un mauvais bois flotté se consumaient sans flamme et sans chaleur, vint s'asseoir et s'attabler, convive mélancolique, le fantôme du passé disparu.

Ils restèrent, pendant une heure au moins, silencieux

et pensifs, tous deux sans doute préoccupés de la même idée et s'efforçant de la dissimuler. Ce fut Marcel le premier qui rompit le silence.

— Voyons, dit-il à Rodolphe, ce n'est pas là ce que nous nous étions promis.

— Que veux-tu dire ? fit Rodolphe.

— Eh ! mon Dieu ! répliqua Marcel, vas-tu pas feindre avec moi maintenant ! tu songes à ce qu'il faut oublier, et moi aussi, parbleu... je ne le nie pas.

— Eh bien, alors...

— Eh bien, il faut que ce soit la dernière fois. Au diable les souvenirs qui font trouver le vin mauvais et nous rendent tristes quand tout le monde s'amuse ! s'écria Marcel en faisant allusion aux cris joyeux qui s'échappaient des chambres voisines de la leur. Allons, pensons à autre chose, et que ce soit la dernière fois.

— C'est ce que nous disons toujours, et pourtant... fit Rodolphe en retournant à sa rêverie.

— Et pourtant nous y revenons sans cesse, reprit Marcel. Cela tient à ce que, au lieu de chercher franchement l'oubli, nous faisons des choses les plus futiles des prétextes pour rappeler le souvenir ; cela tient surtout à ce que nous nous obstinons à vivre dans le même milieu où ont vécu les créatures qui ont fait si longtemps notre tourment. Nous sommes les esclaves d'une habitude, moins que d'une passion. C'est cette captivité qu'il faut rompre, ou nous nous épuiserons dans un esclavage ridicule et honteux. Eh bien, le passé est passé, il faut briser les liens qui nous y rattachent encore ; l'heure est venue d'aller en avant sans plus regarder en arrière ; nous avons fait notre temps de jeunesse, d'insouciance et de paradoxe. Tout cela est très beau, on en ferait un joli roman ; mais cette comédie des folies amoureuses, ce gaspillage des jours perdus avec la prodigalité des gens qui croient avoir l'éternité à dépenser, tout cela doit avoir un dénouement. Sous peine de justifier le mépris qu'on ferait de nous, et de nous mépriser nous-mêmes, il ne nous est pas possible de continuer à vivre encore longtemps en marge de la société, en marge de la vie presque. Car enfin, est-ce une existence que celle que nous menons ? et cette indépendance, cette liberté de mœurs dont nous nous vantons si fort, ne sont-ce pas là des avantages bien médiocres ? La vraie liberté, c'est de pouvoir se passer d'autrui et d'exister par soi-même ; en sommes-nous là ? Non ! Le premier gredin venu, dont nous ne voudrions pas porter le nom pendant cinq minutes, se venge de nos railleries et devient notre seigneur et maître le jour où nous lui empruntons cent sous, qu'il nous prête après nous avoir fait dépenser pour cent écus de ruses ou d'humilité. Pour mon compte, j'en ai assez. La poésie n'existe pas seulement dans le désordre de l'existence, dans les bonheurs improvisés, dans des amours qui durent l'existence d'une chandelle, dans des rébellions plus ou moins excentriques contre les préjugés qui seront éternellement les souverains du monde : on renverse plus facilement une dynastie qu'un usage, fût-il même ridicule. Il ne suffit point de mettre un paletot d'été dans le mois de décembre pour avoir du talent ; on peut être un poète ou un artiste véritable en se tenant les pieds chauds et en faisant ses trois repas. Quoi qu'on dise et quoi qu'on fasse, si l'on veut arriver à quelque chose, il faut toujours prendre la route du lieu commun. Ce discours t'étonne peut-être, ami Rodolphe, tu vas dire que je brise mes idoles, tu vas m'appeler corrompu, et cependant ce que je te dis est l'expression de ma pensée sincère. A mon insu, il s'est opéré en moi une lente et salutaire métamorphose : la raison est entrée dans mon esprit, avec effraction, si tu veux, et malgré moi peut-être ; mais elle est entrée enfin, et m'a prouvé que j'étais dans une mauvaise voie et qu'il y aurait à la fois ridicule et danger à y persévérer. En effet, qu'arrivera-t-il si nous continuons l'un et l'autre ce monotone et inutile vagabondage ? Nous arriverons au bord de nos trente ans, inconnus, isolés, dégoûtés de tout et de nous-mêmes, pleins d'envie envers tous ceux que nous verrons arriver à un but, quel qu'il soit, obligés pour vivre de recourir aux moyens honteux du parasitisme, et n'imagine pas que ce soit là un tableau de fantaisie que j'invoque exprès pour t'épouvanter. Je ne vois pas systématiquement l'avenir en noir, mais je ne le vois pas en rose non plus ; je vois juste. Jusqu'à présent, l'existence que nous avons menée nous était imposée ; nous avions l'excuse de la nécessité. Aujourd'hui nous ne serions plus excusables ; et si nous ne rentrons pas dans la vie commune, ce sera volontairement, car les obstacles contre lesquels nous avons eu à lutter n'existent plus.

— Ah çà ! dit Rodolphe, où veux-tu en venir ? à quel propos et à quoi bon cette mercuriale ?

— Tu me comprends parfaitement, répondit Marcel avec le même accent sérieux ; tout à l'heure, ainsi que moi, je t'ai vu envahi par des souvenirs qui te faisaient regretter le temps passé : tu pensais à Mimi comme moi je pensais à Musette ; tu aurais voulu, comme moi, avoir ta maîtresse à tes côtés. Eh bien, je dis que nous ne devons plus ni l'un ni l'autre songer à ces créatures ; que nous n'avons pas été créés et mis au monde uniquement pour sacrifier notre existence à ces Manons vulgaires, et que le chevalier Desgrieux qui est si beau, si vrai et si poétique, ne se sauve du ridicule que par sa jeunesse et par les illusions qu'il avait su conserver. A vingt ans, il peut suivre sa maîtresse aux îles sans cesser d'être intéressant ; mais à vingt-cinq ans il aurait mis Manon à la porte, et il aurait eu raison. Nous avons beau dire, nous sommes vieux, vois-tu, mon cher ; nous avons vécu trop et trop vite ;

notre cœur est fêlé et ne rend plus que des sons faux ; on n'est pas impunément pendant trois ans amoureux d'une Musette ou d'une Mimi. Pour moi, c'est bien fini ; et, comme je veux divorcer complètement avec son souvenir, je vais actuellement jeter au feu quelques petits objets qu'elle a laissés chez moi dans ses diverses stations, et qui me forcent à songer à elle quand je les retrouve.

Et Marcel, qui s'était levé, alla prendre dans le tiroir d'une commode un petit carton dans lequel se trouvaient les souvenirs de Musette, un bouquet fané, une ceinture, un bout de ruban et quelques lettres.

— Allons, dit-il au poète, imite-moi, ami Rodolphe.

— Eh bien, soit ! s'écria celui-ci en faisant un effort, tu as raison. Moi aussi, je veux en finir avec cette fille aux mains pâles.

Et s'étant levé brusquement, il alla chercher un petit paquet contenant des souvenirs de Mimi, à peu près de la même nature que ceux dont Marcel faisait silencieusement l'inventaire.

— Ça tombe bien, murmura le peintre. Ces *bibelots* vont nous servir à rallumer le feu qui s'éteint.

— En effet, ajouta Rodolphe, il fait ici une température capable de faire éclore des ours blancs.

— Allons, dit Marcel, brûlons en duo. Tiens, voilà la prose de Musette qui flambe comme un feu de punch ; elle aimait joliment ça, le punch. Allons, ami Rodolphe, attention !

Et, pendant quelques minutes, ils jetèrent alternativement dans le foyer, qui flambait clair et bruyant, le reliquaire de leur tendresse passée.

— Pauvre Musette, disait tout bas Marcel en regardant la dernière chose qui lui restait dans les mains.

C'était un petit bouquet fané, composé de fleurs des champs.

— Pauvre Musette, elle était bien jolie pourtant, et

elle m'aimait bien, n'est-ce pas, petit bouquet, son cœur te l'a dit, le jour où tes fleurs étaient à sa ceinture ? Pauvre petit bouquet, tu as l'air de me demander grâce ; eh bien, oui, mais à une condition, c'est que tu ne me parleras plus d'elle, jamais ! jamais !

Et, profitant d'un moment où il croyait n'être pas aperçu par Rodolphe, il glissa le bouquet dans sa poitrine.

— Tant pis, c'est plus fort que moi. Je triche, pensa le peintre.

Et comme il jetait un regard furtif sur Rodolphe, il vit le poète qui, arrivé à la fin de son autodafé, mettait sournoisement dans sa poche, après l'avoir baisé avec tendresse, un petit bonnet de nuit qui avait appartenu à Mimi.

— Allons, murmura Marcel, il est aussi lâche que moi.

Au moment même où Rodolphe allait rentrer dans sa chambre pour se coucher, on frappa deux petits coups à la porte de Marcel.

— Qui diable peut venir à cette heure ? dit le peintre en allant ouvrir.

Un cri d'étonnement lui échappa quand il eut ouvert sa porte.

C'était Mimi.

Comme la chambre était très obscure, Rodolphe ne reconnut pas d'abord sa maîtresse ; et, distinguant seulement une femme, il pensa que c'était une des conquêtes de passage de son ami, et par discrétion il se disposa à se retirer.

— Je vous dérange, dit Mimi, qui était restée sur le seuil de la porte.

A cette voix, Rodolphe tomba sur sa chaise comme foudroyé.

— Bonsoir, lui dit Mimi en s'approchant de lui et

en lui serrant la main, qu'il se laissa prendre machinalement.

— Qui diable vous amène ici, demanda Marcel, et à
cette heure ?

— J'ai bien froid, reprit Mimi en frissonnant ; j'ai vu
de la lumière chez vous en passant dans la rue, et,
quoiqu'il soit bien tard, je suis montée.

Et elle tremblait toujours ; sa voix avait des sonorités cristallines qui entraient dans le cœur de
Rodolphe comme un glas funèbre et l'emplissaient
d'une lugubre épouvante et la regarda plus attentivement à la dérobée. Ce n'était plus Mimi, c'était son
spectre.

Marcel la fit asseoir au coin de la cheminée.

Mimi sourit en voyant la belle flamme qui dansait
joyeusement dans le foyer.

— C'est bien bon, dit-elle en approchant de l'âtre ses
pauvres mains violettes. A propos, monsieur Marcel,
vous ne savez pas pourquoi je suis venue chez vous ?

— Ma foi non, répondit celui-ci.

— Eh bien, reprit Mimi, je venais tout simplement
vous demander si vous ne pouviez pas me faire avoir
une chambre dans votre maison. On vient de me
renvoyer de mon hôtel garni, parce que je dois deux
quinzaines, et je ne sais pas où aller.

— Diable ! fit Marcel en hochant la tête, nous ne
sommes pas en bonne odeur chez notre hôtelier, et
notre recommandation serait déplorable, ma pauvre
enfant.

— Comment donc faire alors ? dit Mimi, c'est que je
ne sais pas où aller.

— Ah çà ! demanda Marcel, vous n'êtes donc plus
vicomtesse ?

— Ah ! mon Dieu, non, plus du tout.

— Mais depuis quand ?

— Depuis deux mois déjà.

— Vous avez donc fait des misères au jeune vicomte ?

— Non, dit-elle en jetant un regard à la dérobée sur Rodolphe, qui s'était mis dans l'angle le plus obscur de la chambre, le vicomte m'a fait une scène à cause des vers qu'on a composés sur moi. Nous nous sommes disputés, et je l'ai envoyé promener ; c'est un fier cancre, allez.

— Cependant, dit Marcel, il vous avait joliment bien nippée, à ce que j'ai vu le jour où je vous ai rencontrée.

— Eh bien ! fit Mimi, figurez-vous qu'il m'a tout repris quand je suis partie, et j'ai appris qu'il avait mis mes effets en loterie dans une mauvaise table d'hôte, où il m'emmenait dîner. Il est pourtant riche ce garçon, et avec toute sa fortune il est avare comme une bûche économique, et bête comme une oie ; il ne voulait pas que je boive du vin pur, et me faisait faire maigre les vendredis. Croiriez-vous qu'il voulait que je misse des bas de laine noire, sous le prétexte que c'était moins salissant que les blancs ! on n'a pas idée de ça ; enfin, il m'a joliment ennuyée, allez. Je puis bien dire que j'ai fait mon purgatoire avec lui.

— Et sait-il quelle est votre position ? demanda Marcel.

— Je ne l'ai pas revu ni ne veux pas le voir, répliqua Mimi, il me donne le mal de mer quand je pense à lui ; j'aimerais mieux mourir de faim que de lui demander un sou.

— Mais, continua Marcel, depuis que vous l'avez quitté, vous n'êtes pas restée seule.

— Ah ! s'écria Mimi avec vivacité, je vous assure que si, monsieur Marcel : j'ai travaillé pour vivre ; seulement, comme l'état de fleuriste n'allait pas très bien, j'en ai pris un autre : je pose pour les peintres. Si vous avez de l'ouvrage à me donner... ajouta-t-elle gaiement.

Et, ayant remarqué un mouvement échappé à Rodolphe qu'elle ne quittait pas des yeux tout en parlant à son ami, Mimi reprit :

— Ah ! mais, je ne pose que pour la tête et pour les mains. J'ai beaucoup d'ouvrage, et on me doit de l'argent dans deux ou trois endroits ; j'en recevrai dans deux jours, c'est d'ici là seulement que je voudrais trouver où loger. Quand j'aurai de l'argent, je retournerai dans mon hôtel. Tiens, dit-elle en regardant la table, où se trouvaient encore les préparatifs du modeste festin auquel les deux amis avaient à peine touché, vous allez souper ?

— Non, dit Marcel, nous n'avons pas faim.

— Vous êtes bien heureux, dit naïvement Mimi.

À cette parole, Rodolphe sentit son cœur qui se serrait horriblement ; il fit à Marcel un signe que celui-ci comprit.

— Au fait, dit l'artiste, puisque vous voilà, Mimi, vous partagerez la fortune du pot. Nous nous étions proposé de faire réveillon avec Rodolphe, et puis... ma foi, nous avons pensé à autre chose.

— Alors, j'arrive bien, dit Mimi, en jetant sur la table où était la nourriture un regard presque affamé. Je n'ai pas dîné, mon cher, glissa-t-elle tout bas à l'artiste, de façon à ne pas être entendue de Rodolphe qui mordait son mouchoir pour ne pas éclater en sanglots.

— Approche-toi donc, Rodolphe, dit Marcel à son ami nous allons souper tous les trois.

— Non, dit le poète en restant dans son coin.

— Est-ce que ça vous fâche, Rodolphe, que je sois venue ici ? lui demanda Mimi avec douceur ; où voulez-vous que j'aille ?

— Non, Mimi, répondit Rodolphe, seulement j'ai du chagrin à vous revoir ainsi.

— C'est ma faute, Rodolphe, je ne me plains pas ; ce

qui est passé est passé, n'y songez pas plus que moi. Est-ce que vous ne pourriez plus être mon ami, parce que vous avez été autre chose ? si, tout de même, n'est-ce pas ? Eh bien, alors, ne me faites pas mauvaise mine, et venez vous mettre à table avec nous.

Elle se leva pour aller le prendre par la main, mais elle était si faible, qu'elle ne put faire un pas et retomba sur la chaise.

— La chaleur m'a engourdie, dit-elle, je ne peux pas me tenir.

— Allons, dit Marcel à Rodolphe, viens nous faire compagnie.

Le poète s'approcha de la table et se mit à manger avec eux. Mimi était très gaie.

Quand le frugal souper fut terminé, Marcel dit à Mimi :

— Ma chère enfant, il ne nous est pas possible de vous faire donner une chambre dans la maison.

— Il faut donc que je m'en aille, dit-elle en essayant de se lever.

— Mais non ! mais non ! s'écria Marcel, j'ai un autre moyen d'arranger l'affaire ; vous allez rester dans ma chambre, et moi j'irai loger avec Rodolphe.

— Ça va bien vous gêner, fit Mimi, mais ça ne durera pas longtemps, deux jours.

— Comme ça, ça ne nous gêne pas du tout, répondit Marcel ; ainsi, c'est entendu, vous êtes ici chez vous, et nous, nous allons nous coucher chez Rodolphe. Bonsoir, Mimi dormez bien.

— Merci, dit-elle en tendant la main à Marcel et à Rodolphe qui s'éloignaient.

— Voulez-vous vous enfermer ? lui demanda Marcel quand il fut près de la porte.

— Pourquoi ? fit Mimi en regardant Rodolphe, je n'ai pas peur !

Quand les deux amis furent seuls dans la chambre

voisine qui était sur le même carré, Marcel dit brusquement à Rodolphe :

— Eh bien, qu'est-ce que tu vas faire, maintenant ?

— Mais, balbutia Rodolphe, je ne sais pas.

— Allons, voyons ne lanterne pas, va rejoindre Mimi ; si tu y retournes, je te prédis que demain vous serez remis ensemble.

— Si c'était Musette qui fût revenue, qu'est-ce que tu ferais, toi ? demanda Rodolphe à son ami.

— Si c'était Musette qui fût dans la chambre voisine répondit Marcel, eh bien, franchement, je crois qu'il y a un quart d'heure que je ne serais plus dans celle-ci.

— Eh bien, moi, dit Rodolphe, je serai plus courageux que toi, je reste.

— Nous le verrons parbleu bien, dit Marcel qui s'était déjà mis au lit ; est-ce que tu vas te coucher ?

— Certes, oui, répondit Rodolphe.

Mais, au milieu de la nuit, Marcel s'étant réveillé, il s'aperçut que Rodolphe l'avait quitté.

Le matin, il alla frapper discrètement à la porte de la chambre où était Mimi.

— Entrez, lui dit-elle ; et en le voyant elle lui fit signe de parler bas pour ne pas réveiller Rodolphe qui dormait. Il était assis dans un fauteuil qu'il avait approché du lit, sa tête posée sur l'oreiller à côté de celle de Mimi.

— C'est comme ça que vous avez passé la nuit ? demanda Marcel très étonné.

— Oui, répondit la jeune femme.

Rodolphe se réveilla subitement, et, après avoir embrassé Mimi, il tendit la main à Marcel, qui paraissait très intrigué.

— Je vais aller chercher de l'argent pour déjeuner, dit-il au peintre, tu tiendras compagnie à Mimi.

— Eh bien ! demanda Marcel à la jeune femme quand ils furent seuls, que s'est-il passé cette nuit ?

— Des choses bien tristes, dit Mimi, Rodolphe m'aime toujours.

— Je le sais bien.

— Oui, vous avez voulu l'éloigner de moi, je ne vous en veux pas, Marcel, vous aviez raison ; je lui ai fait du mal à ce pauvre garçon.

— Et vous, demanda Marcel, est-ce que vous l'aimez encore ?

— Ah ! si je l'aime, dit-elle en joignant les mains, c'est ce qui fait mon tourment. Je suis bien changée, allez, mon pauvre ami, et il a fallu peu de temps pour cela.

— Eh bien ! puisqu'il vous aime, que vous l'aimez, et que vous ne pouvez pas vous passer l'un de l'autre, remettez-vous ensemble, et tâchez donc d'y rester une bonne fois.

— C'est impossible, fit Mimi.

— Pourquoi ? demanda Marcel. Certainement il serait plus raisonnable que vous vous quittassiez ; mais pour ne plus vous revoir, il faudrait que vous fussiez à mille lieues l'un de l'autre.

— Avant peu, je serai plus loin que ça.

— Hein, que voulez-vous dire ?

— N'en parlez pas à Rodolphe, cela lui ferait trop de chagrin, je vais m'en aller pour toujours.

— Mais où ?

— Tenez, mon pauvre Marcel, dit Mimi en sanglotant, regardez. Et relevant un peu le drap de son lit, elle montra à l'artiste ses épaules, son cou et ses bras.

— Ah ! mon Dieu ! s'écria douloureusement Marcel, pauvre fille !

— N'est-ce pas, mon ami, que je ne me trompe pas et que je vais mourir bientôt ?

— Mais, comment êtes-vous devenue ainsi en si peu de temps ?

— Ah ! répliqua Mimi, avec la vie que je mène

depuis deux mois, ce n'est pas étonnant : toutes les nuits passées à pleurer, les jours à poser dans les ateliers sans feu, la mauvaise nourriture, le chagrin que j'avais ; et puis, vous ne savez pas tout : j'ai voulu m'empoisonner avec de l'eau de javel ; on m'a sauvée, mais pas pour longtemps, vous voyez avec ça que je n'ai jamais été bien portante ; enfin c'est ma faute ; si j'étais restée tranquille avec Rodolphe, je n'en serais pas là. Pauvre ami, voilà encore que je lui retombe sur les bras, mais ça ne sera pas pour longtemps, la dernière robe qu'il me donnera sera toute blanche, mon pauvre Marcel, et on m'enterrera avec. Ah ! si vous saviez comme je souffre de savoir que je vais mourir ! Rodolphe sait que je suis malade ; il est resté plus d'une heure sans parler, hier, quand il a vu mes bras et mes épaules si maigres ; il ne reconnaissait plus sa Mimi, hélas !... mon miroir même ne me reconnaît plus. Ah ! c'est égal, j'ai été jolie, et il m'a bien aimée. Ah ! mon Dieu ! s'écria-t-elle en cachant sa figure dans les mains de Marcel, mon pauvre ami, je vais vous quitter et Rodolphe aussi. Ah ! mon Dieu ! Et les sanglots étranglèrent sa voix.

— Allons, Mimi, dit Marcel, ne vous désolez pas, vous vous guérirez ; il faut seulement beaucoup de soins et de tranquillité.

— Ah ! non, fit Mimi, c'est bien fini, je le sens. Je n'ai plus de forces ; et quand je suis venue ici hier au soir, j'ai mis plus d'une heure à monter l'escalier. Si j'avais trouvé une femme, c'est moi qui serais joliment descendue par la fenêtre. Cependant il était libre, puisque nous n'étions plus ensemble ; mais, voyez-vous, Marcel, j'étais bien sûre qu'il m'aimait encore. C'est pour ça, dit-elle en fondant en larmes, c'est pour ça que je ne voudrais pas mourir tout de suite : mais c'est fini, tout à fait. Tenez, Marcel, faut qu'il soit bien bon ce pauvre ami, pour m'avoir reçue après tout le mal que je lui ai

fait. Ah! le bon Dieu n'est pas juste, puisqu'il ne me
laisse pas seulement le temps de faire oublier à
Rodolphe le chagrin que je lui ai causé. Il ne se doute
pas de l'état où je suis. Je n'ai pas voulu qu'il se
couchât à côté de moi, voyez-vous, car il me semble
que j'ai déjà les vers de la terre après mon corps. Nous
avons passé la nuit à pleurer et à parler d'autrefois.
Ah! comme c'est triste, mon ami, de voir derrière soi le
bonheur auprès duquel on est passé jadis sans le voir!
J'ai du feu dans la poitrine; et quand je remue mes
membres, il me semble qu'ils vont se briser. Tenez, dit-
elle à Marcel, passez-moi donc ma robe. Je vais faire
les cartes pour savoir si Rodolphe apportera de
l'argent. Je voulais faire un bon déjeuner avec vous!
comme autrefois, ça ne me ferait pas de mal; Dieu ne
peut pas me rendre plus malade que je ne le suis.
Voyez, dit-elle à Marcel en montrant le jeu de cartes
qu'elle venait de couper, voilà du pique. C'est la
couleur de la mort. Et voilà du trèfle, ajouta-t-elle plus
gaiement. Oui, nous aurons de l'argent.

Marcel ne savait que dire devant le délire lucide de
cette créature qui avait, comme elle le disait, les vers
du tombeau après elle!

Au bout d'une heure Rodolphe rentra. Il était accompagné de Schaunard et de Gustave Colline. Le musicien était en paletot d'été. Il avait vendu ses habits de
drap pour prêter de l'argent à Rodolphe, en apprenant
que Mimi était malade. Colline, de son côté, avait été
vendre des livres. On aurait voulu lui acheter un bras
ou une jambe, qu'il y aurait consenti plutôt que de se
défaire de ces chers bouquins. Mais Schaunard lui
avait fait observer qu'on ne pourrait rien faire de son
bras ou de sa jambe.

Mimi s'efforça de reprendre sa gaieté pour accueillir
ses anciens amis.

— Je ne suis plus méchante, leur dit-elle, et

Rodolphe m'a pardonné. S'il veut me garder avec lui, je mettrai des sabots et une marmotte, ça m'est bien égal. Décidément la soie n'est pas bonne pour ma santé, ajouta-t-elle avec un affreux sourire.

Sur les observations de Marcel, Rodolphe avait envoyé chercher un de ses amis, qui venait d'être reçu médecin. C'était le même qui avait jadis soigné la petite Francine. Quand il arriva, on le laissa seul avec Mimi.

Rodolphe, prévenu d'avance par Marcel, savait déjà le danger que courait sa maîtresse. Lorsque le médecin eut consulté Mimi, il dit à Rodolphe :

— Vous ne pouvez pas la garder. A moins d'un miracle elle est perdue. Il faut l'envoyer à l'hôpital. Je vais vous donner une lettre pour la Pitié ; j'y connais un interne, on prendra bien soin d'elle. Si elle atteint le printemps, peut-être la tirerons-nous de là ; mais si elle reste ici, dans huit jours elle ne sera plus.

— Je n'oserai jamais lui proposer cela, dit Rodolphe.

— Je le lui ai dit, moi, répondit le médecin, et elle y consent. Demain je vous enverrai le bulletin d'admission à la Pitié.

— Mon ami, dit Mimi à Rodolphe, le médecin a raison, vous ne pourriez pas me soigner ici. A l'hospice on me guérira peut-être ; il faut m'y conduire. Ah ! vois-tu, j'ai tant envie de vivre à présent, que je consentirais à finir mes jours une main dans le feu, et l'autre dans la tienne. D'ailleurs tu viendras me voir. Il ne faudra pas te faire de chagrin ; je serai bien soignée, ce jeune homme me l'a dit. On donne du poulet, à l'hôpital, et on fait du feu. Pendant que je me soignerai, tu travailleras pour gagner de l'argent, et quand je serai guérie, je reviendrai demeurer avec toi. J'ai beaucoup d'espérance maintenant. Je redeviendrai jolie comme autrefois. J'ai déjà été malade dans le temps, quand je ne te connaissais pas ; on m'a sauvée. Pourtant je n'étais pas heureuse dans ce temps-là, j'aurais bien dû mourir. Maintenant que je t'ai retrouvé et que nous pouvons être heureux, on me sauvera encore, car je me défendrai joliment contre la maladie. Je boirai toutes les mauvaises choses qu'on me donnera, et si la mort me prend, ce sera de force. Donne-moi le miroir, il me semble que j'ai des couleurs. Oui, dit-elle en se regardant dans la glace, voilà déjà mon bon teint qui me revient ; et mes mains, vois, dit-elle, elles sont toujours bien gentilles ; embrasse-les encore une fois, ça ne sera plus la dernière, va, mon pauvre ami, dit-elle en serrant Rodolphe par le cou et en lui noyant le visage dans ses cheveux déroulés.

Avant de partir à l'hôpital, elle voulut que ses amis les bohèmes restassent pour passer la soirée avec elle. Faites-moi rire, dit-elle, la gaieté c'est ma santé. C'est ce bonnet de nuit de vicomte qui m'a rendue malade. Il voulait m'apprendre l'orthographe, figurez-vous ; qu'est-ce que vous voulez que j'en fasse ? Et ses amis donc, quelle société ! une vraie basse-cour, dont le vicomte était le paon. Il marquait son linge lui-même. S'il se marie jamais, je suis sûre que c'est lui qui fera les enfants.

Rien de plus navrant que la gaieté quasi posthume de cette malheureuse fille. Tous les bohèmes faisaient de pénibles efforts pour dissimuler leurs larmes et maintenir la conversation sur le ton de plaisanterie où l'avait montée la pauvre enfant, pour laquelle la destinée filait si vite le lin du dernier vêtement.

Le lendemain au matin, Rodolphe reçut le bulletin de l'hôpital. Mimi ne pouvait pas se tenir sur ses jambes ; il fallut qu'on la descendît à la voiture. Pendant le trajet, elle souffrit horriblement des cahots du fiacre. Au milieu de ces souffrances, la dernière chose qui meurt chez les femmes, la coquetterie, survivait encore; deux ou trois fois elle fit arrêter la voiture devant les magasins de nouveautés, pour regarder les étalages.

En entrant dans la salle indiquée par son bulletin, Mimi ressentit un grand coup au cœur; quelque chose lui dit intérieurement que c'était entre ces murs lépreux et désolés que s'achèverait sa vie. Elle employa tout ce qu'elle avait de volonté pour dissimuler l'impression lugubre qui l'avait glacée.

Quand elle fut couchée dans le lit, elle embrassa Rodolphe une dernière fois et lui dit adieu, en lui recommandant de venir la voir le dimanche suivant, qui était jour d'entrée.

— Ça sent bien mauvais ici, lui dit-il, apporte-moi des fleurs, des violettes, il y en a encore.

— Oui, dit Rodolphe, adieu, à dimanche.

Et il tira sur elle les rideaux du lit. En entendant sur le parquet les pas de son amant qui s'en allait, Mimi fut prise soudainement d'un accès de fièvre presque délirante. Elle ouvrit brusquement les rideaux, et, se penchant à demi hors du lit, elle s'écria d'une voix entrecoupée de larmes :

— Rodolphe, r'emmène-moi! je veux m'en aller!

La religieuse accourut à son cri et tâcha de la calmer.

— Oh! dit Mimi, je vais mourir ici.

Le dimanche matin, qui était le jour où il devait aller voir Mimi, Rodolphe se rappela qu'il lui avait promis des violettes. Par une superstition poétique et amoureuse, il alla à pied, par un temps horrible, chercher les fleurs que lui avait demandées son amie, dans ces bois d'Aulnay, et de Fontenay, où tant de fois il avait été avec elle. Cette nature si gaie, si joyeuse, sous le soleil des beaux jours de juin et d'août, il la trouva morne et glacée. Pendant deux heures il battit les buissons couverts de neige, souleva les massifs et les bruyères avec un petit bâton, et finit par réunir quelques brins

de paillettes, justement dans une partie de bois qui
avoisine l'étang du Plessis, et dont ils faisaient tous les
deux leur retraite favorite quand ils venaient à la
campagne.

En traversant le village de Châtillon pour retourner
à Paris, Rodolphe rencontra sur la place de l'Église le
cortège d'un baptême, dans lequel il reconnut un de ses
amis qui était parrain avec une artiste de l'Opéra.

— Que diable faites-vous par ici ? demanda l'ami,
très surpris de voir Rodolphe dans ce pays.

Le poète lui conta ce qui lui arrivait.

Le jeune homme, qui avait connu Mimi, fut très
attristé par ce récit, et, fouillant dans sa poche, il tira
un sac de bonbons du baptême, et le remit à Rodolphe.

— Cette pauvre Mimi, vous lui donnerez ça de ma
part, et vous lui direz que j'irai la voir.

— Venez donc vite, si vous voulez arriver à temps,
lui dit Rodolphe en le quittant.

Quand Rodolphe arriva à l'hôpital, Mimi, qui ne
pouvait pas bouger, lui sauta au cou d'un regard.

— Ah ! voilà mes fleurs, s'écria-t-elle avec le sourire
du désir satisfait.

Rodolphe lui conta son pèlerinage dans cette campagne qui avait été le paradis de leurs amours.

— Chères fleurs, dit la pauvre fille en baisant les
violettes. Les bonbons la rendirent très heureuse aussi.
On ne m'a donc pas tout à fait oubliée ! Vous êtes bons,
vous autres jeunes gens. Ah ! je les aime bien, tous tes
amis, va ! dit-elle à Rodolphe.

Cette entrevue fut presque gaie. Schaunard et Colline avaient rejoint Rodolphe. Il fallut que les infir-
miers vinssent les faire sortir, car ils avaient dépassé
l'heure de la visite.

— Adieu, dit Mimi ; à jeudi, sans faute, et venez de
bonne heure.

Le lendemain, en rentrant chez lui le soir, Rodolphe

reçut une lettre d'un élève en médecine, interne à l'hôpital, et à qui il avait recommandé sa malade. La lettre ne contenait que deux mots :

« Mon ami, j'ai une bien mauvaise nouvelle à vous apprendre : le n° 8 est mort. Ce matin, en passant dans la salle, j'ai trouvé le lit vide. »

Rodolphe tomba sur une chaise et ne versa pas une larme. Quand Marcel rentra le soir, il trouva son ami dans la même attitude abrutie ; d'un geste, le poète lui montra la lettre.

— Pauvre fille ! dit Marcel.

— C'est étrange, fit Rodolphe, je ne sens rien là. Est-ce que mon amour était mort en apprenant que Mimi devait mourir ?

— Qui sait ! murmura le peintre.

La mort de Mimi causa un grand deuil dans le cénacle de la bohème.

Huit jours après, Rodolphe rencontra dans la rue l'interne qui lui avait annoncé la mort de sa maîtresse.

— Ah ! mon cher Rodolphe, dit celui-ci en courant au devant du poète, pardonnez-moi le mal que je vous ai fait avec mon étourderie.

— Que voulez vous dire ? fit Rodolphe étonné.

— Comment, répliqua l'interne, vous ne savez pas, vous ne l'avez pas revue !

— Qui ? s'écria Rodolphe.

— Elle, Mimi.

— Quoi ? dit le poète qui devint tout pâle.

— Je m'étais trompé. Quand je vous ai écrit cette affreuse nouvelle, j'avais été victime d'une erreur ; et voici comment. J'étais resté absent de l'hôpital pendant deux jours. Quand j'y suis revenu, en suivant la visite, j'ai trouvé le lit de votre femme vide. J'ai demandé à la sœur où était la malade ; elle m'a répondu qu'elle était morte dans la nuit. Voici ce qui était arrivé. Pendant mon absence, Mimi avait été changée de salle et de lit. Au n° 8 qu'elle avait quitté, on avait mis une autre femme qui mourut le même jour. C'est ce qui vous explique l'erreur dans laquelle je suis tombé. Le lendemain du jour où je vous ai écrit, j'ai retrouvé Mimi dans une salle voisine. Votre absence l'avait mise dans un état horrible ; elle m'a donné une lettre pour vous. Je l'ai portée à votre hôtel à l'instant même.

— Ah ! mon Dieu ! s'écria Rodolphe, depuis que j'ai cru que Mimi était morte, je ne suis pas rentré chez moi. J'ai couché à droite et à gauche chez mes amis. Mimi est vivante ! O mon Dieu ! que doit-elle penser de mon absence ! Pauvre fille ! pauvre fille ! comment est-elle ? quand l'avez-vous vue ?

— Avant-hier matin, elle n'allait ni mieux ni plus mal ; elle est très inquiète et vous croit malade.

— Conduisez-moi sur-le-champ à la Pitié, dit Rodolphe, que je la voie.

— Attendez-moi un instant, dit l'interne quand ils furent à la porte de l'hôpital, je vais demander au directeur une permission pour vous faire entrer.

Rodolphe attendit un quart d'heure sous le vestibule. Quand l'interne revint vers lui, il lui prit la main et ne lui dit que ces mots :

— Mon ami, supposez que la lettre que je vous ai écrite il y a huit jours, était vraie.

— Quoi ! dit Rodolphe en s'appuyant sur une borne. Mimi...

— Ce matin, à quatre heures.

— Menez-moi à l'amphithéâtre, dit Rodolphe, que je la voie.

— Elle n'y est plus, dit l'interne. En montrant au poète un grand fourgon qui se trouvait dans la cour, arrêté devant un pavillon, au-dessus duquel on lisait : *Amphithéâtre*, il ajouta : Elle est là.

C'était, en effet, la voiture dans laquelle on transporte dans la fosse commune les cadavres qui n'ont pas été réclamés.

— Adieu, dit Rodolphe à l'interne.

— Voulez-vous que je vous accompagne ? proposa celui-ci.

— Non, fit Rodolphe en s'en allant. J'ai besoin d'être seul.

XXIII

LA JEUNESSE N'A QU'UN TEMPS

Un an après la mort de Mimi, Rodolphe et Marcel, qui ne s'étaient pas quittés, inauguraient par une fête leur entrée dans le monde officiel. Marcel, qui avait enfin pénétré au salon, y avait exposé deux tableaux, dont l'un avait été acheté par un riche Anglais qui jadis avait été l'amant de Musette. Du produit de cette vente et de celui d'une commande du gouvernement, Marcel avait en partie liquidé les dettes de son passé. Il s'était meublé un logement convenable, et avait un atelier sérieux. Presque en même temps Schaunard et Rodolphe arrivaient devant le public, qui fait la renommée et la fortune, l'un avec un album de mélodies qui fut chanté dans tous les concerts, et qui commença sa réputation ; l'autre avec un livre qui occupa la critique pendant un mois. Quant à Barbemuche, il avait depuis longtemps renoncé à la bohème, Gustave Colline avait hérité et fait un mariage avantageux, il donnait des soirées à musique et à gâteaux.

Un soir Rodolphe, assis dans *son* fauteuil, les pieds sur *son* tapis, vit entrer Marcel tout effaré.

— Tu ne sais pas ce qui vient de m'arriver ? dit-il.

— Non, répondit le poète. Je sais que j'ai été chez toi, que tu y étais parfaitement, et qu'on n'a pas voulu m'ouvrir.

— Je t'ai entendu, en effet. Devine un peu avec qui j'étais.

— Que sais-je, moi.

— Avec Musette, qui est tombée chez moi, hier soir, en débardeur.

— Musette ! tu as retrouvé Musette ? fit Rodolphe avec un accent de regret.

— Ne t'inquiète pas, il n'y a pas eu de reprise d'hostilités ; Musette est venue chez moi passer sa dernière nuit de bohème.

— Comment ?

— Elle se marie.

— Ah bah ! s'écria Rodolphe. Contre qui, Seigneur ?

— Contre un maître de poste qui était le tuteur de son dernier amant, un drôle de corps, à ce qu'il paraît. Musette lui a dit : « Mon cher Monsieur, avant de vous donner définitivement ma main et d'entrer à la mairie, je veux huit jours de liberté. J'ai mes affaires à arranger, et je veux boire mon dernier verre de champagne, danser mon dernier quadrille, et embrasser mon amant, Marcel, qui est un monsieur comme tout le monde, à ce qu'il paraît. » Et pendant huit jours, la chère créature m'a cherché. C'est comme ça qu'elle est tombée chez moi hier soir, juste au moment où je pensais à elle. Ah ! mon ami, nous avons passé une triste nuit en somme, ce n'était plus ça du tout, mais du tout. Nous avions l'air d'une mauvaise copie d'un chef-d'œuvre. J'ai même fait à propos de cette dernière séparation une petite complainte que je vais te larmoyer, si tu permets ; et Marcel se mit à fredonner les couplets suivants[1] :

Hier, en voyant une hirondelle
Qui nous ramenait le printemps,
Je me suis rappelé la belle
Qui m'aima quand elle eut le temps
— Et pendant toute la journée,
Pensif, je suis resté devant
Le vieil almanach de l'année
Où nous nous sommes aimés tant.

— Non, ma jeunesse n'est pas morte,
Il n'est pas mort ton souvenir ;
Et si tu frappais à ma porte,
Mon cœur, Musette, irait t'ouvrir.
Puisqu'à ton nom toujours il tremble, —
Muse de l'infidélité, —
Reviens encor manger ensemble
Le pain béni de la gaîté.

— Les meubles de notre chambrette,
Ces vieux amis de notre amour,
Déjà prennent un air de fête
Au seul espoir de ton retour.
Viens, tu reconnaîtras, ma chère,
Tous ceux qu'en deuil mit ton départ,
Le petit lit — et le grand verre
Où tu buvais souvent ma part.

Tu remettras la robe blanche
Dont tu te parais autrefois,
Et comme autrefois, le dimanche,
Nous irons courir dans les bois.
Assis le soir sous la tonnelle,
Nous boirons encor ce vin clair
Où ta chanson mouillait son aile
Avant de s'envoler dans l'air.

Musette qui s'est souvenue,
Le carnaval étant fini,
Un beau matin est revenue,
Oiseau volage, à l'ancien nid ;
Mais en embrassant l'infidèle,
Mon cœur n'a plus senti d'émoi,
Et Musette, qui n'est plus elle,
Disait que je n'étais plus moi.

Adieu, va-t'en, chère adorée,
Bien morte avec l'amour dernier ;
Notre jeunesse est enterrée
Au fond du vieux calendrier.
Ce n'est plus qu'en fouillant la cendre
Des beaux jours qu'il a contenus,
Qu'un souvenir pourra nous rendre
La clef des paradis perdus.

— Eh bien, dit Marcel, quand il eut achevé, tu es rassuré maintenant ; mon amour pour Musette est bien trépassé, puisque les *vers* s'y mettent, ajouta-t-il ironiquement, en montrant le manuscrit de sa chanson.

— Pauvre ami, dit Rodolphe, ton esprit se bat en duel avec ton cœur, prends garde qu'il ne le tue !

— C'est déjà fait, répondit le peintre ; nous sommes finis, mon vieux, nous sommes morts et enterrés. La jeunesse n'a qu'un temps ! Où dînes-tu ce soir ?

— Si tu veux, dit Rodolphe, nous irons dîner à douze sous dans notre ancien restaurant de la rue du Four, là où il y a des assiettes en faïence de village, et où nous avions si faim quand nous avions fini de manger.

— Ma foi, non, répliqua Marcel. Je veux bien consentir à regarder le passé, mais ce sera au travers d'une bouteille de vrai vin, et assis dans un bon fauteuil. Qu'est-ce que tu veux ? Je suis un corrompu. Je n'aime plus que ce qui est bon !

FIN

SON EXCELLENCE GUSTAVE COLLINE[1]

I

En ce temps-là, qui n'est pas trop loin, le philosophe Gustave Colline était ambassadeur.

Sous le masque d'une aimable indolence et d'un profond mépris pour les grandeurs humaines, Colline cachait une ambition géante ; et quoi qu'il fît pour dissimuler, il arrivait souvent qu'au milieu des charmants propos dont il émaillait sa conversation, on voyait percer le bout d'oreille de l'homme politique.

Le poète Rodolphe était le seul qui l'eût deviné. Un jour il disait aux membres du cénacle :

— Ne vous fiez pas aux apparences, messieurs, — Colline médite une ascension vers les hautes cimes sociales. — Plus je relis les excellents articles de philosophie hyperphysique et d'économie rurale que je lui fais insérer dans *le Castor*, plus je suis ancré dans cette idée que notre ami Colline est ce qu'on appelle une forte tête, et que son gigantesque chapeau est la coupole d'une intelligence supérieure, dominatrice et prédestinée. — C'est Machiavel sous l'habit pailleté de Dorat[2].

— Oh ! oh ! dirent Schaunard et Marcel, ceci est trop fort — de moka.

— Riez, messieurs, reprit Rodolphe, pour moi je sais à quoi m'en tenir. Depuis que Colline travaille au *Castor*, moniteur officiel de la chapellerie, il est vrai que les chapeliers se désabonnent avec une fureur toujours croissante, mais en revanche les chancelleries des légations étrangères se sont abonnées pour leurs cabinets respectifs.

— Ah ! ah ! murmura Carolus Barbemuche. — Allons donc, allons donc !

— Carolus, reprit Rodolphe, vous n'êtes qu'un déplorable Zoïle[3]. Je suis convaincu que le philosophe Colline, votre divin maître, aura un jour les honneurs du maroquin ministériel, et que son paletot noisette s'étoilera d'une foule de nichams.

On avait beaucoup ri ce soir-là dans le cénacle de la Bohème, — on avait beaucoup ri.

Un mois après, la République était proclamée aux acclamations unanimes des rédacteurs des deux journaux.

Les bohèmes concentrèrent leur enthousiasme — et n'illuminèrent pas, mais ils adressèrent à leurs créanciers une circulaire ainsi conçue :

Citoyen,
Ayant eu la gloire de mourir pour la patrie, j'ai chargé mon légataire universel de régler avec vous. Jetons un voile sur le passé. Salut et fraternité. — Vive la République !...

Puis, comme le droit à la paresse venait d'être proclamé en faveur des arts et des lettres, les bohèmes se croisèrent les bras, se mirent à leur fenêtre et regardèrent la comédie en gens parfaitement désintéressés.

Quand on leur demandait leur opinion sur le nouvel ordre de choses, ils répondaient assez ordinairement :

— Nous avons remarqué que les pavés, bien qu'ils aient été retournés à propos de la République, usaient encore davantage les bottes que du temps de la monarchie. Mais comme sous le régime actuel nous sommes tous exposés à devenir ministres, cela fait bien un peu compensation. Et ils se remettaient à leur fenêtre pour voir passer leur portier qui venait d'être nommé proconsul dans un département.

C'est alors que l'existence atteignit des proportions d'un fantastique ignoré jusque-là.

Tous les matins, les bohèmes saluaient le retour de l'aurore en posant à la Providence de terribles points d'interrogation. — Comment et de quoi vivrons-nous aujourd'hui ? Et ils voyaient paraître devant eux un X gigantesque, symbole de l'inconnu.

Marcel et Rodolphe surtout faisaient des prodiges de valeur, pour relier le jour au lendemain. Et braconnant dans toutes les industries nouvellement écloses, l'artiste et le poète, précédés d'une meute de ruses, chassaient du matin au soir cet animal féroce qu'on appelle la pièce de cent sous.

Carolus Barbemuche, dont les sympathies pour la branche aînée n'avaient jamais été un mystère, avait été à Coblentz, c'est-à-dire à Pontoise[4].

Schaunard avait disparu : on présuma qu'il avait émigré dans le sein de Phémie.

Gustave Colline, seul, s'était jeté dans le mouvement révolutionnaire. Il hantait les clubs, faisait de la politique hyperphysique et fut du nombre des vingt-cinq mille candidats qui se présentèrent à la députation parisienne.

Colline fréquentait surtout assidûment un café situé aux alentours de l'Opéra. Cet établissement, connu d'abord comme une espèce de centre littéraire qui rappelait l'ancien café Procope, était devenu, après la Révolution, le vestibule des faveurs ministérielles, sans doute à cause de ses adhérences avec un journal qui dans ce temps-là était moralement le siège du gouvernement [5].

Un jour, en passant devant la maison où était situé ce journal, Colline avait remarqué un rassemblement considérable, et comme il en avait demandé la cause, on lui avait répondu :

— Ce sont des gens qui vont demander des places.

Colline avait eu d'abord l'intention de se mettre à la queue ; mais il se rappela avoir vu jadis dans le café voisin des personnes attachées au journal qui, en politique, tenaient alors le haut du pavé, et il était entré dans ce café.

Un spectacle curieux se présenta à ses regards. Tous les habitants étaient en train de jouer à des jeux divers, qui aux cartes, qui aux dominos, qui au billard ; mais les enjeux n'étaient ni en consommation ni en argent — on jouait des places du gouvernement.

A une table, Colline vit avec surprise un monsieur chauve qui venait de gagner, en cinq points d'écarté, à un homme maigre, une sous-préfecture. C'était la septième que ce monsieur gagnait dans la journée et il paraissait si satisfait de son gain, qu'en se retirant il donna au garçon un bureau de tabac pour boire.

A une autre table, un autre joueur venait de perdre en cent points de dominos une recette particulière contre deux fauteuils de substituts et une direction des postes en province. Le joueur décavé alla trouver un gros monsieur très entouré, et le tirant à part, lui demanda s'il ne pouvait pas lui prêter de quoi se rattraper.

Le gros monsieur tira un portefeuille de sa poche, l'ouvrit et dit au joueur :

— Voici une demi-douzaine de nominations de com-

missaires dans les départements, c'est tout ce que j'ai
sur moi.

Et il les tendit au joueur absolument comme un ami
qui prête de l'argent à un ami, pour lui fournir
l'occasion de se rattraper au jeu.

De temps en temps, à son grand étonnement, Colline
entendait des gens qui se demandaient les uns aux
autres :

— Avez-vous la monnaie d'un chef de division ? ou
bien : pourriez-vous me changer une recette générale ?
— Et les échanges s'opéraient, — les petites places
faisaient la monnaie des grosses.

Colline, de plus en plus surpris, s'était approché du
billard où une partie très intéressante paraissait engagée.

On y faisait une poule d'honneur. Le vainqueur
devait gagner une ambassade, et une pipe d'écume.

Deux conditions étaient exigées pour concourir à
cette belle partie à laquelle on assurait qu'un membre
du gouvernement assistait sous le déguisement d'un
garçon de café.

Il fallait d'abord, comme dans toutes les poules,
fournir un prix d'entrée ; ce prix d'entrée avait été fixé
à un emploi de n'importe quoi, n'importe où, mais
dont les appointements ne devaient pas être moins de
quatre mille francs par an.

En outre, on devait être rédacteur en chef de quelque
chose.

Les concurrents étaient au nombre de six. — Colline,
qui était de première force au billard, suivait les coups
avec un grand intérêt.

Quatre joueurs avaient déjà été mis hors de lutte, —
et les deux qui restaient étaient de force égale. L'intérêt de la galerie paraissait porté au plus haut degré, les
yeux de Colline étaient ouverts comme des portiques.

Tout à coup l'un des deux adversaires qui restaient,

par suite d'un coup de queue donné à faux, livra à son rival un si beau jeu qu'il jugea la partie perdue pour lui.

— C'est toisé — ma bille est faite, — j'y suis, s'écria-t-il du ton d'un homme qui prend son parti bravement. Cependant, après avoir fait signe à son adversaire d'attendre un instant pour jouer, il se retourna vers la galerie et dit :

— Je vends ma bille.

— Il est bon, le numéro 3, dit quelqu'un, — il est blousé d'avance, et il veut vendre.

— Je vends ma bille pour une place de commissaire de police, cria le numéro 3.

Personne ne dit mot.

— Pour une place dans les télégraphes.

— C'est trop cher, dit une voix.

— Pour un bureau de papier timbré.

On ne répondit pas.

— Parbleu ! s'écria le joueur, je vends ma bille pour un petit verre, — comme ça je ne perdrai pas tout.

— Garçon, s'écria Colline.

Le garçon de café, qu'on supposait être membre du gouvernement, s'approcha du philosophe.

— Un petit verre à monsieur, dit Colline en désignant le joueur qui venait de parler.

— Vous achetez ma bille, dit celui-ci.

— Oui, répondit le philosophe qui, après s'être débarrassé de son paletot noisette, était déjà en train de choisir une queue.

Mais les personnes qui avaient fait partie de la poule l'entourèrent.

— Permettez, citoyen, dit l'une d'elles, bien qu'il soit probable que la bille du numéro 3 va être faite par le numéro 5, par un hasard étrange il pourrait se faire que vous gagnassiez.

— Si j'étais sûr de perdre, répondit gravement Colline, je ne ferais pas de sacrifices.

— Mais, dit une autre personne, c'est que l'objet de la poule n'est pas de la petite bière, — il s'agit d'une ambassade.

— Et d'une pipe d'écume.

— Enfin, reprit l'homme qui avait parlé le premier, vous comprenez, citoyen, qu'il faut que nous sachions, au cas où vous gagneriez, en quelles mains cette place considérable pourrait tomber.

— Oui, reprit la seconde voix, — êtes-vous des nôtres ?

— Je dois en être, répondit Colline.

— Mais, reprit-on, il y a dans le programme de la poule un article que vous n'avez peut-être pas lu : « Ne pourront concourir que des rédacteurs en chef. »

— Êtes-vous rédacteur en chef ?

— Je le suis, répliqua le philosophe. — Et il tira de sa poche un imprimé qu'il fit circuler. — Voilà le prospectus de mon journal.

— Ce n'est pas un prospectus, dit une voix.

— Mon journal doit paraître *lundi*, répondit Colline.

Il y avait déjà deux mois que Colline abusait de cette facétie. — Il avait eu en effet l'idée de fonder un journal, et il en avait fait imprimer le prospectus, mais c'était là tout ce qu'il avait pu faire — ce qui ne l'empêchait pas de dire à tous les gens qu'il rencontrait :

— Je vais faire un journal ; j'espère que vous y travaillerez. Et quand on lui demandait : — Quand paraît votre journal ? Colline répondait :

— Il doit paraître lundi.

Cependant, ses réponses ayant satisfait aux conditions exigées pour concourir à la poule, ceux qui l'avaient interrogé lui laissèrent le champ libre en lui souhaitant ironiquement bonne chance.

Comme Colline mettait du blanc à sa queue, qu'il avait choisie avec un grand soin, le joueur qui était devenu son adversaire lui dit en riant :

— Ne vous donnez pas tant de mal, citoyen; vous êtes maintenant à trois pouces de la blouse, dans une seconde vous serez dedans. C'est limpide, je n'ai qu'à souffler sur ma bille.

— Bah! dit Colline; qui sait ?

— Après tout, dit l'autre, vous n'en seriez jamais que pour un petit verre. Allons, dit-il en se mettant en position pour jouer :

— En avant, la belle, et gagne-moi mon ambassade!

— Citoyen, dit Colline, faites-moi le plaisir de ne pas parler aux billes, ça les intimide.

— Farceur! dit le joueur qui se penchait sur le billard.

Mais au moment où il allait donner son coup de queue, une détonation causée par une plantation d'arbre de la liberté se fit entendre au-dehors, et un mouvement involontaire ayant fait trembler le bras du joueur, sa bille, mal dirigée, au lieu de faire celle de Colline, alla se blouser elle-même.

Colline restait vainqueur sans avoir eu besoin de jouer.

— Eh bien, citoyen, dit-il à son adversaire désappointé, quand je vous disais!

En apprenant que la poule était terminée, tous les habitués du café accoururent dans la salle de billard pour savoir quel était le gagnant.

Colline fut entouré et complimenté; — diverses gens le tirèrent à part et se recommandèrent à lui au cas où il emmènerait des secrétaires.

— J'ai mon monde, répondit Colline.

Le garçon de café qu'on supposait être un membre du gouvernement, vint lui remettre sa pipe d'écume.

— Et l'ambassade ? demanda le philosophe ; — je voudrais bien toucher l'ambassade.

— Citoyen, soyez tranquille ; — veuillez seulement nous donner votre nom — votre nomination sera signée ce soir — et paraîtra demain au *Moniteur*.

— Pourrais-je savoir à peu près quelle légation m'est destinée ? — irais-je à Londres, à Berlin ou à Vienne ? Les idiomes de ces différentes contrées me sont également familiers...

— Oh ! oh ! lui répondit-on, comme vous y allez !... Les postes importants ont leurs titulaires... vous serez envoyé dans une cour de second ordre : c'est déjà bien gentil.

— Enfin, murmura Colline... je fais partie du corps diplomatique... Et il allait sortir, quand un garçon de café vint lui rappeler qu'il devait un petit verre.

— C'est vrai, dit le philosophe, je l'oubliais ; et après avoir fouillé dans sa poche, il en tira son mouchoir, dans un coin duquel se trouvaient enveloppées quelques petites pièces de monnaie, — c'était les fonds qu'il économisait pour faire paraître son journal ; il n'y avait pas loin de trois francs dix sous.

Colline donna cinquante centimes et laissa généreusement ce qui lui revenait au garçon.

Le philosophe rentra chez lui, et passa la nuit à méditer sur la carte d'Europe.

Le lendemain, le *Moniteur* contenait ces lignes dans sa partie officielle :

« Le citoyen Gustave Colline vient d'être chargé d'une mission secrète en Allemagne. »

Trois jours après sa nomination, Gustave Colline reçut une invitation à comparaître au ministère pour y recevoir ses instructions.

Au jour et à l'heure indiqués, le philosophe entrait dans l'antichambre ministérielle.

Il était en toilette de ville, — paletot noisette, cravate blanche brodée aux coins par la main des grâces, et nouée par celles du bon goût et des amours réunis, — pantalon marron ayant les habitudes du monde, — bottes religieusement cirées pour une faible somme. Son feutre, âgé d'un lustre, en avait reçu un nouveau, grâce aux soins d'une brosse intelligente.

Le ministre de ce ministère était un homme qui parlait peu et fumait beaucoup. — Au moment où Colline entrait dans son cabinet, l'ambassadeur d'Angleterre en sortait, et le philosophe remarqua que son valet, qui l'attendait dans l'antichambre, l'aida à passer ses bras dans les manches d'un paletot aussi noisette que le sien. — Aussi le philosophe adressa-t-il à lord Normanby[6] un salut de confrère à confrère.

Quand Gustave Colline fut introduit auprès du ministre, celui-ci paraissait être de fort mauvaise humeur, — sans doute à cause des interpellations qui devaient lui être adressées à la Chambre; — aussi, comme il se réservait pour la séance, se montra-t-il très économe de paroles, et, du geste, se borna à indiquer un siège à Colline, qui s'assit gravement en déposant à terre une demi-douzaine de bouquins qu'il venait d'acquérir à la porte du ministère.

Après quelques instants, le ministre prit sur sa table une pipe de terre, en secoua la cendre, et promena son regard autour de lui comme s'il cherchait quelque chose qu'il ne trouvait pas sans doute, car il fit un geste d'impatience et agita violemment une sonnette.

Un huissier se présenta :

— Quatre sous à fumer ! dit le ministre.

— Colline fouilla précipitamment dans sa poche, y prit un paquet de tabac, et le tendit au ministre en lui disant :

— Oserai-je vous offrir ?

Le ministre s'inclina et bourra sa pipe en jetant un regard d'envie sur celle que Colline venait de sortir de son étui.

— Vous avez là un joli brûle-gueule, dit le ministre.

— En effet, répondit le philosophe, — il est agréable, — je m'en sers quand je vais dans le monde.

Mais Colline fut pris d'une vive inquiétude, en voyant le ministre qui, au lieu de lui rendre son tabac, le mettait dans sa poche.

— Serait-il élève de Schaunard? pensa le philosophe en se rappelant que l'auteur de la symphonie du *Bleu dans les arts* avait également l'habitude de fourrer dans sa poche le tabac de ses amis.

Cependant le ministre se rappela son oubli, et avec un regard expressif qui voulait dire : Mille excuses, j'ai une tête de linotte, il rendit le tabac à Colline qui bourra sa pipe et dit au ministre quand celui-ci eut allumé la sienne :

— Pardon, oserai-je vous prier de me communiquer votre feu, si vous n'avez plus besoin de cet élément ?

Et tous deux se mirent à fumer en face l'un de l'autre.

— Citoyen, dit tout à coup le ministre, qui parla comme une personne naturelle, vous êtes nommé ministre plénipotentiaire[7] à la cour de *** en Allemagne. Dans trois jours vous prendrez vos passeports et vous partirez pour le lieu de votre destination. Des instructions ultérieures vous feront connaître ce que vous aurez à faire; voici un mandat de 2 000 francs pour subvenir aux frais du voyage, et de séjour, à la cour de ***. Vous tâcherez de vous procurer un habit noir, ajouta le ministre, ça se porte... Et après avoir remis à Colline une ordonnance de paiement sur le Trésor, il indiqua par un geste que l'audience était terminée.

Colline sortit à reculons, et arriva ainsi jusqu'à la

porte du Trésor. Après avoir passé dans dix-sept bureaux, il se trouva enfin mis en face de ses deux mille francs qui lui furent payés en or.

Le philosophe eut d'abord l'idée de prendre plusieurs cabriolets, mais il trouva sous ses pas le marche-pied d'un omnibus et il s'y précipita.

Il avait la tête si troublée que lorsque le conducteur lui réclama le prix de sa place, Colline lui mit dans la main ses deux mille francs en or, et lui demanda la monnaie.

En passant dans la rue Vivienne, Colline aperçut par une portière de la voiture ses deux amis, Marcel et Rodolphe, qui examinaient avec un vif sentiment de curiosité le musée vivant, étalé à la devanture de Chevet [8].

Colline fit arrêter sa voiture, descendit, et sans être aperçu de ses deux amis, alla se planter derrière eux, dans l'intention de leur faire une bonne charge.

Tantalisés par le spectacle appétissant des odorants comestibles, les deux bohèmes ressemblaient dans leur contemplation à ce personnage affamé d'un roman espagnol, qui faisait maigrir les jambons rien qu'en les regardant [9].

— Ceci s'appelle une dinde truffée, disait Marcel en indiquant une magnifique volaille laissant voir à travers son épiderme rosé et transparent les tubercules périgourdins dont elle était farcie. J'ai vu des gens impies manger de cela sans se mettre à genoux, ajouta le peintre en jetant sur la dinde des regards capables de la faire rôtir.

— Et que penses-tu de ce modeste gigot de pré-salé ? dit Rodolphe ; comme c'est beau de couleur ; on le dirait fraîchement décroché de cette boutique de charcutier qu'on voit dans un tableau de Jordaens. Ce gigot est le mets favori des dieux et de Mme Chandellier, ma marraine.

— Vois un peu ces poissons, reprit Marcel en montrant des truites. Ce sont les plus habiles nageurs de la race aquatique. Ces petites bêtes, qui n'ont l'air d'avoir aucune prétention, pourraient cependant s'amasser des rentes en faisant des tours de force. Figure-toi que ça remonte le courant d'un torrent à pic, aussi facilement que nous accepterions une invitation à dîner — ou deux. J'ai failli en manger.

— Et là-bas ces gros fruits dorés à cônes, dont le feuillage ressemble à un arsenal de sabres sauvages ; on appelle ça des ananas, — c'est la pomme de reinette des tropiques.

— Ça m'est égal, répondit Marcel, en fait de fruits, je préfère ce morceau de bœuf de Hambourg ou ce simple jambonneau cuirassé d'une gelée glacée jaune et transparente comme l'ambre.

— Tu as raison, reprit Rodolphe, le jambonneau est ami de l'homme ; — cependant, je ne repousserais pas ce faisan.

— Je crois bien, répliqua le peintre, c'est le plat des ambassadeurs — on n'en mange que chez eux.

— Baôum ! fit Gustave Colline en passant soudainement sa tête entre celle de ses deux amis. Vous en mangerez chez moi. Et sans ajouter un mot, le philosophe tira de son portefeuille la lettre ministérielle qui lui annonçait sa nomination et la mit sous les yeux de Rodolphe et de Marcel, et à cette exhibition, il ajouta celle d'une poignée d'or.

Ici, je fais comme M. Chopin[10], peintre d'histoire, aurait dû faire depuis longtemps, — je renonce à peindre.

— Vous êtes au grenier de l'étonnement, dit Colline à ses deux amis. — Le philosophe voulait dire au comble. — Je vais vous conter mon histoire. Figurez-vous... mais nous ne pouvons pas causer dans la rue. Il faut entrer en quelque endroit.

— Montons chez moi, dit Marcel.

— Est-ce que tu loges dans ce quartier ? demanda le philosophe.

— J'habite là, répondit l'artiste en montrant une berline de remise qui stationnait à quelque distance.

— Comment ! fit Colline avec étonnement, tu demeures rue Vivienne, dans cette belle maison ?

— Eh ! non, dit Marcel, je loge dans la voiture.

— Comment ! Je ne comprends pas celui-là. Montons d'abord dans la voiture, dit Marcel, nous nous expliquerons.

— Ah ! je suis bien intrigué ! exclama Colline, qui, en s'asseyant dans la berline, avait remarqué qu'elle contenait un fourneau et les premiers objets indispensables pour faire la cuisine.

— Où allons-nous, messieurs ? vint demander le cocher.

— Nous n'allons pas, nous restons, — et si l'on venait me demander, vous ne laisseriez monter personne, je n'y suis pas, dit Marcel. Maintenant, Colline, tu as la parole.

— Narre, ajouta Rodolphe.

— Après vous, répondit le philosophe. Que signifie cet équipage dans lequel je vous rencontre ?

— C'est bien simple, dit Marcel : il y a quelque temps, j'ai connu un jeune homme très riche. Il m'avait choisi pour être l'aide de camp de ses plaisirs, son cicérone à travers les délices de sa vie parisienne. Un beau jour, il disparut subitement pour aller recueillir l'héritage d'un de ses oncles, mort des suites de la joie qu'il avait éprouvée à la proclamation de la République. Cette voiture se trouvait payée d'avance pour un mois, — et n'en ayant pas d'autre, j'en ai fait ma résidence ; c'est très incommode pour mes créanciers.

— Malheureusement, sa location expire dans trois jours.

— Et toi, demanda Colline au poète Rodolphe ; que fais-tu ? Où loges-tu ?

— Moi, j'habite à bord de *la Dryade*.

— Qu'est-ce que ça ? demanda le philosophe.

— *La Dryade* est un bateau à vapeur qui fait un service commercial entre Paris et Rouen. Je connais le capitaine et il m'a donné une petite cabine à son bord, — seulement je suis obligé d'aller deux fois par semaine à Rouen.

Quand son tour fut venu, Colline raconta à ses amis par quelles voies mystérieuses la Providence l'avait fait entrer dans le corps diplomatique.

Le soir, il offrit à dîner aux bohèmes et leur prêta un peu d'argent pour qu'ils pussent se procurer des domiciles plus sérieux.

A quelques jours de là, et d'après les conseils de Rodolphe et de Marcel, Gustave Colline, dont le départ pour l'Allemagne n'était pas encore fixé, résolut de signaler son introduction dans le concert européen par une petite fête diplomatico-hyperphysique.

Le poète Rodolphe fut chargé de dresser la liste de tous les représentants des puissances étrangères actuellement en résidence à Paris. Pour donner plus de sérieux et plus d'autorité à ses invitations, Rodolphe les écrivit sur du papier têtes de lettres du journal *le Castor*. Voici l'exemplaire de cette circulaire qui fut adressée à l'ambassadeur d'Angleterre, pour lequel Colline avait une sympathie particulière, — depuis qu'il avait remarqué que le paletot de l'excellence anglaise était de la même couleur que le sien, ce qui avait fait dire à Rodolphe :

— Probablement que le noisette est une couleur diplomatique.

Un matin, lord Normanby reçut donc la lettre suivante :

LE CASTOR, *Journal de la Chapellerie parisienne*

Paris, le ...

Le citoyen Gustave Colline, — ministre plénipotentiaire de la République française près la cour de ***,
a l'honneur d'inviter Son Excellence lord Normanby,
ambassadeur de S. M. la reine des Îles britanniques
(Angleterre, Irlande et Écosse, capitale, Londres, sur
la Tamise) à venir dîner sans cérémonie chez lui
mardi prochain. — Il y aura du dessert.

— Invites-tu le ministère ? demanda Rodolphe.
— Je crois que ce serait bien plus régulier, répondit
Colline ; mais pas pour le dîner, pour la soirée seule-
ment.
— Invitons le ministère, dit Rodolphe.
Et les ministres reçurent cette autre circulaire :

LE CASTOR, *Journal de la Chapellerie parisienne*

Paris, le ...

Le citoyen Gustave Colline, ministre plénipotentiaire de la République française près la cour de ***,
a l'honneur d'inviter le citoyen ministre de (suivait la
désignation) à venir passer, mardi prochain, la soirée
dans ses magnifiques salons. — Il y aura de la bougie.
N.B. — On rira ! (Nous n'avons qu'un temps à
vivre.)

— Mais j'y pense, dit Marcel, quand les invitations
furent lancées, les magnifiques salons seront trop
petits pour contenir tout ce monde. Les ambassadeurs
amèneront sans doute leurs épouses.
— Diable ! dit Colline... c'est vrai. — Comment
faire ?...

— Au fait, c'est bien simple, dit Rodolphe : — il faut envoyer une note aux journaux.

Et la veille du dîner, les feuilles politiques publiaient la note suivante :

Les magnifiques salons du citoyen Gustave Colline, ministre plénipotentiaire de la République française près la cour de ***, n'étant pas assez grands, — cet homme d'État a l'honneur d'informer MM. les ambassadeurs des puissances étrangères que les invitations qu'ils ont reçues ne sont valables que pour une personne. En conséquence, leurs épouses ne seront pas admises cette fois. — Néanmoins, il y aura un de ces jours une journée spéciale pour les ambassadrices. — Une mise distinguée sera de rigueur.

— Comme ça, les convenances sont sauvegardées, dit Colline, en lisant cette note qui causa de grandes tempêtes dans le monde du protocole.

II

Il est inutile de dire que les ambassadeurs des puissances étrangères négligèrent de répondre à l'aimable invitation de leur nouveau collègue, Son Excellence Gustave Colline.

Le philosophe en prit son parti.

— Je suis sûr, dit-il à Rodolphe, que dans le fond les représentants des traités de 1815 seraient enchantés de venir déguster mes vins généreux. Mais leur position officielle les retient captifs au rivage du servilisme. Cependant, je maintiens mon festival, et je verrai à me procurer quelques personnages politiques.

— C'est très facile, dit Rodolphe, tu n'as qu'à faire distribuer au café de *** la carte du festin. Tu feras salle comble.

— J'y songerai, dit Son Excellence Gustave Colline.

Le peintre Marcel, qui avait été nommé ordonnateur des réjouissances diplomatiques, avait fait remarquer à Son Excellence Gustave Colline que ses magnifiques salons étaient décorés avec une mesquinerie déplorable et le mauvais goût le plus parfait.

— Cependant, répondit Colline, je t'ai confié des sommes importantes pour embellir ce séjour. — Eh quoi ! fit le philosophe avec étonnement, tu ne t'es pas seulement procuré de tapis de la Savonnerie. A quoi as-tu donc dilapidé mes fonds ?

— Tu m'as donné 15 francs, dit Marcel, je les ai honnêtement dilapidés en achat et location de choses indispensables. Mais si tu exiges des objets de luxe, tels que des fauteuils et des serviettes pour les ambassadeurs des grandes puissances dont tu désires te concilier l'estime, il faut augmenter le budget des dépenses.

— Eh bien ! dit Colline, voilà encore 12 mérovingiens (12 francs sans doute), mais cette fois, n'épargne rien.

— Sois tranquille, répondit Marcel. Maintenant, je te promets une éclipse totale de Balthazar.

En effet, grâce à ce subside additionnel, Marcel put lâcher de l'éperon à son imagination, et fit largement les choses.

D'abord il acheta un palais.

C'était un magnifique palais en marbre blanc, avec colonnes de jaspe, bas-reliefs et tableaux de grands maîtres.

Y compris les frais d'adjudication et de transport, ce palais coûtait neuf francs soixante centimes.

Marcel l'avait acheté à l'hôtel Bullion, où il faisait partie d'une vente de décorations de théâtre [11].

Colline prodigua à Marcel les noms les plus chers.

Le palais fut immédiatement dressé dans la grande pièce du logement de l'ambassadeur.

Ce décor se composait d'une toile de fond représen-

tant un péristyle grec ouvrant sur des jardins anglais.
— Par les fenêtres on apercevait le Mont Vésuve et la
cathédrale de Strasbourg réunis côte à côte par un
caprice d'un décorateur ami de l'anachronisme. Des
portants de coulisse figuraient des colonnes contre
lesquelles se tenaient appuyés, hallebarde au poing,
des soldats de la garde prétorienne.

C'était splendide.

— Comme il n'y a pas de palais sans suisse, dit
Marcel, je me suis procuré un costume de *Guillaume
Tell* [12], dont se revêtira le concierge de la maison, ce qui
produira un excellent effet.

— L'Helvétien était de rigueur, dit Colline en
approuvant.

— Mais ce n'est pas tout, ajouta Marcel en développant un paquet qu'il tenait à la main. Voici un objet
que je n'hésiterai pas un seul moment à appeler le
dernier mot de l'art.

— Ah! ciel! s'écria Rodolphe, un melon.

— Au mois d'avril! quelle primeur! dit Colline.

— Oui, reprit Marcel, — seulement je le crois de
l'année dernière. — Je l'ai acheté d'occasion, mais il
paraît bien conservé et fera l'usage d'un neuf.

Au même instant le portier de la maison, qui était
effectivement vêtu en Guillaume Tell, apporta à Colline une lettre du ministre, et en l'offrant au philosophe il eut soin de présenter sa hallebarde, ainsi que
Marcel lui avait recommandé de le faire.

Cette dépêche mandait immédiatement Son Excellence Gustave Colline au ministère.

Il s'y rendit avec la rapidité d'une flèche lancée d'une
main sûre.

— Citoyen, lui dit le ministre, j'apprends ce matin,
par les journaux, que j'ai reçu, il y a quinze jours, une
dépêche télégraphique qui m'informe que votre présence à la cour de *** est absolument nécessaire.

L'influence russe gagne du terrain dans cette principauté ; il faut aller la combattre. L'envoyé du czar est
un homme très fin, je vous préviens, et vous aurez
affaire à forte partie.

— Fût-il plus fin qu'un cheveu, répondit Colline, je
le mettrai dedans sans balancer.

— Je vais préparer vos dernières instructions, dit le
ministre, vous partirez demain au retour de l'aurore.

— Pardon, dit Colline, cela m'est impossible. J'ouvre précisément demain mes salons à quelques amis
politiques, et il serait indécent que je ne fusse pas là
pour faire les honneurs. Je prie donc M. le ministre de
m'accorder un sursis : l'envoyé russe ne perdra rien
pour attendre.

— Je ne puis prendre sur moi de vous accorder un
délai, répondit le ministre, j'en parlerai au conseil, et
je vous ferai savoir ma réponse par mon secrétaire.
Cependant tenez-vous prêt à partir demain matin.

— Mes préparatifs sont tous faits ; il ne reste plus
qu'une garniture de boutons à mettre à l'habit noir que
je me suis procuré, selon les conseils de Votre Excellence.

En sortant du ministère, Colline rencontra le juif
Médicis qui, ayant appris la nomination du philosophe, le félicita longuement.

— Vous allez probablement monter votre maison ?
dit le juif.

— Indubitablement, répondit Son Excellence.

— Il vous faudra un intendant, continua Médicis.

— Un au moins, dit Colline.

— En ce cas, reprit le juif, je me recommande à
vous, non pour moi, mais pour un de mes amis, un
ancien diplomate, décoré de plusieurs ordres, et qui,
pour le moment, marche dans d'assez mauvais souliers ; un homme précieux qui fréquente tous les
grands hommes de l'Europe politique ; aussi connaît-il

à fond toutes les questions à l'ordre du jour. En 1815, il collabora au Congrès de Vienne, en qualité de garçon de bureau, et M. de Metternich avait pour lui une estime particulière. En outre, il sait faire la cuisine et marque le linge adroitement ; il pourrait vous être d'une grande utilité.

— Au fait, dit Colline, j'y pense. J'admets demain à ma table tout ce qu'il y a au monde d'intrigants politiques ; il est évident qu'en dégustant mes vins généreux, ils vont me tâter mes bosses et essayer de me mettre dedans.

— N'en doutez pas, n'en doutez pas, reprit Médicis, ils vous feront un tas de misères.

— J'ignore les premiers éléments de l'escrime diplomatique, dit Colline, et avant de me présenter sur le terrain, il serait urgent que j'apprisse au moins quelque parole et que je susse manier le protocole.

— Eh bien ! je vous conseille d'aller voir mon ami, répondit Médicis, je vous le répète, c'est un homme prodigieux, une de ces vastes intelligences que la fatalité condamne à l'anonyme ; il vous donnera quelques leçons de diplomatie, et pour la moindre des choses, vous apprendra cette fameuse botte familière à M. de Metternich.

Une heure après, Gustave Colline était chez l'ami de Médicis.

C'était un vieillard jaune, sec et long ; il avait l'air d'un joujou de Nuremberg vivant.

— Monsieur, dit Colline...

— Appelez-moi Excellence, dit le vieillard, j'y suis habitué et c'est plus convenable.

— Excellence, reprit le philosophe, je suis moi-même Son Excellence Gustave Colline, ambassadeur de la République française près la cour de *** et sur le point de partir pour cette résidence ; je viens, sur la recommandation de M. Médicis, réclamer quelques étincelles de vos lumières.

— S'il en est ainsi, répondit le vieillard, je prierai Votre Excellence de vouloir bien me permettre de me revêtir de mon costume officiel.

Cinq minutes après, le vieillard revint. Il avait revêtu son habit de diplomate qui le faisait ressembler à un figurant du Théâtre-Italien. Un immense jabot — qui semblait avoir une petite vérole de grains de tabac — flottait sur sa poitrine constellée d'ordres mystérieux.

— Maintenant, dit-il à Colline, je suis aux ordres de Votre Excellence.

— Pour cette fois, fit le philosophe, je me bornerai à vous prier de m'indiquer les premiers éléments du métier, et les mots les plus usités du dictionnaire des hommes appelés à régir la destinée des peuples.

— Excellence, reprit le vieillard, la diplomatie est à la fois la science la plus simple et la plus compliquée, — dans le fond, c'est très simple ; dans les apparences, c'est très compliqué. — Pour aujourd'hui, et selon les vœux de Votre Excellence, je me bornerai sommairement à lui indiquer les principes fondamentaux sur lesquels repose cette science. — 1° Je conseillerai à Votre Excellence d'adopter la culotte courte et le jabot.

— Pourquoi ? dit Colline étonné.

— Il est impossible de faire sérieusement de la diplomatie sans culotte courte et sans jabot, dit le vieillard. — Pour mon compte, je suis même convaincu que M. de Metternich, mon auguste maître, doit une partie de sa supériorité à la perruque et à la poudre. — Appelez-en à l'histoire, et vous verrez que tous les traités historiques importants ont été conclus par des diplomates en culotte courte et en jabot. — Mon ami Médicis vous fournira, à très bon compte, un jabot de valenciennes garni de tabac d'Espagne ; cela peut

paraître puéril à Votre Excellence, mais en diplomatie
je lui ferai observer — et je parle par expérience — que
les puérilités sont les choses importantes ; — en outre,
j'adresserai une question à Votre Excellence : — Sait-
elle jouer à la bouillotte ?

— Non. Ah ! non, répondit Colline.

— Tant pis, répliqua le vieillard, je conseillerai à
Votre Excellence d'apprendre ce jeu ; il est aussi
indispensable, à un ambassadeur, que l'arithmétique
est nécessaire à un mathématicien. La bouillotte est le
conservatoire de la diplomatie ; car la diplomatie est,
au fond, l'art de savoir engager son jeu et de le faire
tenir par ses adversaires, — tout en ayant brelan dans
les mains.

— En outre, continua le vieillard, dans les entretiens que Votre Excellence pourra avoir avec ses
collègues, je lui conseillerai de faire une grande
consommation d'adverbes, cela donne du montant et
indique le diplomate de race.

— Très bien, dit Colline, avant de partir pour la cour
de *** je ferai mettre dans ma malle une provision
d'adverbes.

— Enfin, reprit le vieillard, — et je prie Votre
Excellence de me prêter la plus grande attention ; —
toutes les fois que vous aurez un traité à conclure, une
notification, ou un mémorandum, j'inviterai Votre
Excellence à n'apporter dans la rédaction des articles
que des termes confus ; de ces mots Janus qui disent à
la fois oui et non. Enfin, d'éviter le plus possible la
clarté et la précision. Un bon traité ne doit jamais rien
terminer ; car, entre nous, je ferai remarquer à Votre
Excellence que si l'on réglait les affaires politiques
avec clarté, ce serait, au bout d'un temps donné, la
mort de la diplomatie.

— Parbleu ! dit Colline, il n'y aurait plus d'eau à
boire dans le métier ; ce que vous dites là est limpide

comme du cristal, — et le philosophe glissa une pièce de quarante sous dans la main du vieillard, qui lui dit :

— Si Votre Excellence désirait connaître quelles sont les intentions de l'avenir à son égard, je possède également l'art d'écarter les voiles qui dérobent les secrets aux faibles mortels...

— Merci, dit Colline, j'ai mon épouse qui est très forte là-dessus...

— Je fais également des chaussons de lisière, continua le vieillard. Si Votre Excellence en désire... pour aller à la cour.

— Je vous remercie, dit Colline, et je prie Votre Excellence de me faire l'honneur d'assister au dîner que j'offre demain aux sommités politiques.

— J'accepte avec reconnaissance, dit le vieux diplomate, et au cas où vous ne vous seriez pas encore procuré de madère, je me recommanderai à vous. J'en ai d'excellent... à des prix modérés.

— Merci, dit Colline, j'ai un intendant qui fait mon madère lui-même pour être plus sûr.

Le jour du grand dîner diplomatique était enfin arrivé. *Le matin de ce jour solennel*, Schaunard, qui était disparu depuis longtemps, tomba subitement du ciel entre les bras de Colline.

— D'où viens-tu ? demanda le philosophe.

— J'étais dans mes terres, répondit Schaunard... J'ai senti l'odeur du dîner et me voilà.

— Ah! fit Colline avec embarras... c'est bien aimable de ta part... et je regrette vivement...

— Quoi donc, dit Rodolphe étonné de ce langage... est-ce que Schaunard n'est pas des nôtres ?

— Mes amis, mes bons amis, dit Colline en chiffonnant son jabot, vous comprenez... il est des situations où l'amitié se trouve mise à de rudes épreuves. Enfin, il m'est impossible de vous recevoir à ma table ce soir. Les grands intérêts politiques qui agitent le monde y

seront discutés, et peut-être les personnages importants qui m'honorent de leur appétit trouveraient-ils
étrange que j'aie invité des étrangers... Au reste,
j'aurai soin à ce que l'on vous garde de tous les plats...
Vous dînerez à l'office.

— Canaille ! dit Marcel.

— Les bras m'en tombent, fit Rodolphe épouvanté.

— Ramasse-les, reprit Marcel, et allons-nous-en ; ça
révolte l'humanité.

Mais l'accès d'ingratitude dont le philosophe avait
été atteint n'eut pas de suite.

Le soir à six heures, les garçons d'un restaurant à
quarante sous par tête, avec qui Colline avait traité à
forfait, dressaient le festin dans la grande salle du
palais.

Mais au moment même où l'on attendait les
convives, une nouvelle dépêche du ministère enjoi-
gnait à Colline l'ordre de partir immédiatement. Un
post-scriptum lui annonçait qu'il recevrait des instructions à Strasbourg.

— Sacrebleu ! dit Colline, ceci est violent. J'ai presque envie de donner ma démission. Qu'est-ce qu'il y a
donc de si pressé à la cour de *** ? Une demi-heure
après, le secrétaire du cabinet du ministre venait lui-
même s'assurer du départ de Colline.

— Diable ! fit celui-ci, il paraît que c'est sérieux et
qu'une minute de retard pourrait mettre l'Europe en
feu. Comment faire ? Et mon monde qui va venir...

— Es-tu connu à la cour de *** ? demanda
Rodolphe au philosophe.

— Oh ! dit celui-ci, de réputation seulement...

— Eh bien, dit Marcel, si on ne te connaît pas
autrement, reste encore ici quelques jours et envoie
un commissionnaire à ta place.

— Non, dit Colline, décidément je vais partir...
Vous ferez au corps diplomatique les honneurs de

mon palais, et vous lui présenterez mes excuses offi-
cielles...

En montant dans le fiacre qui devait le conduire au
chemin de fer, Gustave Colline rencontra Mlle Musette
qui était à pied.

— Adieu, ma petite, dit Colline en lui faisant un
signe amical : Je pars pour mon ambassade... je vais à
la cour, ma chère... — Qu'est-ce que vous voulez que je
vous rapporte ?...

— Rapportez-moi du prince, dit Musette.

En arrivant à Strasbourg, Gustave Colline descendit
à l'hôtel des Ambassadeurs, et s'y arrêta pour attendre
les nouveaux ordres que devait lui adresser le ministre.

Un soir qu'il dînait à la table d'hôte, au milieu d'une
société qu'il jugea être d'élite, Colline laissa tomber
sur la nappe sa qualité de ministre plénipotentiaire,
sans doute dans le but de s'attirer de la considération
et les meilleurs morceaux ; mais cette révélation produisit un tout autre effet. Le maître de l'établissement,
qui avait déjà eu affaire à quelques commissaires du
nouveau gouvernement, parut s'émouvoir, et fit à Son
Excellence Gustave Colline l'honneur de lui donner sa
carte avant la fin du repas.

Comme le diplomate paraissait manifester le désir
d'avoir quelques détails sur la résidence de *** et sur
son souverain, un diplomate dans les vins se trouva
justement à propos pour le renseigner.

— Vous allez à ***, citoyen, répondit-il à Colline.
C'est un endroit agréable, bâti sur les bords d'un
marais fétide, fertile en sangsues. Quatre-vingt-deux
ou quatre-vingt-cinq habitants. Les femmes y sont
grêlées, mais sensibles. Quant au prince régnant, c'est
le meilleur monarque du monde. Il est à la fois sa
chambre des députés et son ministère, et cependant, il
trouve encore le moyen d'avoir une opposition. Son
peuple est le plus heureux de la terre.

— Un peuple ne peut jamais être heureux, répondit Colline. Je vais travailler à rendre son indépendance à cette grande et généreuse nation opprimée par un petit tyran. J'emporte avec moi de la graine de révolution.
— On verra.

— L'esprit d'indépendance et d'égalité a déjà pénétré dans ses murs, répliqua le commis voyageur. Quand j'ai quitté la résidence de ***, il y avait déjà un club à l'instar de ceux de Paris. Cette réunion a été fondée par un des quatre-vingt-cinq habitants, qui a le malheur d'être louche. Il se rassemble tous les soirs pour demander qu'en vertu du principe d'égalité tous les autres citoyens soient également louches.

— Dam ! dit un des convives...

— Le prince, qui est un excellent homme, continua le commis voyageur, a fait offrir à ce démocrate de lui faire faire à ses frais l'opération du strabisme. Mais il s'y est opposé avec une éloquence toute patriotique.

— Dam ! dit le convive, ce citoyen maintient son droit.

— Seulement, comme il faisait beaucoup de bruit dans son club, reprit le commis en vins, l'autorité a dû prendre des mesures.

— C'est cela, repartit le convive, on l'a plongé dans les cachots parce qu'il proclamait le principe éternel du droit et de la légalité. Je suis sûr qu'il y a déjà une armée russe sur la frontière de ***.

— Du tout... du tout... on s'est borné à conduire le démocrate dans une maison de santé et on lui donne des douches. La révolution de *** s'est terminée là.

Colline profita de son séjour à Strasbourg pour y faire l'acquisition de quelques bouquins rares, parmi lesquels se trouvait une édition princeps du *Parfait Bouvier chinois*, avec annotations en syriaque moderne. Ce beau livre était, comme on se le rappelle, la lecture favorite du philosophe. Il acheta également quelques pâtés dont il fit également sa lecture favorite pendant le reste du voyage, car les dépêches qu'il attendait du ministère lui étant parvenues, il se remit en route pour la cour de ***.

Une seule chose intriguait vivement Son Excellence Gustave Colline. C'est que sa mission était tellement secrète que lui-même ignorait quel en était le motif. Le ministre se bornait à lui envoyer ses lettres de créance ; mais on ne lui disait aucunement ce qu'il avait à faire à la cour de ***.

Une maxime qu'il recueillit dans la lecture du *Parfait Bouvier chinois* le tira d'embarras.

En toute chose, rapportez-vous-en à votre propre instinct, semez en avril.

C'est parfaitement clair, pensa Colline, le philosophe qui a écrit cette sage pensée était de l'école des *Égotistes* ; il pratiquait le moi-*mihi*, c'est-à-dire la spontanéité, le libre instinct. « En toute chose, rapporte-t'en à toi-même. » C'est évident, cet axiome est le flambeau qui doit éclairer ma conduite et m'explique le sens mystérieux de ces mots : « Semez en avril. » Nous sommes précisément dans ce mois. Semez, c'est-à-dire répandez l'esprit universel, semez la propagande, révolutionnez. Je comprends que le ministre soit aussi concis : il craint de compromettre sa politique et s'en rapporte à moi... c'est bien délicat de sa part. La diplomatie est la science des demi-mots. Le mystère est le cadenas de sûreté des gouvernements. Mais l'intuition, l'intelligence, sont des passe-partout.

— N'oublions pas cette phrase, murmura Colline, je la mettrai dans mes mémoires diplomatiques.

En arrivant à la résidence de *** Colline demanda où était situé l'hôtel des Ambassadeurs. Mais comme il parlait un allemand de vingt-quatre leçons, il fut quelque temps sans pouvoir se faire comprendre. A la fin, pourtant, on lui indiqua un hôtel-auberge, à l'enseigne cosmopolite du Lion d'or.

Colline prit une chambre et pria son hôte de faire parvenir à l'introducteur des ambassadeurs une lettre dans laquelle il lui annonçait son arrivée. L'hôtelier lui répondit qu'il ne connaissait pas cette charge à la cour de ***.

— Ah ! ça, mais, dit Colline, qui est-ce donc qui introduit les ambassadeurs auprès de votre souverain ?

— Il n'est jamais venu d'ambassadeur ici, dit l'aubergiste.

— Mais quand on veut parler au prince, comment fait-on alors ?

— On va le voir, c'est bien simple.

— C'est même trop simple, répliqua Colline, très piqué. Car il présumait qu'on allait lui faire une réception solennelle, et croyait qu'on allait venir le prendre dans une belle voiture à six chevaux, pour le conduire au palais avec une escorte d'honneur. Enfin, tout le cérémonial dont il avait été témoin à Paris lorsqu'un ambassadeur se présentait pour la première fois aux Tuileries.

— Qu'est-ce que c'est que ces mœurs-là ? reprit Colline. Il n'a donc pas de liste civile, votre prince, pas de salle du trône, pas la moindre des choses ? Vous ne lui donnez donc pas un sou, qu'il ne peut même point offrir un cabriolet aux envoyés des grandes puissances ?

— Le prince n'est pas riche, dit l'hôtelier, et comme la récolte a été mauvaise, il a diminué nos impôts.

— Qu'est-ce que vous récoltez donc dans ce pays-ci ? Je n'ai pas vu un arbre.

— Nous récoltons des sangsues, — c'est la richesse du pays.

— Tiens. Vous avez des mines de sangsues... C'est égal, je suis très contrarié. J'aurais désiré que ma

réception fût entourée de quelque mise en scène.
— Enfin, je me contenterai de quatre hommes et d'un
caporal, et d'un salut de vingt et un coups de canon.

— Nous n'avons ni armée, ni canons, dit l'aubergiste. — Mais au fait, ajouta-t-il en indiquant à Colline
un homme qui venait d'entrer, voici le valet de chambre du prince, vous pouvez vous entendre avec lui.

Le valet de chambre du prince alla porter à son
maître la nouvelle de l'arrivée de Gustave Colline,
envoyé extraordinaire du gouvernement.

— Que diable peut me vouloir la République française ? dit le prince, étonné. — Fritz, vous direz à ce
monsieur que je le recevrai quand il voudra, et pour lui
faire honneur, vous mettrez votre livrée.

Deux heures après, Gustave Colline, précédé d'un
tambour qu'il avait loué, et qui battait aux champs,
traversait la résidence de ***, dont les quatre-vingt-
deux ou quatre-vingt-cinq habitants s'étaient mis aux
fenêtres pour le voir passer.

Colline avait revêtu son grand costume officiel et
portait admirablement son bel habit noir à la française, enrichi d'une garniture de boutons neufs. Une
brise joyeuse caressait mollement les poils de son
magnifique chapeau de castor, orné d'une cocarde
grande comme un carton de tir. Il portait sous son bras
un immense portefeuille rouge, renfermant ses lettres
de créance. De temps en temps, il saluait avec une
grâce particulière les dames grêlées qui étaient aux
balcons et semblaient admirer sa fière attitude. C'est
ainsi qu'il arriva au palais, suivi d'un cortège de petits
enfants qui le prenaient pour un marchand d'images.

Le valet de chambre du prince faisait la haie sous le
vestibule, et l'introduisit auprès de son maître.

Le prince fit à Son Excellence Gustave Colline un
accueil très aimable, et après avoir pris connaissance
de ses lettres de créance, il dit à Colline :

— Monsieur l'ambassadeur, je suis très honoré du choix que votre gouvernement a bien voulu faire pour le représenter à ce qu'il veut bien appeler ma cour. Je suis vraiment pénétré de ce procédé ; et pour en témoigner ma reconnaissance, je vous prierai de vouloir bien me permettre de vous décorer de l'ordre de la Concorde.

— De première classe, dit Colline.

— De première classe, dit le prince, c'est un ordre que je me propose de fonder. En attendant, vous m'obligerez d'accepter mon hospitalité, demain nous parlerons des intérêts qui vous amènent ici. Et j'aime à croire que tout s'arrangera à l'amiable et à la satisfaction générale.

En ce moment le valet de chambre vint annoncer M. le baron de Mouknikoff.

Un étranger, habillé de vert et coiffé d'un chapeau tellement empanaché de plumes qu'il ressemblait à une basse-cour, entra et vint saluer le prince.

— C'est l'envoyé russe, dit Colline en frappant un appel du pied : Attention...

Au bout de huit jours de résidence à la cour de ***, Gustave Colline était devenu l'ami intime du prince, et avait complètement renoncé à ses idées de propagande révolutionnaire. D'ailleurs, le terrain n'était pas propice. Les quatre-vingt-deux ou quatre-vingt-cinq habitants s'obstinaient à demeurer sous le régime barbare de la tyrannie. La familiarité entre le prince et Colline allait toujours croissant. Ils ne se quittaient presque plus, et passaient toutes les journées enfermés dans un cabinet où nul mortel ne pouvait pénétrer. M. de Mouknikoff ne voyait pas, sans éprouver une vive jalousie, la faveur marquée dont Colline était l'objet de la part du prince, et ce Scythe farouche jura par saint Nicolas qu'il aurait la clé de ce mystère qui devait singulièrement intéresser la politique européenne. En conséquence, M. de Mouknikoff parvint à s'introduire dans la mystérieuse retraite où le prince et l'envoyé de la République s'enfermaient chaque jour, et, caché dans un coin, il pénétra le secret de leurs entretiens.

Son Excellence Gustave Colline démontrait au prince de *** les beautés du jeu de piquet.

— Je commence à comprendre très bien, disait le prince. C'est un jeu admirable.

— C'est à vous à parler, prince, dit Colline en arrangeant son jeu...

— Ah ! ah !... dit le prince, prenez garde, monsieur l'ambassadeur... tenez-vous bien... j'ai une seizième majeure.

— A trèfle... dit Colline. Nous avons des personnes qui disent *trefolium*.

— *Trefolium*, je m'en souviendrai, répondit le prince ; mais ce n'est pas tout ; j'ai un quatorze d'as...

— Quatorze de boutons, reprit Colline.

— Ah ! fit le prince, on dit boutons, je n'aurai garde de l'oublier... Seize et quatorze, trente. Oh ! mais, ce n'est pas tout... J'ai quatre-vingt-dix, — vous ne faites pas une levée, Excellence.

— Fichtre, dit Colline, je suis capot.

— Vous dites, dit le prince au comble de la joie, j'ai gagné. Comment vous exprimer ma reconnaissance ? Permettez-moi de vous offrir le grand cordon de l'ordre de la Concorde...

— Je ferai observer à Votre Altesse qu'elle a déjà daigné me conférer le cordon de la première classe, répondit Colline.

— Il n'importe, fit le prince, ma reconnaissance n'a point de bornes. Vous serez chevalier de première et de seconde classe à la fois.

M. de Mouknikoff sortit de sa cachette très satisfait et écrivit à son gouvernement que le séjour de l'envoyé de la République à la résidence de *** ne devait donner aucun ombrage à la Russie. Quelques jours après, en récompense de sa belle conduite, M. de Mouknikoff reçut, avec de nouvelles dépêches, une tabatière — de première classe.

Cependant, au bout d'un mois, Son Excellence Gustave Colline n'ayant point reçu de nouvelles de son gouvernement, commença à trouver que sa mission était trop secrète, et prit le parti d'écrire au ministère des Affaires étrangères pour lui demander définitivement ce qu'il avait à faire.

Or, comme le ministre qui avait signé la nomination de Colline avait, quelques jours après le départ de celui-ci, été remplacé par un autre homme d'État, ce fut son successeur qui reçut un matin la dépêche officielle de l'envoyé extraordinaire, laquelle était ainsi conçue :

Résidence de ***, le...   1848. — N° 1.

Son Excellence Gustave Colline, ambassadeur de la République française, près la cour de ***, à M. le ministre des Affaires étrangères.

Citoyen ministre,

Selon les instructions que je n'ai pas reçues, mais que votre silence même m'a suffisamment expliquées, je suis arrivé à la résidence de *** avec l'intention d'y répandre à pleines mains les idées démocratiques dont nous avons donné une si glorieuse initiative ; mais je n'ai pas trouvé le sol suffisamment préparé pour cette grande rénovation morale et politique dont j'eusse été fier d'arborer le premier le drapeau. Seulement, je me suis efforcé de combattre, autant que cela m'a été possible, l'influence que l'empire russe pouvait exercer dans cette principauté, par l'organe du marquis de Mouknikoff, espèce de diplomate anonyme, aux gages du tzar. Ce personnage d'un mérite très vulgaire du reste, a été complètement coulé par moi et à l'aide de petits moyens qui me sont particuliers. Je me suis fourré, j'oserai dire jusqu'au coude, dans la manche du prince, qui, honorant sans doute en moi le caractère officiel dont je suis revêtu, m'a déjà fait chevalier de l'ordre de la Concorde qu'il se propose de fonder. Je répéterai à M. le ministre qu'après une étude approfondie des lieux et des mœurs, je ne crois pas le moment encore venu pour fonder sur des bases durables la République dans la résidence de ***. Les quatre-vingt-deux ou quatre-vingt-cinq habitants qui forment la population de cette principauté sont attachés au principe monarchique par la glu honteuse de l'habitude.

J'attends avec impatience, M. le ministre, les nouveaux ordres qu'il vous plaira me donner.

J'ai l'honneur d'être, avec le plus profond respect,
                    Votre très obéissant serviteur,

Gustave COLLINE,
Chevalier de l'ordre de la Concorde de 1re et 2e classe

P.-S. — La somme qui m'a été donnée à mon départ ayant été épuisée par les frais du voyage et de représentation qui sont très dispendieux, je serais fort reconnaissant si M. le ministre pouvait me faire parvenir quelques trimestres d'avance sur mes appointements. — Vive la République !!

En recevant cette dépêche, le ministre des Affaires étrangères s'écria : « Quel est ce drôle qu'on a envoyé là-bas, et dans quel but l'a-t-on envoyé ? » Et après quelques informations prises auprès de son chef de cabinet, le ministre expédia à Son Excellence Gustave Colline une instruction ainsi conçue :

C'est par suite de l'incurie de la précédente administration de mon département que vous avez été envoyé à la résidence de *** qui n'existe pas sur la carte politique. Vous êtes donc invité à revenir sur-le-champ. Seulement, pour motiver les fonds qui vous ont été comptés sur mon budget... avant votre départ, vous traiterez avec le prince de *** d'un achat d'un million de sangsues pour les hôpitaux de Paris... A votre retour, on verra à vous procurer un emploi de surnuméraire.

Quinze jours après, Son Excellence Gustave Colline arrivait à Paris suivi d'une cargaison de sangsues ; à son départ, le prince de *** avait répandu quelques larmes, et l'avait forcé à accepter le cordon de la Concorde de 3ᵉ classe.

DOSSIER

REPÈRES BIOGRAPHIQUES
1822-1861

1822. *27 mars :* naissance à Paris, rue des Trois-Frères, nº 5 (actuelle-
ment rue Taitbout, nº 61) de Louis-*Henri*, fils de Claude-Gabriel
Murger et de son épouse, Hortense-Henriette Tribou. Le père de
Murger, d'origine savoyarde, est portier-tailleur. L'immeuble
est notamment habité par le peintre Isabey, l'académicien de
Jouy et les chanteurs Lablache et Garcia.

1835. Murger interrompt ses études pour un emploi de saute-ruisseau
chez le notaire Cadet de Chambine, dans l'étude duquel il
rencontre les frères Bisson, qui deviendront photographes.

1838. Rencontre avec Eugène Pottier, futur auteur de *L'Internationale*,
qui partage son logement avec Adrien Lélioux. Premier groupe
de la bohème, avec les frères Desbrosses, Chintreuil, Tabar,
Schanne, Nadar, Léon-Noël.

1839. Premières poésies, dont *Apostasie* dirigée contre le poète satirique Barthélemy. Grâce au soutien d'Étienne de Jouy, Murger
devient secrétaire du comte Tolstoï, diplomate russe, informa-
teur particulier du tzar. Cet emploi, rémunéré quarante francs
par mois, durera jusqu'à la seconde République.

1841. *Août :* première hospitalisation à Saint-Louis pour une attaque
de purpura. De nombreuses autres suivront.

1842. Marie Faublanc, avec qui Murger entretenait une liaison depuis
1839, est condamnée à douze ans de travaux forcés pour
complicité de meurtre.

1843. *Septembre :* Murger s'installe sur la rive gauche, rue de Vaugi-
rard, dans un logement qu'il partage avec Champfleury. C'est
l'époque des Buveurs d'eau. Murger rencontre Baudelaire,
Courbet, Banville, etc. Collaboration à diverses feuilles, dont *La
Gazette de la jeunesse.*

1844. Première publication dans *L'Artiste*, que dirigent Théophile
Gautier et Arsène Houssaye ; c'est ce dernier qui germanise le

nom d'Henri Murger en Henry Mürger (l'usage conservera le y mais non le tréma).

1845. *9 mars* : *Le Corsaire-Satan* publie le premier feuilleton de ce qui deviendra les *Scènes de la vie de bohème*. Cette publication se poursuivra pendant quatre ans.

1848. Murger se montre assez hostile à l'insurrection ; il communique au comte Tolstoï des informations sur les milieux républicains.

1849. *21 avril* : dernier feuilleton des *Scènes de la bohème* dans *Le Corsaire*.
22 novembre : première de *La Vie de bohème*, drame en cinq actes par Henry Murger et Théodore Barrière, au théâtre des Variétés. Grand succès.
23 novembre : contrat avec l'éditeur Michel Lévy ; les auteurs vendent leur pièce 200 francs.

1850. *10 janvier* : nouveau contrat avec Michel Lévy ; l'éditeur paie 500 francs les droits de publier les feuilletons du *Corsaire* dans une édition augmentée.
Premiers séjours de Murger à Marlotte, près de Fontainebleau, avec Anaïs Boyer.

1851. *4 janvier* : publication des *Scènes de la bohème* (titre de l'édition originale) vendues 3 francs.
1er mai-15 juin : publication de *Claude et Marianne* dans la *Revue des Deux Mondes*. Murger collaborera régulièrement à la revue de Buloz jusqu'à sa mort.
30 septembre : nouveau contrat avec Michel Lévy, qui vient de publier les *Scènes de la vie de jeunesse* et *Le Pays latin* (ex-*Claude et Marianne*) ; Murger s'engage à publier tous ses livres chez Michel Lévy.

1852. *21 avril* : première du *Bonhomme Jadis*, comédie en un acte, à la Comédie-Française.

1853. Publication de *Propos de ville et propos de théâtre*. Séjour en Algérie.

1854. Publication de *Ballades et Fantaisies*, du *Roman de toutes les femmes* et de *Scènes de campagne*. Adeline Protat.

1855. Publication des *Buveurs d'eau* et du *Dessous du panier*.

1856. Publication du *Dernier Rendez-vous*. *La Résurrection de Lazare*.

1857. Publication des *Vacances de Camille*.

1858. *15 août* : Murger est décoré de la Légion d'honneur. Il vit alors dans une demi-retraite à Marlotte.

1860. Publication de *Madame Olympe* (reprise partielle de *Scènes de la vie de jeunesse*) et du *Sabot rouge*.
28 novembre : première du *Serment d'Horace* au théâtre du Palais-Royal.

1861. *8 janvier* : Murger s'installe rue des Martyrs, n° 16.

25 janvier : Murger entre à l'hospice Dubois, rue du Faubourg Saint-Denis.

28 janvier : mort d'Henry Murger. La légende veut que ses dernières paroles aient été : « Pas de musique ! Pas de bruit ! Pas de bohème ! »

31 janvier : funérailles au cimetière Montmartre. Discours d'Édouard Thierry, de Raymond Deslandes et d'Auguste Vitu. Une statue d'Aimé Millet, *La Jeunesse effeuillant des roses*, sera placée sur sa tombe.

Publication posthume des *Nuits d'hiver. Poésies complètes.*

HISTOIRE DU TEXTE

Les *Scènes de la vie de bohème* ont, comme Murger lui-même, des origines très humbles. Pendant quatre ans, elles parurent, très irrégulièrement, dans une petite feuille satirique, *Le Corsaire-Satan* (redevenu *Le Corsaire* à partir du 12 mars 1847). Murger s'était enrôlé parmi les « petits crétins » du *Corsaire* — ainsi le rédacteur en chef, Lepoitevin Saint-Alme, nommait ses journalistes — vers le début de 1845. On distingue en effet sa marque dans quelques « Nouvelles à la main » anonymes précédant les premières *Scènes* et qui racontent des anecdotes sur la vie des bohèmes littéraires du Quartier Latin.

Le 9 mars 1845, promu au feuilleton, Murger publia une histoire intitulée *Un envoyé de la Providence*, signée prudemment « Henri Mu...ez » et avec le sous-titre « Mœurs d'atelier ». C'est le futur deuxième chapitre du livre. Plus d'un an après, le 6 mai 1846, il signa de ses nom et prénom *Les Amours de carême* et c'est avec le troisième feuilleton, *Le Cap des Tempêtes*, publié le 9 juillet suivant, qu'apparut le sous-titre « Scènes de la bohème », qui deviendra le titre de l'édition originale.

Les feuilletons se succédèrent sporadiquement jusqu'en 1849, témoins de la difficulté créatrice de Murger : quatre *Scènes* en 1846, neuf en 1847, sept en 1848, une seule en 1849. Malgré cette irrégularité et le faible tirage du *Corsaire*, ces feuilletons furent remarqués alors « d'un certain public, avant-garde ou éclaireurs littéraires », comme l'écrivit Xavier Aubryet dans la *Semaine théâtrale* du 8 janvier 1852.

Mais la popularité ne vint qu'avec le succès immense remporté, le 22 novembre 1849, par le drame, *La Vie de bohème*, adapté très librement des feuilletons et composé en collaboration avec un jeune vaudevilliste, Théodore Barrière, qui allait devenir l'un des principaux auteurs du Boulevard. Le lendemain de la première, les deux auteurs vendirent la pièce pour 200 francs à un jeune éditeur, Michel Lévy. Celui-ci voulut également relire les feuilletons primitifs du *Corsaire* et, le 10 janvier 1850, il les acheta à Murger pour la somme de 500 francs ; l'auteur s'engageait « à faire le commencement du livre par une partie inédite, ainsi que la fin » (d'après J.-Y. Mollier, *Michel et Calmann Lévy...*, Calmann-Lévy, 1984, p. 182).

Les *Scènes de la bohème*, tel est donc le titre de l'édition originale, furent enregistrées par la *Bibliographie de la France* le 4 janvier 1851. Le livre comprend toutes les *Scènes* publiées en feuilleton, à l'exception de celle intitulée *Un poète de gouttières*, qui sera reprise dans le volume des *Scènes de la vie de jeunesse*, publié peu après par Michel Lévy. Les textes sont ceux du *Corsaire*, parfois corrigés ou modifiés, mais surtout placés dans un ordre qui n'est pas celui de la chronologie de leur publication dans le journal et qui est destiné à imposer une perspective pessimiste et une morale sévère : « La Bohème (...) c'est la préface de l'Académie, de l'Hôtel-Dieu ou de la Morgue. » Murger a également ajouté une préface et trois chapitres : un d'ouverture et deux de conclusion. Il n'est pas inutile d'établir la concordance entre les chapitres de l'édition originale et les feuilletons du *Corsaire* :

Préface	: écrite spécialement pour l'édition originale. Murger y réutilise des fragments détachés des feuilletons des 29 et 31 août 1848.
I. *Comment fut institué le cénacle de la bohème*	: écrit pour l'édition originale.
II. *Un envoyé de la Providence*	: 9 mars 1845.
III. *Les Amours de carême*	: 6 mai 1846.
IV. *Ali-Rodolphe, ou le Turc par nécessité*	: 24 juillet 1846.
V. *L'Écu de Charlemagne*	: 19 octobre 1846.
VI. *Mademoiselle Musette*	: 24 juillet 1847.
VII. *Les Flots du Pactole*	: 17 et 18 mars 1847.
VIII. *Ce que coûte une pièce de 5 francs*	: 23 mai 1847.
IX. *Les Violettes du pôle*	: 20 septembre 1847.
X. *Le Cap des Tempêtes*	: 9 juillet 1846.
XI. *Un café de la bohème*	: 23 juillet 1848.
XII. *Une réception dans la bohème*	: 20, 23 et 25 septembre 1848.
XIII. *La Crémaillère*	: 8 mai 1847.
XIV. *Mademoiselle Mimi*	: 28 et 29 juin 1847.
XV. *Donec gratus...*	: 10 août 1848.
XVI. *Le Passage de la mer Rouge*	: 20 novembre 1848.

XVII.	*Le Manchon de Francine*	: 30 août 1847-29 et 31 août 1848, sous le titre : *Comment on meurt dans la bohème*.
XVIII.	*Les Fantaisies de Musette*	: 25, 28 et 30 décembre 1848.
XIX.	*Mimi a des plumes*	: 28 et 30 novembre 1847, sous le titre *Épilogue des amours de Rodolphe et de Mlle Mimi*.
XX.	*Roméo et Juliette*	: 19 janvier 1848.
XXI.	*Son Excellence Gustave Colline*	: 27 février, 3 et 30 mars, 21 avril 1849.
XXII.	*Épilogue des amours de Rodolphe et de mademoiselle Mimi*	: Écrit pour l'édition originale.
XXIII.	*La Jeunesse n'a qu'un temps*	: Écrit pour l'édition originale.

Le chapitre XXI de cette édition originale, *Son Excellence Gustave Colline*, ne reprend pas les quatre feuilletons du *Corsaire*, mais uniquement le premier et une partie du dernier ; des fragments des deuxième et troisième feuilletons furent insérés dans les chapitres composés spécialement pour l'édition originale.

Une seconde édition des *Scènes de la bohème* parut quelques semaines après la première. Murger a supprimé le chapitre *Son Excellence Gustave Colline* pour le remplacer par *La Toilette des Grâces*, qui vient s'intercaler entre les chapitres XVI et XVII de l'édition originale. Cette suppression a fait couler beaucoup d'encre. On a affirmé que Murger avait opéré par délicatesse, après le coup d'État du 2 décembre 1851, à un moment où il ne convenait plus de plaisanter sur les hommes de 1848, alors pour la plupart exilés ou proscrits. Cette thèse est infirmée par un reçu publié par J.-Y. Mollier (*op. cit.*, p. 183) : le 31 mars 1851, bien avant le coup d'État, Murger a touché « trente francs complétant le solde de la 2ᵉ édition des *Scènes de la vie de bohème* ». Si donc cette suppression doit sans doute quelque chose à l'amitié, elle est avant tout une modification imposée par la logique : le chapitre incriminé entraînait le lecteur, à un moment critique, hors de Paris vers la vraie Bohème ; le nouveau chapitre au contraire a l'avantage de souligner le pessimisme croissant de Murger et d'évoquer la « race corrompue » de la « bohème gantée » qui a survécu à la Révolution. Les modifications qu'apporte cette deuxième édition ne se limitent pas à ce remplacement : Murger a abondamment corrigé le texte de la première édition.

En 1852, avec la troisième édition, apparaît enfin le titre définitif : *Scènes de la vie de bohème.* Murger corrigea encore une fois son texte en 1859 pour l'édition de ses *Œuvres complètes*, toujours publiées par Michel Lévy. C'est cette édition, la dernière publiée de son vivant, que nous reproduisons ici, en la purgeant de ses nombreuses coquilles et en normalisant la graphie de certains mots. En particulier, nous avons toujours écrit *bohème* avec un accent grave, alors que Murger utilise parfois le circonflexe, en principe réservé à la province d'Europe centrale.

Graham Robb

UN « VRAI » BOHÈME : A. LÉON-NOËL

Si la plupart des héros des *Scènes de la vie de bohème* s'inspirent de personnages réels, ils n'en sont pas moins des fictions que l'auteur n'hésite pas à soumettre aux nécessités de la convention romanesque. C'est pourquoi il paraît utile et intéressant d'évoquer, en marge du texte littéraire, la figure d'un authentique bohème, non pas le plus célèbre, mais l'un des plus fidèles compagnons de Murger : A. Léon-Noël.

L'enfance de Léon-André Noël (tel est son vrai nom) ressemble au premier chapitre d'un roman réaliste : il est né à Orléans, le 10 février 1817 ; son père, ancien grognard de la Grande-Armée, était devenu portier du lycée de la ville. De la sorte, l'enfant reçut une instruction plus complète que ce que ses origines pouvaient lui laisser espérer et il fréquenta en outre très tôt les lycéens orléanais qui, comme lui, affichaient des ambitions poétiques, en particulier Charles Barbara, futur modèle de Barbemuche, et Charles Lassailly, qui deviendra un militant romantique très actif, puis le secrétaire de Balzac, avant de mourir fou en 1843.

A. Léon-Noël monte à Paris dès 1835, il a dix-sept ans. Son ambition est double : il se veut à la fois poète et illustrateur. Installé au Quartier Latin, proche de la rue Saint-Jacques où sont regroupés de nombreux lithographes, il rencontre bientôt de jeunes artistes qui suivent la même voie que lui : Camille Fontallard ou Alexandre Schanne (Schaunard), par l'intermédiaire duquel il fait la connaissance de Murger, qui vit encore à cette époque sur la rive droite. Le premier noyau de la bohème se soude ainsi, des alentours de la place Saint-Georges aux pentes de la montagne Sainte-Geneviève.

L'épisode le plus marquant de l'existence bohémienne d'A. Léon-Noël est sans doute l'aventure du *Livre d'or*. Dans l'été de 1839, un de ses compagnons, Alfred Francey, qui vient d'hériter une belle somme, décide de l'investir dans une revue littéraire. A. Léon-Noël est propulsé directeur, tandis que Nadar (qui n'est encore que Félix Tournachon) est rédacteur en chef. *Le Livre d'or* ne connaîtra que trois livraisons. Malgré un prospectus tapageur qui promet la collaboration de tous les grands noms de la littérature et des arts, il s'éteint faute d'abonnés. Il s'agit pourtant d'une revue luxueuse, qui cherche à concurrencer *L'Artiste* (où paraîtront les premiers poèmes de Murger). Malgré sa brève existence, *Le Livre d'or* réussit à publier une bonne nouvelle de Théophile Gautier, *L'Âme d'une maison ou Vie et mort d'un grillon*, et à obtenir de Balzac un court roman inédit, *La Frélore*, demeuré inachevé parce que la revue est morte avant sa parution. La contribution de Léon-Noël à ce *keepsake* se réduit finalement à quelques textes de liaison, dont une préface fort ambitieuse, et à une poignée de vignettes, insignifiantes il faut l'avouer.

Cet échec est symptomatique des velléités de la bohème : il révèle ce que Murger dissimule souvent derrière son goût de la dérision, une sincère ambition littéraire qui se désintègre au contact de la réalité du commerce et de la librairie. Pour A. Léon-Noël, c'est sans doute une raison supplémentaire de désespérer : aucune voie ne s'ouvre à lui. En novembre 1840, il est encore capable de s'amuser avec ses amis, puisqu'il est l'une des principales attractions de la fête chez Nadar, dont Murger s'inspirera pour écrire son chapitre *L'Écu de Charlemagne*, mais, quelques mois plus tard, en 1841, semble-t-il, il abandonne la partie et retourne à Orléans.

Découragé et aigri, il survit dans sa ville natale grâce à des leçons de dessin. Sans doute n'a-t-il pas encore perdu toutes ses illusions, puisqu'il aurait alors dirigé un fantomatique journal républicain, *Le Démocrate du Loiret*, dont aucun numéro n'a pu être retrouvé... En tout cas, c'est d'Orléans qu'il assiste aux premiers succès de Murger et lit les feuilletons du *Corsaire-Satan*. A deux reprises, au moins, on peut retrouver la trace d'A. Léon-Noël dans les *Scènes de la vie de bohème*. La première fois, c'est, dans le premier chapitre, au moment de la rencontre entre Schaunard et Colline : ce dernier, pour montrer son savoir encyclopédique sur le vinaigre, précise : « la ville d'Orléans en produit qui jouit à juste titre d'une grande réputation » (p. 65). Or c'était une plaisanterie célèbre dans toute la bohème que d'affirmer qu'A. Léon-Noël devait son teint jaune et sa complexion maladive à ce qu'il avait passé sa jeunesse orléanaise, comme un cornichon, enfermé dans un bocal de vinaigre. La seconde allusion est plus nette encore : dans *Les Violettes du pôle*, Rodolphe-Murger révèle qu'il survivait grâce à « une pension de quinze francs par mois qui lui était faite par un de ses amis, un grand poète qui, après un long séjour à Paris, était devenu, à l'aide de protections, maître d'école en province » (p. 153). Depuis Orléans, où il menait une existence plate mais régulière, A. Léon-Noël tira en effet plus d'une fois de la misère son compagnon demeuré dans la capitale ; mais la phrase de Murger, qui oscille entre

le grand poète et ses protections et le maître d'école et ses quinze
francs, fait preuve d'une ironie quelque peu cruelle.

1848 rappelle A. Léon-Noël à Paris : il s'installe aux Batignolles avec
sa femme et son fils et tente de renouer avec le journalisme. Grâce au
soutien de Michelet, avec qui il engage une active correspondance, il
entre à la rédaction de *La Semaine* ; il signe également quelques
articles dans la presse parisienne (*Le Siècle, L'Événement*). Mais
l'éclaircie est de courte durée : le coup d'État puis le Second Empire le
privent de la plupart de ses soutiens. Âgé d'à peine quarante ans, il doit
gérer son passé, plutôt qu'escompter son avenir : le succès de Murger
l'enferme dans une bohème romanesque où il ne reconnaît sans doute
pas sa propre jeunesse. Avec Nadar et Adrien Lélioux, il publie en
1862, un an après la mort de l'auteur des *Scènes*, une *Histoire de Murger
pour servir à l'histoire de la vraie bohème, par trois Buveurs d'eau*, qui
tente en vain de montrer que Murger a dû son succès davantage à ses
qualités de romancier et à sa sentimentalité qui hésite entre mièvrerie
et pessimisme qu'à la vérité « historique » du tableau qu'il a brossé.

Enfin, après la Commune, A. Léon-Noël est sauvé de la misère par
l'amitié et la fidélité de Nadar : ce dernier fait de lui le gérant de son
atelier de photographie de la rue d'Anjou. C'est là d'ailleurs qu'il
meurt, sans doute d'une embolie, le 2 novembre 1879.

*

De l'œuvre d'A. Léon-Noël, il ne reste presque rien. Les catalogues de
la Bibliothèque Nationale, à l'article « Noël (Léon) », enregistrent
l'*Histoire de Murger*..., ainsi que trois plaquettes qui ne sont pas de lui,
mais d'un ou plusieurs autres Léon-Noël. Le dessinateur a eu encore
moins de chance : il a été totalement éclipsé par un homonyme,
Alphonse Léon-Noël, lithographe spécialisé dans les portraits mon-
dains, si bien qu'il ne subsiste de l'œuvre graphique d'A. Léon-Noël
que les quelques vignettes dessinées pour *Le Livre d'or*, dont l'exemplaire de la Bibliothèque Nationale est d'ailleurs le seul connu...

Heureusement, grâce à Nadar, qui fut non seulement son protecteur,
mais aussi son exécuteur testamentaire et l'héritier de tous ses papiers.
A. Léon-Noël a quelque chance d'échapper à l'oubli définitif qui
enveloppe aujourd'hui la majorité de ses compagnons de bohème. Les
archives du célèbre photographe, déposées à la Bibliothèque Nationale, présentent en effet un certain nombre de manuscrits (sans doute
demeurés inédits) du poète-dessinateur. Parmi eux, deux pièces auto-
biographiques sont particulièrement intéressantes.

Citons d'abord, dans son intégralité, une notice écrite par A. Léon-
Noël sur lui-même, vers 1853. C'est à la demande de Nadar, qui
préparait alors son *Panthéon*, que fut rédigé ce texte où se mêlent
intimement auto-satisfaction et auto-dérision :

A. LÉON-NOËL (NOËL, Léon, André *selon son acte de naissance*) a *été surnommé le poète d'Orléans, 1° parce qu'il est né dans cette ville, 2° parce qu'il semble être le premier poète qu'elle ait jusqu'ici produit. Si M. Lesguillon réclame, nous ne rétracterons pas, nous l'en prévenons. Donc A. Léon-Noël naquit (février 1818 [sic]) dans la patrie du vinaigre, que les cornichons s'inclinent! Aussi paraît-il avoir abusé dans sa jeunesse de cette liqueur peu généreuse, tant sa maigreur est proverbiale. Mais, après tout, c'est un homme à poils : barbe et cheveux ont chez lui la luxuriance désordonnée d'une forêt vierge. A 14 ans, il portait moustaches, ce qui le faisait considérer alors par ses camarades de collège comme un garçon prédestiné à devenir tout au moins sapeur. Il n'en fut rien. L'amour des grandeurs militaires n'était point en lui. Tout au démon de la littérature, qui le prit dès l'âge le plus tendre, il s'en vint à 17 ans à peine, s'enrôler dans le bataillon sacré de la jeune bohème parisienne. Toutefois, ce fut un crayon en main qu'il y prit place et fit ses premières campagnes. Car sans ressources par sa famille, il devait se suffire à lui-même, et, par malheur, quelques dessins de collège réussis, sottement exaltés par les journaux de province, l'avaient presque persuadé qu'il possédait un métier. A la rigueur il en vécut en effet, assez pour pouvoir se livrer à certaines heures à son penchant littéraire.*

A 20 ans, il fondait, avec un réel éclat, un recueil artistique, Le Livre d'or, dont l'apparition secoua la léthargie des meilleures revues du temps. Mais, faute de fonds suffisants, Le Livre d'or ne put vivre, et son fondateur se sentit tellement découragé par cette mort qu'un beau matin, brisant sa plume, il repartit avec son crayon pour la province, où il s'établit maître de dessin. Du reste, la profession lui plaisait médiocrement ; aussi, après quelques années, revint-il redemander sa part de soleil au journalisme parisien.

A. Léon-Noël a écrit dans divers journaux, dans La Semaine, où il a publié, entre autres choses, Le Salon de 1850 et plusieurs contes et nouvelles, dans L'Illustration, L'Événement, La Feuille du village, Le Siècle, Le Magasin des familles, etc., et est un des rédacteurs habituels du Magasin pittoresque. Il a, de plus, dans divers recueils spéciaux, publié quelques poésies d'une bonne inspiration et d'un bon faire.

On annonce de lui, comme devant paraître prochainement, un volume de vers sous ce titre : Contre le vent.

Nous croyons que si le vent le pousse, ce sera justice.
        (*Bibliothèque Nationale, Manuscrits, n.a.fr. 24280, f. 122.*)

A cette autobiographie en prose, où l'esprit de la bohème est encore sensible, s'oppose un long poème intitulé *Quelques pages d'un livre obscur*. Daté d'avril 1841, il témoigne du profond désespoir où se trouve A. Léon-Noël au moment où il décide de retourner vers Orléans. Voici les passages les plus significatifs de cet examen de conscience :

[C'est le temps du collège : le père d'A. Léon-Noël décide de lui faire poursuivre ses études pour qu'il devienne avocat :]

Ainsi, de ce jour-là mon sort fut décidé.
Que je parvinsse ou non jusqu'au but demandé,
Mon père me lançait, boule plus ou moins ronde,
De sa main prolétaire au sein d'un nouveau monde.
J'allais. Comme un vaisseau qui s'éloigne du bord,
Je regardai longtemps derrière moi. D'abord,
Je vis tous les enfants, mes amis de naissance,
Ceux près de qui mes pas étaient marqués d'avance,
Gardant, insoucieux, le type original,
Suivre aussi leur chemin sous le doigt paternel ;
Et, passant, arrachés à leur liberté folle,
Des plaisirs de la rue aux chagrins de l'école,
Attabler les ennuis de leur esprit mutin
Au savoir peu fourni d'un frère ignorantin ;
Puis, aussitôt après leurs communions faites,
Comme un brevet reçu d'études fort complètes,
Aux plis du bourgeron joindre le tablier
Et d'un seul bond sauter des bancs à l'atelier.
Apprentis, ils gagnaient déjà leur nourriture.
Leur science grandit, et leur paie à mesure.
Bientôt chaque dimanche, à leur toit indigent,
Apporta par leurs mains une pièce d'argent.
A peine touchaient-ils à leur quinzième année
Que déjà de leur art l'étude terminée,
Les rendant possesseurs d'un livret à leurs noms,
Les sacrait hautement ouvriers-compagnons ;
Et leur travail aidant la tâche paternelle
Donnait à leur famille une sève nouvelle.
Or, pendant ce temps-là, que faisais-je ? J'allais
Sur les doctes chemins de relais en relais,
Porté tranquillement par un esprit facile
De Salluste à Plutarque et d'Ésope à Virgile.

. . . .

Et, quand j'atteignis l'âge où la classe ouvrière
Trouve dans ses enfants un gain auxiliaire,
Accordant davantage au besoin demandeur,
Je grevais ma famille avec plus de lourdeur.

. . . .

Et quand, certain matin, les examens venus,
Mon père poursuivant ses efforts continus,
M'ordonna, c'est le mot, vu ma pente fatale,
D'aller me présenter pour l'École Normale,

Je lui déclarai net me croire réservé
A plus brillant destin qu'il n'avait rêvé ;
Que la toge jamais n'avait su me séduire ;
Qu'enfin j'étais artiste, et voulais me produire
Comme tel ; qu'il fallait, les fruits étant mûris,
Me laisser aussitôt prendre vol pour Paris.

. . . .

Un mois après j'avais le secret de ma gloire.
O province ! province ! au bruit de tes bravos
Que d'incapacités, que de frêles cerveaux,
Ballons qu'un vain espoir remplit de sa fumée,
Montent — et sur Paris crèvent leur renommée !
Rien ! je ne savais rien ! je n'étais rien ! Paris
Fit voler dès l'abord ma fortune en débris.
Je luttai cependant avec force et courage.
J'avais la liberté ; j'y tenais. Fol ou sage,
Je m'estimais heureux même de mon malheur
Pourvu qu'il me gardât cette fragile fleur.
Mon crayon consentit avec philosophie
A descendre aux bas-fonds de la lithographie.
Voilà tantôt six ans qu'en artiste-ouvrier,
Jour à jour, je travaille à me négocier ;
Six ans que, le front morne et penché sur la pierre,
Je fabrique une image ou dévote ou guerrière ;
Passant de l'homme à Dieu, du canon à la croix ;
Religieux, profane et libertin parfois,
Ayant esprit ou cœur, suivant que la commande
Façonne sous ses doigts ma nature marchande !
Six ans ! voilà six ans que je mutile ainsi,
Plein de regrets, hélas ! mais toujours sans merci,
Statue à l'œil cachée et toute de mystère,
Mon avenir, qu'il soit de granit ou de terre.

. . . .

Pardonne, pauvre père ! Oh ! je suis un maudit !

. . . .

Je dois, restant aux lieux où le temps m'a porté,
Obéir en aveugle à la fatalité.
Je ne m'appartiens plus : que j'arrive ou succombe,
Le destin aura fait ma couronne ou ma tombe.
Marche ! me dit sa voix formidable ; — et je vais.
Adieu, père, au bonheur que tu me préparais !
Adieu ! Comme autrefois, mais d'un accent plus triste,
Je te redis encor : père, je suis artiste !
J'ai brisé mes crayons ; mais il me reste encor

Mes premières amours, la lyre aux cordes d'or.
Je l'ai reprise enfin ; et ma muse écolière
En a depuis un an secoué la poussière.
Je chante ! Mais, hélas ! on n'en est plus au temps
Où le poète, aimé comme un jour de printemps,
Comme un oiseau du ciel, comme une fleur de l'herbe,
Marchant simple et modeste en sa gloire superbe,
Allait, doux voyageur, de castels en castels,
Porter son gai savoir et ses chants immortels.
Les cailloux ont poussé sous les pieds du trouvère ;
Et l'absinthe aujourd'hui seule remplit son verre.
Reins de bœuf asservi, gosier de rossignol,
Des pieds pour le sillon, des ailes pour le vol,
Voilà donc ce qu'il faut au poète à cette heure !
Qu'il chante ! mais aussi qu'il laboure ! — ou qu'il meure !
Or je veux labourer, car je veux vivre, moi.
En vain j'ai jusqu'ici, demandant un emploi,
A tous les humains fermiers, avec larme et prière,
Montré les doigts calleux de ma muse ouvrière.
Tous m'ont crié retro ! comme au lépreux ancien ;
Et déjà chacun d'eux avait lâché son chien.
Un poète ! Un poète ! A ces mots tout se ferme,
La maison, le château, l'atelier et la ferme.
Chacun court, frissonnant, la sueur sur la peau,
Au contact du malade arracher son troupeau.
Que faire ?
(Bibliothèque Nationale, Manuscrits, n.a.fr. 25001, f. 278-288.)

Sans doute n'est-ce pas là de la grande poésie, mais la bohème d'A. Léon-Noël, dont l'âpreté et la lucidité sociale témoignent précocement de la désillusion du romantisme après 1840, apparaît comme le contrepoids nécessaire de l'univers romanesque très individualiste de Murger.

Loïc Chotard

LA MORT DE MURGER
RACONTÉE PAR
LES FRÈRES GONCOURT

Edmond et Jules de Goncourt ne furent jamais des bohèmes : leur jeunesse fut à la fois studieuse et sérieuse. Mais, dès les premières années du Second Empire, ils fréquentèrent les journalistes de la petite presse, grâce à leur cousin, le comte de Villedeuil, qui fut le propriétaire de deux journaux, *L'Éclair* puis *Paris*.

S'ils connurent Murger, ils ne furent jamais son intime. Mais ils appréciaient, dans une certaine mesure, son œuvre, ainsi que le révèle cette note du *Journal* (3 janvier 1861) : « Le cœur dans le talent, un don bien rare, qui ne compte guère en ce temps que Hugo en haut, Murger en bas. »

Cependant ils enregistrèrent scrupuleusement les rumeurs qui coururent autour de l'ultime maladie de Murger et firent un récit assez grinçant de ses funérailles. Non seulement ils montrent clairement quelle était la situation ambiguë de Murger dans le monde des lettres, mais, par la précision clinique de leur récit, ils permettent un diagnostic du mal qui a emporté le romancier : l'artérite qui a rendu nécessaire l'hospitalisation de Murger s'est compliquée d'une surinfection à germe anaérobique, qui a entraîné une gangrène gazeuse. L'aspect ébouillanté, rouge et écailleux de la peau de l'agonisant peut également faire envisager la possibilité d'un syndrome de Lyell, dû à une infection staphylococcique.

Nous reproduisons ici les passages du *Journal* des frères Goncourt relatifs à la mort et à l'enterrement de Murger, d'après l'édition de Robert Ricatte (Monaco, Imprimerie nationale, 1956, t. IV, p. 154-158).

28 janvier.

Saint-Victor, qui vient nous voir, nous dit la nouvelle : Murger est mourant, d'une maladie où l'on pourrit tout vivant, gangrène sénile compliquée de charbon, quelque chose d'horrible où l'on tombe en morceaux. En voulant lui couper les moustaches, l'autre jour, la lèvre est venue avec les poils. Ricord dit qu'en lui coupant les deux jambes, on le prolongerait peut-être huit jours.

La mort me semble parfois une ironie féroce, une plaisanterie de dieu impitoyable. La dernière fois que j'ai vu Murger, il y a de cela un mois, au Café Riche, il avait une mine superbe. Il était gai, heureux. Il venait d'avoir un acte joué avec succès au Palais-Royal. Tous les feuilletons avaient plus parlé de lui pour cette bluette que pour tous ses romans ; et il nous disait que c'était trop bête de s'échigner à faire des livres, dont on ne vous savait aucun gré et qui ne vous rapportaient rien, qu'il allait faire du théâtre et gagner de l'argent sans peine. Voilà la fin de cet avenir.

Une mort, en y réfléchissant, qui a l'air d'une mort de l'Écriture. Cela me semble la mort de la bohème, cette mort par la décomposition, — où tout se mêle, de la vie de Murger et du monde qu'il a peint : débauche du travail nocturne, périodes de misère et périodes de bombance, véroles mal soignées, le chaud et le froid de l'existence sans foyer, qui soupe et qui ne dîne pas, petits verres d'absinthe qui consolent du Mont-de-Piété ; tout ce qui use, tout ce qui brûle, tout ce qui tue ; vie en révolte avec l'hygiène du corps et de l'âme, qui fait qu'à quarante-deux ans, un homme s'en va de la vie en lambeaux, n'ayant plus assez de vitalité pour souffrir et ne se plaignant que d'une chose, de l'odeur de viande pourrie qui est dans sa chambre : c'est la sienne. [...]

                                                              30 janvier.

Les sympathies sont venues de tous côtés au lit de mort de Murger. Michel Lévy, son éditeur, qui a gagné 25 000 francs avec la Vie de bohème, *payée 500 francs, lui a envoyé généreusement 100 francs. M. Walewski lui a envoyé, aussitôt la nouvelle, 500 francs avec une lettre très aimable, qui peut-être même était autographe ; et c'est le Ministre qui se chargera des frais de l'enterrement. Les ministres sont toujours très généreux pour faire enterrer les gens de lettres ; il est dommage que les gens de lettres ne puissent pas toucher leurs frais d'enterrement avant leur mort.*

Ce soir, nous nous disons que nous avons été tristes, pris d'ennui et de découragement toute la journée. Pourquoi ? Ce n'est pas cette mort : c'est la mort d'un camarade qui n'était pas notre ami, qui, d'ailleurs, était parfaitement égoïste. Et puis, il était de notre métier, il n'était pas de notre monde. [...]

                                                      Jeudi 31 janvier.

Nous sommes dans la cour de l'Hospice Dubois, piétinant dans la boue, dans l'air humide, glacé, brumeux. La chapelle est trop petite ; nous sommes plus de quinze cents dehors, toute la littérature, les Écoles, ramassées depuis trois jours par des rappels de tous les soirs dans les cafés du Quartier Latin ; et puis Dinochau, le marchand de vin, et Markowski, le maquereau.

En regardant cette foule, je songe que c'est une singulière chose que la justice distributive des enterrements ; que la justice de cette postérité contemporaine, qui suit la gloire ou la valeur toutes chaudes. Derrière le convoi de Henri Heine, il y avait six personnes ; derrière Musset, quarante... Le cercueil d'un homme de lettres a sa fortune, comme ses livres.

Au reste, sous le masque, tout ce monde rend largement à Murger l'indifférence que Murger ne cachait pas pour les autres. Gautier, qui nous dit « se nourrir avec soin », nous entretient de la découverte, qu'il est parvenu à faire, de l'origine de ce goût d'huile, qui l'a si longtemps intrigué dans les biftecks : c'est que les bestiaux sont engraissés maintenant avec des résidus, des tourteaux de colza. A côté, on cause bibliographie érotique, catalographie de livres obscènes. Saint-Victor demande une communication du Diable au corps d'Andréa de Nerciat. Aubryet fait un mot charmant sur le physique épouvantablement papelard de Louis Ulbach : il dit qu'il « a l'air d'un évêque au bagne ».

Dimanche 3 février.

Les feuilletons sont venus, les articles, les oraisons funèbres. Les plumes ont pleuré leurs larmes. Les regrets ont chanté sur tous les tons. On s'est mis à faire un Murger légendaire, une sorte de héros de la Pauvreté, un honneur des lettres. On l'a poétisé sur toutes les coutures. On s'est mis à dessiner, dans l'ombre de sa vie et de son foyer, une autre Lisette. On a parlé non seulement de son talent, mais de ses vertus, de son cœur, de son chien...

Allons, à bas la blague, les sensibleries et les réclames ! Murger, sans le sou, a vécu comme il a pu. Il a vécu d'emprunts aux journaux. Il a carotté ici et là des avances... L'homme n'avait pas plus de délicatesse que l'homme de lettres. Amusant et drôle, il s'est laissé aller à mordre au parasitisme, aux dîners, aux soupers, aux parties de bordel, aux petits verres qu'il ne payait pas et qu'il ne pouvait rendre. Ni bon ni mauvais camarade. Je l'ai toujours trouvé très indulgent, — surtout pour les gens qui n'avaient pas de talent : il en parlait volontiers plus que des autres. D'un égoïsme parfait. Voilà, au vrai, ce qu'a été Murger. Il peut avoir honoré la bohème, il n'a honoré rien de plus.

Et, pour sa Lisette, — Philémon et Baucis, comme dit, en parlant du couple, le lyrique Arsène Houssaye, — c'était une horrible petite fille grinchue, ayant une engelure sur le nez, une petite gaupe du Quartier Latin, qui a trompé Murger comme on ne trompe pas un homme, même un mari. Je sais que Buloz lui faisait l'honneur de lui parler ; mais je sais aussi, par moi-même, qu'à Marlotte, elle était de la société de celles qui démarquaient les bas des femmes qu'on y amenait avec un peu de linge.

Tout est venu au-devant de lui, le succès et la croix. Tout lui a été ouvert au premier jour, théâtres, revues, etc. Il n'a pas eu d'ennemis. Il est mort à son heure, quand il était fini, lorsqu'il était forcé d'avouer qu'il n'avait plus rien dans le ventre. Il est mort à l'âge où les femmes meurent, ne pouvant plus faire d'enfants. C'est un martyr à bon marché. Ce fut un homme de talent, un esprit à deux cordes, qui eut le rire et les larmes. Il fut le Millevoye de la Grande Chaumière. Mais il manquera toujours à ses livres un parfum, je ne sais quoi de pareil à la race : ce sont les livres d'un homme sans lettres. Il ne savait que le parisien, il ne savait pas assez le latin.

BIBLIOGRAPHIE SOMMAIRE

A. *Analyses et témoignages de contemporains de Murger*

[Recueil collectif des articles nécrologiques sur Henry Murger par Jules Janin, Théophile Gautier, Fiorentino, Arsène Houssaye, publié à la suite de] Henry Murger, *Les Nuits d'hiver*, Michel Lévy, 1861.

Audebrand (Philibert), *Soldats, poètes et tribuns. Petits Mémoires du XIX* siècle*, Calmann-Lévy, 1899.

Banville (Théodore de), *Mes souvenirs*, Charpentier, 1882.

Baudelaire (Charles), *Préface* aux *Martyrs ridicules* de Léon Cladel, Poulet-Malassis, 1862.

Boisson (Marius), *Les Compagnons de la vie de bohème. Mimi, Musette, Murger, Baudelaire, Schaunard, Champfleury*, Tallandier, 1929.

Champfleury, *Souvenirs des Funambules*, Michel Lévy, 1859.

Champfleury, *Souvenirs et portraits de jeunesse*, Dentu, 1872.

Delvau (Alfred), *Henry Murger et la bohème*, Bachelin-Deflorenne, 1866.

Dufay (Pierre), « Des Buveurs d'eau à la vie de bohème », *Mercure de France*, 1er avril 1922, p. 27-60.

Gautier (Théophile), *Portraits et souvenirs littéraires*, Michel Lévy, 1875.

Ginisty (Paul), Introduction aux *Scènes de la vie de bohème*, Garnier, 1912.

Goncourt (Edmond et Jules), *Journal* (édité par Robert Ricatte), Monaco, Imprimerie nationale, 1956.

Héricault (Charles d'), *Murger et son coin*, Trémaux, 1896.

Houssaye (Arsène), *Mes confessions. Souvenirs d'un demi-siècle*, Dentu, 1885-1886.

[Lélioux (Adrien), Léon-Noël (A.) et Nadar], *Histoire de Murger pour servir à l'histoire de la vraie bohème par trois Buveurs d'eau*, Hetzel, 1862.

Maillard (Firmin), *Les Derniers Bohèmes : Henry Murger et son temps*, Sartorius, 1874.

Mirecourt (Eugène de), *Henry Murger* (série « Les Contemporains », n° 54), Jean-Pierre Roret, 1855.

Monselet (Charles), *Portraits après décès*, Faure, 1866.

Monselet (Charles), *Lettres à Lesclide (juin-octobre 1846)*, texte présenté, établi et annoté par P. Desfeuilles, Éditions Pierre Roger, 1927.

Montorgueil (Georges), *Henri Murger, romancier de la bohème*, Grasset, 1928.

Pelloquet (Théodore), *Henry Murger*, Librairie Nouvelle (Bourdilliat), 1861.

Pontmartin (Armand de), « Un jeune écrivain, étude morale », *Revue des Deux Mondes*, 1er octobre 1861.

Schanne (Alexandre), *Souvenirs de Schaunard*, Charpentier, 1886.

Texier (Edmond), *Le Journal et le journaliste*, Le Chevalier, 1868.

B. *Synthèses récentes*

Abélès (Luce) et Cogeval (Guy), *La Vie de Bohème* (« les Dossiers du Musée d'Orsay », n° 6), Éditions de la Réunion des Musées nationaux, 1986.

Baldensperger (Fernand), « Bohème et Bohême : un doublet linguistique et sa fortune littéraire », *Mélanges publiés en l'honneur de Vaclav Tille*, Prague, 1927.

Baldick (Robert), *The First Bohemian : the Life of Henry Murger*, Londres, Hamish Hamilton, 1961.

Bellet (Roger), *Presse et journalisme sous le Second Empire*, Armand Colin, 1967.

Bénichou (Paul), *Le Temps des prophètes. Doctrines de l'âge romantique*, Gallimard, 1977.

Benjamin (Walter), *Charles Baudelaire, un poète lyrique à l'apogée du capitalisme*, traduction de Jean Lacoste, Payot, 1982.

Bowman (Frank Paul), *Le Christ des barricades*, Cerf, 1987.

Bradshaw (Steve), *Café-society : Bohemian life from Swift to Dylan*, Londres, Weidenfeld et Nicolson, 1978.

Clark (Timothy J.), *The Absolute Bourgeois. Artists and politics in France (1848-1851)*, Londres, Thames and Hudson, 1973.

Easton (Malcolm), *Artists and writers in Paris. The Bohemian Idea (1803-1867)*, Londres, Arnold, 1964.

Guiral (Pierre), *La Vie quotidienne en France à l'âge d'or du capitalisme (1852-1879)*, Hachette, 1976.

Kempf (Roger), *Dandies. Baudelaire et Cie*, Le Seuil, 1977.

Kreuzer (Helmut), *Die Boheme. Beiträge zu ihrer Beschreibung*, Stuttgart, Metzler, 1968.

Labracherie (Pierre), *La Vie quotidienne de la bohème littéraire au*
xixe siècle, Hachette, 1967.

Mollier (Jean-Yves), *Michel et Calmann-Lévy ou la Naissance de*
l'édition moderne, Calmann-Lévy, 1984.

Pichois (Claude) et Ziegler (Jean), *Baudelaire*, Julliard, 1987.

Prinet (Jean) et Dilasser (Antoinette), *Nadar*, Armand Colin, 1966.

Seigel (Jerrold), *Bohemian life. Culture, politics and the boundaries of*
Bourgeois life. 1830-1930, New York, Viking, 1986.

Starobinski (Jean), *Portrait de l'artiste en saltimbanque*, Genève,
Skira, 1970.

N.B. Le lieu d'édition n'est pas indiqué lorsqu'il s'agit de Paris.

NOTES

PRÉFACE DE MURGER

Page 29.

1. Cette préface fut composée pour l'édition originale en volume. Dans un premier temps, Murger tente de donner des lettres de noblesse à la bohème en accumulant, de façon presque maladroite, les références culturelles ; puis il cède à son pessimisme en dénonçant la misère et la lâcheté de la plupart de ses héros. Certains passages de ce texte proviennent d'ailleurs de la version primitive de l'épisode *Le Manchon de Francine*, tel qu'il parut en 1848 dans *Le Corsaire*.

Page 31.

2. Cette rencontre de Michel-Ange et de Raphaël sur les marches du Vatican était une anecdote célèbre au xixe siècle : le peintre Horace Vernet (1789-1863) l'avait représentée dans un tableau devenu très populaire, conservé aujourd'hui au Louvre.

Page 36.

3. *Le stoïcisme du ridicule :* cette formule annonce le titre du roman de Léon Cladel, *Les Martyrs ridicules*, qui consitue une espèce de suite aux *Scènes de la vie de bohème* et pour lequel Baudelaire écrivit une préface.

Page 38.

4. *Victor Escousse :* jeune poète qui se suicida en 1832, avec son camarade Lebras, en signe de révolte contre l'exploitation des jeunes écrivains et la difficulté pour eux de se faire publier ou jouer. Ce suicide eut un immense retentissement : Béranger lui consacra une chanson et Vigny s'en souvint lorsqu'il écrivit *Chatterton*.

I. COMMENT FUT INSTITUÉ
LE CÉNACLE DE LA BOHÈME

Page 46.

1. *Maître-Jacques :* unique domestique, bon à tout faire d'Harpagon, dans *L'Avare*.

2. *Mondor :* bateleur du Pont-Neuf, compère de Tabarin, au XVIIᵉ siècle. Les costumes de « la Folie » ou de « Mondor » (c'est-à-dire « Mont d'or ») étaient des classiques des bals masqués.

Page 55.

3. *Anankè :* le mot a été mis à la mode chez les romantiques par *Notre-Dame de Paris* de Hugo. Mais ici Murger en renouvelle l'usage en l'associant au thème, typiquement baudelairien, du *guignon*.

Page 57.

4. *Nicollet :* famille d'acrobates du XVIIIᵉ siècle, dont les spectacles, où la difficulté était croissante, ont donné naissance à une expression populaire : « de plus en plus fort, comme chez Nicollet ».

Page 59.

5. *Hôtel Bullion :* hôtel particulier du XVIIᵉ siècle, rue Coq-Héron, près de la place des Victoires, où se tinrent les ventes aux enchères de 1830 à la mise en service de l'hôtel des ventes de la rue Drouot, en 1851.

6. *Boule* (ou Boulle) : célèbre ébéniste de Louis XIV, dont les meubles aux décors baroques jouissaient d'une grande faveur auprès des romantiques.

Page 60.

7. « *Dernier* » *à Dieu :* le *denier à Dieu* est la somme versée à un intermédiaire en signe d'engagement dans un contrat. La nécessité de meubler les appartements en location était stipulée sur les baux : la valeur du mobilier devait équivaloir à un terme, afin que le propriétaire puisse toucher son dû en faisant saisir son locataire insolvable.

Page 63.

8. *La barrière du Maine :* située dans l'enceinte des Fermiers généraux à l'emplacement de l'actuelle gare Montparnasse, elle délimitait un quartier fréquenté par les artistes et les étudiants. Ses bouchons et cabarets à bon marché — tel celui de *La Mère Cadet*, évoqué plus bas et qui a disparu dans le percement de la rue du Départ — accueillaient chiffonniers et bohèmes. C'était aussi un quartier de petits théâtres,

dont le théâtre du Luxembourg, dit *Bobino*, au coin des rues Madame et de Fleurus.

Page 64.

9. *Un Balthazar :* métonymie familière pour désigner un festin, par allusion à l'épisode biblique du Livre de Daniel.

10. *Lucia de Lamermoor :* l'opéra de Donizetti a été créé à Paris, au théâtre de la Renaissance, en août 1839, dans une adaptation française de Vaëz et Royer. Le succès en fut tel qu'en 1840 (date de l'action de ce chapitre), l'œuvre était encore à l'affiche des salles des faubourgs, comme ici le théâtre Montparnasse. Murger cite plus loin le début de la célèbre cavatine du 1er acte :

> *Ton amour que Dieu me donne*
> *Sur mon front, chaste couronne,*
> *Fait resplendir le bonheur.*

11. *Une demi-tasse :* de café, expression usuelle, équivalent de l'actuel « express ».

Page 67.

12. *Buffon :* l'un des auteurs les plus étudiés par les écoliers du XIXe siècle. Une tradition alors très répandue voulait qu'il ne pût écrire sans ses manchettes de dentelles. A l'article « lapin » de son *Histoire naturelle*, Buffon ne parle pas de phénomène bicéphale.

13. *Titus :* « Et même, un soir, se rappelant après dîner qu'il n'avait rien donné à personne de toute la journée, il eut ce mot resté célèbre et dont il fut justement loué : " Mes amis, j'ai perdu ma journée " » (Suétone, *Vie de Titus*, VIII — Traduction de Pierre Grimal).

Page 68.

14. *Le café Momus :* célèbre café qui occupait, rue des Prêtres-Saint-Germain-l'Auxerrois, n° 17, le rez-de-chaussée de l'immeuble de la rédaction du *Journal des Débats*. Ce n'était pas seulement le rendez-vous des bohèmes, mais aussi celui des plus prestigieux collaborateurs du journal : Chateaubriand, Sainte-Beuve et, plus tard, Taine et Renan.

15. *Le Juif errant :* le roman d'Eugène Sue fut publié en 1844-1845, au moment même où Murger écrivait ses premières *Scènes*.

Page 69.

16. *Le IVe arrondissement :* en 1840, quand Paris ne compte que douze arrondissements, le quatrième regroupe les quartiers du Louvre, des Halles et de Saint-Honoré.

Page 70.

17. *Murat :* le maréchal, qui aimait beaucoup le clinquant des décorations, avait été surnommé par Napoléon « le roi Franconi », par allusion au célèbre écuyer qui animait le Cirque Olympique, aux Champs-Élysées.

Page 74.

18. *Jusqu'à la troisième capucine :* au dernier degré. Les capucines sont les trois anneaux métalliques qui fixent le canon d'un fusil à son fût.

Page 80.

19. *Les noces de Gamache :* allusion à un épisode du *Don Quichotte* de Cervantès.

Page 81.

20. *L'Élysée-Schaunard :* Nadar avait surnommé son domicile de la rue Montmartre « l'Élysée-Nadar ».

II. UN ENVOYÉ DE LA PROVIDENCE

Page 84.

1. *Une voracité Ugoline : La Divine Comédie*, et particulièrement *L'Enfer*, ont fasciné les romantiques. Murger se réfère ici, sur le mode de la dérision, à l'épisode consacré au Comte Ugolin, qui dévora ses propres enfants (*Enfer*, Chant XXXIII).

Page 86.

2. *De Garrick en Syllabe :* calembour typique de l'esprit de la bohème. L'allusion mythologique est détournée au profit de la mode romantique : en effet, c'est l'acteur Garrick (1717-1779) qui remit Shakespeare au goût du jour.

3. Blancheron est l'incarnation archétypique du bourgeois louis-philippard honni par les Jeunes-France.

Page 88.

4. Murger se moque ici de Vernet auquel il a pourtant rendu un hommage implicite dans sa préface (voir la note 2 de la page 31).

Page 89.

5. *Nicolas :* d'après Larousse : « nom propre qui se prend en mauvaise part, dans le sens de *sot* ».

Page 90.

6. *Vatel :* traiteur de Louis XIV immortalisé par Mme de Sévigné.

III. LES AMOURS DE CARÊME

Page 92.

1. *La rue de l'Ouest :* aujourd'hui rue d'Assas. Avec la rue de l'Est (actuel boulevard Saint-Michel), elle traçait les axes de communication entre le Quartier Latin et Montparnasse.

Page 93.

2. Cet alexandrin semble l'écho de deux vers des *Chats* de Baudelaire :

> Amis de la science et de la volupté,
> Ils cherchent le silence et l'horreur des ténèbres.

3. Accumulation parodique de références germaniques : *Vergissmeinnicht* (« ne m'oublie pas ») est le nom allemand du myosotis ; Alphonse Karr (1808-1890) connut la célébrité en 1832 avec son roman *Sous les tilleuls,* directement inspiré du *Werther* de Goethe.

Page 94.

4. *Le Prado :* bal populaire de l'île de la Cité, disparu au moment de la construction du Tribunal de Commerce (1858).

Page 97.

5. Rencontre inattendue de la sentimentalité romantique et du modernisme industriel : le recours au chemin de fer pour se rapprocher de la nature est à l'exact opposé de la conception de Vigny dans *La Maison du Berger.*

Page 98.

6. *Greuze arrangé par Gavarni :* cette association du classique Greuze et de Gavarni, peintre des lorettes, n'est pas fortuite : depuis Diderot, on sait que le moralisme et l'innocence ostentatoire des figures de Greuze ne sont que des masques...

Page 99.

7. *Lhomond :* les ouvrages d'instruction élémentaire de l'abbé Lhomond (1727-1794) furent à l'honneur durant tout le XIXᵉ siècle. Son nom est devenu synonyme de grammaire (française ou latine).

IV ALI-RODOLPHE, OU LE TURC PAR NÉCESSITÉ

Page 100.

1. Ce titre parodie ceux des mélodrames populaires dont le succès fut continu du Premier au Second Empire.

Page 101.

2. *Cheminée à la prussienne :* sorte de poêle en faïence encastré dans une cheminée traditionnelle.

Page 103.

3. *Noureddin et Osman :* noms de deux fils du sultan Saladin. Par ailleurs, dans *Bajazet* de Racine, le confident du grand vizir se nomme Osmin. Les romantiques se sont souvent amusés à parodier les lieux communs de la tragédie classique.

4. *Un manuel du parfait fumiste :* Les *Manuels* de l'éditeur Nicolas-Edme Roret (1797-1860) ont constitué une encyclopédie pratique populaire, qui donne une image très nette du savoir technologique de leur époque. Ici le double sens du mot « fumiste » et, plus bas, le jeu de mots sur le proverbe latin *Nascuntur poetae, fiunt oratores* (on naît poète, on devient orateur) montrent la distance qu'affecte la bohème vis-à-vis de la réalité pratique.

Page 105.

5. *Pipe de Cudmer :* graphie fantaisiste pour « pipe en écume de mer ».

Page 108.

6. *Les Jeux floraux :* l'Académie des Jeux floraux de Toulouse (d'où le jeu de mots sur le Capitole), fondée au Moyen Âge par Clémence Isaure, fut sous la Restauration l'un des premiers foyers du romantisme : elle couronna Hugo dès 1819. Murger l'a déjà évoquée dans sa préface (p. 30). L'églantine d'or que reçoit Rodolphe est le prix décerné à une ode.

V. L'ÉCU DE CHARLEMAGNE

Page 110.

1. *L'administration Bidault :* « J. Bidault et Cᵢᵉ, distribution

d'imprimés à domicile dans tout Paris. 16, rue de la Jussienne »
(*Almanach du Commerce*, 1845).

Page 113.

2. *La princesse de Belgiojoso* : le salon de Cristina Trivulzio, princesse de Belgiojoso (1808-1872), amie de Balzac et de Musset, était l'un
des plus célèbres et l'un des plus enviés du faubourg Saint-Germain.

Page 114.

3. *Un brocanteur de la place du Carrousel* : vers 1840, la place du
Carrousel, à l'intérieur de la cour du Louvre, n'était pas encore
dégagée. S'y trouvait notamment l'impasse du Doyenné où vécurent
Nerval et Gautier, au temps de la « Bohème galante ». La boutique du
brocanteur, évoquée par Nerval, a été immortalisée par Baudelaire
dans *Le Cygne*, où le passant écrasé par la froideur du nouveau Louvre
du Napoléon III regrette « brillant aux carreaux, le bric-à-brac
confus ».

4. *Le musée de Versailles* : le château de Louis XIV, devenu musée « à
toutes les gloires de la France », avait été inauguré solennellement par
Louis-Philippe, le 10 juin 1837.

5. *Un bombardement de Tanger* : allusion à l'actualité, puisque
Tanger a été prise par les troupes du prince de Joinville en août 1844. Il
y a là sans doute, de la part de Murger, une allusion à la très populaire
toile de Vernet, *La Prise de la Smala d'Abd-el-Kader*.

Page 115.

6. *Carlovingienne* : forme archaïque de *carolingienne*.

Page 117.

7. *Bouvier* : ici, manuel d'élevage des bœufs.

VI. MADEMOISELLE MUSETTE

Page 120.

1. En quittant le Quartier Latin pour la rive droite des femmes
entretenues, Musette accomplit sa métamorphose de grisette en
lorette.

Page 121.

2. « L'amour, tel qu'il existe dans la société, n'est que l'échange de
deux fantaisies et le contact de deux épidermes » (Chamfort, *Maximes
et pensées*, n° 359).

3. Dans *Frédéric et Bernerette* (*Revue des Deux Mondes*, 15 janvier 1838) et dans *Mimi Pinson, profil de grisette* (*Le Diable à Paris*, Hetzel, 1845), Musset a donné leurs lettres de noblesse aux jeunes filles légères du Paris de Louis-Philippe. La dette de Murger envers Musset est évidente : l'auteur des *Scènes de la vie de bohème* ne s'en cache pas et cite souvent les vers et la prose de « l'enfant du siècle ». Ainsi Musette, « la sœur de Bernerette », a habité comme elle rue de la Harpe.

Page 123.

4. *Casimir Bonjour* : auteur dramatique (1795-1856) dont les pièces de facture classique eurent beaucoup de succès sous la Restauration. Il ne fut jamais de l'Académie.

VII. LES FLOTS DU PACTOLE

Page 128.

1. *Raoul-Rochette* : érudit et archéologue (1789-1854), qui fut, lors de la séance de l'Académie des Inscriptions et Belles-Lettres du 16 mai 1845, le rapporteur de la commission chargée d'examiner « les résultats de la découverte faite près des ruines de l'ancienne Ninive » par Botta, consul de France à Mossoul.

Page 129.

2. La *Revue des Deux Mondes* : ce n'est qu'en mai 1851 que Murger devint le collaborateur de la *Revue* de François Buloz. La première version des *Scènes* publiée en feuilleton dans *Le Corsaire-Satan* contient quelques plaisanteries désobligeantes pour la *Revue* et son directeur, qui ont été supprimées lors de l'édition en volume chez Michel Lévy.

Page 130.

3. *Jeanne de Flandre* : tragédie en cinq actes et en vers d'Hippolyte Bis, qui sombra à la Comédie-Française le 29 octobre 1845.

4. *Steeple-chase* : c'est en 1834, à la Croix-de-Berny, que le steeple-chase fut introduit en France. Le succès en fut si grand que le mot passa aussitôt dans la langue, au propre comme au figuré.

5. *Un orchestre de M. Sax* : Charles-Joseph Sax (1791-1865), puis son fils Adolphe (1814-1894) révolutionnèrent la fabrication des cuivres. Le saxophone apparut dans les orchestres militaires autour de 1840.

Page 131.

6. *L'École du Bon Sens* : mouvement de réaction aux démesures du romantisme, entraîné par François Ponsard, dont la tragédie classi-

que, *Lucrèce*, avait connu en 1843 un triomphe d'autant plus éclatant qu'au même moment Hugo essuyait l'échec des *Burgraves*.

Page 132.

7. *Jean-Baptiste Say* : le *Cours d'économie politique pratique* de Jean-Baptiste Say (1767-1832), bien connu des étudiants, est aux antipodes de la fantaisie de la bohème.

Page 134.

8. *Le pont des Arts* : construite entre 1801 et 1804, la passerelle qui relie le Louvre et l'Institut était soumise à un droit de péage d'un sou, qui fut supprimé en 1848.

Page 138.

9. L'infanticide était en effet traditionnel en Chine lors des famines. Murger évoque ici les souscriptions organisées par les Missionnaires, et notamment les Jésuites, pour sensibiliser l'opinion publique. Quant aux « chinois à l'eau-de-vie », il s'agit évidemment de cerises à l'alcool.

Page 139.

10. *La Dame blanche* : opéra-comique de Boieldieu, créé en 1825.

VIII. CE QUE COÛTE UNE PIÈCE DE CINQ FRANCS

Page 142.

1. *Saint-Denis* : chez les demoiselles de la Légion d'honneur.

Page 144.

2. *Rue Coquenard* : actuellement, et depuis 1848, rue Lamartine, au cœur du quartier de Notre-Dame-de-Lorette.

Page 147.

3. *Laver* : dans l'argot parisien : vendre. Le langage du critique mis en scène par Murger évoque le style de Jules Janin (1804-1874), dont les articles mêlent volontiers la préciosité de la langue classique à la vulgarité des expressions populaires.

4. *Odilon Barrot* : partisan d'un démocratie constitutionnelle, Odilon Barrot (1791-1873) fut l'un des principaux instigateurs de la Campagne des Banquets en 1847, que Murger évoque au chapitre X.

Page 149.

5. *Cancre* : au sens primitif d'avare, de rapace, par allusion aux pinces du crabe.

Notes 465

6. *Phalanstérien* : disciple de Fourier. Comme les saint-simoniens, les fouriéristes faisaient continuellement les frais des plaisanteries et des caricatures de la petite presse. Jean Journet (1799-1861), l'un des plus pittoresques phalanstériens, était un proche ami de Murger et Nadar.

Page 150.

7. *Une femme Bréguet* : une femme-chronomètre, du nom du célèbre horloger suisse (1747-1823).

Page 151.

8. *Le général Bertrand de l'amour* : compagnon d'armes de Napoléon, qu'il suivit à l'île d'Elbe puis à Sainte-Hélène, le général Bertrand (1773-1844) était devenu l'incarnation de la fidélité.

IX. LES VIOLETTES DU PÔLE

Page 151.

1. *L'ingénieur Chevalier* : Jean-Gabriel-Augustin Chevalier, dit l'ingénieur Chevalier (1778-1848), tenait boutique d'instruments de précision, et principalement d'optique, à Paris, quai de l'Horloge, que Murger désigne plus bas sous son nom familier de *quai des lunettes* dérivé de l'enseigne de l'opticien.

Page 152.

2. « A. Prévost. Péristyle de Chartres, 13-14. Médaille d'argent de la Société d'horticulture en 1832. » (*Almanach du Commerce*, 1845.)

Page 153.

3. C'est Vigny qui, dans *Cinq-Mars*, publié en 1826, a fait du sinistre Père Joseph un personnage de fourbe typiquement romantique.
4. *Un petit Kamtchatka* : cette province reculée à l'extrémité orientale de la Sibérie est devenue un lieu commun pour désigner la retraite la plus austère. On connaît la lettre de Sainte-Beuve à Baudelaire, où le critique appelle *Les Fleurs du Mal* un « petit pavillon que le poète s'est construit à l'extrémité du Kamtchatka littéraire ».

Page 157.

5. *Martin* : nom familier donné aux ours. Quant au *lasting*, abréviation d'*everlasting* (inusable), c'est une étoffe fine, réservée aux vêtements estivaux.

Page 158.

6. Dans le drame de Vigny, créé en 1835, Chatterton, avant de

s'empoisonner, brûle tous ses manuscrits, non pour se chauffer, mais pour les préserver de la profanation.

7. *Cotret :* petit fagot.

Page 159.

8. Le physicien François Arago (1786-1853) était en effet directeur de l'Observatoire. Le rôle presque surnaturel que lui fait jouer Murger est bien conforme à la renommée du savant, qui était devenu une figure très aimée des Parisiens. Un rébus affirmait alors : are ^{ure} éril — c'est-à-dire : are à gauche, éril à droite, ure par-dessus tout (Arago chérit la droiture par-dessus tout).

X. LE CAP DES TEMPÊTES

Page 163.

1. *Le directeur du Théâtre-Français :* il s'agit alors de François Buloz, qui cumule cette fonction avec la direction de la *Revue des Deux Mondes.*

Page 169.

2. *Le Messie :* il est difficile de l'identifier avec précision, car les Messies humanitaires ne manquent pas à la veille de la Révolution de 1848. On peut penser ici à l'apôtre fouriériste Jean Journet (voir la note 6 de la page 149).

3. Sous la monarchie de Juillet, le banquet était avant tout une manifestation politique, du fait des discours qui y étaient prononcés. Murger se garde de dater précisément le banquet qu'il met en scène, mais on peut penser qu'il s'agit de l'un de ceux de 1847, organisés par l'opposition et qui contribuèrent largement à préparer l'insurrection de février 1848.

XI. UN CAFÉ DE LA BOHÈME

Page 173.

1. Dans le chapitre *L'Écu de Charlemagne*, le nom de ce personnage était écrit : « Phémie Teinturière ». Nous conservons cette double graphie, que Murger n'a pas unifiée, comme témoignage de la rédaction discontinue des *Scènes.*

2. *Bergami :* jeu de mots de la pire espèce, sur le nom de Bartolomeo Bergami, qui était le *favori* de Caroline de Brunswick, épouse de George IV d'Angleterre.

Page 175.

3. *L'Almanach des Muses :* l'un des plus célèbres keepsakes de l'Empire et de la Restauration, où florissait l'art de la romance.

XII. UNE RÉCEPTION DANS LA BOHÈME

Page 181.

1. Tout ce chapitre, à commencer par son titre, est une parodie du rituel académique : candidature, visites, réception.

Page 184.

2. Allusion aux célèbres chansons de Béranger (1780-1857) qui fit de sa Lisette le prototype de la grisette.

Page 185.

3. *Télémaque :* il va de soi que l'ouvrage écrit par Fénelon pour l'éducation du duc de Bourgogne est une référence scandaleuse pour les bohèmes, qui refusent les classiques, comme l'Académie ignore les romantiques.

4. Déformation parodique du chœur final du premier acte de *Robert le Diable*, opéra de Meyerbeer sur un livret de Scribe et Germain Delavigne créé en 1831 :

> *L'or est une chimère.*
> *Sachons nous en servir.*

Page 187.

5. *Littérature et philosophie mêlées :* titre d'un recueil d'essais de Victor Hugo (1834), qui contient en particulier l'un des plus célèbres manifestes du romantisme, l'article « Guerre aux démolisseurs ! ».

Page 189.

6. A la parodie du rituel académique, Murger associe celle des séances de l'Assemblée. Il imite le style des comptes rendus et évoque, plus bas, la « question de cabinet » — ce que nous appelons aujourd'hui un vote de confiance.

Page 195.

7. L'œuvre de Barbemuche apparaît comme l'un des innombrables romans historiques imités de Walter Scott, déjà passés de mode dans les années 1840.

Page 199.

8. *A corrections :* cette expression est empruntée au vocabulaire du Théâtre-Français ; une pièce reçue « à corrections » par le Comité n'avait guère de chances d'être représentée.

Page 203.

9. Cette symphonie à programme évoque la *Symphonie fantastique* de Berlioz, dont la « Marche au supplice » fut trissée lors de la création de l'œuvre (1830).

XIII. LA CRÉMAILLÈRE

Page 204.

1. D'après le feuilleton du *Corsaire*, l'hôtel Merciol, rue des Canettes.

Page 208.

2. *Aï :* vin mousseux des côteaux d'Ay (ou Aï), près de Reims.

Page 211.

3. *Kean :* le drame de Dumas, inspiré de la vie du comédien anglais, avait été créé en 1836 par Frédérick Lemaître.

4. *Le Convoi de la laitière :* adversaire des romantiques, le très sérieux Désiré Nisard (1806-1888) consacra la presque totalité de son œuvre à la littérature classique. Une nouvelle intitulée *Le Convoi de la laitière*, d'une grivoiserie toute relative, parut sous sa signature dans *L'Audience* des 19 et 22 juin 1843. D'après Pierre Larousse, qui signale une première édition en 1831, Nisard aurait recherché tous les exemplaires de cet ouvrage pour les détruire — d'où sa rareté...

XIV. MADEMOISELLE MIMI

Page 222.

1. *Le bal Mabille :* situé entre les Champs-Élysées et la Seine (aujourd'hui avenue Montaigne), l'un des bals les plus courus de Paris. Réorganisé en 1843, il accueillit notamment les exhibitions de la Reine Pomaré et de Céleste Mogador.

2. *80 degrés Richelieu :* allusion au duc de Richelieu (1696-1788), petit-neveu du cardinal, en qui le XIXᵉ siècle a voulu reconnaître l'archétype de la galanterie de la Régence.

Page 223.

3. Citation approximative du premier grand air de Raoul de Nangis

dans *Les Huguenots*, opéra de Meyerbeer sur un livret de Scribe créé en 1836 :

> *Ah ! quel spectacle enchanteur vint s'offrir à mes yeux !*
> *Plus blanche que la blanche hermine,*
> *Plus pure qu'un jour de printemps,*
> *Un ange, une vierge divine*
> *De sa vue éblouit mes sens.*

Page 233.

4. *Un nom :* Victor Hugo. Murger n'a jamais caché qu'il s'agissait là d'un épisode absolument autobiographique.

XV. DONEC GRATUS...

Page 234.

1. Le titre, qui signifie « tant qu'on est aimé... », est une paraphrase du vers d'Ovide : *Donec eris felix multos numerabis amicos* — « tant qu'on est heureux, on a beaucoup d'amis » (*Tristes*, I, 1, 39).

2. *La mairie du 13ᵉ arrondissement :* celle où se scellent les unions libres, puisque Paris ne compte que douze arrondissements à cette époque.

Page 235.

3. Ce lieu commun, et ceux qui suivent, montrent comment le marivaudage a pu dégénérer en théâtre de boulevard...

XVI. LE PASSAGE DE LA MER ROUGE

Page 244.

1. *Un chef-d'œuvre de couleur :* la peinture française du XIXᵉ siècle est dominée par le conflit qui oppose les ingresques, partisans du dessin, et les suiveurs de Delacroix, qui tiennent pour la couleur. Il n'est pas étonnant que Marcel affiche son admiration pour le peintre des *Femmes d'Alger*.

2. *Jean Bélin :* nom francisé du vénitien Giovanni Bellini (vers 1430-1516). Mais c'est son demi-frère Gentile (1429-1507) qui a peint le portrait du sultan Mahomet II (Londres, National Gallery).

3. *Les Noces de Cana :* l'immense toile peinte en 1563 par Véronèse pour le réfectoire d'un couvent vénitien, entrée au Louvre après la Campagne d'Italie.

Page 245.

4. *Le Passage des Panoramas :* l'un des plus vastes passages parisiens, ouvert en 1800, près de la rue Montmartre et des grands boulevards, et l'un des points de rendez-vous à la mode.

Page 247.

5. *La banque d'échange de Proudhon :* Murger connaissait bien Proudhon (1809-1865), puisqu'il habita un temps la même maison que lui. Il fait ici allusion à l'abolition des intérêts et à la libre circulation des valeurs, prônées par le théoricien humanitaire.

Page 248.

6. *L'Almanach des vingt-cinq mille adresses :* l'ancêtre de notre annuaire du téléphone, que concurrençait alors l'*Almanach du commerce* de Sébastien Bottin.

Page 251.

7. Plaisanterie d'écolier, par allusion aux vers de Corneille (*Cinna*, V, 1) :

> *Prends un siège, Cinna, prends, et sur toute chose*
> *Observe exactement la loi que je t'impose.*

Page 252.

8. *Léon X :* l'un des papes mécènes de la Renaissance, comme en témoigne, parmi d'autres, le portrait qu'en fit Raphaël (Florence, palais Pitti).

XVII. LA TOILETTE DES GRÂCES

Page 254.

1. *Aux Deux Magots :* magasin de nouveautés de la rue de Buci, qui tirait son nom de son enseigne.

Page 256.

2. *Utile dulci :* souvenir d'un vers de l'*Art poétique* d'Horace : *Omne tulit punctum qui miscuit utile dulci* — « Il atteint la perfection celui qui a joint l'utile à l'agréable ».

Page 257.

3. *Un poème didactique médico-chirurgical-osanore :* les dents osanores sont des prothèses réalisées avec de l'ivoire d'hippopotame, sans recours à des couronnes d'or. Ce poème a réellement été écrit par

Murger : il a paru dans *Le Corsaire-Satan* du 30 juin 1845. Il contient 260 vers, parmi lesquels :

> *On pourra désormais adapter à sa bouche*
> *Un râtelier Rogers... Ta main à peine touche*
> *Nos lèvres... à ta voix, sans douleurs, sans efforts,*
> *La mâchoire aussitôt se garnit de trésors.*

Page 260.

4. Cette Dolorès fait penser à l'aventurière Lola Montès, dont Baudelaire s'est souvenu dans *La Fanfarlo*.

5. *Golconde et le Tibet :* antonomases pour les diamants de Golconde et les châles de Cachemire, les uns et les autres symboles de luxe.

Page 261.

6. *La question des sucres :* la taxation des sucres provenant des colonies faisait l'objet d'interminables débats parlementaires sous la monarchie de Juillet.

7. *Vert-Vert :* célèbre perroquet, mascotte des Visitandines de Nevers, mis en scène dans le poème de Gresset qui porte son nom. *Vert-Vert* est aussi le titre d'un journal satirique de la monarchie de Juillet.

Page 265.

8. *Faire ta Russie :* la tournée en Russie était une tradition fort lucrative pour les acteurs et actrices en fin de carrière.

Page 267.

9. C'est un lieu commun de la presse amusante que de considérer le piano comme un instrument de torture sociale.

10. *Alexandre VI :* Borgia. C'est Victor Hugo qui, dans *Lucrèce Borgia* (1833), a fait entrer dans le panthéon romantique cette famille et ses poisons.

Page 270.

11. *La Caravane du Caire :* opéra-comique de Grétry, sur un livret attribué au comte de Provence (futur Louis XVIII), créé en 1784 et représenté à Paris jusque sous la monarchie de Juillet.

Page 272.

12. *Matthieu Lænsberg :* personnage mythique — les *Almanachs de Matthieu Lænsberg* (le premier parut à Liège en 1636) étaient de très populaires ouvrages diffusés par colportage, dont les gravures naïves évoquaient les travaux des champs et le passage des saisons. On y trouvait également de nombreux calembours.

XVIII. LE MANCHON DE FRANCINE

Page 291.

1. C'est sur ces mots que s'achève *La Vie de bohème,* l'adaptation théâtrale par Murger et Théodore Barrière des feuilletons du premier. Ce drame, dont le succès fut immense et qui servit de base au livret de l'opéra de Puccini, est assez éloigné du roman : les nécessités dramatiques ont forcé les auteurs à resserrer l'action et à réduire le nombre des personnages. Ainsi Mimi et Francine ne font plus qu'une, de même que Jacques disparaît au profit de Rodolphe.

2. *Un grand homme de province à Paris* est la deuxième partie d'*Illusions perdues* de Balzac, publiée en 1839 deux ans après la première partie, *Les Deux Poètes.* Le Cénacle de la rue des Quatre-Vents qu'évoque Murger se réunit chez d'Arthez : c'est là que Lucien de Rubempré rencontre Horace Bianchon, Joseph Bridau, Michel Chrétien, etc. La société des Buveurs d'eau montre quelle fut l'influence immédiate de Balzac sur la jeunesse des années 1840.

Page 293.

3. Le sculpteur Joseph-Antoine Romagnesi (1776-1852) s'était spécialisé dans la réalisation de décorations monumentales. Il exécuta notamment des bas-reliefs pour le Louvre.

XIX. LES FANTAISIES DE MUSETTE

Page 303.

1. Ce passage rappelle une anecdote célèbre (et sans doute apocryphe) à propos de Gérard de Nerval : celui-ci avait apprivoisé un homard et, un jour qu'il le promenait en laisse au Palais-Royal, il répondit à un ami qui s'en étonnait : « Mais pourquoi pas ? Il connaît les secrets de la mer... »

Page 304.

2. *Falourde :* fagot composé de grosses bûches.

Page 312.

3. *Barême :* Le *Livre des comptes faits* de l'arithméticien Barême (1640-1703) était utilisé par de très nombreux commerçants ; le mot « barême » est depuis passé dans la langue commune.

XX. MIMI A DES PLUMES

Page 331.

1. *Sentimentals* : probablement une inadvertance de Murger, plutôt qu'un archaïsme ou un effet de style, quoique la phrase ait ainsi une tonalité qui préfigure la poésie de Laforgue. Puisque Murger n'a pas corrigé cette graphie, nous la conservons.

Page 338.

2. *Gastibelza* : allusion d'actualité. Quinze jours avant la publication de ce chapitre dans le feuilleton du *Corsaire*, avait été créé l'opéra *Gastibelza*, de Dennery et Cormon, inspiré d'une Ballade de Victor Hugo, *Guitare* (*Les Rayons et les Ombres*, XXII) :

> *Gastibelza, l'homme à la carabine,*
> *Chantait ainsi :*
> *Quelqu'un a-t-il connu doña Sabine ?*
> *Quelqu'un d'ici ?*

Page 343.

3. Citation approximative du deuxième quatrain de *La Chanson de Fortunio*, dans *Le Chandelier* d'Alfred de Musset.

Page 345.

4. Sans doute le vers le plus célèbre de Musset, dans la Dédicace *A M. Alfred T.* (Tattet) de *La Coupe et les lèvres*.

Page 346.

5. Ces vers sont extraits d'un poème de Murger en onze strophes publié en mars 1845 dans *L'Artiste*, sous le titre de *Adieu à Nini après le carnaval*.

XXI. ROMÉO ET JULIETTE

Page 347.

1. *L'armet de Mambrin* : casque enchanté qui rendait invincible le roi maure Mambrin, héros des romans de chevalerie médiévaux. Don Quichotte, dans l'œuvre de Cervantès, se persuade qu'il détient ce talisman, mais c'est d'un plat à barbe qu'il se coiffe.

Page 348.

2. *L'Occasion* : les Romains représentaient la déesse Occasion sous

les traits d'une femme chauve, pourvue d'une seule mèche de cheveux, pour signifier qu'on ne peut la saisir que par un seul endroit.

3. Allusion au *Livre de portraiture pour ceux qui commencent à dessiner* de Charles Lebrun, qui a fixé le code de la représentation des sentiments. C'était l'une des bibles des concurrents aux Prix de Rome.

Page 349.

4. Premiers mots de la grande scène du balcon entre Roméo et Juliette (III, 5).

Page 357.

5. *La Romance du saule* : équivalent shakespearien du « chant du cygne » : il s'agit de la romance que chante Desdémone peu avant qu'Othello ne vienne l'étouffer. L'opéra de Rossini, inspiré du drame de Shakespeare, avait popularisé cette romance dès la Restauration.

XXII. ÉPILOGUE DES AMOURS DE RODOLPHE ET DE MADEMOISELLE MIMI

Page 359.

1. Cette phrase évoque deux vers du poème de Baudelaire, *Spleen* :

> *Où l'Espérance, comme une chauve-souris,*
> *S'en va battant les murs de son aile timide.*

Page 361.

2. *Bouche mignonne et lèvre rose* : premier vers de deux poèmes de Murger : *La Fleur du souvenir* (*Le Moniteur de la mode*, 10 juillet 1847) et *Chanson* (*L'Artiste*, 15 octobre 1848, reprise dans *Le Moniteur de la mode*, 30 octobre 1848).

Page 364.

3. *Une Revue : L'Artiste*, où furent publiés ces vers de Murger, en août 1849, sous le titre du *Requiem d'amour*.

Page 369.

4. *Froment* : Désiré-François Froment-Meurice (1802-1855), le plus en vogue des orfèvres de la monarchie de Juillet.

Page 370.

5. *Briarée* : géant de la mythologie grecque, pourvu de cent bras et cinquant têtes.

Page 371.

6. *Le célèbre Borel de la rue Dauphine :* Borel était le propriétaire du *Rocher de Cancale*, le plus fameux restaurant de la rue Montorgueil.

7. Dans sa préface (p. 30), Murger attribue ce pouvoir au poète médiéval Pierre Gringoire, que Victor Hugo avait mis en scène dans *Notre-Dame de Paris*.

XXIII. LA JEUNESSE N'A QU'UN TEMPS

Page 394.

1. *Les couplets suivants :* vers repris en 1853 dans *Chants et chansons de la bohème*, recueil illustré par Nadar.

APPENDICE :
SON EXCELLENCE GUSTAVE COLLINE

Page 398.

1. Nous donnons ici le texte intégral des quatre feuilletons insérés dans *Le Corsaire* des 27 février, 3 mars, 30 mars et 21 avril 1849, sous la rubrique « *Scènes de la bohème*, 3ᵉ série ». Dans l'édition originale, *Son excellence Gustave Colline* constitue le chapitre XXI et présente sous une forme abrégée, un montage du premier et du quatrième feuilleton. Dès la deuxième édition, ce chapitre a été supprimé et remplacé par *La Toilette des Grâces*. Les références à la réalité ne manquent pas dans ce chapitre ; en particulier, signalons que Nadar fut en 1848 envoyé pour une mission secrète en Pologne par l'éditeur Hetzel, alors chef de cabinet de Lamartine.

2. *Dorat :* poète du XVIIIᵉ siècle, dont *Les Baisers* sont un des sommets de la poésie galante.

Page 399.

3. *Zoïle :* sophiste grec, critique pointilleux d'Homère, dont le nom est devenu synonyme de pédant.

Page 400.

4. Il faut comprendre que Barbemuche, par prudence, a quitté la capitale au moment de l'insurrection. Coblentz (ou Coblence) fut le lieu de ralliement des émigrés français en 1792.

Page 401.

5. Il s'agit du Divan Le Peletier, célèbre café des boulevards fréquenté par de nombreux hommes de lettres. Il se trouvait au nº 5, rue Le Peletier. Le journal *Le National*, au nº 3 de la même rue, était l'un des principaux foyers du républicanisme, d'où l'importance stratégique du Divan.

Page 407.

6. *Lord Normanby* : ambassadeur d'Angleterre à Paris depuis le mois d'août 1846 ; il démissionna peu après le coup d'État du 2 décembre 1851.

Page 408.

7. *Ministre plénipotentiaire* : la seconde République a en effet supprimé le titre d'ambassadeur.

Page 409.

8. *Chevet* : l'un des plus luxueux traiteurs de Paris, au Palais-Royal.

9. Ce passage, supprimé dès l'édition originale, a été réutilisé au chapitre XXII, *Épilogue des amours de Rodolphe et de mademoiselle Mimi.*

Page 410.

10. *M. Chopin* : Henri-Frédéric Schopin (1804-1880), fécond peintre d'histoire, frère du compositeur. Schanne, modèle de Schaunard, fut son élève.

Page 415.

11. Passage réutilisé, lui aussi, dans le premier chapitre de l'édition originale.

Page 416.

12. *Guillaume Tell* : dernier opéra composé par Rossini, créé à Paris en 1829.

DOSSIER